W9-BGF-536

Al borde del acantilado

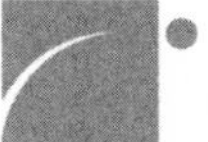

Al borde del acantilado

Elizabeth George

Traducción de Escarlata Guillén

Rocaeditorial

Primera edición: septiembre de 2009

Marquès de l'Argentera, 17. Pral. 1.ª
08003 Barcelona.
info@rocaeditorial.com
www.rocaeditorial.com

Impreso por Brosmac, S.L.
Carretera Villaviciosa - Móstoles, km 1
Villaviciosa de Odón (Madrid)

ISBN: 978-84-9918-011-3
Depósito legal: M. 29.740-2009

En recuerdo de Stephen Lawrence,
que el 22 de abril de 1993 fue asesinado en Eltham,
suroeste de Londres, por cinco hombres a quienes,
hasta la fecha, el sistema judicial británico
ha dejado impunes.

Capítulo uno

Encontró el cadáver el cuadragésimo tercer día de su caminata. Para entonces abril ya había terminado, aunque apenas era consciente de ello. Si hubiera sido capaz de fijarse en su entorno, el aspecto de la flora que adornaba la costa tal vez le habría ofrecido una buena pista sobre la época del año. Había emprendido la marcha cuando el único indicio de vida renovada era la promesa de los brotes amarillos de las aulagas que crecían esporádicamente en las cimas de los acantilados, pero en abril, las aulagas rebosaban color y las ortigas amarillas trepaban en espirales cerrados por los tallos verticales de los setos en aquellas raras ocasiones en que se adentraba en un pueblo. Pronto las dedaleras aparecerían en los arcenes de las carreteras y el llantén asomaría con fiereza su cabeza por los setos y los muros de piedra que delimitan los campos en esta parte del mundo. Pero esos retazos de vida floreciente pertenecían al futuro y él había transformado los días de su caminata en semanas para intentar evitar pensar en el futuro y recordar el pasado.

No llevaba prácticamente nada consigo: un saco de dormir viejo, una mochila con algo de comida que volvía a abastecer cuando caía en la cuenta, una botella dentro de la mochila que rellenaba por la mañana si había agua cerca del lugar donde dormía. Todo lo demás lo llevaba puesto: una chaqueta impermeable, una gorra, una camisa de cuadros, unos pantalones, botas, calcetines, ropa interior. Había iniciado esta caminata sin estar preparado y sin preocuparse por ello. Sólo sabía que tenía que andar o quedarse en casa y dormir, y si se quedaba en casa y dormía, acabaría percatándose de que no deseaba volver a despertarse.

Así que se puso a caminar. No parecía haber otra alternativa. Ascensiones pronunciadas a acantilados, el viento azotándole la cara, el aire salado secándole la piel, recorriendo playas donde los arrecifes sobresalían de la arena y de las piedras cuando bajaba la marea, la respiración trabajosa, la lluvia empapándole las piernas, las piedras clavándose sin cesar en las suelas de sus zapatos... Estas cosas le recordarían que estaba vivo y que seguiría estándolo.

Había hecho una apuesta con el destino. Si sobrevivía a la caminata, perfecto. Si no, su final estaba en manos de los dioses; en plural, decidió. No podía pensar que hubiera un único Ser Supremo ahí arriba, moviendo los dedos sobre el teclado de un ordenador divino, introduciendo una cosa o eliminando otra para siempre.

Su familia le pidió que no fuera, porque veían el estado en que se encontraba, aunque como tantas otras familias de su clase social no lo mencionaron directamente. Su madre sólo dijo: «Por favor, no lo hagas, querido»; su hermano le sugirió, con la cara pálida y la amenaza de otra recaída cerniéndose siempre sobre él y sobre todos ellos: «Deja que te acompañe», y su hermana le murmuró con el brazo alrededor de la cintura: «Lo superarás. Se supera», pero ninguno pronunció su nombre o la palabra en sí, esa palabra terrible, eterna, definitiva.

Y él tampoco. No expresó nada más que su necesidad de caminar.

El cuadragésimo tercer día de esta marcha adquirió la misma forma que los cuarenta y dos días que lo habían precedido. Se despertó donde se había dejado caer la noche anterior, sin saber en absoluto dónde estaba, salvo en algún punto del camino suroeste de la costa. Salió del saco de dormir, se puso la chaqueta y las botas, se bebió el resto del agua y empezó a andar. A media tarde, el tiempo, que había estado incierto durante la mayor parte del día, se decidió y cubrió el cielo de nubes oscuras. El viento las apiló unas sobre otras, como si desde lejos un escudo enorme las mantuviera en su sitio y no les permitiera seguir avanzando porque había prometido tormenta.

Luchaba contra el viento para alcanzar la cima de un acantilado, ascendiendo desde una cala en forma de V donde había descansado durante una hora más o menos y contemplado las olas chocar contra las placas anchas de pizarra que formaban los arrecifes. La marea comenzaba a avanzar y se había dado cuenta. Necesitaba subir. También necesitaba encontrar refugio.

Se sentó cerca de la cima del acantilado. Le faltaba el aliento y le resultó extraño que tanto caminar estos días no pareciera bastar para resistir mejor las diversas ascensiones que realizaba por la costa. Así que se detuvo a respirar. Sintió una punzada que reconoció como hambre y utilizó aquellos minutos de descanso para sacar de la mochila lo que le quedaba de una salchicha seca que había comprado al pasar por una aldea en su ruta. La devoró toda, se percató de que también tenía sed y se levantó para ver si cerca había algo parecido a un lugar habitado: un caserío, una cabaña de pesca, una casa de veraneo o una granja.

No vio nada. Pero tener sed estaba bien, pensó con resignación. La sed era como las piedras afiladas que se clavaban en las suelas de sus zapatos, como el viento, como la lluvia. Le hacía recordar, cuando necesitaba algún recordatorio.

Se volvió hacia el mar. Vio a un surfista solitario meciéndose en la superficie, más allá de donde rompían las olas. En esta época del año, la figura iba toda vestida de neopreno. Era la única forma de disfrutar del agua gélida.

Él no sabía nada de surf, pero reconocía a un cenobita como él cuando lo veía. No había meditación religiosa en sus actos, pero los dos estaban solos en lugares donde no tendrían que estarlo. También estaban solos en condiciones no adecuadas para lo que intentaban. Para él, la lluvia cercana —porque era evidente que estaba a punto de llover— convertiría su marcha por la costa en un camino resbaladizo y peligroso. Para el surfista, los arrecifes visibles en la orilla exigían responder a la pregunta de por qué había salido a surfear.

No conocía la respuesta y no estaba demasiado interesado en elaborar ninguna. Tras acabarse aquella comida inadecuada, reanudó la marcha. En esta parte de la costa los acantilados eran friables, a diferencia de los que había al principio de su caminata. Allí eran principalmente de granito, intrusiones ígneas en el paisaje, formadas sobre la lava, la piedra caliza y la pizarra milenarias. Aunque desgastado por el tiempo, el clima y el mar agitado, el suelo era sólido y el caminante podía aventurarse hasta el borde y contemplar las olas bravas u observar las gaviotas que buscaban un lugar donde posarse entre los riscos. Aquí, por el contrario, el borde del acantilado era quebradizo, de pizarra, esquisto y arenisca, y la base estaba marcada por montículos de detritos de piedras que a menudo caían a la playa. Arriesgarse a acercarse al borde significaba despeñarse. Y despeñarse significaba romperse todos los huesos o morir.

En este punto de la caminata, la cima del acantilado se nivelaba durante unos cien metros. El sendero estaba bien delimitado, se alejaba del borde y trazaba una línea entre las aulagas y las armerias a un lado y, un prado vallado, al otro. Desprotegido aquí arriba, dobló el cuerpo contra el viento y siguió andando sin parar. Tenía la garganta tan seca que le dolía y notaba unos pinchazos sordos en la cabeza justo detrás de los ojos. De repente, al llegar al final de la cumbre, se mareó. «La falta

de agua», pensó. No sería capaz de avanzar mucho más sin ponerle remedio.

Un muro señalaba el borde del pasto que había estado siguiendo. Lo subió y se detuvo a esperar que el paisaje dejara de dar vueltas el tiempo suficiente como para encontrar la bajada a otra cala más. Había perdido la cuenta de las ensenadas que había encontrado en su caminata por la costa ondulante. No tenía ni idea de cómo se llamaba ésta, igual que desconocía el nombre de las otras.

Cuando la sensación de vértigo desapareció vio que abajo, en el borde de un prado amplio, había una cabaña solitaria, a unos doscientos metros de la playa tal vez y junto a un arroyo serpenteante. Una cabaña significaba agua potable, así que iría hacia allí. No se alejaba demasiado del sendero.

Bajó del muro justo cuando empezaban a caer las primeras gotas de lluvia. No llevaba puesta la gorra, así que se descolgó la mochila de los hombros y la sacó. Estaba calándosela sobre la frente —una vieja gorra de béisbol de su hermano con la leyenda MARINERS bordada— cuando vislumbró un destello rojo. Miró en la dirección de donde parecía proceder y lo encontró al pie del acantilado que formaba el final de la ensenada. Allí, encima de una placa ancha de pizarra, había una mancha roja. Esta pizarra estaba al final del arrecife, que se extendía del pie del acantilado hacia el mar.

Se quedó mirando la mancha roja. De lejos podría ser cualquier cosa, desde basura a ropa sucia, pero supo instintivamente que no era nada de eso. Porque aunque estaba contraído, una parte parecía formar un brazo y este brazo se extendía sobre la pizarra como suplicando a un benefactor invisible que no estaba ahí y no lo estaría nunca.

Esperó un minuto entero que contó segundo a segundo. Esperó inútilmente a ver si la forma se movía. Cuando no lo hizo, inició el descenso.

Caía una lluvia fina cuando Daidre Trahair dobló la última esquina de la vía que conducía a Polcare Cove. Puso en marcha los limpiaparabrisas y anotó mentalmente que tenía que cambiarlos más pronto que tarde. No bastaba con decirse que la primavera daba paso al verano y que en esa época ya no serían necesarios. Abril estaba siendo tan impredecible como siempre, y aunque por lo general mayo era agradable en Cornualles, junio podía ser una pesadilla climática. Así que decidió en aquel momento que tenía que comprar unos limpiaparabrisas nuevos y pensó dónde. Agradeció aquella distracción mental. Le permitía eliminar de su cabeza toda consideración respecto al hecho de que, al final de su viaje hacia el sur, no sentía nada. Ni consternación, ni confusión, ni ira, ni rencor, ni compasión ni una pizca de pena.

La parte de la pena no le preocupaba. Sinceramente, ¿quién podía esperar que la sintiera? Pero el resto... Haber sido desposeída de cualquier emoción posible en una situación que exigía un mínimo de sentimiento... Eso sí la inquietaba. En parte le recordaba lo que había oído tantas veces a tantos amantes. En parte, indicaba regresar a un lugar que creía haber dejado atrás.

Así que el movimiento nimio de los limpiaparabrisas y la huella que dejaban a su paso la distraían. Intentó pensar en proveedores potenciales de piezas de coches: ¿En Casvelyn? Seguramente. ¿Alsperyl? No lo creía. Tal vez tendría que desplazarse hasta Launceton.

Se aproximó cautelosamente a la cabaña. El camino era estrecho y, si bien no esperaba toparse con otro coche, siempre existía la posibilidad de que alguien que visitara la cala y su pequeña franja de playa saliera como un bólido, dispuesto a marcharse a toda velocidad y dando por sentado que no habría nadie más por allí con este mal tiempo.

A su derecha, se levantaba una ladera donde las aulagas y las centauras amarillas formaban un manto enredado. A su derecha se abría el valle de Polcare, un enorme prado verde dividido por un arroyo que bajaba desde Stowe Wood, en un terreno más elevado. Este lugar era distinto a las cañadas tradicionales de Cornualles y por eso lo había elegido. Un giro de la geología convertía el valle en un espacio ancho, como formado por un glaciar —aunque sabía que no podía ser el caso—, en lugar de ser un cañón y estar delimitado por el agua de un río que transportaba piedras implacables desde hacía milenios. Por eso nunca se sentía aprisionada en Polcare Cove. Su cabaña era pequeña, pero el entorno era amplio, y un espacio abierto era fundamental para su serenidad.

La primera advertencia de que las cosas no estaban como deberían llegó cuando salió de la carretera y accedió al sendero de gravilla y hierba que servía de entrada a su casa. La verja estaba abierta. No tenía candado, pero precisamente por eso sabía que la había dejado bien cerrada la última vez que había estado aquí. Ahora la apertura era lo bastante grande como para permitir pasar a una persona.

Daidre se quedó mirando un instante antes de maldecirse por ser tan asustadiza. Se bajó del coche, abrió la verja del todo y entró con el vehículo.

Cuando aparcó y fue a cerrar la verja, vio la huella, hundida en la tierra blanda junto a la entrada donde había plantado las primaveras. La pisada de un hombre, de una bota, parecía. Una bota de montaña. Aquello daba una perspectiva totalmente nueva a su situación.

Miró a la cabaña. La puerta azul parecía intacta, pero cuando rodeó sigilosamente el edificio para comprobar si veía más señales de intromisión, encontró una ventana rota. Era la que estaba al lado de la puerta que daba al arroyo y esa puerta no estaba cerrada con llave. En el escalón se había formado un montículo de barro fresco.

Aunque sabía que debería tener miedo, o al menos ser cautelosa, Daidre se enfureció al ver la ventana rota. En un estado de indignación absoluta, empujó la puerta para abrirla y cruzó la cocina hasta el salón, donde se detuvo. En la penumbra del día tenebroso, una forma emergía de su dormitorio. Era alto, llevaba barba e iba tan sucio que le olió desde el otro extremo de la habitación.

—No sé quién coño eres ni qué estás haciendo aquí, pero te vas a ir ahora mismo o me pondré violenta contigo y te aseguro que eso es lo último que quieres que pase.

Luego alargó la mano detrás de ella para iluminar la cocina. Pulsó el interruptor y la luz inundó el salón delante del hombre, que avanzó un paso, y entonces le vio la cara.

—Dios mío —dijo ella—. Estás herido. Soy médica. ¿Puedo ayudarte?

Él señaló el mar. Desde aquí, Daidre podía oír las olas, como siempre, pero ahora parecían más cercanas porque el viento transportaba su sonido hasta la casa.

—Hay un cadáver en la playa —dijo el hombre—. Está en las rocas. Al pie del acantilado. Está… Está muerto. He roto la ventana para entrar. Lo siento. Pagaré los desperfectos. Buscaba un teléfono para llamar a la policía. ¿Cuál es la dirección?

—¿Un cadáver? Enséñamelo.

—Está muerto. No se puede hacer…

—¿Eres médico? No, ¿verdad? Yo sí. Enséñamelo. Estamos perdiendo el tiempo cuando podríamos estar salvando una vida.

Pareció que el hombre iba a protestar. Daidre se preguntó si sería por incredulidad. ¿Tú? ¿Médica? Demasiado joven. Pero al parecer vio su determinación. Se quitó la gorra, se pasó la manga de la chaqueta por la frente y se manchó la cara de barro sin saberlo. Vio que llevaba el pelo rubio demasiado largo y que era del mismo color que el de ella. Los dos lo tenían bien cuidado y claro, podrían parecer hermanos, incluso por los ojos. Los de él eran marrones. Los de ella también.

—Muy bien. Acompáñeme —dijo el hombre, cruzó la habitación y pasó por delante de ella, dejando tras de sí su aroma acre: sudor, ropa sucia, dientes sin cepillar, aceite corporal y algo más, más profundo y más perturbador. Daidre se apartó y mantuvo las distancias mientras salían de la cabaña y comenzaban a descender por el sendero.

El viento era feroz. Lucharon contra él bajo la lluvia mientras se dirigían rápidamente a la playa. Pasaron por el punto donde el arroyo del valle se abría en una charca antes de caer a un rompeolas natural y precipitarse al mar. Aquel lugar marcaba el principio de Polcare Cove, una playa estrecha cuando la marea estaba baja y sólo peñascos y rocas alisadas cuando estaba alta.

—Por aquí —gritó el hombre contra el viento, y la llevó al extremo norte de la cala. Desde allí, Daidre no necesitó más indicaciones. Vio el cuerpo sobre un saliente de pizarra: el impermeable rojo intenso, los pantalones oscuros y anchos para moverse mejor, los zapatos finos y flexibles. Llevaba un arnés

alrededor de la cintura del que colgaban numerosas piezas metálicas y una bolsa ligera de la que caía una sustancia blanca sobre la roca. Magnesia para las manos, pensó. Se movió para verle la cara.

—Dios mío. Es… Es un escalador —dijo—. Mire, ahí está su cuerda.

Una parte estaba cerca, un cabo umbilical desenrollado al que todavía estaba atado el cadáver. El resto serpenteaba desde el cuerpo hasta el pie del acantilado, donde formaba un montículo desigual, sujeto hábilmente a un mosquetón que sobresalía del final.

Buscó el pulso aunque sabía que no lo encontraría. En este punto el acantilado tenía unos sesenta metros de altura. Si había caído desde allí —como seguramente era el caso— sólo un milagro le habría salvado. Y no se había producido ninguno.

—Tiene razón —le dijo a su compañero—. Está muerto. Y con la marea… Mira, vamos a tener que moverlo o…

—¡No! —La voz del desconocido fue severa.

La cautela se apoderó de Daidre.

—¿Qué?

—Tiene que verlo la policía. Debemos avisarla. ¿Dónde está el teléfono más cercano? ¿Tiene móvil? No había nada... —Señaló en la dirección de donde venían. No había teléfono en la cabaña.

—No tengo móvil —dijo ella—. No lo cojo cuando vengo aquí. ¿Qué más da? Está muerto. Ya veremos qué ha pasado. La marea está subiendo y si no lo movemos nosotros, lo hará el agua.

—¿Cuánto tiempo? —preguntó.

—¿Qué?

—La marea. ¿Cuánto tiempo tenemos?

—No lo sé. —Daidre miró el agua—. ¿Veinte minutos? ¿Media hora? No más.

—¿Dónde hay un teléfono? Tiene coche. —Y con una variación de las palabras de ella, añadió—: Estamos perdiendo el tiempo. Yo puedo quedarme aquí con el... con él, si lo prefiere.

No lo prefería. Tenía la impresión de que el hombre se esfumaría como un fantasma si le dejaba allí. Sabría que ella iba a realizar la llamada que él tanto deseaba que se hiciera, pero desaparecería y la dejaría con... ¿qué? Lo sabía muy bien y no le apetecía.

—Venga conmigo —le dijo.

Fueron al hostal Salthouse Inn, el único lugar en kilómetros a la redonda que se le ocurrió que dispondría seguro de un teléfono. El hostal se levantaba en el cruce de tres carreteras: era una posada blanca y achaparrada del siglo XIII en el interior de Alsperyl, al sur de Shop y al norte de Woodford. Condujo deprisa, pero el hombre no se quejó ni mostró preocupación alguna por que acabaran despeñándose colina abajo o de cabeza contra un seto de tierra. No se abrochó el cinturón y no se sujetó.

No dijo nada. Ella tampoco. Avanzaban con la tensión de los desconocidos y también con la de todo lo que no habían dicho. Daidre respiró aliviada cuando por fin llegaron al hostal. Estar al aire libre, lejos de su hedor, era una especie de bendición. Tener algo delante de ella, una ocupación inmediata, era un regalo de Dios.

El hombre la siguió por la extensión de terreno pedragoso que hacía las veces de aparcamiento hasta la puerta baja. Los dos se agacharon para entrar en la posada. De inmediato se encontraron en un vestíbulo repleto de chaquetas, ropa para la lluvia y paraguas empapados. Ellos no se quitaron nada al entrar en el bar.

Los clientes de la tarde —los habituales del hostal— todavía ocupaban sus lugares normales: sentados a las mesas llenas de marcas más cercanas a la chimenea. El carbón emitía un resplandor acogedor. Arrojaba luz a las caras inclinadas hacia el fuego y proporcionaba una iluminación suave en las paredes manchadas de hollín.

Daidre saludó a los clientes con la cabeza. Ella también venía aquí, así que no le resultaban desconocidos, ni ella a ellos.

—Doctora Trahair —murmuraron.

—¿Ha venido para el torneo? —le dijo uno, pero la pregunta murió cuando vio a su acompañante. Ojos clavados en él, ojos clavados en ella. Especulación y asombro. Los desconoci-

dos no eran extraños en estos parajes. El bueno tiempo los traía a Cornualles a manadas. Pero llegaban y se iban como habían venido —siendo desconocidos— y, por lo general, no aparecían en compañía de alguien familiar.

Daidre se acercó a la barra.

—Brian, necesito utilizar el teléfono. Ha habido un accidente terrible. Este hombre… —Miró a su acompañante—. No sé cómo se llama.

—Thomas —contestó el hombre.

—Thomas. Thomas ¿qué?

—Thomas —contestó él.

Daidre frunció el ceño, pero dijo al dueño:

—Este hombre, Thomas, ha encontrado un cadáver en Polcare Cove. Tenemos que llamar a la policía, Brian. —Y en voz más baja, añadió—: Es… Creo que es Santo Kerne.

El agente Mick McNulty estaba de servicio cuando la radio graznó y le despertó. Se consideró afortunado por estar en el coche de policía cuando entró la llamada. Acababa de echar un polvo rápido con su mujer a la hora del almuerzo, seguido por una cabezadita saciada, ambos desnudos debajo de la colcha, que habían arrancado de la cama («No podemos mancharla, Mick. ¡Es la única que tenemos!»), y hacía sólo cincuenta minutos que había reanudado su ronda por la A39, alerta a posibles malhechores. Pero el calor en el interior del coche combinado con el ritmo de los limpiaparabrisas y el hecho de que su hijo de dos años no le hubiera dejado pegar ojo durante la mayor parte de la noche anterior pesaba en sus párpados y le animó a buscar un área de descanso para aparcar y dormir un ratito. Estaba justo haciendo eso —dar cabezadas— cuando la radio le sacó de sopetón de sus sueños.

«Un cadáver en la playa. Polcare Cove. Se requiere respuesta inmediata, acordonar la zona e informar.»

—¿Quién ha dado el aviso? —quiso saber.

«Un excursionista y una mujer del pueblo. Se reunirán contigo en Polcare Cottage.»

—¿Y dónde está eso?

«Santo cielo, tío. Piensa un poco, joder.»

Mick enseñó un dedo a la radio. Arrancó el coche y se incorporó a la carretera. Encendería las luces y la sirena, algo que por lo general sólo ocurría en verano cuando un turista con prisa cometía un error de cálculo con resultados funestos. En esta época del año, la única acción que presenciaba normalmente era la de un surfista impaciente por meterse en las aguas de la Bahía de Widemouth: demasiada velocidad en el aparcamiento, demasiado tarde para frenar y barranco abajo hasta la arena. Pero Mick entendía esa urgencia. Él también la sentía cuando las olas eran buenas y lo único que le impedía ponerse el traje de neopreno y coger la tabla era el uniforme que vestía y la idea de poder llevarlo —justo aquí en Casvelyn— hasta jubilarse. Dar al traste con su carrera no formaba parte de su estrategia. No en vano se llamaba «el ataúd de terciopelo» a un destino en Casvelyn.

Aun con la sirena y las luces, tardó casi veinte minutos en llegar a Polcare Cottage, que era la única residencia que había en la carretera que bajaba a la cala. La distancia no era mucha en línea recta —menos de ocho kilómetros—, pero en los caminos cabía menos de un coche y medio y, delimitados por tierras de labranza, bosque, aldeas y pueblos, todos estaban llenos de curvas.

La cabaña era de color mostaza, un faro en la tarde sombría. Era una anomalía en una región donde casi todas las estructuras eran blancas y, para desafiar aún más las tradiciones locales, sus dos edificaciones anexas eran violeta y lima, respectivamente. Ninguna de las dos estaba iluminada, pero las ventanas pequeñas de la cabaña arrojaban luz al jardín que la rodeaba.

Mick apagó la sirena y aparcó el coche patrulla, aunque dejó encendidos los faros y las luces del techo girando; le pareció un detalle bonito. Cruzó la verja y pasó por delante de un Opel viejo estacionado en el sendero de entrada. Cuando llegó a la puerta, golpeó bruscamente los paneles azul intenso. Una figura apareció deprisa al otro lado de la vidriera de la puerta, como si hubiera estado cerca esperándole. La mujer llevaba unos vaqueros ajustados y un jersey de cuello alto; sus pendientes largos se movieron al invitarle a entrar.

—Me llamo Daidre Trahair —dijo—. Soy la que ha llamado.

Le hizo pasar a un pequeño recibidor cuadrado atestado de botas de agua, botas de montaña y chaquetas. A un lado había un recipiente grande de hierro con forma de huevo que Mick reconoció como uno de los viejos cubos que se utilizaban en las minas, lleno de paraguas y bastones en lugar de mena. Un banco estrecho maltratado y lleno de agujeros señalaba el lugar donde cambiarse las botas. Apenas había espacio para moverse.

Mick sacudió las gotas de la chaqueta y siguió a Daidre Trahair al corazón de la cabaña, que era el salón. Allí, un hombre con barba de aspecto desarreglado estaba en cuclillas junto a la chimenea, removiendo en vano cinco trozos de carbón con un atizador cuyo mango tenía forma de cabeza de pato. «Tendrían que haber puesto una vela debajo del carbón hasta que prendiera», pensó Mick. Era lo que siempre había hecho su madre y funcionaba de maravilla.

—¿Dónde está el cadáver? —preguntó—. También quiero sus datos, señor. —Sacó la libreta.

—La marea está subiendo —dijo el hombre—. El cadáver

está en el... No sé si es parte del arrecife, pero el agua... Querrá ver el cuerpo, ¿no?, antes de pasar a lo demás. Las formalidades, quiero decir.

Recibir una sugerencia de este tipo de un civil que sin duda sacaba toda la información sobre el procedimiento policial de las series de la tele le puso enfermo. Igual que la voz del hombre, cuyo tono, timbre y acento no encajaban en absoluto con su aspecto. Parecía un vagabundo, pero no hablaba como si lo fuera. A Mick le recordó la época que sus abuelos denominaban «los viejos tiempos», cuando antes de la llegada de los viajes internacionales la gente conocida siempre como «los acomodados» iban a Cornualles en sus coches elegantes y se hospedaban en grandes hoteles con amplias galerías. «Sabían dejar propina, sí, señor —le decía su abuelo—. Claro que entonces las cosas eran menos caras, ¿sabes?, así que los dos peniques duraban mucho y con un chelín te alcanzaba para llegar a Londres.» Así de exagerado era el abuelo de Mick. Era parte de su encanto, decía su madre.

—Yo quería mover el cuerpo —dijo Daidre Trahair—. Pero él —y señaló al hombre— me ha dicho que no. Es un accidente. Bueno, es obvio que ha sido un accidente, así que no entiendo por qué... Sinceramente, me daba miedo que se lo llevaran las olas.

—¿Sabe quién es?

—Yo... no —contestó—. No he podido verle del todo bien la cara.

Mick detestaba tener que ceder ante ellos, pero tenían razón. Ladeó la cabeza en dirección a la puerta.

—Vamos a verle.

Salieron a la lluvia. El hombre sacó una gorra de béisbol descolorida y se la puso. La mujer llevaba un chubasquero con capucha que le cubría el pelo rubio.

Mick se detuvo en el coche patrulla y cogió la pequeña cámara que le habían autorizado a llevar. Si tenía que mover el cadáver, al menos dispondrían de un registro visual de cómo era el lugar antes de que la marea subiera a reclamar el cuerpo.

En la orilla, el viento era feroz y las olas rompían a derecha e izquierda. Eran rápidas, un oleaje seductor de tierra a mar.

Pero se formaban deprisa y rompían más deprisa aún: justo el tipo de olas que atraían y destruían a alguien que no sabía qué estaba haciendo.

El cadáver, sin embargo, no era de un surfista. Para Mick fue una sorpresa bastante grande. Había supuesto... Pero suponer era de idiotas. Se alegró de haberse precipitado solamente en sus conclusiones y no haber comentado nada al hombre y la mujer que habían llamado solicitando ayuda.

Daidre Trahair tenía razón. Parecía un accidente de algún tipo. Un escalador joven —muerto casi con total seguridad— yacía sobre una placa de pizarra a los pies del acantilado.

Mick maldijo en silencio cuando se acercó al cuerpo. No era el mejor lugar para escalar un acantilado, ni solo ni acompañado. Si bien había franjas de pizarra que proporcionaban buenos sitios donde agarrarse con las manos y los pies, y grietas donde podían introducirse aparatos de leva y cuñas para la seguridad del escalador, también había paredes verticales de arenisca que se desmenuzaban con muchísima facilidad si se ejercía la presión adecuada sobre ellas.

Al parecer, la víctima había intentado una escalada en solitario: una bajada en rápel desde la cima del acantilado seguida de una ascensión desde abajo. La cuerda estaba entera y el mosquetón seguía atado al nudo ocho en el extremo. El propio escalador seguía unido a la cuerda por un anclaje. El descenso desde arriba tendría que haber ido como la seda.

«Fallo del equipo en la cima del acantilado», concluyó Mick. Tendría que subir por el sendero de la costa y ver cómo estaban las cosas arriba cuando acabara aquí abajo.

Tomó las fotografías. La marea se acercaba al cuerpo. Lo fotografió y también todo lo que lo rodeaba desde todos los ángulos posibles antes de descolgar la radio de su hombro y dar voces. A cambio, recibió interferencias.

—Maldita sea —dijo, y trepó al punto alto de la playa donde le esperaban el hombre y la mujer—. Le necesito ahora mismo —le dijo al hombre. Se alejó cinco pasos y volvió a vocear a la radio—. Llama al juez —comunicó al sargento al frente de la comisaría de Casvelyn—. Tenemos que mover el cadáver. La marea está subiendo muy deprisa y si no lo movemos, lo arrastrará.

Y entonces esperaron, porque no había nada más que hacer. Pasaron los minutos, el agua subió y por fin la radio gimoteó.

«El juez... de acuerdo... por el oleaje... la carretera —crujió la voz incorpórea—. ¿Qué... lugar... necesitas?»

—Ven para acá y coge el equipo de lluvia. Que alguien se encargue de la comisaría mientras no estás.

«¿Sabes... el cuerpo?»

—Un chaval. No sé quién es. Cuando lo saquemos de las rocas, comprobaré si lleva identificación.

Mick se acercó al hombre y a la mujer, que estaban acurrucados lejos el uno del otro para protegerse del viento y la lluvia.

—No sé quién coño es usted —le dijo al hombre—, pero tenemos un trabajo que hacer y no quiero que haga nada más que lo que le diga. Venga conmigo. Y usted también —le dijo a la mujer.

Caminaron con mucho cuidado por la playa rocosa. Abajo, cerca del agua, ya no quedaba arena; la marea la había cubierto. Anduvieron en fila india por la primera placa de pizarra. A medio camino, el hombre se detuvo y alargó la mano hacia atrás a Daidre Trahair para ayudarla. Ella negó con la cabeza. Estaba bien, le dijo.

Cuando llegaron al cadáver, la marea acariciaba la pizarra donde yacía. Diez minutos más y habría desaparecido. Mick dio indicaciones a sus dos compañeros. El hombre lo ayudaría a mover el cuerpo hasta la orilla. La mujer recogería cualquier cosa que quedara atrás. No era la mejor situación, pero tendría que servir. No podían permitirse esperar a los profesionales.

Capítulo dos

A Cadan Angarrack no le importaba que lloviera. Tampoco le importaba el espectáculo que sabía que daba al limitado mundo de Casvelyn. Se desplazaba en su BMX *freestyle,* con las rodillas a la altura de la cintura y los codos hacia fuera como flechas curvadas, concentrado en llegar a casa para compartir su noticia. *Pooh* botaba en su hombro, graznando en protesta y gritando de vez en cuando «¡Basura de agua dulce!» al oído de Cadan. Era mucho mejor que un picotazo en el lóbulo de la oreja, algo que había sucedido en el pasado antes de que el loro aprendiera que se había portado mal, así que Cadan no intentó hacerle callar.

—Díselo tú, *Pooh* —le dijo.

Y el loro respondió:

—¡Agujeros en el ático! —una expresión cuya procedencia era un misterio para su dueño.

Si hubiera estado trabajando con la bicicleta en lugar de utilizarla como medio de transporte, Cadan no habría tenido al loro con él. Al principio, se llevaba a *Pooh* y le buscaba una percha cerca de un lateral de la piscina vacía mientras repasaba sus rutinas y desarrollaba estrategias para mejorar no sólo sus acrobacias sino la zona en que las practicaba. Pero alguna maestra del colegio de preescolar que estaba al lado del polideportivo había dado la voz de alarma sobre el vocabulario de *Pooh* y lo que ocasionaba a los oídos inocentes de los niños de siete años cuyas mentes intentaba moldear y Cadan había recibido la orden: dejar al pájaro en casa si no podía tenerlo callado y si quería utilizar la piscina vacía. Así que no tuvo elección. Hasta hoy, había tenido que usar la piscina porque de momento no había hecho el más mínimo avance con el ayuntamiento para que montara pasarelas para saltos aéreos en Binner Down. Le habían mirado como habrían mirado a un psicópata y Cadan sabía qué pensaban: no sólo exactamente lo mismo que pensaba su padre sino también lo que decía: «¿Veintidós años y juegas con una bicicleta? ¿Qué coño estás haciendo?».

«Nada —pensaba Cadan—. Una mierda. ¿Crees que es fácil? ¿Un *tabletop*? ¿Un *tailwhip*? Intentadlo alguna vez.»

Pero por supuesto, nunca lo harían. Ni los concejales ni su padre. Sólo lo miraban y su expresión decía: «Haz algo con tu vida. Búscate un trabajo, por el amor de Dios».

Y eso era lo que tenía que decirle a su padre: tenía un empleo remunerado. Con *Pooh* en el hombro o no, había conseguido otro trabajo. Por supuesto, no hacía falta que su padre supiera cómo. No hacía falta que supiera que en realidad Cadan había preguntado si Adventures Unlimited había pensado en qué uso podía darle a su campo de golf destartalado y que le habían acabado contratando para ocuparse del mantenimiento del viejo hotel a cambio de utilizar las lomas y hondonadas del campo de golf —excepto los molinos, graneros y otras estructuras varias, naturalmente— para perfeccionar sus figuras aéreas. Lo único que tenía que saber Lew Angarrack era que, después de que lo echara del negocio familiar una vez más por sus múltiples errores —¿y quién diablos quería fabricar tablas de surf de todos modos?—, Cadan había salido y sustituido el Trabajo A por el Trabajo B en 72 horas, lo que era una especie de récord, decidió. Normalmente ofrecía una excusa a su padre para seguir cabreado con él durante cinco o seis semanas como mínimo.

Iba dando botes por la calle sin asfaltar que había detrás de Victoria Road y secándose la lluvia de la cara cuando su padre le adelantó con el coche de camino a casa. Lew Angarrack no miró a su hijo, aunque su expresión de desagrado decía a Cadan que se había quedado con la imagen que daba, por no hablar de que habría recordado por qué su vástago iba en bici bajo la lluvia y ya no al volante de su coche.

Delante de él, Cadan vio que su padre bajaba del RAV4 y abría la puerta del garaje. Dio marcha atrás con el Toyota para entrar y cuando Cadan cruzó la verja con la bicicleta y accedió al jardín trasero, Lew ya había dado un manguerazo a su tabla de surf. Estaba sacando el traje de neopreno del 4x4 para lavarlo también, mientras el agua borboteaba de la manguera sobre el césped.

Cadan le observó un momento. Sabía que se parecía a su padre, pero las similitudes no iban más allá del físico. Los dos eran bajos y fornidos, tenían el pecho y los hombros anchos, así que su constitución era triangular, y lucían la misma mata de pelo oscuro, aunque a su padre le crecía cada vez más por todo el cuerpo, por lo que empezaba a parecerse al apodo secreto que le había puesto la hermana de Cadan: Hombre Gorila. Pero ahí acababa todo. En cuanto al resto, eran como la noche y el día. La idea que tenía su padre de pasar un buen rato era asegurarse de que todo estuviera siempre en su sitio y que nada cambiara ni un ápice hasta el fin de sus días, mientras que la de Cadan era... bueno, totalmente distinta. El mundo de su padre era Casvelyn de principio a fin y si alguna vez pasaba de la orilla norte del Oahu —«un gran sueño, papá, tú sigue soñando»— sería el mayor milagro de todos los tiempos. Cadan, por otro lado, recorría kilómetros antes de irse a dormir y el objetivo de esos kilómetros iba a ser su nombre en luces brillantes, los Juegos X, medallas de oro y su careto sonriente en la portada de *Ride BMX*.

—Hoy había viento de mar a tierra. ¿Por qué has salido?

Lew no contestó. Pasó agua por encima del traje de neopreno, le dio la vuelta e hizo lo mismo con el otro lado. Lavó los escarpines, el gorro y los guantes antes de mirar a Cadan y luego al loro mexicano que llevaba en el hombro.

—Será mejor que apartes a ese pájaro de la lluvia —dijo.

—No le pasará nada —dijo Cadan—. En su país llueve. No has cogido ninguna ola, ¿no? La marea está subiendo. ¿Adónde has ido?

—No necesitaba olas. —Su padre recogió el traje del suelo y lo colgó donde siempre: sobre una silla plegable de aluminio cuyo asiento de tela estaba hundido por el peso fantasmagórico de mil traseros—. Quería pensar. No hacen falta olas para pensar, ¿verdad?

Entonces, ¿por qué se había tomado la molestia de preparar

el equipo y bajarlo hasta el mar?, quiso preguntarle Cadan. Pero no lo hizo porque si se lo preguntaba, obtendría una respuesta y ésta no sería lo que había estado pensando su padre. Existían tres posibilidades, pero como una de ellas era el propio Cadan y su lista de transgresiones, decidió renunciar a seguir hablando del tema. Así que siguió a su padre al interior de la casa, donde Lew se secó el pelo con una toalla colgada con este objeto detrás de la puerta. Luego se acercó al hervidor de agua y lo encendió. Tomaría un café instantáneo, solo, con una cucharada de azúcar. Se lo bebería en una taza que ponía Newquay Invitational. Se quedaría junto a la ventana y miraría el jardín trasero y cuando se terminara el café, fregaría la taza. El señor Espontaneidad.

Cadan esperó a que Lew tuviera el café en la mano y se colocara junto a la ventana como siempre. Empleó ese tiempo para dejar a *Pooh* en el salón en su percha habitual. Regresó a la cocina y dijo:

—Tengo trabajo, papá.

Su padre bebió. No hizo ningún ruido. No sorbió el líquido caliente ni gruñó para hacerle saber que le había oído.

—¿Dónde está tu hermana, Cade?

Cadan se negó a que la pregunta le deprimiera.

—¿Has oído lo que te he dicho? Tengo trabajo. Un trabajo bastante bueno.

—¿Y tú has oído lo que te he preguntado yo? ¿Dónde está Madlyn?

—Como hoy es un día laborable para ella, supongo que estará trabajando.

—Me he pasado por allí. No estaba.

—Entonces no sé dónde está. Ahogando las penas en alguna parte, llorando por los rincones... Lo que sea en lugar de tranquilizarse como haría cualquiera. Ni que se hubiera acabado el mundo.

—¿Está en su cuarto?

—Ya te he dicho...

—¿Dónde? —Lew todavía no se había dado la vuelta, algo que exasperaba a Cadan. Le entraron ganas de tomarse seis cervezas de golpe delante de su cara, sólo para llamar su atención.

—Ya te he dicho que no sé dónde…

—¿Dónde es el trabajo? —Lew se giró, no sólo la cabeza sino todo el cuerpo. Se apoyó en la repisa de la ventana. Miró a su hijo y Cadan sabía que estaba estudiándolo, evaluándolo, y que el veredicto era que no daba la talla. Había visto esa expresión en el rostro de su padre desde que tenía seis años.

—En Adventures Unlimited —contestó—. Voy a encargarme del mantenimiento del hotel hasta que empiece la temporada.

—¿Y luego qué?

—Si todo va bien, daré un curso. —Esto último era mucho imaginar, pero todo era posible, y estaban realizando el proceso de selección de instructores para el verano, ¿no? Rápel, escalada, kayak, natación, vela… Él sabía hacer todo eso y aunque no le quisieran para esas actividades, siempre quedaba el ciclismo acrobático y sus planes para modificar el maltrecho campo de golf. Aunque aquello no se lo mencionó a su padre. Una palabra sobre ciclismo acrobático y Lew leería «motivos ocultos» como si Cadan llevara la palabra tatuada en la frente.

—«Si todo va bien.» —Lew soltó el aire por la nariz, su versión de un resoplido de desdén, un gesto que decía más que un monólogo dramático y todo ello basado en el mismo tema—. ¿Y cómo piensas ir hasta allí? ¿En esa cosa de ahí fuera? —Se refería a la bici—. Porque no te voy a devolver las llaves del coche, ni el carné de conducir. Así que no creas que un trabajo cambiará las cosas.

—No te estoy pidiendo que me devuelvas las llaves, ¿no? —dijo Cadan—. No te estoy pidiendo el carné. Iré caminando. O en bici si es necesario. No me importa qué imagen dé. Hoy he ido en bici, ¿no?

Otra vez el resoplido. Cadan deseó que su padre dijera lo que pensaba en lugar de telegrafiárselo siempre a través de expresiones faciales y sonidos no tan sutiles. Si Lew Angarrack se decidiera y declarara «chico, eres un perdedor», Cadan al menos tendría algo para pelearse con él: fracasos como hijo frente a fracasos distintos como padre. Pero Lew siempre tomaba una vía indirecta y, por lo general, el vehículo que utilizaba era el silencio, la respiración fuerte y —como mucho— comparaciones directas entre Cadan y su hermana. Ella era Madlyn la santa, naturalmente, una surfista de talla mundial, directa a la cima. Hasta hacía poco, claro.

Cadan se sentía mal por su hermana y por lo que le había pasado, pero una pequeña parte repugnante de él se alegraba. A pesar de ser una cría, llevaba demasiados años haciéndole sombra.

—¿Eso es todo, entonces? Nada de «bien hecho, Cade» o «felicidades»; ni siquiera «vaya, por una vez me has sorprendido». He encontrado trabajo y me van a pagar bien, por cierto, pero a ti no te importa una mierda porque… ¿qué? ¿No es lo bastante bueno? ¿No tiene nada que ver con el surf? Es…

—Ya tenías trabajo, Cade, y la fastidiaste. —Lew apuró el resto del café y llevó la taza al fregadero. Allí, la fregó igual que fregaba todo. Fuera manchas, fuera gérmenes.

—Vaya idiotez —dijo Cadan—. Trabajar para ti siempre fue una mala idea y los dos lo sabemos, aunque no quieras reconocerlo. No soy una persona que se fije en los detalles. Nunca lo he sido. No tengo la… No lo sé… La paciencia o lo que sea.

Lew secó la taza y la cuchara, guardó las dos cosas y pasó un paño por la encimera vieja de acero inoxidable llena de arañazos, aunque no tenía ni una miga.

—Tu problema es que quieres que todo sea divertido. Pero la vida no es así y te niegas a verlo.

Cadan señaló afuera, hacia el jardín trasero y el equipo de surf que su padre acababa de lavar.

—¿Y eso no es divertido? Te has pasado todo el tiempo libre de tu vida cogiendo olas, pero se supone que tengo que verlo como… ¿qué? ¿Una tarea noble como curar el sida? ¿Acabar con la pobreza en el mundo? Me echas la bronca porque hago lo que quiero hacer, pero ¿acaso no has hecho tú lo mismo? No, espera. No contestes. Ya lo sé. Lo que tú haces es preparar a un campeón. Tienes un objetivo. En cambio yo…

—Tener un objetivo no es malo.

—Exacto. No es malo. Y yo tengo el mío. Sólo que no es el mismo que el tuyo. O el de Madlyn. O el que tenía Madlyn.

—¿Dónde está? —preguntó Lew.

—Ya te he dicho…

—Ya sé lo que me has dicho. Pero alguna idea tendrás de dónde se habrá metido tu hermana si no ha ido a trabajar. La conoces. Y a él. También le conoces a él, en realidad.

—Oye, no me eches la culpa de eso. Ella conocía su reputación, todo el mundo la conoce. Pero no quiso escuchar a nadie. Además, lo que a ti te importa no es dónde está, sino que se haya descarriado. Igual que tú.

—No se ha descarriado.

—Anda que no. ¿Y en qué lugar te deja eso a ti, papá? Depositaste todos tus sueños en ella en lugar de vivir los tuyos.

—Los retomará.

—Yo no apostaría por ello.

—Y no te... —De repente, Lew se calló lo que pensaba decir.

Se quedaron mirándose cada uno desde un extremo de la cocina. Era una distancia de menos de tres metros, pero también era un abismo que se ensanchaba año tras año. Cada uno estaba en su borde respectivo y a Cadan le pareció que algún día uno de los dos se despeñaría.

Selevan Penrule se tomó su tiempo para llegar a la tienda de surf Clean Barrel, tras decidir rápidamente que sería indecoroso marcharse corriendo del Salthouse Inn en cuanto se corrió el rumor sobre Santo Kerne. Tenía motivos para salir disparado, pero sabía que no daría muy buena impresión. Además, a su edad, ya no podía salir disparado a ninguna parte. Demasiados años ordeñando vacas, arreando el maldito ganado por los pastos; iba siempre con la espalda encorvada y tenía las caderas molidas. Sesenta y ocho años y se sentía como si tuviera ochenta. Tendría que haber vendido el negocio y abierto el camping de caravanas treinta y cinco años antes, y lo habría hecho si hubiera tenido el dinero, los huevos y la visión necesarios y no una esposa e hijos. Ahora se habían ido todos, la casa se caía a pedazos y él había reconvertido la granja. Sea Dreams, la había llamado. Cuatro hileras perfectas de caravanas del tamaño de una caja de zapatos encaramadas en los acantilados sobre el mar.

Condujo con cuidado. De vez en cuando aparecían perros

en los caminos rurales. También gatos, conejos, pájaros. Selevan odiaba la idea de atropellar algo, no tanto por la culpa o la responsabilidad que tal vez sintiera por haber causado una muerte, sino por las molestias que le acarrearía. Tendría que parar y detestaba hacerlo cuando había emprendido una acción. En este caso, la acción era llegar a Casvelyn y entrar en la tienda de surf donde trabajaba su nieta. Quería que Tammy supiera la noticia por él.

Cuando llegó al pueblo aparcó en el embarcadero con el morro de su viejo Land Rover señalando el canal de Casvelyn, un lugar estrecho que en su día conectaba Holsworthy y Launceston con el mar pero que ahora serpenteaba tierra adentro unos once kilómetros antes de terminar abruptamente, como un pensamiento interrumpido. Tendría que cruzar el río Cas para llegar al centro del pueblo, donde estaba la tienda de surf, pero encontrar aparcamiento allí siempre era un gran problema —hiciera el tiempo que hiciese y en cualquier época del año— y, de todos modos, le apetecía pasear. Mientras caminaba por la carretera en forma de media luna que definía el extremo suroccidental del pueblo, tendría tiempo para pensar. Debía encontrar un enfoque que transmitiera la información y le permitiera juzgar la reacción de la chica. Porque para Selevan Penrule, lo que Tammy decía que era y lo que Tammy era en realidad eran dos cosas totalmente opuestas. Sólo que ella aún no lo sabía.

Se bajó del coche y saludó con la cabeza a varios pescadores que fumaban bajo la lluvia, sus embarcaciones descansando en el muelle. Habían entrado desde el mar a través de la esclusa del canal que había al final del puerto y ofrecían un contraste marcado con los barcos y los tripulantes que llegarían a Casvelyn a principios de verano. Selevan prefería mucho más a este grupo que a los que se presentarían con el buen tiempo. Él vivía del turismo, cierto, pero no tenía por qué gustarle.

Puso rumbo al centro del pueblo, caminando por una calle de tiendas. Se detuvo a pedir un café para llevar en Jill's Juices y luego otra vez para comprar un paquete de Dunhills y un tubo de caramelos de menta en el Pukkas Pizza Etcetera (enfatizaban el «etcétera» porque sus pizzas eran malísimas), punto donde la carretera giraba hacia la playa. Desde allí subía lentamente hasta la parte de arriba del pueblo y la tienda de surf Clean Barrel se encontraba en una esquina a medio camino, justo en una calle que contaba con una peluquería, una discoteca destartalada, dos hoteles venidos a menos y un local de *fish and chips* para llevar.

Se terminó el café antes de llegar a la tienda. No había ninguna papelera cerca, así que dobló la taza de cartón y se la guardó en el bolsillo del chubasquero. Delante de él, vio a un joven con un corte de pelo estilo Julio César que conversaba seriamente con Nigel Coyle, el propietario de Clean Barrel. Sería Will Mendick, pensó Selevan. Había puesto muchas esperanzas en Will, pero de momento no se habían materializado. Oyó que Will le decía a Nigel Coyle:

—Reconozco que me equivoqué, señor Coyle. No tendría que haberlo sugerido siquiera. Pero no lo había hecho nunca.

—No se te da muy bien mentir, ¿verdad? —respondió Coyle antes de alejarse con las llaves del coche tintineando en la mano.

—Que te den, tío —replicó Will—. Que te den por saco. —Y cuando Selevan se acercó a él dijo—: Hola, señor Penrule. Tammy está dentro.

Selevan encontró a su nieta reponiendo un estante de folletos de colores vistosos. La observó como siempre hacía, como si fuera una especie de mamífero que no hubiera visto nunca. La mayor parte de lo que veía no le gustaba. Era un saco de huesos vestido de negro: zapatos negros, medias negras, falda negra, jersey negro. El pelo demasiado fino y demasiado corto y sin un poco de esa cosa pegajosa siquiera para darle un aspecto distinto al que tenía: una mata de pelo sin vida sobre el cráneo.

Selevan podría soportar que la chica fuera un saco de huesos y vistiera de negro si diera la más mínima señal de ser normal. Los ojos perfilados en negro y aretes plateados en las cejas y los labios y una tachuela en la lengua; lo entendía. A ver, no le gustaba, pero lo entendía: era lo que estaba de moda entre ciertos jóvenes de su edad. Ya entrarían en razón, cabía esperar, antes de desfigurarse por completo. Cuando cumplieran veintiuno o veinticinco años y descubrieran que los trabajos remunerados no llamaban a sus puertas se enmendarían, como había hecho el padre de Tammy. ¿Y qué era ahora? Teniente coronel del ejército destinado en Rhodesia o donde fuera, porque Selevan siempre le perdía la pista —y para él siempre sería Rhodesia, daba igual como quisiera llamarse el país—, con una carrera distinguida por delante.

Pero ¿Tammy? «¿Podemos mandártela, papá?», le había preguntado a Selevan el padre de la chica. Su voz a través del teléfono sonaba tan real como si estuviera en la habitación de al lado y no en un hotel de África donde había aparcado a su hija antes de meterla en un avión con destino a Inglaterra. ¿Y qué iba a contestar su abuelo? Ya tenía el billete. Ya estaba en camino. «Podemos mandártela, ¿verdad, papá? Este ambiente no es adecuado para ella. Ve demasiadas cosas. Creemos que el problema es ése.»

El propio Selevan tenía su propia idea de cuál era el problema, pero le gustaba pensar que un hijo confiaba en la sabiduría de su padre. «Mándamela —le dijo Selevan a David—. Pero a ver, si va a quedarse conmigo no voy a permitir ninguna de sus tonterías. Comerá cuando toque y recogerá su plato y...»

Eso, le dijo su hijo, no sería ningún problema.

Cierto. La chica apenas dejaba rastro tras ella. Si Selevan pensaba que le causaría alguna molestia, acabó aprendiendo que los problemas que ocasionaba venían de que no daba ningún problema. No era normal, y ése era el quid de la cuestión. Porque, maldita sea, era su nieta. Y eso significaba que se suponía que tenía que ser normal.

Tammy colocó el último folleto en su lugar y ordenó el estante. Retrocedió un paso, como para ver el efecto, justo cuando Will Mendick entraba en la tienda.

—Nada bueno, joder. Coyle no quiere que vuelva —le dijo a Tammy. Y luego a Selevan—: Hoy llega pronto, señor Penrule.

Tammy se dio la vuelta al oír aquello.

—¿No has oído mi mensaje, yayo?

—No he pasado por casa —respondió Selevan.

—Vaya. Yo... Will y yo queríamos ir a tomar un café después de cerrar.

—¿Eso queríais? —Selevan se puso contento. Tal vez, pensó, había juzgado mal el interés de Tammy por el joven.

—Iba a llevarme a casa después. —Luego frunció el ceño y pareció percatarse de que era demasiado pronto de todos modos para que su abuelo fuera a recogerla para llevarla a casa. Miró el reloj que colgaba de su muñeca delgada.

—Vengo del Salthouse Inn —dijo Selevan—. Ha habido un accidente en Polcare Cove.

—¿Estás bien? —le preguntó—. ¿Has chocado con algún coche o algo? —Parecía preocupada y aquello complació a Selevan. Tammy quería a su abuelo. Tal vez fuera seco con ella, pero nunca se lo tenía en cuenta.

—Yo no —contestó él, y entonces comenzó a examinarla detenidamente—. Ha sido Santo Kerne.

—¿Santo? ¿Qué le ha pasado?

¿Había subido la voz? ¿Era pánico? ¿Una forma de protegerse de una mala noticia? Selevan quería pensar que sí, pero el tono de su voz no cuadraba con la mirada que intercambió con Will Mendick.

—Cayó del acantilado, por lo que tengo entendido —dijo—. En Polcare Cove. La doctora Trahair ha llegado al hostal con un excursionista para avisar a la policía. Este tipo, el excursionista, ha encontrado el cuerpo.

—¿Está bien? —preguntó Mendick.

Y al mismo tiempo Tammy dijo:

—Pero Santo está bien, ¿verdad?

Definitivamente a Selevan le complació aquello: la urgencia en las palabras de Tammy y lo que indicaba aquella urgencia sobre sus sentimientos. Daba igual que Santo Kerne fuera el objeto más despreciable en que una chica joven pudiera depositar sus afectos. Que hubiera afecto era una señal positiva y Selevan Penrule había permitido a Kerne entrar en su propiedad en Sea Dreams justo por ese motivo: para que tuviera un atajo a los acantilados o al mar, ¿quién sabía lo que podía despertar en el corazón de Tammy? Ése era el objetivo, ¿verdad? Tammy, el despertar de algo y una distracción.

—No lo sé —le dijo Selevan—. Esa tal doctora Trahair entró y le dijo a Brian del Salthouse que Santo Kerne había caído en las rocas de Polcare Cove. Es lo único que sé.

—No pinta bien —dijo Will Mendick.

—¿Estaba haciendo surf, yayo? —preguntó Tammy. Pero no miró a su abuelo cuando habló. No apartó los ojos de Will.

Aquello hizo que Selevan mirara más detenidamente al joven. Vio que Will respiraba de una forma extraña, como un corredor, pero había palidecido. Normalmente era un chico de rostro rubicundo, así que cuando se quedaba blanco se notaba mucho.

—No sé qué estaba haciendo —dijo Selevan—. Pero le ha pasado algo, eso seguro. Y tiene mala pinta.

—¿Por qué? —preguntó Will.

—Porque no habrían dejado al chico solo en las rocas si sólo estuviera herido y no… —Se encogió de hombros.

—¿Muerto? —dijo Tammy.

—¿Muerto? —repitió Will.

—Ve, Will —dijo Tammy.

—¿Pero cómo voy a…?

—Ya se te ocurrirá algo. Tú ve. Ya tomaremos un café otro día.

Al parecer, eso fue lo único que necesitó el chico. Will se despidió de Selevan con la cabeza y se dirigió hacia la puerta. Tocó el hombro de Tammy cuando pasó a su lado.

—Gracias, Tam —le dijo—. Te llamaré.

Selevan intentó interpretar aquello como una señal positiva.

Estaba oscureciendo deprisa cuando la inspectora Bea Hannaford llegó a Polcare Cove. Se encontraba comprando unas botas de fútbol para su hijo cuando la llamaron al móvil y terminó la adquisición sin dar a Pete la oportunidad de señalar que no se había probado todos los modelos disponibles, como hacía habitualmente. Le dijo: «Las compramos ahora o vuelves luego con tu padre», y aquello bastó. Su padre le obligaría a quedarse con las más baratas y no admitiría ninguna discusión al respecto.

Salieron de la tienda a toda prisa y corrieron bajo la lluvia hasta el coche. Llamó a Ray mientras conducía. Esta noche no le tocaba quedarse con Pete, pero Ray fue flexible. También era policía y conocía las exigencias del trabajo. Se reuniría con ellos en Polcare Cove, le dijo. «¿Un suicida?», le había preguntado. «Todavía no lo sé», había contestado ella.

Los cadáveres al pie de un acantilado no eran algo raro en esta parte del mundo. La gente cometía la estupidez de subir hasta la cumbre, se acercaba demasiado al borde y caía o saltaba. Si la marea estaba alta, a veces nunca encontraban el cuerpo. Si estaba baja, la policía tenía la oportunidad de averiguar cómo había llegado hasta allí.

—Seguro que hay mogollón de sangre —estaba diciendo Pete con entusiasmo—. Seguro que se ha abierto la cabeza como una sandía y las entrañas y el cerebro están desparramados por todo el suelo.

—Peter.

Bea le lanzó una mirada. Estaba repantigado contra la puerta, con la bolsa de plástico de las botas pegada al pecho como si creyera que alguien iba a arrebatársela. Llevaba ortodoncia y tenía granos en la cara, la maldición de un joven adolescente, recordó Bea, aunque ella había pasado su adolescencia hacía ya cuarenta años. Mirándolo ahora a sus catorce años, le resultaba imposible imaginar al hombre que podría llegar a ser algún día.

—¿Qué? —le preguntó él—. Has dicho que alguien ha caído por el acantilado. Seguro que cayó de cabeza y se aplastó el cráneo. Seguro que se tiró. Seguro…

—No hablarías así si hubieras visto a alguien que ha caído.

—Brutal —musitó Pete.

Lo hacía a propósito, pensó Bea, intentaba provocar una pelea. Estaba enfadado por tener que ir a casa de su padre y más enfadado aún porque habían trastocado sus planes, que consistían en el raro lujo de cenar pizza y ver un DVD. Había elegido una película sobre fútbol que su padre no estaría interesado en ver con él, a diferencia de su madre. Bea y Pete eran iguales cuando de fútbol se trataba.

Decidió dejar que se le pasara el enfado sin replicarle. No tenía tiempo de ocuparse del tema y, de todos modos, el chico tenía que aprender a aceptar que se produjera un cambio de planes, porque ningún plan era nunca inamovible.

Cuando al fin llegaron a las inmediaciones de Polcare Cove, llovía a cántaros. Bea Hannaford no había estado nunca en aquel lugar, así que miró por el parabrisas y avanzó lentamente por el sendero, que descendía a través de un bosque con una serie de curvas pronunciadas antes de salir de los árboles en ciernes, volver a subir por tierras de labranza definidas por setos y bajar una última vez hacia el mar. Aquí, el paisaje se abría y formaba una pradera en cuyo extremo noroccidental había una cabaña color mostaza con dos edificios anexos, la única vivienda del lugar.

En el sendero, un coche patrulla sobresalía parcialmente de la entrada de la cabaña y había otro coche de policía justo enfrente, delante de un Opel blanco aparcado cerca de la casa. Bea no paró porque con ello habría bloqueado la carretera y sabía que llegarían muchos vehículos más que necesitarían acceder a la playa antes de que terminara el día. Siguió avanzando hacia el mar y encontró lo que pretendía ser un aparcamiento: un trozo de tierra agujereada como un queso gruyer. Se detuvo allí.

Pete alargó la mano para abrir la puerta.

—Espera aquí —le dijo su madre.

—Pero quiero ver…

—Pete, ya me has oído. Espera aquí. Tu padre está de camino. Si llega y no estás en el coche… ¿Hace falta que siga?

Pete se dejó caer en el asiento, enfurruñado.

—No pasaría nada por mirar. Y esta noche no me toca quedarme con papá.

Ah. Ahí estaba. El niño sabía elegir el momento, igualito que su padre.

—Flexibilidad, Pete —dijo ella—. Sabes muy bien que es la clave de cualquier juego, incluido el juego de la vida. Ahora espera aquí.

—Pero mamá…

Lo atrajo hacia ella y le dio un beso brusco en la cabeza.

—Espera aquí —le dijo.

Un golpecito en la ventanilla captó su atención. Era un agente vestido con ropa de lluvia, tenía gotas de agua en las pestañas y una linterna en la mano. No estaba encendida, pero pronto la necesitarían. Bea salió al viento racheado y la lluvia, se subió la cremallera de la chaqueta, se puso la capucha y dijo:

—Soy la inspectora Hannaford. ¿Qué tenemos?

—Un chaval. Está muerto.

—¿Un suicidio?

—No. Tiene una cuerda atada al cuerpo. Imagino que cayó del acantilado mientras hacía rápel. Todavía lleva un anclaje en la cuerda.

—¿Quién está arriba en la cabaña? Hay otro coche patrulla.

—El sargento de guardia de Casvelyn. Está con los dos que encontraron el cuerpo.

—Enséñeme qué tenemos. ¿Cómo se llama, por cierto?

El hombre se presentó como Mick McNulty, agente de la comisaría de Casvelyn. Sólo dos policías trabajaban allí: él y el sargento. Era lo habitual en el campo.

McNulty caminaba en primer lugar. El cadáver estaba a unos treinta metros de las olas, pero a una buena distancia del acantilado del que debía de haber caído. El agente había tenido el aplomo de cubrir el cuerpo con un plástico azul intenso y la previsión de disponerlo de manera que —con la ayuda de las rocas— no tocara el cadáver.

Bea asintió y McNulty levantó el plástico para mostrarle el cuerpo mientras seguía protegiéndolo de la lluvia. Con el viento, el plástico crujió y se agitó como una vela azul. Bea se puso en cuclillas, levantó la mano para coger la linterna y enfocó con la luz al joven, que estaba boca arriba. Era rubio, con mechas claras por el sol, y el pelo se le rizaba como el de un querubín alrededor de la cara. Tenía los ojos azules y sin vida y la piel rozada por haberse golpeado con las rocas al caer. También tenía magulladuras —un ojo morado—, pero parecía una herida antigua. Se había vuelto amarilla a medida que había ido curándose. Iba vestido para hacer escalada: todavía llevaba el arnés abrochado alrededor de la cintura con al menos dos docenas de cachivaches metálicos colgando de él, y tenía una cuerda enrollada en el pecho que seguía atada a un mosquetón. Pero a qué había atado el mosquetón... Ésa era la pregunta.

—¿Quién es? —preguntó Bea—. ¿Le hemos identificado?

—No lleva nada encima.

La inspectora miró hacia el acantilado.

—¿Quién ha movido el cuerpo?

—Yo y el tipo que lo ha encontrado. Era eso o arrastrarlo, jefa —explicó rápidamente, no fuera que le soltara una reprimenda—. Yo solo no podría haberlo movido.

—Pues nos quedaremos con su ropa. Y con la de él. ¿Dice que está arriba en la cabaña?

—¿Mi ropa?

—¿Qué esperaba, agente? —Bea sacó el móvil y abrió la tapa. Miró la pantalla y suspiró. No había cobertura.

Al menos el agente McNulty llevaba una radio en el hombro y le dijo que lo dispusiera todo para que mandaran cuanto antes a un patólogo del Ministerio del Interior. Sabía que no sería pronto, porque el patólogo tendría que venir desde Exeter, y eso si se encontraba allí y no encargándose de otro asunto. La tarde iba a ser larga y la noche, más aún.

Mientras McNulty llamaba por radio como le había ordenado, Bea miró el cuerpo una vez más. Era un adolescente. Era muy guapo. Estaba en forma, era musculoso. Iba vestido para practicar escalada, pero como muchos escaladores de su edad no llevaba casco. Quizá le habría salvado la vida, pero podría no haber servido de nada. Sólo la autopsia podría revelarlo.

Su mirada se desvió del cadáver al acantilado. Vio que el camino de la costa —una ruta senderista de Cornualles que comenzaba en Marsland Mouth y terminaba en Cremyll— describía un corredor que serpenteaba desde el aparcamiento hasta la cima de este acantilado, igual que a lo largo de la mayor parte de la costa de Cornualles. El escalador que yacía a sus pies tenía que haber dejado algo allí arriba. Algo que sirviera para identificarle era de esperar. Un coche, una moto, una bici. Estaban en medio de la nada y era imposible creer que había llegado allí a pie. Pronto sabrían quién era, pero alguien tendría que subir a ver.

—Tendrá que subir a ver si se ha dejado algo en la cima del acantilado —dijo Bea al agente McNulty—. Pero vaya con cuidado. Ese sendero debe de ser matador con la lluvia.

Intercambiaron una mirada por la palabra elegida: matador. Era demasiado pronto para decirlo, pero acabarían averiguándolo.

Capítulo 3

Como Daidre Trahair vivía sola, estaba acostumbrada al silencio, y como en el trabajo la mayor parte del tiempo estaba rodeada de ruido, cuando tenía la oportunidad de pasar un rato en un lugar donde el único sonido era el del ambiente no sentía ansiedad , ni siquiera cuando se encontraba con un grupo de gente que no tenía nada que decirse. Por las noches, rara vez encendía la radio o el televisor. Cuando sonaba el teléfono en casa, a menudo ni se molestaba en contestar. Así que el hecho de que hubiera pasado como mínimo una hora sin que ninguno de sus compañeros hubiera pronunciado una sola palabra no la preocupaba.

Estaba sentada junto al fuego con un libro de planos de jardines de Gertrude Jekyll. Le parecían maravillosos. Los propios planos eran acuarelas y allí donde había jardines disponibles para hacer fotografías, éstas acompañaban a los planos. La mujer había comprendido las formas, los colores y el diseño y eso la convertía en una diosa para Daidre. La Idea —y Daidre siempre pensaba en ella con I mayúscula— era transformar la zona que rodeaba Polcare Cottage en un jardín que pudiera haber creado Gertrude Jekyll. Sería un verdadero reto por el viento y el clima y al final tal vez todo se redujera a plantas suculentas, pero Daidre quería intentarlo. En su casa de Bristol no tenía jardín y le encantaban los jardines. Le gustaba trabajar en ellos: meter las manos en la tierra y que algo naciera de aquel gesto. La jardinería iba a ser su vía de escape. Mantenerse ocupada en el trabajo no bastaba.

Levantó la vista del libro y miró a los dos hombres que estaban en el salón con ella. El policía de Casvelyn se había presentado como el sargento Paddy Collins y tenía acento de Belfast, lo que demostraba que su nombre era auténtico. Estaba sentado con la espalda erguida en una silla de respaldo recto que había traído de la mesa de la cocina, como si ocupar uno de los sillones del salón fuera a indicar una negligencia en el cumplimiento de su deber. Todavía tenía abierta una libreta sobre las rodillas y miraba al otro hombre como lo había mirado desde el principio: sin disimular su recelo.

Quién podía culparle, pensó Daidre. El excursionista era un personaje discutible. Aparte de su aspecto y mal olor —que en sí mismos podrían no haber levantado ninguna sospecha en la mente de un policía que se cuestionara su presencia por estos lares, ya que el sendero de la costa suroccidental era un camino muy transitado al menos durante los meses de buen tiempo— estaba el detalle nada desdeñable de su voz. Era obvio que era culto y seguramente de buena familia, y Paddy Collins hizo más que levantar una ceja cuando el hombre le dijo que no llevaba ninguna identificación encima.

—¿Qué quiere decir que no lleva ninguna identificación? —había dicho Collins con incredulidad—. ¿No lleva el carné de conducir? ¿Ninguna tarjeta de crédito? ¿Nada?

—Nada —dijo Thomas—. Lo siento muchísimo.

—Entonces podría ser usted cualquiera, ¿no?

—Supongo que sí. —Parecía que Thomas deseaba que así fuera.

—¿Y se supone que tengo que creer lo que me cuente sobre usted? —le preguntó Collins.

Thomas pareció tomarse la pregunta de manera retórica, porque no respondió. Pero al parecer no le molestó la amenaza implícita en el tono del sargento. Simplemente se acercó a la pequeña ventana y miró hacia la playa, aunque en realidad no se veía desde la cabaña. Allí se quedó el hombre, sin moverse y como si apenas respirara.

Daidre quería preguntarle cuáles eran sus heridas. Cuando lo había encontrado en la cabaña, no había sido la sangre de su cara ni de su ropa ni tampoco nada obvio en su cuerpo lo que la había impulsado a ofrecerle su ayuda como médico. Había sido la expresión de sus ojos. Su agonía era inconcebible: una herida interna, pero no física. Ahora lo veía. Reconocía las señales.

Cuando el sargento Collins se movió, se levantó y fue a la cocina —seguramente a prepararse una taza de té, puesto que Daidre le había enseñado dónde guardaba las bolsitas—, ella aprovechó la oportunidad para hablar con el excursionista.

—¿Por qué caminaba por la costa solo y sin identificación, Thomas? —le preguntó.

El hombre no se volvió de la ventana. No contestó, aunque movió un poco la cabeza, lo que sugería que estaba escuchando.

—¿Y si le hubiera pasado algo? —dijo Daidre—. La gente se cae por esos acantilados. Ponen mal el pie, resbalan y…

—Sí —dijo Thomas—. He visto los recordatorios, por todo el camino.

Estaban por toda la costa, esos recordatorios: a veces eran tan efímeros como un ramo de flores moribundas colocadas en el lugar de la caída fatídica, a veces un banco grabado con una frase adecuada, a veces tan duraderos y permanentes como un indicador parecido a una lápida con el nombre del fallecido cincelado en él. Cada uno servía para señalar el paso eterno de surfistas, escaladores, excursionistas y suicidas. Era imposible ir caminando por el sendero de la costa y no encontrarse ninguno.

—He visto uno muy elaborado —dijo Thomas, como si, entre todos los temas, aquél fuera del que ella quisiera hablar con él—. Una mesa y un banco, ambos de granito. Hay que utilizar granito si lo que importa es superar la prueba del tiempo, por cierto.

—No me ha contestado —señaló Daidre.

—Creía que acababa de hacerlo.

—Si se hubiera caído…

—Aún es posible que me pase —dijo—. Cuando retome el camino. Cuando acabe todo esto.

—¿No querría que su gente lo supiera? Tendrá a alguien, digo yo. —No añadió «Los de su clase normalmente la tienen», pero la observación quedó implícita.

Thomas no respondió. En la cocina, el hervidor se apagó con un chasquido fuerte. Les llegó el sonido del agua al caer. Había acertado: una taza de té para el sargento.

—¿Qué me dice de su mujer, Thomas? —le preguntó.

El hombre se quedó totalmente inmóvil.

—Mi mujer —dijo.

—Lleva anillo, así que supongo que está casado. Digo yo que ella querría saberlo si le pasara algo. ¿Verdad?

Collins salió de la cocina en aquel momento, pero Daidre tuvo la impresión de que Thomas no habría respondido aunque el sargento no hubiera regresado con ellos.

—Espero que no le importe —dijo Collins moviendo la taza, y vertió un poco de líquido en el platito.

—No. No pasa nada —dijo Daidre.

—Aquí está la inspectora —dijo Thomas desde la ventana. Parecía indiferente al aplazamiento.

Collins fue hacia la puerta. Desde el salón, Daidre le oyó intercambiar unas palabras con una mujer. Cuando la policía entró en la habitación, vio que era un espécimen absolutamente inverosímil.

Daidre sólo había visto a inspectores en televisión las pocas veces que veía una de las series de policías que copaban la parrilla. Siempre desplegaban una profesionalidad serena y vestían de un modo tediosamente aburrido que se suponía que debía reflejar bien sus psiques o sus vidas personales. Las mujeres eran compulsivamente perfectas —con el uniforme impecable y sin un cabello fuera de lugar— y los hombres iban despeinados. Ellas tenían que encajar en un mundo de hombres. Ellos tenían que encontrar a una buena mujer para interpretar el papel de salvador.

Esta mujer, que se presentó como la inspectora Beatrice Hannaford, no se correspondía con ese cliché. Vestía un anorak y vaqueros, calzaba unas deportivas llenas de barro y el pelo —de un rojo tan encendido que casi entró antes que ella en la habitación y dijo «Es teñido, sí, ¿qué pasa?»— lo llevaba de punta, un peinado emparentado con las crestas de los mohawk, a pesar de la lluvia. Vio que Daidre la examinaba y dijo:

—En cuanto alguien te llama «abuela» te replanteas todo el tema de hacerte mayor con dignidad.

Daidre asintió pensativa. Tenía sentido.

—¿Y es usted abuela?

—Sí. —La inspectora dirigió su siguiente comentario a Collins—. Salga y avíseme cuando llegue el patólogo. Mantenga a todo el mundo alejado, no es que vaya a aparecer nadie con este tiempo, pero nunca se sabe. Imagino que se habrá corrido la voz. —Esto se lo dijo a Daidre mientras Collins se marchaba.

—Hemos llamado desde el hostal, o sea que allí ya lo sabrán.

—Y el resto del pueblo a estas alturas, seguro. ¿Conoce al chico muerto?

Daidre se había planteado la posibilidad de que volvieran a formularle aquella pregunta. Decidió basar su respuesta en su definición personal de la palabra «conocer».

—No —contestó—. Verá, en realidad no vivo aquí. Esta cabaña es mía, pero es mi lugar de escapada. Vivo en Bristol. Vengo a descansar cuando tengo tiempo libre.

—¿A qué se dedica en Bristol?

—Soy médico. Bueno, en realidad no. A ver, sí lo soy, sólo que... Soy veterinaria. —Daidre sintió los ojos de Thomas sobre ella y se puso colorada. No era que la avergonzara ser veterinaria, porque se enorgullecía muchísimo de su profesión, teniendo en cuenta lo difícil que le había resultado alcanzar su objetivo, sino que cuando se habían conocido le había inducido a pensar que era otro tipo de médico. No estaba muy segura de por qué lo había hecho, aunque decirle que podía ayudarle con sus supuestas heridas porque era veterinaria le había parecido ridículo en aquel momento—. De animales grandes, básicamente.

La inspectora Hannaford había fruncido el ceño. Miró a Daidre y luego a Thomas y pareció examinar la situación entre ellos. O tal vez estaba evaluando el nivel de veracidad de la respuesta de Daidre. Parecía dársele bien, a pesar de su inapropiado pelo.

—Había un surfista —dijo Thomas—. No sabría decir si era un hombre o una mujer. Lo vi, supongo que era él, desde arriba del acantilado.

—¿Qué? ¿En Polcare Cove?

—En la cala anterior a Polcare. Aunque podría haber salido de aquí, imagino.

—Pero no había ningún coche —señaló Daidre—. En el aparcamiento no. Así que debió de meterse en el agua en

Buck's Haven. Así se llama la cala que hay al sur, a menos que se refiera a la cala del norte. No le he preguntado en qué dirección caminaba.

—Desde el sur —dijo. Y a Hannaford—: No me pareció que hiciera el tiempo adecuado para surfear. La marea tampoco era la adecuada. Los arrecifes no estaban cubiertos del todo. Si un surfista se acercara demasiado... Alguien podría hacerse daño.

—Pues alguien se hizo daño —señaló Hannaford—. Alguien murió.

—Pero no haciendo surf —dijo Daidre. Entonces se preguntó por qué lo había dicho, porque pareció como si intercediera por Thomas cuando no era su intención.

—Les gusta jugar a los detectives, ¿verdad? —les dijo Hannaford a ambos—. ¿Es una afición que tienen? —No parecía esperar una respuesta a su pregunta. Siguió hablando con Thomas—: El agente McNulty me ha dicho que le ha ayudado a mover el cadáver. Quiero su ropa para realizar análisis forenses. La de encima. Lo que llevara puesto en ese momento, que imagino que será lo que lleva ahora. —Y a Daidre—: ¿Ha tocado usted el cadáver?

—He comprobado si tenía pulso.

—Entonces también quiero su ropa.

—Me temo que no llevo nada para cambiarme —dijo Thomas.

—¿Nada? —De nuevo, Hannaford miró a Daidre. A ésta se le ocurrió que la inspectora había dado por sentado que ella y el desconocido eran pareja. Supuso que tenía cierta lógica. Habían ido juntos a buscar ayuda, todavía estaban juntos, y ninguno de los dos había dicho nada para disuadirla de aquella conclusión—. Exactamente, ¿quiénes son ustedes y qué les trae por este rincón del mundo? —preguntó Hannaford.

—Hemos dado nuestros datos al sargento —dijo Daidre.

—Síganme la corriente.

—Ya se lo he dicho. Soy veterinaria.

—¿Dónde?

—En el zoo de Bristol. Acabo de llegar esta tarde para pasar unos días. Bueno, una semana esta vez.

—Una época extraña para tomarse unas vacaciones.

—Para algunos, supongo. Pero yo prefiero irme de vacaciones cuando no hay aglomeraciones.

—¿A qué hora ha salido de Bristol?

—No lo sé. No lo he mirado, la verdad. Por la mañana. A las nueve quizá. A las diez. O a y media.

—¿Ha parado por el camino?

Daidre intentó establecer cuánto necesitaba saber la inspectora.

—Bueno... un momento, sí —contestó—. Pero no tiene nada que ver con...

—¿Dónde?

—¿Qué?

—¿Dónde ha parado?

—A almorzar. No había desayunado. No lo hago, normalmente. Desayunar, quiero decir. Tenía hambre, así que he parado.

—¿Dónde?

—Había un pub. No es un lugar donde pare normalmente. No es que normalmente pare, pero he visto un pub y tenía hambre y en la entrada ponía «comidas», así que he entrado. Sería después de dejar la M5. No recuerdo el nombre del pub, lo siento. Creo que ni he mirado el nombre. Era en las afueras de Crediton, me parece.

—Le parece. Interesante. ¿Qué ha comido?

—Un *ploughman's*.

—¿Qué queso le han puesto?

—No lo sé. No me he fijado. Era un *ploughman's*: queso, pan, encurtidos, cebolla. Soy vegetariana.

—Por supuesto.

Daidre sintió que montaba en cólera. No había hecho nada, pero la inspectora la hacía sentir como si fuera culpable de algo.

—Inspectora, me parece bastante difícil preocuparse por los animales por un lado y, por el otro, comérselos —dijo intentando parecer digna.

—Por supuesto —dijo la inspectora Hannaford con frialdad—. ¿Conoce al chico muerto?

—Creo que ya he respondido a esa pregunta.

—Me parece que me lo he perdido. Conteste otra vez.

—Me temo que no me he fijado mucho.

—Y yo me temo que no le he preguntado eso.

—No soy de aquí. Como ya le he dicho, este lugar es una escapada para mí. Vengo algún que otro fin de semana, algún puente, vacaciones más largas. Conozco a algunas personas, pero principalmente las que viven cerca.

—¿Y este chico no vive cerca?

—He dicho que no le conozco. —Daidre notaba el sudor en su cuello y se preguntó si también le transpiraba la cara. No estaba acostumbrada a hablar con la policía y hacerlo en estas circunstancias la ponía especialmente nerviosa.

Entonces llamaron dos veces a la puerta. Antes de que nadie se moviera para contestar, oyeron que se abría. De la entrada llegaron dos voces masculinas —una de ellas del sargento Collin—, justo por delante de los propios hombres. Daidre esperaba que el otro fuera el patólogo que la inspectora Hannaford había dicho que estaba en camino, pero al parecer no lo era. El recién llegado —alto, de pelo gris y atractivo— los saludó con la cabeza y luego le dijo a Hannaford:

—¿Dónde lo has metido?

—¿No está en el coche? —contestó ella.

El hombre negó con la cabeza.

—Pues resulta que no.

—Maldito niño. Te lo juro —dijo Hannaford—. Gracias por venir tan deprisa, Ray. —Luego se dirigió a Daidre y a Thomas—. Quiero su ropa, doctora Trahair —le repitió a Daidre, y a Thomas—: Cuando llegue el equipo de la policía científica, le daremos un mono para que se cambie. Mientras tanto, señor… No sé cómo se llama.

—Thomas —dijo.

—¿Señor Thomas? ¿O Thomas es el nombre de pila?

El hombre dudó. Por un momento, Daidre pensó que iba a mentir, porque es lo que parecía. Y podía hacerlo, ¿no?, no llevaba encima ninguna identificación. Podía decir que era cualquiera. Thomas miró la chimenea como si estudiara todas las posibilidades. Luego volvió a mirar a la inspectora.

—Lynley —dijo—. Me llamo Thomas Lynley.

Hubo un silencio. Daidre dirigió la mirada de Thomas a la

inspectora y vio que la expresión del rostro de Hannaford se alteraba. La cara del hombre al que había llamado Ray también se alteró y, curiosamente, fue él quien habló. Lo que dijo desconcertó absolutamente a Daidre.

—¿De New Scotland Yard?

Thomas Lynley dudó otra vez. Luego tragó saliva.

—Hasta hace poco —dijo—. Sí. De New Scotland Yard.

—Por supuesto que sé quién es —dijo Bea Hannaford lacónicamente a su ex marido—. No vivo en otro planeta.

Era típico de Ray hablar como desde las alturas. Estaba impresionado consigo mismo. Policía de Devon y Cornualles, Middlemore, señor subdirector. Un chupatintas, en realidad, según Bea. Nunca había visto que un ascenso afectara de un modo tan exasperante a la conducta de alguien.

—La única pregunta es: ¿Qué diablos está haciendo precisamente aquí? Collins me ha dicho que ni siquiera lleva ninguna identificación encima. Así que podría ser cualquiera, ¿no? —añadió Bea.

—Podría. Pero no es el caso.

—¿Cómo lo sabes? ¿Lo conoces?

—No me hace falta conocerlo.

Otra señal de autosatisfacción. ¿Había sido siempre así y ella no lo había visto nunca? ¿Tan ciega estaba de amor o de lo que fuera que la había impulsado a casarse con aquel hombre? No era vieja ni Ray su única opción de formar un hogar y una familia. Tenía veintiún años. Y habían sido felices, ¿no? Hasta que llegó Pete, sus vidas estaban en orden: sólo un hijo —una niña—, lo cual había sido una decepción en cierto modo, pero Ginny les había dado un nieto poco después de casarse y ahora estaba a punto de darles más. La jubilación les tentaba desde el futuro y también todas las cosas que planeaban hacer con ella… Y entonces llegó Pete, una auténtica sorpresa; agradable para ella, desagradable para Ray. El resto era historia.

—En realidad —dijo Ray de esa manera tan suya de revelarse, que siempre hacía que al final le perdonara por sus peores actos de suficiencia—, vi en el periódico que es de por aquí. Su familia vive en Cornualles, en la zona de Penzance.

—Así que ha vuelto a casa.

—Ajá. Sí. Bueno, después de lo que pasó, ¿quién puede culparle de querer poner distancia con Londres?

—Esto está un poco lejos de Penzance.

—Quizá volver a casa con la familia no le dio lo que necesitaba. Pobre hombre.

Bea miró a Ray. Iban caminando de la cabaña al aparcamiento, rodeando su Porsche, que había dejado mitad dentro mitad fuera de la carretera —una estupidez, pensó, pero qué importaba si ella no era la responsable del vehículo—. Su voz sonaba taciturna y su expresión también lo era. Lo vio bajo la luz mortecina del día.

—Te afectó todo eso, ¿verdad? —dijo ella.

—No soy de piedra, Beatrice.

No, no era de piedra. El problema para Bea era que la humanidad absolutamente cautivadora de su ex marido hacía que le resultara imposible odiarle. Habría preferido con mucho odiar a Ray Hannaford, comprenderle era demasiado doloroso.

—Ah —dijo Ray—. Creo que hemos localizado a nuestro hijo desaparecido.

Señaló el acantilado que se elevaba delante de ellos a su derecha, pasado el aparcamiento de Polcare Cove. El sendero de la costa subía dibujando una raya estrecha en la tierra ascendente y, bajando desde la cima del acantilado, había dos figuras. La que iba delante iluminaba el camino oscuro bajo la lluvia con una linterna. Detrás, una figura más pequeña elegía una ruta entre las piedras mojadas que sobresalían de la tierra allí donde el sendero se había abierto de manera inadecuada.

—Maldito niño. Me va a matar a disgustos. ¡Baja de ahí, Peter Hannaford! —gritó Bea—. Te he dicho que te quedaras en el coche, hablaba muy en serio y lo sabes muy bien, maldita sea. Y usted, agente, ¿qué diablos hace, dejando que un niño…?

—No te oyen, cariño —dijo Ray—. Déjame a mí.

Chilló el nombre de Pete a voz en cuello. Dio una orden que sólo un tonto no habría obedecido. Pete bajó corriendo el resto del sendero y ya tenía su excusa preparada cuando se reunió con ellos.

—No me he acercado al cuerpo —dijo—. Me has dicho que no podía y no lo he hecho. Mick puede decírtelo. Lo único que he hecho ha sido subir el camino con él. Estaba...

—No te andes con chiquitas con tu madre —le dijo Ray.

—Ya sabes cómo me siento cuando haces eso, Pete —dijo Bea—. Dile hola a tu padre y vete de aquí antes de que te dé una azotaina como te mereces.

—Hola —dijo el niño. Alargó la mano a su padre para estrechársela y Ray le complació. Bea apartó la mirada. Ella no habría permitido un apretón de manos: habría cogido al chico y le habría dado un beso.

Mick McNulty se acercó a ellos por detrás.

—Lo siento, jefa —dijo—. No sabía...

—No pasa nada. —Ray puso las manos en los hombros de Pete y le dio la vuelta con firmeza en dirección al Porsche—. He pensado que podríamos cenar comida tailandesa —le dijo a su hijo.

Pete detestaba la comida tailandesa, pero Bea dejó que se arreglaran entre ellos. Le lanzó una mirada a Pete que el chico no podía no entender: «Aquí no», decía. Él hizo una mueca.

Ray le dio a Bea un beso en la mejilla.

—Cuídate —le dijo.

—Ándate con ojo. La carretera está resbaladiza. —Y luego, porque no pudo contenerse—: No te lo he dicho antes; tienes buen aspecto, Ray.

—Me sirve de mucho —contestó él, y se marchó con su hijo. Pete se detuvo junto al coche de Bea. Sacó las botas de fútbol. Bea no le dijo que las dejara.

—Bueno, ¿qué tenemos? —le preguntó al agente McNulty.

McNulty señaló la cima del acantilado.

—Hay una mochila para que la recoja la policía científica. Supongo que será del chico.

—¿Algo más?

—Pruebas de cómo cayó el pobre desgraciado. También lo he dejado para la científica.

—¿Qué pruebas?

—Hay unos peldaños en la cima, a unos tres metros más o menos del borde del acantilado. Marcan el extremo oeste de un pasto de vacas. Había puesto una eslinga alrededor, que se supone que es donde fijó el mosquetón y la cuerda para descender por el acantilado.

—¿Qué clase de eslinga?

—De nailon. Parece una red de pescar si no sabes lo que es. Se supone que es un lazo largo; la enrollas alrededor de un objeto fijo y cada extremo se ata a un mosquetón, y el lazo se convierte en un círculo. Atas la cuerda al mosquetón y te lanzas.

—Parece sencillo.

—Debería de haberlo sido. Pero la eslinga está pegada con cinta adhesiva, seguramente para reforzar un punto débil, y ahí es donde ha fallado el tema. —McNulty miró en dirección a donde había venido—. Maldito idiota. No entiendo por qué no se compraría otra eslinga.

—¿Qué clase de cinta adhesiva utilizó para repararla?

McNulty la miró como sorprendido por la pregunta.

—Cinta aislante.

—¿No la ha tocado?

—Claro que no.

—¿Y la mochila?

—De lona.

—Me lo imaginaba —dijo Bea con paciencia—. ¿Dónde estaba? ¿Por qué supone que era de él? ¿Ha mirado dentro?

—Estaba junto a los peldaños, por eso he imaginado que era de él. Seguramente llevaba el equipo dentro. Ahora sólo contiene unas llaves.

—¿De coche?

—Imagino.

—¿Lo ha buscado?

—He pensado que era mejor bajar a informarle.

—Pues otra vez no piense, agente. Suba y encuéntreme ese coche.

Miró hacia el acantilado. Su expresión revelaba lo poco que quería subir por segunda vez bajo la lluvia. Bueno, no había otra.

—Arriba —le dijo en tono agradable—. Le vendrá súper bien el ejercicio.

—Pensaba que quizá podría subir por la carretera. Está a unos kilómetros, pero…

—Arriba —le repitió—. Y abra bien los ojos por el sendero. Puede que haya huellas y la lluvia no las haya borrado todavía.

—«O tú», pensó.

McNulty no parecía contento pero dijo:

—De acuerdo, jefa. —Y se marchó por donde había venido con Pete.

Kerra Kerne estaba exhausta y calada hasta los huesos porque había roto su norma principal: tener el viento en contra durante la primera parte del paseo y regresar a casa con el viento a favor. Pero tenía prisa por marcharse de Casvelyn, así que por primera vez en más tiempo del que recordaba, no había consultado Internet antes de enfundarse la ropa de ciclista y salir del pueblo. Sólo se había puesto la equipación de licra y el casco. Había colocado los pies en los pedales y avanzado con

tanta furia que se encontraba a dieciséis kilómetros de Casvelyn cuando se dio cuenta de dónde estaba. Sólo se había fijado en eso y no en el viento. Cuando comenzó a llover, lo único que habría podido hacer para evitar la tormenta era buscar refugio y no quería. De ahí que, con los músculos cansados y el cuerpo empapado, hubiera puesto todos sus esfuerzos en los últimos sesenta kilómetros que debía recorrer para llegar a casa.

Culpó a Alan, al ciego y tonto de Alan Cheston, que se suponía que era su compañero para toda la vida con todo lo que eso implicaba, pero que había decidido salirse con la suya en la única situación que ella no podía tolerar. Y culpaba a su padre que también estaba ciego y era tonto —además de estúpido—, pero de un modo totalmente distinto y por unos motivos absolutamente diferentes. Hacía al menos diez meses le había dicho a Alan:

—Por favor, no lo hagas. No funcionará. Será…

Y él la había interrumpido, algo que no hacía casi nunca, y aquel gesto tendría que haberle dicho algo sobre él que todavía no conocía, pero no.

—¿Por qué no funcionará? Ni siquiera nos veremos tanto, si es eso lo que te preocupa.

No era eso lo que la preocupaba. Sabía que lo que decía era cierto. Él haría lo que se hiciera en el departamento de marketing —que no era exactamente un departamento sino una sala de reuniones situada detrás de lo que antes era la recepción del hotel mohoso— y ella se dedicaría a lo suyo con los instructores en prácticas. Él arreglaría el caos que había causado la madre de Kerra como directora nominal de un departamento inexistente de marketing, mientras ella —Kerra— intentaría contratar a los empleados adecuados. Tal vez se vieran por la mañana desayunando o durante el almuerzo, pero tal vez no. Así que tener contacto con él en el trabajo y luego tener otro tipo de contacto más tarde no era lo que la preocupaba.

—¿No ves, Kerra, que tengo que tener un trabajo fijo en Casvelyn? —le había dicho—. Y éste lo es. Aquí no se encuentran trabajos así como así y tu padre ha sido muy amable al ofrecérmelo. A caballo regalado no le mires el diente.

Su padre no le había regalado ningún caballo, pensó Kerra,
y la amabilidad no tenía nada que ver con el porqué le había ofrecido un empleo de marketing a Alan. Le había hecho la oferta porque necesitaban a alguien que promocionara Adventures Unlimited entre el gran público, pero también necesitaban a alguien especial para ese trabajo de marketing y, al parecer, Alan Cheston era el tipo de persona que buscaba el padre de Kerra.

Su padre había tomado la decisión basándose en la apariencia. Para él, Alan daba el tipo. O mejor dicho: Alan no daba el tipo. Su padre pensaba que el tipo de persona que había que evitar para Adventures Unlimited era alguien varonil, con las uñas sucias y capaz de tirar a una mujer en la cama y hacerle ver las estrellas. Lo que no entendía —y no había entendido nunca— era que en realidad no había un tipo concreto. Sólo había masculinidad. Y a pesar de sus hombros redondeados, las gafas, la nuez suave, las manos delicadas con esos dedos largos como espátulas, Alan Cheston era un hombre. Pensaba como un hombre, actuaba como un hombre y, lo más importante de todo, reaccionaba como un hombre. Por eso Kerra se plantó, pero al final no resultó porque lo que quería decir era «No funcionará». Como no sirvió de nada, hizo lo único que podía hacer en aquella situación, que era decirle que probablemente tendrían que poner fin a su relación. Al oír aquello, Alan respondió con calma sin mostrar el más mínimo signo de pánico en sus palabras:

—¿Así que eso haces cuando no consigues lo que quieres? ¿Cortas con la gente?

—Sí —declaró ella—, es lo que hago. Y no cuando no consigo lo que quiero, sino cuando no escuchan lo que digo por su bien.

—¿Cómo puede ser bueno para mí no aceptar el trabajo? Es dinero. Es un futuro. ¿No es lo que quieres?

—Al parecer no —le dijo ella.

Aun así, no había sido del todo capaz de cumplir su amenaza, en parte porque no podía imaginar cómo sería tener que trabajar con Alan a diario pero no verle por las noches. En eso fue débil, y despreciaba aquella debilidad, en especial porque le había elegido porque era él quien parecía débil: era considerado y dulce, rasgos que ella había interpretado como sinónimos de maleable e inseguro. Que Alan hubiera demostrado ser exactamente lo contrario desde que trabajaba en Adventures Unlimited le daba muchísimo miedo.

Un modo de acabar con su miedo era enfrentarse a él, lo que significaba enfrentarse a Alan. Pero ¿podía hacerlo de verdad? Al principio se puso hecha una furia, y luego esperó, observó, escuchó. Lo inevitable era simplemente eso, inevitable, y como siempre había sido así, se dedicó a intentar endurecerse, a distanciarse por dentro mientras por fuera se hacía la segura.

Lo había conseguido hasta hoy, cuando el anuncio de Alan, «bajaré un par de horas a la costa», disparó todas las alarmas en su cerebro. Entonces su única opción fue pedalear deprisa y lejos, para agotarse hasta que no pudiera pensar y hasta que tampoco le importara. De modo que, a pesar de las otras responsabilidades que le aguardaban ese día, salió: fue por St. Mevan Crescent hasta Burn View, bajó la pendiente de Lansdown Road y el paseo y desde allí salió del pueblo.

Siguió pedaleando hacia el este, mucho más allá de donde tendría que haber dado la vuelta para regresar a casa, así que la noche la sorprendió cuando se preparaba para la ascensión final por el paseo. Las tiendas estaban cerradas y los restaurantes abiertos, aunque había pocos clientes en esta época del año. Una hilera alicaída de banderitas adornaba la calle, goteando, y el único semáforo en lo alto de la cuesta proyectaba un haz rojo en su dirección. No había nadie en la acera mojada, pero dentro de dos meses todo cambiaría, cuando los turistas llenaran Casvelyn en verano para disfrutar de sus dos playas anchas, de su *surfing*, de su piscina de agua salada, de su parque de atracciones y —cabía esperar— de las experiencias que ofrecería Adventures Unlimited.

Este negocio vacacional era el sueño de su padre: hacerse cargo del hotel abandonado —una estructura en ruinas de 1933 asentada en una colina sobre la playa de St. Mevan— y convertirlo en un destino orientado a la práctica de ciertas actividades. Era un riesgo enorme para los Kerne y, si no resultaba, se arruinarían. Pero su padre era un hombre que ya había corrido riesgos en el pasado y había recogido sus frutos, y la única cosa que no le asustaba en la vida era trabajar. En cuanto a las otras cosas en la vida de su padre... Kerra había pasado demasiados años preguntándose por qué y no había recibido ninguna respuesta.

En lo alto de la cuesta, Kerra entró en St. Mevan Crescent. Desde allí, junto a una hilera de pensiones, hoteles viejos, un restaurante chino de comida a domicilio y un quiosco, llegó al sendero de entrada del que en su día había sido el hotel de la Colina del Rey Jorge y que ahora era Adventures Unlimited. Delante del viejo hotel, apenas iluminado, había un andamio. En la planta baja las luces estaban encendidas, pero no en el piso superior, que era donde se encontraban las estancias de la familia.

Delante de la entrada había aparcado un coche de policía. Kerra frunció el ceño cuando lo vio. Pensó en Alan al instante. No le vino a la cabeza su hermano.

El despacho de Ben Kerne en Adventures Unlimited se encontraba en el primer piso del viejo hotel. Se había instalado en una habitación sencilla que sin duda en su día fue el cuarto de alguna criada, ya que justo al lado, con una puerta que los comunicaba, había una suite que había sido convertida en un espacio adecuado para una de las familias de veraneantes en las que había apostado su futuro económico.

A Ben le pareció que era el momento propicio para aquello, su mayor empresa hasta la fecha. Sus hijos eran mayores y como mínimo uno —Kerra— era autosuficiente y totalmente capaz de conseguir un empleo remunerado en otra parte en el caso de que este negocio se hundiera. Santo era otro tema, por más de una razón que Ben prefería no plantearse, pero últimamente se había vuelto más formal, gracias a Dios, como si por fin hubiera comprendido la naturaleza importante de la empresa. Así que Ben sentía que la familia le apoyaba. La responsabilidad no recaería solamente sobre sus hombros. Ahora ya habían invertido dos años enteros en ella: la reforma estaba completada salvo por la pintura exterior y algunos detalles finales del interior. A mediados de junio abrirían las puertas y se pondrían en marcha. Hacía varios meses que entraban reservas.

Ben las estaba revisando cuando llegó la policía. Aunque las reservas representaban los frutos del trabajo de su familia, no estaba pensando en eso. Pensaba en el rojo. No en el rojo en el sentido de números rojos —situación en la que sin duda se encontraba y se encontraría durante varios años hasta que el negocio generara beneficios para compensar lo que había invertido en él—, sino en el rojo del color de un esmalte de uñas o un pintalabios, de una bufanda o una blusa, de un vestido pegado al cuerpo.

Dellen llevaba cinco días vistiendo de rojo. Primero fue el esmalte de uñas. Luego vino el pintalabios. Después una boina vistosa sobre su cabello pelirrojo al salir de casa. Esperaba que pronto vestiría un jersey rojo, que también revelaría un poquito de escote, con unos pantalones negros ajustados. Al final se pondría el vestido, que mostraría más escote además de sus muslos y, para entonces, ya habría puesto la directa y Ben vería a sus hijos mirándole como siempre le habían mirado: esperando que hiciera algo en una situación en la que no podía hacer nada de nada. A pesar de sus edades —dieciocho y veintidós años—, Santo y Kerra seguían pensando que era capaz de cambiar a su madre. Cuando no lo conseguía, tras haber fracasado en el intento cuando era más joven incluso de lo que ellos eran ahora, veía el «¿por qué?» reflejado en sus ojos, o al menos en los de Kerra. «¿Por qué la aguantas?»

Cuando Ben oyó la puerta de un coche que se cerraba pensó en Dellen. Cuando se acercó a la ventana y vio un coche patrulla y no el viejo BMW de su mujer, siguió pensando en Dellen. Después, se percató de que pensar en Kerra habría sido más lógico, ya que hacía horas que había salido en bici con un tiempo que había ido empeorando desde las dos de la tarde. Pero Dellen ocupaba el centro de sus pensamientos desde hacía veintiocho años, y como Dellen se había marchado al mediodía y todavía no había vuelto, dio por sentado que se había metido en algún lío.

Salió de su despacho y fue a la planta baja. Cuando llegó a la recepción, vio a un agente de uniforme que buscaba a alguien y que, sin duda, estaba sorprendido por haber encontrado la puerta abierta y el lugar prácticamente desierto. El policía era un hombre joven y le resultaba vagamente familiar, así que sería del pueblo. Ben comenzaba a saber quién vivía en Casvelyn y quién en los alrededores.

El agente se presentó:

—Mick McNulty. ¿Y usted es, señor…?

—Benesek Kerne —contestó Ben—. ¿Pasa algo?

Ben encendió más luces. Las automáticas se habían activado al caer la noche, pero proyectaban sombras por todas partes y Ben se descubrió queriendo eliminarlas.

—Ah —dijo McNulty—. ¿Podría hablar con usted?

Ben se percató de que el policía se refería a si podían ir a algún lugar que no fuera la recepción, así que lo condujo al piso de arriba, al salón. La estancia tenía vistas a la playa de St. Mevan, donde el oleaje era bastante fuerte y las olas rompían en rápida sucesión en las barras de arena. Entraban desde el suroeste, pero el viento las estropeaba. No había salido nadie, ni siquiera el más desesperado de los surfistas locales.

Entre la playa y el edificio, el paisaje había cambiado muchísimo desde los años de apogeo del hotel de la Colina del Rey Jorge. La piscina seguía allí, pero en lugar de la barra y el restaurante al aire libre ahora había una pared para la escalada en roca. También la pared de cuerdas, los puentes colgantes y las poleas, el equipo, las cuerdas y los cables de la tirolina. Una cabaña cuidada albergaba los kayaks y en otra guardaban el material de submarinismo. El agente McNulty asimiló lo que veía, o al menos pareció hacerlo, lo que dio tiempo a Ben Kerne a prepararse para escuchar lo que el policía hubiera venido a decirle. Pensó en Dellen en fragmentos rojos, en lo resbaladizas que estaban las carreteras y en las intenciones de su mujer, que probablemente consistieran en alejarse de la ciudad, ir por la costa y, tal vez, acabar en una de las cuevas o bahías. Pero llegar hasta allí con aquel tiempo, sobre todo si no había seguido la carretera principal, la habría expuesto al peligro. Claro que el peligro era lo que ella adoraba y deseaba, pero no de la clase que terminaba con un coche saliéndose de la carretera y despeñándose por un acantilado.

Cuando se expuso la pregunta, no fue la que Ben esperaba.

—¿Alexander Kerne es su hijo? —dijo McNulty.

—¿Santo? —dijo Ben, y pensó «Gracias a Dios». Era Santo el que se había metido en un lío, seguro que lo habían detenido por entrar en una propiedad privada, algo que Ben le había advertido una y otra vez que no hiciera—. ¿Qué ha hecho ahora? —preguntó.

—Ha tenido un accidente —dijo el policía—. Lamento comunicarle que se ha encontrado un cuerpo que parece ser el de Alexander. Si tiene una foto suya…

Ben oyó la palabra «cuerpo», pero no permitió que calara.

—¿Está en el hospital, entonces? —preguntó—. ¿En cuál? ¿Qué ha pasado? —Pensó en cómo tendría que contárselo a Dellen, en qué pozo la sumiría la noticia.

—… lo siento muchísimo —estaba diciendo el agente—. Si tiene una fotografía suya, podríamos…

—¿Qué ha dicho?

El agente McNulty parecía aturullado.

—Está muerto, me temo. El cuerpo. El joven que hemos encontrado.

—¿Santo? ¿Muerto? Pero ¿dónde? ¿Cómo? —Ben miró hacia el mar embravecido justo cuando una ráfaga de viento golpeó las ventanas y las zarandeó contra los alféizares—. Dios mío, ha salido con este tiempo. Estaba haciendo surf.

—No, surf no —dijo McNulty.

—Entonces, ¿qué ha pasado? —preguntó Ben—. Por favor, ¿qué le ha pasado a Santo?

—Ha tenido un accidente de escalada en los acantilados de Polcare Cove. El equipo ha fallado.

—¿Estaba escalando? —dijo Ben como un tonto—. ¿Santo estaba escalando? ¿Quién iba con él? ¿Dónde...?

—Nadie, por lo que parece de momento.

—¿Nadie? ¿Estaba escalando solo? ¿En Polcare Cove? ¿Con este tiempo? —A Ben le parecía que lo único que podía hacer era repetir la información como un autómata programado para hablar. Hacer más significaba tener que comprenderlo y no podía soportarlo porque sabía qué significaría—. Contésteme. Que me conteste, joder.

—¿Tiene una fotografía de Alexander?

—Quiero verle. Debo verle. Podría no ser...

—Ahora mismo no es posible. Por eso necesito una fotografía. El cuerpo... Lo han llevado a un hospital de Truro.

Ben se agarró a aquella palabra.

—Entonces no está muerto.

—Señor Kerne, lo siento. Está muerto. El cadáver...

—Ha dicho hospital.

—Al depósito, para practicarle la autopsia —dijo McNulty—. Lo siento muchísimo.

—Oh, Dios mío. —Abajo se abrió la puerta principal. Ben fue a la entrada del salón y gritó—: ¿Dellen?

Se oyeron unos pasos que procedían de las escaleras, pero fue Kerra y no la mujer de Ben la que apareció en la entrada. Llenó el suelo de gotas de agua y se quitó el casco de ciclista. El único trozo de su cuerpo que parecía seco era la parte alta de la cabeza. Miró al agente.

—¿Ha pasado algo? —preguntó luego a su padre.

—Santo. —Ben habló con voz ronca—. Santo ha muerto.

—Santo —repitió la chica—. ¿Santo? —Kerra miró a su alrededor con una especie de pánico—. ¿Dónde está Alan? ¿Dónde está mamá?

Ben se descubrió incapaz de mirarla a los ojos.

—Tu madre no está.

—Pero ¿qué ha pasado?

Ben le contó lo poco que sabía.

—¿Santo estaba escalando? —dijo ella, igual que su padre, y lo miró con una expresión que decía lo mismo que pensaba Ben: si Santo estaba escalando seguramente era por su padre.

—Sí —dijo Ben—, ya lo sé. Ya lo sé, no hace falta que me lo digas.

—¿Qué es lo que sabe, señor? —Fue el policía quien habló.

A Ben se le ocurrió que estos primeros momentos eran fundamentales a los ojos de la policía. Siempre serían fundamentales porque los agentes todavía no sabían a qué se enfrentaban. Tenían un cadáver y suponían que eso se correspondía con un accidente, pero por si acaso resultaba no serlo, debían estar preparados para culpar a alguien y formular preguntas relevantes y... por el amor de Dios, ¿dónde estaba Dellen? Ben se frotó la frente. Pensó, inútilmente, que todo aquello era culpa del mar, de haber vuelto a la costa, de no sentirse totalmente a gusto a menos que tuviera cerca el sonido de las olas; le habían obligado a sentirse a gusto durante años y años mientras se pasaba todo el tiempo añorando esa gran masa ondeante, ese ruido y esa emoción que despertaba en él. Y ahora esto. Era culpa suya que Santo estuviera muerto.

«Nada de surf —le había dicho—. No quiero que hagas surf. ¿Sabes cuántos tíos echan a perder sus vidas sólo saliendo a ver qué pasa, esperando una ola? Es de locos. Un desperdicio.»

—... de relaciones —estaba diciendo el agente McNulty.

—¿Qué? —dijo Ben—. ¿Qué es eso? ¿Relaciones?

Kerra estaba mirándole con sus ojos azules entrecerrados. Parecía estar especulando, que era la última manera como quería que su hija lo mirara en ese momento.

—El agente estaba diciéndonos que mandarán a un agente de relaciones familiares en cuanto tengan una fotografía de Santo y estén seguros —explicó Kerra, y luego se dirigió a McNulty—. ¿Por qué necesitan una foto?

—No llevaba ninguna identificación encima.

—Entonces, ¿cómo...?

—Encontramos el coche en un área de descanso cerca de Stowe Wood. Su carné de conducir estaba en la guantera y las llaves que había en su mochila encajaban en la cerradura de la puerta.

—Así que es una mera formalidad —señaló Kerra.

—Básicamente sí. Pero hay que hacerlo.

—Iré a por una foto, entonces. —Se marchó a buscarla.

Ben estaba maravillado con ella. Kerra, siempre diligente. Llevaba su competencia como una coraza. Le rompía el corazón.

—¿Cuándo podré verle? —preguntó.

—Hasta después de la autopsia no, me temo.

—¿Por qué?

—Son las normas, señor Kerne. No les gusta que nadie se acerque al… a él… hasta después. Los forenses, ¿sabe?

—Le abrirán.

—No lo notará, no es lo que piensa. Después lo coserán, son buenos en su trabajo. No lo notará.

—No es un pedazo de carne, maldita sea.

—Por supuesto que no. Lo siento, señor Kerne.

—¿Lo siente? ¿Tiene hijos?

—Un niño, sí. Tengo un hijo, señor. Su pérdida es lo peor que se puede experimentar. Lo sé, señor Kerne.

Ben se quedó mirándolo con los ojos encendidos. El agente era joven, seguramente tenía menos de veinticinco años. Creía que sabía cómo funcionaba el mundo, pero no tenía ni idea, ni la menor idea, de qué había ahí fuera y qué podía ocurrir. No sabía que no había forma de prepararse ni de controlarlo. En un abrir y cerrar de ojos, el tren de la vida pasaba y sólo tenías dos opciones: o subías o te arrollaba. Si intentabas encontrar un término medio, fracasabas.

Kerra regresó con una foto en la mano. Se la entregó al agente McNulty diciendo:

—Éste es Santo. Es mi hermano.

McNulty lo miró.

—Un chico guapo —comentó.

—Sí —dijo Ben resoplando—. Se parece a su madre.

Capítulo 4

—Antes.

Daidre eligió su momento al quedarse a solas con Thomas Lynley cuando el sargento Collins se marchó a la cocina a prepararse otra taza de té. Collins ya se había bebido cuatro. Daidre esperaba que no tuvieran que quedarse allí aquella noche porque, si su olfato no le fallaba, se había servido su mejor té Russian Caravan.

Thomas Lynley se levantó. Había estado mirando la chimenea. Estaba sentado junto a ella, pero no cómodamente con sus largas piernas estiradas como cabría esperar de un hombre que quisiera disfrutar del calor del fuego, sino con los codos sobre las rodillas y las manos colgando delante de él.

—¿Qué? —dijo.

—Cuando le ha preguntado, usted ha dicho «antes». Él ha dicho New Scotland Yard y usted ha contestado «antes».

—Sí —dijo Lynley—. Antes.

—¿Ha dejado el trabajo? ¿Por eso está en Cornualles?

El hombre la miró. Una vez más, Daidre vio la herida que había visto antes en sus ojos.

—No lo sé muy bien. Supongo que sí. Que lo he dejado, quiero decir.

—¿Qué clase de…? Si no le importa que le pregunte, ¿qué clase de policía era?

—Uno bastante bueno, creo.

—Lo siento. Me refería… Bueno, hay muchas clases distintas, ¿verdad? Policías especiales, los que protegen a la realeza, antivicio, policía local…

—Asesinatos.

—¿Investigaba crímenes?

—Sí. Eso hacía exactamente. —Volvió a mirar la chimenea.

—Debía de ser... difícil. Descorazonador.

—¿Ver la inhumanidad del ser humano? Lo es.

—¿Por eso lo dejó? Lo siento, estoy siendo una entrometida, pero... ¿Su corazón ya no podía soportar tanto sufrimiento?

Lynley no contestó.

La puerta de entrada se abrió con un golpe y Daidre notó la ráfaga de viento que se coló en la habitación. Collins salió de la cocina con su taza de té cuando la inspectora Hannaford regresó. Llevaba un mono blanco colgado del brazo y se lo lanzó a Lynley.

—Pantalones, botas y chaqueta —dijo. Era una orden, claramente. Y a Daidre—: ¿Y su ropa?

Daidre señaló la bolsa de plástico en la que había metido su vestimenta después de ponerse unos vaqueros azules y un jersey amarillo.

—Thomas se va a quedar sin zapatos.

—No pasa nada —dijo éste.

—Sí que pasa. No puede pasearse por...

—Me compraré otro par.

—De todos modos, de momento no los necesitará —dijo Hannaford—. ¿Dónde puede cambiarse?

—En mi habitación. O en el baño.

—Adelante, pues.

Lynley ya se había puesto en pie cuando la inspectora se reunió con ellos. Menos por anticipación, parecía, que por años de educación y buenos modales. La inspectora era una mujer: un hombre se levantaba cortésmente cuando una mujer entraba en la habitación.

—¿Ha llegado la policía científica? —le preguntó Lynley.

—Y el patólogo. También tenemos una foto del chico muerto. Se llama Alexander Kerne, un chico de Casvelyn. ¿Le conocía? —Hablaba con Daidre. El sargento Collins estaba parado en la puerta de la cocina como si no estuviera seguro de si debía tomarse un té estando de servicio.

—¿Kerne? El nombre me suena, pero no sé de qué. Creo que no lo conozco.

—Tiene muchos conocidos por aquí, ¿verdad?

—¿Qué quiere decir? —Daidre estaba clavándose las uñas en las palmas de las manos y se obligó a parar. Sabía que la inspectora intentaba leerle el pensamiento.

—Ha dicho que cree que no lo conoce. Es una forma extraña de expresarlo. A mí me parece que o le conoce o no le conoce. ¿Va a cambiarse? —Esto se lo dijo a Lynley, un cambio brusco que fue tan desconcertante como su mirada fija e inquisitiva.

Thomas lanzó una mirada rápida a Daidre y luego apartó la vista.

—Sí, naturalmente —dijo, y se agachó para cruzar la puerta baja que separaba el salón de un pasadizo creado por la profundidad de la chimenea. Detrás había un cuarto de baño pequeño y un dormitorio que albergaba una cama y un armario y nada más. La casa era pequeña, segura y cómoda, exactamente lo que Daidre quería que fuera.

—Creo que se puede conocer a alguien de vista —dijo a la inspectora—, tener una conversación con él, por ejemplo, y no saber nunca la identidad de esa persona. Su nombre, sus datos, lo que sea. Imagino que el sargento puede decir lo mismo y es del pueblo.

Collins se vio atrapado con la taza a medio camino de sus labios. Se encogió de hombros. Asentir o disentir, era imposible decidirse.

—Requiere un poco de esfuerzo, ¿no diría usted? —preguntó Hannaford a Daidre astutamente.

—El esfuerzo merece la pena.

—Entonces, ¿conocía a Alexander Kerne de vista?

—Tal vez. Pero como he dicho antes y como le he comentado al otro policía, al sargento Collins aquí presente, y también a usted, no me he fijado bien en el chico cuando he visto el cadáver.

En aquel momento, Thomas Lynley regresó con ellos y ahorró a Daidre más preguntas, así como seguir exponiéndose a la mirada penetrante de la inspectora Hannaford. Entregó la ropa que la policía había pedido. Era absurdo, pensó Daidre. Iba a pillar una pulmonía si se paseaba por ahí de esa guisa: sin chaqueta, sin zapatos y sólo con un fino mono blanco de los que se llevaban en la escena de un crimen para asegurarse de que los investigadores oficiales no dejaban otras pruebas. Era ridículo.

La inspectora Hannaford se dirigió a él.

—También quiero ver su identificación, señor Lynley. Es una formalidad, y lo siento, pero no podemos saltárnosla. ¿Puede conseguirla?

Thomas asintió.

—Llamaré…

—Bien. Que se la manden. De todos modos, no va a irse a ninguna parte en unos días. Parece un accidente sencillo, pero hasta que lo sepamos seguro… Bueno, imagino que ya conoce el procedimiento. Quiero que esté donde pueda encontrarle.

—Sí.

—Necesitará ropa.

—Sí. —Parecía como si no le importara una cosa u otra. Era un ser transportado por el viento sin carne, ni huesos ni determinación, sino más bien una sustancia insustancial, disecado e impotente frente a las fuerzas de la naturaleza.

La inspectora miró el salón de la cabaña como si evaluara su potencial para producir ropa para el hombre además de hospedarlo.

—En Casvelyn podría comprar ropa —dijo Daidre rápidamente—. Esta noche no, claro, estará todo cerrado, pero mañana sí. También puede dormir allí, o en el hostal Salthouse Inn. Tienen habitaciones, no muchas, nada especial, pero son adecuadas. Y está más cerca que Casvelyn.

—Bien —dijo Hannaford. Y a Lynley—: Quiero que se quede en el hostal. Tendré que hacerle más preguntas. El sargento Collins puede llevarle.

—Yo le llevaré —dijo Daidre—. Supongo que querrá tener a todo el mundo disponible para hacer lo que sea que hacen ustedes en la escena cuando alguien muere. Sé dónde está el Salthouse Inn y si no hay habitaciones libres habrá que llevarle a Casvelyn.

—No se moleste… —empezó a decir Lynley.

—No es ninguna molestia —atajó Daidre. Lo hacía por la

necesidad de sacar al sargento Collins y a la inspectora Hannaford de su casa, algo que sólo podría conseguir si tenía un motivo para marcharse.

—Bien —dijo la inspectora Hannaford después de una pausa, y mientras le daba su tarjeta a Lynley, añadió—: Llámeme cuando se haya instalado en alguna parte. Quiero saber dónde encontrarle, me pasaré en cuanto acabemos de organizar el asunto aquí. Tardaremos un rato.

—Lo sé —dijo Thomas.

—Sí, me lo imagino. —La inspectora asintió con la cabeza y les dejó, llevándose con ella las bolsas con la ropa. El sargento Collins la siguió. Los coches de policía bloqueaban el acceso de Daidre a su Opel. Tendrían que moverlos si querían que llevara a Lynley al Salthouse Inn.

Cuando la policía se marchó, el silencio invadió la cabaña. Daidre notaba a Thomas Lynley mirándola, pero ella no iba a aguantar que la miraran más. Fue del salón a la entrada y dijo girándose:

—No puede salir en calcetines. Aquí fuera tengo botas de agua.

—Dudo que me quepan. No importa, me quitaré los calcetines y me los volveré a poner cuando llegue al hostal.

Daidre se detuvo.

—Es muy razonable, no se me había ocurrido. Pues si ya está listo, podemos irnos. A menos que quiera algo… ¿Un sándwich? ¿Una sopa? Brian prepara comidas en la posada, pero si prefiere no tener que cenar en el comedor… —No quería cocinar para él, pero le pareció lo apropiado. De algún modo, estaban juntos en esto: compañeros de sospechas, tal vez. Ella lo sentía así porque tenía secretos y sin duda él también parecía tenerlos.

—Supongo que puedo pedir que me suban algo a la habitación —dijo Lynley—, siempre que haya cuartos libres para esta noche.

—En marcha, pues —dijo Daidre.

La segunda vez que condujo hacia Salthouse Inn fueron más despacio, ya que no había prisa, y por el camino se cruzaron con dos coches patrulla más y una ambulancia. No hablaron y cuando Daidre miró a su compañero vio que tenía los ojos cerrados y las manos tranquilamente posadas sobre los muslos. Parecía dormido y no dudó de que lo estaba. Parecía exhausto. Se preguntó cuánto tiempo llevaba caminando por el sendero de la costa.

En Salthouse Inn detuvo el Opel en el aparcamiento, pero Lynley no se movió. Daidre le tocó el hombro con suavidad. Él abrió los ojos y parpadeó despacio, como si despertara de un sueño.

—Gracias —dijo—. Ha sido muy amable...

—No quería dejarle en las garras de la policía. Lo siento, he olvidado que es usted uno de ellos.

—En cierto modo lo soy, sí.

—Bueno, en cualquier caso... He pensado que tal vez agradecería descansar de ellos. Aunque por lo que ha dicho la inspectora... parece que no conseguirá evitarlos demasiado tiempo.

—No. Querrán hablar conmigo largo y tendido esta noche. La primera persona que aparece en la escena siempre es sospechosa. Querrán recabar la máxima información posible cuanto antes. Así se hace.

Entonces se quedaron en silencio. Una ráfaga de viento más fuerte que cualquier otra hasta ese momento golpeó el coche y lo zarandeó. Esto impulsó a Daidre a hablar de nuevo.

—Mañana pasaré a buscarle, entonces —dijo, sin pensar bien en todas las ramificaciones de lo que significaba aquello, de lo que podía significar y de lo que parecería. No era propio de ella y se sacudió mentalmente, pero las palabras ya estaban ahí y dejó que mintieran—: Necesitará comprar cosas en Casvelyn, quiero decir. Imagino que no querrá pasearse con ese mono mucho rato. También querrá unos zapatos, y otras cosas. Casvelyn es el pueblo más cercano para ir a comprar.

—Es muy amable —le dijo Lynley—. Pero no quiero molestarla.

—Ya me lo ha dicho antes. Pero no es ninguna molestia, ni usted ni llevarle a Casvelyn. Es muy extraño, pero siento que estamos juntos en esto, aunque no sé muy bien qué es esto.

—Le he causado un problema —dijo él—. Más de uno. La ventana de su cabaña, ahora la policía... lo lamento.

—¿Y qué iba a hacer? No podía seguir caminando cuando lo ha encontrado.

—No, no podía, ¿verdad?

Thomas se quedó sentado un momento. Parecía contemplar el viento jugando con el cartel que colgaba sobre la puerta de entrada del hostal.

—¿Puedo preguntarle algo? —dijo al fin.

—Por supuesto —contestó ella.

—¿Por qué ha mentido?

Daidre oyó un zumbido inesperado en sus oídos. Repitió la última palabra, como si no le hubiera oído bien cuando le había oído perfectamente.

—Cuando hemos venido aquí antes, le ha dicho al dueño que el chico de la cala era Santo Kerne. Ha dicho su nombre, Santo Kerne. Pero cuando la policía le ha preguntado... —Thomas hizo un gesto, un movimiento que decía «termine usted el resto».

La pregunta recordó a Daidre que aquel hombre, desgreña-

do y sucio como iba, era policía, y un inspector, nada más y nada menos. A partir de este momento, debía andarse con muchísimo cuidado.

—¿Eso he dicho? —preguntó.

—Sí. En voz baja, pero no lo suficiente. Y ahora le ha asegurado a la policía que no había reconocido al chico, dos veces como mínimo. Cuando han dicho su nombre, ha dicho que no lo conocía. Me pregunto por qué.

Thomas la miró y Daidre se arrepintió al instante de haberse ofrecido a llevarle a Casvelyn a comprar ropa por la mañana. Ese hombre era más de lo que parecía y no lo había visto a tiempo.

—Estoy aquí de vacaciones —contestó—. En ese momento me ha parecido lo que le he dicho a la policía: la mejor forma de garantizarme que tenía lo que he venido a buscar: vacaciones y descanso.

Lynley no dijo nada.

—Gracias por no traicionarme —añadió—. No podré evitar que lo haga más adelante cuando hable con ellos, por supuesto. Pero le agradecería que se planteara... Hay cosas que la policía no necesita saber de mí. Eso es todo, señor Lynley.

Él no respondió, pero no apartó la mirada y ella notó que el calor le subía por el cuello hasta las mejillas. Entonces, la puerta del hostal se abrió con un golpe. Un hombre y una mujer salieron haciendo eses en el viento. La mujer trastabilló y el hombre le pasó la mano por la cintura y le dio un beso. Ella lo apartó con un gesto juguetón. Él volvió a cogerla y se tambalearon en el viento hacia una hilera de coches.

Daidre los observó mientras Lynley la observaba a ella.

—Vendré a buscarle a las diez —dijo—. ¿Le va bien, señor Lynley?

El hombre tardó bastante en reaccionar. Daidre pensó que debía de ser un buen policía.

—Thomas —le dijo—. Llámame Thomas, por favor.

Era como una película antigua sobre el oeste americano, pensó Lynley. Entró en el bar del hostal, donde los habitantes del pueblo se reunían a beber, y se hizo el silencio. Se trataba de un rincón del mundo donde eras visitante hasta que te convertías en residente permanente y un recién llegado hasta que tu familia llevaba dos generaciones viviendo en el lugar, así que fue recibido como un extraño entre ellos. Pero era mucho más que eso: iba vestido con un mono blanco y sólo unos calcetines en los pies. No llevaba ningún abrigo con el que protegerse del frío, el viento y la lluvia, y por si aquello no bastaba para convertirle en una novedad —a menos que una novia vestida de blanco de los pies a la cabeza hubiera entrado en este local en el pasado— seguramente nadie recordaba que algo así hubiera ocurrido nunca.

El techo —con manchas de hollín de las chimeneas y del humo de los cigarrillos y cruzado con vigas de roble negro con medallones de latón clavados— estaba a menos de treinta centímetros de la cabeza de Lynley. En las paredes había una exposición de herramientas agrícolas antiguas, principalmente guadañas y horcas, y el suelo era de piedra irregular, picado, rallado, fregado. Los umbrales, hechos del mismo material que el suelo, estaban desgastados por cientos de años de entradas y salidas y la propia sala que definía el bar era pequeña y estaba dividida en dos secciones descritas por chimeneas, una grande y otra pequeña, que parecían encargarse más de convertir el aire en irrespirable que de calentar el lugar. El calor corporal de la gente se encargaba de eso.

Cuando había estado antes en el Salthouse Inn con Daidre Trahair, sólo había algún que otro bebedor de última hora de la tarde. Ahora ya se había presentado la concurrencia de la noche y Lynley tuvo que abrirse camino entre la gente y entre su silencio para llegar hasta la barra. Sabía que era más que su ropa lo que le convertía en objeto de interés. Estaba el tema nada baladí del olor que desprendía: ya llevaba siete semanas sin lavarse, sin afeitarse y sin cortarse el pelo.

El dueño —Lynley se acordaba de que Daidre Trahair se había dirigido a él como Brian— le recordaba al parecer de su anterior visita porque dijo de repente, rompiendo el silencio:

—¿Era Santo Kerne el del acantilado?

—Me temo que no sé quién era. Pero era un chico joven, un adolescente o un poco mayor. Es lo único que puedo decirle.

Un murmullo nació y murió con aquellas palabras. Lynley oyó el nombre «Santo» repetido varias veces. Giró la cabeza. Docenas de ojos —jóvenes y viejos y de mediana edad— estaban clavados en él.

—El chico, Santo, ¿era conocido? —le preguntó a Brian.

—Vive por aquí cerca —fue su respuesta imprecisa. Aquél era el límite de lo que Brian parecía dispuesto a revelar a un desconocido—. ¿Ha venido a tomar algo? —le preguntó.

Cuando Lynley pidió una habitación en lugar de una copa, se percató de que Brian era reacio a darle alojamiento. Lo atribuyó a lo que seguramente era: la resistencia lógica a permitir que un desconocido desagradable como él accediera a las sábanas y almohadas de la posada. Sólo Dios sabía qué parásitos se arrastrarían por su cuerpo. Pero la novedad que representaba en el Salthouse Inn jugaba a su favor. Su aspecto se contradecía totalmente con su acento y su modo de hablar y si aquello no bastaba para convertirle en objeto de fascinación, estaba la cuestión intrigante de que hubiera encontrado el cadáver, que seguramente era el tema de conversación en el hostal antes de que entrara él.

—Una habitación pequeña sólo —fue la respuesta del dueño—. Pero todas son así, pequeñas. La gente no necesitaba demasiado espacio cuando se construyó el lugar, ¿verdad?

Lynley dijo que el tamaño no importaba y que se contentaría con lo que la posada pudiera ofrecerle. En realidad no sabía hasta cuándo necesitaría la habitación, añadió. Parecía que la policía iba a requerir su presencia hasta que se decidieran algunos temas sobre el joven de la cala.

Se levantó un murmullo al oír aquello. Era por la palabra «decidir» y todo lo que implicaba.

Brian utilizó la punta del zapato para abrir suavemente una puerta en el extremo opuesto de la barra y dirigió algunas palabras a la sala que había detrás. De ella apareció una mujer de mediana edad, la cocinera del hostal por el delantal blanco manchado que vestía, que estaba quitándose deprisa. Debajo, llevaba una falda negra, una blusa blanca y unos zapatos cómodos.

Ella lo acompañaría arriba a la habitación, le dijo. La mujer se mostró diligente, como si Lynley no tuviera nada de extraño. El cuarto, prosiguió, estaba encima del restaurante, no del bar. Vería que era tranquila. Era un buen lugar para dormir.

No esperó a que le respondiera. De todos modos, seguramente no le interesaba lo que pensara Lynley. Su presencia significaba clientes, y los clientes eran difíciles de encontrar hasta finales de primavera y el verano. Cuando los mendigos mendigaban, no podían elegir quién les daba de comer, ¿no?

La mujer avanzó hacia otra puerta en el extremo del bar que daba a un pasillo de piedra gélido. El restaurante del hostal se encontraba en una sala de este corredor, aunque dentro no había nadie, mientras que al fondo había una escalera, aproximadamente del ancho de una maleta, que ascendía al piso de arriba. Resultaba difícil imaginar cómo habían subido los muebles por ahí.

En el primer piso sólo había tres habitaciones y Lynley pudo elegir, aunque su guía —Siobhan Rourke dijo que se llamaba, la compañera de toda la vida de Brian, y de años de sufrimiento, al parecer— le recomendó la más pequeña, ya que era la que había mencionado que estaba encima del restaurante y era tranquila en esta época del año. Todas compartían el mismo baño, le informó, pero no debería importar porque no tenían ningún huésped más.

A Lynley le daba igual qué habitación le dieran, así que se quedó con la primera que abrió Siobhan. Aquella serviría, le dijo. Le parecía bien. No era mucho mayor que una celda, tenía una cama individual, un armario y un tocador encajado debajo de una minúscula ventana con bisagras y paneles emplomados. Su única concesión a las comodidades modernas eran un lavamanos en un rincón y un teléfono sobre el tocador. Este último objeto era una nota discordante en una habitación que podría haber sido la de una criada de hacía doscientos años.

Lynley sólo podía ponerse recto en el centro de la habitación. Al ver aquello, Siobhan dijo:

—En aquella época eran más bajos, ¿verdad? Tal vez no sea la mejor elección, ¿señor...?

—Lynley —contestó él—. No se preocupe. ¿El teléfono funciona?

Funcionaba, sí. ¿Siobhan podía traerle algo? Había toallas en el armario y jabón y champú en el baño —pareció animarle a que los usara— y si quería cenar, podían organizarlo aquí arriba o abajo en el comedor, naturalmente, si lo prefería. Se apresuró a añadir esto último aunque estaba bastante claro que cuanto más tiempo se quedara en su habitación, más contento estaría todo el mundo.

Lynley dijo que no tenía hambre, que era más o menos la verdad. Entonces Siobhan se marchó. Cuando cerró la puerta, él miró la cama. Hacía casi dos meses que no se tumbaba en una, y ni siquiera entonces había conseguido reposar demasiado. Cuando dormía, soñaba, y sus sueños le aterraban. No porque fueran inquietantes, sino porque terminaban. Descubrió que era mucho más soportable no dormir nada.

Como no tenía sentido retrasarlo más, se acercó al teléfono y marcó los números. Esperaba que no descolgaran, que contestara una máquina para poder dejar un mensaje breve sin establecer ningún contacto humano. Pero después de cinco tonos dobles, oyó su voz. No le quedó más remedio que hablar.

—Madre. Hola —dijo.

Al principio, ella no dijo nada y Thomas supo qué estaba haciendo: estaba de pie junto al teléfono en la sala de estar o tal vez en el salón de mañana o en cualquier otra estancia de la magnífica casa donde él había nacido y encontrado su maldición, llevándose una mano a los labios, mirando a quien estuviera con ella en el cuarto, que seguramente sería su hermano pequeño o tal vez el encargado de la finca o incluso su hermana, en el improbable caso de que todavía no hubiera regresado a Yorkshire. Y sus ojos —los de su madre— transmitirían la información antes de pronunciar su nombre. Es Tommy. Ha llamado. Gracias a Dios. Está bien.

—Cielo —dijo—. ¿Dónde estás? ¿Cómo estás?

—Me he encontrado con algo… —respondió—. Una situación en Casvelyn.

—Dios mío, Tommy. ¿Tanto has caminado? ¿Sabes lo…? —Pero no terminó la frase. Pretendía preguntar si sabía lo preocupados que estaban. Pero le quería y no le abrumaría más.

Como él también la quería, contestó de todas formas.

—Lo sé, ya lo sé. Por favor, entiéndelo. Me parece que no sé qué camino seguir.

Su madre sabía, naturalmente, que no se refería a su sentido de la orientación.

—Cielo, si pudiera hacer algo por quitarte esta carga de los hombros…

Apenas podía soportar la calidez de su voz, su compasión interminable, en especial cuando ella misma había soportado tantas tragedias a lo largo de los años.

—Sí, bueno… —Se aclaró la garganta con aspereza.

—Ha llamado gente; he hecho una lista. Y no han dejado de interesarse, como cabría esperar, ya sabes qué quiero decir: una llamada de vez en cuando y ya he cumplido con mi deber. No ha sido así. Todo el mundo está muy preocupado por ti. Te quieren muchísimo, cielo.

Lynley no quería oír aquello y tenía que conseguir que lo comprendiera. No era que no valorara la preocupación de sus amigos y colegas, era que su aflicción —y el hecho de que la expresaran— tocaba una herida tan abierta en su interior que cualquier roce era como una tortura. Por eso se había marchado de casa, porque en el sendero de la costa no había nadie en marzo y poca gente en abril, y aunque se cruzara con alguien en su caminata, esa persona no sabría nada de él, de por qué avanzaba sin parar día tras día o qué le había impulsado a tomar esa decisión.

—Madre... —le dijo.

Ella lo oyó en su voz, como madre que era.

—Cariño, lo siento. No hablo más del tema. —Su voz se alteró, se volvió más formal, algo que Thomas agradeció—. ¿Qué ha pasado? Estás bien, ¿verdad? ¿No te has hecho daño?

No, le dijo. No se había hecho daño. Pero había topado con alguien que sí. Parecía que había sido el primero en encontrarlo: un chico que había muerto al caer de uno de los acantilados. La policía estaba investigando, y como había dejado en casa todo lo que pudiera identificarle... ¿Podía mandarle su cartera?

—Es una mera formalidad, diría yo. Están arreglándolo todo. Parece un accidente, pero, obviamente, hasta que lo confirmen, no quieren que me vaya. Y quieren que demuestre que soy quien digo ser.

—¿Saben que eres policía, Tommy?

—Uno sí, al parecer. Por otro lado, sólo les he dicho mi nombre.

—¿Nada más?

—No. —Se habría transformado todo en un melodrama victoriano: «Señor mío (o en este caso, señora), ¿sabe con quién está hablando?». Primero habría nombrado su rango y si aquello no impresionaba, lo intentaría con el título nobiliario. Aquello sí habría provocado alguna reverencia, como mínimo, aunque la inspectora Hannaford no parecía ser de las que hacían reverencias—. Así que no están dispuestos a aceptar mi palabra, y es lógico. Yo no la aceptaría. ¿Me mandarás la cartera?

—Por supuesto. Enseguida. ¿Quieres que Peter coja el coche y te la lleve por la mañana?

No creía que pudiera soportar la preocupación angustiada de su hermano.

—No le molestes con eso. Échala en el correo y ya está.

Le dijo dónde estaba y ella le preguntó —como madre que era— si el hostal era agradable, como mínimo, si la habitación era confortable, si la cama era adecuada para él. Lynley le contestó que todo estaba bien. Le dijo que, en realidad, estaba deseando darse un baño.

Su madre se tranquilizó al oír aquello, aunque no se quedó totalmente satisfecha. Si bien el deseo de darse un baño no indicaba necesariamente que deseara continuar viviendo, al menos declaraba una voluntad de seguir tirando un tiempo más. Eso serviría. Colgó después de decirle que se diera un buen remojo, largo y placentero, y oírle decir que darse un buen remojo, largo y placentero, era lo que tenía en mente.

Dejó el teléfono sobre el tocador. Dio la espalda a la mesa y, como no le quedaba más remedio, miró la habitación, la cama, el lavamanos minúsculo en el rincón. Se percató de que estaba bajo de defensas —la conversación con su madre había contribuido a ello— y que de repente su voz estaba con él. No la voz de su madre, sino la de Helen. «Es un poco monástica, ¿verdad, Tommy? Me siento como una monja decidida a ser casta, pero enfrentada a la terrible tentación de ser muy, muy mala.»

La oyó con muchísima claridad. Esa cualidad tan típica de Helen: el disparate que lo sacaba de su ensoñación cuando más necesitaba que lo sacaran. Era así de intuitiva. Lo miraba un instante por la noche y sabía exactamente qué debía hacer. Era su don: un talento para la observación y la perspicacia. A veces era el roce de su mano en la mejilla y dos palabras: «Cuéntame, cariño». Otras veces era la frivolidad superficial lo que disipaba la tensión y le arrancaba una carcajada.

—Helen —murmuró en el silencio, pero fue lo único que dijo y, sin duda, lo máximo que, de momento, podía expresar sobre lo que había perdido.

Daidre no regresó a la cabaña cuando dejó a Thomas Lynley en el Salthouse Inn, sino que condujo hacia el este. La ruta que tomó serpenteaba como una cinta tirada por el campo brumoso. Pasaba por varias aldeas donde las lámparas iluminaban las ventanas en la oscuridad, luego se adentraba en dos bosques. El camino dividía una granja de sus edificios anexos y, al final, desembocaba en la A388. Cogió la carretera hacia el sur y salió a una vía secundaria que avanzaba hacia el este a través de pastos donde pacían las ovejas y las vacas lecheras. La abandonó al encontrar un cartel que decía CORNISH GOLD. LAS VISITAS SON BIENVENIDAS.

Cornish Gold estaba a unos ochocientos metros por un sendero muy estrecho, una finca de manzanares enormes circunscrita por plantaciones de ciruelos, estos últimos sembrados años atrás para crear una protección contra el viento. Los manzanos comenzaban en la cima de una colina y se extendían hacia el otro lado en un despliegue impresionante de superficie cultivada. Delante, en terrazas, había dos viejos graneros de piedra y, enfrente, una fábrica de sidra se erigía a un lado de un patio adoquinado. En el centro, un corral formaba un cuadrado perfecto, y dentro, resollaba y bufaba la razón por la que Daidre visitaba el lugar, en caso de que alguien que no fuera la propietaria de la granja le preguntara. Esta razón era un cerdo, un enorme Gloucester Old Spot muy antipático que había sido clave para que Daidre y la propietaria de la sidrería se conocieran poco después de que la mujer llegara a estos lares, un viaje que había realizado a lo largo de treinta años desde Grecia a Londres y a St. Ives y la granja.

A un lado del corral, Daidre encontró al cerdo esperando. Se llamaba *Stamos*, por el ex marido de la propietaria. El *Stamos* porcino, nada estúpido y siempre optimista, había anticipado la razón de la visita de Daidre y había colaborado acercándose pesadamente a la valla en cuando ella entró en el patio. Sin embargo, esta vez no llevaba nada para él. Meter pieles de naranja en su bolso mientras estaba en la cabaña le pareció una actividad cuestionable en presencia de la policía, decidida a observar y fijarse en los movimientos de todo el mundo.

—Lo siento, *Stamos* —dijo—. Pero echemos un vistazo a la oreja igualmente. Sí, sí. Es una mera formalidad, estás casi recuperado y lo sabes. Eres demasiado listo, ¿verdad?

El cerdo solía morder, así que tuvo cuidado. También miró a su alrededor en el patio para ver quién podía estar observándola porque, en cualquier caso, había que ser diligente. Pero no había nadie y era razonable, ya que era tarde y todos los empleados de la granja se habrían ido a casa hacía rato.

—Ya está perfecta —le dijo al cerdo.

Cruzó el resto del patio donde un arco conducía a una huerta pequeña empapada de agua por la lluvia. Desde allí siguió un sendero de ladrillo —irregular, lleno de maleza y encharcado— hasta una bonita casita blanca de la que provenía el sonido de una guitarra clásica a rachas. Aldara debía de estar practicando, lo cual era bueno, porque significaba que estaba sola.

Los acordes pararon al instante cuando Daidre llamó a la puerta. Unos pasos avanzaron deprisa por el suelo de madera.

—¡Daidre! ¿Qué diablos...? —La luz interior de la cabaña iluminaba a Aldara Pappas desde atrás, así que Daidre no podía verle la cara. Pero sabía que sus preciosos ojos oscuros mostrarían especulación y no sorpresa, a pesar de su tono de voz. Aldara retrocedió diciendo—: Pasa. Eres muy bienvenida. Qué sorpresa tan agradable que hayas venido a romper el tedio de esta noche. ¿Por qué no me has llamado desde Bristol? ¿Vas a quedarte muchos días?

—Lo he decidido de repente.

Dentro hacía bastante calor, como le gustaba a Aldara. Todas las paredes estaban encaladas y en cada una de ellas colgaban cuadros de colores vivos de paisajes escarpados, áridos y con casas blancas, pequeñas construcciones con tejas en los tejados y ventanas de guillotina repletas de flores, con asnos pegados plácidamente a las paredes y niños de pelo oscuro jugando en el barro delante de las puertas. Los muebles de Aldara eran sencillos y escasos. Sin embargo, las sillas estaban tapizadas en azul y amarillo intensos y una alfombra roja cubría parte del suelo. Sólo faltaban las lagartijas, sus pequeños cuerpos curvados contra la superficie de aquello a lo que pudieran aferrarse con sus patitas succionadoras.

Sobre una mesita de café delante del sofá descansaba un cuenco de fruta y una bandeja de pimientos asados, aceitunas griegas y queso: feta, sin duda. Una botella de vino tinto aguardaba a ser abierta. Dos copas de vino, dos servilletas, dos platos y dos tenedores estaban cuidadosamente dispuestos. Aquello revelaba la mentira de Aldara. Daidre la miró y levantó una ceja.

—Sólo era una mentirijilla social. —Como siempre, Aldara no se sentía incómoda en absoluto por que la hubieran pillado—. Si hubieras entrado y visto esto, no te habrías sentido bienvenida, ¿verdad? Y tú siempre eres bienvenida en mi casa.

—Como cualquier otra persona esta noche, al parecer.

—Tú eres mucho más importante que cualquier otra persona. —Como para enfatizar sus palabras, Aldara se acercó a la chimenea, donde la leña estaba preparada y sólo había que utilizar las cerillas. Encendió una en la parte inferior de la repisa y la acercó al papel arrugado debajo de los troncos. Era madera de manzano, seca y guardada para hacer fuego cuando se podaban los árboles.

Los movimientos de Aldara eran sensuales, pero no estudiados. Desde que la conocía, Daidre se había percatado de que Aldara era sensual simplemente por ser ella. Se reía y decía «lo llevo en la sangre», como si ser griega significara ser seductora. Pero era algo más que la sangre lo que hacía que fuera cautivadora: era la confianza, la inteligencia y la ausencia total de miedo. Esta última cualidad era lo que Daidre más admiraba de ella, aparte de su belleza; tenía cuarenta y cinco años y parecía diez años más joven. Daidre tenía treinta y uno y, como su piel no era aceitunada como la de la otra mujer, sabía que no correría la misma suerte dentro de catorce años.

Después de encender el fuego, Aldara se acercó al vino y lo descorchó, como para subrayar la afirmación de que Daidre era un invitado tan valorado e importante como quienquiera que estuviera esperando en realidad. Llenó las copas diciendo:

—Es fuerte, nada de ese francés suave. Ya lo sabes, me gusta que el vino desafíe al paladar. Así que come un poco de queso para acompañar o te arrancará el esmalte de los dientes.

Le entregó una copa y cogió un trozo de queso que se metió en la boca. Se lamió los dedos despacio, luego guiñó un ojo a Daidre, mofándose de sí misma.

—Delicioso —dijo—. Me lo ha enviado mamá desde Londres.

—¿Cómo está?

—Aún busca a alguien que mate a Stamos, naturalmente. Sesenta y dos años y nadie guarda rencor como mamá. Me dice: «Higos. Le mandaré higos a ese demonio. ¿Se los comerá, Aldara? Los rellenaré de arsénico. ¿Tú qué crees?». Yo le digo que se lo quite de la cabeza. Sí, se lo digo. «No malgastes tus energías en ese hombre. Han pasado nueve años, mamá, es tiempo suficiente para desearle mal a nadie.» Y me contesta, como si yo no hubiera dicho nada: «Mandaré a tus hermanos a que le maten». Luego se pone a insultarle en griego un rato, pagando yo, naturalmente, porque soy yo quien la llama cuatro veces a la semana, como la hija obediente que siempre he sido. Cuando acaba, le digo que al menos mande a Nikko si verdaderamente tiene intención de matar a Stamos porque él es el único de mis hermanos que sabe utilizar bien una navaja y disparar un arma. Entonces se echa a reír, se pone a contarme una historia sobre uno de los hijos de Nikko y ya está.

Daidre sonrió. Aldara se dejó caer en el sofá, se quitó los zapatos de una patada y se sentó sobre sus piernas. Llevaba un vestido color caoba, el dobladillo como un pañuelo, el escote de pico hacia sus pechos. No tenía mangas y era de un material más adecuado para el verano en Creta que para la primavera en Cornualles. No le extrañaba que hiciera tanto calor en el salón.

Daidre cogió el vino y un trozo de queso como le había indicado su amiga. Aldara tenía razón: el vino era fuerte.

—Creo que lo criaron quince minutos —le dijo Aldara—. Ya conoces a los griegos.

—Tú eres la única griega que conozco —dijo Daidre.

—Qué triste. Pero las griegas son mucho más interesentes que los griegos, así que conmigo tienes lo mejor. No has venido por *Stamos*, ¿verdad? Me refiero al cerdo con c minúscula, no al Stamos con C mayúscula.

—He pasado a verle. Tiene las orejas curadas.

—Deberían estarlo, he seguido tus instrucciones. Está como nuevo. También me pide una novia, aunque lo último que quiero es una docena de cochinillos pegados a mis tobillos. No me has contestado, por cierto.

—¿No?

—No. Me encanta verte, como siempre, pero hay algo en tu cara que me dice que has venido por un motivo concreto. —Cogió otro trozo de queso.

—¿A quién estás esperando? —preguntó Daidre.

La mano de Aldara, que se llevaba el queso a la boca, se detuvo. La mujer ladeó la cabeza y miró a Daidre.

—Esa clase de pregunta no es nada propia de ti —señaló.

—Lo siento, pero…

—¿Qué?

Daidre se aturulló, y odiaba esa sensación. Su experiencia vital —por no mencionar sexual y emocional— contrapuesta a la de Aldara era la de una persona tremendamente inexperta y aún más insegura. Cambió de tema. Lo hizo sin rodeos, puesto que era la única arma que poseía.

—Aldara, Santo Kerne ha muerto.

—¿Qué has dicho?

—¿Me lo preguntas porque no me has oído o porque quieres pensar que no me has oído?

—¿Qué le ha pasado? —preguntó Aldara, y a Daidre le complació ver que dejaba el trozo de queso en la bandeja, intacto.

—Al parecer estaba escalando.

—¿Dónde?

—En el acantilado de Polcare Cove. Ha caído y se ha matado. Un hombre que caminaba por el sendero de la costa lo ha encontrado. Ha ido a la cabaña.

—¿Estabas ahí cuando pasó?

—No. He llegado de Bristol esta tarde. Cuando he entrado en casa, el hombre estaba dentro buscando un teléfono. Me lo he encontrado allí.

—¿Te has encontrado a un hombre dentro de casa? Dios mío, qué miedo. ¿Cómo ha…? ¿Ha encontrado la copia de la llave?

—Ha roto una ventana para entrar. Me ha dicho que había un cuerpo en las rocas y he ido a verlo con él. Le he dicho que era médico…

—Y lo eres. Quizás habrías podido…

—No. No es eso. Bueno, en cierto modo sí, porque podría haber hecho algo, supongo.

—No debes suponerlo, Daidre. Has recibido una buena educación, estás cualificada. Has conseguido un trabajo de una responsabilidad enorme y no puedes decir…

—Aldara. Sí, muy bien, ya lo sé. Pero era más que el deseo de ayudar. Quería verle. Tenía un presentimiento.

Aldara no dijo nada. La savia de uno de los troncos crujió y el sonido atrajo su atención hacia el fuego. Lo miró largamente, como si comprobara que los troncos permanecían donde los había colocado al principio.

—¿Creías que podría ser Santo Kerne? —dijo al fin—. ¿Por qué?

—Es obvio, ¿no?

—¿Por qué es obvio?

—Aldara, ya lo sabes.

—No lo sé. Dímelo.

—¿Debo?

—Por favor.

—Eres...

—No soy nada. Dime lo que quieras decirme sobre por qué las cosas son tan obvias para ti, Daidre.

—Porque incluso cuando uno cree que se ha ocupado de todo, incluso cuando cree que ha puesto todos los puntos sobres las íes, que ha dado los últimos retoques; incluso cuando cree que todas las frases tienen su punto final...

—Te estás poniendo pesada —señaló Aldara.

Daidre respiró hondo.

—Una persona ha muerto. ¿Cómo puedes hablar así?

—De acuerdo. «Pesada» no es la palabra correcta. «Histérica» es mejor.

—Estamos hablando de un ser humano, un adolescente; no tenía ni diecinueve años. Y ha muerto en las rocas.

—Ahora sí que estás histérica.

—¿Cómo puedes ser así? Santo Kerne está muerto.

—Y lo siento. No me gusta pensar que un chico tan joven se haya caído de un acantilado y...

—Eso si se ha caído, Aldara.

La mujer alargó la mano a la copa de vino. Daidre se fijó —como hacía a veces— en que sus manos eran lo único que no tenía bonito. La propia Aldara las llamaba «manos de campesino», hechas para restregar la ropa en las rocas de un arroyo, para amasar pan, para trabajar la tierra. Con sus dedos fuertes y gruesos y las palmas anchas, no eran manos hechas para una profesión delicada.

—¿Por qué dices «si se ha caído»? —preguntó.

—Ya sabes la respuesta.

—Pero dices que estaba escalando. No pensarás que alguien…

—Alguien no, Aldara. ¿Santo Kerne? ¿Polcare Cove? No es difícil adivinar quién podría haberle hecho daño.

—No digas tonterías. Ves demasiadas películas. El cine hace que la gente crea que los demás actúan como si estuvieran interpretando un papel escrito en Hollywood. Que Santo Kerne se cayera mientras hacía escalada…

—¿No es un poco extraño? ¿Por qué iba a escalar con este tiempo?

—Me lo preguntas como si esperaras que supiera la respuesta.

—Por el amor de Dios, Aldara…

—Basta. —Aldara dejó la copa de vino con firmeza sobre la mesa—. Yo no soy tú, Daidre. Nunca me he sentido como… como… Oh, cómo lo diría… intimidada por los hombres como tú, no tengo esa sensación de que de algún modo son más importantes de lo que son, que son necesarios en la vida, esenciales para que una mujer esté completa. Siento muchísimo que el chico haya muerto, pero no tiene nada que ver conmigo.

—¿No? ¿Y este…? —Daidre señaló las dos copas de vino, los dos platos, los dos tenedores, la repetición infinita de lo que debería haber sido pero que nunca acababa de ser el número dos. Y también estaba el tema de la ropa que llevaba Aldara: el vestido vaporoso que abrazaba y soltaba sus caderas cuando se movía, los zapatos que había elegido con la parte de los dedos demasiado abierta y los tacones demasiado altos para resultar prácticos en una granja, los pendientes que resaltaban su largo cuello. La mente de Daidre no albergaba ninguna duda de que las sábanas de la cama de Aldara estarían recién lavadas y olerían a lavanda y de que habría velas preparadas para encender en el dormitorio.

En estos momentos había un hombre de camino a su casa que estaba pensando en quitarle la ropa y preguntándose cuánto tardaría en poder ir al grano con ella después de llegar. Pensaba en cómo iba a hacérselo —fuerte o con ternura, contra la pared, en el suelo, en una cama— y en qué postura, y si estaría a la altura para hacerlo más de dos veces porque sabía que sólo dos no bastarían, no para una mujer como Aldara Pappas: desenfadada, sensual, dispuesta. Tenía que darle lo que buscaba porque si no lo descartaría, y no quería que eso sucediera.

—Creo que vas a verlo de otro modo, Aldara. Verás que esto... lo que le ha pasado a Santo... lo que sea que le ha pasado...

—Qué tontería —la interrumpió Aldara.

—¿Ah, sí? —Daidre puso la palma de la mano en la mesa, entre las dos. Repitió la pregunta anterior—: ¿A quién estás esperando esta noche?

—No es de tu incumbencia.

—¿Te has vuelto loca? He tenido a la policía en mi casa.

—Y eso te preocupa. ¿Por qué?

—Porque me siento responsable. ¿Tú no?

Aldara pareció meditar la pregunta porque tardó un momento en contestar.

—En absoluto.

—¿Eso es todo?

—Supongo.

—¿Por esto? ¿El vino, el queso, el fuego acogedor? ¿Vosotros dos, sea quien sea?

Aldara se levantó.

—Debes irte —dijo—. He intentado explicarme una y otra vez, pero ves mi forma de ser como una cuestión moral y no como lo que es: la manifestación del único modo en que sé funcionar. Así que sí, alguien viene hacia aquí y no, no voy a decirte quién es y preferiría que no estuvieras cuando llegue.

—No permites que nada te afecte, ¿verdad? —le preguntó Daidre.

—Le dijo la sartén al cazo, querida —respondió Aldara.

Capítulo 5

Cadan había depositado grandes esperanzas en que los Bacon Streakies cumplieran su cometido. También las había depositado en que lo hiciera *Pooh*. Se suponía que los Bacon Streakies, que eran el capricho preferido del pájaro, le animarían y recompensarían. El sistema era dejar que el loro viera la bolsa de golosinas en los dedos de Cadan —una maniobra suficiente para captar el interés del pájaro— y luego demostrarle sus cualidades. Después llegaría la recompensa y no había absolutamente ninguna necesidad de enseñarle a *Pooh* la sustancia crujiente. Quizá fuera un pájaro, pero no era estúpido cuando se trataba de comida.

Pero esta noche, las distracciones le despistaban. *Pooh* y Cadan no estaban solos en el salón y las otras tres personas resultaban ser más interesantes para el loro que el alimento que le ofrecía éste. Así que mantener el equilibrio sobre una pelota de goma y caminar encima de dicha pelota por la repisa de la chimenea no ofrecían la misma promesa que el palo de una piruleta en las manos de una niña de seis años. Un palo aplicado cuidadosamente en la cabeza emplumada del loro, frotado suavemente hacia delante y hacia atrás en la zona donde se suponía que deberían estar las orejas, era el éxtasis garantizado. Un Bacon Streakie, por otro lado, sólo proporcionaba una satisfacción gustativa momentánea. Así que aunque Cadan realizó un intento heroico por conseguir que *Pooh* entretuviera a Ione Soutar y a sus dos hijas pequeñas, el entretenimiento no llegó.

—¿Por qué no quiere hacerlo, Cade? —preguntó Jennie Soutar. Era la menor de las dos. Su hermana mayor, Leigh, que a sus diez años ya llevaba sombra de ojos con purpurina, los labios pintados y extensiones en el pelo, no parecía esperar que el pájaro fuera a hacer nada extraordinario; total, a quién le importaba, el loro no era una estrella pop ni nadie que fuera a convertirse en una estrella pop. En lugar de prestar atención al espectáculo fracasado del pájaro, había hojeado una revista de moda, mirando las fotos entrecerrando los ojos porque se negaba a ponerse gafas y hacía campaña por llevar lentes de contacto.

—Es por el palo de la piruleta —dijo Cadan—. Sabe que lo tienes. Quiere que lo acaricies otra vez.

—Entonces, ¿puedo acariciarle? ¿Puedo cogerlo?

—Jennifer, ya sabes qué opino de ese pájaro. —Estas palabras las pronunció su madre. Ione Soutar estaba de pie junto a la ventana en saliente que daba a Victoria Road; llevaba treinta minutos así y no parecía que tuviera intención de moverse pronto—. Los pájaros tienen gérmenes y transmiten enfermedades.

—Pero Cade lo toca.

Ione lanzó una mirada a su hija. Parecía decir: «Y mírale».

Jennie interpretó la expresión en la cara de su madre en el sentido que había querido Ione. Se retiró al sofá —con las piernas colgando delante de ella— e hinchó los labios decepcionada. Cadan vio que era una expresión idéntica a la de Ione, aunque la niña no fuera consciente de ello.

Sin duda, el sentimiento que escondía la mujer también era el mismo: decepción. Cadan quería decirle a Ione Soutar que su decepción no terminaría nunca mientras tuviera puestas sus esperanzas matrimoniales en su padre. A primera vista, parecían la pareja perfecta: dos empresarios independientes con talleres en el mismo lugar en Binner Down; dos padres que llevaban años sin pareja; dos padres que surfeaban, cada uno con dos hijos, dos niñas pequeñas interesadas en el surf, y una tercera mayor que era su modelo y profesora; dos familias orientadas a la familia... Seguramente el sexo también sería bueno, pero a Cadan no le gustaba especular sobre eso, porque pensar en su padre fundido en un abrazo carnal con Ione le ponía los pelos de punta. Sin embargo, parecía lógico que esos casi tres años de asociación entre hombre y mujer acabaran en algo similar a un compromiso por parte de Lew Angarrack. Pero no había sido así y Cadan había oído el final de las conversaciones telefónicas de su padre suficientes veces como para saber que a Ione aquella situación ya no la satisfacía.

Ahora mismo también estaba molesta. Hacía rato que dos pizzas del Pukkas se enfriaban en la cocina mientras ella esperaba en el salón a que Lew volviera. Era una espera que a Cadan comenzaba a parecerle inútil, porque su padre se había duchado y vestido y salido corriendo para llevar a cabo una empresa que Cadan consideraba descabellada.

Cadan creía que la visita de Will Mendick había provocado la marcha de Lew. Will había aparecido por Victoria Road en su viejo escarabajo y mientras desplegaba su esqueleto enjuto y nervudo para bajarse del coche y se acercaba a la puerta, Cadan vio en su cara rubicunda que algo le preocupaba.

Preguntó directamente por Madlyn.

—¿Dónde está, entonces? Tampoco estaba en la panadería —dijo de manera cortante cuando Cadan le informó de que Madlyn no estaba en casa.

—Todavía no la tenemos en el GPS —le dijo—. Hasta la semana que viene, Will.

Pareció que Will no agradecía la broma.

—Tengo que encontrarla.

—¿Por qué?

Le contó la noticia que había oído en la tienda de surf Clean Barrel: Santo Kerne estaba fiambre, se había aplastado la cabeza o lo que fuera que pasaba cuando alguien se caía mientras escalaba un acantilado.

—¿Estaba escalando solo? —El tema de la escalada era la verdadera cuestión, ya que Cadan sabía qué era lo que Santo Kerne prefería en realidad: surfear y follar, follar y surfear, dos cosas que conseguía con bastante facilidad.

—No he dicho que estuviera solo —señaló Will bruscamente—. No sé con quién estaba, ni siquiera si estaba con alguien. ¿Por qué piensas que estaba solo?

Cadan no tuvo que responder porque Lew había oído la voz de Will y al parecer advirtió algo funesto en su tono. Salió de la parte trasera de la casa donde estaba trabajando en el ordenador y Will le puso al corriente.

—He venido a decírselo a Madlyn —explicó el chico.

«Muy acertado», pensó Cadan. Ya tenía vía libre con Madlyn y Will no era de los que pasaba de largo por delante de una puerta abierta.

—Maldita sea —dijo Lew en tono meditabundo—. Santo Kerne.

Ninguno de ellos estaba precisamente afectado por la noticia, se reconoció Cadan a sí mismo. Imaginaba que probablemente él era quien se sentía peor, pero casi seguro se debía a que era quien menos se jugaba en aquel asunto.

—Saldré a buscarla, entonces —dijo Will Mendick—. ¿Dónde crees que…?

¿Quién demonios lo sabía? Madlyn había sido un torbellino de emociones desde que había roto con Santo. Comenzó sintiendo una tristeza profunda que luego se transformó en una furia ciega e irracional. Para Cadan, cuanto menos la viera mejor hasta que hubiera superado la última etapa —que siempre era la venganza— y volviera a ser normal. Podía estar en cualquier parte: robando bancos, rompiendo ventanas, flirteando con hombres en pubs, tatuándose los párpados, pegando a niños pequeños o surfeando en alguna parte desconocida. Con Madlyn nunca se sabía.

—No la vemos desde el desayuno —dijo Lew.

—Maldita sea. —Will se mordió un lado del pulgar—. Bueno, alguien tiene que contarle lo que ha pasado.

«¿Por qué?», pensó Cadan, pero no lo dijo, sino que comentó:

—¿Crees que deberías encargarte tú? —Y añadió como un tonto—: Espabila, chaval. ¿Cuándo lo vas a entender? No eres su tipo.

Will se puso colorado. Tenía la piel llena de granos y las espinillas se le encendieron.

—Cade —dijo Lew.

—Pero es cierto —apuntó él—. Vamos, tío…

Will no esperó a escuchar el resto. Salió de la habitación y cruzó la puerta antes de que Cadan pudiera pronunciar una palabra más.

—Dios mío, Cade —dijo Lew como comentario evidente acerca de la diplomacia de Cadan. Luego subió a darse una ducha.

No se había duchado después de surfear, así que al principio Cadan supuso que su padre estaba haciendo lo que hacía normalmente: quitarse la arena y el agua salada. Pero luego se marchó y aún no había vuelto, de ahí que Cadan hubiera decidido intentar entretener a Ione y sus hijas mientras esperaban a Lew.

—Ha salido a buscar a Madlyn —dijo Cadan a la novia de su padre. Le había contado lo de Santo y no había añadido nada más. Ione ya estaba al corriente de la situación Madlyn-Santo. No podía estar liada con Lew Angarrack y no saber nada del tema. El sentido bien desarrollado del drama que tenía Madlyn lo habría hecho absolutamente imposible.

Ione entró en la cocina, donde dejó las pizzas en la encimera, puso la mesa y preparó una ensalada mixta. Luego regresó al salón. Cuarenta minutos después, llamó a Lew al móvil. Si su padre lo llevaba encima, no lo tenía encendido.

—Qué estúpido es —dijo Ione—. ¿Y si Madlyn vuelve a casa mientras está buscándola? ¿Cómo se lo vamos a decir?

—Seguramente no lo habrá pensado —contestó Cadan—. Ha salido corriendo.

No era exactamente verdad, pero parecía más... bueno, más probable que un padre preocupado saliera corriendo en lugar de marcharse como lo había hecho Lew: con bastante tranquilidad, como si hubiera tomado una decisión sombría sobre algo o como si supiera una cosa que nadie más sabía.

Ahora, cuando acabó de examinar su revista de moda, Leigh Soutar comenzó a hablar como solía hacerlo, con esa cadencia extraña característica de las niñas que están demasiado expuestas a películas de adolescentes.

—Mamá, ¿tengo hambre? —dijo—. ¿Me muero de hambre? Mira qué hora es, ¿vale? ¿No vamos a cenar?

—¿Quieres un Bacon Streakie? —le preguntó Cadan.

—Qué asco —dijo Leigh—. ¿Comida basura?

—¿Y la pizza qué es? —le preguntó Cadan educadamente.

—La pizza es muy nutritiva, ¿vale? —le dijo Leigh—. Contiene como mínimo dos grupos de alimentos; de todos modos, sólo voy a comerme un trozo, ¿vale?

—De acuerdo —dijo Cadan. Ya había visto a Leigh zampando antes de esta noche y cuando se trataba de pizza la niña olvidaba sistemáticamente sus intenciones de convertirse en la Kate Moss de su generación. Diría que no a un trozo de pizza cuando las ranas criaran pelo y empezaran a afeitarse.

—Yo también tengo hambre —dijo Jennie—. ¿Podemos comer, mami?

Ione lanzó una última mirada desesperada a la calle.

—Supongo que sí —dijo.

Fue a la cocina. Jennie saltó del sofá y la siguió, rascándose el trasero mientras caminaba. Leigh practicó un contoneo de pasarela detrás de su hermana y lanzó una mirada torva a Cadan al pasar por delante de él.

—Ese pájaro es estúpido, ¿vale? —dijo—. ¿Ni siquiera habla? ¿Qué clase de loro no habla siquiera?

—El que reserva su vocabulario para una conversación interesante —dijo Cadan.

Leigh le sacó la lengua y salió de la habitación.

Después de cenar una pizza horrible que había estado demasiado tiempo en la encimera y una ensalada aliñada por una cocinera preocupada que le había echado demasiado vinagre, Cadan se ofreció a fregar los platos y esperó que aquel gesto sirviera para que Ione cogiera a sus retoños y se marchara. No tuvo tanta suerte. Se quedó noventa minutos más, exponiendo a Cadan a los comentarios hirientes sobre la calidad de su fregado y secado de platos. Llamó a Lew al móvil cuatro veces más antes de decirse a sí misma y a las niñas que se iban a casa.

Aquello dejó a Cadan en la situación que menos prefería: solo con sus pensamientos. Así que sintió alivio cuando recibió una llamada que por fin revelaba el paradero de Madlyn, si bien el alivio fue menor al comprobar que quien telefoneaba no era su padre. Y se preocupó muchísimo cuando gracias a una pregunta fortuita descubrió que su padre ni siquiera había salido a buscar a Madlyn. Esta preocupación desconcertó a Cadan —un estado sobre el que no le gustaba especular—, así que cuando Lew por fin se presentó poco después de medianoche, Cadan estaba bastante mosqueado con él por provocarle sensaciones que prefería no sentir. Estaba viendo la tele cuando la puerta de la cocina se abrió y cerró. Después, Lew apareció en la puerta del salón, entre las sombras del pasillo.

—Está con Jago —dijo Cadan lacónicamente.

Lew pestañeó y preguntó:

—¿Qué?

—Madlyn —respondió Cadan—. Está con Jago. Ha llamado él. Dice que se ha quedado dormida.

Ninguna reacción de su padre. Cadan sintió un escalofrío inexplicable al ver aquello que le subió y bajó por los brazos como los dedos de un bebé muerto. Cogió el mando a distancia de la tele y pulsó el botón para apagarla.

—Has salido a buscarla, ¿verdad? —Cadan no esperó respuesta—. Ione ha estado aquí. Ella y las niñas. Vaya con esa Leigh, qué estúpida es, te lo digo yo. —Silencio—: Estabas buscándola, ¿no?

Lew se dio la vuelta y volvió a la cocina. Cadan oyó que abría la nevera y que vertía algo en un cazo. Su padre estaría calentando leche para tomarse el Cola-Cao de todas las noches. Cadan decidió que él también quería uno —aunque la verdad era que deseaba descifrar a su padre al mismo tiempo que deseaba no hacerlo—, así que, arrastrando los pies, fue a la cocina para unirse a él.

—Le he preguntado a Jago qué hacía allí. Ya sabes a qué me refiero. Le he dicho: «¿Qué coño está haciendo ahí, tío?», porque primero, ¿por qué querría pasar la noche con Jago…? ¿Qué tiene, setenta años? Me da grima, ya sabes qué quiero decir, aunque es buena gente, supongo, pero no es que sea un pariente ni nada… Y luego… —No recordaba qué iba a decir en segundo lugar. Balbuceaba porque el silencio obstinado de su padre le desconcertaba más de lo que ya lo estaba—. Jago me ha contado que estaba arriba en el Salthouse con el señor Penrule cuando entró un tipo con esa mujer que tiene la casa en Polcare Cove. Ella ha dicho que había un cuerpo abajo y Jago ha oído que decía que creía que era Santo. Así que Jago ha ido a buscar a Madlyn a la panadería para darle la noticia. Al principio no ha llamado aquí porque… no lo sé. Supongo que Madlyn se habrá puesto como una loca cuando se lo ha contado y ha tenido que tranquilizarla.

—¿Eso ha dicho?

Cadan sintió tal alivio cuando su padre por fin habló que preguntó:

—¿Quién ha dicho el qué?

—¿Jago ha dicho que Madlyn se había puesto como una loca?

Cadan pensó en aquello, no tanto en si Jago Reeth había dicho realmente eso sobre su hermana sino en por qué su padre preguntaba precisamente eso de todas las cosas posibles. Parecía una elección tan improbable que Cadan observó:

—Estabas buscándola, ¿verdad? Bueno, eso es lo que le he dicho a Ione. Ya te he comentado que ha estado aquí con las niñas. Pizza.

—Ione —dijo Lew—. Había olvidado la pizza. Supongo que se ha ido histérica.

—Ha intentado llamarte. ¿Qué le pasa a tu móvil?

—No lo llevaba encima.

La leche humeó en el fogón. Lew cogió su taza de Newquay y echó unas cucharadas de Cola-Cao. Utilizó una cantidad generosa, luego le pasó el bote a Cadan, que ya había cogido su taza del estante de encima del fregadero.

—Ahora la llamo —dijo Lew.

—Es más de medianoche —añadió Cadan sin necesidad.

—Mejor tarde que mañana, créeme.

Lew salió de la cocina y fue a su cuarto. Cadan sintió una necesidad urgente de saber qué estaba pasando. En parte era curiosidad y en parte buscaba una forma razonable de tranquilizarse sin cuestionarse por qué necesitaba tranquilizarse. Así que subió las escaleras detrás de su padre.

Su intención era escuchar junto a la puerta de Lew, pero descubrió que no iba a ser necesario. Apenas había llegado al último escalón cuando oyó que Lew alzaba la voz y constató que la conversación iba mal. Las últimas palabras de su padre consistieron básicamente en: «Ione… Por favor, escúchame… Tantas cosas en la cabeza… Saturado de trabajo… Lo olvidé por completo… Porque estoy fabricando una tabla, Ione, y tengo casi dos docenas más… Sí, sí. Lo siento mucho, pero en realidad no me dijiste… Ione…».

Eso fue todo. Luego silencio. Cadan se acercó a la puerta de la habitación de su padre. Lew estaba sentado en el borde de la cama. Tenía una mano sobre el auricular del teléfono, que acababa de posar sobre la horquilla. Miró a Cadan pero no habló, sino que se levantó y fue a por su chaqueta, que había lanzado sobre el asiento de una silla en un rincón del cuarto. Comenzó a ponérsela. Al parecer, volvía a salir.

—¿Qué pasa? —dijo Cadan.

Lew no le miró mientras contestaba.

—Ya ha tenido suficiente. Me ha dejado.

Parecía... Cadan pensó en ello. ¿Apenado? ¿Cansado? ¿Afligido? ¿Aceptando el hecho de que mientras uno no cambiara, el pasado predeciría con exactitud el futuro?

—Bueno, la has fastidiado —dijo Cadan filosóficamente— al olvidarte de ella y todo eso.

Lew se tocó los bolsillos como si buscara algo.

—Sí, cierto. Bueno, no ha querido escucharme.

—¿El qué?

—Habíamos quedado para cenar pizza, Cade. Eso es todo. Pizza. ¿Cómo puede esperar que recuerde que habíamos quedado para cenar pizza?

—Qué frío eres, ¿no?

—Tampoco es asunto tuyo.

Cadan sintió que el estómago se le tensaba y le ardía.

—Bueno, supongo que no. Pero cuando quieres que entretenga a tu novia mientras tú estás por ahí, haciendo lo que sea, sí que es asunto mío.

Lew dejó caer la mano de los bolsillos.

—Dios mío —dijo—. Yo... Lo siento, Cade. Estoy de los nervios. Están pasando muchas cosas. No sé cómo explicártelo.

Pero ése era el problema, pensó Cadan. ¿Qué estaba pasando? Cierto, Will Mendick les había dicho que Santo Kerne había muerto —y sí, era una desgracia, ¿no?—, pero ¿por qué la noticia tenía que sumir sus vidas en el caos, en el caso que lo que estuvieran viviendo fuera en efecto un caos?

Habían construido el cuarto del material de Adventures Unlimited en un antiguo comedor que había sido un salón de baile durante los años de apogeo del hotel de la Colina del Rey Jorge, un apogeo que alcanzó en el periodo de entreguerras.

Cuando Ben Kerne se encontraba en el cuarto del material, a menudo intentaba imaginar cómo habría sido cuando el parqué brillaba, las arañas de luces relucían en el techo y las mujeres flotaban con sus ligeros vestidos de verano en los brazos de los hombres con trajes de lino. Bailaban con una inconsciencia alegre, pues creían que la guerra que iba a poner fin a todas las guerras había terminado, en efecto, con todas las guerras. Descubrieron que se equivocaban, y demasiado pronto, pero pensar en ellos siempre le relajaba, igual que la música que Ben imaginaba que escuchaban: la orquesta tocaba mientras los camareros con guantes blancos ofrecían sándwiches en bandejas de plata. Pensaba en los bailarines —casi podía ver sus fantasmas— y se sentía conmovido por las épocas pasadas. Pero al mismo tiempo siempre sentía consuelo. La gente entraba y salía del Rey Jorge y la vida continuaba.

Ahora, en el cuarto del material, sin embargo, los bailarines de 1933 no invadieron la mente de Ben Kerne. Estaba delante de una hilera de vitrinas, una de las cuales había abierto. Dentro, el material de escalada estaba colgado de unos ganchos, dispuesto ordenadamente en contenedores de plástico y enrollado en estantes. Cuerdas, arneses, eslingas, anclajes y aparatos de leva, cuñas, mosquetones… de todo. Su equipo lo guardaba en otra parte porque le resultaba incómodo tener que bajar aquí a coger lo que quería llevarse si tenía la tarde libre para ir a escalar. Pero el material de Santo ocupaba un lugar destacado y, encima, el propio Ben había clavado orgullosamente un cartel que ponía: NO COGER. Instructores y alumnos por igual debían saber que aquellas herramientas eran sagradas, la acumulación de tres Navidades y cuatro cumpleaños.

Ahora, sin embargo, no había nada. Ben sabía qué significaba aquello. Comprendió que la ausencia del material de Santo constituía el último mensaje del chico a su padre y sintió su impacto, igual que sintió el peso y experimentó la iluminación repentina que también proporcionaba su mensaje: aquello lo habían provocado sus comentarios —hechos sin pensar y nacidos de un fariseísmo testarudo—. A pesar de todos sus esfuerzos, a pesar de que él y Santo no podían ser más distintos en todo, desde la personalidad al aspecto físico, la historia se repetía en la forma, aunque no en el fondo. Su propia historia hablaba de obcecación, destierro y años de alejamiento. Ahora la de Santo hablaba de censura y muerte. No con muchas palabras sino con el reconocimiento sincero de un pesar que le había llevado a formular una única pregunta maldita, tan alto como si Ben la hubiera gritado: «¿Cómo puedes ser tan miserable para haber hecho algo así?».

Santo habría interpretado aquella pregunta tácita como lo que era, y seguramente cualquier hijo de cualquier padre habría hecho lo mismo y reaccionado con la misma indignación que había llevado a Santo a los acantilados. El propio Ben había reaccionado contra su padre prácticamente del mismo modo a más o menos su misma edad: «Hablas de ser un hombre, yo te enseñaré lo que es ser un hombre».

Pero la razón subyacente de la relación que tenían Ben y Santo seguía pendiente de análisis, aunque no hacía falta abordar en absoluto el porqué superficial del tema, porque Santo sabía exactamente cuál era. Por otro lado, la razón histórica de su relación era demasiado aterradora para planteársela. En lugar de hacerlo, Ben sólo se repetía que Santo era, siempre y simplemente, quien era.

—Pasó y punto —le había confesado Santo a Ben—. Mira, yo no quiero…

—¿Tú? —dijo Ben, incrédulo—. No sigas, porque lo que quieras no me interesa. Pero lo que has hecho, sí. Lo que has conseguido. La suma total de tu maldito interés personal…

—¿Por qué demonios te importa tanto? ¿Qué más te da? Si hubiera que arreglar algo, lo habría arreglado, pero no había nada. No hay nada. Nada, ¿vale?

—Los seres humanos no son algo que haya que arreglar. No son pedazos de carne. No son mercancías.

—Estás manipulando mis palabras.

—Tú estás manipulando la vida de las personas.

—Eres injusto. Eres muy injusto, joder.

Como comprobaría que era la mayor parte de la vida, pensó Ben, aunque Santo no vivió lo suficiente para descubrirlo.

¿Y de quién era la culpa, Benesek?, se preguntó. ¿El momento valía el precio que estaba pagando?

Ese momento había sido un solo comentario, que en parte nacía de la rabia pero que en su mayor parte era puro miedo: «Injusto es tener un hijo inútil como tú». Una vez dichas, las palabras quedaron ahí, como pintura negra lanzada en una pared blanca. Su castigo por haberlas pronunciado iba a ser el recuerdo de esa afirmación desgraciada y lo que habían provocado: la cara pálida de Santo y el hecho de que un padre hubiera girado la espalda a su hijo. «Quieres que sea un hombre, yo te enseñaré qué es ser un hombre. Al cien por cien, si debo hacerlo. Pero te lo enseñaré».

Ben no quería pensar en lo que había dicho. De hecho, prefería no volver a pensar en nada nunca más. Su mente quedaría en blanco y así permanecería, permitiéndole pasar por la vida hasta que su cuerpo se extenuara y le reclamara el descanso eterno.

Cerró el armario y volvió a colocar el candado en su sitio. Respiró despacio por la boca hasta que logró dominarse y dejaron de removérsele las tripas. Entonces fue al ascensor y lo llamó. El aparato descendió a una velocidad digna y antigua que concordaba con su calado de hierro abierto. Paró con un crujido y lo llevó a la última planta del hotel, donde estaba el piso de la familia y donde esperaba Dellen.

No acudió a ver a su esposa de inmediato, sino que primero fue a la cocina. Allí, Kerra estaba sentada a la mesa con su pareja. Alan Cheston la observaba y Kerra escuchaba con la cabeza ladeada en dirección a los cuartos. Ben sabía que estaba esperando una señal de cómo iban a ser las cosas.

Su mirada registró a su padre cuando apareció en la puerta. Los ojos de Ben preguntaron. Ella contestó.

—Todavía —fue su respuesta.

—Bien —dijo él.

Se acercó a los fogones. Kerra había puesto el hervidor en el fuego, aún encendido, tan bajo que el vapor escapaba sin hacer ruido y el agua no arrancaba a hervir. Había sacado cuatro tazas, cada una contenía una bolsita de té. Ben vertió el agua en dos de ellas y se quedó ahí plantado, observando cómo se preparaba la infusión. Su hija y su novio estaban en silencio, pero notaba que le clavaban sus ojos y percibía las preguntas que querían formularle. No sólo acerca de él, sino también de cada uno de ellos. Había temas que tratar en cada rincón.

No soportaba la idea de tener que hablar, así que cuando el té se oscureció lo suficiente, echó leche y añadió azúcar a uno y nada al otro. Se los llevó de la cocina y dejó uno momentáneamente en el suelo, delante de la puerta de Santo, que estaba cerrada pero no con llave. La abrió y entró, a oscuras con las dos tazas de té que sabía que ninguno de los dos podría ni querría beber.

Dellen no había encendido las luces y como la habitación de Santo estaba en la parte trasera del hotel, las farolas del pueblo no iluminaban la oscuridad del cuarto. Enfrente de la extensión curvada de la playa de St. Mevan, las luces al final del rompeolas y encima de la esclusa del canal brillaban a través del viento y la lluvia, pero no conseguían expulsar la penumbra de allí. Sin embargo, un haz de luz blanca procedente del pasillo caía en la alfombra de retales sobre el suelo del dormitorio. Ben vio que su mujer se había acurrucado en posición fetal encima de ella. Había arrancado las sábanas y mantas de la cama de Santo y se había tapado. La mayor parte de su cara estaba ensombrecida, pero allí donde no, Ben vio que su expresión era glacial. Se preguntaba si el pensamiento que ocupaba su mente era: «Si hubiera estado aquí… Si no hubiera estado fuera todo el día…». Lo dudaba. Arrepentirse nunca había sido el estilo de Dellen.

Ben cerró la puerta con el pie y Dellen se revolvió. Creyó que iba a hablar, pero se subió las mantas hasta la cara. Se las llevó a la nariz para absorber el olor de Santo. Actuaba como una madre animal y, como un animal, funcionaba por instinto. Había sido su atractivo desde el día que la conoció: cuando ambos eran adolescentes, uno de ellos cachondo y la otra dispuesta.

Lo único que sabía Dellen por ahora era que Santo había muerto, que la policía había ido a verles, que una caída se lo había llevado y que la caída se había producido durante una escalada en un acantilado. Ben no le avanzó más información porque Dellen dijo «¿una escalada?», tras lo cual interpretó la expresión de su marido como siempre había podido hacer y dijo «tú le has hecho esto».

Eso había sido todo. Se quedaron en la recepción del viejo

hotel porque Ben no consiguió que entrara más. Cuando Dellen cruzó la puerta, vio al momento que algo pasaba y exigió saberlo, no para eludir la pregunta obvia de dónde había estado ella tantas horas —no creía que nadie tuviera derecho realmente a saberlo—, sino porque lo que pasaba era mucho más importante que saciar la curiosidad sobre su paradero. Ben intentó que subiera al salón, pero ella se mantuvo inflexible, así que se lo dijo allí mismo.

Dellen se acercó a las escaleras. Se detuvo momentáneamente en el escalón de abajo y se agarró a la barandilla como para no caerse. Luego subió.

Ahora, Ben dejó el té con leche y azúcar en el suelo cerca de su cabeza y se sentó en el borde de la cama de Santo.

—Me estás culpando —dijo ella—. Me echas tanto la culpa que apestas, Ben.

—No te culpo. No sé por qué piensas eso.

—Lo pienso porque estamos aquí, en Casvelyn. Fue todo por mí.

—No. Fue por todos nosotros. Yo también estaba cansado de Truro, ya lo sabes.

—Tú te habrías quedado en Truro toda la vida.

—No es así, Dellen.

—Y si estabas cansado, cosa que no me creo, no tenía que ver contigo, ni con Truro, ni con ninguna ciudad. Siento tu odio, Ben. Huele como una alcantarilla.

Él no dijo nada. Fuera, una ráfaga de viento golpeó el lateral del edificio y las ventanas vibraron. Se avecinaba un temporal violento. Ben reconocía las señales. Soplaba viento de mar: traería una lluvia más fuerte del Atlántico. Todavía no habían dejado atrás la época de las tormentas.

—He sido yo —dijo—. Tuvimos unas palabras. Dije algunas cosas…

—Oh, me imagino que sí. Ben *el Bueno*. Eres un maldito santo.

—No tiene nada de santo salir adelante. No tiene nada de santo aceptar…

—Las cosas no eran así entre mi hijo y tú, no te creas que no lo sé. Eres un cabronazo.

—Ya sabes por qué. —Ben dejó su taza de té en la mesita de noche. Entonces, deliberadamente, encendió la lámpara. Si Dellen le miraba, quería que fuera capaz de verle la cara e interpretar su mirada. Quería que supiera qué decía de verdad—. Le dije que debía tener más cuidado. Le dije que las personas son reales, no un juguete. Quería que comprendiera que la vida consiste en algo más que buscar su propio placer.

La voz de Dellen estaba cargada de desprecio.

—Como si él viviera así.

—Sabes que sí. La gente se le da bien, toda. Pero no puede dejar que eso… que ese don suyo provoque que alguien haga daño a otras personas o que él haga sufrir a los demás. No quiere ver…

—¿No quiere? Está muerto, Ben. Ya no quiere nada.

Ben creyó que Dellen rompería a llorar de nuevo, pero no.

—No es ninguna vergüenza enseñar a los hijos a actuar correctamente, Dellen.

—Lo que significa que tú haces lo correcto, ¿verdad? No él. Tú. Se suponía que tenía que parecerse a ti, ¿no? Pero él no era tú, Ben, y nada podía hacer que se pareciera a ti.

—Ya lo sé. —Ben sintió el peso intolerable de aquellas palabras—. Ya lo sé, créeme.

—No lo sabes. No lo sabías. Y no podías soportarlo, ¿a que no? Tenías que obligarle a ser como tú querías que fuera.

—Dellen, ya sé que tengo la culpa. ¿Crees que no lo sé? Yo tengo tanta culpa de lo sucedido como…

—¡No! —Se puso de rodillas—. No te atrevas —gritó—. No me recuerdes eso justo ahora porque si lo haces, te juro que si lo haces, si lo mencionas siquiera, si sacas el tema, si lo intentas, si… —Parecía que le fallaban las palabras. De repente, cogió la taza que Ben había dejado en el suelo y se la tiró. El té caliente le quemó el pecho; el borde de la taza le alcanzó en el esternón—. Te odio —dijo, y luego repitió cada palabra más fuerte—: ¡Te odio, te odio, te odio!

Ben se levantó de la cama y se puso de rodillas. Entonces la abrazó. Dellen todavía gritaba su odio cuando la atrajo hacia él y le dio golpes en el pecho, la cara y el cuello antes de que él pudiera agarrarle los brazos.

—¿Por qué no dejaste que fuera él mismo? Está muerto y lo único que tenías que hacer era dejarle ser él mismo. ¿Tanto te costaba? ¿Era demasiado pedir?

—Sshh —murmuró Ben. La abrazó, la meció, apretó los dedos en su pelo rubio y frondoso—. Dellen, Dellen, Dell. Podemos llorar. Podemos… Tenemos que llorar.

—No lloraré. Suéltame. ¡Que me sueltes!

Dellen se retorció, pero él la sujetó con fuerza. Ben sabía que no podía dejar que saliera del cuarto. Estaba al borde de un ataque de nervios y, si estallaba, todos estallarían con ella y no podía permitirlo. No después de lo de Santo.

Él era más fuerte que ella, así que comenzó a moverla aunque se resistiera. La puso de pie y la sostuvo con el peso de su cuerpo. Ella se retorció para intentar apartarle.

Ben le tapó la boca con la de él. Notó su oposición durante un momento y luego desapareció, como si nunca hubiera existido. Le rasgó la ropa, le arrancó la camisa, la hebilla del cinturón, le bajó los vaqueros con desesperación. Pensó «sí» y no le mostró ninguna ternura mientras le quitaba el jersey por la cabeza. Le subió el sujetador y bajó a sus pechos. Ella jadeó y se bajó la cremallera de los pantalones. Con fiereza, Ben le apartó la mano de un golpe. Lo haría él, pensó. La poseería. Con furia, la desnudó. Ella se arqueó para aceptarle y gritó cuando la penetró.

Después, lloraron.

Kerra lo oyó todo. ¿Cómo podía no hacerlo? El piso familiar había sido reformado de la manera más económica posible a partir de una serie de habitaciones en la última planta del hotel. Como necesitaban el dinero para invertirlo en otras cosas, habían destinado muy poco a insonorizar las paredes. No eran de papel, pero podrían haberlo sido perfectamente.

Primero oyó sus voces —la de su padre suave y la de su madre alzándose—, luego los gritos, que no pudo obviar, y luego el resto. «Viva el héroe conquistador», pensó.

—Tienes que irte —le dijo a Alan sin ánimo, aunque una parte de ella también decía: «¿Lo entiendes ahora?».

—No —dijo Alan—. Tenemos que hablar.

—Mi hermano ha muerto. Creo que no necesitamos hacer nada.

—Santo —dijo Alan en voz baja—. Tu hermano se llamaba Santo.

Todavía estaban en la cocina, aunque no sentados a la mesa donde estaban cuando Ben había entrado. Con el ruido cada vez más fuerte procedente del dormitorio de Santo, Kerra se había alejado de la mesa e ido al fregadero. Allí había abierto el agua para llenar un cazo, aunque no tenía ni idea de qué haría con él.

Se quedó allí después de cerrar los grifos. Fuera veía Casvelyn, sólo la parte de arriba, donde St. Issey Road se cruzaba con St. Mevan Crescent. Un supermercado poco atractivo llamado Blue Star se extendía como un pensamiento desagradable en aquella intersección en forma de V, un búnker de ladrillo y cristal que hizo que se preguntara por qué los establecimientos modernos tenían que ser tan feos. Las luces todavía estaban encendidas para las compras tardías y justo detrás había más luces, indicios de los coches que avanzaban cuidadosamente por los límites noroccidental y suroriental de St. Mevan Down. Los trabajadores volvían a casa por la noche, a las diversas aldeas que durante siglos habían ido surgiendo como setas en la costa. «Refugios para los traficantes», pensó Kerra. Cornualles siempre había sido una tierra sin ley.

—Vete, por favor —le dijo.

—¿Quieres contarme qué está pasando aquí? —dijo Alan.

—Santo —y pronunció su nombre deliberadamente despacio— es lo que está pasando aquí.

—Tú y yo somos pareja, Kerra. Cuando la gente…

—Pareja —le interrumpió—. Ah, sí. Cuánta razón tienes.

Alan no hizo caso a su sarcasmo.

—Cuando la gente tiene pareja, se enfrentan juntos a las cosas. Estoy aquí, me voy a quedar. Así que puedes escoger a qué vas a enfrentarte conmigo.

Kerra le lanzó una mirada. Esperaba que interpretara desdén en ella. No era así como se suponía que tenía que comportarse, y menos ahora. No le había elegido como pareja para que acabara revelando un aspecto de él que demostraba que era alguien a quien no conocía en realidad. Él era Alan, ¿verdad? Alan. Alan Cheston. Un tipo con problemas respiratorios que lo pasaba mal en invierno, que a menudo era prudente hasta extremos exasperantes, que iba a misa, que quería a sus padres, que no era atlético; que era oveja, no pastor. También era respetuoso, y respetable. Era el tipo de tío que le había dicho «¿puedo…?» antes de intentar cogerle la mano. Pero ahora… Esta persona de ahora… No era el Alan que no se había perdido ni una sola cena en casa de sus padres todos los domingos desde que había terminado la universidad y la maldita facultad de económicas de Londres. No era el Alan de melena corta y piel blanca que practicaba yoga y servía comidas a domicilio a ancianos y que nunca se había metido en el Sea Pit, justo encima de la playa de St. Mevan, sin comprobar primero con la punta del pie cómo estaba el agua. Él no tenía que decirle a ella cómo iban a ser las cosas.

Sin embargo, ahí estaba, haciendo justo eso. Ahí estaba delante de la nevera de acero inoxidable y parecía… implacable, pensó Kerra. Aquella imagen le heló la sangre.

—Habla conmigo —le dijo él. Su voz era firme.

Aquella firmeza la desmontó, así que la respuesta que le dio fue:

—No puedo.

Ni siquiera había querido decir eso. Pero los ojos de Alan, que por lo general eran tan deferentes, en esos momentos eran persuasivos. Kerra sabía que aquello nacía del poder, del conocimiento, de la falta de miedo, y de dónde provenía aquello fue lo que provocó que Kerra le diera la espalda. Iba a cocinar, decidió. Al fin y al cabo, todos tendrían que comer algo.

—De acuerdo —dijo Alan—. Pues hablaré yo.

—Tengo que cocinar, tenemos que comer algo. Si estamos débiles, todo irá a peor. Va a haber que hacer muchas cosas los próximos días. Preparativos, llamadas. Alguien tiene que telefonear a mis abuelos. Santo era su preferido. Yo soy la mayor de los nietos (somos veintisiete…, ¿no te parece obsceno, con la superpoblación y todo eso?), pero Santo era su preferido. Pasábamos temporadas con ellos, a veces un mes; una vez nueve semanas. Hay que decírselo y mi padre no lo hará. No se hablan él y mi abuelo, salvo que no les quede más remedio.

Cogió un libro de cocina. Tenía varios, todos en un atril en la encimera, resultado de las clases de cocina que había tomado. Algún Kerne tenía que aprender a planificar comidas nutritivas, económicas y sabrosas para los grandes grupos que reservarían en Adventures Unlimited. Contratarían a un cocinero, naturalmente, pero ahorrarían dinero si las comidas las planificaba alguien que no fuera un chef profesional. Kerra se había presentado voluntaria para el trabajo. No estaba interesada en nada que tuviera que ver con la cocina, pero sabía que no podían confiárselo a Santo y dejarlo en manos de Dellen habría sido una ridiculez. El primero era un cocinero pasable a pequeña escala, pero se distraía con facilidad por todo, desde una música en la radio hasta un alcatraz que pasara volando en dirección a Sawsneck Down. En cuanto a la segunda, todo lo que estuviera relacionado con Dellen podía cambiar en un segundo, incluida su disposición a participar en los asuntos familiares.

Kerra abrió el libro que había elegido al azar. Comenzó a pasar páginas para encontrar algo complicado, algo que requiriera toda su atención. La lista de ingredientes debía ser impresionante, y si había algo que no tuvieran en la cocina, mandaría a Alan a comprarlo al supermercado Blue Star. Si se negaba, iría ella. En cualquier caso estaría ocupada, que era como quería estar.

—Kerra —dijo Alan.

Ella no le hizo caso. Se decidió por jambalaya con arroz sucio y judías verdes, junto con pudín de pan. Tardaría horas y le parecía bien. Pollo, salchichas, gambas, pimientos verdes, caldo de almejas... La lista seguía y seguía. Haría lo suficiente para una semana, decidió. Le vendría bien la práctica y todos podrían probarlo y recalentarlo en el microondas cuando quisieran. ¿Verdad que los microondas eran maravillosos? ¿Verdad que habían simplificado la vida? Dios mío, ¿verdad que tener un aparato como un microondas donde poder meter también a la gente sería la respuesta a las plegarias de cualquier chica? No para calentarla, sino para convertirla en algo distinto a lo que era. ¿A quién habría metido ella primero?, se preguntó. ¿A su madre? ¿A su padre? ¿A Santo? ¿A Alan? A Santo, por supuesto. Siempre a Santo. «Adentro, hermano. Deja que programe el temporizador y gire la rueda y espere a que emerja alguien nuevo.»

Ahora ya no hacía falta. Ahora Santo había cambiado para siempre. Se acabaron las quimeras, se acabó andar por el mundo sin preocuparse por nada siguiendo los senderos que se abrían ante él, se acabaron los actos irreflexivos para conseguir aquello que le hacía sentir bien. «La vida es más que eso y supongo que ahora lo sabes, Santo. En el último momento lo supiste. Tuviste que saberlo. Te precipitaste contra las rocas sin que se produjera un milagro en el último segundo y en el preciso instante en que te estrellaste contra el suelo por fin supiste que había otras personas en tu mundo y que debías responder por el dolor que les causabas. Era demasiado tarde entonces para enmendarte, pero siempre era mejor tarde que nunca cuando la cuestión era conocerse a uno mismo, ¿verdad?»

Kerra notaba como si unas burbujas crecieran en su interior. Eran calientes, como las burbujas del agua hirviendo, y como el agua hirviendo ardían en deseos por salir. Reunió fuerzas para no dejarlas escapar y cogió una botella de cristal de aceite de oliva de otro armario, sobre la encimera. Se dio la vuelta para medir las cucharadas, pensando «¿cuánto aceite...?» y la botella se le resbaló de las manos. Cayó al suelo, naturalmente, y se rompió en dos trozos perfectos. El aceite formó un charco viscoso. Salpicó los fogones, los armarios y su ropa. Kerra dio un salto hacia un lado, pero no logró escapar.

—¡Mierda! —gritó, y al fin sintió la amenaza de las lágrimas—. ¿Puedes irte, por favor? —le dijo a Alan. Agarró un rollo de papel de cocina y empezó a desplegarlo encima del aceite. Totalmente incapaz de realizar la tarea, quedaba empapado por completo en cuanto tocaba el líquido.

—Déjame a mí, Kerra —dijo Alan—. Siéntate. Déjame a mí.

—¡No! —dijo ella—. Yo lo he ensuciado, yo lo limpio.

—Kerra...

—No. He dicho que no. No necesito tu ayuda, no quiero tu ayuda. Quiero que te marches, ¡vete!

En un estante cerca de la puerta había apiladas una docena o más de ejemplares del *Watchman*. Alan los cogió e hizo buen uso del periódico de Casvelyn. Kerra observó cómo el aceite empapaba las hojas impresas, Alan hizo lo mismo. Estaban en lados opuestos del charco. Ella lo consideró un abismo, pero Kerra sabía que él lo veía como una molestia momentánea.

—No tienes que sentirte culpable por haberte enfadado con Santo —le dijo Alan—. Tenías derecho a enfadarte. Tal vez él pensara que era irracional, incluso una estupidez que te preocuparas por algo que a él le parecía una tontería. Pero tenías tus motivos para sentir lo que sentías y tenías derecho. En realidad, siempre tenemos derecho a sentir lo que sentimos. Así son las cosas.

—Te pedí que no trabajaras aquí. —Su voz carecía de expresión, había agotado todas sus emociones.

Alan parecía perplejo. Kerra se percató de que, para él, era un comentario que salía de la nada, pero en aquel momento resumía todo lo que sentía ella pero era incapaz de decir.

—Kerra, los trabajos no caen del cielo. Soy bueno en lo mío. Estoy dando notoriedad a este lugar. ¿Sabes el artículo del *Mail on Sunday*? Nos entran reservas cada día gracias a él. Las cosas están difíciles ahí fuera y si queremos labrarnos una vida en Cornualles...

—No queremos —dijo ella—. No podemos. Ahora no.

—¿Por lo de Santo?

—Oh, vamos, Alan.

—¿De qué tienes miedo?

—No tengo miedo. Nunca tengo miedo.

—Y una mierda. Estás enfadada porque tienes miedo. Enfadarse es más fácil, tiene más sentido.

—No sabes de lo que hablas.

—Eso es cierto. Cuéntamelo.

Kerra no podía. Demasiadas cosas pendían de un hilo para hablar: demasiadas cosas vistas y experimentadas a lo largo de demasiados años. Explicárselo todo a Alan era superior a ella. Debía aceptar su palabra como la verdad y debía actuar de acuerdo a eso.

Que no lo hubiera hecho, que continuara negándose a hacerlo era la sentencia de muerte de su relación. Kerra se dijo que, por ese motivo, nada de lo que había sucedido aquel día importaba en realidad.

En el preciso instante en que pensó aquello, sin embargo, supo que estaba mintiéndose a sí misma. Pero eso tampoco importaba.

Selevan Penrule pensaba que era una chorrada, pero cogió las manos de su nieta de todos modos. Uno frente al otro en la mesa estrecha de la caravana, cerraron los ojos y Tammy comenzó a rezar. Aunque captó la esencia de las palabras, Selevan no las escuchó, sino que contempló las manos de su nieta. Las tenía secas y frías, pero tan finas que le pareció que podría aplastarlas apretando con fuerza los dedos.

—No come bien, padre Penrule —le había dicho su cuñada. Detestaba que lo llamara así, hacía que se sintiera como un cura renegado, pero no dijo nada para corregir a Sally Joy, ya que ni ella ni su marido se habían molestado en hablar con él en años. Así que gruñó y dijo que él engordaría a la niña—. Está en África, mujer, ¿acaso no lo sabes? Os lleváis a la niña a Rhodesia…

—Zimbabue, padre Penrule. Y en realidad estamos…

«Llamadlo como queráis, joder. Os la lleváis a Rhodesia y la exponéis a Dios sabe qué y eso acaba con el apetito de cualquiera, os lo digo yo.»

Entonces Selevan se percató de que había llevado las cosas demasiado lejos, porque Sally Joy se quedó callada un momento. Se la imaginó allí en Rhodesia o donde fuera que estuviera, sentada en el porche en una silla de ratán con las piernas estiradas y una bebida en la mesa a su lado… una limonada, sería, una limonada con un poquito de… «¿De qué, Sally Joy? ¿Qué hay en ese vaso que hace que Rhodesia merezca tanto la pena para ti?» Refunfuñó ruidosamente y dijo:

—Bueno, da igual. Mandádmela. Yo la meteré en cintura.

—¿Vigilarás lo que come?

—Religiosamente.

Y lo había hecho. Esa noche había probado la comida treinta y nueve veces. Treinta y nueve cucharadas de unas gachas que habrían instado a Oliver Twist a liderar una rebelión armada. Sin leche, sin pasas, sin canela, sin azúcar. Sólo una avena aguada y un vaso de agua. Ni siquiera le tentaban las chuletas y verduras de su abuelo, qué va.

—... porque Tu voluntad es lo que buscamos. Amén —dijo Tammy, y él abrió los ojos y se encontró con los de ella. Su expresión era cariñosa. Selevan le soltó los dedos deprisa.

—Vaya estupidez —dijo bruscamente—. Lo sabes, ¿no?

Ella sonrió.

—Ya me lo has dicho. —Pero se acomodó para que pudiera decírselo otra vez y apoyó la mejilla en la palma de la mano.

—Rezamos antes de cada maldita comida —gruñó—. ¿Por qué diablos tenemos que rezar también después?

Ella contestó de manera automática, pero no mostró ningún indicio de estar hartándose de una discusión que habían tenido como mínimo dos veces a la semana desde que había llegado a Cornualles.

—Damos las gracias al principio. Agradecemos a Dios los alimentos que tenemos. Luego al final rezamos por los que no tienen suficiente comida para sustentarse.

—Si los puñeteros están vivos es que tienen comida suficiente para sustentarse, ¿no te parece, maldita sea? —replicó él.

—Yayo, ya sabes qué quiero decir. Hay una diferencia entre estar vivo simplemente y tener suficiente para sustentarse. Sustentarse significa más que vivir; significa tener suficientes alimentos para funcionar bien. Mira Sudán, por ejemplo...

—Para el carro, señorita. Y no te muevas. —Bajó del banco. Recorrió con el plato la corta distancia que lo separaba del fregadero de la caravana para fingir otra tarea, pero en lugar de ponerse a fregarlo, cogió la mochila de Tammy de la percha de detrás de la puerta y dijo—: Echemos un vistazo.

—Yayo —dijo ella con voz paciente—. No puedes detenerme, ya lo sabes.

—Lo que sé es que tengo un deber para con tus padres, mi niña.

Llevó la mochila a la mesa y vació su contenido: en la portada una joven madre negra con un vestido tribal sostenía a su hijo, ella apesadumbrada y los dos hambrientos. Desenfocados al fondo había muchísimos más, esperando con una mezcla de esperanza y confusión. La revista se llamaba *Crossroads* y él la cogió, la enrolló y se dio unas palmaditas con ella en la palma de la mano.

—Bien —dijo—. Otra ración de papilla para ti, pues. Eso o chuletas. Tú eliges.

Se guardó la revista en el bolsillo de atrás de los pantalones caídos. Ya se encargaría luego de ella, cuando Tammy se marchara.

—Ya he comido suficiente, de verdad. Yayo, como lo suficiente para seguir viva y sana y eso es lo que quiere Dios. No estamos pensados para tener exceso de carne. Aparte de no ser bueno para nosotros, tampoco está bien.

—Ah, es un pecado, ¿verdad?

—Bueno… Puede serlo, sí.

—¿Así que tu yayo es un pecador? Voy a ir de cabeza al infierno en una bandeja de alubias mientras tú tocas el arpa con los ángeles, ¿eh?

Tammy soltó una carcajada.

—Sabes que no pienso eso.

—Lo que tú piensas es un soberana tontería. Lo que yo sé es que esta etapa que estás pasando…

—¿Etapa? ¿Y cómo lo sabes cuando tú y yo llevamos viviendo juntos… qué? ¿Dos meses? Antes ni siquiera me conocías, yayo. En realidad no.

—Eso no importa. Conozco a las mujeres. Y tú eres una mujer a pesar de lo que haces contigo para parecer una niña de doce años.

Tammy asintió pensativamente y Selevan vio por la expresión de su cara que estaba a punto de tergiversar sus palabras y utilizarlas contra él, ya que parecía toda una experta en ello.

—A ver si lo entiendo —dijo ella—. Tuviste cuatro hijos y una hija y ésta (la tía Nan, sería, naturalmente) se marchó de casa a los dieciséis años para no regresar salvo en Navidades y algún que otro día de fiesta. Eso nos deja al abuelo y a la mujer o novia de turno que tus hijos llevaran a casa, ¿verdad? Así que

¿cómo puedes conocer a las mujeres si has tenido un contacto tan limitado con ellas, yayo?

—No te hagas la listilla conmigo. Llevaba casado con tu abuela cuarenta y seis años cuando la pobre la palmó, así que tuve mucho tiempo para conocer a tu especie.

—¿Mi especie?

—La especie femenina. Y lo que sé es que las mujeres necesitan a los hombres tanto como los hombres a las mujeres, y quien piense lo contrario piensa con el culo.

—¿Qué hay de los hombres que necesitan a los hombres y las mujeres que necesitan a las mujeres?

—¡No vamos a hablar de eso! —declaró él indignado—. En mi familia no habrá pervertidos, que no te quepa la menor duda.

—Ah. Eso piensas, que son pervertidos.

—Es lo que sé. —Metió sus posesiones otra vez en la mochila y la dejó en la percha antes de darse cuenta de cómo Tammy había cambiado el tema que él había elegido tratar. Esa maldita niña era como un pez escurridizo cuando se trataba de hablar. Se retorcía y retorcía y evitaba la red. Bueno, esta noche no ocurriría. Plantaría cara a su astucia. Tener a Sally Joy de madre diluía la inteligencia que llevaba en la sangre. La de él no—. Una etapa. Punto. Las chicas de tu edad pasan por etapas. Esta tuya podría parecer distinta a la de las otras, pero una etapa es una etapa. Y reconozco una cuando la tengo delante, ¿sabes?

—¿Ah, sí?

—Y tanto. Ha habido señales, por cierto, por si crees que voy de farol. Te vi con él, ¿sabes?

Tammy no respondió, sino que llevó su vaso y su cuenco al fregadero y se puso a fregarlos. Tiró a la basura el hueso de la chuleta que había comido su abuelo y colocó los cazos, los platos, los cubiertos y los vasos en la encimera en el orden en que pensaba lavarlos. Llenó el fregadero. Salió vapor. Selevan pensó que alguna noche iba a escaldarse, pero parecía que el agua caliente no le molestaba.

Cuando empezó a fregar siguió sin decir nada; Selevan cogió un paño de cocina para secar y volvió a hablar.

—¿Me has oído, chica? Te vi con él, así que no le digas a tu abuelo que no te interesa, ¿eh? Sé lo que vi y sé lo que sé. Cuando una mujer mira a un hombre como tú le miraste a él... Eso me dice que no te conoces, digas lo que digas.

—¿Y dónde nos viste, yayo? —preguntó ella.

—¿Qué importa eso? Ahí estabais, las cabezas juntas, abrazados... Como hacen los novios, por cierto...

—¿Y te preocupó que pudiéramos ser novios?

—No intentes eso conmigo. Ni se te ocurra intentarlo, señorita. Una vez por noche es suficiente y tu abuelo no es tan estúpido como para tropezar dos veces con la misma piedra. —Tammy había fregado su vaso de agua y la jarra de cerveza de Sevelan y él cogió la segunda y metió el paño dentro. La giró y la dejó brillante—. Estabas interesada; lo estabas, puñetas.

Ella se quedó quieta. Miraba por la ventana hacia las cuatro hileras de caravanas que había más abajo de la suya. Estaban dispuestas hacia el borde del acantilado y el mar. En esta época del año sólo una estaba ocupada —la más cercana al precipicio— y tenía la luz de la cocina encendida. Con la lluvia, parpadeaba en la oscuridad de la noche.

—Jago está en casa —dijo Tammy—. Tendrías que invitarle a comer pronto, no es bueno que la gente mayor pase tanto tiempo sola. Y ahora va a estarlo... Echará muchísimo de menos a Santo, aunque no creo que lo reconozca nunca.

Ah. Ahí estaba. Había pronunciado el nombre. Ahora Selevan podía hablar del chico con libertad.

—Dirás que no fue nada, ¿verdad? —dijo—. Un... ¿cómo lo llamáis? Un interés pasajero, un poco de flirteo... Pero yo lo vi y sé que tú estabas dispuesta. Si él hubiera dado un paso...

Tammy cogió un plato y lo fregó a conciencia. Sus movimientos eran lánguidos. No había ninguna sensación de urgencia en nada de lo que hacía.

—Lo malinterpretaste, yayo. Santo y yo éramos amigos. Hablaba conmigo. Necesitaba a alguien con quien hablar y me escogió a mí.

—Fue él, no tú.

—No. Fuimos los dos. A mí me parecía bien. Me gustaba que se volcara en mí.

—Ya. No me mientas.

—¿Por qué iba a mentirte? Él hablaba y yo le escuchaba. Y si quería saber mi opinión sobre algo, le decía lo que pensaba.

—Os vi abrazados, chica.

Tammy ladeó la cabeza mientras lo miraba. Examinó su cara y luego sonrió. Sacó las manos del agua y, goteando como estaban, le rodeó con sus brazos. Le dio un beso mientras él se agarrotaba e intentaba resistirse.

—Querido abuelito —dijo—. Abrazarse ya no significa lo que podía significar antes: significa amistad. Y estoy siendo sincera.

—Sincera —dijo él—. Ya.

—Sí. Yo siempre intento ser sincera.

—¿Contigo misma también?

—Especialmente conmigo misma.

Se puso a fregar los platos de nuevo y lavó su cuenco de gachas cuidadosamente y luego empezó con los cubiertos. Ya había terminado cuando volvió a hablar. Y entonces lo hizo en voz muy baja y Selevan no se habría enterado si no hubiera aguzado el oído para escuchar algo bastante distinto a lo que dijo.

—Le dije que también fuera sincero —murmuró—. Si no lo hubiera hecho, yayo… Es algo que me preocupa bastante.

Capítulo 6

—Los dos sabemos que puedes organizarlo si quieres, Ray. Es lo único que te pido que hagas.

Bea Hannaford levantó su taza de café matutino y miró a su ex marido por encima del borde, intentando determinar cuánto más podía presionarle. Ray se sentía culpable por varias cosas y Bea nunca escatimaba a la hora de apretar las tuercas cuando consideraba que se trataba de una buena causa.

—No es pertinente —dijo—. Y aunque se hiciera, no puedo mover esos hilos.

—¿Siendo subdirector? Por favor. —Se abstuvo de poner los ojos en blanco. Sabía que él lo odiaba y se anotaría un punto si lo hacía. Había momentos en que haber estado casada casi veinte años con alguien venía muy bien y éste era uno de ellos—. No puedes pretender que me lo trague.

—Puedes hacer lo que quieras —dijo Ray—. En cualquier caso, todavía no sabes qué tienes y no lo sabrás hasta que los forenses te digan algo, así que estás adelantándote a los acontecimientos. Algo que, por cierto, se te da muy bien.

Eso era un golpe bajo, pensó ella. Era uno de esos comentarios de ex marido, de esos que provocan una pelea en la que se dicen cosas con intención de herir. No estaba dispuesta a participar. Se acercó a la cafetera y llenó su taza. Extendió la jarra de cristal hacia Ray. ¿Quería más? Sí. Lo tomaba igual que ella. solo, lo que simplificaba al máximo las cosas entre un hombre y una mujer que llevaban divorciados casi quince años.

Ray había aparecido en su casa a las 8.20. Bea fue a abrir, suponiendo que el mensajero de Londres había llegado mucho antes de lo esperado, pero al hacerlo se encontró a su ex marido en la puerta. Tenía el ceño fruncido en dirección a la ventana de entrada, donde había un macetero triple que desplegaba una colección de plantas que sufrían la agonía del descuido. Encima había un cartel con las palabras: DONACIÓN PARA ENFERMERAS A DOMICILIO/DEJE EL DINERO EN LA CAJA. Sin duda, las pobres enfermeras a domicilio no iban a beneficiarse de los esfuerzos de Bea por engrosar sus arcas.

—Veo que sigues sin aficionarte a la jardinería —dijo Ray.

—¿Qué estás haciendo aquí? —le preguntó—. ¿Dónde está Pete?

—En el colegio, ¿dónde iba a estar? Y no le ha gustado nada que le obligara a comer dos huevos esta mañana en lugar de lo de siempre. ¿Desde cuando está permitido comer pizza fría para desayunar?

—Te ha mentido. Bueno... esencialmente. Sólo fue una vez. El problema es que tiene una memoria prodigiosa.

—La utiliza de manera sincera.

Bea regresó a la cocina en lugar de contestar. Él la siguió.

Llevaba una bolsa de plástico en la mano y la dejó sobre la mesa. Contenía la razón de su visita: las botas de fútbol de Pete. Bea no quería que dejara las botas en casa de su padre, y tampoco quería que se las llevara al colegio, ¿no? Así que se las había traído.

Bea bebió un sorbo de café y le ofreció una taza. Ya sabía dónde estaban, le dijo. Pero hizo el ofrecimiento antes de pensar en ello. La cafetera estaba al lado del calendario y lo que había en el calendario no sólo era el horario de Pete, sino también el suyo. De acuerdo, el suyo era bastante críptico, pero Ray no era tonto.

Leyó algunas de las anotaciones en los recuadros de los días. Sabía qué estaba viendo: «Capullo charlatán», «capullo problemático». Había otras, como observaría si retrocedía tres meses. Trece semanas de citas por Internet: tal vez hubiera millones de peces en el mar, pero Bea Hannaford seguía pescando latas y algas.

Fue básicamente para impedir otra absurda conversación sobre su decisión de reincorporarse al mundo de las citas lo que instó a Bea a sacar el tema de montar un centro de operaciones en Casvelyn. Debería estar en Bodmin, naturalmente, donde la organización sería mínima, pero Bodmin estaba a kilómetros y kilómetros de Casvelyn y ambos puntos sólo estaban unidos por carreteras rurales lentas de dos carriles. Quería, le explicó, un centro de operaciones que se encontrara más cerca de la escena del crimen.

Ray insistió en el tema otra vez.

—No sabes si es la escena de un crimen. Podría ser la escena de un trágico accidente. ¿Qué te hace pensar que es un crimen? No se trata de una de tus corazonadas, ¿verdad?

Bea quiso decir «yo no tengo corazón, como bien recuerdas», pero calló. Con los años había mejorado mucho su capacidad de dejar pasar los temas que no podía controlar, uno de los cuales era la opinión que su ex marido tenía de ella.

—El cadáver presenta algunas marcas —dijo—. Tenía un ojo morado, que ya estaba curándose, así que imagino que se peleó con alguien la semana pasada o antes. Luego está la eslinga, esa cuerda que se ata a un árbol o algún otro objeto fijo.

—Para eso son las cuerdas —murmuró Ray.

—Sé indulgente conmigo, Ray, porque no tengo ni idea de escalada. —Bea no perdió la paciencia.

—Lo siento —dijo él.

—En cualquier caso, la eslinga se rompió, por eso cayó el chico, pero creo que pudieron manipularla. El agente McNulty, quien por cierto no tiene ningún futuro en la investigación criminal, señaló que la eslinga tenía cinta aislante alrededor de un corte, así que no es extraño que la escalada resultara fatal para el pobre chaval. No obstante, todos y cada uno de los artículos de su equipo tenían cinta aislante en algún punto, y creo que se utiliza para identificar el material por alguna razón. Si es así, ¿qué dificultad podría suponer para alguien arrancar la cinta, aflojar la eslinga de algún modo y luego volver a colocar la cinta sin que el chico se enterara?

—¿Has examinado el resto del equipo?

—Todos los artículos están con los forenses y sé bastante bien qué van a decirme. Y por todo ello necesito un centro de operaciones.

—Pero no por eso lo necesitas en Casvelyn.

Bea apuró el resto del café y dejó la taza en el fregadero con el cuenco. Ni la enjuagó ni la lavó y se percató de que ése era otro beneficio más de vivir sin marido. Si no le apetecía fregar los platos, no tenía que hacerlo sólo para calmar la bestia salvaje de la personalidad compulsiva.

—Los hechos ocurrieron allí, Ray, en Casvelyn. No en Bodmin, ni siquiera aquí en Holsworthy. El pueblo tiene comisaría de policía, es pequeña pero adecuada y hay una sala de reuniones en el primer piso que también resulta óptima.

—Has hecho los deberes.

—Intento facilitarte las cosas. Te doy los detalles para apoyar los preparativos. Sé que puedes organizarlo.

Ray se quedó mirándola. Ella evitó mirarle. Era un hombre atractivo —estaba quedándose un poco calvo, pero no le sentaba mal— y no necesitaba compararle con el Capullo Charlatán ni con cualquiera de los otros. Sólo necesitaba que colaborara o se marchara. O que colaborara y se marchara, que sería mucho mejor.

—¿Y si lo organizo, Beatrice? —dijo.

—¿Qué?

—¿Qué me darás a cambio? —Estaba al lado de la cafetera y echó otro vistazo al calendario—. «Capullo problemático» —leyó—, «capullo charlatán». Venga ya, Beatrice.

—Gracias por traer las botas de fútbol de Pete —le dijo—. ¿Te has terminado el café?

Ray dejó pasar un momento. Luego dio un último trago y le dio la taza, diciendo:

—Tendrían que haber sido menos caras.

—Tiene gustos caros. ¿Cómo va el Porsche, por cierto?

—El Porsche es un sueño —dijo.

—El Porsche es un coche —le recordó ella. Levantó un dedo para evitar que replicara—. Lo que me hace pensar en... el coche de la víctima.

—¿Qué pasa con él?

—¿Qué te sugiere una caja de preservativos sin abrir en el coche de un chico de dieciocho años?

—¿Es una pregunta retórica?

—Estaban en su coche junto con un CD de *bluegrass*, una

factura en blanco de algo llamado LiquidEarth y un póster enrollado de un festival de música del año pasado en Cheltenham. Y dos revistas de surf arrugadas. Lo tengo todo controlado, pero los preservativos…

—Menos mal —dijo Ray con una sonrisa.

—… me pregunto si el chico iba a tener suerte, si ya tenía suerte o si esperaba tenerla.

—O simplemente tenía dieciocho años —apuntó Ray—. Todos los chicos de su edad deberían ir igual de bien preparados. ¿Qué hay de Lynley?

—Preservativos, Lynley. ¿Adónde va todo esto?

—¿Cómo fue el interrogatorio?

—La presencia de un poli no va a intimidarle, precisamente, así que tendría que decir que el interrogatorio fue bien. Daba igual cómo formulara las preguntas, sus respuestas fueron coherentes. Creo que dice la verdad.

—¿Pero…? —la instó a continuar Ray.

La conocía demasiado bien: su tono de voz, la expresión de su cara, que intentó controlar pero no lo consiguió, obviamente.

—Me preocupa la otra —dijo.

—La otra… Ah. La mujer de la cabaña. ¿Cómo se llamaba?

—Daidre Trahair. Es veterinaria en Bristol.

—¿Y qué es lo que te preocupa de la veterinaria de Bristol?

—Tengo intuición.

—Lo sé muy bien. ¿Y qué te dice esta vez?

—Que miente sobre algo. Quiero saber qué es.

Daidre dejó su Opel perfectamente estacionado en el aparcamiento que había al final de St. Mevan Crescent, que describía una curva lenta hacia la playa de St. Mevan y el hotel de la Colina del Rey Jorge, bien plantado sobre la arena. Debajo había una hilera de casetas de playa decrépitas de color azul. Cuando le dejó al pie de Belle Vue Lane y le señaló dónde estaban las tiendas, ella y Thomas Lynley decidieron reencontrarse al cabo de dos horas.

—Espero no estar causándote ninguna molestia —dijo él educadamente.

—No —le aseguró ella. Tenía que hacer varias cosas en el pueblo de todas formas. Thomas debía tomarse su tiempo para comprar lo que necesitara.

Cuando Daidre fue a recogerle al Salthouse Inn, al principio el hombre protestó ante aquella idea. Aunque olía bastante mejor que el día anterior, seguía vistiendo el mono blanco espantoso y no llevaba más que unos calcetines en los pies. Había tenido la prudencia de quitárselos para cruzar el sendero embarrado hasta su coche y cuando ella le puso doscientas libras en la mano, él intentó insistir en que comprar ropa nueva podía esperar.

—Por favor —dijo Daidre—, no seas ridículo, Thomas. No puedes seguir paseándote por aquí como… Bueno, como si salieras de una brigada de productos químicos peligrosos o como lo llamen. Ya me devolverás el dinero. Además —y entonces sonrió—, detesto ser yo quien te lo diga, pero el blanco te sienta fatal.

—¿Sí? —Thomas le devolvió la sonrisa. Era bastante agradable y Daidre cayó en la cuenta de que no le había visto sonreír hasta ese momento. No es que el día anterior hubiera sucedido algo concreto por lo que sonreír, pero aun así… Era una respuesta prácticamente automática en la mayoría de las personas, una reacción que no era más que una señal pasajera de educación, así que era insólito encontrarse con alguien tan serio.

—Fatal de verdad —contestó ella—. Así que cómprate algo que te quede bien.

—Gracias. Eres muy amable.

—Sólo soy amable con las personas heridas —respondió ella.

Thomas asintió pensativo y miró por el parabrisas un momento, tal vez meditando sobre la forma en que Belle Vue Lane ascendía en un callejón estrecho hasta las zonas más altas de la ciudad.

—Dos horas entonces —dijo al fin, y se bajó del coche y la dejó preguntándose qué asuntos ocupaban su mente.

Daidre arrancó mientras Thomas caminaba descalzo hacia la tienda de ropa. Pasó por delante de él, le saludó con la mano y vio por el retrovisor que se quedaba mirándola desde la acera mientras subía la colina hacia donde la calle desaparecía tras una curva y se dividía en dos direcciones, una hacia el aparcamiento y la otra hacia St. Mevan Down.

Era el punto más alto de Casvelyn. Desde aquí podía empaparse de la naturaleza sin encanto del pueblecito. Había vivido sus años de apogeo hacía más de setenta años, cuando se pusieron de moda las vacaciones en la costa. Ahora existía principalmente para satisfacer a los surfistas y otros entusiastas de las actividades al aire libre, con salones de té transformados tiempo atrás en tiendas de camisetas, de recuerdos y academias de surf y casas poseduardianas reconvertidas en posadas de mala muerte para la población ambulante que seguía las temporadas y las olas.

Se dirigió a las oficinas del *Watchman*, que estaban embutidas en una especie de cubo feo de estuco azul en el cruce de Princes Street y Queen Street, una zona de Casvelyn que los lugareños llamaban en broma «la T Real». Princes Street era la horizontal de la T y Queen Street la vertical. Debajo de Queen Street estaba King Street y cerca se encontraban Duke Street y Duchy Row. En la época victoriana, e incluso antes, Casvelyn había deseado añadir «de los Reyes» a su nombre, y las denominaciones de sus calles presentaban un testimonio histórico de ello.

Cuando le había dicho a Thomas Lynley que tenía cosas que hacer en el pueblo no había mentido… exactamente. Al fin y al cabo tenía que ocuparse de la ventana rota de la cabaña, pero más allá de eso estaba el tema no menos importante de la muerte de Santo Kerne. El *Watchman* cubriría la caída del adolescente en Polcare Cove y, como no recibía ningún periódico en Cornualles, sería perfectamente lógico que pasara por las oficinas del diario para ver si pronto estaría disponible un ejemplar con esta historia.

Cuando entró, vio de inmediato a Max Priestley. El lugar era bastante pequeño —consistía en el despacho de Max, la sala de maquetación, una sala de redacción minúscula y una recepción que hacía las veces de archivo del periódico—, así que no le sorprendió. Se encontraba en la sala de maquetación en compañía de uno de los dos reporteros del diario y los dos estaban inclinados sobre lo que parecía la maqueta de una portada, que al parecer Max quería cambiar y que la reportera —que parecía una niña de doce años con chanclas— quería dejar tal cual.

—Es lo que espera la gente —insistía ella—. Es un periódico local y él vivía en el pueblo.

—Muere la reina y le dedicamos ocho líneas —contestó Max—. Si no, no nos inspiramos. —Entonces alzó la vista y vio a Daidre.

Ella levantó la mano con inseguridad y le examinó tan detenidamente como pudo sin que resultara obvio. Era un hombre al que le gustaba salir a la naturaleza y se notaba: piel curtida que hacía que pareciera que tenía más de cuarenta años, pelo abundante permanentemente aclarado por el sol, cuerpo estilizado gracias a las caminatas habituales por la costa. Hoy parecía normal. Daidre se preguntó por qué.

La recepcionista —que se diversificaba entre correctora, secretaria y editora— estaba preguntando educadamente a Daidre qué la traía por allí cuando Max salió a reunirse con ellas limpiándose las gafas de montura dorada con la camisa.

—Acabo de mandar a Steve Teller a entrevistarte —le dijo a Daidre—. Ya es hora de que te pongas teléfono como el resto del mundo.

—Ya tengo teléfono —le dijo ella—. Sólo que no está en Cornualles.

—Eso no es muy útil para nuestros propósitos, Daidre.

—Entonces, ¿estás trabajando en la historia de Santo Kerne?

—No puedo evitarla y seguir llamándome periodista, ¿no crees? —Ladeó la cabeza hacia su despacho y le dijo a la recepcionista—: Localiza a Steve en el móvil si puedes, Janna. Dile que la doctora Trahair ha venido al pueblo y que si consigue volver pronto tal vez acceda a que la entreviste.

—No tengo nada que contarle —le dijo Daidre a Max Priestley.

—«Nada» es nuestra especialidad —contestó él afablemente. Extendió la mano, un gesto que indicaba a Daidre que pasara a su despacho.

Ella colaboró. El golden retriever de Max dormitaba debajo de la mesa. Daidre se agachó junto a la perra y le acarició la cabeza sedosa.

—Tiene buen aspecto —dijo—. ¿La medicación funciona?

Max gruñó afirmativamente y contestó:

—Pero no has venido a hacer una visita a domicilio, ¿verdad?

Daidre realizó un examen superficial de la panza de la perra, más por educación que por verdadera necesidad. Todas las señales de la infección cutánea habían desaparecido.

—La próxima vez no dejes pasar tanto tiempo —le dijo a Max mientras se levantaba—. *Lily* podría perder todo el pelo a mechones, y no querrás que pase eso.

—No habrá una próxima vez. En realidad aprendo deprisa, a pesar de lo que sugiere mi historial. ¿Por qué has venido?

—Sabes cómo murió Santo Kerne, ¿no?

—Daidre, sabes que lo sé. Así que supongo que la verdadera pregunta es por qué me lo preguntas, o lo afirmas, o lo que sea que estés haciendo. ¿Qué quieres? ¿En qué puedo ayudarte esta mañana?

Daidre percibió la irritación en su voz. Sabía qué significaba. Ella sólo era una turista que iba a Casvelyn de vez en cuando; tenía acceso a algunos sitios y a otros no. Cambió de tema.

—Anoche vi a Aldara. Estaba esperando a alguien.

—¿En serio?

—Pensé que tal vez fueras tú.

—No es muy probable. —Miró a su alrededor como buscando un pasatiempo—. ¿Y por eso has venido? ¿A controlar a Aldara? ¿A controlarme a mí? Ninguna de las dos cosas parece propia de ti, pero no se me da muy bien entender a las mujeres, como bien sabes.

—No. No he venido a eso.

—¿Entonces...? ¿Hay algo más? Porque como hoy queremos sacar el periódico pronto...

—En realidad he venido a pedirte un favor.

Pareció desconfiar al instante.

—¿Qué favor?

—Tu ordenador. Internet, en realidad. No tengo otra forma de acceder y prefiero no utilizar la biblioteca. Necesito buscar... —Dudó. ¿Cuánto debía contarle?

—¿Qué?

Trató de pensar en algo y lo encontró, y lo que dijo fue la verdad a pesar de ser incompleta.

—El cadáver... Santo... A Santo lo encontró un hombre que caminaba por el sendero de la costa, Max.

—Ya lo sabemos.

—De acuerdo, sí, supongo que sí. Pero el tipo es policía de New Scotland Yard. ¿Eso también lo sabías?

—¿En serio? —Max parecía interesado.

—Es lo que dice. Quiero averiguar si es verdad.

—¿Por qué?

—¿Por qué? Bueno, Dios mío, piénsalo. ¿Qué mejor forma de evitar que la gente te examine con demasiada atención que afirmar que eres policía?

—¿Estás pensando en llevar a cabo tu propia investigación? ¿Vas a venir a trabajar para mí? Porque si no, Daidre, no entiendo qué tiene que ver esto contigo.

—Encontré a ese hombre en mi casa. Me gustaría saber si es quien dice ser.

Le explicó cómo había conocido a Thomas Lynley. Sin embargo, no mencionó qué aspecto tenía: el de alguien que cargaba en sus espaldas un yugo lleno de clavos. Al parecer, el periodista encontró razonable su explicación porque señaló el ordenador con la cabeza.

—Ahí lo tienes. Imprime lo que encuentres, porque quizá lo utilicemos. Tengo trabajo. *Lily* te hará compañía. —Se dispuso a salir de la habitación pero se detuvo en la puerta con una mano en el marco—. No me has visto —dijo.

Daidre había avanzado hacia el ordenador. Levantó la vista frunciendo el ceño.

—¿Qué?

—No me has visto, por si alguien pregunta. ¿Queda claro?

—Sabes cómo suena eso, ¿verdad?

—Francamente, no me importa cómo suena.

Entonces se marchó y ella reflexionó sobre lo que había dicho Max. Sólo era seguro entregarse en cuerpo y alma a los animales, concluyó.

Entró en Internet y luego en un programa de búsqueda. Tecleó el nombre de Thomas Lynley.

Daidre lo encontró esperándola al pie de Belle Vue Lane. Parecía totalmente distinto al desconocido con barba que había llevado al pueblo, pero no le costó reconocerlo, ya que se había pasado más de una hora mirando una docena o más de fotografías de él, generadas por la investigación de unos asesinatos en serie ocurridos en Londres y por la tragedia que había sobrevenido en su vida. Ahora ya sabía por qué lo había visto como un hombre afligido que cargaba con un peso enorme, pero no sabía qué hacer con esa información. Ni con el resto: quién era él en realidad, cómo se había criado, el título nobiliario, el dinero, los símbolos de un mundo tan diferente al suyo que bien podrían proceder de planetas distintos y no simplemente de circunstancias y lugares diversos.

Se había cortado el pelo y afeitado. Llevaba un chubasquero encima de una camisa sin cuello y un jersey. Se había comprado unos zapatos robustos y unos pantalones de pana. En la mano llevaba un gorro para la lluvia. No era, pensó con gravedad, exactamente la vestimenta que uno esperaba de un conde nombrado por la Reina. Pero eso era: lord Nosequé con una esposa muerta, asesinada en la calle por un chico de doce años cuando estaba embarazada. A Daidre no le extrañaba que Lynley estuviera afligido. El verdadero milagro era que el hombre fuera capaz de funcionar.

Cuando se detuvo en la acera, Lynley entró en el coche. También había comprado algunas cosas en la farmacia, le dijo, señalando una bolsa que sacó de los bolsillos interiores amplios de su chaqueta. Una cuchilla, crema de afeitar, un cepillo de dientes, dentífrico…

—No tienes que pasarme ningún informe —le dijo ella—. Sólo me alegra que te llegaran los fondos.

Thomas señaló su ropa.

—De rebajas. Fin de temporada, una ganga total. Incluso he podido —se metió la mano en el bolsillo de los pantalones y sacó unos cuantos billetes y un puñado de monedas— traerte cambio. No pensé que… —Se calló.

—¿Qué? —Daidre guardó los billetes y las monedas en el cenicero sin usar—. ¿Que te comprarías la ropa tú mismo?

Thomas la miró, era evidente que evaluaba sus palabras.

—No —dijo—. No pensé que me divertiría.

—Ah. Bueno. Ir de compras es una buena terapia, una garantía absoluta para subirte el ánimo. No sé por qué, pero las mujeres lo sabemos desde que nacemos. Los hombres tenéis que aprenderlo.

Thomas se quedó callado un momento y ella le sorprendió haciéndolo otra vez: mirando afuera, por el parabrisas, a la calle. A un lugar y un tiempo distintos. Daidre escuchó sus palabras de nuevo y se mordió el labio. Se apresuró a decir:

—¿Rematamos tu experiencia con un café en algún sitio?

Él lo meditó y respondió despacio:

—Sí. Creo que me gustaría tomar un café.

La inspectora Hannaford estaba aguardándolos en el Salthouse Inn cuando regresaron. Lynley decidió que había estado esperando a que apareciera el coche de Daidre, porque en cuanto entraron en el aparcamiento salió del edificio. Había comenzado a llover otra vez —el continuo mal tiempo de marzo se había prolongado hasta mayo—, así que se puso la capucha del impermeable y avanzó hacia ellos con energía. Dio unos golpecitos en la ventanilla de Daidre y, cuando ella la bajó, dijo:

—Me gustaría hablar con los dos, por favor. —Y luego le dijo directamente a Lynley—: Hoy tiene un aspecto más humano. Es una mejora. —Se dio la vuelta y regresó al hostal.

Lynley y Daidre la siguieron. Encontraron a Hannaford en el bar, donde había ocupado —como sospechaba Lynley— un asiento junto a la ventana. Dejó el impermeable en un banco y les indicó con la cabeza que hicieran lo mismo. Los condujo a una de las mesas más grandes, en la que había un callejero abierto del tamaño de una revista.

Habló cálidamente con Lynley, lo que hizo que él sospechara enseguida de sus motivos. Cuando los policías eran simpáticos, como sabía muy bien, lo eran por un motivo no necesariamente bueno. ¿Dónde había comenzado su caminata por la costa el día anterior?, le preguntó. ¿Se lo enseñaba en el mapa? A ver, el sendero estaba bien marcado con una línea de puntos verde, así que si era tan amable de señalar el lugar... Sólo quería atar los cabos sueltos de su historia, dijo. Ya conocía el procedimiento, por supuesto.

Lynley sacó sus gafas de leer y se inclinó sobre el mapa de

carreteras. La verdad es que no tenía ni la menor idea de dónde había comenzado su caminata por el sendero suroccidental de la costa el día anterior. Si había alguna señal, no se había fijado. Recordaba los nombres de varios pueblos y aldeas de la costa por los que había pasado, pero en qué momento de su caminata había sido, no sabría decir. Tampoco comprendía qué importancia tenía, aunque la inspectora Hannaford le aclaró aquella preocupación al cabo de un momento. Lynley se esforzó por situarse a unos veinte kilómetros al suroeste de Polcare Cove. No tenía ni idea de si era exacto.

—Bien —dijo Hannaford, aunque no anotó el lugar. Siguió afablemente—: ¿Y usted, doctora Trahair?

La veterinaria se revolvió al lado de Lynley.

—Ya le he dicho que venía de Bristol.

—Sí, en efecto. ¿Le importaría enseñarme qué camino tomó? ¿Puedo suponer que siempre coge el mismo? ¿El más sencillo?

—No necesariamente.

Lynley se fijó en que Daidre arrastraba la última palabra y sabía que a Hannaford tampoco le habría pasado inadvertido. Por lo general, responder arrastrando las palabras de esa forma significaba estar haciendo malabarismos mentales. En qué consistían esos malabarismos y por qué existían... Hannaford buscaría la razón.

Lynley se tomó un momento para evaluar a las dos mujeres. De los pies a la cabeza, no podían ser más distintas: Hannaford llevaba el pelo rojizo peinado de punta y la cabellera dorada de Daidre estaba retirada de la cara y recogida en la coronilla con un pasador de concha; Hannaford vestía de manera formal con un traje y zapatos de salón y Daidre llevaba vaqueros, un jersey y botas; Daidre era ágil, como si hiciera ejercicio de forma habitual y vigilara lo que comía, Hannaford parecía una persona a quien su vida ajetreada le impedía tanto comer como entrenarse regularmente. También las separaban varias décadas: la inspectora podría ser la madre de Daidre.

Pero su actitud no era maternal. Esperaba una respuesta a su pregunta mientras Daidre miraba el mapa para explicarle la ruta que había tomado desde Bristol a Polcare Cove. Lynley sabía por qué lo preguntaba la policía, y se preguntó si Daidre también lo había deducido antes de responder.

La M5 hasta Exeter, dijo. Luego pasó por Okehampton y de allí hacia el noroeste. No existía en absoluto una forma fácil de llegar a Polcare Cove. A veces iba por Exeter, pero otras veces pasaba por Tiverton.

Hannaford estudió largamente el mapa antes de decir:

—¿Y desde Okehampton?

—¿Qué quiere decir? —preguntó Daidre.

—No se puede saltar de Okehampton a Polcare Cove, doctora Trahair. No fue en helicóptero desde allí, ¿verdad? ¿Qué camino tomó? La ruta exacta, por favor.

Lynley vio que la veterinaria empezaba a ponerse colorada por el cuello. Tenía suerte de tener la piel ligeramente pecosa. Si no, se habría sonrojado mucho.

—¿Me lo pregunta porque cree que tengo algo que ver con la muerte de ese chico? —dijo Daidre.

—¿Es así?

—No.

—Entonces no le importará enseñarme su ruta, ¿verdad?

Daidre apretó los labios. Se retiró un mechón de pelo errante detrás de la oreja izquierda. Tenía tres agujeros en el lóbulo, vio Lynley; llevaba un aro y una tachuela, pero nada más.

Trazó la ruta: A3079, A3072, A39 y luego una serie de carreteras más pequeñas hasta llegar a Polcare Cove, que apenas merecía una manchita en el mapa. Mientras señalaba el trayecto que había realizado, Hannaford tomó notas. Asintió pensativamente y dio las gracias a Daidre cuando acabó su respuesta.

La veterinaria no pareció alegrarse de recibir el agradecimiento de la inspectora. En todo caso, parecía enfadada e intentaba controlar su enfado. Aquello dijo a Lynley que Daidre sabía qué tramaba Hannaford. Lo que no le dijo fue adónde estaba dirigiendo su ira: hacia la inspectora o hacia ella misma.

—¿Somos libres ya? —preguntó Daidre.

—Sí, doctora Trahair —contestó Hannaford—. Pero el señor Lynley y yo tenemos que tratar más asuntos.

—No pensará que él… —Calló. Volvió a ponerse colorada. Miró a Lynley y luego apartó la vista.

—Él ¿qué? —preguntó Hannaford educadamente.

—No es de aquí. ¿Cómo podía conocer al chico?

—¿Está diciendo que usted sí lo conocía, doctora Trahair? ¿Conocía al chico? Quizá tampoco era de aquí. Por lo que sabemos, nuestro señor Lynley podría haber venido aquí precisamente a lanzar por ese acantilado a Santo Kerne, que es como se llamaba el chaval, por cierto.

—Eso es ridículo. Ha dicho que es policía.

—Lo ha dicho. Pero no tengo ninguna prueba real de ello. ¿Y usted?

—Yo… Da igual. —Daidre había dejado el bolso sobre una silla y lo cogió—. Me voy ya, puesto que dice que ha terminado conmigo, inspectora.

—Así es, en efecto —contestó Bea Hannaford en tono agradable—. Por ahora.

Después tan sólo intercambiaron algunos comentarios breves en el coche. Lynley le preguntó a Hannaford adónde le llevaba y ella contestó que lo llevaba con ella a Truro, al Hospital Real de Cornualles, para ser exactos.

—Va a comprobar todos los pubs de la ruta, ¿verdad? —preguntó él entonces.

—¿Todos los pubs de la ruta de Truro? No creo, señor mío.

—No me refería a la ruta de Truro, inspectora —dijo él.

—Ya lo sé. ¿Realmente espera que conteste a esa pregunta? Usted encontró el cadáver. Si es quien dice ser, ya sabe cómo funciona. —Le miró. Se había puesto gafas de sol aunque no hacía sol y, en realidad, seguía lloviendo. Le extrañó y ella respondió a su extrañeza—: Están graduadas para conducir. Las otras las tengo en casa, o posiblemente en la mochila de mi hijo en el colegio, o uno de mis perros podría habérselas comido.

—¿Tiene perros?

—Tres labradores, *Uno*, *Dos* y *Tres*.

—Interesantes nombres.

—Me gusta que en casa las cosas sean sencillas. Para compensar que en el trabajo nunca lo son.

Eso fue todo lo que se dijeron. El resto del trayecto lo hicieron en silencio, roto por el parloteo de la radio y dos llamadas al móvil que Hannaford contestó. Una de ellas, al parecer, preguntaba por la hora aproximada en que llegaría a Truro, a menos que hubiera problemas de tráfico, y el otro era un mensaje breve de alguien a quien respondió con un seco: «Les dije que me lo mandaran a mí. ¿Qué diablos hace ahí contigo en Exeter, maldita sea? ¿Y cómo se supone que…? No es necesario, y sí, antes de que lo digas tienes razón: no quiero deberte nada… Oh, magnífico. Haz lo que te venga en gana, Ray».

En el hospital de Truro, Hannaford guio a Lynley al depósito de cadáveres, donde el aire apestaba a desinfectante y un ayudante empujaba una camilla sobre la que yacía un cadáver abierto para examinarlo. Cerca, el patólogo forense, flaco como un fideo, estaba apurando un zumo de tomate junto a un fregadero de acero inoxidable. El hombre, pensó Lynley, debía de tener un estómago de hierro y la sensibilidad de una piedra.

—Le presento a Gordie Lisle —dijo Hannaford a Lynley—. Hace la incisión en Y más rápida del planeta y no quiera saber lo deprisa que puede romper unas costillas.

—Me cuelgas demasiadas medallas —dijo Lisle.

—Ya lo sé. Te presento a Thomas Lynley. ¿Qué tenemos?

Después de terminarse el zumo, Lisle se dirigió a una mesa y cogió un documento que consultó mientras comenzaba su informe. A modo de introducción, les comunicó que las heridas se correspondían con las de una caída. Pasó a exponerlas: pelvis rota y maléolo medio derecho destrozado.

—El tobillo, para los profanos —añadió.

Hannaford asintió sabiamente.

—Tibia derecha y peroné derecho fracturados —continuó Lisle—. Fracturas abiertas de cúbito y radio derechos, seis costillas rotas, tubérculo mayor izquierdo aplastado, los dos pulmones perforados, bazo reventado.

—¿Qué diablos es un tubérculo? —preguntó Hannaford.

—El hombro —explicó él.

—Mal asunto, pero ¿todo eso bastó para matarle? ¿Qué lo mandó al otro barrio? ¿Un shock?

—Me reservaba lo mejor para el final: fractura enorme del hueso temporal. Su cráneo se partió como una cáscara de huevo. Mira. —Lisle dejó el documento en una encimera y caminó hacia una pared en la que había un póster grande del esqueleto humano—. Mientras caía del acantilado supongo que se golpeó contra un afloramiento. Dio al menos un tumbo, cogió velocidad durante el resto del descenso, aterrizó con fuerza sobre la parte derecha del cuerpo y se aplastó el cráneo contra la pizarra. El hueso se fracturó y cortó la arteria meníngea media, lo que produjo un hematoma epidural agudo. La presión en el cerebro que no se puede liberar no provoca la muerte instantánea, debió de morir al cuarto de hora más o menos, aunque estaría inconsciente todo el rato. Supongo que no encontrasteis ningún casco cerca ni ninguna otra protección para la cabeza.

—Chavales. Se creen invencibles —dijo Hannaford.

—Éste no lo era. El alcance de las lesiones, en cualquier caso, sugiere que cayó al principio del descenso.

—Lo que sugiere que la eslinga se rompió en cuanto sostuvo todo su peso.

—Estoy de acuerdo.

—¿Qué hay del ojo morado? Se estaba curando, ¿no? ¿Con qué se corresponde?

—Con un buen puñetazo. Alguien le dio bien, seguramente le derribó. Todavía se aprecian las marcas de los nudillos.

Hannaford asintió. Miró a Lynley, que había estado escuchando y preguntándose simultáneamente por qué Hannaford le hacía participar en aquello. Era más que irregular: era una insensatez por su parte, teniendo en cuenta la posición de Lynley en el caso, y no parecía una mujer insensata. Tenía algún tipo de plan, apostaría lo que fuera.

—¿Cuándo? —preguntó Hannaford.

—¿El puñetazo? —dijo Lisle—. Diría que hace una semana.

—Parece que se metió en una pelea.

Lisle negó con la cabeza.

—¿Por qué no? —preguntó la mujer.

—No presenta otras marcas similares —intervino Lynley—. Le dieron un golpe y ya está.

Hannaford lo miró como si hubiera olvidado que le había traído.

—Estoy de acuerdo —dijo Lisle—. Alguien estalló o quiso disciplinarle de algún modo. O resolvió las cosas, o le derribaron, o no era de los que se dejan provocar ni siquiera por un puñetazo en la cara.

—¿Y puede tener que ver con sadomasoquismo? —preguntó Hannaford.

Lisle parecía pensativo y Lynley dijo:

—No estoy seguro de que a los sadomasoquistas les guste que les golpeen en la cara.

—Mmmm. Sí —dijo Lisle—. Creo que el típico *freak* del sado prefiere unos pellizcos en sus partes, unos azotes o unos latigazos, y no hay nada en el cadáver que indique eso. —Los tres se quedaron callados un momento, mirando el póster del esqueleto humano. Al final, Lisle le dijo a Hannaford—: ¿Qué tal las citas? ¿Internet ya ha hecho tus sueños realidad?

—Todos los días —le contestó ella—. Debes intentarlo otra vez, Gordie. Te diste por vencido demasiado pronto.

Él negó con la cabeza.

—He terminado con eso. Es buscar el amor en el sitio equivocado, si se me permite la frase. —Miró con tristeza el depósito—. Todo esto lo enfría, y no hay vuelta de hoja; no hay forma de disfrazarlo. Cuando suelto la bomba ya está.

—¿Qué quieres decir?

El patólogo señaló la sala. Otro cadáver esperaba cerca, con el cuerpo cubierto con una sábana y, una etiqueta colgando de un dedo del pie.

—Cuando se enteran de a qué me dedico. No gusta mucho a nadie.

Hannaford le dio una palmadita en el hombro.

—Bueno, no importa, Gordie. A ti te gusta y eso es lo que cuenta.

—¿Quieres que lo intentemos, pues? —La miró de un modo distinto, valorando y sopesando.

—No me tientes, querido. Eres demasiado joven y, de todos modos, en el fondo soy una pecadora. Necesitaré todo este papeleo cuanto antes —dijo señalando con la cabeza la camilla limpia.

—Camelaré a alguien —dijo Lisle.

Se marcharon. Hannaford examinó un mapa del hospital que había cerca y condujo a Lynley a la cafetería. No podía creer que quisiera comer después de su visita al depósito de cadáveres y descubrió que había acertado al evaluar la situación. Hannaford se detuvo en la puerta y miró la sala hasta que vio a un hombre sentado solo a una mesa, leyendo el periódico. Guio a Lynley hasta él.

Vio que era el hombre que había acudido a la cabaña de Daidre Trahair la noche anterior, el mismo que le había preguntado por New Scotland Yard. No se había identificado entonces, pero ahora Hannaford hizo los honores. Era el subdirector Ray Hannaford de Middlemore, le dijo. Éste se puso en pie y ofreció su mano cortésmente.

—Sí —dijo la inspectora Hannaford a Lynley.

—Sí, ¿qué? —preguntó él.

—Es familia.

—Su ex —dijo Ray Hannaford—. Por desgracia.

—Me halagas, cariño —dijo la inspectora.

Ninguno de los dos aclaró nada más, aunque el prefijo «ex» daba para un volumen o dos. «Más de un policía en la familia directa —concluyó Lynley—. No podía ser fácil.»

Ray Hannaford cogió un sobre de papel manila que estaba sobre la mesa.

—Aquí tienes —le dijo a su ex mujer—. La próxima vez que insistas en utilizar un mensajero, di dónde tienen que realizar la entrega, Beatrice.

—Se lo dije —contestó la inspectora—. Obviamente, fuera quien fuese el capullo que trajo esto desde Londres, no ha querido molestarse en ir hasta las comisarías de Holsworthy o de Casvelyn. ¿O también has llamado para esto? —preguntó con astucia. Hizo un gesto con el sobre de papel manila.

—No. Pero vamos a tener que hablar del *quid pro quo*. La cuenta va en aumento. Llegar aquí desde Exeter ha sido un infierno. Ya me debes dos favores.

—¿Dos? ¿Cuál es el otro?

—Recoger a Pete anoche. Sin quejarme, creo recordar.

—¿Acaso te arranqué de los brazos de una veinteañera?

—Creo que al menos tenía veintitrés.

Bea Hannaford se rio. Abrió el sobre y miró dentro.

—Ah, sí —dijo—. Supongo que también le has echado un vistazo, Ray.

—Culpable, como imaginabas.

La inspectora sacó el contenido. Lynley reconoció al instante su placa de New Scotland Yard.

—La devolví —dijo—. Tendría que estar… ¿Qué hacen con esas cosas cuando alguien lo deja? Deben destruirlas.

Ray Hannaford fue quien respondió:

—No estaban dispuestos a destruir la suya, al parecer.

—«Prematuro» fue la palabra que emplearon —añadió Bea Hannaford—. Una decisión apresurada tomada en un mal momento.

Le ofreció la placa de Scotland Yard a Lynley. Él no la cogió,

sino que dijo:

—Mi identificación está de camino, ya se lo dije. Mi cartera, junto con todo lo que hay dentro, llegará mañana. Esto —señaló la placa— es innecesario.

—Al contrario —dijo la inspectora Hannaford—, es muy necesario. Como sabe muy bien, conseguir una identificación falsa está chupado. Por lo que yo sé, se ha pasado toda la mañana recorriendo las calles para comprar el material.

—¿Por qué querría hacer eso?

—Imagino que puede deducirlo usted solito, comisario Lynley. ¿O prefiere que le llame por su título nobiliario? ¿Y qué diablos hace alguien como usted trabajando para la pasma?

—No es así —contestó él—. Ya no.

—Eso dígaselo a Scotland Yard. No me ha respondido, ¿cómo le llaman? ¿Qué prefiere? ¿El título personal o el profesional?

—Prefiero Thomas. Y ahora que ya sabe que soy quien dije ser anoche, algo que sospecho que ya sabía, o si no no me habría permitido ir con usted al depósito de cadáveres, ¿puedo suponer que soy libre para reanudar mi caminata por la costa?

—Eso es lo último que puede suponer. No se irá a ninguna parte hasta que yo lo diga. Y si está pensando en escabullirse en plena noche, piénseselo dos veces. Ahora que ya tengo pruebas de quién es, me será útil.

—¿Como policía o como ciudadano? —le preguntó Lynley.

—Mientras funcione, da igual, comisario.

—¿Mientras funcione para qué?

—Para nuestra querida doctora.

—¿Quién?

—La veterinaria. La doctora Trahair. Los dos sabemos que por esa boquita suya han salido mentiras. Su trabajo consiste en averiguar por qué.

—No puede pedirme...

El móvil de Hannaford sonó. La inspectora levantó una mano para interrumpirle. Sacó el teléfono del bolso y se alejó unos pasos.

—Dime —dijo al abrir la tapa. Mientras escuchaba, inclinó la cabeza y dio unos golpecitos con el pie.

—Vive para esto —dijo Ray Hannaford—. Al principio no, pero ahora es su vida. Vaya estupidez, ¿verdad?

—¿Que la muerte sea la vida de alguien?

—No. Que la dejara marchar. Ella quería una cosa; yo quería otra.

—Cosas que pasan.

—Si hubiera tenido la cabeza bien amueblada, no.

Lynley miró a Hannaford. Antes había dicho «por desgracia» al referirse a su condición de ex marido de la inspectora.

—Podría decírselo —le comentó Lynley.

—Podría y lo hice. Pero a veces, cuando te rebajas a los ojos de alguien, no puedes recuperarte. Aunque me gustaría dar marcha atrás en el tiempo.

—Sí —dijo Lynley—. A mí también me gustaría.

La inspectora regresó con ellos. Estaba seria. Hizo un gesto con el móvil y dijo al subdirector:

—Es un asesinato. Ray, quiero ese centro de operaciones en Casvelyn. No me importa lo que tengas que hacer para conseguirlo y tampoco me importa lo que tenga que hacer yo a cambio. Quiero que me instalen la base de datos de la policía, un equipo de investigación criminal a mi disposición y que me asignen a un agente que se encargue de las pruebas. ¿De acuerdo?

—No pides demasiado, ¿verdad, Beatrice?

—Al contrario, Raymond —le contestó con frialdad—. Como muy bien sabes.

—Le pondremos un coche —le dijo Bea Hannaford a Lynley—. Necesitará uno.

Estaban delante de la entrada del Hospital Real de Cornualles. Ray se había marchado después de decirle a Bea que no podía prometerle nada y después de oír que ella replicaba «cuánta razón tienes», una indirecta que sabía que era injusta pero que dijo de todos modos porque había aprendido hacía tiempo que cuando se trataba de un asesinato, el fin de acusar a alguien del homicidio justificaba cualquier medio que se empleara para conseguirlo.

Lynley contestó con lo que Bea interpretó como cautela.

—Creo que no puede pedirme eso.

—¿Porque su rango es superior al mío? Eso no va a contar demasiado aquí en estos parajes recónditos, comisario.

—En funciones, sólo.

—¿Qué?

—Comisario en funciones. Nunca me ascendieron de manera permanente. Sólo cubrí una necesidad.

—Qué amable es usted. Justo la clase de tipo que estoy buscando. Ahora puede cubrir otra necesidad bastante imperiosa. —Notó que el hombre la miraba mientras se dirigían al coche y se rio al instante—. Esa necesidad no, aunque imagino que echa un buen polvo cuando una mujer le pone una pistola en la cabeza. ¿Cuántos años tiene?

—¿No se lo dijeron en Scotland Yard?

—Sígame la corriente.

—Treinta y ocho.

—¿Signo?

—¿Qué?

—Géminis, tauro, virgo, ¿cuál?

—¿Acaso importa?

—Como le he dicho, sígame la corriente. Dejarse llevar no cuesta nada, Thomas.

Él suspiró.

—Pues resulta que soy piscis.

—Bueno, ahí lo tiene. Nunca funcionaría entre nosotros. Además, tengo veinte años más que usted y aunque me gustan más jóvenes, no tan jóvenes. Así que está totalmente a salvo conmigo.

—No sé por qué, pero eso no me tranquiliza.

Ella volvió a reírse y abrió el coche. Los dos entraron pero la inspectora no introdujo la llave en el contacto, sino que lo miró muy seria.

—Necesito que me haga este favor. Quiere protegerle.

—¿Quién?

—Ya sabe quién. La doctora Trahair.

—No quiere eso, precisamente. Entré en su casa rompiendo un cristal. Me quiere cerca para que pague los desperfectos. Y le debo el dinero de la ropa.

—No sea obtuso. Antes ha saltado a defenderle y lo ha hecho por alguna razón. Tiene un punto vulnerable. Quizá tenga que ver con usted o quizá no. No sé dónde está o por qué lo tiene, pero va a averiguarlo.

—¿Por qué?

—Porque puede. Porque esto es una investigación de asesinato y todas las normas sociales se dejan a un lado cuando nos ponemos a buscar a un asesino. Y usted lo sabe tan bien como yo.

Lynley meneó la cabeza, pero a Bea Hannaford no le pareció que el gesto fuera una negativa, sino un modo de reconocer con pesar que comprendía y aceptaba un hecho inmutable: que le tenía bien pillado. Si salía corriendo, lo traería de vuelta y lo sabía.

—Entonces, ¿la eslinga estaba cortada? —dijo Lynley al fin.

—¿Qué?

—La llamada que ha recibido. Ha colgado y ha dicho que era un asesinato. Así que me pregunto si la eslinga estaba cortada o si los forenses han encontrado otra cosa.

Bea meditó si contestar o no la pregunta y qué le indicaría a Lynley si lo hacía. Sabía poco sobre el hombre, pero también sabía cuándo había que dar un salto de fe sólo por lo que eso podía significar.

—La cortaron —dijo.

—¿De manera obvia?

—El examen microscópico contribuyó a darnos el empujón que necesitábamos, si me permite la expresión.

—Así que no era tan obvio, al menos a simple vista. ¿Por qué cree que es un asesinato?

—Si no... ¿Qué es?

—Un suicidio escenificado para que parezca un accidente y ahorrarle más dolor a la familia.

—¿Qué sabemos por ahora para llegar a esa conclusión?

—Le pegaron un puñetazo.

—¿Y...?

—Está un poco cogido por los pelos, pero tal vez no estaba en situación de defenderse. Quería, pero no pudo, quién sabe por qué. Se sentía incapaz o como mínimo no estaba dispuesto, lo que provocó que sintiera impotencia. Proyectó ese sentimiento en el resto de su vida, en todas sus relaciones, por muy ilógica que sea esa proyección...

—¿Y nos quedamos tan anchos? No me lo creo y usted tampoco. —Bea introdujo la llave en el contacto y pensó en qué sugerían esas observaciones, no tanto sobre la víctima sino sobre el propio Thomas Lynley. Le lanzó una mirada cautelosa y se preguntó si le habría evaluado erróneamente—. ¿Sabe lo que es una cuña en escalada? —le preguntó.

Él negó con la cabeza.

—¿Debería? ¿Qué es?

—Es lo que convierte esto en una investigación de asesinato —contestó ella.

Capítulo 7

Poco después del mediodía dejó de llover en Casvelyn y Cadan Angarrack lo agradeció. Había estado pintando los radiadores de las habitaciones de Adventures Unlimited desde que había llegado por la mañana y las emisiones estaban dándole un dolor de cabeza atroz. De todos modos, no entendía por qué le habían puesto a pintar radiadores. ¿Quién iba a fijarse? ¿Quién se fijaba alguna vez en si los radiadores estaban pintados cuando se hospedaba en un hotel? Nadie salvo quizás un inspector de hoteles y ¿qué significaba que un inspector viera un poquito de óxido en el hierro? Nada. Ab-so-lu-ta-men-te nada. En cualquier caso, no era que estuvieran devolviendo su antiguo esplendor al decrépito hotel de la Colina del Rey Jorge, sólo estaban haciéndolo habitable para la multitud de personas interesadas en un paquete vacacional en la costa que consistía en diversión, fiesta, comida y algún tipo de formación en una actividad al aire libre. Y a esa gente no le importaba dónde pasara la noche, siempre que estuviera limpio, sirvieran patatas fritas y se ajustara al presupuesto.

Así que cuando el cielo se despejó, Cadan decidió que un poco de aire fresco era justo lo que necesitaba. Echaría un vistazo al campo de golf , futura ubicación de las pistas de BMX, futuro lugar de las clases de BMX que Cadan tenía la certeza que le pedirían que impartiera en cuanto tuviera la oportunidad de enseñar su repertorio a... Ése era el problema en estos momentos. No estaba seguro de a quién iba a enseñarle nada. En realidad, ni siquiera estaba seguro de si tenía que ir a trabajar hoy, ya que no sabía si seguía teniendo un empleo después de lo que le había ocurrido a Santo. Al principio pensó en no aparecer, en dejar pasar unos días y luego telefonear para dar el pésame a quien contestara y preguntar si todavía querían que se encargara de las tareas de mantenimiento. Pero luego creyó que una llamada así les daría la oportunidad de echarle antes de tener siquiera ocasión de demostrar lo que valía, así que decidió presentarse y parecer tan afligido como pudiera cuando se topara con cualquiera de los Kerne.

Cadan todavía no había visto el pelo ni a Ben ni a Dellen —los padres de Santo Kerne—, pero su llegada coincidió con la de Alan Cheston y cuando Cadan le puso al día sobre su empleo en Adventures Unlimited, Alan le dijo que iría de inmediato a buscar a alguien para ver qué se suponía que debía hacer. Se marchó a grandes zancadas después de abrir la puerta principal, entrar los dos y guardarse las llaves con el aire de un hombre que sabía exactamente cuál era su lugar en el mundo.

El viejo hotel estaba silencioso como una tumba. Hacía frío también. Cadan tembló —notó en su hombro que a *Pooh* le pasaba lo mismo— y esperó en la recepción, donde un tablón de

anuncios exhibía las palabras TUS INSTRUCTORES junto a los retratos de los seis miembros de la plantilla ya contratados. Estaban dispuestos formando una pirámide que bajaba a partir de una fotografía de Kerra Kerne, a quien se identificaba como «jefa de instructores».

Era una buena foto de Kerra, pensó Cadan. No era una belleza —pelo castaño normal, ojos azules normales y más robusta de lo que le gustaba que fuera una mujer—, pero sin duda tenía la mejor forma física de todas las chicas de su edad de Casvelyn. Era pura mala suerte que los dados de la genética le hubieran asignado el físico de su padre en lugar del de su madre. Era Santo quien había heredado esos genes, un hecho que algunos considerarían afortunado. Sin embargo, Cadan creía que a la mayoría de los chicos no les gustaría ser guapos como lo era Santo. A menos, claro estaba, que supieran cómo utilizarlo.

—¿Cade?

Se dio la vuelta. *Pooh* graznó y cambió de posición.

Kerra se había materializado desde algún lugar y Alan iba con ella. Cadan sabía que eran pareja, pero esto no acababa de encajarle. Kerra era todo luz y energía con, desafortunadamente, los tobillos gruesos. Alan parecía un tipo que haría ejercicio como último recurso y sólo si lo amenazaban con destriparlo.

Unas palabras entre ellos sirvieron para organizarlo todo. Aunque a primera vista Alan parecía poco importante, resultó que estaba al mando de casi todo lo que sucedía en aquel lugar. Así que antes de que Cadan pudiera salir con una excusa falsa sobre el delicado estado de sus pulmones si se exponían a las emisiones de la pintura, se encontró con unas telas para cubrir los muebles y una brocha en una mano y dos galones de blanco brillante en la otra. Alan presentó el proyecto a Cadan y eso fue todo.

Cuatro horas después, decidió que se merecía salir afuera a tomarse un descanso. Observó que *Pooh* se había sumido en un silencio alarmante. Seguramente el loro también tenía dolor de cabeza.

Alrededor del campo de golf, la tierra todavía estaba empapada, pero Cadan no permitió que aquello le disuadiera. Arrastrando la bici, subió la colina hasta el hoyo uno, donde enseguida vio que hacer unos *tabletops* allí en ese momento habría sido una quimera. Dejó la bici a un lado, colocó a *Pooh* en el manillar y examinó el campo de golf con mayor detenimiento.

No iba a ser un proyecto sencillo. El campo parecía tener sesenta años como mínimo. También parecía no haber experimentado ningún tipo de mantenimiento en los últimos treinta años. Era una pena porque, si no, habría podido ser un negocio lucrativo para Adventures Unlimited. Por otro lado, también era un punto a favor, porque un campo maltrecho aumentaba las posibilidades de que quien estuviera en situación de tomar una decisión sobre el futuro se subiera al carro en cuanto Cadan expusiera sus planes. Pero la idea de exponerlos requería tenerlos y Cadan no era el tipo de persona que hacía planes. Así que caminó por los cinco primeros hoyos e intentó ver qué cambios habría que introducir aparte de eliminar los molinos, graneros y escuelas en miniatura y rellenar los agujeros.

Todavía estaba pensando en aquello cuando vio que un coche de policía procedente de St. Mevan Crescent se detenía en el aparcamiento del viejo hotel. El conductor —un agente de uniforme— se bajó y entró en el edificio. Unos minutos más tarde, se marchó.

Poco después, Kerra salió. Se quedó en el aparcamiento, con las manos en las caderas, y miró a su alrededor. Cadan estaba en cuclillas junto a un minúsculo bote de remos naufragado que servía de obstáculo para el hoyo seis, y al verla pensó que estaba buscando a alguien, seguramente a él. Por lo general, su modus operandi era esconderse, ya que si alguien le buscaba normalmente era porque la había fastidiado e iban a echarle la bronca. Pero una rápida valoración de su tarea en el departamento de pintura le dijo que había hecho un trabajo excelente, así que se levantó para hacer notar su presencia.

Kerra caminó hacia él. Se había cambiado, iba vestida con ropa de licra y Cadan reconoció la equipación: el uniforme de ciclista de larga distancia. Un momento extraño del día para salir en bici, pensó, pero cuando eras la hija del jefe podías establecer tus propias reglas.

Kerra le abordó sin preámbulos cuando llegó a las ruinas del campo de golf. Habló con brusquedad.

—He llamado a la granja, pero me han dicho que ya no trabaja allí. He llamado a tu casa, pero tampoco está. ¿Sabes dónde puedo encontrarla? Quiero hablar con ella.

Cadan se tomó un momento para pensar en los comentarios, la pregunta y lo que implicaba cada cosa. Ganó tiempo acercándose a su bici, cogiendo a *Pooh* del manillar, colocando el pájaro en su hombro.

—Agujeros en el ático —observó *Pooh*.

—Cade. —La voz de Kerra era paciente, pero nerviosa—. Por favor, contéstame, preferiblemente ahora.

—Es extraño que quieras saberlo, eso es todo —le dijo Cadan—. Quiero decir… Ya no eres amiga de Madlyn, así que me pregunto…

Ladeó la cabeza, de manera que su mejilla tocó el costado de *Pooh*. Le gustaba sentir el contacto de las plumas del pájaro. Kerra entrecerró los ojos.

—¿Qué te preguntas?

—Santo. Que haya venido la policía. Que hayas salido a hablar conmigo. Que me preguntes por Madlyn. ¿Está relacionado?

Kerra llevaba el pelo recogido en una coleta y se la quitó, así que la melena cayó sobre sus hombros. Sacudió la cabeza y volvió a peinarse. Pareció un gesto para ganar tiempo, igual que rescatar a *Pooh* de la bici lo había sido para Cadan. Luego lo miró y pareció concentrarse más claramente en él.

—¿Qué te ha pasado en la cara?

—Pura mala suerte —respondió—. Es la que me tocó al nacer.

—No bromees, Cadan. Ya sabes a qué me refiero. Los moratones, los arañazos.

—Resbalé. Gajes del oficio. Estaba haciendo un cancán y me golpeé con un lado de la piscina. En el polideportivo.

—¿Te hiciste eso nadando? —Sonaba incrédula.

—La piscina está vacía, practicaba allí con la bici. —Cadan notó que se ponía colorado y aquello le irritó. Se había propuesto no avergonzarse nunca de su pasión y no quería pensar en por qué ahora lo estaba—. ¿Qué ocurre? —preguntó, señalando el hotel con la cabeza.

—No fue una caída normal y corriente. Lo asesinaron. Es lo que la policía ha venido a comunicarnos. Han mandado a su como se llame... Su agente de relaciones familiares. Creo que su cometido es servirnos té y galletas para evitar que... No sé... ¿Qué hace la gente cuando asesinan a un miembro de su familia? ¿Volverse loca y vengarse? ¿Ponerse a pegar tiros por el pueblo? ¿Rechinar los dientes? ¿Y qué diablos es eso, rechinar los dientes? ¿Dónde está, Cade?

—Ella ya sabe que ha muerto.

—¿Que ha muerto o que le han asesinado? ¿Dónde está? Era mi hermano y ella era su... su novia...

—Y también tu amiga —le recordó Cadan—. Al menos antes lo era.

—Basta. No sigas con eso, ¿vale?

Cadan se encogió de hombros. Volvió a dirigir su atención al campo de golf y dijo:

—Tenéis que quitar todo esto, es un desastre. Podríais repararlo, pero calculo que el coste sobrepasaría los beneficios. A corto plazo, a largo plazo... ¿Quién sabe?

—Alan sabe de largos plazos. Beneficios y pérdidas, proyecciones a largo plazo, lo sabe todo. Pero nada de eso importa porque ahora mismo puede que no haya razón para preocuparse.

—¿Por?

—Por nada relacionado con Adventures Unlimited. Dudo que mi padre tenga valor para abrir después de lo que le ha ocurrido a Santo.

—¿Qué pasará, entonces, si no abrís?

—Alan dirá que intentemos encontrar a un comprador y recuperemos nuestra inversión. Pero, bueno, Alan es así. Por lo menos tiene coco para los números.

—Pareces cabreada con él.

Kerra no mordió el anzuelo.

—¿Está en casa y no contesta al teléfono? Puedo ir hasta allí, pero no quiero tomarme la molestia si no está. ¿Te importa decirme eso como mínimo?

—Supongo que sigue con Jago —dijo él.

—¿Quién es Jago?

—Jago Reeth, el tipo que trabaja para mi padre. Ha pasado con él toda la noche. Todavía está allí, por lo que yo sé.

Kerra se rio brevemente, sin ganas.

—Vaya, ha pasado página, ¿no? Menuda rapidez. Una recuperación milagrosa después de una ruptura tan dolorosa. Cuánto me alegro por Madlyn.

Cadan quería preguntarle qué más le daba a ella que su hermana hubiera pasado página con otro hombre o no. Pero en lugar de eso, dijo:

—Jago Reeth tiene como… Yo qué sé. Como setenta años o algo así. Es como un abuelo para ella, ¿vale?

—¿Qué es lo que hace para tu padre un tipo de setenta años?

Definitivamente, Kerra estaba incomodándole. Se comportaba como la hija del jefe y su actitud decía «será mejor que me trates como se supone que debes tratarme», y eso fastidiaba a Cadan.

—Kerra, ¿acaso importa? —dijo—. ¿Por qué diablos quieres saberlo?

Y así, de repente, Kerra cambió. Soltó una tosecita extraña y Cadan vio el brillo de las lágrimas en sus ojos. Ese brillo le recordó que su hermano había muerto, que había muerto hacía sólo un día, y que acababa de saber que lo habían asesinado.

—Es estratificador. —Cuando ella lo miró confusa, Cadan añadió—: Jago Reeth. Aplica la fibra de vidrio a las tablas. Es un viejo surfista que mi padre recogió... No sé... Hace ¿seis meses? Es un hombre de detalles, como mi padre. Y lo que es más importante, no es como yo.

—¿Ha pasado la noche con un tío de setenta años?

—Jago llamó y dijo que estaba allí.

—¿A qué hora?

—Kerra...

—Es importante, Cadan.

—¿Por qué? ¿Crees que le dio a tu hermano el viaje final? ¿Cómo se supone que lo hizo? ¿Empujándole por el acantilado?

—Manipularon su equipo. Es lo que nos ha dicho el poli.

Cadan abrió mucho los ojos.

—Espera, Kerra. Es imposible... Quiero decir imposible del todo. Puede que se pusiera como loca con todo lo que pasó entre ellos, pero mi hermana no es... —Calló. No por lo que pensaba decir sobre Madlyn, sino porque mientras hablaba, su mirada se desvió de Kerra a la playa de abajo, donde corría un surfista con la tabla bajo el brazo, arrastrando la cuerda por la arena. Llevaba el traje completo, como era lógico en esta época del año, ya que el agua todavía estaba bastante fría. Neopreno de los pies a la cabeza, de negro de los pies a la cabeza. Desde esta distancia, en realidad, no podía saberse si el surfista era hombre o mujer.

—¿Qué? —dijo Kerra.

Cadan se estremeció.

—Quizás a Madlyn se le fuera la olla al reaccionar como lo hizo después de lo que pasó entre ella y Santo, lo reconozco.

—Fue eso y más —observó Kerra.

—Pero matar a su ex novio no forma parte de su repertorio, ¿vale? Dios mío, Kerra, ella pensaba que Santo sólo estaba pasando por una etapa, ¿sabes?

—Al principio —aclaró ella.

—De acuerdo. Quizá sólo lo pensara al principio. Pero eso no significa que al final no comprendiera que las cosas eran como eran y decidiera que lo único razonable era matarle. ¿Te parece que tiene sentido?

—El amor nunca ha tenido sentido para mí —dijo Kerra—. La gente comete todo tipo de locuras cuando se enamora.

—¿Ah, sí? —dijo Cadan—. ¿Ésa es la verdad? ¿Y qué me dices de ti? —Ella no contestó—. A las pruebas me remito. Sea Dreams, para tu información.

—¿Qué es eso?

—El lugar donde está. Jago tiene una caravana en ese parque de vacaciones donde antes estaba la lechería, pasado Sawsneck Down. Si quieres interrogarla, hazlo allí. Pero perderás el tiempo, si quieres saber mi opinión.

—¿Qué te hace pensar que quiero interrogarla?

—Es evidente que algo quieres —le dijo Cadan.

En cuanto Bea Hannaford le asignó un coche de alquiler, le dijo a Lynley que la siguiera.

—Imagino que no es el típico *buga* que utiliza usted —dijo en referencia al Ford—, pero al menos le sentará bien. O usted a él.

En otras circunstancias, Lynley tal vez le habría dicho que estaba siendo más que generosa. En efecto, por lo general su educación le impulsaba a hacer este tipo de comentarios con total naturalidad. Pero en la situación actual, sólo le dijo que su medio habitual de transporte había quedado destrozado en febrero y todavía no lo había sustituido por otro, así que el Ford le parecía perfecto.

—Bien —dijo ella, y le aconsejó que condujera con cuidado, ya que no tendría el carné hasta que llegara su cartera—. Será nuestro pequeño secreto —le comentó. Le dijo que la siguiera, quería enseñarle algo.

Lo que quería mostrarle estaba en Casvelyn y Lynley la siguió obedientemente hasta allí. Condujo intentando concentrarse en eso —sólo en la conducción—, pero sintió que las fuerzas lo abandonaban con el mero esfuerzo que le suponía contener sus pensamientos.

Se dijo que había terminado con los asesinatos. No podía

ver morir a su querida esposa, víctima de un asesinato completamente absurdo en plena calle, y desentenderse de ello y pensar que mañana sería otro día. Pero resultó que sí era algo que había que soportar. De momento, había aguantado aquella sucesión inacabable de mañanas haciendo lo que le ponían delante y nada más.

Al principio fue Howenstow: ocuparse de asuntos relacionados con las tierras que configuraban su legado y la magnífica casa construida en ellas. No importaba que su madre, su hermano y un administrador de fincas llevaran siglos encargándose de los asuntos de Howenstow. Se había sumergido en ellos para evitar sumergirse en otras cosas, hasta que se hundió mitad en el barro mitad en el desastre. La advertencia amable de su madre «Tesoro, deja que me ocupe yo», o «John Penellin lleva semanas trabajando en esta situación, Tommy», o cualquier cosa parecida era algo que apartaba de sí con una frase tan áspera que la condesa viuda suspiraba, le apretaba el hombro y le dejaba hacer.

Pero con el tiempo acabó descubriendo que los asuntos de Howenstow provocaban que Helen se colara en su mente, lo quisiera él o no. Había que desmontar el cuarto del niño a medio terminar, había que guardar la ropa de campo que había dejado en su dormitorio, había que diseñar una placa para su última morada en la capilla de la finca: la última morada donde descansaba con su hijo que no había llegado a nacer. Y luego estaba todo lo que le recordaba a ella: el sendero por el que paseaban juntos cruzando el bosque desde la casa hasta la cala, la galería donde se había parado delante de los cuadros y comentado alegremente los atributos físicos de algunos de sus antepasados más cuestionables, la biblioteca donde hojeaba ejemplares antiguos de *Country Life,* donde se había repantingado, y dormido al final, con una gruesa biografía de Oscar Wilde.

Como aquello que le recordaba a Helen impregnaba cada rincón de Howenstow, decidió iniciar su caminata. Recorrer penosamente todo el sendero suroccidental de la costa era el reto menos posible que Helen habría emprendido —«Dios mío, Tommy, debes de estar loco. ¿Qué haría yo con unos zapatos tan espantosos?»—, así que sabía que podía andarlo todo con impunidad si elegía hacerlo. No habría nada que le recordara a ella en todo el camino.

Pero no había contado con los recordatorios que fue encontrándose. Nada de lo que había leído sobre el sendero antes de recorrerlo le había preparado para aquello: desde ramos sencillos de flores moribundas a bancos de madera grabados con los nombres de los fallecidos, la muerte le saludaba casi todos los días. Había dejado Scotland Yard porque no podía enfrentarse al deceso repentino y brutal de un ser humano y allí estaba: confrontándole con una regularidad que no hacía más que burlarse de todos sus intentos por olvidar.

Y ahora esto. La inspectora Hannaford no estaba involucrándole exactamente en la investigación del asesinato, pero estaba acercándole. Él no quería, pero al mismo tiempo, no sabía cómo evitarlo porque consideraba que la inspectora era una mujer que cumplía su palabra: si desaparecía convenientemente de la zona de Casvelyn, lo traería de vuelta encantada y no descansaría hasta conseguirlo.

En cuanto a lo que le había pedido que hiciera… Igual que Hannaford, Lynley creía que Daidre Trahair mentía sobre la ruta que había seguido desde Bristol a Polcare Cove el día anterior. A diferencia de la inspectora, Lynley también sabía que Daidre Trahair había mentido en más de una ocasión respecto al hecho de conocer a Santo Kerne. Habría razones detrás de aquellas mentiras —más allá de las que había dado la veterinaria cuando le preguntó por qué había negado conocer la identidad del chico muerto— y no sabía si quería descubrirlas. Era evidente que sus motivos para confundirles eran personales y que aquella pobre mujer no era ni mucho menos una asesina.

Sin embargo, ¿por qué lo creía?, se preguntó. Sabía mejor que nadie que los asesinos vestían miles de disfraces distintos. Los asesinos eran hombres; los asesinos eran mujeres. Para su tormento, los asesinos eran niños. Y las víctimas —por muy repugnantes que pudieran ser en realidad— no debían ser aniquiladas por nadie, fuera cual fuese el móvil para mandarlas prematuramente a su recompensa o castigo eternos. La sociedad se fundamentaba en la idea de que el asesinato estaba mal, de principio a fin, y en que había que administrar justicia para poner al menos un final a todo lo ocurrido, aunque éste no proporcionara satisfacción, ni alivio ni, sin duda, terminara con el dolor. Justicia significaba nombrar y condenar al asesino y justicia era lo que se merecían aquellos a quienes la víctima había dejado atrás.

Una parte de Lynley gritaba que aquello no era problema suyo. Otra parte de él sabía que ahora y eternamente y más que nunca, siempre lo sería.

Cuando llegaron a Casvelyn, Lynley ya estaba, si no convencido del tema, al menos moderadamente de acuerdo con él. En una investigación había que encontrar una explicación para todo. Daidre Trahair formaba parte de ese todo y ella misma se había puesto en esa situación al mentir.

La comisaría de policía de Casvelyn se encontraba en Lansdown Road, en el corazón de la ciudad, justo al pie de la cuesta de Belle Vue, que era la principal subida del pueblo, y fue aquí, delante de la estructura gris y sencilla de dos pisos, donde Bea Hannaford aparcó. Al principio Lynley pensó que pretendía llevarle dentro y presentarle, pero en lugar de eso dijo:

—Venga conmigo. —Le puso una mano en el codo y le guio por donde habían venido.

En la intersección de Lansdown Road y Belle Vue, cruzaron un triángulo de tierra donde los bancos, una fuente y tres árboles proporcionaban a Casvelyn un lugar para reunirse al aire libre cuando hacía buen tiempo. Desde ahí, se dirigieron a Queen Street, que estaba flanqueada de tiendas como las de Belle Vue Lane: había de todo, desde ultramarinos a farmacias. Allí, Bea Hannaford se detuvo y miró en ambas direcciones hasta que, al parecer, vio lo que quería.

—Sí, por aquí. Quiero que vea a qué nos enfrentamos.

«Por aquí» se refería a una tienda que vendía artículos deportivos, tanto material como ropa para actividades de exterior. Hannaford efectuó un reconocimiento admirablemente rápido del lugar, encontró lo que quería, le dijo a la dependienta que no necesitaban ayuda y dirigió a Lynley hacia una pared. En ella había colgadas varias piezas metálicas, la mayoría de acero. No había que ser una lumbrera para ver que se utilizaban para escalar.

Hannaford eligió un paquete que contenía tres artículos hechos de plomo, cable de acero resistente y revestimiento de plástico. El plomo era una cuña gruesa al final de un cable que tendría un poco más de medio centímetro de grosor. En un extremo daba vueltas a través de la cuña y también formaba otro lazo en el otro extremo. En medio había un revestimiento de plástico duro que se enrollaba alrededor del cable y, por lo tanto, juntaba con firmeza los dos lados. El resultado era una cuerda robusta con un plomo en un extremo y un lazo en el otro.

—Esto es una cuña de escalada. ¿Sabe cómo se utiliza?

Lynley negó con la cabeza. Obviamente, el artilugio estaba hecho para escalar acantilados. Del mismo modo, la parte del lazo se emplearía para conectar la cuña a algún otro objeto. Pero era lo máximo que podía deducir.

—Levante la mano con la palma hacia usted. Junte los dedos. Se lo enseñaré —dijo la inspectora Hannaford.

Lynley hizo lo que le ordenaba. Ella deslizó el cable entre sus dedos índice y corazón, de manera que el plomo quedó pegado a su palma y el lazo que había en el otro extremo del cable quedó del lado de ella.

—Sus dedos son una grieta en la pared del acantilado —explicó la inspectora—. O una apertura entre dos piedras grandes. Su mano es el propio acantilado. O las piedras. ¿Me sigue? —Esperó a que él asintiera—. La pieza de plomo, la cuña, se encaja todo lo posible en la grieta del acantilado o la apertura entre las dos piedras y el cable queda fuera. En el extremo del lazo del cable —aquí hizo una pausa para examinar la pared de artilugios de escalada hasta que encontró lo que quería y lo cogió— se engancha un mosquetón. Así. Y se ata la cuerda al mosquetón con el tipo de nudo que te hayan enseñado a utilizar. Si estás subiendo, usas las cuñas en la ascensión, cada medio metro o como te sientas cómodo. Si estás haciendo rápel, puedes utilizarlos arriba del todo en lugar de una eslinga para fijar tu cuerda a lo que hayas elegido atarla mientras desciendes.

Le cogió la cuña y junto con el mosquetón los dejó en su lugar en la pared de artículos. Se dio la vuelta y dijo:

—Los escaladores marcan todo su equipo con algún distintivo porque a menudo escalan juntos. Pongamos que usted y yo estamos escalando. Yo utilizo seis cuñas o dieciséis; usted usa diez. Utilizamos mis mosquetones pero sus eslingas. ¿Cómo hacemos para organizarnos deprisa y sin discusiones al final...? Marcando cada pieza con algo que no se caiga fácilmente. La cinta aislante es perfecta. Santo Kerne utilizaba cinta negra.

Lynley vio adónde quería llegar la inspectora.

—Así que si alguien quiere estropear el equipo de otra persona, sólo tiene que conseguir el mismo tipo de cinta...

—Y el equipo. Sí, exacto. Puedes dañar el material, poner una cinta idéntica encima del desperfecto y nadie se enterará.

—La eslinga, obviamente, sería lo más fácil de dañar, aunque el corte se notaría, si no a simple vista, al menos sí en el microscopio.

—Que es exactamente lo que pasó, como hemos hablado antes.

—Pero hay algo más, ¿verdad?, o no me habría enseñado esto.

—Los forenses han revisado el equipo de Santo —dijo Hannaford. Le puso la mano otra vez en el codo y comenzó a guiarle hacia el exterior de la tienda. Habló en voz baja—: Alguien manipuló dos de las cuñas. Debajo de la cinta para marcar el material, tanto el revestimiento de plástico como el cable estaban dañados. El revestimiento estaba cortado; el cable colgaba de un hilo, metafóricamente hablando. Si el chico utilizaba una cosa o la otra para el descenso en rápel, estaba sentenciado. Lo mismo puede aplicarse a la eslinga. Era hombre muerto, o escalador muerto, lo que prefiera. Sólo era cuestión de tiempo que utilizara el equipo correcto en el peor momento posible.

—¿Huellas?

—Mil —dijo Hannaford—. Pero no estoy segura de si resultarán útiles, ya que la mayoría de los escaladores no van siempre solos y es probable que descubramos que Santo tampoco.

—A menos que se encuentre una huella en las piezas dañadas que no esté presente en las otras. Sería difícil para alguien explicarlo.

—Mmm, sí. Pero hay un detalle que me extraña, Thomas.

—¿Qué detalle? —preguntó Lynley.

—Tres piezas manipuladas en lugar de una. ¿Qué le sugiere eso?

Lynley lo meditó.

—Sólo se necesitaba una pieza dañada para mandarlo al otro barrio —dijo pensativo—, pero llevaba tres. Podríamos concluir que al asesino no le importaba cuándo sucediera, ni siquiera si la caída le mataba, ya que podría haber utilizado las cuñas dañadas en el punto bajo de una ascensión y no usar la eslinga para nada.

—¿Alguna otra conclusión?

—Si normalmente hacía rápel primero y luego subía, podríamos concluir que tres piezas del equipo dañadas indican que el asesino tenía prisa por acabar con el chico. O, por muy difícil que resulte de creer... —Reflexionó un momento, preguntándose por la probabilidad final y qué sugería.

—¿Sí? —le instó ella a continuar.

—Tres piezas dañadas... También podríamos concluir que el asesino quería que todo el mundo supiera que era un asesinato.

La inspectora asintió.

—Un poco descabellado, ¿verdad?, pero es lo que he pensado yo.

Fue por pura locura de amor que Kerra quiso salir del hotel y subirse a la bici. Por eso se había puesto la ropa de ciclista y había decidido que unos treinta kilómetros bastarían para borrar de su cabeza aquel pensamiento. Tampoco se tardaba tanto en recorrer treinta kilómetros para alguien con su forma física y si el tiempo seguía mejorando. En un día bueno, si el tiempo acompañaba, podía recorrer cien kilómetros con una mano atada a la espalda, conque treinta eran un juego de niños. También era un juego de niños sumamente necesario, así que se preparó y se dirigió a la puerta.

La llegada del policía le impidió marcharse. Era el mismo tipo de la noche anterior, el agente McNulty, y había en su cara una expresión tan lúgubre que antes de que le comunicara la noticia, Kerra supo que sería mala. Pidió ver a sus padres. Ella le dijo que era imposible.

—¿No están? —preguntó. Era una pregunta lógica.

—Oh, sí están en casa. Arriba, pero no pueden atenderle. Puede decirme a mí lo que haya venido a decirles a ellos. Han pedido que no les moleste nadie.

—Me temo que tengo que pedirle que vaya a buscarlos.

—Y yo me temo que tengo que decirle que no. Han pedido que les dejen en paz. Lo han dejado bien claro. Por fin están descansando. Estoy segura de que lo comprende. ¿Tiene hijos, agente? Porque cuando alguien pierde a un hijo se hunde, y ellos están hundidos.

Aquello no era exactamente verdad, pero la verdad no generaría compasión. La imagen de su madre y su padre haciéndoselo en el cuarto de Santo como dos adolescentes cachondos hacía que a Kerra se le revolviera el estómago. Ahora mismo no quería tener nada que ver con ellos; en especial con su padre, a quien despreciaba más y más a cada hora que pasaba. Le despreciaba desde hacía años, pero nada de lo que había hecho o no hecho hasta ahora podía compararse con lo que estaba sucediendo en estos momentos.

El agente McNulty transmitió a regañadientes la información en cuanto Alan salió del despacho de marketing, donde había estado revisando un vídeo publicitario.

—¿Qué ocurre, Kerra? ¿En qué puedo ayudarle? —dijo Alan. Sonaba firme y seguro de sí mismo, como si las últimas dieciséis horas siguieran transformándole—. Soy el prometido de Kerra —le dijo al policía—. ¿Puedo hacer algo por usted?

«¿Prometido? —pensó Kerra—. ¿Mi prometido? ¿A qué viene eso?»

Antes de que tuviera tiempo de corregirle, el poli les proporcionó la información: asesinato. Varias piezas del equipo de Santo habían sido manipuladas, la eslinga y también dos cuñas. La policía querría interrogar primero a la familia. Alan dijo lo que cabía esperar:

—¿No supondrán que alguien de la familia…? —Logró sonar perplejo e indignado a la vez.

Interrogarían a todo el mundo que conocía a Santo, les

dijo el agente McNulty. Parecía bastante emocionado al respecto y Kerra pensó que la vida de un policía de Casvelyn en temporada baja debía de ser terriblemente aburrida, porque los tres cuartos de la población del verano no estaban y los que se quedaban en el pueblo se resguardaban en sus casas de las tormentas atlánticas o sólo cometían alguna que otra infracción leve de tráfico que rompía la monotonía de la vida del agente. Habría que examinar todas las pertenencias de Santo, les comentó el policía. Se elaboraría un historial familiar y...

Kerra ya había tenido suficiente. ¿Historial familiar? Eso sí que sería esclarecedor. Un historial familiar lo mostraría todo: murciélagos en el campanario y esqueletos en el armario, personas enemistadas permanentemente y otras que siempre serían unas desconocidas.

Todo esto le dio otra razón para marcharse. Y luego vino Cadan y la conversación que tuvo con él, provocó que se sintiera culpable.

Después de hablar con el chico cogió la bici. Su padre fue a su encuentro y Alan salió tras él con una cara que decía que le había comunicado la información sobre Santo, por lo que era innecesario que articulara las palabras «lo sabe», aunque eso fue lo que hizo. Kerra quiso decirle que no tenía ningún derecho a contarle nada a su padre. Alan no era de la familia.

—¿Adónde vas? —le preguntó Ben Kerne a Kerra—. Me gustaría que te quedaras aquí. —Sonaba exhausto. También lo parecía.

¿Te la has follado otra vez?, era la contestación que Kerra deseó dar. ¿Pisó su camisón rojo, se resbaló y se dobló el dedo y tú te derretiste y no viste nada más, ni siquiera que Santo está muerto? Buena forma de olvidarte de todo durante unos minutos, ¿eh? Funciona de maravilla. Siempre ha sido así.

Pero no dijo nada de eso, aunque se moría por despellejarlo.

—Necesito dar una vuelta —dijo—. Tengo que...

—Te necesitamos aquí.

Kerra miró a Alan. Él estaba observándola. Sorprendentemente, ladeó la cabeza en dirección a la carretera para indicarle que se fuera, a pesar de los deseos de su padre. Aunque no quería, le agradecía aquella muestra de comprensión. Al menos en esto, Alan estaba totalmente de su lado.

—¿Me necesita ella para algo? —le preguntó Kerra a su padre.

Ben se giró y miró arriba, a las ventanas del piso familiar. Las cortinas del dormitorio principal bloqueaban la luz del sol. Detrás, Dellen se enfrentaba a la situación a su manera: sobre los cuerpos aplastados de sus parientes cercanos.

—Se ha vestido de negro —dijo el padre de Kerra.

—Será una decepción para muchas personas, sin duda —contestó ella.

Ben Kerne la miró con tanta angustia en los ojos que por un momento Kerra se arrepintió de sus palabras. No era culpa de su padre, pensó. Pero al mismo tiempo, había cosas que sí lo eran, entre ellas que hablaran de su madre y que, al hacerlo, se vieran reducidos a emplear una serie de palabras escogidas cuidadosamente, como semáforos que se comunicaban a distancia con un lenguaje secreto.

Kerra suspiró, era una persona agraviada que no estaba dispuesta a pedir disculpas. Que él también estuviera afligido era algo que no podía permitirse tener en cuenta.

—¿Y tú? —le preguntó a su padre.

—¿Qué?

—Si me necesitas para algo. Porque ella no, ella te querrá a ti. Y viceversa, sin duda.

Ben no respondió. Volvió a entrar en el hotel sin pronunciar palabra y al pasar rozó el hombro de Alan, que parecía intentar descifrar el sentido de la vida.

—Has sido un poco dura, Kerra. ¿No crees?

Lo último que quería ofrecerle a Alan era gratitud por la comprensión que había demostrado antes, así que agradeció la crítica.

—Si has decidido quedarte a trabajar aquí —le dijo—, tendrás que familiarizarte un poco más con la mecánica de tu empleo, ¿de acuerdo?

Igual que su padre, parecía sorprendido. Le gustó que sus palabras le hirieran.

—Ya he captado que estás enfadada —dijo Alan—. Pero lo

que no entiendo es por qué. No la parte del enfado, sino del miedo que lo alimenta. No lo comprendo. Lo he intentado, me he pasado casi toda la noche despierto, intentándolo.

—Pobrecito —dijo ella.

—Kerra, todo esto no es nada propio de ti. ¿De qué tienes miedo?

—De nada. No tengo miedo. Hablas de cosas que no entiendes.

—Pues ayúdame a entenderlas.

—No es cosa mía. Te lo desaconsejé.

—Me desaconsejaste trabajar aquí. Esto, tú, lo que te está pasando, y lo que le ha pasado a Santo, no tiene nada que ver con mi empleo.

Kerra sonrió brevemente.

—Pues quédate por aquí, entonces, y pronto descubrirás cuál es la parte esencial de tu empleo, si no lo has hecho ya. Ahora, si me disculpas, quiero salir en bici. Dudo que sigas aquí cuando regrese.

—¿Vendrás a casa esta noche?

Kerra levantó las cejas.

—Creo que eso ha terminado entre nosotros.

—¿Qué estás diciendo? Algo ha pasado desde ayer. Aparte de Santo, algo ha pasado.

—Oh, lo sé muy bien. —Se montó en la bici, puso el piñón adecuado para subir el sendero de entrada y se dirigió hacia el pueblo.

Avanzó por el extremo suroriental de St. Mevan Down, donde la hierba sin cortar se doblaba con el peso de las gotas de la lluvia y correteaban algunos perros, agradecidos por aquel descanso en la tormenta. Ella también estaba agradecida y decidió que se dirigiría vagamente hacia Polcare Cove. Se dijo que no tenía ninguna intención de ir al lugar donde había muerto Santo, pero que si acababa allí por casualidad, consideraría que era cosa del destino. No prestaría atención a la ruta, simplemente pedalearía tan deprisa como pudiera, giraría cuando le apeteciera y seguiría recto cuando quisiera.

Sin embargo, sabía que necesitaba una fuente de energía para el tipo de excursión que tenía en mente, así que cuando vio Casvelyn de Cornualles (la tienda de empanadas típicas número uno del condado) a la derecha en la esquina de Burn View Lane, se acercó allí. Era un negocio grande que suministraba empanadas por toda la costa a restaurantes, tiendas, pubs y panaderías más pequeñas que no podían elaborar las suyas propias. El local consistía en una cocina de tamaño industrial al fondo y una tienda en la parte delantera, con diez panaderos trabajando en un área y dos dependientas en la otra.

Kerra apoyó la bicicleta en el escaparate, un monumento magnífico a las empanadas, las barras de pan, las pastas y los panecillos. Entró con la decisión tomada de comprar una empanada de ternera y cerveza, que se comería mientras salía del pueblo.

En el mostrador, hizo su pedido a una chica cuyos impresionantes muslos parecían resultado de haber probado demasiados productos de la panadería. Estaba metiendo la empanada solicitada en una bolsa y cobrándola en la caja cuando apareció la otra dependienta con una hornada recién hecha para colocar en el escaparate. Cuando se cerró la puerta de la cocina, Kerra alzó la vista. En el mismo momento en que su mirada se posaba en la chica de la bandeja, la mirada de la chica se posó en Kerra. Le fallaron las piernas. Se quedó inexpresiva sosteniendo la bandeja delante de ella.

—Madlyn —dijo Kerra. Mucho después pensaría en lo estúpida que había parecido—. No sabía que trabajabas aquí.

Madlyn Angarrack fue a una de las vitrinas, la abrió y colocó las empanadas recién hechas de la bandeja que tenía en la mano.

—¿De qué es, Shar? —preguntó a la otra chica, que estaba metiendo en una bolsa la compra de Kerra. Su voz era seca.

—De ternera y cerveza —contestó Kerra. Y luego dijo—: Madlyn, le he preguntado a Cadan por ti no hará ni veinte minutos. ¿Cuánto tiempo llevas...?

—Dale una de éstas, Shar. Están recién hechas.

Shar miró a Madlyn y luego a Kerra, como si estuviera interpretando la tensión del ambiente y se preguntara de qué dirección provenía. Pero hizo lo que le habían dicho.

Kerra llevó su empanada hacia donde Madlyn estaba colocando las bandejas ordenadamente.

—¿Cuándo empezaste a trabajar aquí?

Madlyn la miró.

—¿Por qué quieres saberlo? —Cerró la puerta de la vitrina con un gesto decidido—. ¿Acaso te importa por algo?

Utilizó el dorso de la muñeca para apartarse un mechón de pelo de la cara. Lo tenía corto, bastante oscuro y rizado. En esta época del año, no tenía el color cobrizo que el sol le daba en verano. Kerra pensó en lo muchísimo que se parecía a su hermano Cadan: el mismo color de pelo, abundante y rizado; la misma piel olivácea; los mismos ojos oscuros; la misma forma de la cara. Los Angarrack eran, por lo tanto, totalmente distintos a los hermanos Kerne. Físicamente, así como en cualquier otro aspecto, Kerra y Santo no se parecían en nada.

Pensar de repente en Santo hizo que Kerra parpadeara con fuerza. No le quería allí: ni en su mente ni, definitivamente, cerca de su corazón. Madlyn pareció tomarse aquel gesto como una reacción a su pregunta y a su tono hostil porque prosiguió diciendo:

—Me he enterado de lo de Santo. Siento que se cayera.

Sin embargo, pareció una mera formalidad, una obligación escenificada. Por eso, Kerra dijo más bruscamente de lo que habría hecho:

—No se cayó. Lo asesinaron. La policía ha venido a decírmelo hace un rato. Al principio no lo sabían, cuando lo encontraron. No podían saberlo.

Madlyn abrió la boca como si fuera a hablar, sus labios formaron claramente la primera parte de la palabra «asesinaron», pero no la pronunció, sino que dijo:

—¿Por qué?

—Porque primero tenían que examinar su equipo de escalada, ¿sabes? Con microscopios o lo que sea que utilicen. Supongo que podrás imaginarte el resto.

—¿Por qué mataría alguien a Santo, quiero decir?

—Me resulta difícil creer que precisamente tú hagas esa pregunta.

—¿Estás diciendo…? —Madlyn sostuvo la bandeja vacía en vertical, apoyándola en su cadera—. Teníamos una amistad, Kerra.

—Creo que lo vuestro era mucho más que amistad.

—No hablo de Santo. Hablo de ti y de mí. Éramos amigas, muy amigas. Mejores amigas, podría decirse. ¿Cómo puedes pensar que yo...?

—Pusiste fin a nuestra amistad.

—Empecé a salir con tu hermano. Es lo único que hice. Punto.

—Sí, bueno.

—Y tú lo definiste todo a partir de eso. «Nadie sale con mi hermano y sigue siendo amiga mía», ésa fue tu postura, pero ni siquiera me lo dijiste, ¿verdad? Simplemente cortaste conmigo con tus tijeras oxidadas y eso fue todo. Pones fin a la amistad cuando alguien hace algo que no quieres que haga.

—Fue por tu bien.

—¿En serio? ¿El qué? ¿Separarme de alguien... separarme de una hermana? Porque eso eras tú para mí, ¿sabes? Una hermana.

—Podrías haber...

Kerra no supo cómo continuar. Tampoco entendía cómo habían llegado a esto. Había querido hablar con Madlyn, era verdad. Por eso acudió a Cadan para preguntarle por su hermana, pero la conversación que había mantenido en su cabeza con Madlyn Angarrack no se parecía a la que estaba manteniendo ahora. Aquella charla mental no se producía en presencia de otra dependienta que atendía su coloquio con la clase de interés rabioso que precede a una pelea de chicas en un colegio de secundaria.

—No digas que no te avisé —dijo Kerra en voz baja.

—¿De qué?

—De cómo lo pasarías si tú y mi hermano... —Kerra miró a Shar. Había un brillo en sus ojos que resultaba desconcertante—. Ya sabes a qué me refiero. Ya te dije cómo era.

—Pero lo que no me dijiste fue cómo eras tú. Cómo eres: mezquina y vengativa. Mírate, Kerra. ¿Acaso has llorado? Tu hermano ha muerto y aquí estás, perfectamente bien, paseándote en tu bici sin una preocupación en el mundo.

—Tú también pareces llevarlo bien —señaló Kerra.

—Al menos yo no quería que muriera.

—¿No? ¿Por qué trabajas aquí? ¿Qué ha pasado con la granja?

—Lo dejé. ¿De acuerdo? —Se había puesto roja. Había llegado a asir con tanta fuerza la bandeja que los nudillos se le pusieron blancos mientras seguía hablando—. ¿Ya estás contenta, Kerra? ¿Ya has descubierto lo que querías saber? Averigüé la verdad. ¿Y quieres saber cómo lo conseguí? Me dijo que siempre había sido sincero conmigo, naturalmente, pero en realidad… Oh, lárgate de aquí. Pírate. —Levantó la bandeja como si fuera a lanzársela.

—Eh, Mad… —dijo Shar con inquietud.

Sin duda, pensó Kerra, esa chica nunca había visto la cólera que era capaz de sentir Madlyn Angarrack. Sin duda, Shar nunca había abierto un paquete postal y descubierto dentro fotografías de ella con la cabeza rapada y los ojos agujereados por la mina de un lápiz, notas manuscritas y dos tarjetas de cumpleaños guardadas en su día, pero ahora manchadas de excrementos, un artículo de periódico sobre la jefa de instructores de Adventures Unlimited con las palabras «imbécil» y «mierda» escritas en rojo. No había remitente, pero no hacía falta. Ni tampoco ningún otro tipo de mensaje, cuando las intenciones de quien lo enviaba quedaban tan claramente ilustradas con el contenido del sobre en el que venían.

Esta cualidad de su ex amiga constituía otra razón por la que Kerra había querido hablar con Madlyn Angarrack. Tal vez Kerra odiara a su hermano, pero también le quería. No era la fuerza de la sangre, pero seguía siendo y siempre sería una cuestión de sangre.

Capítulo 8

—Sé que no es buen momento para hablarlo —dijo Alan Cheston—. No habrá un buen momento para hablar de nada durante un tiempo y creo que los dos lo sabemos. Pero la cuestión es... Estos chicos tienen que cumplir con unos plazos y, si vamos a comprometernos, debemos hacérselo saber o perderemos terreno.

Ben Kerne asintió como atontado. No se imaginaba conversando racionalmente sobre ningún tema, menos aún sobre negocios. Lo único que podía imaginar era caminar de nuevo por los pasillos del hotel de la Colina del Rey Jorge, con un hombro contra la pared y la cabeza agachada examinando el suelo. Iba por un pasillo y volvía por otro, cruzaba una puerta cortafuegos y subía las escaleras para atravesar otro pasillo. Seguía y seguía, como un espectro, hasta el infinito. De vez en cuando pensaba en el dinero que se habían gastado para reformar el hotel y se preguntaba qué propósito tenía continuar gastando más. Se preguntaba qué objeto tenía cualquier cosa en ese momento y luego intentaba dejar de pensar.

Eso fue la noche anterior. Dellen tenía pastillas, pero no quiso tomarlas.

Miró a Alan. Lo vio como a través de una niebla, como si tuviera un velo entre los ojos y el cerebro. Intuía al joven, pero carecía de la capacidad necesaria para procesar lo que veía. Así que dijo:

—Adelante. Lo entiendo. —Aunque no quería hacer lo primero y no era verdad lo segundo.

Estaban en el despacho de marketing, una antigua sala de conferencias pequeña que daba a lo que antes era la recepción.

En la época en la que el hotel estaba abierto, seguramente se empleaba para reuniones de personal. En la pared todavía había colgada una pizarra vieja manchada con letras fantasmagóricas, sin duda obra de un director que llamaba a sus tropas a la acción, a juzgar por el excesivo subrayado. Debajo de esta superficie para escribir y rodeando la habitación, el revestimiento de las paredes tenía agujeros y, arriba, el papel descolorido mostraba escenas de caza. Los Kerne habían decidido dejarlo todo como estaba cuando compraron el hotel. No lo vería nadie excepto ellos, decidieron, y podían invertir el dinero más provechosamente en otra parte.

Y ése era el objetivo de la reunión con Alan. Ben atendió a lo que estaba diciéndole el joven y escuchó:

—... debemos plantearnos el coste como una inversión para obtener resultados. Además, es un gasto único, pero no se trata de un producto de un uso único, así que amortizaríamos lo que gastáramos produciéndolo. Si tenemos cuidado y evitamos una imagen que quede anticuada, nos irá bien. Ya sabes a qué me refiero: no sacar planos de coches, eludir lugares que puedan resultar anacrónicos dentro de cinco años y utilizar sitios que tengan historia, cosas de ese estilo. Mira. Esta muestra llegó el otro día. Ya se la he enseñado a Dellen, pero seguramente... Bueno, seguramente no te lo habrá mencionado, y es comprensible.

Alan se levantó de la mesa de reuniones —un mueble de pino lleno de marcas y rayones con innumerables quemaduras de cigarrillos olvidados— y se acercó al vídeo. Mientras hablaba se había puesto colorado de un modo febril y Ben especuló, no por primera vez, sobre la relación de su hija con este hombre. Creía saber la razón que escondía la decisión de Kerra de elegir a Alan y estaba bastante seguro de que se equivocaba con él en más de un sentido.

Él y Alan mantenían su reunión habitual sobre estrategias de mercado. Ben no había tenido la voluntad necesaria para cancelarla. Ahora estaba sentado en silencio, planteándose cuál de los dos era el cabrón con menos corazón: Alan por seguir adelante como si aparentemente no hubiera ocurrido nada o él por estar presente. Dellen debía acudir, ya que también trabajaba en el departamento de marketing, pero no se había levantado de la cama.

En la pantalla comenzó una película promocional. Mostraba un centro turístico en las islas Sorlingas: un hotel y un balneario de lujo con campo de golf. No atraería al mismo tipo de clientela que Adventures Unlimited, pero Alan no se lo enseñaba por eso.

Una voz en *off* melosa hacía los comentarios, un discurso para el centro turístico. Mientras la voz recitaba el panegírico esperado, la película que la acompañaba mostraba imágenes del hotel sobre arenas blancas, clientes del balneario disfrutando de los cuidados de masajistas ágiles y bronceados, golfistas golpeando pelotas, gente cenando en las terrazas y en habitaciones iluminadas con velas. Era el tipo de película que se mostraba a las agencias de viajes. Ellos también podían hacerlo, pero con una base de intereses mucho más amplia. Esto, por lo tanto, era lo que Alan quería: el permiso de Ben para buscar otra forma más de vender Adventures Unlimited.

—Como ya he mencionado, están entrando reservas —dijo Alan en cuanto terminó la película—, y es genial, Ben. Ese artículo que publicaron sobre ti en el *Mail on Sunday* y lo que estás haciendo con este lugar ha sido un vehículo de promoción sumamente útil. Pero ha llegado el momento de examinar el potencial para un mercado mayor —contó con los dedos—: Familias con niños de seis a dieciséis años, colegios privados que programen cursos de madurez de una semana para sus alumnos, solteros que busquen encontrar el amor de su vida, viajeros maduros en buena forma física que no quieran pasar sus años dorados meciéndose en alguna terraza. Luego están los programas de rehabilitación, programas de excarcelación anticipada para jóvenes delincuentes, programas para jóvenes de zonas deprimidas. Ahí fuera hay un mercado enorme y quiero que le saquemos provecho.

A Alan se le había iluminado el rostro, tenía las orejas coloradas y los ojos centelleantes. «Entusiasmo y esperanza», pensó Ben. Eso o los nervios.

—Tienes grandes planes —le dijo a Alan.

—Espero que me contrataras por eso. Lo que tienes aquí,

Ben... Este lugar, su ubicación, tus ideas... Invirtiendo en áreas con posibilidades de generar beneficios, estás ante la gallina de los huevos de oro. Te lo juro.

Entonces Alan pareció examinarle, igual que Ben había hecho con Alan. Sacó la cinta del vídeo, se la entregó y puso una mano en el hombro de Ben momentáneamente.

—Vuelve a verla con Dellen cuando os sintáis capaces —dijo—. No hay que tomar una decisión hoy, pero... hay que hacerlo pronto, eso sí.

Ben cerró los dedos en torno a la caja de plástico. Notó las pequeñas marcas contra su piel.

—Estás haciendo un buen trabajo. Organizar el artículo del *Mail on Sunday* fue una idea brillante...

—Quería que vieras lo que podía hacer —le dijo Alan—. Te agradezco que me contrataras, si no seguramente me habría visto obligado a vivir en Truro o Exeter y no me habría gustado demasiado.

—Pero son sitios mucho mayores que Casvelyn.

—Demasiado grandes para mí si Kerra no está. —Alan soltó una carcajada que sonó nerviosa—. Ella no quería que formara parte de la plantilla, ¿sabes? Dijo que no funcionaría, pero mi intención es demostrarle que se equivoca. Este lugar... —Y extendió los brazos para abarcar todo el hotel—. Este lugar me llena de ideas. Lo único que necesito es alguien que las escuche y dé su aprobación cuando llegue el momento. ¿Has pensado en todos los usos que podemos darle al hotel en temporada baja? Hay sitio para conferencias y, adaptando un poquito la película promocional...

Ben desconectó, no porque no estuviera interesado, sino por el doloroso contraste que presentaba Alan Cheston respecto a Santo. Ahí estaba el celo que Ben había esperado que tuviera su hijo: alguien que abrazara con entusiasmo lo que se habría convertido en la herencia de Santo y de su hermana. Pero el chico no veía las cosas de ese modo. Anhelaba vivir la vida en lugar de construirse una vida. En eso diferían él y su padre. Cierto que sólo tenía dieciocho años y que quizá con la madurez habrían llegado el interés y el compromiso. Pero si el pasado era el mejor indicador del futuro, ¿no era razonable pensar que Santo habría continuado involucrándose en esas cuestiones que ya habían comenzado a definirle como hombre? El encanto y la búsqueda, el encanto y el placer, el encanto y el entusiasmo por lo que el entusiasmo podía conseguirle y no por lo que podía producir.

Ben se preguntó si Alan había visto todo esto cuando le había pedido trabajo en Adventures Unlimited. Porque Alan conocía a Santo, había hablado con él, lo había visto, lo había observado. Por lo tanto, sabía que existía un vacío. Había evaluado ese vacío y había considerado que él era el hombre que debía llenarlo.

—Así que si combinamos nuestros activos y presentamos un plan al banco… —estaba diciendo Alan cuando Ben le interrumpió, después de que la palabra «nuestros» penetrara en sus pensamientos como un golpeteo brusco en la puerta de su conciencia.

—¿Sabes dónde tenía Santo su material de escalada, Alan?

La verborrea de Alan terminó de repente. Miró a Ben con evidente confusión. ¿Era fingida, no era fingida? Ben no sabría decir.

—¿Qué? —espetó Alan. Y cuando Ben repitió la pregunta, pareció pensar su respuesta antes de darla—. Supongo que lo tenía en su cuarto, ¿no? ¿O quizá guardado con el tuyo?

—¿Sabes dónde está el mío?

—¿Por qué iba a saberlo? —Alan comenzó a guardar el aparato de vídeo. Un silencio flotó entre ellos. Un coche se detuvo fuera y Alan se acercó a la ventana mientras decía—: A menos… —Pero su respuesta se perdió cuando dos puertas se cerraron con fuerza al otro lado—. La policía. Otra vez ese agente, el que ha venido antes. Esta vez le acompaña una mujer.

Ben salió de la sala de reuniones de inmediato y fue al vestíbulo mientras la puerta principal se abría y el agente McNulty entraba. Lo precedía una mujer de aspecto duro con el pelo a lo Sid Vicious teñido de un color rojo que rayaba el violeta. No era joven, pero no era vieja. Lo miró fijamente, pero no sin compasión.

—¿El señor Kerne? —preguntó, y procedió a presentarse como la inspectora Hannaford. Estaba allí para interrogar a la familia, le dijo.

—¿A toda la familia? —quiso saber Ben—. Mi esposa está en la cama y mi hija ha salido en bici. —Tuvo la sensación de que aquella información hacía que Kerra pareciera no tener corazón, así que añadió—: Es el estrés. Cuando siente presión, necesita una vía de escape. —Y entonces tuvo la sensación de haber dicho demasiado.

—Hablaremos con su hija más tarde. Mientras tanto, esperaremos a que despierte a su mujer. Son cuestiones preliminares. No les robaremos demasiado tiempo, por ahora.

«Por ahora» significaba que habría un después. Con la policía, por lo general, era más importante lo que se insinuaba que lo que se decía.

—¿En qué punto de la investigación están? —preguntó.

—Éste es el primer paso, señor Kerne, aparte de las pruebas forenses. Están empezando con las huellas: su equipo, su coche, el contenido de su coche. Trabajarán a partir de ahí. Tendremos que tomarles las huellas —dijo con un gesto que abarcó el hotel y obviamente se refería a todo el mundo que estaba allí—. Pero de momento, sólo son preguntas. Así que si puede ir a buscar a su mujer...

No le quedó más remedio que hacer lo que le pedía. Si no, habría parecido que no quería colaborar, así que no importaba en qué estado se encontrara Dellen.

Ben fue por las escaleras en lugar de coger el ascensor. Quería emplear la subida para pensar. Había muchas cosas que no quería que la policía supiera, temas tanto enterrados como privados.

En su dormitorio, Ben llamó a la puerta con suavidad, pero no esperó a oír la voz de su mujer. Entró en la oscuridad y avanzó hacia la cama, donde encendió una lámpara. Dellen estaba tumbada tal como la había dejado la última vez que la había visto: boca arriba, con un brazo doblado sobre los ojos. A su lado, en la mesita de noche, había dos frascos de pastillas y un vaso de agua. El borde del vaso estaba manchado con una media luna de pintalabios rojo.

Ben se sentó en el borde de la cama, pero ella no cambió de posición, aunque sus labios se movieron convulsivamente, así que supo que no estaba dormida.

—Ha venido la policía —dijo—. Quieren hablar con nosotros. Tendrás que bajar.

Movió la cabeza levemente.

—No puedo.

—Tienes que hacerlo.

—No puedo dejar que me vean así. Ya lo sabes.

—Dellen…

Ella bajó el brazo. Entrecerró los ojos por culpa de la luz y volvió la cabeza lejos de la lámpara y de él.

—No puedo y lo sabes —repitió—. A menos que quieras que me vean así. ¿Es lo que quieres?

—¿Cómo puedes decir eso, Dell? —Ben le puso la mano sobre el hombro. Notó la tensión que recorrió su cuerpo en respuesta.

—A menos —giró la cabeza hacia él— que quieras que me vean así. Porque los dos sabemos que me prefieres de esta manera, ¿verdad? Me quieres así. Casi podría pensar que organizaste la muerte de Santo sólo para hacerme esto. Te resulta muy útil, ¿no?

Ben se levantó bruscamente y se dio la vuelta para que no pudiera verle la cara.

—Lo siento —dijo enseguida—. Oh, Dios mío, Ben. No sé lo que me digo. ¿Por qué no me dejas? Sé que quieres hacerlo, siempre lo has querido. Llevas nuestro matrimonio como una losa. ¿Por qué?

—Por favor, Dell —dijo él. Pero no sabía qué estaba pidiéndole. Se secó la nariz con la manga de la camisa y regresó con ella—. Déjame ayudarte. No van a marcharse hasta que hablen con nosotros.

No añadió lo que también podría haberle dicho: que era probable que la policía volviera más tarde para hablar con Kerra y que también podrían hablar con Dellen entonces. No podía permitir que eso ocurriera, determinó. Necesitaba estar presente cuando hablaran con su mujer y si los investigadores volvían más tarde, siempre existía la posibilidad de que encontraran a Dellen sola.

Se acercó al armario y sacó ropa para ella. Pantalones negros, jersey negro, sandalias negras para sus pies. Eligió la ropa interior y lo llevó todo a la cama.

—Déjame ayudarte —dijo.

Había sido el imperativo de los años que llevaban juntos. Vivía para servirla. Ella vivía para que la sirvieran.

Retiró las mantas y la sábana de su cuerpo. Debajo, Dellen estaba desnuda y olía mal, y la miró sin sentir ningún deseo. Sin las formas de la niña de quince años con quien había retozado en la hierba entre las dunas, su cuerpo expresaba el odio que su voz no podía pronunciar. Estaba llena de marcas y estirada, teñida y pintada. Era apenas real y, simultáneamente, demasiado corpórea. Era el pasado —confusión y distanciamiento— hecho carne.

Pasó el brazo por debajo de sus hombros y la levantó. Había empezado a llorar. Era un llanto silencioso, horrible de contemplar. Le ensanchaba la boca, le enrojecía la nariz, le empequeñecía los ojos.

—¿Quieres hacerlo? Pues hazlo. No voy a retenerte. Nunca te he retenido.

—Shhh. Ponte esto —murmuró Ben, y le pasó los brazos por las tiras del sujetador. Dellen no le ayudó en nada, a pesar

de sus palabras de ánimo. Se vio obligado a coger sus enormes pechos en sus manos y encajarlos en el sostén antes de abrocharlo por detrás. Así la vistió, y cuando le hubo puesto la ropa, la instó a levantarse y por fin cobró vida.

—No puedo dejar que me vean así —dijo, pero esta vez su tono era distinto. Fue al tocador y de entre el revoltijo de cosméticos y bisutería sacó un cepillo, que pasó con fuerza por su larga melena rubia para desenredarla y se la recogió en un moño aceptable. Encendió una pequeña lámpara de latón que Ben le había regalado hacía tiempo por Navidad y se inclinó sobre el espejo para examinarse la cara. Se aplicó colorete y un poco de rímel y luego rebuscó entre las barras de labios hasta que encontró la que quería y se los pintó.

—De acuerdo —dijo, y se volvió hacia él.

Vestía de negro de los pies a la cabeza, pero sus labios estaban rojos. Rojos como una rosa. Rojos como la sangre.

Mientras llevaba a cabo los preliminares de la investigación con la ayuda del agente McNulty y el sargento Collins, Bea

Hannaford pronto descubrió que, sin ningún género de dudas, tenía como asistentes a los equivalentes policiales de Stan Laurel y Oliver Hardy. Se percató de ello de repente, cuando el agente McNulty le comunicó —con una expresión lacrimógena apropiada en su cara— que había informado a la familia de que la muerte de Santo seguramente era un asesinato. Aunque en sí mismo aquello no podía considerarse un trabajo policial execrable, no cabía la menor duda de que haber compartido alegremente con los Kerne los hechos sobre el equipo de escalada del chico muerto sí lo era.

Bea se había quedado mirando a McNulty, con incredulidad al principio. Luego comprendió que no era que se hubiera expresado mal, sino que realmente había revelado detalles vitales de una investigación policial a personas que podían ser sospechosas. Primero explotó, luego quiso estrangularle.

—¿Qué hace usted exactamente todo el día, pelársela en los baños públicos? —le preguntó después en tono desagradable—. Porque, señor mío, es usted el agente de policía más penoso que he tenido ocasión de conocer. ¿Es consciente de que ya no tenemos nada que sólo sepamos nosotros y el asesino? ¿Comprende en qué situación nos deja eso?

Después le dijo que la acompañara y mantuviera la boca cerrada hasta que ella le diera permiso para hablar.

Al menos en eso el policía sí mostró tener sentido común. Desde el momento en que llegaron al hotel de la Colina del Rey Jorge —una muestra ruinosa de art déco que, en opinión de Bea, había que derruir—, el agente McNulty no articuló palabra alguna. Incluso tomó notas y no levantó la cabeza ni una sola vez de su libreta mientras ella hablaba con Alan Cheston y aguardaban a que Ben Kerne regresara acompañado de su esposa.

Cheston no escatimó en detalles: tenía veinticinco años, supuestamente era el compañero de la hija de los Kerne, había crecido en Cambridge y era el único hijo de una física («mi madre», explicó con orgullo) y un bibliotecario de la universidad («mi padre», añadió otra vez innecesariamente), ambos jubilados. Había estudiado en Trinity Hall, ido a la facultad de Económicas de Londres y trabajado en el departamento de marketing de una empresa de reurbanización de Birmingham hasta que sus padres se retiraron a Casvelyn, momento en que se trasladó a Cornualles para estar cerca de ellos en sus últimos años. Era propietario de una casa adosada en Lansdown Road que estaba reformando, para adecuarla a la mujer y la familia que esperaba tener, así que mientras tanto vivía en un estudio al final de Breakwater Road.

—Bueno, no es exactamente un estudio —añadió después de ver que el agente McNulty garabateaba laboriosamente por un momento—. Es más bien una habitación en esa casa que hay al final de la calle, la mansión rosa enfrente del canal. Puedo utilizar la cocina y... bueno, la propietaria es bastante liberal en cuanto al uso del resto de la casa.

Con aquello, Bea supuso que se refería a que la propietaria tenía ideas modernas. Con aquello, Bea supuso que se refería a que él y la hija de Kerne follaban allí impunemente.

—Kerra y yo tenemos intención de casarnos —añadió, como si aquel detalle sutil pudiera calmar las aguas turbulentas de lo que había interpretado erróneamente como preocupación en el rostro de Bea por la virtud de la joven.

—Ah, qué bien. ¿Y Santo? —le preguntó—. ¿Qué clase de relación tenía usted con él?

—Era un chaval estupendo —fue la contestación de Alan—. Era difícil que no te cayera bien. No era un gran intelectual, entiéndame, pero desprendía felicidad, jovialidad. La contagiaba y, por lo que pude ver, a la gente le gustaba estar con él. A la gente en general.

«Alegría de vivir», pensó Bea. Insistió.

—¿Y qué me dice de usted? ¿Le gustaba estar con él?

—No pasábamos demasiado tiempo juntos. Soy el novio de Kerra, así que Santo y yo... Éramos más como parientes políticos, supongo. Teníamos un trato agradable y cordial cuando hablábamos, pero nada más. No compartíamos los mismos intereses. Él era muy físico. Yo soy más... ¿cerebral?

—Lo que le convierte a usted en una persona más adecuada para llevar un negocio, supongo —señaló Bea.

—Sí, por supuesto.

—Como este negocio, por ejemplo.

El joven no era idiota. Él, a diferencia de los Stan y Oliver con los que tenía que cargar, no confundía la gimnasia con la magnesia, pasara lo que pasase.

—En realidad, Santo se sintió un poco aliviado cuando supo que yo iba a trabajar aquí —dijo—. Le quitó de encima una presión que no deseaba.

—¿Qué clase de presión?

—Tenía que trabajar con su madre en esta área del negocio y no quería. Al menos eso es lo que me indujo a creer. Me dijo que no era la persona adecuada para esta parte de la operación.

—Pero a usted no le importa trabajar en esta área, trabajar con ella.

—En absoluto.

Cuando respondió, mantuvo los ojos bien clavados en los de Bea y todo el cuerpo inmóvil. Sólo aquello provocó que se preguntara por la naturaleza de su mentira.

—Me gustaría ver el material de escalada de Santo, si me enseña dónde puedo encontrarlo, señor Cheston —dijo la inspectora.

—Lo siento, pero lo cierto es que no sé dónde lo guardaba.

También debía preguntarse sobre aquello. Había contestado con bastante rapidez, como si esperara que le formulara la pregunta.

—Aquí llega Ben con Dellen —dijo al oír el sonido del viejo ascensor cuando Bea estaba a punto de insistir en este tema.

—Volveremos a hablar, seguramente.

—Por supuesto. Cuando usted quiera.

Alan regresó a su despacho antes de que el ascensor llegara a la planta baja y expulsara a los Kerne. Ben salió primero y alargó la mano para ayudar a su mujer. Ella emergió despacio, parecía más bien una sonámbula. «Pastillas», pensó Bea. Estaría sedada, algo esperable en la madre de un chico muerto.

Sin embargo, lo que no era esperable era su aspecto. El término cortés para describirlo sería «belleza ajada». Tendría unos cuarenta y cinco años y sufría la maldición de la mujer voluptuosa: las curvas seductoras de su juventud habían dado paso en la edad madura a la redondez y la caída de las carnes. También había sido fumadora y tal vez todavía lo fuera, porque tenía la piel muy arrugada alrededor de los ojos y agrietada en torno a los labios. No estaba gorda, pero no tenía el cuerpo tonificado de su marido. «Demasiado poco ejercicio y demasiados caprichos», concluyó Bea.

Y, sin embargo, la mujer tenía algo: pedicura en los pies, manicura en las manos, melena rubia espléndida con un brillo agradable, grandes ojos violeta con pestañas negras y gruesas y una forma de moverse que pedía ayuda. Los trovadores la habrían llamado damisela. Bea la llamó «mujer problemática» y esperó a averiguar por qué.

—Señora Kerne, gracias por atendernos. —Y luego le dijo a Ben—: ¿Podríamos hablar en algún sitio? No debería llevarnos demasiado tiempo.

La última frase era típica casuística policial. Bea tardaría lo que tuviera que tardar hasta quedarse satisfecha. Ben Kerne dijo que podían subir al primer piso del hotel. Allí se encontraba el salón de los huéspedes. Estarían cómodos.

Lo estuvieron. La habitación daba a la playa de St. Mevan y estaba amueblada con sofás nuevos y resistentes de felpa, un televisor de pantalla grande, un reproductor de DVD, un equipo de música, un billar y una cocina. Este último espacio tenía artículos para preparar té y una reluciente cafetera de acero inoxidable para *cappuccinos*. Las paredes exhibían pósters antiguos de escenas deportivas de las décadas de 1920 y 1930: esquiadores, excursionistas, ciclistas, nadadores y tenistas. Estaba bien pensado y era muy bonito. Habían invertido una buena suma en este espacio.

Bea se preguntó de dónde habría salido el dinero para un proyecto como aquél y no se lo pensó dos veces antes de preguntar. En lugar de una respuesta, sin embargo, Ben Kerne preguntó si los policías querían un *cappuccino*. Bea rechazó el ofrecimiento para ambos antes de que el agente McNulty —que había levantado la cabeza de su libreta con un entusiasmo que a la inspectora le pareció precipitado— pudiera aceptarlo. Kerne se acercó a la cafetera de todos modos, y dijo:

—Si no les importa... —Procedió a preparar un brebaje de algún tipo que colocó en las manos de su esposa. Ella lo cogió sin entusiasmo. Él le pidió que tomara un poco, parecía preocupado. Dellen dijo que no quería, pero Ben fue tenaz—. Tienes que bebértelo —le dijo.

Se miraron y parecieron enzarzarse en una batalla de voluntades. Dellen parpadeó, se llevó la taza a los labios y no la bajó hasta que apuró el contenido, dejando una inquietante mancha roja allí donde sus labios habían tocado la cerámica.

Bea les preguntó cuánto tiempo llevaban viviendo en Casvelyn y Ben contestó que habían llegado hacía dos años. Antes vivían en Truro, tenían dos tiendas de deportes en esa ciudad y las había vendido —junto con la casa familiar— para financiar parcialmente el proyecto de Adventures Unlimited. El resto del dinero procedía del banco, naturalmente. Nadie se embarcaba en una empresa como ésa sin contar con más de una fuente de financiación. Tenían previsto abrir a mediados de junio, pero ahora... No lo sabía.

Bea dejó pasar ese comentario por el momento.

—¿Se crio en Truro, señor Kerne? ¿Usted y su mujer fueron novios desde la infancia?

Ben dudó al oír aquello, por alguna razón. Miró a Dellen como si se planteara cuál era la mejor manera de articular su respuesta. Bea se preguntó qué era lo que provocaba aquella pausa: haberse criado en Truro o haber sido novios desde la infancia.

—En Truro no —contestó por fin—. Pero en cuanto a lo de novios desde la infancia... —Volvió a mirar a su mujer y no había ninguna duda de que su expresión era de cariño—. Llevamos juntos más o menos desde que éramos adolescentes: desde los quince o los dieciséis años, ¿verdad, Dell? —No esperó a que su mujer respondiera—. Pero éramos como la mayoría de los chicos: salíamos y rompíamos, nos perdonábamos y volvíamos a estar juntos. Lo hicimos durante seis o siete años antes de casarnos, ¿verdad, Dell?

—No lo sé —dijo Dellen—. He olvidado todo eso.

Tenía la voz ronca, la voz de una fumadora. Le quedaba bien. Cualquier otra clase de voz habría resultado absolutamente atípica en ella.

—¿En serio? —Ben se volvió hacia ella—. El drama de nuestra adolescencia parecía no acabar nunca. Como sucede cuando alguien te importa.

—¿Qué clase de drama? —preguntó Bea mientras a su lado el agente McNulty seguía garabateando gratamente en su libreta.

—Me acostaba con otros —dijo Dellen sin rodeos.

—Dell…

—Seguramente lo averiguará, así que mejor se lo decimos nosotros —dijo Dellen—. Yo era la puta del pueblo, inspectora. —Luego le dijo a su marido—: ¿Puedes prepararme otro café, Ben? Más caliente, por favor. El anterior estaba bastante tibio.

Mientras su mujer hablaba, el rostro de Ben se volvió pétreo. Tras un segundo de duda, se levantó del sofá donde se había sentado junto a su esposa y se acercó de nuevo a la cafetera. Bea dejó que el silencio se prolongara y cuando el agente McNulty se aclaró la garganta como si fuera a hablar, le dio un golpe en el pie para que siguiera callado. Le gustaba que hubiera tensión durante un interrogatorio, en especial si uno de los sospechosos se la proporcionaba al otro sin querer.

Dellen volvió a hablar al fin, pero miró a Ben, como si lo que decía encerrara un mensaje oculto para él.

—Vivíamos en la costa, Ben y yo, pero no en un lugar como Newquay, donde al menos hay algunos entretenimientos. Éramos de un pueblo donde no había nada que hacer aparte de ir a la playa en verano y practicar sexo en invierno. Y a veces también practicar sexo en verano, si hacía mal tiempo para ir a la playa. Íbamos en pandilla, un grupo de chicos y chicas, y nos liábamos entre nosotros. Salíamos con uno un tiempo, luego con otro unos días. Hasta que nos fuimos a Truro. Ben se marchó primero y yo, chica lista, le seguí al instante. Y aquello marcó la diferencia. Las cosas cambiaron para nosotros en Truro.

Ben regresó con la bebida. También llevaba un paquete de cigarrillos que había cogido de algún sitio de la cocina. Le encendió uno y se lo dio. Se sentó a su lado, bastante cerca.

Dellen apuró el segundo café prácticamente como el primero, como si tuviera la boca de amianto. Cogió el cigarrillo, dio una calada experta e hizo lo que Bea siempre había pensado que era una doble inhalación: se tragó el humo, dejó escapar un poco y volvió a tragárselo todo. Dellen Kerne hizo que el acto pareciera único. Bea intentó examinar detenidamente a la mujer. Le temblaban las manos.

—¿Las luces de la gran ciudad? —les preguntó a los Kerne—. ¿Fue eso lo que les llevó a Truro?

—No exactamente —dijo Dellen—. Ben tenía un tío que le acogió cuando tenía dieciocho años. Siempre estaba peleándose con su padre por mí. Papá (el de Ben, no el mío) creía que si conseguía que su hijo se fuera del pueblo también le separaría de mí. O a mí de él. No pensó que yo le seguiría. ¿Verdad, Ben?

Ben puso la mano sobre la de ella. Estaba hablando demasiado y todos lo sabían, pero sólo Ben y su mujer sabían por qué lo hacía. Bea se preguntó qué tenía que ver todo aquello con Santo mientras Ben se esforzaba por tomar el control de la conversación.

—No reinventes la historia. La verdad —y eso se lo dijo directamente a Bea— es que mi padre y yo nunca nos llevamos bien. Su sueño era vivir de la tierra y después de dieciocho años yo ya tuve suficiente. Arreglé las cosas para irme a vivir con mi tío y me marché a Truro. Dellen me siguió al cabo de... No sé... ¿Cuánto tiempo? ¿Ocho meses?

—Parecieron ocho siglos —dijo Dellen—. Mi castigo era saber apreciar algo bueno cuando lo veía, y que todavía lo sé apreciar. —Mantuvo la mirada fija en Ben Kerne mientras le decía a Bea—: Tengo un marido maravilloso cuya paciencia he puesto a prueba durante muchos años, inspectora Hannaford. ¿Puedo tomar otro café, Ben?

—¿Estás segura de que es sensato?

—Pero más caliente, por favor. Creo que esa máquina no funciona muy bien.

Bea pensó que ése era el tema: el café y lo que el café representaba. Ella no lo había querido y él había insistido. El café como metáfora; Dellen Kerne estaba restregándoselo por la cara.

—Me gustaría ver el cuarto de su hijo, si puedo —dijo la inspectora—. En cuanto se termine el café, naturalmente.

Daidre Trahair caminaba hacia Polcare Cove por la cima del acantilado cuando le vio. Soplaba un viento fresco y acababa de pararse para volver a atarse el pelo con el pasador de concha. Había logrado recogérselo casi todo y se había puesto el resto detrás de las orejas, y ahí estaba él, tal vez a unos cien metros al sur de donde se encontraba ella. Era obvio que acababa de subir de la cala, así que lo primero que pensó fue que había empezado a caminar otra vez, reanudando su marcha, después de que la inspectora Hannaford lo liberara de toda sospecha. Concluyó que era bastante razonable: en cuanto había dicho que era de New Scotland Yard seguramente había quedado absuelto. Ojalá ella hubiera sido la mitad de lista...

Pero debía ser sincera, al menos consigo misma. Thomas Lynley no les había contado que era de New Scotland Yard. Era algo que los otros dos supusieron anoche en cuanto dijo cómo se llamaba.

Él dijo: «Thomas Lynley». Y uno de ellos, no recordaba cuál, preguntó «¿de New Scotland Yard?» de un modo que pareció decirlo todo. Thomas contestó algo para señalarles que su suposición era correcta y eso fue todo.

Ahora ya sabía por qué. Porque si se trataba del Thomas Lynley de New Scotland Yard, también era el Thomas Lynley cuya mujer había sido asesinada en plena calle delante de su casa de Belgravia. Todos los policías del país conocerían la historia. Al fin y al cabo, la policía era una hermandad, si podía llamársele así. Eso significaba, Daidre lo sabía, que todos los policías del país estaban conectados. Debía recordarlo y debía tener cuidado cuando estuviera con él, independientemente de su dolor y de la tendencia de ella a mitigarlo. «Todo el mundo siente dolor —se dijo—. La vida consiste en aprender a sobrellevarlo.»

Lynley levantó una mano para saludarla. Ella le devolvió el saludo. Caminaron el uno hacia el otro por la cima del acantilado. Aquí el sendero era estrecho e irregular, con fragmentos de piedras carboníferas que sobresalían del suelo, y en el extremo este susurraba un manto de aulagas, una intromisión amarilla que se erguía con fuerza en el viento. Detrás de las aulagas, la hierba crecía con abundancia, aunque en ella pacían libremente las ovejas.

Cuando estuvieron lo bastante cerca como para oírse, Daidre le dijo a Thomas Lynley:

—Vaya, reanudas la marcha, ¿entonces? —En cuanto habló, se percató de que no era así y añadió—: Pero no llevas la mochila, así que no te vas.

Él asintió con solemnidad.

—Serías una buena detective.

—Era una deducción muy elemental, me temo. Cualquier otra cosa se me escaparía. ¿Has salido a pasear?

—Estaba buscándote.

Como había hecho con el pelo de Daidre, el viento alborotó el de Lynley y él se lo apartó de la frente. De nuevo, la veterinaria pensó en lo mucho que se parecía al suyo. Supuso que en verano se le aclaraba bastante.

—¿A mí? —preguntó—. ¿Cómo sabías dónde encontrarme? Aparte de llamar a la puerta de la cabaña, quiero decir. Porque supongo que esta vez sí habrás llamado. No tengo muchas ventanas más que ofrecerte.

—He llamado. Al no contestar nadie, he echado un vistazo, y he visto huellas recientes y las he seguido. Ha sido bastante fácil.

—Aquí estoy —dijo ella.

—Aquí estás.

Lynley sonrió y pareció dudar por alguna razón, algo que sorprendió a Daidre, ya que parecía el tipo de hombre que no dudaría ante nada.

—¿Y? —dijo ella, y ladeó la cabeza. Observó que tenía una cicatriz en el labio superior que rompía su físico desconcertantemente. Tenía un rostro atractivo en un sentido clásico: rasgos fuertes bien definidos; ningún indicio de endogamia.

—He venido a invitarte a cenar —explicó Thomas—. Me temo que sólo puedo proponerte el Salthouse Inn, porque aún no tengo dinero y no puedo invitarte a comer y pedirte que pagues tú, ¿verdad? Pero en el hostal cargarán la cena en mi cuenta y como el desayuno era excelente, al menos abundante, imagino que la cena también será aceptable.

—Qué invitación tan sospechosa —dijo Daidre.

Lynley pareció pensar en ello.

—¿Por lo de «aceptable»?

—Sí. «Te invito a una cena aceptable aunque no ostentosa.» Es una de esas peticiones corteses posvictorianas a la que sólo puede responderse con un «gracias, creo».

Él se rio.

—Lo siento. Mi madre se retorcería en su tumba si estuviera muerta, que no es el caso. Permíteme decir, entonces, que he echado un vistazo al menú de esta noche y parece... si no magnífico, al menos sí bárbaro.

Ella también se rio.

—¿Bárbaro? ¿De dónde sale eso? Da igual, no me lo digas. Comamos en mi casa. Ya he preparado algo y hay suficiente para dos. Sólo hay que meterlo en el horno.

—Pero entonces estaré doblemente en deuda contigo.

—Que es exactamente donde quiero tenerle, milord.

El rostro de Lynley se alteró, toda diversión desapareció por culpa de su lapsus linguae. Daidre se maldijo por su falta de cautela y lo que presagiaba sobre su capacidad por ocultar otras cosas en su presencia.

—Ah, así que lo sabes —dijo Thomas.

Daidre buscó una explicación y decidió que ya existía una que le parecería razonable incluso a él.

—Cuando anoche dijiste que era de Scotland Yard, quise saber si era cierto. Así que me puse a investigar. —Apartó la vista un momento. Vio que las gaviotas argénteas estaban posándose en la pared cercana del acantilado para pasar la noche, emparejándose en los salientes y en las grietas, agitando las alas, acurrucándose para protegerse del viento—. Lo siento muchísimo, Thomas.

Después de un momento en que más gaviotas aterrizaron y otras volaron alto y graznaron, Lynley dijo:

—No tienes por qué disculparte, yo habría hecho lo mismo en tu situación. Te encuentras a un desconocido en tu casa que dice ser policía, fuera hay un muerto. ¿Qué ibas a creer?

—No me refería a eso.

Volvió a mirarle. Él tenía el viento en contra; ella a favor, y le alborotaba el pelo, que le azotaba la cara a pesar de llevar el pasador.

—¿Entonces a qué? —preguntó él.

—Tu mujer. Siento muchísimo lo que le pasó. Qué experiencia tan desgarradora has tenido que vivir.

—Ah —dijo él—. Sí. —Desvió la mirada a las aves marinas. Daidre sabía que las vería igual que ella, emparejándose no porque el número diera seguridad, sino porque la seguridad existía al lado de otra gaviota—. Fue mucho más desgarrador para ella que para mí.

—No —comentó Daidre—. No lo creo.

—¿No? Bueno, me atrevería a decir que hay pocas cosas más desgarradoras que morir de un disparo, sobre todo cuando la muerte no es inmediata. Yo no tuve que pasar por eso, Helen sí. Un momento estaba allí, intentando llevar las compras a la puerta de casa, y al siguiente recibía un disparo. Sería bastante desgarrador, ¿no crees?

Su voz era sombría y no la miró mientras hablaba. Lynley había malinterpretado sus palabras y Daidre trató de explicarse.

—Yo creo que la muerte es el final de esta parte de nuestra existencia, Thomas: la experiencia humana del ser espiritual. El espíritu abandona el cuerpo y luego pasa a lo que hay después. Y lo que hay después tiene que ser mejor que lo que hay aquí ¿o qué sentido tiene, en realidad?

—¿En serio crees eso? —Su tono estaba a medio camino entre la amargura y la incredulidad—. ¿En el cielo y el infierno y tonterías de ese estilo?

—En el cielo y el infierno, no. Todo eso parece bastante estúpido, ¿verdad? Que un Dios o quien sea que haya allí arriba en su trono condene a un alma al tormento eterno y eleve a otra a cantar himnos con los ángeles. No puede ser la razón de todo esto. —Su brazo abarcó el acantilado y el mar—. Pero ¿si hay algo más allá de lo que somos capaces de comprender en estos momentos...? Sí, eso sí lo creo. Así que tú... todavía eres el ser espiritual que padece y trata de comprender la experiencia humana mientras que ella ya sabe...

—Helen —dijo Lynley—. Se llamaba Helen.

—Helen, sí, perdona. Helen. Ahora sabe en qué consiste todo. Pero eso proporciona poca tranquilidad. A ti, quiero decir... Saber que Helen ha seguido adelante.

—No lo eligió ella —dijo Lynley.

—¿Acaso elegimos alguna vez, Thomas?

—Suicidio. —La miró sin alterarse.

Daidre sintió un escalofrío.

—El suicidio no es una elección. Es una decisión basada en la creencia de que no hay elección.

—Dios mío.

Un músculo de su mandíbula se movió. Daidre se arrepentía muchísimo de su lapsus linguae. Una simple palabra —milord— había reducido a Lynley a su herida. Estas cosas requieren tiempo, quería decirle. Era un tópico, pero encerraba una gran verdad.

—Thomas, ¿te apetece dar un paseo? —le preguntó Daidre—. Hay algo que me gustaría enseñarte. Está un poco lejos... Tal vez a kilómetro y medio costa arriba por el sendero, pero nos abrirá el apetito para la cena.

Pensó que tal vez rechazaría su propuesta, pero no. Thomas asintió y Daidre le hizo un gesto con la mano para que la siguiera. Se dirigieron hacia el lugar de donde había venido ella, bajando primero hasta otra cala, donde unas placas magníficas de pizarra emergían de la espuma invasora y avanzaban hacia la cima traicionera de un acantilado de arenisca y pizarra. El viento y las olas, y también la posición que ocupaban —uno detrás de la otra— dificultaban la conversación, así que Daidre no dijo nada, ni tampoco Thomas Lynley. Era mejor así, decidió ella. A veces, dejar que pasara el momento sin decir nada era una manera más eficaz de enfocar la curación que tocar una cicatriz tierna.

La primavera había traído flores silvestres a las zonas más protegidas por el viento y a lo largo del camino de las cañadas el amarillo de los zuzones se mezclaba con los rosas de las armerias, mientras que los jacintos silvestres todavía marcaban los lugares donde antiguamente se alzaban los bosques. Mientras ascendían, prácticamente no vieron casas en las inmediaciones de los acantilados, pero a lo lejos se levantaban algunas granjas de piedra junto a sus graneros mayores, y el ganado pacía en prados limitados por los setos de tierra de Cornualles, en cuya rica vegetación crecían los escaramujos y las cordifloras.

El pueblo más cercano se llamaba Alsperyl y era su destino. Consistía en una iglesia, una vicaría, un grupo de casitas, una escuela antigua y un pub. Era todo de piedra sin pintar y se encontraba a unos ochocientos metros al este del sendero del acantilado, detrás de un prado irregular. Sólo se veía la aguja de la iglesia. Daidre la señaló y dijo:

—Santa Morwenna, pero vamos a seguir por aquí un poco más, si puedes.

Thomas dijo que sí con la cabeza y ella se sintió estúpida por el último comentario. No era un tipo débil y el dolor no le quitaba a uno la capacidad de caminar. Ella también asintió y le guio unos doscientos metros más, donde una apertura en el brezo mecido por el viento en el lado del sendero que daba al mar desembocaba en unos escalones de piedra.

—No es una bajada muy pronunciada, pero ten cuidado —dijo Daidre—. El borde sigue siendo mortal. Y estamos a... no sé... ¿Unos cincuenta metros del agua, quizá?

Tras descender los escalones, que trazaban una curva siguiendo la forma natural de la pared del acantilado, llegaron a otro sendero pequeño, cubierto casi por completo de aulagas y uvas de gato que crecían con fuerza a pesar del viento. Unos veinte metros más adelante, el sendero terminaba bruscamente, pero no porque el acantilado se precipitara al mar como cabría esperar, sino porque en su pared había una pequeña cabaña. La fachada estaba revestida con tablones de madera y los laterales —allí donde emergían más allá de la pared del acantilado—, con bloques de arenisca. El tiempo había vuelto gris el lado de madera. Las bisagras de la puerta teñían de óxido los dos paneles llenos de rayones.

Daidre volvió la cabeza y miró a Thomas Lynley para ver su reacción: una estructura así en un lugar tan remoto. Tenía los ojos muy abiertos y una sonrisa cruzaba su boca. Su expresión parecía preguntar «¿Qué es este sitio?».

Ella respondió a su pregunta silenciosa hablando por encima del viento que los zarandeaba.

—¿No es maravillosa, Thomas? Se llama la Cabaña de Hedra. Al parecer, si hay que creer lo que dice el diario del padre Walcombe, está aquí desde finales del siglo XVIII.

—¿La construyó él?

—¿El padre Walcombe? No, no. No era albañil, pero sí un cronista bastante bueno. Escribía un diario de las actividades que se celebraran alrededor de Alsperyl. Lo encontré en la biblioteca de Casvelyn. Fue el pastor de Santa Morwenna durante... No sé... cuarenta años, más o menos. Intentó salvar al alma atormentada que construyó este lugar.

—Ah, que debía de ser la tal Hedra de la cabaña, ¿no?

—La misma. Parece ser que se quedó viuda cuando su marido, que pescaba en las aguas de Polcare Cove, se vio sorprendido por una tormenta y se ahogó. La dejó sola con un niño pequeño. Según el padre Walcombe, que por lo general no embellece los hechos, un día el chico desapareció; seguramente se acercó demasiado al borde del acantilado en una zona demasiado friable como para soportar su peso. En lugar de enfrentarse a las muertes del padre y del hijo con seis meses de diferencia, la pobre Hedra eligió creer que un *selkie* se había llevado al niño. Se dijo que había bajado hasta el agua (sabe Dios cómo lo consiguió desde esta altura) y que allí le esperaba la foca en su forma humana, que le hizo señas para que se adentrara en el mar y se uniera al resto de... —Frunció el ceño—. Maldita sea. No recuerdo cómo se llama a un grupo de focas. No puede ser manada. ¿Un rebaño? Pero eso es para las ovejas. Bueno, ahora no importa. Es lo que pasó. Hedra construyó esta cabaña para esperar a que regresara y eso hizo el resto de su vida. Una historia conmovedora, ¿verdad?

—¿Es cierta?

—Si creemos al padre Walcombe, sí. Entremos. Hay más por ver. Refugiémonos del viento.

Las puertas superior e inferior se cerraban con unas barras de madera que se deslizaban a través de tiradores sólidos de madera y que descansaban sobre unos ganchos. Mientras empujaba la de arriba y luego la de abajo y abría las puertas, Daidre dijo mirando hacia atrás:

—Hedra sabía lo que se hacía. Se construyó un lugar bastante robusto para esperar a su hijo. Está todo cubierto de madera. En cada lado hay un banco, el techo se sostiene con unas vigas bastante decentes y el suelo es de pizarra. Es como si supiera que iba a esperar mucho tiempo, ¿verdad?

Daidre entró primero, pero entonces se detuvo en seco. A su espalda, oyó que Thomas se agachaba para pasar por debajo del dintel y unirse a ella.

—Oh, maldita sea —dijo Daidre indignada.

—Vaya, qué pena —dijo él.

Alguien había mutilado la pared que tenían justo delante hacía poco, a juzgar por las marcas recientes en los paneles de madera de la pequeña construcción. Los restos de un corazón grabado con anterioridad —sin duda acompañado por las iniciales de los amantes— describían una curva alrededor de una serie de tajos feos que ahora eran bastante profundos, como hechos en carne. No quedaba rastro de ninguna inicial.

—Bueno —dijo Daidre, intentando dar un tono filosófico al desastre—, supongo que no podemos decir que las paredes no estuvieran ya grabadas. Y al menos no han utilizado ningún espray. Pero de todos modos me pregunto, ¿por qué hará la gente algo así?

Thomas estaba observando el resto de la cabaña, con sus más de doscientos años de grabados: iniciales, fechas, otros corazones, algún que otro nombre.

—En la escuela donde estudié —dijo pensativo— hay una pared... No está lejos de la entrada, en realidad, así que es imposible que a los visitantes se les pase por alto. Los alumnos han escrito sus iniciales desde... No sé, supongo que desde la época de Enrique VI. Siempre que vuelvo, porque vuelvo de vez en cuando, es lo que se hace, busco las mías. Siguen ahí. De algún modo, me dicen que soy real, que existía entonces y que existo ahora incluso. Pero cuando miro las demás (y hay centenares, seguramente miles), no puedo evitar pensar en lo fugaz que es la vida. Aquí pasa lo mismo, ¿verdad?

—Supongo que sí. —Daidre pasó los dedos por encima de algunas de las inscripciones más antiguas: una cruz celta, el nombre Daniel, B.J.+S.R.—. Me gusta venir aquí a pensar —le dijo—. A veces me pregunto quiénes fueron estas personas que se unieron tan llenos de confianza. ¿Perduró su amor? También me pregunto eso.

Por su parte, Lynley tocó el corazón dañado.

—Nada perdura. Es nuestra maldición.

Capítulo 9

Bea Hannaford vio muchas cosas que parecían típicas en la habitación de Santo Kerne y por primera vez se alegró de tener al agente McNulty haciendo penitencia como botones suyo. Porque las paredes del cuarto eran una sucesión de pósters de surf y, por lo que vio Bea, era muy poco lo que McNulty no sabía de surf, de la ubicación de las fotos y de los propios surfistas. Sin embargo, no podía concluir que sus conocimientos fueran relevantes. Sólo sintió alivio al comprobar, al fin y al cabo, que McNulty sí sabía algo de algo.

—La playa de Jaws —murmuró de manera confusa, mirando atemorizado una montaña líquida por la que descendía un loco del tamaño de un dedo—. Santa madre de Dios, mire a ese tipo: es Hamilton, en Maui. Está chalado, se atreve con todo. Dios mío, parece un tsunami, ¿verdad? —Emitió un silbido y sacudió la cabeza con incredulidad.

Ben Kerne estaba con ellos, pero no se atrevió a entrar en el cuarto. Su mujer se había quedado abajo, en el salón. Era obvio que Kerne no quería dejarla sola, pero se vio atrapado entre los policías y su esposa. No podía complacer a unos mientras intentaba controlar a la otra. No había tenido elección. O recorrían el hotel hasta que encontraran la habitación de Santo mientras él se ocupaba de su mujer o tendría que acompañarlos. Había escogido lo segundo, pero estaba bastante claro que su mente estaba en otra parte.

—Hasta ahora no habíamos oído nada sobre Santo y el surf —dijo Bea a Ben Kerne, que estaba en la puerta.

—Comenzó a practicarlo cuando llegamos a Casvelyn —explicó Kerne.

—¿Su equipo de surf está aquí? La tabla, el traje, lo demás…

—El gorro —murmuró McNulty—. Guantes, escarpines, quillas de repuesto…

—Ya basta, agente —le dijo Bea con brusquedad—. El señor Kerne ya lo ha captado seguramente.

—No —dijo Ben Kerne—. Guardaba su material en otra parte.

—¿Sí? ¿Por qué? —dijo Bea—. No es muy práctico, ¿no?

Ben miró los pósters mientras respondía.

—Supongo que no le gustaba guardarlo aquí.

—¿Por qué? —repitió la inspectora.

—Seguramente sospechaba que yo haría algo con él.

—Ah. ¿Agente…? —A Bea le complació ver que Mick McNulty captaba la indirecta y empezaba a tomar notas una vez más—. ¿Por qué podía pensar Santo que usted haría algo con su material, señor Kerne? ¿O quería decir «a su material»?

Y pensó: «Si era el equipo de surf, ¿por qué no el equipo de escalada?».

—Porque sabía que no quería que hiciera surf.

—¿En serio? Parece un deporte bastante inofensivo, comparado con escalar acantilados.

—Ningún deporte es totalmente inofensivo, inspectora. Pero no era por eso. —Kerne pareció buscar una forma de explicarse y para hacerlo entró en la habitación. Contempló los pósters. Su rostro era glacial.

—¿Practica usted surf, señor Kerne? —dijo Bea.

—No preferiría que Santo no surfeara si yo sí lo hiciese, ¿no cree?

—No lo sé. ¿Lo preferiría? Sigo sin entender por qué aprobaba un deporte y el otro no.

—Por el tipo de deporte, ¿de acuerdo? —Kerne miró al agente McNulty como disculpándose—. No me gustaba que se relacionara con surfistas porque para muchos de ellos su mundo se reduce a eso y nada más. No quería que formara parte de ese estilo de vida, esperando la oportunidad de salir a surfear, definiendo sus días según los mapas de isobaras y las tablas de mareas, conduciendo costa arriba y costa abajo para encontrar olas perfectas. Y cuando no están surfeando, hablan del tema o fuman marihuana mientras se pasean con sus trajes sin dejar de hablar de surf. El mundo de estos chavales, en el que también hay chicas, lo admito, gira totalmente alrededor de las olas y viajar por el mundo para coger más olas. No quería eso para Santo. ¿Lo querría usted para su hijo o su hija?

—Pero ¿y si su mundo giraba alrededor de la escalada?

—No era así, pero al menos la escalada es un deporte en el que uno depende de los demás. No es solitario, en el sentido en que lo es el surf en general: un surfista solo trepando las olas es algo que se ve constantemente. Y yo no quería que saliera solo: quería que estuviera con gente por si le pasaba algo...

Desvió la mirada otra vez a los pósters y lo que mostraban era —incluso para un observador inexperto como Bea— un peligro tremendo personificado en una avalancha inimaginable de agua: estar expuesto a todo, desde huesos rotos a un ahogamiento seguro. La inspectora se preguntó cuántas personas morían cada año recorriendo un descenso prácticamente vertical que, a diferencia de la tierra con sus texturas conocidas, cambiaba en cuestión de segundos y atrapaba a los incautos.

—Sin embargo, Santo estaba escalando solo cuando se cayó, igual que si hubiera salido a surfear. Y, de todos modos, los surfistas no siempre salen solos, ¿verdad?

—En la ola sí están solos. El surfista y la ola, nadie más. Puede que haya más personas, pero no pintan nada.

—¿Y en la escalada sí?

—Dependes del otro escalador y él depende de ti. Os protegéis el uno al otro. —Carraspeó bruscamente y añadió—: ¿Qué padre no querría que su hijo estuviera protegido?

—¿Y cuando Santo no estuvo de acuerdo con su opinión sobre el surf?

—¿Qué?

—¿Qué pasó entre ustedes? ¿Discusiones? ¿Castigos? ¿Tiene tendencias violentas, señor Kerne?

Ben se puso frente a ella, pero al hacerlo dio la espalda a la ventana, así que la inspectora ya no pudo interpretar la expresión de su cara.

—¿Qué coño de pregunta es ésa?

—Una que necesita respuesta. Alguien le puso un ojo morado a Santo hace poco. ¿Qué sabe sobre el tema?

Sus hombros se hundieron. Volvió a moverse, pero esta vez se alejó de la luz de la ventana y fue al otro lado de la habitación, donde un ordenador y una impresora descansaban encima de una plancha de contrachapado sobre dos caballetes que formaban una mesa primitiva. En ella había un fajo de papeles boca abajo; Ben Kerne alargó la mano para cogerlos. Bea le detuvo antes de que sus dedos establecieran contacto. Repitió su pregunta.

—No quiso decírmelo —dijo Kerne—. Vi que le habían dado un puñetazo, obviamente. Era un golpe feo. Pero no quiso explicármelo, así que no me quedó más remedio que pensar…

Sacudió la cabeza. Parecía tener información que detestaba revelar.

—Si sabe algo… Si sospecha algo… —dijo Bea.

—No. Es sólo que… Santo gustaba a las chicas y las chicas le gustaban a él. No hacía discriminaciones.

—¿Entre qué?

—Entra las que estaban disponibles y las que no lo estaban; entre las que tenían novio y las que no. Santo era… Era el puro instinto del apareamiento hecho carne. Tal vez le pegara un padre enfadado, o un novio furioso; no quiso decírmelo. Pero le gustaban las chicas y él les gustaba a ellas. Y la verdad es que se dejaba llevar fácilmente a donde una mujer decidida quisiera llevarle. Era… Me temo que siempre fue así.

—¿Alguien en particular?

—Su última chica se llamaba Madlyn Angarrack. Fueron… ¿Cómo se dice…? ¿Pareja? Más de un año.

—¿También es surfista, por casualidad? —preguntó Bea.

—Magnífica, por lo que decía Santo. Una campeona nacional en ciernes. Estaba bastante prendado de ella.

—¿Y ella de él?

—No era un sentimiento no correspondido.

—¿Cómo se sintió usted al ver que su hijo andaba con una surfista?

Ben Kerne respondió sin apartar la vista.

—Santo siempre andaba con alguien, inspectora. Sabía que se le pasaría, fuera lo que fuese. Como le he dicho, le gustaban las chicas. No estaba dispuesto a comprometerse ni con Madlyn, ni con nadie. Pasara lo que pasase.

Bea pensó que la última frase era extraña.

—Pero ¿usted sí quería que se comprometiera?

—Quería que hiciera las cosas bien y no se metiera en ningún lío, como cualquier padre.

—¿No era demasiado ambicioso con él, entonces? Son unas expectativas bastante ilimitadas.

Ben Kerne no dijo nada. Bea tenía la impresión de que ocultaba algo y sabía por experiencia que en las investigaciones de asesinato, cuando alguien hacía eso, en general era por propio interés.

—¿Pegó alguna vez a Santo, señor Kerne? —le preguntó.

La mirada del hombre y la de ella no flaquearon.

—Ya he respondido a esa pregunta.

La inspectora dejó que el silencio flotara en el ambiente, pero aquello no dio ningún fruto. Se vio obligada a seguir y lo hizo centrando su atención en el ordenador de Santo. Tendrían que llevárselo, le dijo a Kerne. El agente McNulty lo desconectaría todo y guardaría los componentes en el coche. Dicho esto, fue a por el fajo de papeles que descansaba sobre la mesa y que Kerne había querido coger. Les dio la vuelta y los desplegó.

Vio que eran varios diseños que incorporaban las palabras ADVENTURES UNLIMITED en cada uno de ellos. En uno, las dos palabras formaban una ola encrespada. En otro creaban un logotipo circular con el hotel de la Colina del Rey Jorge en el centro. En un tercero, se convertían en la base sobre la que unas siluetas masculinas y femeninas conseguían diversas proezas atléticas. En otro, formaban un aparato de escalada.

—Él… Dios mío.

Bea alzó la vista de los diseños y vio el rostro afligido de Kerne.

—¿Qué sucede? —preguntó la inspectora.

—Diseñaba camisetas con el ordenador. Estaba… Es obvio que estaba trabajando en algo para el negocio. No le había pedido que lo hiciera. Oh, Dios mío, Santo.

Dijo esto último como una disculpa. Como reacción, Bea le preguntó por el equipo de escalada de su hijo. Kerne le dijo que había desaparecido todo, todos los anclajes, todas las cuñas, todas las cuerdas, todas las herramientas que necesitaría para cualquier escalada que pudiera realizar.

—¿Lo habría necesitado todo para la escalada de ayer?

—No —le dijo Kerne—. O bien había empezado a guardarlo en otra parte sin que yo lo supiera o se lo llevó todo el día anterior, cuando salió a hacer su última escalada.

—¿Por qué? —preguntó Bea.

—Nos dijimos cosas muy feas. Sería su forma de reaccionar. Un modo de decirme «ahora verás».

—¿Y eso provocó su muerte? ¿Estaría demasiado nervioso para examinar detenidamente su equipo? ¿Era de los que hacen eso?

—¿Si era impulsivo, quiere decir? ¿Lo suficiente como para escalar sin revisar el equipo? Sí —dijo Kerne—, era exactamente así.

Gracias a Dios o a quien apeteciera dar las gracias cuando había que dar las gracias, era el último radiador. No porque fuera el último de todos los radiadores del hotel, sino porque era el último que tendría que pintar hoy. Media hora para lavar los pinceles y precintar las latas de pintura —después de años de práctica trabajando para su padre, Cadan sabía que podía alargar cualquier actividad el tiempo que fuera necesario— y llegaría el momento de marcharse. Aleluya, joder. Notaba un dolor punzante en la parte baja de la espalda y su cabeza estaba reaccionando una vez más a las emisiones de la pintura. Era evidente que no estaba hecho para este tipo de tarea. Bueno, tampoco le sorprendía.

Cadan se puso en cuclillas sobre los talones y admiró su trabajo. Habían cometido una estupidez al colocar la moqueta antes de que alguien pintara los radiadores, pensó. Pero había logrado limpiar la gota más reciente frotando con diligencia y las que no había podido eliminar, imaginaba que quedarían ocultas por las cortinas. Además, era la única gota fea del día y eso significaba algo.

—Nos largamos de aquí, *Poohster* —declaró.

El loro se equilibró en el hombro de Cadan y contestó con un graznido seguido de «¡tornillos sueltos en la nevera! ¡Llama a la poli! ¡Llama a la poli!», una más de sus frases curiosas.

La puerta de la habitación se abrió mientras *Pooh* batía sus alas, preparándose para descender al suelo o bien para llevar a cabo una función corporal desagradable en el hombro de Cadan.

—Ni se te ocurra, colega —dijo el chico.

—¿Quién eres tú, por favor? —dijo una voz de mujer contestando preocupada a su comentario—. ¿Qué haces aquí?

Quien hablaba era una mujer vestida de negro y Cadan imaginó que sería la madre de Santo Kerne, Dellen. Se levantó apresuradamente.

—Polly quiere un polvo, Polly quiere un polvo —dijo *Pooh*, exhibiendo, no por primera vez, el nivel de grosería que era capaz de adoptar en un momento.

—¿Qué es eso? —preguntó Dellen Kerne, en clara referencia al pájaro.

—Un loro.

La mujer parecía enfadada.

—Ya veo que es un loro —le dijo—. No soy estúpida ni ciega. ¿Qué clase de loro y qué hace aquí y qué haces tú aquí, por cierto?

—Es un loro mexicano. —Cadan notó que se acaloraba, pero sabía que la mujer no advertiría su turbación porque su piel aceitunada no se sonrojaba cuando la sangre le subía a la cara—. Se llama *Pooh*.

—¿Como Winnie the Pooh?

—Sólo que es menos sociable.

Una sonrisa parpadeó en sus labios.

—¿Por qué no te conozco? ¿Por qué no te había visto antes?

Cadan se presentó.

—Ben..., el señor Kerne me contrató ayer. Seguramente olvidó hablarle de mí por... —Cadan vio hacia dónde iban sus palabras demasiado tarde para evitarlas. Torció la boca y quiso desaparecer, ya que aparte de pintar radiadores y soñar con qué utilidad podía darse al campo de golf había dedicado el día a evitar precisamente un encuentro como aquél: estar cara a cara con los padres de Santo Kerne en un momento en el que debía reconocer la magnitud de su pérdida con una frase de pésame adecuada—. Siento lo de Santo —dijo.

Dellen lo miró sin alterarse.

—Por supuesto que lo sientes.

Aquello podía significar cualquier cosa. Cadan cambió de posición. Todavía tenía un pincel en la mano y de repente, como un tonto, se preguntó qué debía hacer con él, o con la lata de pintura. Se los habían traído y nadie le había dicho dónde dejarlos al final de la jornada. Y a él no se le había ocurrido preguntar.

—¿Lo conocías? —dijo Dellen Kerne con brusquedad—. ¿Conocías a Santo?

—Un poco, sí.

—¿Y qué pensabas de él?

Aquél era terreno pantanoso. Cadan no supo qué responder.

—Le compró una tabla de surf a mi padre. —No mencionó a Madlyn, no quería mencionar a Madlyn y no quería pensar por qué no quería mencionarla.

—Entiendo, sí. Pero eso no responde mi pregunta, ¿verdad? —Dellen entró un poco más en la habitación. Por alguna razón, se acercó al armario empotrado y lo abrió. Miró dentro. Habló al interior del armario, aunque pareciera extraño—. Santo se parecía mucho a mí. Quien no lo conociera, no lo sabía. Y tú no le conocías, ¿verdad? En realidad no.

—Ya se lo he dicho, un poco. Le veía por ahí. Más cuando empezó a aprender a surfear que después.

—¿Tú también practicas el surf?

—¿Yo? No. Bueno, lo he practicado, claro, pero no es lo único… Tengo otros intereses, quiero decir.

Se dio la vuelta.

—¿Ah, sí? ¿Cuáles? El deporte, supongo. Pareces estar bastante en forma. Y también las mujeres. Normalmente las mujeres son uno de los principales intereses de los chicos de tu edad. ¿Eres como los otros chicos? —Frunció el ceño—. ¿Podemos abrir esa ventana, Cadan? El olor a pintura…

Cadan quiso decirle que era su hotel, así que podía hacer lo que quisiera, pero dejó con cuidado el pincel, fue a la ventana y forcejeó para abrirla, lo cual no fue fácil. Había que arreglarla o engrasarla o algo, lo que se hiciera para rejuvenecer una ventana.

—Gracias —dijo Dellen—. Ahora voy a fumarme un cigarrillo. ¿Tú fumas? ¿No? Qué sorpresa. Tienes pinta de fumador.

Cadan sabía que debía preguntar qué pinta tenía un fumador; si la mujer hubiera tenido entre veinte y treinta años lo habría hecho. Su actitud habría sido que las preguntas de este tipo, de una naturaleza potencialmente metafórica, podían generar respuestas interesantes, lo que a su vez podía generar acontecimientos interesantes. Pero en este caso, mantuvo la boca cerrada y Dellen dijo:

—Espero que no te importe que fume.

Él dijo que no con la cabeza. Esperaba que ella no contara con que le encendiera el cigarrillo —parecía la clase de mujer a quien los hombres colmaban de atenciones—, ya que no llevaba ni cerillas ni mechero. Pero no se había equivocado con él. Era fumador, pero lo había dejado hacía poco, diciéndose como un tonto que la raíz de sus problemas era el tabaco y no el alcohol.

Cadan vio que Dellen llevaba un paquete de cigarrillos y también cerillas dentro de la cajetilla. Se encendió uno, dio una calada y sacó el humo por la nariz.

—¿Qué coño se quema? —comentó *Pooh*.

Cadan hizo una mueca.

—Lo siento. Se lo ha oído a mi hermana un millón de veces. La imita. Imita a todo el mundo. Ella odia el tabaco. Lo siento. —No quería que pensara que estaba criticándola.

—Estás nervioso —dijo Dellen—. Es por mí. Y no te preocupes por el pájaro. Al fin y al cabo, no sabe lo que dice.

—Sí. Bueno, a veces juraría que sí.

—¿Como lo que ha dicho del polvo?

Cadan parpadeó.

—¿Qué?

—«Polly quiere un polvo» —le recordó ella—. Es lo primero que ha dicho cuando he entrado. No es cierto, en realidad, que quiera un polvo. Pero siento curiosidad sobre por qué lo ha dicho. Supongo que utilizas al pájaro para ligar. ¿Por eso lo has traído?

—Viene conmigo casi siempre.

—No puede ser muy práctico.

—Nos las arreglamos.

—¿Sí?

Dellen observó al pájaro, pero Cadan tenía la sensación de que en realidad no veía a *Pooh*. No sabría decir qué veía, pero su siguiente frase le dio una ligera idea.

—Santo y yo estábamos bastante unidos. ¿Tú y tu madre estáis unidos, Cadan?

—No.

No añadió que era imposible estar unido a Wenna Rice Angarrack McCloud Jackson Smythe *la Saltadora*. Nunca se había quedado en un sitio el tiempo suficiente como para que estar unido a alguien fuera una de las cartas de la baraja con la que jugaba.

—Santo y yo estábamos bastante unidos —repitió Dellen—. Éramos muy parecidos. Sensualistas. ¿Sabes lo que es? —No le dio oportunidad de responder, aunque de todos modos tampoco habría sabido darle una definición—. Vivimos para los sentidos: para lo que podemos ver y oír y oler, para lo que podemos saborear, para lo que podemos tocar y para lo que puede tocarnos. Experimentamos la vida en toda su riqueza, sin culpa y sin miedo. Así era Santo. Así le enseñé a ser.

—Muy bien.

Cadan pensó en cuánto deseaba salir de aquella habitación, pero no estaba seguro de cómo marcharse sin que pareciera que estaba huyendo. Se dijo que no existía ninguna razón real para dar media vuelta y desaparecer por la puerta, pero tenía el presentimiento, un instinto casi animal, de que el peligro acechaba.

—¿Cómo eres tú, Cadan? —le dijo Dellen—. ¿Puedo tocar al pájaro o me morderá?

—Le gusta que le rasquen la cabeza —contestó él—, donde tendría las orejas si los pájaros tuvieran de eso. Orejas como las nuestras, quiero decir, porque sí oyen, obviamente.

—¿Así? —Entonces se acercó a Cadan. Él olió su perfume. Almizcle, pensó. La mujer utilizó la uña del dedo índice pintada de rojo. *Pooh* aceptó sus atenciones, como hacía normalmente. Ronroneó como un gato, otro sonido más que había aprendido de un dueño anterior. Dellen sonrió al pájaro—. No me has contestado. ¿Cómo eres tú? ¿Sensualista? ¿Emocional? ¿Intelectual?

—Ni de coña —contestó él—. Intelectual, quiero decir. No soy intelectual.

—Ah. ¿Eres emocional? ¿Un puñado de sentimientos? ¿Sensible? Interiormente, me refiero. —Cadan negó con la cabeza—. Entonces eres sensualista, como yo. Como Santo. Ya me lo había parecido. Tienes ese aire. Imagino que tu novia lo agradecerá, si tienes. ¿Tienes novia?

—Ahora no.

—Qué lástima. Eres bastante atractivo, Cadan. ¿Qué haces para conseguir sexo?

Cadan sintió más que nunca la necesidad de escapar; sin embargo, Dellen no estaba haciendo nada más que acariciar al pájaro y hablar con él. Aun así, algo no le funcionaba bien a aquella mujer.

Entonces, de repente, cayó en la cuenta de que su hijo había muerto. No sólo había muerto, sino que lo habían asesinado. Ya no estaba, se lo habían cargado, lo habían mandado al otro barrio, lo que fuera. Cuando un hijo moría —o una hija o un marido—, ¿no se suponía que la madre tenía que rasgarse la ropa? ¿Tirarse del pelo? ¿Llorar a mares?

—Porque algo harás para conseguir sexo, Cadan —dijo—. Un joven viril como tú... No pretenderás que crea que vives como un cura célibe.

—Espero al verano —contestó al fin.

El dedo de la mujer dudó a menos de dos centímetros de la cabeza verde de *Pooh*. El pájaro se movió a un lado para volver a ponerse en su radio de acción.

—¿Al verano? —dijo Dellen.

—El pueblo está lleno de chicas entonces; vienen de vacaciones.

—Ah, entonces prefieres las relaciones cortas. El sexo sin ataduras.

—Bueno —dijo él—. Sí. A mí me funciona.

—Imagino. Hoy por ti, mañana por mí y todo el mundo contento. Sin preguntas. Sé exactamente a qué te refieres. Aunque supongo que te sorprenderá. Una mujer de mi edad, casada y con hijos, que sepa a qué te refieres.

Cadan le ofreció una media sonrisa. No era sincera, sólo un modo de reconocer lo que estaba diciendo sin reconocer lo que estaba diciendo. Miró hacia la puerta.

—Bueno —dijo, e intentó que su tono fuera firme, una forma de decir: «Esto es todo, pues. Encantado de hablar con usted».

—¿Por qué no nos habíamos conocido antes? —dijo Dellen.

—Acabo de empezar...

—No, eso ya lo entiendo. Pero no comprendo porque no nos habíamos visto antes. Tienes la edad de Santo más o menos...

—En realidad tengo cuatro años más. Tiene la...

—... y te pareces mucho a él también. Así que no entiendo por qué nunca viniste por aquí con él.

—... edad de mi hermana Madlyn. Seguramente conocerá a Madlyn, mi hermana. Ella y Santo eran... Bueno, cómo quiera llamarlo.

—¿Qué? —preguntó Dellen perpleja—. ¿Cómo has dicho que se llama?

—Madlyn. Madlyn Angarrack. Ellos, ella y Santo, llevaban juntos unos... No sé... ¿Año y medio? ¿Dos años? Lo que sea. Es mi hermana. Madlyn es mi hermana.

Dellen se quedó mirándolo fijamente. Luego miró más allá, pero no parecía observar nada en concreto.

—Qué cosa tan extraña —dijo con una voz totalmente distinta—. ¿Madlyn dices que se llama?

—Sí. Madlyn Angarrack.

—Y ella y Santo eran... ¿Qué, exactamente?

—Novios, pareja, amantes, lo que sea.

—Es una broma.

Cadan negó con la cabeza, confuso, preguntándose por qué iba a pensar que estaba bromeando.

—Se conocieron cuando fue a comprarle una tabla a mi padre. Madlyn le enseñó a surfear. A Santo, me refiero, no a mi padre, claro. Así se conocieron. Y luego... Bueno, supongo que podría decirse que empezaron a quedar y después a salir.

—¿Y dices que se llama Madlyn? —preguntó Dellen.

—Sí. Madlyn.

—Salieron un año y medio.

—Un año y medio más o menos, sí. Eso es.

—Entonces, ¿por qué no la conocí nunca? —dijo la mujer.

Cuando la inspectora Bea Hannaford regresó a la comisaría de policía con el agente McNulty a la zaga, descubrió que Ray había logrado satisfacer sus deseos de tener un centro de operaciones en Casvelyn y que el sargento Collins había equipado la sala con un nivel de pericia que le sorprendió. De algún modo, había conseguido ordenar la sala de reuniones del piso superior y dejarla preparada. Había tablones con fotos de Santo Kerne vivo y muerto donde podían anotar perfectamente la lista de actividades y también mesas, teléfonos, ordenadores con la base de datos de la policía, impresoras, un archivador y material. Lo único que no tenía el centro de operaciones era, por desgracia, el elemento más vital en cualquier investigación: los agentes del equipo de investigación criminal.

La ausencia de una brigada de homicidios iba a dejar a Bea en la situación nada envidiable de tener que llevar a cabo la investigación sólo con McNulty y Collins hasta que se presentara alguien. Como la brigada tendría que haber llegado junto al contenido del centro de operaciones, Bea etiquetó la situación de inaceptable. También le fastidiaba porque sabía muy bien que su ex marido podía mandar una brigada de homicidios del quinto pino a Londres en menos de tres horas si le presionaban.

—Maldita sea —murmuró. Le dijo a McNulty que pasara sus notas al ordenador y fue a la mesa del rincón, donde pronto descubrió que tener teléfono no significaba necesariamente disponer de línea telefónica. Miró al sargento Collins de manera significativa.

—La compañía dice que tardarán tres horas —informó el hombre disculpándose—. Aquí no hay conexión, o sea que mandarán a alguien de Bodmin para instalarla. Hasta entonces tendremos que utilizar los móviles o los teléfonos de abajo.

—¿Saben que se trata de una investigación de asesinato?

—Lo saben —contestó, pero su tono de voz sugería que, con un asesinato de por medio o no, a la compañía le daba bastante igual.

—Joder —dijo Bea, y sacó su móvil. Fue a la mesa del rincón y marcó el número del trabajo de Ray—. Alguien la ha cagado —fue lo que le dijo cuando por fin le pasaron con él.

—Hola Beatrice —dijo él—. De nada por el centro de operaciones. ¿Voy a quedarme con Pete esta noche también?

—No te llamo por Pete. ¿Dónde están los tíos del equipo de investigación criminal?

—Ah, eso. Bueno, tenemos un problemilla. —Procedió a desinflar el globo—: No es posible, cariño. No hay ningún agente disponible en estos momentos para mandar a Casvelyn.

Puedes llamar a Dorset o a Somerset e intentar conseguir a alguno de los suyos, naturalmente, o hacerlo yo por ti. Mientras tanto, lo que sí puedo hacer es enviarte a un equipo de relevo.

—Un equipo de relevo —dijo ella—. ¿Enviarme un equipo de relevo, Ray? Es una investigación de asesinato. De asesinato. Un delito grave que requiere un equipo de investigación de delitos graves.

—Pides peras al olmo —replicó él—. No puedo hacer mucho más. Intenté sugerirte que mantuvieras el centro de operaciones en...

—¿Me estás castigando?

—No seas ridícula. Eres tú quien...

—No te atrevas a entrar ahí. Esto es un tema profesional.

—Creo que Pete se quedará conmigo hasta que consigas resultados —dijo Ray con suavidad—. Vas a estar bastante ocupada. No quiero que se quede solo, no es buena idea.

—Tú no quieres que se quede contigo... Tú no...

Bea se quedó muda, una reacción tan extraña ante Ray que hizo que aún se quedara más muda. Sólo podía poner fin a la conversación. Tendría que haberlo hecho con dignidad, pero lo único que consiguió fue apagar el móvil y lanzarlo a la mesa.

Cuando el aparato sonó un momento después, pensó que su ex marido llamaba para disculparse o, más probablemente, para sermonearla sobre el procedimiento policial, su tendencia a las decisiones cortas de miras y el hecho de que siempre cruzara los límites de lo permitido mientras esperaba a que alguien le allanara el camino. Cogió el móvil y dijo:

—¿Qué? ¡¿Qué?!

Sin embargo, era el laboratorio forense. Alguien llamado Duke Clarence Washoe —qué nombre tan raro... ¿En qué estarían pensando sus padres, por el amor de Dios?— telefoneaba para transmitir el informe sobre las huellas dactilares.

—Tenemos los resultados, reina —fue su forma de comunicarle la noticia.

—Jefa —dijo ella—. O inspectora Hannaford. Ni señora, ni doña, ni reina, ni nada que sugiera que usted y yo estamos emparentados o tenemos familiares de la realeza, ¿entendido?

—Oh, entendido, lo siento. —Una pausa. Pareció necesitar

un momento para ajustar su enfoque—. Tenemos huellas del fiambre por todo el coche...

—Víctima —dijo Bea, y pensó con hastío en lo mucho que había afectado la televisión americana a las comunicaciones normales—. Nada de fiambre: víctima. O Santo Kerne, si lo prefiere. Mostremos un poco de respecto, señor Washoe.

—Duke Clarence —dijo el hombre—. Puede llamarme Duke Clarence.

—Será un placer supremo —contestó ella—. Siga.

—También hay once grupos de huellas distintas en el exterior del coche. Dentro, siete. Del fiam... del chico muerto y de otras seis personas que también dejaron huellas en la puerta del copiloto, el salpicadero, las manijas de las ventanillas y la guantera. También hay huellas en las cajas de CD, del chico y de tres personas más.

—¿Qué hay del equipo de escalada?

—Las únicas huellas aceptables están en la cinta que se utilizó para marcarlo, pero son de Santo Kerne.

—Maldita sea —dijo Bea.

—Pero hay un grupo muy claro en el maletero del coche. Recientes, diría. Aunque no sé de qué le servirán.

«De nada —pensó Bea—. Cualquier persona del pueblo que hubiera cruzado la maldita calle podría haber tocado el maldito coche al pasar.» Mandaría a los forenses las huellas que habían tomado a toda la gente relacionada ni que fuera remotamente con Santo Kerne, pero la verdad era que identificar a quién pertenecían los dedos que habían dejado las huellas en el coche del chico seguramente no iba a llevarles a ninguna parte. Era una decepción.

—Infórmeme de todo lo que surja —le dijo a Duke Clarence Washoe—. Tiene que haber algo en el coche que podamos utilizar.

—Respecto a eso, tenemos algunos cabellos en el equipo de escalada. Tal vez podamos sacar algo.

—¿Con tejido? —preguntó esperanzada.

—Pues sí.

—Guárdelo bien, entonces. Siga trabajando, señor Washoe.

—Puede llamarme Duke Clarence —le recordó.

—Ah, sí —dijo ella—. Lo había olvidado.

Colgaron. Bea se sentó a la mesa. Observó al agente McNulty, que estaba al otro lado de la sala intentando pasar a limpio sus notas, y vio que en realidad el hombre no sabía escribir con ordenador. Buscaba cada letra para teclearla con los índices, haciendo pausas prodigiosas entre pulsación y pulsación. Sabía que si le miraba durante más de treinta segundos pegaría un grito, así que se levantó y se dispuso a salir de la sala.

El sargento Collins se encontró con ella en la puerta.

—Teléfono, abajo —dijo.

—Gracias a Dios —dijo con fervor—. ¿Dónde están?

—¿Quién?

—Los de la compañía telefónica.

—¿La compañía telefónica? Aún no han llegado.

—¿Entonces, qué...?

—El teléfono. Tiene una llamada abajo. Es un agente de...

—De Middlemore —acabó ella—. Será mi ex marido, el subdirector Hannaford. Entreténgalo, necesito tiempo. —Ray, decidió, lo había intentado en el móvil y ahora trataba de localizarla en el fijo. A estas alturas ya echaría fuego por los ojos. No le apetecía mucho comprobarlo—. Dile que acabo de salir a encargarme de un tema. Que me llame mañana, o a casa más tarde. —Era lo máximo que le concedería.

—No es el subdirector Hannaford —dijo Collins.

—Ha dicho un agente...

—Alguien que se llama sir David...

—¿Qué le pasa a esa gente? —preguntó Bea—. Acabo de hablar por teléfono con un tal Duke Clarence de Chepstow y ¿ahora un sir David?

—Hillier, se llama —dijo Collins—. Sir David Hillier, subdirector de la Met.

—¿Scotland Yard? —preguntó Bea—. Perfecto, justo lo que necesito.

Cuando llegó la hora de tomar su trago habitual en el Salthouse Inn, Selevan Penrule necesitaba uno. Y según su forma de ver las cosas, también se lo merecía. Algo fuerte de los Dieciséis hombres de Tain. O los que fueran.

Tener que enfrentarse a la testarudez de su nieta y a la histeria de la madre de ésta en un mismo día sería demasiado para cualquiera. No le extrañaba que David se hubiera llevado a toda la familia a Rhodesia o como se llamara ahora. Seguramente pensó que una buena dosis de calor, cólera, tuberculosis, serpientes y moscas tsé-tsé —o lo que fuera que tuvieran en ese clima espantoso— las metería a las dos en cintura. Pero no lo había logrado, a juzgar por el comportamiento de Tammy y la voz de Sally Joy por teléfono.

—¿Está comiendo bien? —le había preguntado Sally Joy desde las entrañas de África, donde una conexión telefónica estable era, al parecer, algo similar a la transformación espontánea del gato atigrado en león de dos cabezas—. ¿Sigue rezando, padre Penrule?

—Está…

—¿Ha subido de peso? ¿Cuánto tiempo pasa de rodillas? ¿Qué hay de la Biblia? ¿Tiene una Biblia?

«Jesusito de mi corazón», pensó Selevan. Sally Joy le mareaba, maldita sea.

—Ya te dije que vigilaría a la chica. Es lo que estoy haciendo. ¿Algo más?

—Oh, soy una pesada. Soy una pesada, ya lo sé. Pero no entiendes lo que es tener una hija.

—Yo también tengo una, ¿no? Y cuatro hijos, por si te interesa.

—Ya lo sé, ya lo sé. Pero en el caso de Tammy…

—O me la dejas a mí o te la mando de vuelta, mujer.

Aquello funcionó. Lo último que querían Sally Joy y David era que su hija regresara a África, que estuviera expuesta a sus penurias y creyera que podía hacer algo para remediarlas sin la ayuda de nadie.

—De acuerdo. Ya lo sé: haces lo que puedes.

«Y mejor que tú», pensó Selevan. Pero eso fue antes de sorprender a Tammy de rodillas. Se había construido lo que él denominaba un banco de oraciones —ella lo describió como un reclinoséqué, pero a Selevan no le iban las palabras extravagantes— en su minúscula zona para dormir en la caravana y al principio pensó que quería colgar la ropa del respaldo, como hacían los hombres con sus trajes en los hoteles elegantes. Pero poco después del desayuno, cuando fue a buscarla para llevarla en coche al trabajo, la encontró arrodillada con un libro abierto en la repisa estrecha y leyendo muy concentrada. Aquello lo descubrió demasiado tarde, porque lo primero que supuso era que la chica estaba pasando el maldito rosario otra vez, a pesar de que ya le había requisado dos. Se acercó a ella y la levantó por los hombros:

—No toleraré estas tonterías —le dijo, y luego vio que sólo estaba leyendo.

Ni siquiera era la Biblia, pero tampoco era mucho mejor. Estaba enfrascada en los escritos de algún santo.

—Santa Teresa de Jesús —reveló la chica—. Yayo, sólo es filosofía.

—Si son los garabatos de alguna santa son chorradas religiosas —le dijo mientras le arrebataba el libro—. Te estás llenando la cabeza de basura, eso es lo que haces.

—No es justo —dijo ella, y se le humedecieron los ojos.

Después condujeron hasta Casvelyn en silencio, con Tammy dándole la espalda, así que lo único que Selevan pudo ver fue la curva de su barbilla testaruda y su melena sin lustre. Se sorbió la nariz y él comprendió que estaba llorando y se sintió... No sabía cómo se sentía y maldijo con todas sus fuerzas a sus padres por habérsela mandado, porque él intentaba ayudar a la chica, hacer que recuperara el poco sentido común que le quedaba, conseguir que viera que debía vivir la vida y no malgastarla entregándose a lecturas sobre las actividades de santos y pecadores.

Así que estaba irritado con ella. Con la obstinación podía lidiar; podía gritar y ser duro, pero las lágrimas...

—Son bolleras, chica, todas ésas, ya sabes. Lo entiendes, ¿no?

—No seas estúpido —dijo en voz baja, y lloró un poco más fuerte.

Le recordó a Nan, su hija. A un trayecto en coche con Nan sentada en la misma postura, dándole la espalda.

«Sólo es ir a Exeter —le había dicho—. Sólo es una discoteca, papá.»

«No toleraré ninguna de estas tonterías mientras vivas bajo mi techo. Así que sécate la cara o probarás la palma de mi mano y no será para secártela.»

¿Tan severo había sido con la chica cuando lo único que quería ella era salir de discotecas con sus amigos? Sí, lo había sido. Porque la cosa empezaba yendo a discotecas con los amigos y acababa en desgracia.

Todo aquello parecía muy inocente ahora. ¿En qué estaría pensando cuando negó a Nan unas horas de placer porque él no las había disfrutado cuando tenía su edad?

El día transcurrió despacio y las nubes cubrieron el cielo interior de Selevan. Estaba más que listo para ir al Salthouse Inn cuando llegó la hora de abrazar a los Dieciséis hombres de Tain. También estaba listo para hablar y la conversación se la proporcionaría su compañero habitual de copas, que ya le esperaba en un rincón al lado de la chimenea cuando entró en el bar del Salthouse Inn a última hora de la tarde.

Era Jago Reeth, y estaba sentado con su habitual pinta de Guinness entre las manos, los tobillos alrededor de las patas de su taburete y la espalda arqueada de manera que las gafas —reparadas en la varilla con un alambre— le habían resbalado hasta la punta de su nariz huesuda. Llevaba su uniforme habitual de vaqueros y sudadera manchado y sus botas estaban, como siempre, grises por el polvo del poliestireno lijado del taller de tablas de surf donde trabajaba. Hacía tiempo que había pasado la edad de jubilarse, pero cuando le preguntaban le gustaba decir: «Los viejos surfistas nunca mueren ni se consumen; simplemente buscan un trabajo normal cuando terminan sus días entre las olas». Los de Jago concluyeron por culpa del parkinson y Selevan siempre sentía compasión por su contemporáneo cuando veía que le temblaban las manos. Pero Jago siempre atajaba cualquier muestra de preocupación: «Ya he vivido lo mío. Es momento de dar paso a los jóvenes».

Por lo tanto, era el confesor perfecto para la situación en que se encontraba Selevan ahora mismo, y en cuanto tuvo su Glenmorangie en la mano le contó a su amigo el altercado que había tenido por la mañana con Tammy en respuesta a la pregunta de Jago.

—¿Cómo andas? —le dijo mientras se llevaba la jarra a la boca. Utilizó las dos manos, observó Selevan.

—Se está volviendo bollera —le dijo Selevan al término de su relato.

Jago se encogió de hombros.

—Bueno, los chavales tienen que hacer lo que quieran hacer, amigo. Si no, te metes en un lío. No veo qué sentido tiene hacer eso, ¿sabes?

—Pero sus padres...

—¿Qué saben los padres? ¿Qué sabías tú, por cierto? Y tú tuviste, ¿cuántos? ¿Cinco? ¿Sabías distinguir la gimnasia de la magnesia cuando tratabas con ellos?

No sabía distinguir nada de nada. Selevan tenía que reconocerlo, incluso cuando trataba con su mujer. Estaba demasiado ocupado cabreándose por tener que encargarse de la maldita lechería en lugar de hacer lo que quería hacer: alistarse en la Marina, ver mundo y largarse bien lejos de Cornualles. Había sido un desastre como padre y como marido y su papel de lechero no se le había dado mucho mejor.

—Para ti es fácil decirlo, amigo —comentó, pero no en tono desagradable. Jago no tenía hijos, nunca se había casado y había pasado su juventud y su madurez siguiendo olas.

Jago sonrió, mostrándole unos dientes que habían vivido mucho uso y pocos cuidados.

—Tienes toda la razón —admitió él—. Debería cerrar el pico.

—Y, de todos modos, ¿cómo iba a entender un inútil como yo a una chica? —preguntó Selevan.

—Sólo hay que evitar que les hagan un bombo demasiado pronto, en mi opinión.

Jago apuró el resto de su Guinness y se apartó de la mesa. Era alto y tardó un momento en desenredar sus largas piernas del taburete. Mientras iba a la barra a pedir otra cerveza, Selevan pensó en lo que había dicho su amigo.

Era un buen consejo, salvo que no se aplicaba a Tammy. Que le hicieran un bombo no figuraba entre sus intereses. De momento, lo que colgaba entre las piernas de los hombres no le seducía lo más mínimo. Si alguna vez la chica llegaba embarazada sería motivo de celebración, no se formaría el alboroto general que normalmente cabría suponer entre padres y parientes furiosos.

—No ha traído a ninguna bollera a casa —dijo cuando Jago volvió.

—Entonces, ¿por qué no se lo has preguntado?

—¿Y cómo demonios se supone que tengo que plantearlo?

—¿Te gustan más los felpudos que las pollas, cielo? ¿Por qué? —propuso Jago, y luego sonrió—. Mira, colega, tienes que mantener las puertas abiertas entre vosotros fingiendo que no ves lo que tienes delante. Los chavales no son como en nuestra época. Empiezan pronto y no saben lo que se hacen, ¿verdad? Los mayores están ahí para orientarles, no para dirigirles.

—Es lo que intento hacer —dijo Selevan.

—La cuestión es cómo lo intentas, tío.

Selevan no podía discutírselo. Ya había metido la pata con sus propios hijos y ahora estaba haciendo lo mismo con Tammy. Por el contrario, tenía que reconocerlo, Jago Reeth sí sabía tratar a los jóvenes. Había visto a los dos chicos Angarrack ir y venir de la caravana que Jago tenía alquilada en el Sea Dreams y cuando el chaval muerto, Santo Kerne, había ido a pedirle permiso a Selevan para acceder a la playa a través de su propiedad, acabó pasando más tiempo con el viejo surfista que en el agua cuando le dio su autorización: enceraban juntos la tabla de Santo, la examinaban en busca de abolladuras e imperfecciones, arreglaban las quillas, se sentaban en las sillas de playa en el trozo de césped descuidado que había junto a la caravana y hablaban. ¿Sobre qué?, se preguntaba Selevan. ¿Cómo se hablaba con alguien de otra generación?

Jago contestó como si hubiera formulado las preguntas en voz alta:

—Se trata más de escuchar que de otra cosa, de no soltar discursos cuando lo único que te mueres por hacer es soltar un discurso o dar un sermón. Maldita sea, qué ganas me entran de darles un sermón. Pero espero a que por fin me digan «bueno, ¿y tú qué opinas?», y ahí llega la oportunidad. Así de sencillo. —Guiñó un ojo—. Pero no es fácil, ya sabes. Un cuarto de hora con ellos y lo último que quieres es recuperar la juventud. Traumas y lágrimas.

—Lo dices por la chica —dijo Selevan sabiamente.

—Oh, sí, lo digo por la chica. Se llevó un buen golpe. No me pidió consejo antes ni después, pero… —Entonces bebió un trago largo de cerveza negra y se la pasó por la boca, lo cual seguramente era, pensó Selevan, su única concesión a la higiene bucal—, acabé rompiendo mi propia regla.

—¿Le soltaste un sermón?

—Le dije lo que haría yo en su lugar.

—¿Qué?

—Matar a ese cabrón. —Jago lo dijo con tranquilidad, como si Santo Kerne no estuviera muerto como un pavo el día de Navidad. Selevan levantó las dos cejas al oír aquello. Jago prosiguió—: No era posible, naturalmente, porque le dije que lo hiciera como algo simbólico. Mata el pasado, dile adiós; prende una hoguera y echa todo lo que tenga que ver con vosotros dos: agendas, diarios, cartas, felicitaciones, fotos, tarjetas de San Valentín, ositos de peluche, condones usados de su primer polvo si en el momento se había puesto sentimental... Todo. Deshazte de todo y pasa página.

—Fácil de decir —señaló Selevan.

—Cierto. Pero cuando para una chica es el primero y han llegado hasta el final, si las cosas van mal es la única manera. Borrón y cuenta nueva, es lo que pienso yo. Que es lo que por fin empezaba a hacer cuando... Bueno... cuando pasó.

—Qué mala suerte.

Jago asintió.

—Lo empeora todo para ella. ¿Cómo se supone ahora que va a ver a Santo Kerne de una manera real? No. Su trabajo para superarlo ha quedado interrumpido. Ojalá no hubiera sucedido todo esto. No era mal chaval, pero tenía sus cosas y ella no lo vio hasta que fue demasiado tarde, maldita sea. Entonces el tren ya había salido de la estación y lo único que podía hacer era apartarse.

—El amor es una putada —dijo Selevan.

—Es matador —coincidió Jago.

Capítulo 10

Lynley hojeó el libro de Gertrude Jekyll, las fotos y dibujos de jardines con los colores abundantes de la primavera inglesa. Las gamas eran suaves y relajantes y al mirarlas casi pudo sentir cómo sería sentarse en uno de los bancos de madera curada y dejarse llevar por el manto de pétalos de tonos pastel. Así debían ser los jardines, pensó. No los parterres formales de los isabelinos, plantados cuidadosamente con arbustos aburridos y escasa vegetación, sino la imitación exuberante de lo que tendría lugar en una naturaleza en la que hubieran desaparecido las malas hierbas pero donde se permitiera que florecieran otras plantas: bancos de color retozando descontroladamente en céspedes y arriates que desembocaban en senderos serpenteantes, como ocurriría en la naturaleza. Sí, Gertrude Jekyll sabía lo que se hacía.

—Son preciosos, ¿verdad?

Lynley alzó la vista. Daidre Trahair estaba delante de él, ofreciéndole una copa tallada. Mirándola, la veterinaria se disculpó con una mueca y dijo:

—Sólo tengo jerez de aperitivo. Creo que está aquí desde que compré la casa, hará ya... ¿cuatro años? —Sonrió—. No bebo mucho, así que en realidad no sé... ¿El jerez se pasa? No sé decirte si es seco o dulce, para serte sincera. Pero creo que es dulce. En la botella ponía «crema».

—Pues será dulce. Gracias. —Cogió la copa—. ¿Tú no bebes?

—Tengo una copita en la cocina.

—¿No vas a permitirme que te ayude? —Señaló con la cabeza hacia el lugar donde había escuchado ruidos domésticos—. No se me da muy bien. Soy espantoso, sinceramente, pero estoy seguro de que podré cortar algo si hay que cortar algo. Y medir también. Puedo decirte sin ruborizarme que soy un genio midiendo tazas y cucharadas.

—Es un consuelo —contestó ella—. ¿Eres capaz de preparar una ensalada si todos los ingredientes están colocados sobre la encimera y no tienes que tomar decisiones importantes?

—Mientras no tenga que aliñarla... No querrás que maneje lo que sea que se usa para aliñar una ensalada.

—No puedes ser tan negado —le dijo ella con una carcajada—. Seguro que tu mujer... —Calló. Su expresión se alteró, seguramente porque la de él también se había alterado. Ladeó la cabeza arrepentida—. Lo siento, Thomas. Es difícil no referirse a ella.

Lynley se levantó de su silla con el libro de Jekyll todavía en la mano.

—A Helen le habría encantado un jardín de Gertrude Jekyll —dijo—. Podaba los rosales de nuestra casa de Londres porque decía que estimulaba el nacimiento de más flores.

—Sí, tenía razón. ¿Le gustaba la jardinería?

—Le gustaba estar en los jardines. Creo que le gustaba el efecto de haber trabajado en el jardín.

—¿Pero no estás seguro?

—No lo sé seguro.

Nunca se lo había preguntado. Simplemente llegaba a casa después del trabajo y la encontraba con unas tijeras de podar en la mano y un cubo de rosas cortadas y marchitas a sus pies. Le miraba y se apartaba el pelo oscuro de la mejilla y decía algo sobre las rosas, sobre los jardines en general. Y lo que decía le arrancaba una sonrisa. Y la sonrisa le obligaba a olvidarse del mundo que había más allá de las paredes de su jardín, un mundo que había que olvidar y encerrar para que no se entrometiera en la vida que compartía con ella.

—Tampoco sabía cocinar, por cierto —añadió Thomas—. Se le daba fatal. Era un desastre absoluto.

—¿Entonces ninguno de los dos cocinaba?

—Ninguno de los dos. Yo sabía preparar huevos con tostadas, por supuesto, y a Helen se le daba de maravilla abrir latas de sopa, alubias y salmón ahumado, aunque había grandes posibilidades de que metiera la lata en el microondas y quemara todo el sistema eléctrico de la casa. Contratamos a una persona que nos hacía la comida. Era o curry para llevar o morir de hambre. Y la cantidad de curry que se puede comer tiene un límite.

—Pobrecitos —dijo Daidre—. Ven conmigo, pues. Supongo que al menos podrás aprender algo.

Regresó a la cocina y Thomas la siguió. De un armario, sacó un cuenco de madera —grabado con figuras primitivas bailando alrededor del borde— y cogió una tabla de cortar y varios alimentos reconocibles, gracias a Dios, que debían combinarse para preparar la ensalada. Le asignó la tarea dándole un cuchillo y diciendo:

—Échalo todo. Es lo bonito de las ensaladas. Cuando hayas llenado suficiente el cuenco, te enseñaré a preparar un aliño sencillo que no pondrá a prueba tus escasos talentos. ¿Alguna pregunta?

—Estoy seguro de que tendré alguna mientras vaya haciendo.

Trabajaron en un silencio cordial, Lynley en la ensalada y Daidre Trahair en un plato con judías verdes y menta. En el horno estaba cociéndose algo que olía a hojaldre y algo más hervía a fuego lento en un cazo. En un momento tuvieron preparada la comida y Daidre le instruyó en el arte de poner la mesa, algo que al menos sí sabía hacer, pero permitió que ella le enseñara porque hacerlo le permitía a él observarla y evaluarla.

Era muy consciente de las instrucciones de la inspectora Hannaford, y si bien no le gustaba la idea de utilizar la hospitalidad de Daidre Trahair como herramienta de investigación en lugar de como medio para acceder amigablemente a su mundo, su lado de policía venció la parte de él que era una criatura social necesitada de comunicarse con otras criaturas de su especie. Así que observó y esperó y permaneció atento a los detalles que pudiera recabar sobre ella.

Había pocos. La veterinaria iba con mucho cuidado. Lo cual era, en sí mismo, un detalle valioso.

Atacaron la cena en el minúsculo comedor de Daidre, donde un trozo de cartón pegado a una ventana le recordó su deber de repararla. Comieron algo que ella denominó Portobello Wellington junto con una guarnición de cuscús con tomates secos, judías verdes con ajo y menta y la ensalada de Thomas aliñada con aceite, vinagre, mostaza y un aderezo italiano. No tenían vino para beber, sólo agua con limón. Daidre se disculpó por ello, igual que había hecho con el jerez.

Dijo que esperaba que no le importara que la cena fuera vegetariana. No era estricta, le explicó, porque no consideraba pecado consumir productos animales como huevos y cosas así. Pero cuando se trataba de la carne de sus criaturas amigas en el planeta, le parecía demasiado… demasiado caníbal.

—Lo que les ocurre a los animales le ocurre al hombre —dijo—. Todo está conectado. —A Thomas le sonó a cita y, justo mientras lo pensaba, ella le dijo sin sonrojarse que lo era. Explicó con encanto—: En realidad no son palabras mías. No recuerdo quién las dijo o las escribió, pero cuando las leí hace unos años me pareció que era muy cierto.

—¿No se aplica a los zoológicos?

—¿Si encerrar a los animales provoca el encierro del hombre, quieres decir?

—Algo así. No me gustan demasiado los zoos, perdona.

—A mí tampoco. Se remontan a la época victoriana, ¿verdad? Ese entusiasmo por conocer el mundo natural sin sentir compasión por él. En realidad desprecio los zoos, si te soy sincera.

—Pero eliges trabajar en ellos.

—Elijo comprometerme a mejorar las condiciones de los animales que viven allí.

—Subviertes el sistema desde dentro.

—Tiene más sentido que llevar un cartel de protesta, ¿no crees?

—Como ir a la caza del zorro con un arenque colgado del caballo.

—¿Te gusta cazar zorros?

—Me parece execrable. Sólo he ido una vez, un 26 de diciembre. Debía de tener unos once años. Mi conclusión fue que Oscar Wilde tenía razón, aunque en ese momento no habría sabido expresarlo así. Sólo vi que no me gustaba. La idea de una jauría persiguiendo a un animal aterrado, y luego permitir despedazarlo si lo encuentran... No era para mí.

—Tienes un corazón indulgente con el mundo animal, entonces.

—No soy cazador, si es a lo que te refieres. Habría sido un hombre prehistórico muy malo.

—No habrías servido para matar mamuts.

—Me temo que la evolución se habría interrumpido precipitadamente si yo hubiera sido el jefe de la tribu.

Daidre se rio.

—Qué chistoso eres, Thomas.

—Sólo de vez en cuando —dijo él—. Cuéntame cómo subviertes el sistema.

—¿En el zoo? No tan bien como me gustaría. —Se sirvió más judías verdes y le pasó el cuenco—. Come más. La receta es de mi madre. El secreto está en la menta, hay que echarla en aceite de oliva caliente el tiempo justo para que se seque y así libere su sabor —arrugó la nariz—, o algo así. En cualquier caso, las judías las hierves durante cinco minutos. Si las dejas más, se ponen blandas, que es lo último que se pretende.

—No hay nada peor que una judía blanda —señaló Thomas. Se sirvió otra ración—. Mis elogios para tu madre. Están buenísimas. Debe de estar orgullosa. ¿Dónde vive tu madre? La mía al sur de Penzance, cerca de Lamorna Cave. Y me temo que cocina tan bien como yo.

—¿Eres un hombre de Cornualles, entonces?

—Más o menos, sí. ¿Y tú?

—Yo crecí en Falmouth.

—¿Naciste allí?

—Yo... Bueno, sí, supongo. Quiero decir que nací en casa y en esa época mis padres vivían a las afueras de Falmouth.

—¿En serio? Qué insólito —dijo Lynley—. Yo también nací en casa. Todos nacimos en casa.

—En un entorno más enrarecido que la habitación donde nací yo, me atrevería a decir —señaló Daidre—. ¿Cuántos sois?

—Sólo tres. Yo soy el mediano. Tengo una hermana mayor, Judith, y un hermano pequeño, Peter. ¿Y tú?

—Un hermano, Lok.

—Es un nombre poco común.

—Es chino. Nosotros lo adoptamos cuando yo tenía diecisiete años. —Cortó un trozo de su Portobello Wellington y lo sostuvo en el tenedor mientras seguía hablando—. Él tenía seis años. Estudia matemáticas en Oxford. Es un cerebrito, el muy bribón.

—¿Cómo es que lo adoptasteis?

—Lo vimos en la tele, en realidad, en un programa de la BBC1 sobre orfanatos chinos. Lo entregaron allí porque tenía espina bífida. Creo que sus padres pensaron que no podría cuidarles cuando fueran mayores, aunque no lo sé seguro, la verdad, y tampoco tenían los medios para ocuparse de él, así que lo dieron en adopción.

Lynley la observó. No parecía tener ningún artificio. Todo lo que decía podía verificarse fácilmente. Pero aun así…

—Nosotros, me gusta —le dijo.

Daidre estaba pinchando un poco de ensalada. Sostuvo el tenedor a medio camino de su boca y se sonrojó un poco.

—¿Nosotros? —preguntó, y Lynley vio que pensaba que se refería a ellos dos, en ese momento, sentados a su pequeña mesa de comedor. Él también se puso colorado.

—Has dicho que «vosotros» lo adoptasteis. Me ha gustado.

—Ah. Bueno, fue una decisión familiar. Siempre tomábamos las decisiones importantes en familia. Celebrábamos reuniones familiares los domingos por la tarde, justo después del asado y el pudín de Yorkshire.

—¿Entonces tus padres no eran vegetarianos?

—Dios mío, no. Comíamos carne y verdura. Cordero, cerdo o ternera todos los domingos, pollo de vez en cuando. Coles de Bruselas hervidas. Señor, odio las coles de Bruselas… Siempre las he odiado y siempre las odiaré. Y también zanahorias y coliflor.

—¿Judías no?

—¿Judías? —Lo miró perpleja.

—Has dicho que tu madre te enseñó la receta de judías verdes.

Daidre miró el cuenco, donde quedaban diez o doce.

—Oh, sí, las judías —dijo—. Eso sería después del curso de cocina. A mi padre le gustaba mucho la comida mediterránea y mamá decidió que debía haber vida más allá de los espaguetis a la boloñesa, así que se propuso encontrarla.

—¿En Falmouth?

—Sí. Ya he dicho que crecí en Falmouth.

—¿También fuiste al colegio allí?

Daidre lo observó abiertamente. Su rostro era amable y estaba sonriendo, pero había cautela en sus ojos.

—¿Me estás interrogando, Thomas?

Lynley levantó las dos manos, un gesto que debía interpretarse como franqueza y sumisión.

—Lo siento, gajes del oficio. Háblame de Gertrude Jekyll. —Por un momento se preguntó si lo haría, y añadió amablemente—: He visto que tienes diversos libros sobre ella.

—Es la antítesis absoluta de Capability Brown —fue su respuesta tras pensar un momento—. Comprendía que no todo el mundo tenía paisajes amplios con los que trabajar. Me gusta eso de ella. Yo tendría un jardín al estilo Jekyll si pudiera, pero aquí seguramente estoy condenada a las plantas suculentas. Cualquier otra cosa con el viento y este tiempo... Bueno, a veces hay que ser práctico.

—¿Y a veces no?

—Sin duda.

Habían terminado de comer durante la conversación y Daidre se levantó para empezar a recoger la mesa. Si se había ofendido por el interrogatorio lo ocultó bien, porque le sonrió y le dijo que fuera con ella para ayudarle a fregar los platos.

—Después de esto —dijo ella—, voy a pisotearte el corazón y a dejarte hecho polvo, metafóricamente hablando, por supuesto.

—¿Y cómo piensas hacerlo?

—¿En una sola noche, quieres decir? —Ladeó la cabeza en dirección al salón—. Con una partida de dardos. Tengo que practicar para un torneo y aunque imagino que no serás un gran contrincante, me sacarás del apuro.

—Mi única respuesta a eso tiene que ser que te daré una paliza y te humillaré —le dijo Lynley.

—Si me arrojas un guante así, tenemos que jugar ya —contestó ella—. El que pierda friega los platos.

—Hecho.

Ben Kerne sabía que tendría que llamar a su padre. Teniendo en cuenta la edad del anciano, también sabía que debería conducir hasta Pengelly Cove y contarle lo de Santo en persona, pero hacía años que no iba al pueblo y ahora mismo no podía enfrentarse a ello. Nada habría cambiado —en parte debido a su ubicación remota y más incluso al compromiso de sus habitantes de no alterar nunca nada, incluidas sus actitudes— y esa ausencia de cambio lo catapultaría de nuevo al pasado, que era el penúltimo lugar en el que deseaba vivir. El último era el presente. Anhelaba un limbo para la mente, un Leteo en el que poder nadar hasta que los recuerdos ya no le preocuparan.

Ben habría dejado pasar todo aquel asunto si los abuelos de Santo no adoraran a su nieto. Sabía que era improbable que algún día se pusieran en contacto con él, pues no lo habían hecho desde que se había casado y sólo hablaba con ellos cuando llamaba de vez en cuando, bien para mantener una conversación forzada en vacaciones, bien para hablar más libremente con su madre cuando la telefoneaba a su despacho o estaba desesperado por encontrar un sitio para mandar a Santo y a Kerra cuando Dellen atravesaba una de sus malas épocas. Las cosas tal vez habrían sido distintas si les hubiera escrito, quizá los habría ablandado con el tiempo. Pero no era de los que escribían y aunque así hubiese sido, tenía que pensar en Dellen y en su lealtad hacia ella y en todo lo que esa lealtad le había exigido desde la adolescencia. Así que dejó pasar todos los intentos por reconciliarse y ellos hicieron lo mismo. Y cuando su madre sufrió de repente un derrame cerebral con casi sesenta años, se enteró de su estado porque el suceso ocurrió mientras Santo y Kerra pasaban una temporada con sus abuelos y le llevaron la noticia cuando regresaron a casa. Incluso habían prohibido a los hermanos y hermanas de Ben que comunicaran la información.

Otro hombre quizás habría dispensado el mismo trato a sus padres ahora, permitiendo que se enteraran de la muerte de

Santo como el destino quisiera. Pero Ben había intentado ser distinto a su padre —si bien había fracasado en muchos sentidos— y eso significaba crear una grieta en la pared que en estos momentos rodeaba su corazón y permitir que alguna forma de compasión penetrara en él a pesar de su necesidad de ocultarse en un lugar donde podría llorar a salvo todas las cosas que necesitaba llorar.

En todo caso, la policía iba a ponerse en contacto con Eddie y Ann Kerne, porque eso era lo que hacía la policía. Hurgaba en las vidas y las historias de todos aquellos relacionados con el fallecido —Dios mío, estaba llamando «fallecido» a Santo, ¿qué significaba aquello sobre el estado de su corazón?— y buscaba cualquier detalle que pudiera utilizarse para culpar a alguien. Sin duda el dolor que sentiría su padre cuando se enterara de lo de Santo le empujaría primero a soltar palabrotas y luego acusaciones sin que su esposa quisiera o pudiera actuar como influencia moderadora de sus palabras; Ann Kerne se quedaría cerca transmitiendo lo que sentía: tormento después

de estar años con un hombre a quien amaba pero cuyo carácter apenas podía suavizar. Y aunque no pudiera acusarse a Ben de nada en la muerte de Santo, el trabajo de la policía era deducir y atar cabos, por muy poco relacionados que estuvieran. Así que no necesitaba que hablaran con su padre sin que éste supiera lo que le había sucedido a su nieto preferido.

Ben decidió llamar desde su despacho y no desde el piso familiar y bajó por las escaleras para prolongar lo inevitable. Cuando llegó, no descolgó el teléfono enseguida, sino que miró la pizarra donde estaban marcadas las semanas anteriores y posteriores a la inauguración de Adventures Unlimited en forma de calendario con las actividades y las reservas anotadas en él. En la pizarra vio reflejado lo mucho que necesitaban a Alan Cheston. Durante los meses anteriores a la llegada de Alan, Dellen se había encargado del marketing de Adventures Unlimited, pero no lo había asumido como un trabajo de verdad. Tenía ideas, pero prácticamente no les daba continuidad. La organización no era su fuerte.

«¿Y cuál es su fuerte, si me permites preguntártelo? —habría dicho su padre—. No, no te molestes, no hace falta que me respondas. Todo el puto pueblo sabe qué es lo que se le da bien, que no te quepa la menor duda, hijo mío.»

No era cierto, naturalmente. Sólo era la forma que tenía su padre de ridiculizarle porque creía que no había que alabar a los niños, algo que en la mente de Eddie Kerne significaba que los niños no debían tener confianza en sus propias decisiones. No era mal hombre, sólo firme en su manera de ser, que no era la de Ben, así que chocaron.

Igual que el propio Ben y su hijo, pensó. El verdadero infierno de ser padre era darse cuenta de que tu propio padre proyectaba una sombra de la que no podías esperar escapar.

Examinó el calendario. Quedaban cuatro semanas para la inauguración y tenían que abrir, aunque no veía cómo podrían hacerlo. Su corazón no estaba en ello, pero habían invertido tantísimo dinero en el proyecto que no abrir o posponer la inauguración no eran alternativas viables. Además, para Ben las reservas que tenían eran pactos que no podían romperse, y si bien no contaban con tantas como había soñado en este punto del desarrollo del negocio, confiaba en que haber contratado a Alan Cheston solucionaría aquel tema. Alan tenía ideas y los medios para convertirlas en realidad. Era listo, y también un líder. Y lo más importante, no se parecía en nada a Santo.

Ben detestó la deslealtad de aquel pensamiento. Al pensar en ello estaba haciendo lo que había jurado que nunca haría: repetir el pasado. «¡Estás pensando con la puta polla, chico!», habían sido las palabras de su padre, entonadas sólo variando la emoción que las subrayaba: desde la tristeza a la furia, pasando por el escarnio y el desdén. Santo había hecho casi lo mismo y Ben no quería pensar en qué había detrás de la tendencia de su hijo a los devaneos sexuales o adónde podía haberle llevado esa tendencia.

Antes de poder evitarlo mucho más, descolgó el teléfono de su mesa. Marcó los números. No dudaba de que su padre aún estaría levantado y rondaría por la casa destartalada. Como Ben, Eddie Kerne era insomne. Todavía estaría horas despierto, haciendo lo que hiciera uno por la noche cuando estaba comprometido con un estilo de vida ecológico, como había decidido su padre hacía tiempo. Eddie Kerne y su familia sólo tenían electricidad si podían generarla gracias al viento o al agua; sólo tenían agua si podían desviarla de un arroyo o subirla de un pozo. Tenían calefacción cuando los paneles solares la producían. Cultivaban o criaban lo que necesitaban para alimentarse y su casa era una granja abandonada y en ruinas, comprada a un precio de ganga y rescatada de la destrucción por Eddie Kerne y sus hijos: piedra a piedra, encalada, techada y con unas ventanas montadas con tanta inexperiencia que el viento invernal se filtraba por las rendijas entre los marcos y las paredes.

Su padre respondió como lo hacía normalmente.

—Al habla —rugió. Cuando Ben no habló de inmediato, su padre añadió—: Si estás ahí, dale ya. Si no, cuelga el teléfono.

—Soy Ben.

—¿Qué Ben?

—Benesek. No te he despertado, ¿verdad?

—¿Y qué si lo has hecho? —preguntó después de una breve pausa—. ¿Acaso ahora te importa alguien aparte de ti mismo?

«De tal padre, tal astilla —quiso responder Ben—. Tuve un profesor muy bueno.» Pero en lugar de eso dijo:

—Santo murió ayer. He pensado que querrías saberlo, ya que él te tenía cariño, y he pensado que tal vez el sentimiento era mutuo.

Otra pausa. Ésta fue más larga. Y luego:

—Cabrón —dijo su padre. Su voz era tan tensa que Ben pensó que iba a romperse—. Cabrón. No has cambiado, ¿verdad, joder?

—¿Quieres saber lo que le pasó a Santo?

—¿Qué le dejaste hacer?

—¿Qué hice esta vez, quieres decir?

—¿Qué pasó, maldita sea? ¿Qué coño pasó?

Ben se lo contó tan brevemente como pudo. Al final añadió el tema del asesinato. No lo llamó «asesinato», sino que utilizó la palabra «homicidio».

—Alguien dañó su equipo de escalada —le dijo a su padre.

—Dios santo. —La voz de Eddie Kerne se alteró, había pasado del enfado al horror. Pero volvió a pasar al enfado rápidamente—: ¿Y qué diablos estabas haciendo tú mientras él escalaba algún maldito acantilado? ¿Mirándole? ¿Animándole? ¿O montándotelo con ella?

—Salió a escalar solo. Yo no sabía que se había ido. No sé por qué fue. —Esto último era mentira, pero no podía soportar darle más munición a su padre—. Al principio creyeron que había sido un accidente, pero cuando examinaron su equipo vieron que alguien lo había manipulado.

—¿Quién?

—Bueno, no lo saben, papá. Si lo supieran, lo habrían detenido y el tema estaría solucionado.

—¿«Solucionado»? ¿Así hablas de la muerte de tu hijo? ¿De tu propia sangre? ¿«Solucionado»? ¿El tema se soluciona y tú sigues con tu vida? ¿Es eso, Benesek? ¿Tú y esa cómo se llame avanzáis hacia el futuro y dejáis atrás el pasado? Bueno, se te da bien eso, ¿no? Y a ella también. Ella es un genio, si mal no recuerdo. ¿Cómo se ha tomado todo esto? Interfiere en su estilo de vida, ¿no?

Ben había olvidado los énfasis desagradables del discurso de su padre, cargado de palabras y preguntas mordaces, todas diseñadas para socavar la conciencia frágil que uno tenía de sí mismo. Nadie debía ser un individuo en el mundo de Eddie Kerne. La familia significaba adherirse a una sola creencia y un solo modo de vida. «De tal palo, tal astilla», pensó de repente. Cuánto la había fastidiado con la clase de paternidad que le habían concedido.

—Todavía no hay fecha para el funeral —dijo Ben—. La policía no nos ha entregado el cuerpo. Ni siquiera le he visto todavía.

—¿Cómo diablos sabes que es Santo, entonces?

—Como su coche estaba en el lugar, como su identificación estaba en el coche, como todavía no ha vuelto a casa, creo que se puede decir sin temor a equivocarnos que se trata de Santo.

—Eres un desgraciado, Benesek. Mira que hablar así de tu propio hijo...

—¿Qué quieres que diga cuando nada de lo que diga será correcto? He llamado para contártelo porque ibas a enterarte igual por la policía y he pensado...

—No quieres eso, ¿verdad? Que yo y la poli hablemos. Que yo me ponga a hablar por esta boquita y ellos pongan la oreja.

—Si es lo que crees... —dijo Ben—. Lo que iba a decir es que supuse que agradecerías saber la noticia por mí y no por la policía. Hablarán contigo y con mamá. Hablarán con todo el mundo relacionado con Santo. He pensado que querrías saber qué les traía por tu propiedad cuando aparezcan.

—Oh, habría imaginado que tenía que ver contigo —dijo Eddie Kerne.

—Sí. Supongo que sí.

Ben colgó entonces, sin despedirse. Estaba de pie, pero se sentó a su mesa. Notaba una gran presión creciendo en su interior, como si un tumor en su pecho estuviera aumentando hasta un tamaño que le cortaría la respiración. La habitación parecía cerrada. Pronto se agotaría el oxígeno.

Necesitaba escapar. Como siempre, habría dicho su padre. Su padre: un hombre que reescribía la historia para adaptarla al propósito que exigiera cada momento. Pero para este momento no había ninguna historia, sólo podía lidiar con el presente.

Se levantó. Recorrió los pasillos hasta el cuarto del material, adonde ya había ido antes y adonde había llevado a la inspectora Hannaford. Esta vez, sin embargo, no se acercó a la hilera de armarios largos donde guardaban el equipo de escalada, sino que cruzó la habitación y entró en otra más pequeña, donde había un aparador del tamaño de un armario ropero grande con un candado colgando del cerrojo. La única llave que había de esta cerradura obraba en su poder y ahora la utilizó. Cuando abrió la puerta, el olor a goma vieja fue intenso. Habían pasado más de veinte años. Antes incluso de que naciera Kerra. Seguramente se caería a trozos.

Pero no fue así. Se puso el traje antes de tener claro por qué se lo ponía, vistiéndose todo de neopreno, y se subió la cremallera de la espalda ayudándose del cordón, un tirón fuerte. El resto fue fácil. No se había deteriorado porque siempre había cuidado su equipo.

«Anda, venga, vámonos a casa —le decían sus amigos—. No seas cabrón, Kerne. Se nos está helando el culo.»

Había una manguera y la usaba para quitar la sal, y luego hacía lo mismo cuando llevaba el equipo a casa. Los equipos de surf eran caros y no quería tener que comprarse otro porque la sal hubiera deteriorado y podrido el que tenía. Así que lavaba el traje a conciencia —los escarpines, los guantes y también el gorro—, y lo mismo con la tabla. Sus compañeros se desternillaban y le llamaban mariquita, pero él no cedía en sus intenciones.

Pensó en eso y en todo lo demás. Sintió la maldición de su propia determinación.

La tabla también estaba en el armario. La sacó con cuidado y la examinó. No tenía ni una abolladura, la superficie todavía estaba encerada. Una verdadera antigualla para los estándares de hoy, pero perfectamente adecuada para lo que pensaba hacer, fuera lo que fuese, porque no lo sabía exactamente. Tan sólo quería salir del hotel. Cogió los escarpines, los guantes y el gorro y se puso la tabla bajo el brazo.

El cuarto del material tenía una puerta que conducía a la terraza y de ahí se llegaba a la piscina todavía vacía. Una escalera de hormigón en el otro extremo del área de la piscina conducía a la colina a la que el viejo hotel debía su nombre y un sendero a lo largo del borde de dicha colina seguía la curva de la playa de St. Mevan. Pegadas al acantilado había una hilera de casetas de playa, no las típicas que normalmente se encuentran separadas, sino una fila unida que parecía un establo largo y bajo con puertas azules estrechas.

Ben siguió esta ruta, aspirando el aire frío y salado y escuchando el estrépito de las olas. Se detuvo arriba de las casetas para ponerse el gorro de neopreno, pero los escarpines y los guantes se los enfundaría cuando llegara a la orilla.

Miró el mar. Había subido la marea, así que los arrecifes estaban cubiertos y mantendrían las olas constantes. Desde allí parecían tener un metro y medio de altura y el oleaje venía del sur. Rompían a la derecha, con viento de tierra. Si hubiera sido de día —incluso si estuviera amaneciendo o atardeciendo—, se consideraría que las condiciones eran buenas hasta para esta época del año, cuando el agua todavía estaría fría como un cubito de hielo.

Nadie hacía surf de noche. Abundaban los peligros, desde tiburones a arrecifes y corrientes. Pero la cuestión no era tanto surfear como recordar, y, aunque Ben no quería recordar, hablar con su padre estaba obligándole a ello. Era eso o quedarse en el hotel de la Colina del Rey Jorge, y con eso sí que no podía.

Bajó la escalera hasta la playa. Allí abajo no había luces, pero al menos las farolas altas del sendero de la colina iluminaban las rocas y la arena. Siguió su camino por las placas de pizarra y las piedras de arenisca, restos de la cima del acantilado que ahora formaba la base de la colina, y por fin pisó la playa. No era la arena blanda de una isla tropical, sino los cascajos producidos a lo largo de millones de años a medida que el suelo helado fue calentándose, hasta que los desprendimientos lentos dejaron gravilla gruesa tras de sí y el agua que golpeaba constantemente estas rocas las redujo a pequeños granos duros que brillaban con el sol, pero que a oscuras estaban apagados y tenían un color gris y pardusco, implacables para la piel y ásperos al tacto.

A su derecha estaba el Sea Pit, y ahora la marea alta lo llenaba con agua nueva, casi sumergiéndola para conseguirlo. A su izquierda estaba el afluente del río Cas y, más allá, lo que quedaba del canal de Casvelyn. Delante tenía el mar, agitado y exigente, llamándolo.

Dejó la tabla en la arena y se enfundó los escarpines y los guantes. Se puso un momento en cuclillas —una figura negra agachada dando la espalda a Casvelyn— y observó la fosforescencia de las olas. De joven iba a la playa por la noche, pero no para hacer surf. Cuando terminaban de coger olas, encendían una hoguera. Cuando lo único que quedaban eran las brasas, se ponían en parejas y, si la marea era baja, las magníficas cuevas de Pengelly Cove les hacían señas. Allí hacían el amor. Sobre una manta, o no. Semivestidos o desnudos. Borrachos, un poco achispados o sobrios.

Ella era más joven en esa época. Le pertenecía. Era lo que él deseaba, lo único que deseaba. Ella también lo sabía y ahí había surgido el problema.

Ben se levantó y se acercó al agua con la tabla. No tenía cuerda, pero no importaba. Si la perdía, la perdía. Como tantas otras cosas en su vida, mantener la tabla cerca de él si se caía era una preocupación que ahora mismo no podía controlar.

Sus pies y tobillos recibieron primero el impacto del frío y luego fueron las piernas, los muslos y el torso. La temperatura de su cuerpo tardaría unos momentos en calentar el agua dentro del traje y, mientras tanto, el frío glacial le recordaba que estaba vivo.

Con el agua a la altura de los muslos, se deslizó sobre la tabla y comenzó a remar por el agua blanca hacia el arrecife de la derecha. La espuma le salpicó la cara y las olas bañaron su cuerpo. Pensó, brevemente, que podría remar para siempre, hasta que se hiciera de día, hasta que estuviera tan lejos de la orilla que Cornualles fuera tan sólo un recuerdo. Pero en lugar de eso, gobernado sombríamente por el amor y el deber, se detuvo después de los arrecifes y allí se sentó en la tabla a horcajadas. Primero dando la espalda a la orilla, mirando el mar inmenso y ondulante. Luego giró la tabla y vio las luces de Casvelyn: la hilera de farolas altas que brillaban blancas en la colina y luego el resplandor ámbar detrás de las cortinas de las ventanas de las casas del pueblo, como las luces de gas del siglo XIX o las hogueras de una época anterior.

Las olas eran seductoras, le ofrecían un ritmo hipnótico que era tan reconfortante como falso. Era como regresar al vientre materno. Podías tumbarte sobre la tabla, mecerte en el mar y dormir para siempre. Pero las olas rompían —el agua caía sobre sí misma— y la masa continental que había debajo subía hasta la orilla. Aquel lugar entrañaba peligro y también seducción. Había que actuar o someterse a la fuerza de las olas.

Se preguntó si, después de tantos años, reconocería el momento: esa confluencia de forma, fuerza y ondulación que anunciaba al surfista que había que lanzarse. Pero algunas cosas eran un acto reflejo y vio que coger olas era una de ellas. La comprensión y la experiencia se fusionaban en la aptitud, y el paso del tiempo no se la había robado.

Se formó la cúspide de la ola y Ben se elevó con ella: primero remando, después con una rodilla sobre la tabla, y luego se irguió. No tenía gomas autoadhesivas en la cola de la tabla para mantener el pie fijo en su sitio porque en esta tabla —en su tabla— nunca había colocado esta pieza. Se lanzó a la pared de la ola. Giró ganando altura y velocidad, sus músculos actuaban sólo de memoria. Entonces se encontró en el tubo y estaba limpio. «Habitación verde, colega —habrían gritado—. ¡Yiiijáa! Estás en la habitación verde, Kerne.»

Surfeó hasta que sólo quedó agua blanca y allí se bajó, con el mar a la altura de los muslos otra vez en la parte menos profunda, y cogió la tabla antes de que se alejara de él. Se quedó quieto con las olas interiores rompiendo contra él. Le costaba respirar y permaneció allí hasta que los latidos de su corazón se ralentizaron.

Entonces caminó hacia la playa, el agua del mar caía de su cuerpo como una capa. Se dirigió hacia las escaleras.

Mientras lo hacía, una figura —una silueta en la medianoche— avanzó a su encuentro.

Kerra le había visto marcharse del hotel. Al principio, no supo que era su padre. En realidad, en un momento de locura el corazón le dio un brinco y pensó que era Santo quien estaba ahí abajo, cruzando la terraza y subiendo la escalera hacia la colina y la playa de St. Mevan para surfear de noche en secreto. Le había observado desde arriba y al ver sólo la figura vestida de negro y saber que esa figura había salido del hotel... No pudo pensar otra cosa. Había sido todo un error, pensó disparatadamente. Un error terrible, espantoso, horrible. Habían encontrado un cadáver en la base de ese acantilado en Polcare Cove, pero no era el de su hermano.

Así que corrió hacia las escaleras y las bajó, porque el ascensor antiguo habría sido demasiado lento. Atravesó a toda velocidad el comedor, que, como el cuarto del material, se abría a la terraza y también lo cruzó y subió corriendo las escaleras. Cuando llegó a la colina, la figura vestida de negro estaba abajo en la playa, de cuclillas junto a la tabla de surf. Así que esperó allí y observó. Sólo cuando se acercó después de ver que cogía una sola ola se percató de que era su padre.

Su mente se llenó de preguntas y luego de ira, con el porqué eterno e incontestable sobre prácticamente todo lo que había definido su infancia. ¿Por qué fingiste...? ¿Por qué discutías con Santo por...? Y, más allá de eso, estaba el quién de todo aquello. ¿Quién eres, papá?

Pero no formuló ninguna de estas preguntas inacabadas mientras su padre llegaba a donde estaba ella al pie de las escaleras, sino que intentó leer su rostro en la penumbra.

Su padre se detuvo. Su expresión pareció suavizarse y dio la impresión de que quería hablar. Pero cuando al fin abrió la boca, fue sólo para decir:

—Kerra, tesoro. —Y pasó a su lado. Subió los peldaños hasta el sendero de la colina y ella lo siguió. Sin mediar palabra, se acercaron al hotel, donde descendieron hacia la piscina vacía. Su padre se detuvo al lado de una manguera y lavó la tabla para quitarle el agua salada. Luego siguió caminando y entró en el hotel.

En el cuarto del material se quitó el traje de neopreno. Debajo llevaba los calzoncillos y tenía la carne de gallina por culpa del frío, pero no parecía importarle porque no temblaba. Llevó el traje a un cubo de basura de plástico grande que había en un rincón del cuarto y lo echó dentro sin ceremonias. La tabla, que estaba goteando, la llevó a otro cuarto —un cuarto interior, vio Kerra, una habitación del hotel que todavía no había investigado— y la guardó en un armario. Su padre lo cerró con un candado, que luego comprobó como para asegurarse que el contenido del mismo estaba a salvo de las miradas de los curiosos. De las miradas de la familia, se percató. De las miradas de ella y de Santo, porque su madre debía de conocer aquel secreto desde siempre.

«Santo», pensó Kerra. Menuda hipocresía. Sencillamente no entendía nada.

Su padre utilizó la camiseta para secarse. La lanzó a un lado y se puso el jersey. Le hizo un gesto para que se diera la vuelta, cosa que hizo, y oyó que se quitaba los calzoncillos, que cayeron al suelo, y luego que se subía la cremallera de los pantalones.

—De acuerdo —dijo entonces. Ella se dio la vuelta otra vez y se encontraron cara a cara. Era evidente que su padre esperaba sus preguntas.

Kerra decidió sorprenderle igual que él la había sorprendido a ella. Así que dijo:

—Es por ella, ¿verdad?

—¿Por quién?

—Por mamá. No podías surfear y vigilarla al mismo tiempo, así que dejaste el surf. Es eso, ¿no? Te he visto, papá. ¿Cuánto tiempo ha pasado? ¿Veinte años? ¿Más?

—Sí. Desde antes de que nacieras.

—Así que te has puesto el traje de neopreno, has salido ahí fuera, has cogido la primera ola y eso ha sido todo. Ningún problema. Ha sido fácil, un juego de niños. Nada del otro mundo. Como caminar. Como respirar.

—Sí, eso es. Así ha sido.

—Lo que significa que… ¿Cuánto tiempo llevabas surfeando cuando lo dejaste?

Su padre recogió la camiseta y la dobló con esmero a pesar de cómo la había dejado, toda empapada.

—Casi toda la vida —contestó—. Es lo que hacíamos en esa época, no había nada más. Ya has visto cómo viven tus abuelos. Teníamos la playa en verano y el colegio el resto del año. En casa había trabajo intentando que el maldito edificio no se viniera abajo, y cuando teníamos tiempo libre hacíamos surf. No había dinero para irse de vacaciones. Nada de vuelos baratos a España. No era como ahora.

—Pero lo dejaste.

—Lo dejé. Las cosas cambian, Kerra.

—Sí. Apareció ella. Ése fue el cambio. Te liaste con ella y cuando viste cómo era, ya era demasiado tarde, no podías escapar. Así que tuviste que elegir y la elegiste a ella.

—No es tan sencillo.

Ben pasó al lado de Kerra, salió de la habitación más pequeña y entró en el cuarto del material, más grande. Esperó a que le siguiera y cuando estuvo con él cerró la puerta de la habitación pequeña con llave.

—¿Lo sabía Santo?

—¿El qué?

—Esto. —Señaló la puerta que acababa de cerrar—. Eras bueno, ¿verdad? He visto suficiente para saberlo. Entonces, ¿por qué…?

De repente, se encontró más al borde de las lágrimas de lo que había estado en las últimas treinta horas fatídicas.

Su padre la observaba. Ella vio que estaba inefablemente triste y en esa tristeza comprendió que, si bien eran una familia —ellos cuatro antes, ellos tres ahora—, tan sólo eran una familia de nombre. Más allá de compartir un apellido, eran y siempre habían sido un depositario de secretos, simplemente. Ella había creído que todos esos secretos estaban relacionados con su madre, con los problemas que tenía, con los periodos de extraña alteración que sufría. Y eran secretos de los que ella formaba parte desde hacía tiempo porque no había manera de evitar saberlos cuando el simple hecho de llegar a casa después del colegio podía colocarla en medio de lo que siempre se había denominado «una situación un poco embarazosa; no le digas ni una palabra a tu padre, cielo». Pero papá lo sabía de todos modos. Todos lo sabían por la ropa que llevaba, su forma de ladear la cabeza cuando hablaba, la cadencia de sus frases, el tamborileo de sus dedos en la mesa durante la cena y la inquietud en sus ojos. Y el rojo; lo sabían por el rojo. Para Kerra y para Santo, lo que seguía inmediatamente a ese color era una visita prolongada a los viejos Kerne y su abuelo diciendo: «¿Qué ha hecho ahora esa zorra?». Pero la orden con la que vivían Kerra y Santo era «No digáis nada de esto a vuestros abuelos, ¿entendido?». Había que tener fe, guardar el secreto y, al final, las cosas volverían a la normalidad, fuera lo que fuese eso.

Pero ahora Kerra comprendió que había incluso más secretos que aquellos que había guardado sobre su madre: pedazos misteriosos de información que iban más allá de la psique confusa de Dellen y que también afectaban a su padre. Al entender esa verdad hiriente, Kerra se dio cuenta de que no había ningún terreno sólido que pisar si deseaba avanzar y seguir hacia el futuro.

—Yo tenía trece años —dijo—. Había un chico que me gustaba, se llamaba Stuart. Él tenía catorce y la cara llena de granos horribles, pero a mí me gustaba. Los granos hacían que pareciera una apuesta segura, ¿sabes? Sólo que no lo era. Es gracioso porque en realidad lo único que hice fue ir a la cocina a por unas tartaletas de mermelada y algo de beber, tardé menos de cinco minutos, y no hizo falta más. Stuart no entendía qué pasaba. Pero yo sí, porque había crecido sabiéndolo. Igual que Santo. Sólo que él estaba a salvo porque, afrontémoslo, Santo era igual que ella.

—No en todos los sentidos —dijo su padre—. No. Eso no.

—Eso. Lo sabes. «Eso.» Y en sentidos que me afectaban a mí.

—Ah. Madlyn.

—Éramos mejores amigas antes de que Santo se fijara en ella.

—Kerra, Santo no quería...

—Sí, sí quería. Vaya si quería, joder. Y lo peor de todo es que no le hizo falta perseguirla. Ya estaba persiguiendo... ¿Qué? ¿A tres chicas más? ¿O ya había terminado con ellas? —Sabía que su voz transmitía lo que parecía: resentimiento. Pero en aquel momento le pareció que nada en su vida había estado nunca a salvo de la depredación.

—Kerra —dijo su padre—, la gente elige su camino. No puedes hacer nada para remediarlo.

—¿De verdad crees eso? ¿Así la defiendes a ella? ¿A él?

—No estoy…

—Sí. Siempre lo has hecho, al menos con ella. Te ha puesto en ridículo durante casi toda mi vida y me juego lo que quieras que también desde el día en que la conociste.

Si a Ben le ofendió el comentario de Kerra, no lo dijo.

—No hablaba de tu madre, tesoro, ni tampoco de Santo. Hablaba de ese chico, Stuart, fuera quien fuese, de Madlyn Angarrack. —Hizo una pausa antes de acabar diciendo—: De Alan, Kerra. De todo el mundo. Las personas elegirán su camino. Es mejor que las dejes hacerlo.

—¿Como hiciste tú, quieres decir?

—No puedo explicarte más.

—¿Porque es un secreto? —preguntó Kerra, y no le importó que la pregunta sonara como una provocación—. ¿Como el resto de cosas de tu vida? ¿Como el surf?

—No elegimos dónde querer. No elegimos a quién querer.

—Yo no lo creo en absoluto —dijo ella—. Dime por qué no te gustaba que Santo hiciera surf.

—Porque creía que no le aportaría nada bueno.

—¿Es lo que te pasó a ti?

Ben no dijo nada. Por un momento, Kerra pensó que no respondería. Pero al final dijo lo que sabía que diría:

—Sí. A mí no me aportó nada bueno. Así que colgué la tabla y seguí adelante con mi vida.

—Con ella —señaló Kerra.

—Sí. Con tu madre.

Capítulo 11

La inspectora Hannaford llegó tarde a la comisaría de policía, con un humor de perros y con las palabras de despedida de Ray todavía atormentándola. No quería que nada de lo que tuviera que decirle habitara en su conciencia, pero su ex marido sabía cómo transformar un «adiós» de un momento social inocuo en un dardo envenenado y había que ser veloz para esquivarlo. Ella era rápida verbalmente cuando no tenía nada más en la cabeza, pero en mitad de una investigación de asesinato le resultaba imposible serlo.

Había tenido que ceder en el tema de Pete, otra razón por la que llegaba tarde a la comisaría. Dada la ausencia de agentes del equipo de investigación criminal para trabajar, y a que sólo le habían prestado un equipo de relevo —¿y quién diablos sabía cuándo iban a retirárselo?—, tendría que dedicar muchas horas al caso y alguien debía cuidar a Pete. No tanto porque el chico no pudiera cuidar de sí mismo, ya que llevaba años cocinando y había perfeccionado el arte de hacer la colada el día que su madre había vuelto púrpura su querida camiseta del Arsenal, sino porque había que llevarlo del colegio al entreno de fútbol o a esta visita o aquélla y había que vigilar el tiempo que pasaba en Internet y controlarle los deberes o no se molestaría en hacerlos. En resumen, era un chico de catorce años que necesitaba la supervisión habitual de sus padres. Bea sabía que debía agradecer que su ex marido estuviera dispuesto a asumir el reto.

Salvo que... Estaba convencida de que Ray había orquestado toda la situación sólo por ese motivo: para conseguir acceso libre a Pete. Quería tener una vía más segura con su hijo y había visto todo aquello como una oportunidad para conseguirlo. El nuevo entusiasmo de Pete por quedarse en casa de su padre sugería que Ray también estaba triunfando en ese terreno, lo que provocó que Bea se preguntara cómo enfocaba exactamente Ray la paternidad: desde las comidas que servía a Pete hasta la libertad que le daba.

Así que acribilló a preguntas a su ex marido mientras Pete iba a la habitación de invitados —su habitación, como la llamaba él— a guardar sus cosas, y Ray consiguió encontrar la raíz de sus preguntas de esa forma que tanto lo caracterizaba.

—Está contento de estar aquí porque me quiere —fue su contestación—. Igual que está contento de estar contigo porque te quiere. Tiene dos padres, no uno, Beatrice. Si lo ponemos todo en una balanza, es algo bueno, lo sabes.

Bea quiso decirle «¿dos padres? Ah, vale. Genial, Ray», pero en lugar de eso, dijo:

—No quiero que le expongas a…

—¿Chicas de veinticinco años correteando desnudas por casa? —preguntó—. Me temo que no. Les he dicho al harén de bellezas que viven aquí en la mansión Playboy que las orgías se posponen de manera indefinida. Tienen el corazón roto, yo mismo estoy destrozado, pero ahí lo tienes. Pete es lo primero.

Se había apoyado en la encimera de la cocina. Había revisado el correo del día anterior y no había indicio alguno de la presencia de alguien más en la casa. Bea lo había comprobado tan subrepticiamente como había podido, diciéndose que no quería exponer a Pete a ninguna relación sexual promiscua de nadie, a su edad y antes de tener la oportunidad de explicarle cada una de las enfermedades de transmisión sexual que podía contraer si jugaba con las partes de su cuerpo.

—Tienes unas ideas muy extrañas de cómo empleo el poco tiempo libre de que dispongo, cariño —le dijo Ray.

Bea no mordió el anzuelo. Le dio una bolsa de provisiones porque no quería estar en deuda con él por quedarse con Pete durante una temporada cuando no le tocaba. Entonces gritó el nombre de su hijo, se despidió de él con un abrazo y le dio un beso en la mejilla con el ruido más fuerte que pudo, a pesar de que el niño se retorciera y dijera «ay, mami», y se marchó de la casa.

Ray la siguió hasta el coche. Hacía viento y el día estaba gris, también comenzaba a llover, pero no corrió ni buscó refugio. Esperó a que Bea hubiera subido y le hizo un gesto para que bajara la ventanilla. Cuando ella la bajó, Ray se inclinó hacia delante y dijo:

—¿Qué hará falta, Beatrice?

—¿Cómo? —preguntó ella, sin ocultar su irritación.

—Para que me perdones. ¿Qué tengo que hacer?

Bea sacudió la cabeza con incredulidad, dio marcha atrás por el sendero de entrada y se alejó. Pero no consiguió borrar la pregunta de su cabeza.

Estaba predispuesta a enfadarse con el sargento Collins y el agente McNulty cuando por fin entró en la comisaría a grandes zancadas, pero los dos pobres patanes hicieron que fuera imposible sentir algo parecido al enfado. Debido a su tardanza, Collins había estado a la altura de las circunstancias y había encomendado a la mitad de los agentes de relevo sondear la zona en un radio de cinco kilómetros a partir de Polcare Cove por si obtenían algo interesante de los habitantes de las diversas aldeas y granjas. A los demás les dijo que comprobaran los historiales de todas las personas relacionadas con el crimen: cada uno de los Kerne —en especial la situación financiera de Ben Kerne y si ésta había cambiado con el fallecimiento de su hijo—, Madlyn Angarrack, la familia de ésta, Daidre Trahair, Thomas Lynley y Alan Cheston. Estaban tomando las huellas a todo el mundo y habían informado a los Kerne de que el cuerpo de Santo estaba listo para la formalidad del proceso de identificación en Truro.

Mientras tanto, el agente McNulty había estado trabajando en el ordenador de Santo Kerne. Cuando Bea llegó, se encontraba revisando todos los e-mails borrados («Voy a tardar horas, maldita sea», le comunicó, como si esperara que le dijera que olvidara aquella operación tediosa, algo que no tenía intención de hacer) y antes de eso había extraído de los archivos del ordenador lo que parecían más diseños para camisetas.

McNulty los había dividido en categorías: negocios locales cuyos nombres reconocía (como pubs, hoteles y tiendas de surf); grupos de rock tanto populares como sumamente desconocidos; festivales, desde música a arte; y, por último, aquellos diseños que eran cuestionables porque «tenía un presentimiento sobre ellos», lo que Bea interpretó que significaba que no sabía qué representaban. Se equivocaba, como descubrió enseguida.

El primer diseño de camisetas cuestionable era para Liquid-Earth, un nombre que Bea reconoció de la factura encontrada en el coche de Santo Kerne. Era, le explicó el agente McNulty, el nombre de una empresa de fabricación de tablas de surf. El propietario era Lewis Angarrack.

—¿Como Madlyn Angarrack? —le preguntó Bea.

—Es su padre.

—Interesante.

—¿Qué hay de los otros?

Cornish Gold era el segundo diseño que había destacado. Pertenecía a una fábrica de sidra, le dijo.

—¿Por qué es importante?

—Es el único negocio de fuera de Casvelyn. He pensado que merecía la pena investigarlo.

McNulty tal vez no fuera tan inútil como había concluido antes, se dijo Bea.

—¿Y el último? —Examinó detenidamente el diseño. Al parecer constaba de dos lados. El anverso declaraba: REALIZA UN ACTO DE SUBVERSIÓN escrito encima de un cubo de basura, que sugería de todo, desde bombas en la calle a hurgar en las basuras de los famosos para recoger información y venderla a los tabloides. En el reverso, sin embargo, el asunto se aclaraba. COME GRATIS, decía un pilluelo a lo Artful Dodger que señalaba el mismo cubo de basura, volcado y con el contenido desparramado por el suelo.

—¿Qué opinas de este dibujo? —preguntó Bea al agente.

—No sé, pero me ha parecido que valía la pena investigarlo porque no tiene nada que ver con ninguna organización, a diferencia de los otros. He tenido un presentimiento, ya se lo he dicho. Lo que no puede identificarse debe examinarse.

Sonaba como si citara un manual. Pero demostraba sentido común, la primera señal que daba de él. Aquello la esperanzó.

—Puede que tenga futuro en esta profesión —le dijo Bea.

El agente no pareció del todo contento con la idea.

Por la mañana, Tammy estaba callada, lo que inquietó a Selevan Penrule. Siempre había sido taciturna, pero esta vez su falta de conversación parecía indicar un ensimismamiento que no había mostrado hasta entonces. Antes, a su abuelo siempre le había parecido que la chica tenía un carácter prodigiosamente tranquilo, otra señal más de que algo raro le pasaba, porque se suponía que a su edad no debía ser tranquila respecto a nada. Se suponía que tenía que preocuparse por su piel y su cuerpo, por llevar la ropa adecuada y el peinado perfecto y otras tonterías así. Pero esa mañana parecía absorta en algo. Selevan albergaba pocas dudas sobre qué era ese algo.

Estudió cómo enfocar el tema. Pensó en la conversación que había mantenido con Jago Reeth y en lo que Jago había dicho sobre orientar y no dirigir a los jóvenes. A pesar de que Selevan había reaccionado diciéndole «para ti es fácil decirlo, amigo», tenía que reconocer que las palabras de Jago eran sensatas. ¿Qué sentido tenía intentar imponer tu voluntad a un adolescente cuando éste también tenía su propia voluntad? Las personas no tenían que hacer lo mismo que sus padres, ¿no? Si así fuera, el mundo no cambiaría nunca, nunca evolucionaría, tal vez nunca sería interesante siquiera. Todo sería rígido, generación tras generación. Pero, por otro lado, ¿tan malo era eso?

Selevan no lo sabía. Lo que sí sabía era que había acabado haciendo lo mismo que sus padres, pese a sus propios deseos sobre el asunto y por un giro cruel del destino personificado en la salud enfermiza de su padre. Así que cedió al deber y el resultado final fue que continuó con una lechería de la que había querido escapar cuanto antes, primero de niño y luego de adolescente. Nunca pensó que aquella situación fuera justa, así que debía preguntarse si la familia estaba siendo justa con Tammy, al oponerse a sus deseos. Por otro lado, ¿qué pasaba si sus deseos no eran sus deseos sino el resultado de su miedo? Esa pregunta sí requería una respuesta. Pero no podía contestarse a menos que se formulara.

Sin embargo, esperó. Primero tenía que cumplir la promesa que le había hecho a ella y a sus padres, y eso significaba revisar su mochila antes de llevarla en coche al trabajo. La chica se sometió al registro con resignación. Le observó en silencio. Selevan notaba su mirada mientras hurgaba en sus pertenencias en busca de material prohibido. Nada. Un almuerzo escaso, una cartera con cinco libras que le había dado como asignación dos semanas antes, un bálsamo de labios y su libreta de direcciones. También había una novela de bolsillo y Selevan se abalanzó sobre ella al considerarla una prueba. Pero el título —*Las sandalias del pescador*— sugería que por fin estaba leyendo sobre Cornualles y su patrimonio, así que lo dejó pasar. Le devolvió la mochila con un comentario brusco:

—Quiero verla siempre así.

Luego se fijó en que llevaba puesto algo que no había visto antes. No era una prenda nueva. Seguía vistiendo toda de negro de los pies a la cabeza, como la reina Victoria después de la muerte de su marido Alberto, pero lucía algo distinto alrededor del cuello. Lo llevaba por dentro del jersey y lo único que podía ver era la cuerda verde.

—¿Qué es esto? —preguntó, y lo sacó. No parecía un collar; pero si lo era, era el más extraño que había visto nunca.

Tenía dos extremos, idénticos los dos, con unos cuadrados pequeños de tela. Estaban decorados con una M bordada sobre la que también había grabada una pequeña corona dorada. Selevan examinó los cuadrados de tela con recelo.

—¿Qué es esto, niña? —preguntó a Tammy.

—Un escapulario —contestó ella.

—¿Un escapu qué?

—Un escapulario.

—¿Y qué significa la M?

—María.

—¿Qué María? —preguntó.

Ella suspiró.

—Oh, yayo —fue su respuesta.

Esta reacción no le alivió precisamente. Se guardó el escapulario y le dijo que moviera el trasero hacia el coche. Cuando se reunió con ella, sabía que había llegado el momento, así que habló.

—¿Es miedo? —le preguntó.

—¿Qué miedo?

—Ya sabes qué miedo: a los hombres. ¿Tu madre te ha...? Ya sabes. Maldita sea, ya sabes de qué estoy hablando, niña.

—La verdad es que no.

—¿Te ha hablado tu madre...?

A su mujer, su madre no se lo había contado. La pobre Dot no sabía nada. Había llegado a él no sólo virgen, sino también ignorante como un corderito. Él había estado desastroso por culpa de la inexperiencia y los nervios, que se manifestaron en impaciencia y provocaron que ella llorara de terror. Pero las chicas modernas no eran así, ¿verdad? Ya lo sabían todo antes de cumplir diez años.

Por otro lado, la ignorancia y el miedo explicaban muchas cosas sobre Tammy. Porque podían ser la raíz de lo que estaba viviendo actualmente, guardándoselo todo para ella.

—¿Te ha hablado tu madre de eso, niña?

—¿De qué?

—De las flores y las abejas. Los gatos y los gatitos. ¿Te ha contado tu madre?

—Oh, yayo —dijo ella.

—Déjate de «oh, yayo» y ponme al tanto, maldita sea. Porque si no te lo ha contado...

«Pobre Dot —pensó—. Pobre Dot, que lo ignoraba todo.» Era la mayor en una familia de chicas y nunca había visto a un hombre adulto desnudo excepto en los museos, y la pobre mujer realmente pensaba que los genitales de los hombres tenían forma de hoja de parra... Dios mío, qué horror de noche de bodas. Lo que aprendió de ella fue lo idiota que había sido por mostrar respeto y esperar al matrimonio, porque si lo hubieran hecho antes al menos ella habría sabido si quería casarse de verdad... Sólo que entonces habría insistido en casarse, así que lo mirara como lo mirase, se vio atrapado; como siempre lo había estado: por el amor, por el deber y ahora por Tammy.

—¿Qué se supone que significa ese «oh, yayo»? —le preguntó—. ¿Lo sabes? ¿Te da vergüenza? ¿Qué te pasa?

Tammy agachó la cabeza. Selevan pensó que tal vez estuviera a punto de echarse a llorar y él no quería eso, así que arrancó el coche. Subieron la cuesta y salieron del parque de caravanas. Vio que la chica no iba a hablar: pretendía ponerle las cosas difíciles. Qué testaruda era, diantre. No podía imaginar de dónde le venía, pero no le sorprendía que sus padres hubieran llegado a desesperarse con ella.

No le quedaba más remedio que insistir si no iba a responderle, así que después de salir del parque de caravanas y subir por la carretera hacia Casvelyn, Selevan sacó sus armas.

—Es el orden natural de las cosas —le dijo—. Los hombres y las mujeres juntos. Todo lo demás es antinatural y me refiero a todo lo demás, ya entiendes qué quiero decir, niña. No hay que preocuparse porque tengamos partes distintas; nuestras partes distintas deben juntarse. El hombre se pone arriba y la mujer debajo. Juntan sus cosas porque así es como funciona. Él se mete dentro y retozan un rato y cuando acaban, se duermen. Después a veces sale un bebé. A veces no. Pero es como tiene que ser y si el hombre anda con ojo, se convierte en algo muy bonito que los dos pueden disfrutar.

Ahí estaba. Ya lo había dicho. Pero quería repetir una parte, para asegurarse de que lo entendía.

—Todo lo demás —dijo dando un golpecito en el volante— no está en el orden natural de las cosas y tenemos que ser naturales. Naturales, como la naturaleza. Y en la naturaleza lo que no se ve y nunca verás…

—He estado hablando con Dios —dijo Tammy.

Ésa sí era una manera de poner fin a una conversación, pensó Selevan. Y justo cuando menos se lo esperaba, como si no hubiera estado intentando decirle algo a la chica.

—¿Ah, sí? —le preguntó—. ¿Y qué te ha respondido Dios? Qué majo que tenga tiempo para ti, por cierto, porque el muy cabrón nunca ha tenido tiempo para mí.

—He intentado escuchar. —Tammy hablaba como una niña que tiene cosas en la cabeza—. He intentado escuchar su voz.

—¿Su voz? ¿La voz de Dios? ¿Desde dónde? ¿Esperas que salga de las aulagas o algo así?

—La voz de Dios viene de dentro —dijo Tammy, y se tocó suavemente el pecho delgado con el puño cerrado—. He intentado escuchar la voz que oigo en mi interior. Es una voz sosegada, la voz de lo que está bien. Cuando la oyes, lo sabes, yayo.

—¿La oyes mucho?

—Cuando estoy tranquila. Pero ahora no puedo.

—Yo te he visto tranquila día y noche.

—Pero no por dentro.

—¿Por qué? —Selevan la miró. Estaba concentrada en el día lluvioso, caían gotas de los setos mientras el coche los dejaba atrás, una urraca cruzaba el cielo.

—Tengo la cabeza llena de ruido —dijo—. Si mi cabeza no se calla, no puedo escuchar a Dios.

«¿Ruido?», pensó Selevan. ¿De qué hablaba aquella chica exasperante? Un momento creía que había conseguido que entrara en razón y al otro volvía a desconcertarlo.

—¿Qué tienes ahí arriba, entonces? —le preguntó, y le dio un golpecito en la cabeza—. ¿Duendes y demonios?

—No te rías —contestó ella—. Estoy intentando decirte... No puedo preguntar nada ni preguntárselo a nadie. Así que te lo digo a ti, porque no se me ocurre nadie más. Supongo que estoy pidiendo ayuda, yayo.

Ahora habían llegado al fondo de la cuestión, pensó. Era el momento que habían esperado los padres de la chica. El tiempo que había pasado con su abuelo había merecido la pena. Esperó a que continuara hablando.

—Mmm —dijo para indicar su disposición a escucharla. Transcurrieron los minutos mientras se acercaban a Casvelyn. Tammy no dijo nada más hasta que llegaron al pueblo.

Entonces fue breve. Selevan había parado en el arcén delante de la tienda de surf Clean Barrel antes de que hablara.

—Si supiera algo —le dijo Tammy con los ojos clavados en la puerta de la tienda— y si lo que supiera pudiera causarle problemas a alguien... ¿Qué debería hacer, yayo? He estado preguntándoselo a Dios, pero no me ha contestado. ¿Qué debería hacer? Podría seguir preguntando, porque cuando le pasa algo malo a alguien a quien aprecias, es como...

—El chico Kerne —la interrumpió Selevan—. ¿Sabes algo sobre el chico Kerne, Tammy? Mírame, niña, no mires afuera.

Ella lo miró. Selevan vio que estaba más atribulada de lo que pensaba. Así que sólo existía una respuesta y se la debía, a pesar de los inconvenientes que pudiera provocar en su propia vida.

—Si sabes algo, tienes que contárselo a la policía —dijo—. No hay más. Tienes que hacerlo hoy.

Capítulo 12

Le superaba en los dardos. Lynley lo había descubierto bien pronto la noche anterior y añadió aquella información a lo poco que sabía sobre Daidre Trahair. Tenía una diana montada detrás de la puerta del comedor, algo en lo que no había reparado antes porque dejó la puerta abierta en lugar de cerrarla al viento frío, que podía penetrar en el edificio desde el vestíbulo minúsculo cuando alguien entraba en la cabaña.

Debió saber que tendría problemas cuando sacó una cinta para medir la distancia exacta de dos metros treinta y siete centímetros desde la puerta cerrada. Allí colocó el atizador de la chimenea en paralelo y dijo que era su línea de tiro.

—¿De acuerdo? —le dijo ella—. Esta línea marca dónde tiene que colocarse el jugador, Thomas.

Entonces tuvo la primera pista verdadera de que seguramente estaba sentenciado. Pero pensó «¿qué dificultad puede entrañar?» y fue como un corderito metafórico al matadero, accediendo a un juego llamado 501 sobre el que no sabía nada de nada.

—¿Hay reglas? —preguntó.

Ella lo miró con recelo.

—Por supuesto que hay reglas. Es un juego, Thomas.

Y procedió a explicárselas. Empezó por la diana y él se vio desbordado casi de inmediato cuando se refirió a las coronas doble y triple y lo que significaba para la puntuación alcanzar una de ellas. Nunca había pensado que fuera estúpido —siempre le había parecido que identificar el blanco era lo único que había que saber para jugar a los dardos—, pero al cabo de unos momentos, estaba totalmente perdido.

Era sencillo, le dijo Daidre.

—Los dos empezamos con una puntuación de 501 y el objetivo es llegar a cero. Cada uno lanza tres dardos. Dar en el blanco son cincuenta puntos, en la corona exterior, veinticinco, y cualquier dardo en las coronas doble o triple duplica o triplica la puntuación del segmento. ¿Sí?

Thomas asintió. No estaba en absoluto seguro de qué hablaba, pero la confianza, creía él, era la clave del éxito.

—Bien. Ahora, hay una advertencia: el último dardo tiene que alcanzar un doble o el blanco. Y, además, si reduces tu puntuación a uno o por debajo de cero, tu turno termina de inmediato y la tirada pasa al otro lanzador. ¿Me sigues?

Thomas asintió. A estas alturas todavía estaba menos seguro, pero decidió que no podía ser difícil alcanzar una diana situada a menos de tres metros. Además, sólo era un juego y tenía un ego lo bastante fuerte como para salir indemne si Daidre ganaba la partida. Porque podían jugar otra. Dos de tres. Tres de cinco. No importaba. Sólo era una diversión para pasar la noche, ¿no?

Daidre ganó todas las partidas. Podrían haber jugado toda la noche y seguramente habría seguido ganando. Resultó que la muy bruja —porque eso era lo que pensaba de ella para entonces— no sólo era jugadora de torneos, sino también la clase de mujer que no creía que hubiera que preservar el ego de un hombre permitiéndole ciertos momentos de supremacía engañosa.

Al menos tuvo la gentileza de sentirse moderadamente avergonzada.

—Oh, vaya, Dios mío. Bueno, la verdad es que nunca dejo ganar a nadie. Nunca me ha parecido correcto.

—Eres… asombrosa —dijo Thomas—. La cabeza me da vueltas.

—Es que juego mucho. No te lo he dicho, ¿verdad?, así que pagaré una penalización por no contarte la verdad. Te ayudaré con los platos.

Cumplió su palabra y fueron a la cocina en un ambiente cordial; él se encargó de lavar y ella de secar. Le hizo limpiar los fogones —«es lo justo», le dijo—, pero ella barrió el suelo y fregó la pila. Thomas se descubrió disfrutando de su compañía y, en consecuencia, se sintió incómodo cuando tuvo que enfrentarse a la tarea que le habían encomendado.

La hizo de todos modos. En el fondo de su esencia era policía y alguien había muerto a consecuencia de un asesinato. Daidre había mentido a un investigador e independientemente de que estuviera disfrutando de la velada, tenía un trabajo que hacer para la inspectora Hannaford y pensaba hacerlo.

Lo emprendió a la mañana siguiente y desde su habitación en el Salthouse Inn fue capaz de distanciarse bastante. Gracias a unas sencillas llamadas telefónicas descubrió que alguien que se llamaba Daidre Trahair era, en efecto, uno de los veterinarios del zoo de Bristol. Cuando pidió hablar con la doctora Trahair, le comunicaron que se había cogido unos días de baja para atender un asunto familiar en Cornualles.

Aquella noticia no le dio que pensar. A menudo la gente afirmaba tener que ocuparse de asuntos familiares cuando dichos asuntos simplemente se correspondían con la necesidad de escapar unos días de un trabajo estresante. Decidió que no podía tomárselo en cuenta.

La historia sobre el hermano chino adoptado también era cierta. Lok Trahair estudiaba, efectivamente, en la Universidad de Oxford. La propia Daidre estaba licenciada en biología por la Universidad de Glasgow y después había estudiado en el Royal Veterinary College para obtener el título de veterinaria. Todo aquello estaba muy bien, pensó Lynley. Tal vez tuviera secretos que deseaba ocultar a la inspectora Hannaford, pero no eran sobre su identidad o la de su hermano.

Siguió ahondando en su educación, pero ahí fue donde topó con el primer problema. Daidre Trahair había estudiado la secundaria en Falmouth, pero antes de eso no había ningún expediente de ella. No constaba como alumna de ninguna escuela del pueblo: ni pública ni privada, ni normal ni internado ni de monjas... No había nada. O no había vivido en Falmouth durante esos años de su educación o la habían mandado fuera o se había escolarizado en casa.

Sin embargo, habría mencionado haber estudiado en casa, ya que, como había reconocido ella misma, había nacido allí. Era una continuación lógica, ¿no?

No estaba seguro. Tampoco estaba seguro de qué más podía hacer. Estaba considerando sus opciones cuando un golpeteo en la puerta de su habitación lo despertó de sus pensamientos. Siobhan Rourke le entregó un paquete pequeño. Acababa de llegar en el correo, le dijo.

Thomas le dio las gracias y cuando estuvo solo otra vez, lo abrió automáticamente y encontró su cartera. También la abrió. Era un acto reflejo, pero fue más que eso. De repente, recuperó la conciencia de quién era; un hecho para el que no estaba preparado. El carné de conducir doblado en un cuadrado, una tarjeta de débito, tarjetas de crédito, una foto de Helen.

La cogió entre sus dedos. Era de Helen en Navidad, menos de dos meses antes de morir. Tuvieron unas vacaciones apresuradas, sin tiempo para visitar a la familia de ella ni de él porque Lynley estaba en medio de un caso. «No te preocupes, habrá otras Navidades, cariño», le había dicho ella.

«Helen», pensó.

Tuvo que obligarse a regresar al presente. Guardó en su sitio en la cartera la foto de su mujer con la mejilla apoyada en la mano, sonriéndole desde la mesa del desayuno, el pelo todavía despeinado, la cara lavada, como le encantaba a él. Dejó la cartera en la mesita de noche, junto al teléfono. Se sentó en silencio, escuchando sólo su respiración. Pensó en su nombre. Pensó en su cara. No pensó en nada.

Al cabo de un momento, reanudó su trabajo. Se planteó sus opciones. Había que seguir investigando a Daidre Trahair, pero no quería ser él quien lo hiciera, por mucha lealtad que sintiera hacia un colega policía. Porque él no era policía, ni aquí ni ahora. Pero otros sí.

Antes de poder frenarse, porque sería muy fácil hacerlo, descolgó el teléfono y marcó un número que conocía mejor que el suyo. Y una voz tan familiar como la de un familiar respondió al otro lado: Dorothea Harriman, la secretaria de departamento de New Scotland Yard.

Al principio no estaba seguro de si podría hablar, pero al final consiguió decir:

—Dee.

Ella le reconoció al instante.

—Comisario... Inspector... ¿Señor? —dijo en voz muy baja.

—Sólo Thomas —dijo él—. Sólo Thomas, Dee.

—Oh, madre mía, no, señor —fue su respuesta. Dee Harriman, quien nunca había llamado a nadie por otro nombre que no incluyera su rango completo—. ¿Cómo está, comisario Lynley?

—Estoy bien, Dee. ¿Está Barbara disponible?

—¿La sargento Havers? —Una pregunta estúpida, nada propia de Dee. Lynley se dijo que por qué la había hecho—. No. No está, comisario. No está aquí. Pero el sargento Nkata anda por aquí, y el inspector Stewart. Y también el inspect…

Lynley le ahorró el recitado interminable.

—Llamaré a Barbara al móvil. Y, Dee…

—Diga, comisario.

—No le digas a nadie que he llamado. ¿De acuerdo?

—Pero ¿está usted…?

—Por favor.

—Sí, sí, por supuesto. Pero esperamos… No sólo yo… Sé que hablo por todo el mundo si le digo…

—Gracias.

Colgó. Pensó en telefonear a Barbara Havers, compañera de tantos años y amiga cascarrabias. Sabía que le ofrecería su ayuda encantada, pero lo haría demasiado encantada y, si se encontraba en medio de una investigación, lo haría igualmente y luego padecería las consecuencias de ese ofrecimiento sin mencionárselo.

No sabía si podía hacerlo por otros motivos: lo que había sentido en cuanto escuchó la voz de Dorothea Harriman. Era demasiado pronto, obviamente, tal vez la herida fuera demasiado profunda para que sanara.

Sin embargo, un chico había muerto y Lynley era quien era. Volvió a descolgar el teléfono.

—¿Sí? —El modo de responder era típico de Havers. También lo hizo gritando, porque era evidente que estaba desplazándose a algún sitio en la trampa mortal de su coche, a juzgar por el ruido de fondo.

Respiró hondo, todavía indeciso.

—Eh. ¿Hay alguien ahí? —dijo ella—. No te oigo. ¿Me oyes?

—Sí. Te oigo, Barbara —dijo—. El juego está en marcha. ¿Puedes ayudarme?

Hubo una pausa larga. Lynley oyó ruidos procedentes de su radio, el sonido distante del tráfico. Prudentemente, pareció,

Havers se detuvo en el arcén de la carretera para hablar. Pero siguió sin decir nada.

—¿Barbara? —dijo Lynley.

—Dígame, señor —fue su respuesta.

LiquidEarth se encontraba en Binner Down, entre un grupo de pequeñas empresas manufactureras en los terrenos de una base aérea militar desmantelada hacía tiempo. Era una reliquia de la Segunda Guerra Mundial, reducida durante todas aquellas décadas posteriores a una combinación de edificios destartalados, calles llenas de surcos y cubiertas de zarzas. Entre las construcciones abandonadas a lo largo de las calles, la zona parecía un vertedero. Trampas para langostas y redes de pescador en desuso se apilaban al lado de bloques de hormigón roto; neumáticos tirados y muebles mohosos languidecían contra tanques de propano; retretes manchados y lavabos descascarillados eran elementos que contrastaban en este entorno y luchaban contra la hiedra silvestre. Había colchones, bolsas de basura negras llenas de sabe Dios qué, sillas de tres patas, puertas astilladas, marcos de ventanas destrozados. Era un sitio perfecto para deshacerse de un cadáver, concluyó Bea Hannaford. Se tardarían años en encontrarlo.

El olor del lugar se colaba incluso dentro del coche. La humedad del aire transportaba los humos y el estiércol de vaca de una lechería que había al otro lado del pueblo. Añadiéndose a aquel ambiente general desagradable, había en el asfalto charcos de agua de lluvia estancada con manchas de aceite.

Había traído al agente McNulty con ella, tanto para que le hiciera de copiloto como para que tomara notas. Basándose en los comentarios que había realizado en el cuarto de Santo Kerne el día anterior, decidió que quizá resultara útil en temas relacionados con el surf, y como había residido toda la vida en Casvelyn, al menos conocía el pueblo.

Habían llegado a LiquidEarth trazando una ruta tortuosa que los llevó por el puerto, que formaba el extremo nororiental del canal en desuso de Casvelyn. Accedieron a Binner Down desde una calle llamada Arundel, de la que salía un sendero lleno de baches que pasaba por una granja mugrienta. Detrás se encontraba la base aérea desmantelada y más allá, a lo lejos, se levantaba una casa en ruinas, un lugar desastroso tomado por una sucesión de surfistas y que había quedado destrozado por culpa de su ocupación. McNulty pareció tomárselo con filosofía. ¿Qué podía esperarse?, parecía decir.

Bea pronto vio que era afortunada por contar con él, porque no había ninguna dirección que identificara los negocios asentados en el antiguo aeródromo. Eran edificios de hormigón prácticamente sin ventanas con techos de metal galvanizado de los que sobresalía la hiedra. Rampas de cemento agrietadas conducían a puertas metálicas pesadas delante de cada uno y de vez en cuando había un pasillo entre ellos.

McNulty dirigió a Bea por un camino en el extremo norte del aeródromo. Después de dar botes durante unos trescientos metros, con el consecuente dolor en la columna, el agente dijo por fin:

—Ya estamos, jefa.

Señaló una de tres casetas que en su día, declaró, habían alojado a las mujeres de la sección femenina de la Marina Real Británica. A Bea le resultó bastante difícil de creer, pero la época había sido dura. Comparado con llevar una existencia penosa en una zona bombardeada de Londres o Coventry, seguramente este lugar era el paraíso.

Después de bajar del coche y realizar algunos movimientos quiroprácticos para aliviar el dolor de espalda, McNulty señaló lo cerca que estaba este punto de la morada de los surfistas. La llamó Binner Down House y se erigía a lo lejos, justo enfrente de la colina que tenían delante. Era práctico para ellos si lo pensabas. Si necesitaban reparar las tablas, sólo tenían que cruzar y dejárselas a Lew Angarrack.

Entraron en LiquidEarth por una puerta fortificada con no menos de cuatro cerrojos. Se encontraron de inmediato en un taller de exposición pequeño, donde en estantes a lo largo de dos paredes había apoyadas tablas largas y cortas con el morro hacia arriba y sin quillas. En una tercera pared había colgados pósters de surf con olas del tamaño de un transatlántico, mientras que en la cuarta pared estaba el mostrador del negocio. Dentro y detrás del mismo, había una exposición de accesorios para la práctica del surf: bolsas para tablas, cuerdas, quillas. No había trajes de neopreno. Tampoco camisetas diseñadas por Santo Kerne.

El lugar desprendía un olor que producía picor en los ojos. Resultó provenir de un cuarto polvoriento situado al fondo del taller de exposición, donde un hombre que llevaba un mono, el pelo recogido en una coleta y gafas grandes vertía con cuidado la sustancia de un cubo de plástico sobre una tabla de surf colocada sobre dos caballetes.

El hombre se movía despacio, tal vez por la naturaleza del trabajo, tal vez por su discapacidad, sus costumbres o su edad. Tenía temblores, vio Bea. Por el parkinson, el alcohol o lo que fuera.

—Disculpe. ¿El señor Angarrack? —dijo la inspectora justo cuando oyeron, a un lado, el sonido de una herramienta eléctrica detrás de una puerta cerrada.

—No es él —dijo McNulty en voz baja detrás de ella—. Lew será el que está en la otra habitación, perfilando una tabla.

Bea interpretó que aquello significaba que Angarrack estaba manejando la herramienta que hacía el ruido. Mientras llegaba a esa conclusión, el señor mayor se dio la vuelta. Tenía una cara antigua y llevaba las gafas unidas con un alambre.

—Lo siento. Ahora no puedo dejar esto —dijo señalando con la cabeza lo que estaba haciendo—. Pero entren. ¿Son los policías?

Era obvio, ya que McNulty vestía de uniforme. Pero Bea dio un paso adelante, dejando huellas en el suelo cubierto de polvo de poliestireno y le mostró su identificación. El hombre le echó un vistazo superficial asintiendo con la cabeza y dijo que él era Jago Reeth, el estratificador. Estaba aplicando la última capa de resina a una tabla y tenía que repartirla antes de que comenzara a fijarse o tendría problemas para lijarla. Pero estaría libre para hablar con ellos cuando terminara si querían. Si querían hablar con Lew, estaba dando los primeros retoques a los cantos de una tabla y no querría que nadie lo molestara, porque le gustaba hacerlo de una vez.

—Nos aseguraremos de presentarle nuestras disculpas —le dijo Bea a Jago Reeth—. ¿Puede ir a buscarle o podemos…? —Señaló la puerta tras la cual el chirrido de una herramienta evidenciaba un trabajo laborioso con los cantos.

—Esperen, entonces —dijo Jago—. Dejen que me ocupe de

esto. No tardaré ni cinco minutos y hay que hacerlo enseguida.

Le observaron mientras terminaba con el cubo de plástico. La resina formó un charco poco profundo definido por la curva de la tabla de surf y utilizó un pincel para repartirla de manera uniforme. Una vez más, Bea se fijó en el temblor de su mano mientras manejaba el pincel. Pareció que el hombre le leyó el pensamiento a través de la mirada.

—No me quedan muchos años buenos —dijo el hombre—. Debí coger las olas grandes cuando tuve ocasión.

—¿También practica surf? —le preguntó Bea a Jago Reeth.

—Ahora ya no. Si quiero ver el día de mañana. —Alzó la vista para mirarla desde su posición inclinada sobre la tabla. Detrás de las gafas, cuyos cristales tenían motitas blancas, sus ojos eran claros y penetrantes a pesar de su edad—. Han venido por Santo Kerne, supongo. Fue un asesinato, ¿no?

—Lo sabe, ¿verdad? —preguntó Bea a Jago Reeth.

—No lo sabía —dijo—. Me lo imaginaba.

—¿Por qué?

—Están aquí. ¿Por qué iban a venir si no fuera un asesinato? ¿O se pasean por ahí dando el pésame a todo el mundo que conocía al chaval?

—¿Se cuenta usted entre ellos?

—Sí —respondió—. Hacía poco, pero le conocía. Hará unos seis meses, desde que empecé a trabajar con Lew.

—¿Así que no reside en el pueblo desde siempre?

El hombre deslizó el pincel a lo largo de toda la tabla.

—¿Yo? No. Esta vez venía de Australia. Llevo siguiendo la temporada desde que tengo memoria.

—¿De verano o de surf?

—En algunos lugares es lo mismo. En otros, es invierno. Siempre necesitan gente que fabrique tablas, y yo soy su hombre.

—¿No es un poco pronto aquí para la temporada?

—No tanto. Sólo quedan unas semanas. Y ahora es cuando más me necesitan porque los pedidos entran antes de que empiece. Luego, durante la temporada, las tablas se abollan y hay que repararlas. Newquay, North Shore, Queensland, California. Voy allí a trabajar. Antes trabajaba primero y surfeaba después; a veces al revés.

—Pero ya no.

—Diablos, no. Seguro que me mataría. El padre de Santo pensaba que el chico se mataría surfeando, ¿saben? Menudo idiota. Es más seguro que cruzar la calle. Y los chavales están en contacto con el aire libre y el sol.

—Escalando acantilados también —señaló Bea.

Jago la miró.

—Y mire cómo acabó.

—¿Conoce a los Kerne, entonces?

—A Santo. Ya se lo he dicho. Y al resto por lo que él me contaba. Eso es todo lo que sé.

Dejó el pincel en el cubo, que había puesto en el suelo debajo de la tabla, y examinó detenidamente su trabajo, poniéndose en cuclillas para estudiarla desde la cola hasta morro. Entonces se levantó y fue a la puerta tras la que estaban perfilándose los cantos de la tabla. La cerró después de entrar y, al cabo de un momento, la herramienta paró.

El agente McNulty, vio Bea, estaba inspeccionando el lugar con una arruga entre las cejas, como si pensara en lo que estaba observando. Ella no sabía nada sobre la fabricación de tablas de surf, así que dijo:

—¿Qué?

El hombre despertó de sus pensamientos.

—Algo. Todavía no lo sé exactamente.

—¿Sobre el lugar? ¿Sobre Reeth? ¿Sobre Santo? ¿Su familia? ¿Qué?

—No estoy seguro.

La inspectora soltó un suspiro. Seguramente el agente necesitaría una tabla *ouija*.

Lew Angarrack se reunió con ellos. Iba vestido igual que Jago Reeth, con un mono blanco de papel resistente, el acompañamiento perfecto para el resto de su aspecto, que también era blanco. Su abundante pelo podría ser de cualquier color —seguramente canoso, debido a su edad, que parecía sobrepasar los cuarenta y cinco—, pero ahora parecía una peluca de abogado inglés, por lo cubierto que estaba de polvo de poliestireno. Este mismo polvo formaba un fina pátina en su frente y sus mejillas. Alrededor de la boca y los ojos estaba limpio, lo que se explicaba por la máscara con filtro y las gafas protectoras que colgaban de su cuello.

Detrás de él, Bea vio la tabla en la que trabajaba. Igual que la tabla que el estratificador estaba terminando, descansaba sobre dos caballetes altos: recortada de su plancha oblonga de poliestireno y dividida en dos mitades por una varilla de madera. En una pared a un lado del cuarto había apoyadas más de estas placas. En el otro lado, vio Bea, había un estante con herramientas: cepillos eléctricos, lijadoras orbitales y escofinas, por lo que parecía.

Angarrack no era un hombre grande, no era mucho más alto que la propia Bea, pero parecía bastante musculoso de cintura para arriba y la inspectora imaginó que tendría bastante fuerza. Al parecer, Jago Reeth le había puesto al corriente de los hechos en torno a la muerte de Santo Kerne, pero no pareció adoptar una actitud cautelosa al ver a la policía. Tampoco parecía sorprendido; ni impactado ni apenado, en realidad.

Bea se presentó e hizo lo propio con el agente McNulty.

—¿Podemos hablar con el señor Angarrack?

—Esa pregunta es una mera formalidad, ¿no? —contestó el hombre con brusquedad—. Están aquí y supongo que eso significa que vamos a hablar.

—Tal vez pueda enseñarnos el lugar mientras conversamos —dijo Bea—. No sé nada de cómo se fabrican las tablas de surf.

—Se llama perfilar —le dijo Jago Reeth, que se había quedado cerca de ellos.

—No hay mucho que ver —explicó Angarrack—. Perfilar, diseñar, estratificar, lijar. Hay un cuarto para cada etapa.

Utilizó el pulgar para señalarlos a medida que hablaba. La puerta del cuarto de diseño estaba abierta pero con la luz apagada, así que pulsó un interruptor en la pared. Les asaltaron colores brillantes, rociados por las paredes, el suelo y el techo. Había otro caballete en medio de la habitación, pero ninguna tabla esperaba encima, aunque había cinco contra la pared, perfiladas y a punto para el arte de alguien.

—¿También las decora? —preguntó Bea.

—Yo no. Un veterano se ocupó de los diseños durante un tiempo hasta que se marchó. Luego se encargó Santo, para pagarme una tabla que quería. Ahora estoy buscando a alguien.

—¿Por la muerte de Santo?

—No. Ya le había echado.

—¿Por qué?

—Supongo que por lealtad, diría yo.

—¿Hacia quién?

—Mi hija.

—La novia de Santo.

—Lo fue durante una época, pero en el pasado. —Pasó a su lado y salió al taller, donde en una mesa plegable detrás del mostrador había un hervidor eléctrico junto a unos folletos, una carpeta llena de papeles y diseños para tablas. Lo enchufó y preguntó—: ¿Quieren algo? —Cuando ellos contestaron que no, gritó—: ¿Jago?

—Solo y muy cargado —respondió Jago.

—Háblenos de Santo Kerne —dijo Bea mientras Lew seguía a lo suyo con el café instantáneo, que echó en abundancia en una taza y en menor cantidad en la otra.

—Me compró una tabla hace un par de años. Había observado a los surfistas cerca del hotel y dijo que quería aprender. Fue primero al Clean Barrel…

—La tienda de surf —murmuró McNulty, como si creyera que Bea necesitaba un traductor.

—… y Will Mendick, el tipo que trabajaba allí, le recomendó que me comprara la tabla a mí. Llevo algunas al Clean Barrel, pero no muchas.

—No se gana dinero con la venta al por menor —gritó Jago desde la otra habitación.

—Muy cierto, sí. A Santo le gustaba una que había visto en el Clean Barrel, pero era demasiado avanzada para él, aunque en aquel momento él no lo habría sabido. Era una tabla corta, de tres quillas. Preguntó por ella, pero Will sabía que no aprendería bien con esa tabla, si llegaba a aprender, y me lo mandó a mí. Le hice una con la que pudiera aprender, algo más ancha, más larga, con una sola quilla. Y Madlyn, mi hija, le dio clases.

—Así fue como empezaron a salir, entonces.

—Básicamente.

El hervidor se apagó. Angarrack vertió el agua en las tazas, removió el líquido y dijo:

—Aquí tienes, colega. —Aquello hizo que Jago Reeth se uniera a ellos. Sorbió el café.

—¿Cómo se sintió al respecto? —preguntó Bea a Angarrack—. De su relación.

Observó que Jago miraba a Lew atentamente. «Interesante», pensó, y grabó en su mente el nombre de los dos tipos.

—¿La verdad? No me gustaba. Madlyn se desconcentró. Antes tenía un objetivo: los nacionales, competiciones internacionales. Después de conocer a Santo, todo eso desapareció. Todavía veía más allá de sus narices, pero no veía ni un centímetro más allá de Santo Kerne.

—El primer amor —comentó Jago—. Es brutal.

—Los dos eran demasiado jóvenes —continuó Angarrack—. No tenían ni diecisiete años cuando se conocieron y no sé qué edad tendrían cuando comenzaron a… —Hizo un gesto con la mano para indicar que debían completar ellos la frase.

—Se convirtieron en amantes —infirió Bea.

—A esa edad no es amor —le dijo Angarrack—. Para los chicos no lo es. Pero ¿para ella? Los ojos le hacían chiribitas y estaba atontada. Santo por aquí, Santo por allá. Ojalá hubiera podido hacer algo para impedirlo.

—Así es la vida, Lew. —Jago se recostó en el marco de la puerta del cuarto de estratificación con la taza en la mano.

—No le prohibí que le viera —prosiguió Angarrack—. ¿Qué sentido habría tenido? Pero le dije que tuviera cuidado.

—¿Con qué?

—Con lo obvio. Ya era bastante malo que hubiera dejado la competición. Aún peor sería que llegara embarazada, o peor que eso.

—¿Peor?

—Con alguna enfermedad.

—Ah. Parece que piensa que el chico era promiscuo.

—No sabía cómo coño era. Y no quería tener que averiguarlo porque Madlyn se hubiera metido en algún lío, cualquier lío. Así que la advertí y luego lo dejé estar. —Angarrack todavía no había cogido su taza, pero lo hizo ahora y bebió un sorbo—. Seguramente ése fue mi error.

—¿Por qué? ¿Acaso…?

—Lo habría superado antes cuando la historia terminó. En realidad, no lo ha superado.

—Me atrevería a decir que ahora lo hará —dijo Bea.

Los dos hombres intercambiaron una mirada rápida, casi furtiva. Bea lo vio y grabó en su mente ese gesto.

—Hemos encontrado el diseño para una camiseta de LiquidEarth en el ordenador de Santo —dijo la inspectora. El agente McNulty sacó el dibujo y lo entregó al perfilador de tablas de surf—. ¿Se lo pidió usted?

Angarrack negó con la cabeza.

—Cuando Madlyn rompió con Santo, yo también rompí con él. Tal vez fuera un diseño para pagar la tabla nueva...

—¿Otra tabla?

—La primera se le había quedado pequeña. Necesitaba otra, superior a la tabla de aprendizaje, si quería mejorar. Pero en cuanto le eché, no tenía modo de pagarme. Quizás iba a hacerlo con esto. —Le devolvió el diseño a McNulty.

—Enséñale el otro —le dijo Bea al agente, y McNulty sacó el diseño de REALIZA UN ACTO DE SUBVERSIÓN y se lo entregó.
Lew lo miró y negó con la cabeza. Se lo pasó a Jago, que se ajustó las gafas con los nudillos, leyó el logotipo y dijo:

—Will Mendick. Era para él.

—El tipo de la tienda de surf Clean Barrel.

—Eso era antes. Ahora trabaja en el supermercado Blue Star.

—¿Qué significa el diseño?

—Es un *freegan*. Al menos era como Santo decía que se llama a sí mismo.

—¿Un *freegan*? No he oído nunca esa palabra.

—Sólo come lo que es gratis: cosas que cultiva además de porquería que saca de los cubos de basura de detrás del mercado y de los restaurantes.

—Qué tentador. ¿Se trata de un movimiento o algo así?

Jago se encogió de hombros.

—Qué sé yo. Pero él y Santo eran amigos, más o menos, así que podría ser un favor. Lo de la camiseta, digo.

Bea se quedó satisfecha al oír que el agente McNulty anotaba todo aquello en lugar de examinar los pósters de surf. No le satisfizo tanto cuando de repente le dijo a Jago:

—¿Alguna vez ha visto las olas gigantes?

McNulty se sonrojó mientras hablaba, como si supiera que aquello era impropio pero no pudiera contenerse más.

—Oh, sí. En Ke Iki, Waimea, Jaws, Teahupoo.

—¿Son tan grandes como dicen?

—Depende del tiempo —respondió Jago—. A veces son grandes como edificios. O mayores.

—¿Dónde? ¿Cuándo? —Y luego le dijo a Bea, disculpándose—: Tengo pensado ir, ¿sabe? Mi mujer y yo y los niños... Es nuestro sueño. Y cuando vayamos, quiero estar seguro del lugar y las olas... Ya sabe.

—¿También hace surf, entonces? —le preguntó Jago.

—Un poco. No como ustedes, pero yo...

—Ya es suficiente, agente —dijo Bea a McNulty.

Parecía angustiado, le habían arrebatado una oportunidad.

—Sólo quería saber...

—¿Dónde podríamos encontrar a su hija? —preguntó la inspectora a Lew Angarrack mientras hacía un gesto impaciente a McNulty para que se callara.

Lew se terminó el café y dejó la taza en la mesa de cartón.

—¿Por qué buscan a Madlyn? —dijo.

—Diría que es bastante obvio.

—Pues la verdad es que no.

—¿La ex novia potencialmente rechazada de Santo Kerne, señor Angarrack? Hay que interrogarla como a todos los demás.

Era evidente que a Angarrack no le gustaba a donde quería ir a parar Bea, pero le dijo que podía encontrar a su hija en su lugar de trabajo. Bea le entregó su tarjeta y rodeó con un círculo su número de móvil. Si se le ocurría algo más...

El hombre asintió y retomó su trabajo. Entró en el cuarto de perfilado y cerró la puerta. Al cabo de un momento, el sonido de una herramienta eléctrica volvió a chillar en el edificio.

Jago Reeth se quedó con Bea y el agente.

—Una cosa más... —dijo, mirando hacia atrás—. Tengo conciencia de algo, así que si tienen un momento para seguir hablando... —Cuando Bea asintió, añadió—: Preferiría que Lew no supiera nada de esto, ¿entienden? Tal como han ido las cosas, se cabrearía muchísimo si se enterara.

—¿De qué?

Jago cambió de posición.

—Yo les dejé el sitio. Sé que seguramente no debí hacerlo. Lo vi después, pero entonces ya había saltado la liebre. No podía volver a meterla en la jaula cuando no dejaba de corretear, ¿verdad?

—Aunque admiro que quiera conservar la metáfora —le dijo Bea—, ¿podría hablar más claro?

—Santo y Madlyn. Voy habitualmente al Salthouse Inn por las tardes, y me encuentro con un amigo allí casi todos los días. Santo y Madlyn utilizaban mi casa.

—¿Para acostarse?

No parecía alegrarse de tener que reconocerlo.

—Podría haber dejado que se espabilaran solos, pero me pareció... Quería que estuvieran seguros, ¿saben? No que lo hicieran en el asiento trasero de un coche en alguna parte. En... No lo sé.

—Pero si su padre tiene un hotel... —señaló Bea.

Jago se secó la boca con el dorso de la muñeca.

—De acuerdo, sí. Están las habitaciones del viejo Rey Jorge, por si sirven de algo. Pero eso no significaba... Ellos dos allí... Yo sólo quería... Dios mío. No podía estar seguro de si Santo se pondría lo que tenía que ponerse para que ella estuviera segura, así que se los dejé allí. Junto a la cama.

—Preservativos.

Parecía moderadamente incómodo, un viejo no acostumbrado a mantener conversaciones tan francas con alguien a quien, de lo contrario, habría considerado una dama. «El sexo débil», pensó Bea. La inspectora vio que aquel pensamiento cruzaba su rostro.

—Los usaba, pero no siempre, ¿sabe?

—¿Y sabe que los usaba porque...? —le instó Bea a continuar.

Jago parecía horrorizado.

—Dios mío, mujer.

—No estoy segura de si Dios tiene mucho que ver en todo esto, señor Reeth. Responda a la pregunta. ¿Los contaba antes y después? ¿Hurgaba en la basura? ¿Qué?

El hombre parecía abatido.

—Las dos cosas, maldita sea. Me preocupo por esa chica, tiene buen corazón. Un poco de carácter, pero buen corazón.

Tal como yo lo veo, iba a suceder de todos modos, así que me aseguré de que lo hicieran bien.

—¿Dónde está? Su casa, quiero decir.

—Tengo una caravana en el Sea Dreams.

Bea miró al agente McNulty y él asintió. Conocía el lugar. Bien.

—Tal vez queramos verla —dijo la inspectora.

—Me lo imaginaba. —Sacudió la cabeza con desesperación—. Jóvenes, ¿qué significan para ellos las consecuencias cuando son jóvenes?

—Sí, bueno. En el calor del momento, ¿quién piensa en las consecuencias? —preguntó Bea.

—Pero hay más que consecuencias, ¿verdad? —dijo Jago—. Igual que esto. —Al parecer, se refería a uno de los pósters de la pared. Mostraba una tabla de surf en el aire, la caída exagerada y memorable de su propietario, crucificado con una ola monstruosa de fondo—. Si no piensan en el momento presente, no digamos ya en el después. Y mire lo que pasa.

—¿Quién es? —preguntó McNulty acercándose al póster.

—Un tipo que se llamaba Mark Foo, un minuto o dos antes de que el pobre desgraciado muriera.

La boca de McNulty formó una O de respeto y comenzó a responder. Bea vio que se ponía cómodo para escuchar una charla sobre surf como Dios manda e imaginaba perfectamente adónde los llevaría un viaje por aquel camino de recuerdos acuáticos y tristes.

—Parece un poco más peligroso que escalar acantilados, ¿no? Tal vez el padre de Santo hizo bien insistiéndole en que no hiciera surf.

—¿Intentar apartar al chico de lo que amaba? ¿Cómo puede estar eso bien?

—Tal vez porque su intención era evitar que muriera.

—Pero no pudo evitarlo, ¿no? —dijo Jago Reeth—. Al fin y al cabo, la muerte no siempre es algo que podamos evitar a los demás.

Una vez más, Daidre Trahair entró en Internet desde el despacho del *Watchman* de Max Priestley, pero en esta ocasión tuvo que pagar. Sin embargo, Max no le pidió dinero: el precio era una entrevista con uno de sus dos reporteros. Resultaba que Steve Teller estaba en las oficinas trabajando en el artículo sobre la muerte de Santo Kerne. Ella era la pieza que faltaba. El crimen exigía ofrecer el relato de un testigo ocular.

—¿Crimen? —dijo Daidre Trahair, porque decidió que era la respuesta esperada. Había visto el cadáver y había visto la eslinga, pero Max no lo sabía, aunque tal vez lo supusiera.

—La policía nos lo ha comunicado esta mañana —le explicó Max—. Steve está trabajando en la sala de maquetación. Como ahora estoy utilizando el ordenador, tendrás tiempo para hablar con él.

Daidre no creía que Max estuviera usando el ordenador, pero no discutió con él. No quería involucrarse, no quería ver su nombre, su foto, la dirección de su cabaña ni nada más relacionado con ella en el periódico, pero no vio cómo evitarlo sin levantar las sospechas del periodista, así que accedió. Necesitaba el ordenador y este lugar le permitía más tiempo e intimidad que el único ordenador de la biblioteca. Estaba paranoica —y lo sabía muy bien, maldita sea—, pero volverse paranoica parecía lo más prudente.

Así que fue con Max a la sala de maquetación, mientras se tomaba un momento para lanzarle una mirada subrepticia y determinar qué podía esconderse debajo de su serenidad. Como ella, paseaba por el sendero de la costa. Se lo había encontrado en más de una ocasión en la cima de alguno de los acantilados con su perro como única compañía. La cuarta o quinta vez, habían bromeado entre ellos diciendo «tenemos que dejar de vernos así», y ella le había preguntado por qué paseaba tanto por el sendero. Contestó que a Lily le gustaba y que a él le gustaba estar solo. «Soy hijo único. Estoy acostumbrado a la soledad.» Pero Daidre nunca había creído que fuera la verdad de la cuestión.

Hoy no estaba accesible. No es que alguna vez lo estuviera especialmente. Como siempre, iba vestido como si saliera de un reportaje gráfico de *Country Life* sobre las actividades cotidianas en Cornualles: el cuello de la camisa azul almidonada aparecía por encima de su jersey de punto color crema, iba bien afeitado y sus gafas brillaban con las luces del techo, tan inmaculadas como el resto de él. Un hombre de cuarenta y tantos años sin ningún pecado.

—Aquí está nuestra presa, Steve —dijo al entrar en la sala de maquetación, donde el reportero trabajaba en un ordenador en el rincón—. Ha accedido a que la entrevistáramos. No tengas piedad con ella.

Daidre le lanzó una mirada.

—Haces que suene como si estuviera implicada de alguna manera.

—No me has parecido sorprendida, por no decir horrorizada, cuando te he dicho que era un asesinato —dijo Max.

Se miraron fijamente. Daidre sopesó las posibles respuestas y se decidió:

—He visto el cadáver. ¿Lo has olvidado?

—¿Tan obvio era? La primera información que salió fue que se había caído.

—Creo que querían que pareciera eso. —Daidre oyó que Teller tecleaba en el ordenador y dijo con demasiada brusquedad—: No he indicado que la entrevista pudiera comenzar.

Max se rio.

—Estás con un periodista, querida. Todo es jugoso, con el debido respeto. Estás advertida, bla, bla, bla.

—Entiendo. —Se sentó y supo que lo hizo remilgadamente, en el borde de una silla que no podía ser más incómoda. Se puso el bolso en las rodillas y juntó las manos encima. Sabía que parecía una maestra o una candidata esperanzada a un empleo. No pudo evitarlo y tampoco lo intentó—. Esta situación no me satisface del todo.

—A nadie le satisface nunca, salvo a los famosillos de segunda fila.

Entonces Max los dejó, gritando:

—Janna, ¿ya sabemos algo del sumario?

Janna contestó algo desde la otra sala mientras Steve Teller formulaba a Daidre su primera pregunta. Primero quería los hechos y luego sus impresiones, le dijo. Lo segundo, decidió ella, era lo último que contaría a nadie, menos aún a un periodista. Pero, igual que un policía, sin duda el hombre estaría entrenado para olerse las mentiras y advertir las excusas, así que tendría cuidado con cómo decía lo que decía. No le gustaba dejar las cosas al azar.

La experiencia en el *Watchman* le robó un total de dos horas y se repartió a partes iguales entre la conversación con Teller y su investigación en Internet. Cuando tuvo impreso lo que necesitaba para examinarlo después, concluyó su búsqueda con las palabras «Adventures Unlimited». Hizo una pausa antes de pulsar el botón para que el motor se pusiera en marcha. La intención era preguntarse hasta dónde quería llegar realmente. ¿Era mejor saber o no saber? Si sabía, ¿podría dar la espalda a ese conocimiento? No estaba segura.

La lista de resultados para el negocio neófito no era larga. Vio que el *Mail on Sunday* le había dedicado un artículo extenso, igual que varios periódicos pequeños de Cornualles. El *Watchman* era uno de ellos.

«¿Por qué no?», se preguntó. Adventures Unlimited era una historia de Casvelyn. El *Watchman* era un diario de Casvelyn. El hotel de la Colina del Rey Jorge había sido rescatado de la destrucción —«vamos, Daidre, es un edificio protegido, no iba a dinamitarlo precisamente, ¿no?»—, por lo que también estaba eso...

Leyó el artículo y miró las fotos. Era todo muy típico: el interés arquitectónico, el plan, la familia. Aparecían sus fotografías y también la de Santo. Había información sobre todos ellos, sin destacar en particular a nadie porque se trataba, naturalmente, de un negocio familiar. Al final de todo miró quién firmaba el artículo. Vio que el propio Max había escrito la historia. No era insólito porque el periódico era muy pequeño y, por lo tanto, el trabajo se compartía. Pero a pesar de todo era potencialmente condenatorio.

Se preguntó qué significaba todo aquello para ella: Max, Santo Kerne, los acantilados y Adventures Unlimited. Pensó en Donne y luego lo descartó. A diferencia del poeta, había demasiadas veces en que no se sentía parte de la humanidad.

Se marchó de las oficinas del periódico. Estaba pensando en Max Priestley y en lo que había leído cuando oyó que alguien gritaba su nombre. Se dio la vuelta y vio a Thomas Lynley avanzando por Princes Street con un trozo de cartón grande bajo el brazo y una bolsa pequeña colgada de los dedos.

Una vez más, pensó en lo distinto que estaba sin la barba, vestido con ropa nueva y refrescado al menos en parte.

—No pareces demasiado escarmentado por la paliza que te llevaste anoche en los dardos —le dijo—. ¿Debo suponer que tu ego está intacto, Thomas?

—No del todo —contestó—. Me he pasado toda la noche despierto practicando en el bar del hostal. Donde me he enterado, por cierto, que machacas a todo el que va. Casi con los ojos vendados, por lo que cuentan.

—Son unos exagerados, me parece.

—¿Sí? ¿Qué otros secretos ocultas?

—El *roller derby* —respondió ella—. ¿Te suena de algo? Es un deporte americano en el que terroríficas mujeres ataviadas con patines en línea se golpean las unas a las otras.

—Santo cielo.

—En Bristol tenemos un equipo nuevo y yo soy una anotadora súper dura, mucho más despiadada con los patines que con los dardos. Nos llamamos Boudica's Broads, por cierto, y yo soy Electra *la Cojonuda*. Todas tenemos apodos amenazantes.

—Nunca deja de sorprenderme, doctora Trahair.

—Me gusta considerarlo parte de mi encanto. ¿Qué llevas ahí? —preguntó señalando el paquete con la cabeza.

—Ah, pues resulta que me alegro de encontrarte. ¿Podría meter esto en tu coche? Es el cristal para sustituir la ventana que te rompí, y también las herramientas para arreglarla.

—¿Cómo has sabido las medidas?

—He vuelto para tomarlas. —Movió vagamente la cabeza en dirección a la cabaña, al norte del pueblo—. He tenido que entrar otra vez, como no estabas... —reconoció—. Espero que no te importe.

—Confío en que no habrás roto otra ventana para entrar.

—No me ha hecho falta, había roto una ya. Mejor repararla antes de que alguien más descubra el daño y se aproveche de... De lo que sea que tengas escondido ahí dentro.

—Más bien poco, a menos que alguien quiera robarme la diana.

—Por mí encantado —contestó Lynley, con fervor, y ella se

rio—. Ahora que nos hemos encontrado, ¿puedo meter esto en tu coche?

Ella le llevó a donde lo había dejado. Había estacionado el Opel en el mismo lugar que el día anterior, en el aparcamiento enfrente del Toes on the Nose, que albergaba otra reunión de surfistas, aunque esta vez rondaban por fuera, mirando vagamente hacia la playa de St. Mevan. Desde la posición ventajosa del aparcamiento, el hotel de la Colina Rey Jorge se encuadraba a unos trescientos metros de allí. Daidre señaló la estructura a Lynley. Allí vivía Santo Kerne, le dijo.

—No me dijiste que había sido un asesinato, Thomas —le comentó después—. Seguro que anoche lo sabías, pero no me dijiste nada.

—¿Por qué supones que lo sabía?

—Te fuiste con esa policía por la tarde. Tú también lo eres. Policía, quiero decir. No puedo imaginar que no te lo dijera. Por la fraternidad entre miembros del cuerpo y todo eso.

—Me lo dijo —reconoció Lynley.

—¿Soy sospechosa?

—Lo somos todos, yo incluido.

—¿Y le contaste...?

—¿Qué?

—¿Que conocía, o al menos había reconocido, a Santo Kerne?

Lynley se tomó su tiempo para contestar y Daidre se preguntó por qué.

—No —dijo al fin—. No se lo conté.

—¿Por qué?

No respondió la pregunta.

—Ah. Tu coche —dijo cuando llegaron.

Daidre quería insistirle para que le diera una contestación, pero tampoco quería saber la respuesta porque no estaba segura de qué haría con ella cuando la obtuviera. Hurgó en su bolso para coger las llaves. Los papeles que llevaba del *Watchman* se le resbalaron de las manos y cayeron al asfalto.

—Maldita sea —dijo mientras se empapaban por el agua de la lluvia. Empezó a agacharse para recogerlos.

—Déjame a mí —dijo Lynley y, siempre tan caballeroso, dejó el paquete en el suelo y se encorvó para recuperarlos.

Siempre tan policía también, miró los papeles y luego a ella. Daidre notó que se ponía colorada.

—¿Estás esperando un milagro? —preguntó.

—Mi vida social ha sido bastante escasa estos últimos años. Todo ayuda, pienso yo. ¿Puedo preguntarte por qué no me lo dijiste, Thomas?

—¿Decirte qué?

—Que a Santo Kerne lo habían asesinado. No puede ser información privilegiada. Max Priestley lo sabía.

Lynley le devolvió los papeles que había imprimido de Internet y recogió su paquete mientras Daidre abría el maletero del Opel.

—¿Y Max Priestley es?

—El dueño y director del *Watchman*. He hablado antes con él.

—Como periodista, habrá recibido la información de la inspectora Hannaford, supongo. Será la responsable de determinar qué datos se hacen públicos, porque dudo que cuenten con un agente de prensa en el pueblo, a menos que haya asignado a alguien esas funciones. No dependía de mí decírselo a nadie hasta que Hannaford estuviera dispuesta a revelar la información.

—Entiendo. —No podía decirle «pero pensaba que éramos amigos» porque no era exactamente cierto. No parecía tener sentido continuar con el tema, así que preguntó—: ¿Vas a venir a la cabaña ahora, entonces? ¿A reparar la ventana?

Lynley le dijo que aún le quedaban algunas cosas que hacer en el pueblo, pero que después, si no le importaba, pasaría por Polcare Cove y la arreglaría. Daidre le preguntó si realmente sabía reparar una ventana. Por algún motivo uno no esperaba que un conde, aunque se ganara la vida como policía, supiera qué hacer con un cristal y masilla. Lynley le dijo que estaba seguro de poder arreglárselas con bastante destreza.

Luego, por razones que Daidre no puedo descifrar, Thomas le preguntó:

—¿Normalmente realizas tus investigaciones en las oficinas de un periódico?

—Normalmente no realizo ninguna investigación, en especial cuando estoy en Cornualles. Pero si tengo que buscar algo, sí, utilizo el *Watchman*. Max Priestley tiene un retriever al que he tratado, así que me deja.

—No puede ser el único lugar donde consultar Internet.

—Piensa en dónde estamos, Thomas. Ya tengo bastante suerte con que haya conexión en Casvelyn. —Señaló hacia el sur, en dirección al puerto—. Podría ir a la biblioteca, supongo, pero hay límite de tiempo: quince minutos y entra la siguiente persona. Es exasperante si intentas hacer algo más importante que consultár el correo.

—También es más privado, supongo —dijo Lynley.

—También —reconoció ella.

—Y ambos sabemos que te gusta la privacidad.

Ella sonrió, pero sabía que se le había notado el esfuerzo. Era momento de salir corriendo, con elegancia o no. Le dijo que le vería, tal vez, cuando fuera a reparar la ventana. Entonces se fue.

Mientras salía del aparcamiento Daidre notó la mirada de Thomas clavada en ella.

Lynley la observó marchar. Daidre Trahair era un enigma en más de un sentido. Se guardaba muchas cosas. Imaginaba que algunas tenían que ver con Santo Kerne, pero quería creer que no todas. No estaba seguro de por qué, pero se reconoció a sí mismo que aquella mujer le caía bien. Admiraba su independencia y lo que parecía ser un estilo de vida que iba contracorriente. No se asemejaba a nadie que hubiera conocido.

Pero aquello en sí planteaba preguntas. ¿Quién era, exactamente, y por qué parecía haber brotado a la existencia de adolescente, plenamente formada, como Atenea de la cabeza de Zeus? Las preguntas sobre ella eran muy inquietantes. Tenía que admitir que centenares de alarmas rodeaban a esta mujer, aunque sólo algunas estaban relacionadas con un chico muerto hallado al pie de un acantilado cerca de su casa.

Fue caminando del aparcamiento a la comisaría, al final de Lansdown Road. Era una calle adoquinada estrecha de casas blancas adosadas, con tejados deteriorados y muy manchadas por la lluvia que caía por los canalones oxidados. La mayoría se habían sumido en el mal estado que prevalecía en las zonas más pobres de Cornualles, donde el aburguesamiento todavía no había extendido sus dedos codiciosos. Sin embargo, una de ellas estaba siendo reformada, y sus andamios sugerían que mejores tiempos habían llegado para alguien del barrio.

La comisaría de policía era una monstruosidad incluso aquí. Era un edificio de estuco gris que no poseía ningún elemento arquitectónico de interés que recomendar. La fachada era plana y el tejado también, una caja de zapatos con alguna ventana de vez en cuando y un tablón de anuncios en la puerta.

Dentro, un pequeño vestíbulo ofrecía una hilera de tres sillas de plástico y un mostrador de recepción. Bea Hannaford estaba sentada detrás de éste, con el auricular del teléfono pegado a la oreja. Levantó un dedo para saludar a Lynley y dijo a quien estuviera al otro lado:

—Lo pillo. Bueno, no es ninguna sorpresa, ¿verdad? Querremos hablar otra vez con ella, entonces, ¿no?

Colgó y llevó a Lynley arriba al centro de operaciones, que habían montado en el primer piso del edificio en un espacio que, de lo contrario, parecía una sala de reuniones, una cafetería, un vestuario y un comedor. Aquí arriba se las arreglaban con algunos tablones y ordenadores equipados con la base de datos de la policía, pero el personal era claramente insuficiente. Lynley vio que el agente y el sargento estaban muy enfrascados en su trabajo y que otros dos intercambiaban información sobre el caso o los antecedentes de los caballos que corrían en Newmarket, resultaba difícil saberlo. En los tablones estaban listadas las tareas, algunas completadas y otras pendientes.

—Encárguese de la recepción, sargento —dijo la inspectora Hannaford al sargento Collins; cuando éste se marchó de la sala le comentó a Lynley—: Resulta que la mujer mentía.

—¿Qué mujer? —preguntó Thomas, aunque sólo estaban investigando a una, que él supiera.

—Una pregunta meramente formal, ¿verdad? —dijo la inspectora de manera significativa—. Nuestra doctora Trahair, esa mujer. No la recuerdan en ningún pub de los que están en la ruta que afirma haber tomado desde Bristol. Y en esta época del año la recordarían, teniendo en cuenta la poca gente que circula por esta zona del país.

—Quizá. Pero debe de haber un centenar de pubs.

—Por donde vino, no. Decir que ésa fue la ruta que tomó podría ser su primer error. Y cuando hay uno, hay otros, créame. ¿Qué ha descubierto sobre ella?

Lynley le relató la información de Falmouth que había recabado sobre Daidre Trahair. Añadió lo que sabía sobre su hermano, su trabajo y su educación. Todo lo que había dicho sobre ella estaba comprobado, le explicó. De momento, todo bien.

—¿Por qué será que creo que no me cuenta todo lo que hay que contar? —fue la respuesta de Bea Hannaford después de observarle un momento—. ¿Está ocultando algo, comisario Lynley?

Quiso decirle que ya no era el comisario Lynley. No tenía nada que ver con el trabajo policial, razón por la cual tampoco estaba obligado a contarle todos los hechos que había obtenido. Pero respondió:

—Está realizando una investigación curiosa en Internet. Es eso, aunque no veo qué relación puede tener con el asesinato.

—¿Qué clase de investigación?

—Milagros. O mejor dicho, lugares asociados con milagros. Lourdes, por ejemplo, una iglesia en Nuevo México. También había otros, pero no me dio tiempo a mirar todos sus papeles y, de todos modos, no llevaba las gafas. Ha estado consultando Internet en el *Watchman*, el periódico local. Conoce al dueño, parece ser.

—Será Max Priestley. —Era el agente McNulty, que hablaba desde un ordenador en un rincón de la sala—. Ha estado en contacto con el chico muerto, por cierto.

—¿En serio? —dijo Bea Hannaford—. Eso sí es un giro interesante. —Le contó a Lynley que el agente estaba revisando los mensajes de correo electrónico antiguos de Santo Kerne buscando datos valiosos—. ¿Qué dice?

—«A mí me da igual. Ten cuidado.» Supongo que es Priestley, porque procede del MEP en Watchman.com, etcétera. Aunque podría haberlo escrito cualquiera que conozca su clave y tenga acceso a un ordenador del periódico, supongo.

—¿Eso es todo? —preguntó Hannaford al agente.

—De Priestley, sí. Pero hay un montón de mensajes de

Madlyn Angarrack procedentes directamente de LiquidEarth. Está registrada casi toda la evolución de la relación. Informal, estrecha, íntima, picante, explícita y luego nada más. Como si en cuanto empezaron a hacer guarradas no quisiera que figurara por escrito.

—Interesante... —señaló Bea.

—A mí también me lo ha parecido. Pero decir que estaba «loca por él» ni se acerca a lo que sentía por el chico. En mi opinión, apuesto a que no habría rechazado la idea de que alguien le cortara los huevos cuando rompieron ella y Santo. ¿Qué es eso que se dice sobre el despecho de una mujer?

—No hay mayor peligro que una mujer despechada —murmuró Lynley.

—Eso. Bueno, yo digo que la investiguemos más. Es probable que tuviera acceso al equipo de escalada de Santo en algún momento, o que supiera dónde lo guardaba.

—La tenemos en nuestra lista —dijo Hannaford—. ¿Es todo, entonces?

—También tengo e-mails de alguien que se hace llamar Freeganman; diría que se trata de Mendick, porque dudo que abunde mucha gente como él en el pueblo.

Hannaford explicó el apodo a Lynley: cómo se habían enterado y con quién estaba asociado.

—¿Y qué tiene que decir el señor Mendick? —le preguntó al agente.

—«¿Puede quedar entre nosotros?» No es muy esclarecedor, lo reconozco, pero aun así...

—Es una razón para hablar con él. Apuntemos el supermercado Blue Star en nuestra agenda.

—Bien.

McNulty regresó al ordenador. Hannaford fue a una mesa y metió la mano en un bolso de bandolera que parecía pesar mucho. Sacó un móvil y se lo lanzó a Lynley.

—He comprobado que la cobertura aquí es fatal, pero quiero que lo lleve y que lo tenga encendido.

—¿Motivos? —preguntó Lynley.

—Tengo que dar un motivo, ¿verdad, comisario?

«Aunque sólo sea porque mi rango es superior al suyo» habría sido la respuesta de Lynley en otras circunstancias, pero no en éstas.

—Tengo curiosidad. Sugiere que aún piensa que puedo serle útil.

—Correcto. Me falta personal y quiero que esté disponible para mí.

—Ya no soy…

—Chorradas. Un policía siempre es policía. Aquí hay necesidades, y los dos sabemos que no va a escapar de una situación que requiere su ayuda. Aparte de eso, es usted un protagonista principal de este caso y no va a largarse a ninguna parte porque saldré a buscarle hasta que le diga que ya puede marcharse, así que será mejor que esté dispuesto a serme útil.

—¿Tiene algo en mente?

—La doctora Trahair. Quiero detalles. Todo. Desde el número de zapato que calza hasta su grupo sanguíneo y todo lo que haya en medio.

—¿Y cómo se supone que…?

—Oh, por favor, comisario. No me tome por estúpida. Tiene recursos y tiene encanto; utilice los dos. Investigue su pasado, llévesela de pícnic, invítela a beber, a comer, léale poesía, acaríciele la mano. Gánese su confianza. Me importa un pimiento cómo lo haga, pero hágalo. Y cuando lo haya hecho, lo quiero todo. ¿Ha quedado claro?

El sargento Collins había aparecido en la puerta mientras Hannaford hablaba.

—¿Jefa? Alguien ha venido a verla. Una chavala rara que se llama Tammy Penrule está abajo y dice que tiene información para usted.

—Quiero ese teléfono cargado —le dijo la inspectora a Lynley—. Use sus armas. Haga lo que tenga que hacer.

—No me siento cómodo con…

—No es problema mío. Un asesinato tampoco es una situación cómoda.

Capítulo 13

Abajo, Bea encontró a la chica llamada Tammy Penrule sentada en una de las sillas de plástico de la recepción, con los pies planos en el suelo, las manos juntas en el regazo y la espalda en perpendicular con el asiento. Iba vestida de negro, pero no era gótica, como sospechó Bea al principio cuando la vislumbró. No llevaba maquillaje, ni las uñas pintadas de horrible negro, ni tenía protuberancias plateadas que surgían de varios puntos de su cabeza. Tampoco llevaba joyas ni nada que aliviara la oscuridad de su ropa. Parecía un duelo hecho carne.

—¿Tammy Penrule? —le dijo Bea, innecesariamente.

La chica se levantó de un salto. Estaba como un palillo. No podías mirarla sin pensar en desórdenes alimenticios.

—¿Tienes información para mí? —La chica asintió—. Ven conmigo, entonces —dijo antes de percatarse de que todavía no había localizado las salas de interrogatorios de la comisaría. Pasearse por el edificio no iba a inspirar ninguna confianza a nadie, así que se dio la vuelta y dijo—: Espera aquí un momento.

Encontró un cuchitril al lado del cuarto de la limpieza que le serviría hasta que una exploración más detenida de las dependencias revelara su secreto en cuanto al lugar donde llevar a cabo los interrogatorios. Cuando tuvo a Tammy Penrule situada en este espacio, le dijo:

—¿Qué tienes que contarme?

Tammy se lamió los labios. Necesitaban bálsamo, los tenía muy agrietados y una costra fina marcaba el lugar donde el labio inferior se había abierto lo suficiente como para que sangrara.

—Es sobre Santo Kerne —contestó.

—Ya me lo imaginaba.

Bea cruzó los brazos debajo de sus pechos. Inconscientemente, al parecer, Tammy hizo lo mismo, aunque no podía decirse que tuviera pechos, y Bea se preguntó si la relación de Santo Kerne con Madlyn Angarrack había terminado por culpa de esta chica. Todavía no conocía a Madlyn, pero el hecho de que hubiera participado en competiciones de surf sugería a alguien... Tal vez «más definida físicamente» era el término que buscaba. Esta adolescente parecía más un ser evanescente, sólo corpórea mientras tuviera la fuerza de manifestarse en forma humana. Bea no se la imaginaba con las piernas abiertas debajo de un chico de sangre caliente.

—Santo hablaba conmigo —dijo Tammy.

—Ah.

La chica parecía esperar una respuesta más larga, así que Bea dijo, para ayudarla:

—¿Cómo lo conociste?

—En la tienda de surf Clean Barrel. Es donde trabajo. Va allí a buscar cera y esas cosas. Y a mirar el mapa de isobaras, aunque creo que tal vez sólo era una excusa para verse con otros surfistas. Se puede consultar en Internet y supongo que en el hotel tendrán conexión.

—¿Adventures Unlimited?

Tammy asintió. La depresión que formaba su garganta era profunda y sombreada. Por encima del cuello de su jersey emergían las puntas de sus clavículas, como la prueba protuberante de la grafiosis en la corteza de un olmo.

—De eso le conozco. De eso y del Sea Dreams.

Bea reconoció el nombre del parque de caravanas y ladeó la cabeza. Tal vez se había equivocado con esta chica y Santo.

—¿Allí os conocisteis? —le preguntó.

—No. Ya le he dicho que le conocí en el Clean Barrel.

—Lo siento. No me refería a conocer de conocer —contestó Bea—. Me refería a conocer de conoceros bíblicamente.

Tammy se sonrojó. Había tan poca sustancia entre su piel y sus vasos sanguíneos que se puso casi púrpura, y muy deprisa.

—Quiere decir… Santo y yo… ¿Para acostarnos? Oh, no. Yo vivo allí, en el Sea Dreams. Mi abuelo es el propietario del parque de caravanas. Conocía a Santo del Clean Barrel, como le he dicho, pero iba al Sea Dreams con Madlyn. Y también iba solo porque hay un acantilado que utilizaba para practicar a veces y el abuelo le dijo que podía pasar por nuestras tierras si quería hacer rápel. De todos modos, le veía allí y a veces hablábamos.

—¿Solo? —preguntó Bea. Aquello era una novedad.

—Ya se lo he dicho. Hacía escalada. Subía y bajaba, pero a veces sólo subía, así que empezaba desde abajo… O supongo que simplemente bajaba y luego subía, no lo recuerdo muy bien. También visitaba al señor Reeth, a veces con Madlyn. El señor Reeth es un hombre que trabaja para el padre de Madlyn en…

—Sí, lo sé. Hemos hablado con él. —Pero lo que no sabía era que Santo iba al Sea Dreams solo. Era un enfoque nuevo.

—Santo era un buen chico.

—Era especialmente bueno con las chicas, tengo entendido.

Tammy ya no estaba tan colorada y no volvió a sonrojarse.

—Sí, supongo que sí. Pero conmigo no era así porque… Bueno, eso no importa. La cuestión es que hablábamos de vez en cuando, cuando terminaba de escalar o cuando se marchaba de casa del señor Reeth; a veces mientras esperaba a que Madlyn llegara del trabajo.

—¿No iban juntos?

—No siempre. Ahora Madlyn trabaja en el pueblo, pero antes no. Tenía que venir de mucho más lejos que Santo, de las afueras de Brandis Corner. Trabajaba en una granja haciendo mermelada.

—Imagino que prefería dar clases de surf.

—Oh, sí, lo prefería. Lo prefiere. Pero las clases las da durante la temporada. El resto del año tiene que dedicarse a otra cosa. Ahora trabaja en la panadería del pueblo. Hacen empanadas, principalmente al por mayor, pero también venden algunas en la tienda.

—¿Y dónde encaja Santo en todo esto?

—Santo, claro. —Había utilizado las manos para gesticular mientras hablaba, pero ahora volvió a juntarlas en su regazo—. Hablábamos de vez en cuando. Me gustaba, pero no me gustaba en el sentido que seguramente gustaba a la mayoría de las chicas, ya sabe a qué me refiero, así que creo que eso me hacía diferente y quizá más segura o algo así. Para aconsejarle o lo que fuera, porque no podía hablar con su padre o su madre...

—¿Por qué no?

—Su padre, dijo, se llevaría la impresión equivocada y su madre... No conozco a su madre, pero me da la sensación de que no es... Bueno, no es muy maternal, al parecer. —Se alisó la falda. Parecía una prenda áspera para la piel y apenas tenía forma, un castigo para la moda—. Da igual, Santo me pidió consejo sobre algo y pensé que debería saberlo.

—¿Qué tipo de consejo?

La chica pareció buscar una forma delicada de contestar y, al no encontrar un eufemismo, optó por dar un rodeo para llegar a la verdad.

—Estaba... Verá, había conocido a otra persona y la situación era irregular (es la palabra que utilizó cuando me lo contó, dijo que era «irregular»), y me preguntó que qué creía yo que debía hacer.

—Irregular. ¿Ésa fue la palabra que utilizó? ¿Estás segura?

Tammy asintió.

—Me dijo que creía que quería a Madlyn, pero que también deseaba estar con esa otra persona. Dijo que la deseaba mucho y que si la deseaba tanto podía significar que en realidad no quería a Madlyn.

—Entonces, ¿te habló de amor?

—No, era más bien Santo hablando con Santo. Quería saber qué pensaba yo sobre toda la situación. ¿Debía ser sincero con todo el mundo?, quería saber. ¿Debía contar la verdad de principio a fin?, me preguntó.

—¿Y qué le dijiste?

—Que debía ser sincero. Le dije que había que ser sincero siempre, porque cuando la gente es sincera sobre quién es, qué quiere y qué hace, da a las otras personas, a aquellas con las que se relaciona, la oportunidad de decidir si realmente quieren estar con el otro. —Miró a Bea y su expresión era seria—. Así que supongo que fue sincero. Y por eso he venido. Creo que tal vez esté muerto por eso.

—Ante todo, tiene que estar equilibrado —declaró Alan para concluir—. Lo ves, ¿verdad, cariño?

Kerra echaba chispas. «Cariño» era demasiado: ella no era su «cariño». Pensaba que se lo había dejado bien claro, pero el maldito hombre se negaba a creerlo.

Estaban delante del tablón de anuncios acristalado en la zona de entrada del viejo hotel. «Tus instructores» era el tema de su discusión. El argumento de Alan era buscar el equilibrio entre hombres y mujeres en la plantilla. Como Kerra era la encargada de contratarlos, había permitido que la balanza cayera a favor de las mujeres. Esto no era bueno por varias razones, según Alan. Para propósitos de marketing, necesitaban un número igual de hombres y mujeres que impartieran los cursos de las diversas actividades y, si era posible y sumamente deseable, necesitaban más hombres que mujeres. Necesitaban que los hombres tuvieran buen cuerpo y fueran guapos porque, en primer lugar, podían ser un reclamo para atraer a mujeres solteras a Adventures Unlimited y, en segundo, Alan tenía pensado utilizarlos en un vídeo. Había contratado a un equipo de Plymouth para que grabara imágenes, así que los instructores que Kerra decidiera emplear tenían que estar allí dentro de tres semanas. O tal vez podían contratar a actores... No, especialistas... Sí, los especialistas podrían venirles muy bien para el vídeo, en realidad. El desembolso inicial sería más elevado, porque seguro que los especialistas tenían una especie de escala salarial según la cual cobraban, pero el rodaje tampoco se alargaría mucho porque serían profesionales, así que el coste final no subiría tanto. Conque...

Era absolutamente exasperante. Kerra quería discutir con él y lo había hecho, pero él la rebatió punto por punto.

—La publicidad de ese artículo del *Mail on Sunday* nos ha ayudado muchísimo, pero ya han pasado siete meses y vamos a tener que hacer algo más si vemos que empezamos a entrar en saldo negativo. No pasará, por supuesto, este año no y el próximo seguramente tampoco, pero la cuestión es que debemos rebajar las deudas. Así que todo el mundo debe plantearse cuál es la mejor manera de salir de los números rojos.

El rojo le servía. El rojo la mantenía entre querer huir y querer discutir.

—No me estoy negando a contratar a hombres, Alan, si es lo que insinúas —dijo Kerra—. No es culpa mía que no tengamos una avalancha de solicitudes de tíos.

—No se trata de culpar a nadie —la tranquilizó—. Pero, si te soy sincero, me pregunto si has sido lo bastante agresiva a la hora de intentar reclutarlos.

No lo había sido en absoluto. No podía serlo. Pero ¿qué sentido tenía decírselo?

—Muy bien —dijo con la mayor cortesía de que fue capaz—. Empezaré con el *Watchman*. ¿Cuánto dinero podemos gastar en un anuncio para encontrar instructores?

—Oh, necesitaremos una red mucho mayor —dijo Alan, afablemente—. Dudo que un anuncio en el *Watchman* sirva de mucho. Tenemos que trabajar a nivel nacional: anuncios en revistas especializadas, al menos uno para cada deporte. —Examinó el tablón de anuncios donde estaban colgadas las fotografías de los instructores. Luego miró a Kerra—. Entiendes lo que quiero decir, ¿verdad, Kerra? Debemos considerarlos una atracción. Son más que simples instructores. Son una razón por la que venir a Adventures Unlimited. Como los directores sociales en un crucero.

—«Venid a Adventures Unlimited a echar un polvo» —dijo Kerra—. Sí, entiendo perfectamente lo que quieres decir.

—Es lo que se insinúa, naturalmente. El sexo vende, ya lo sabes.

—Todo acaba reduciéndose al sexo, ¿verdad? —dijo Kerra con amargura.

Alan volvió a mirar las fotografías. O estaba evaluándolas o evitándola a ella.

—Bueno, sí, supongo que sí. Así es la vida.

Kerra se marchó sin contestar. Dijo con brusquedad que se iba al *Watchman* por si alguien la buscaba, desafiándole a que volviera a exponer su opinión sobre la futilidad de poner un anuncio en ese periódico, y se marchó en la bicicleta.

Esta vez, sin embargo, no tenía ninguna intención de pedalear hasta que el sudor de sus esfuerzos purgara la ansiedad de sus músculos. Tampoco tenía ninguna intención de ir al *Watchman* a poner un anuncio en busca de hombres cachondos dispuestos a dar clases a mujeres igual de cachondas durante el día y satisfacer sus fantasías sexuales por la noche. Sólo les faltaba eso en Adventures Unlimited: un exceso de testosterona rezumando por los pasillos.

Kerra se alejó de la colina en dirección al Toes on the Nose, donde se vio obligada a seguir la calle de único sentido que cruzaba el pueblo. Subió hasta la cima de la colina, donde St. Mevan Down se adentraba en el mar, y puso rumbo a Queen Street con su ir y venir de coches. Al final, bajó hacia el canal de Casvelyn donde, justo detrás del puerto, había un puente que dibujaba una Y en la carretera. Por la izquierda, se llegaba a la bahía de Widemouth. A la derecha, se encontraba el rompeolas.

Éste formaba la parte sur del canal y el puerto era el extremo nororiental. Estaba flanqueado de casitas, unos cuatro metros y medio por encima del asfalto, y al final se encontraba la mayor de todas, una que sólo un ciego podría no ver. Estaba ribeteada en fucsia y pintada de rosa flamenco. De un modo no muy imaginativo, se llamaba la Casita Rosa y su propietaria era una solterona a quien la gente del pueblo se refería desde hacía tiempo como Alegría, en parte por las flores que a finales de primavera plantaba siempre en el jardín delantero en enormes montículos con un desenfreno bullicioso.

Kerra visitaba la casa de Alegría de manera regular, así que cuando llamó a la puerta la mujer la dejó entrar sin preguntas, diciendo:

—Vaya, ¡qué sorpresa tan bonita, Kerra! Alan no está, pero supongo que ya lo sabes. Pasa, querida.

No medía ni un metro sesenta y a Kerra siempre le había recordado a una pieza de ajedrez. Concretamente, se parecía mucho a un peón. Llevaba el pelo blanco recogido en un moño eduardiano impresionante y le gustaban las blusas color marfil de cuello alto y las faldas de franela acampanadas azul marino o gris que caían hasta el suelo. Siempre parecía a punto de ser descubierta para interpretar un papel en una adaptación cinematográfica de una novela de Henry James, pero por lo que Kerra sabía —que no era mucho, lo reconocía—, Alegría no sentía inclinación alguna por el cine o el teatro.

Alquilaba una de las habitaciones de su casa, el resto estaba ocupado por su enorme colección de objetos de porcelana Carlton Ware de los años treinta. Era de pensamiento liberal y, como prefería que sus inquilinos fueran hombres jóvenes en lugar de mujeres —«Por algún motivo una siempre se siente más segura con un hombre en casa» era su manera de expresarlo—, comprendía que sus inquilinos tuvieran un apetito que debían saciar. Así que tenían derecho a utilizar la cocina y si alguna joven se quedaba a dormir y aparecía al día siguiente a desayunar, Alegría no se quejaba. En realidad, le ponía un té o un café y le preguntaba, «¿has dormido bien, querida?», casi como si la joven viviera allí.

Alan residía temporalmente en la Casita Rosa mientras su casa en Lansdown Road estaba en obras. Podría haberse instalado con sus padres —habría ahorrado dinero—, pero le explicó a Kerra que, aunque quería con locura a su padre y a su madre, le gustaba disfrutar de cierto grado de libertad que a veces la adoración ciega de éstos le impedía tener. Además, le dijo delicadamente, tenían cierta «imagen» de él que no quería estropear.

Kerra lo interpretó como él esperaba.

—Dios mío, no pueden pensar que eres virgen, Alan. —Y como él no contestó—: ¿Lo piensan, Alan?

—No, no, claro que no. Claro que no lo piensan. Qué ridiculez... Saben que soy «normal». Pero son mayores, ¿sabes?, y considero que es una muestra de respeto hacia ellos no acostarme con una mujer en su casa sin estar casado. Se sentirían muy... Bueno, raros.

Kerra lo comprendió, al menos al principio. Pero al final, el tema de que Alan viviera de alquiler y no con sus padres empezó a tomar un cariz distinto.

Así que tenía que saberlo. Tenía que asegurarse.

—Me he dejado algo bastante personal en la habitación de Alan, señora Carey —le dijo a Alegría, porque así era como se llamaba— y me preguntaba si podría entrar un momentito y echar un vistazo. Alan ha olvidado darme las llaves, pero si quiere llamarle al trabajo…

—Oh, querida, no hace falta. La habitación no está cerrada con llave de todos modos, porque hoy toca cambiar las sábanas. Ya sabes dónde es. Estaba viendo la tele. ¿Quieres una taza de té? ¿Necesitas que te ayude?

Kerra dijo que no: tanto al té como al ofrecimiento de ayuda. No tardaría mucho, añadió. Se marcharía cuando tuviera lo que había venido a buscar.

—¿Y vas a salir con esta lluvia, querida? ¿En la bicicleta? Está lloviendo a mares. Vaya, vas a coger una pulmonía, Kerra. ¿Estás segura de que no quieres una buena taza de PG Tips?

No, no. Estaba bien, le aseguró Kerra a la señora Carey. Estaba la mar de bien. Las dos se rieron con su comentario insulso y se separaron al fondo del salón. Alegría regresó a su tele

mientras Kerra recorría el pasillo que llevaba al otro extremo de la casa. Allí, la habitación de Alan daba a la parte suroccidental de la playa de St. Mevan. Desde la ventana vio que había subido la marea. Había olas de un metro y al menos media docena de surfistas se mecían en la distancia.

Kerra les dio la espalda. Le vino a la mente la imagen de su padre la noche anterior y lo que significaba que le hubiera ocultado parte de su vida. Pero descartó pensar en ello porque ahora no era el momento y, en cualquier caso, tenía que trabajar deprisa.

Buscaba indicios sin saber realmente en qué consistirían. Necesitaba comprender por qué el Alan Cheston de los últimos días no era el Alan Cheston que conocía y con el que se había liado. Imaginaba que sabía la explicación, pero aun así quería pruebas sólidas, aunque lo que haría cuando las tuviera era algo que todavía no se había planteado.

También era la primera vez que registraba una habitación. Toda aquella empresa hacía que se sintiera sucia, pero la otra alternativa era lanzarle acusaciones y no podía permitirse tomar ese camino.

Se preparó mentalmente y empezó a mirar. Vio que todo era muy típico de Alan, todos los elementos del lugar. Su *djembe* estaba en su sitio en un rincón de la habitación, delante de un taburete donde se sentaba para tocarlo durante su meditación diaria. Apoyada cerca, en una estantería donde tenía sus libros de yoga, había una pandereta, una especie de regalo de broma que Kerra le había hecho antes de comprender lo importante que era el tambor para el régimen espiritual de Alan. Encima de la estantería estaban sus fotos: Alan, con un birrete y una toga de la universidad, flanqueado por sus padres; Alan con Kerra de vacaciones en Portsmouth, rodeándole los hombros con el brazo en la cubierta del *Victory*; Kerra sola, sentada en la cima plana de Lanyon Quoit; Alan más joven con el perro de su infancia, una mezcla de terrier del color de un muelle oxidado.

El problema era que Kerra no tenía ni idea de qué estaba buscando. Quería un indicio, pero no sabía si reconocería nada que no estuviera escrito con luces de neón intermitentes. Se paseó por la habitación abriendo y cerrando cajones de la cómoda y luego del escritorio. Aparte de la ropa de colores conservadores perfectamente doblada, los únicos artículos de interés con los que se topó fueron una colección de felicitaciones de cumpleaños regaladas o enviadas a Alan a lo largo de los años y una lista titulada «Objetivos a cinco años» en la que leyó que, entre otras cosas, quería aprender italiano, tomar clases de xilófono y viajar a la Patagonia, además de «casarme con Kerra», que figuraba antes que la Patagonia pero después del italiano.

Y entonces, en una rejilla para tostadas plateada que se había vuelto negra donde Alan guardaba el correo, lo encontró: el objeto sin propósito en el cuarto de un hombre para quien todos los elementos tenían un propósito, tanto en el presente como en el pasado o el futuro. Era una postal, detrás de la correspondencia del banco, el dentista y la facultad de Económicas de Londres. La foto de la postal estaba tomada desde el mar hacia la orilla y la vista ofrecida era de dos cuevas profundas, una a cada lado de una cala. Encima de la cala se veía un pueblo de Cornualles que Kerra conocía bien, ya que era el lugar adonde mandaban a ella y a su hermano de pequeños para quedarse con sus abuelos mientras su madre atravesaba una de sus etapas.

Pengelly Cove. Tenían prohibido bajar a la playa, hiciera el tiempo que hiciese. La razón que les daban era la marea y las cuevas. La marea subía deprisa, como sucedía en la bahía de Morecambe. Se adentraba en una cueva que creías que podías explorar sin peligro, el agua la inundaba y las paredes marcaban su altura, que era superior al hombre más alto, de una forma tan implacable como despiadada.

«En esas cuevas han muerto niños como vosotros —bramaba su abuelo—, así que cuando estéis aquí no iréis a la playa. Además, hay trabajo de sobra en la casa para manteneros ocupados y, si veo que os aburrís, os daré más.»

Pero todo eso era una excusa y lo sabían, Kerra y Santo. Ir a la playa significaba ir al pueblo, y en el pueblo eran conocidos como los hijos de Dellen Kerne, o Dellen Nankervis, como se llamaba entonces. Dellen la alta, la fácil, la que se abría de piernas, el putón del pueblo. La Dellen cuya letra inconfundible formaba la frase «es aquí» que figuraba escrita en rojo en el reverso de la postal que había encontrado en la vieja rejilla para las tostadas de Alan. De la palabra «aquí» salía una flecha que bajaba hasta la cueva de la parte sur de la cala.

Kerra se guardó la postal en el bolsillo y siguió mirando. Pero en realidad no le hacía falta nada más.

Cadan se había pasado toda la mañana con la boca como un estropajo y el estómago repitiéndole en la garganta. Desde el principio, lo que había necesitado era un trago, pero una conversación con su hermana antes de llegar a Adventures Unlimited le había impedido echar un vistazo al alcohol que tenía su padre. Madlyn no habría delatado a Cadan a su padre si le hubiera sorprendido revisando armarios —a pesar de sus rarezas generales, la hermana de Cadan nunca había destacado por ser una chivata—, pero se habría percatado de lo que estaba sucediendo y le habría pegado la chapa. No podía soportarlo. En realidad, ya le suponía un verdadero esfuerzo el mero hecho de responder a lo que Madlyn decía sobre un tema que no tenía nada que ver con él, sino con Ione Soutar, que había telefoneado tres veces en las últimas treinta y seis horas con una excusa espuria tras otra.

—Bueno, es estúpida si alguna vez pensó que tenían futuro —había dicho Madlyn—. Quiero decir, ¿acaso había algo entre ellos aparte de sexo y citas? Si es que puede llamarse cita a lo que hacían, porque juzgar competiciones de surf en Newquay y comer pizza y curry por las noches con esas dos niñas detestables que tiene... No es precisamente lo que yo llamaría una relación prometedora, ¿no crees? ¿En qué estaba pensando?

Cadan era la última persona capaz de responder a esos interrogantes y se preguntó si Madlyn debía pontificar de aquella manera sobre qué constituía una relación prometedora. Pero imaginaba que su última pregunta era retórica y estaba contento por no tener que responder.

Madlyn continuó.

—Lo único que tenía que hacer era mirar su historial. Pero ¿podía hacerlo? ¿Quería hacerlo? No. ¿Y por qué? Porque le consideraba un padre en potencia y eso era lo que quería, para Leigh y para Jennie. Bien sabe Dios que lo necesitan. Sobre todo Leigh.

Cadan sí logró contestar a eso.

—Jenny es maja.

Esperaba que aquello pusiera punto final al tema y le dejara en paz con su resaca y la sensación de mareo generalizada.

—Oh, supongo que si te gustan de esa edad, es maja. La otra, sin embargo... Menuda pieza está hecha esa Leigh.

Estuvo un momento sin decir nada y Cadan vio que su hermana le observaba mirar a *Pooh*. Estaba esperando a que el loro se acabara su desayuno de semillas de girasol y manzanas. *Pooh* prefería las manzanas inglesas —Cox, si podía conseguirlas—, pero si era necesario y fuera de temporada disfrutaba de una Fuji importada, que era lo que estaba comiendo ahora.

Madlyn prosiguió.

—Pero por el amor de Dios. Él ya ha tenido hijos. ¿Por qué querría pasar por todo eso otra vez? ¿Por qué ella no lo vio? No lo entiendo, ¿y tú?

Cadan farfulló algo que no le comprometiera. Aunque no hubiera estado muriéndose de ganas por abrazarse al retrete no habría sido tan tonto como para hablar, extensamente o no, de su padre con su hermana. Así que contestó:

—Vamos, *Pooh*, tenemos trabajo.

Le ofreció el último trozo de manzana al loro. *Pooh* lo rechazó y se limpió el pico con la garra derecha. Luego se puso a investigar las plumas de debajo de su ala izquierda, como si fuera un minero aviar por la excavación que emprendió. Cadan frunció el ceño y pensó en ácaros. Mientras tanto, Madlyn siguió hablando.

Estaba dándose la vuelta para utilizar el espejo que había encima de la chimenea de carbón diminuta y arreglarse el pelo. En el pasado, nunca había prestado demasiada atención a su pelo, pues no le había hecho falta. Como Cadan y su padre, lo tenía oscuro y rizado; si lo llevaba bastante corto, no necesitaba demasiados cuidados: se lo arreglaba por las mañanas con una buena sacudida. Se lo había dejado crecer porque a Santo

Kerne le gustaba más largo. En cuanto terminó lo que fuera que tuvieran, porque Cadan no quería llamarlo relación, pensó que se lo cortaría —aunque sólo fuera para vengarse de Santo—, pero de momento no lo había hecho. Tampoco había vuelto a surfear.

—Bueno, ahora se liará con otra, si no lo ha hecho ya. Y ella también. Y con eso acabará todo el tema. Supongo que habrá algunas semanas más de lágrimas por teléfono, pero él guardará ese silencio dolorido suyo y, al cabo de un tiempo, ella se cansará y se dará cuenta de que ha tirado por la borda tres años de su vida o lo que sea que hayan durado porque no me acuerdo y, como el reloj sigue avanzando, pasará página. Querrá a un hombre antes de quedarse como una pasa. Y créeme, sabe que el momento se acerca.

Madlyn estaba satisfecha. Cadan lo percibía en su voz. Cuanto más tiempo llevaba su padre saliendo con Ione Soutar, más se inquietaba ella. Había sido la reina de la casa durante la mayor parte de su vida —gracias al salto final que dio la Saltadora poco después de que Madlyn cumpliera cinco años— y lo último que quería era que otra mujer usurpara su posición de

Fémina Única. Había ejercido bastante poder desde ese lugar y nadie que tuviera el poder quería perderlo nunca.

Cadan recogió los periódicos de debajo de la percha de *Pooh* e hizo una bola para envolver los restos de comida y las copiosas excreciones matinales de su cuerpo. Extendió un ejemplar antiguo del *Watchman* debajo y dijo:

—Lo que tú digas. Nos vamos.

—¿Os vais? ¿Adónde? —Madlyn frunció el ceño.

—A trabajar.

—¿Cómo?

No hacía falta que pareciera tan asombrada, pensó Cadan.

—A Adventures Unlimited —le respondió—. Me han contratado.

Su rostro se alteró. Cadan vio cómo iba a tomarse aquella información: como una traición fraternal, por mucho que necesitara un trabajo remunerado. Bueno, que se lo tomara como quisiera. Le hacía falta una fuente de ingresos y los empleos eran prácticamente inexistentes. Aun así, tenía tantas ganas de enzarzarse en una conversación sobre Adventures Unlimited como las había tenido de enzarzarse en la conversación sobre Ione Soutar y la ruptura de ésta con su padre. Así que se colocó a *Pooh* en el hombro y dijo para cambiar de tema:

—Hablando de quedarse como una pasa, Mad... ¿Qué coño hacías con Jago anteanoche? Ése se arrugaría como hace cuarenta años, ¿no?

—Jago es un amigo —contestó ella.

—Lo entiendo. El tipo me cae bien, pero no me verás pasando la noche con él.

—¿Acaso sugieres...? Eres repugnante, Cade. Si necesitas los detalles, vino a contarme lo de Santo, pero no quería decírmelo en la panadería, así que me llevó a la caravana porque le preocupaba cómo reaccionaría a la noticia. Se preocupa por mí, Cadan.

—¿Y nosotros no?

—A ti no te caía bien Santo. No finjas que sí.

—Al final a ti tampoco. ¿O acaso cambió algo? ¿Volvió a ti arrastrándose, suplicándote que le perdonaras y declarándote su amor? —Cadan hizo un sonido de burla y *Pooh* lo imitó a la perfección—. Me parece que no.

—Agujeros en el ático —observó *Pooh* estridentemente.

Cadan hizo una mueca al oír el sonido tan cerca de su oído. Madlyn lo vio.

—Anoche te emborrachaste —le dijo—. Es lo que hacías en tu cuarto, ¿verdad? ¿Qué pasa contigo, Cade?

Deseó poder contestar a esa pregunta. Le habría encantado. Pero el hecho era que había ido a la licorería sin pensar y sin pensar había comprado la botella de Beefeater y también sin pensar se la había bebido. Se dijo a sí mismo que el hecho de que estuviera bebiendo en casa era admirable teniendo en cuenta que podría estar en un pub o sentado en una esquina en la calle o —peor aún— conduciendo mientras le daba a la botella. Pero en lugar de eso estaba comportándose de manera responsable: se destruía en silencio entre las cuatro paredes de su habitación, donde no haría daño a nadie salvo a sí mismo.

Con qué estaba relacionado todo aquello, no se lo había cuestionado. Pero mientras la resaca remitía —una bendición que no se producía hasta media tarde—, se percató de que se acercaba peligrosamente el momento de tener que pensar.

Y acabó pensando en su padre, y también en Madlyn y Santo. Pero no le gustaba la dirección que tomaban sus meditaciones cuando juntaba a esas tres personas en su cabeza, porque entonces, el cuarto pensamiento que aparecía como un tío pesado el día de Navidad era el asesinato.

Funcionaba así: Madlyn enamorada, Madlyn destrozada, Santo muerto, Lew Angarrack... ¿Qué? En el mar con su tabla de surf cuando no había ni una sola ola que mereciera la pena coger; desaparecido en combate y resuelto a no decir nada sobre dónde había estado. ¿A qué equivalían esas dos imágenes? ¿Una hija despechada? ¿Un padre enfurecido? Cadan no quería ampliar sus horizontes sobre el tema, así que pensó en Will Mendick: el abanderado del amor por Madlyn, del amor no correspondido por Madlyn, esperando a intervenir como paño de lágrimas en cuanto Santo Kerne por fin se quitara de en medio.

Pero ¿tendría Will Mendick acceso al equipo de escalada de Santo?, se preguntó Cadan. ¿Era Will el tipo de persona que recurriría a una manera tan astuta de deshacerse de alguien? Aunque la respuesta a ambas cuestiones era sí, ¿acaso la verdadera pregunta no era si Will estaba realmente tan colado por Madlyn como para librarse de Santo con la esperanza de tener algo con ella? ¿Acaso tenía sentido? ¿Por qué borrar a Santo de la vida de Madlyn cuando el propio Santo ya lo había hecho? A menos que la muerte de Santo no tuviera nada que ver con Madlyn... ¿No sería un alivio que así fuera?

Pero si tenía que ver con ella, ¿qué pasaba con Jago, entonces? Jago en el papel de Anciano Vengador. ¿Quién sospecharía de un viejo que temblaba como un barman agitando un martini? Apenas estaba en condiciones de sentarse en el retrete sin ayuda, menos aún en la forma física que se creía necesaria para matar a otro ser humano. Pero no había sido un asesinato directo, ¿no? Alguien había manipulado el equipo de Santo, según decía Kerra Kerne. Seguro que Jago podría haberse encargado de eso. Pero claro, también podría haberlo hecho cualquiera de los otros. Madlyn, por ejemplo. También Lew, y Will, y Kerra Kerne, y Alan Cheston, Papá Noel o el Conejito de Pascua.

Cadan tenía la cabeza embotada. De hecho, hacía demasiado poco que se le había pasado la resaca para poder pensar detenidamente sobre nada. No se había tomado ningún descanso desde que había llegado a Adventures Unlimited aquella mañana y ya se merecía uno. Tal vez un poco de aire fresco, e incluso un sándwich, le permitirían meditar con mayor claridad sobre aquellos pensamientos.

Pooh había tenido paciencia. Sin causar el más mínimo daño y dejando sólo un recadito de sus intestinos de pájaro, se había pasado horas contemplando a Cadan pintar los radiadores desde su posición en diversas barras de ducha. El loro también se merecía un poco de descanso y relax y seguramente no rechazaría un bocado de sándwich.

Cadan no se había traído ninguno de casa, así que tenía un pequeño problema. Pero podía remediarlo con una escapada rápida al Toes on the Nose y comprar comida para llevar. Ahora que su estómago había recuperado su estado normal, un sándwich de pan integral con atún y maíz le sonaba de maravilla, con patatas de acompañamiento y una Coca-Cola.

En primer lugar, tenía que trasladar el material de pintura a la otra habitación, algo que realizó deprisa. Se dirigió a las escaleras —renunciando al viejo ascensor chirriante que, francamente, le ponía los pelos de punta— y compartió con *Pooh* lo que vendría a continuación.

—Vamos al Toes on the Nose, así que compórtate. No digas palabrotas delante de las señoras —le dijo.

—¿De qué señoras hablas?

La pregunta venía de detrás. Cadan se dio la vuelta. La madre de Santo Kerne había aparecido de la nada, como un espíritu que se hubiera materializado directamente a través del revestimiento. Estaba acercándose a él en silencio por la alfombra nueva. Iba otra vez vestida de negro, pero en esta ocasión matizado en el cuello por un pañuelo rojo ondulante que conjuntaba a la perfección con el rojo de sus zapatos.

Esos zapatos recordaron a Cadan, ridículamente, a una descripción que había oído una vez en *El mago de Oz*: la historia de dos viejas que se peleaban por unos zapatos rojos. Sonrió inconscientemente al pensar en aquello. Dellen le devolvió la sonrisa.

—No le pediste que no dijera palabrotas delante de mí. —Tenía la voz ronca, como una cantante de blues.

—¿Qué? —dijo Cadan como un tonto.

—Tu pájaro. Cuando nos presentaste no le dijiste que no dijera palabrotas en mi presencia. Me pregunto cómo debería tomármelo, Cadan. ¿Acaso no soy una señora?

No tenía ni idea de qué contestar, así que se rio de manera poco convincente. Esperó a que Dellen pasara delante de él en el pasillo. No lo hizo.

—Me voy a comer —dijo Cadan.

Ella miró su reloj.

—Es un poco tarde, ¿no?

—Antes no tenía hambre.

—¿Y ahora sí? ¿Sí tienes hambre?

—Un poco, sí.

—Bien. Ven conmigo.

Fue hacia las escaleras pero no bajó, sino que subió y, cuando Cadan no la siguió de inmediato, se dio la vuelta.

—Ven conmigo, Cadan —le dijo—. No muerdo. Arriba hay una cocina y te preparé algo allí.

—Oh, no se preocupe. Iba a ir al Toes...

—No seas tonto. Será más rápido y no tendrás que pagar. —Dellen sonrió con añoranza—. No con dinero, quiero decir, pero sí con tu compañía. Me gustaría hablar con alguien.

—Quizá Kerra...

—No está. Mi marido ha desaparecido. Alan se ha encerrado a hablar por teléfono. Ven conmigo, Cadan. —Su mirada se ensombreció cuando el chico no se movió—. Necesitas comer y yo necesito hablar. Podemos sernos útiles mutuamente. —Como él siguió sin moverse porque no se le ocurría una forma de escapar de la situación, Dellen añadió—: Soy la mujer del jefe. Creo que no te queda más remedio que hacerme caso.

Cadan soltó dos carcajadas, pero no había nada que le hiciera gracia. Parecía que no tenía más opción que subir las escaleras con ella.

Llegaron a lo que parecía ser el piso de la familia. Era un espacio bastante grande decorado modestamente con lo que en su día habían sido muebles daneses modernos pero que ahora eran muebles daneses retro. Dellen lo llevó a través de un salón hasta la cocina, donde señaló una mesa y le dijo que se sentara. Encendió una radio que descansaba sobre la encimera blanca inmaculada y giró la ruedecilla hasta que encontró la emisora que al parecer prefería. Ponían música de bailes de salón.

—Es bonita, ¿verdad? —dijo Dellen, y dejó el volumen bajo—. Bien. —Se puso las manos en las caderas—. ¿Qué te apetece, Cadan?

Era justo el tipo de pregunta que salía en las películas: una pregunta de la señora Robinson mientras el pobre Benjamin estaba atrapado pensando todavía en el plástico. Dellen Kerne era una señora Robinson, de eso no cabía la menor duda. Estaba un poco ajada, había que reconocerlo, pero de una forma voluptuosa. Lucía el tipo de curvas que no se veían en mujeres más jóvenes obsesionadas con parecer modelos de pasarela, y si su piel estaba deteriorada por años de sol y cigarrillos, su cabellera rubia lo compensaba, igual que su boca, que tenía lo que llamaban unos labios «carnosos».

Cadan reaccionó a ella. Fue automático: demasiado tiempo de celibato y ahora demasiada sangre dirigiéndose al lugar equivocado.

—Yo iba a pedir... atún y maíz —tartamudeó.

Los labios llenos de Dellen dibujaron una curva.

—Creo que podremos arreglarlo.

Cadan era vagamente consciente de los movimientos de *Pooh* sobre su hombro: el loro estaba clavándole las garras un poquito demasiado en la piel. Necesitaba bajarlo, pero no le gustaba dejarlo en el respaldo de una silla, porque cuando lo levantaba de su hombro y lo colocaba en una percha, *Pooh* se lo tomaba como una señal de que podía descargar. Buscó un periódico que pudiera poner debajo de la silla, por si acaso. Vislumbró uno en la barra y fue a cogerlo; era un ejemplar de la semana anterior del *Watchman*. Lo cogió y dijo a Dellen:

—¿Le importa? *Pooh* necesita colocarse en algún sitio y si pudiera poner esto en el suelo...

Dellen estaba abriendo una lata.

—¿Para el pájaro? Por supuesto. —Cuando Cadan tuvo el periódico extendido y a *Pooh* en el respaldo de la silla, añadió—: Es una mascota poco corriente, ¿no?

Cadan creía que la pregunta era retórica, pero contestó de todos modos.

—Los loros pueden llegar a vivir ochenta años. —La respuesta pareció bastar en sí misma: era improbable que una mascota que podía llegar a vivir ochenta años se marchara a ninguna parte y no hacía falta ser licenciado en psicología para comprender aquello.

—Sí. Ochenta. Comprendo. —Le lanzó una mirada y su sonrisa fue tímida—. Espero que los cumpla. Pero no siempre sucede así, ¿verdad?

Cadan bajó la mirada.

—Siento lo de Santo.

—Gracias. —Se quedó callada un momento—. Todavía no puedo hablar de él. No dejo de pensar que, si avanzo un poquito, incluso si intento distraerme, no tendré que enfrentarme al hecho de que está muerto. Sé que no es verdad, pero no estoy... ¿Cómo puede estar alguien preparado para vivir la muerte de un hijo? —Alargó la mano deprisa hacia la ruedecilla de la radio y subió el volumen. Empezó a moverse con la música—. Bailemos, Cadan.

Era un ritmo vagamente suramericano: un tango, una rumba, algo así. Requería que los cuerpos se movieran juntos sinuosamente y Cadan no quería en absoluto ser uno de ellos. Pero Dellen avanzó hacia él con un balanceo de caderas a cada paso, un movimiento de un hombro, luego del otro, las manos extendidas.

Cadan vio que estaba llorando como lloraban las actrices en las películas: sin que se les pusiera la cara roja, sin contraer las facciones, sólo lágrimas que surcaban sus mejillas al caer de sus ojos extraordinarios. Bailaba y lloraba a la vez. Se apiadó de ella. La madre de un chico que había sido asesinado... ¿Quién podía decir cómo debía comportarse? Si quería hablar, si quería bailar, ¿qué más daba? Lo llevaba lo mejor que podía.

—Baila conmigo, Cadan —le dijo—. Por favor, baila conmigo.

Él la cogió entre sus brazos.

Ella se apretó contra él enseguida, cada movimiento encerraba una caricia. Cadan no conocía el baile, pero no parecía importar. Dellen subió los dos brazos hasta su cuello y lo acercó a ella con una mano en su nuca. Cuando levantó la cara hacia él, el resto surgió de manera natural.

Cadan bajó la boca hacia ella, pasó las manos de su cintura a su trasero y la atrajo con fuerza hacia él.

Ella no se quejó.

Capítulo 14

La identificación del cuerpo de Santo sólo era pura rutina policial. Aunque Ben Kerne lo sabía, por un momento albergó la esperanza ridícula de que todo hubiera sido un terrible error, de que a pesar de que la policía hubiera hallado el coche y la identificación dentro, el chico muerto al pie del acantilado en Polcare Cove fuera otra persona y no Alexander Kerne. Toda fantasía, sin embargo, desapareció cuando se encontró mirando el rostro de su hijo.

Ben fue a Truro solo. Había decidido que no tenía ningún sentido exponer a Dellen al cuerpo de Santo con las marcas de la autopsia, en especial cuando él mismo no tenía ni idea de en qué estado estaría el cadáver. Que Santo estuviera muerto ya era terrible; que Dellen tuviera que ver a qué le había reducido la muerte era impensable.

Cuando miró a Santo, sin embargo, Ben también vio que su interés por proteger a Dellen había sido, en buena parte, innecesario. Le habían arreglado la cara con maquillaje. El resto de él, que sin duda había sido diseccionado y examinado a conciencia, estaba cubierto por una sábana. Ben podría haber pedido ver más, verlo todo, conocer cada centímetro del cuerpo de Santo como no lo había conocido desde su tierna infancia, pero no lo hizo. Le pareció una especie de invasión.

A la pregunta formal «¿es éste Alexander Kerne?», contestó asintiendo con la cabeza y luego firmó los documentos que le pusieron delante y escuchó lo que tenían que decir varias personas sobre la policía, las investigaciones, las funerarias, los entierros y cosas por el estilo. Asistió anestesiado a todos estos procedimientos, en especial a las palabras de pésame. Fueron sinceras; todas las personas con las que tuvo que tratar en el depósito de cadáveres del Hospital Real de Cornualles ya habían recorrido este camino miles de veces antes —más, seguramente—, pero eso no les había arrebatado la capacidad de expresar empatía por el dolor de alguien.

Cuando salió, Ben empezó a sentir de verdad. Tal vez fuera la lluvia fina lo que derritió su escasa protección, porque mientras caminaba hacia su Austin por el aparcamiento le invadió la pena al pensar en la inmensidad de su pérdida y le asoló la culpa por el papel que había jugado en provocarla. Y luego estaba el hecho de saber que viviría con aquello para siempre: que las últimas palabras que le había dicho a Santo las había pronunciado con una repugnancia nacida de su propia incapacidad de aceptar al chico tal como era. Y esa incapacidad provenía de una sospecha, de algo que nunca verbalizaría.

—¿Por qué no puedes ver como se sienten los otros con tus acciones? —decía Ben a su hijo, el estribillo repetido de una canción que habían cantado durante años en su relación—. Por el amor de Dios, Santo, la gente es real.

—Te comportas como si utilizara a las personas o algo. Te comportas como si impusiera mi voluntad a todo el mundo, y eso no es así. Además, nunca dices nada cuando…

—Maldita sea, no intentes eso conmigo, ¿de acuerdo?

—Mira, papá, si yo pudiera…

—Sí, es eso, ¿verdad? Yo, yo, a mí, a mí. Bueno, dejemos las cosas claras: la vida no gira en torno a ti. Lo que estamos haciendo aquí, por ejemplo, no gira en torno a ti. Lo que pienses y lo que quieras no me incumbe. Lo que hagas, sí. Aquí y donde sea. ¿Te queda claro?

Habían quedado tantas cosas por decir… En especial lo que Ben no había expresado eran sus miedos. Sin embargo, ¿cómo podía sacarlos a la luz, cuando todo lo que estaba relacionado con ellos estaba oculto bajo la alfombra?

Hoy no, sin embargo. Hoy el presente exigía reconocer el pasado que le había traído hasta aquí. Por lo tanto, cuando subió al coche y comenzó a salir de Truro con la intención de conducir hacia el norte, en dirección a Casvelyn, frenó en la señal que indicaba la ruta a St. Ives y mientras esperaba a que desapareciera el centelleo delante de sus ojos tomó una decisión y giró hacia el oeste.

Al final puso rumbo sur por la A30, la principal arteria de la costa norte. No tenía ninguna intención clara en mente, pero a medida que las señales le resultaban más y más familiares tomó de memoria los desvíos adecuados, avanzando hacia el mar a través de un paisaje irregular que externamente era inhóspito por las intrusiones de granito pero que por dentro era rico en minerales. En esta parte del campo se levantaban depósitos de locomotoras en ruinas, un testimonio mudo de las generaciones de hombres de Cornualles que habían trabajado bajo tierra extrayendo estaño y cobre hasta que las vetas se agotaron y las minas quedaron abandonadas al clima y al paso del tiempo.

Estas minas habían alimentado a los pueblos remotos, que se vieron obligados a redefinirse o morir cuando las explotaciones cerraron. La tierra era mala para la agricultura, demasiado rocosa y árida y tan azotada por el viento que sólo conseguían arraigar los matorrales de aulagas, las malas hierbas y las plantas silvestres más fuertes y bajas. Así que la gente se volcó en la ganadería bovina y ovina si podía permitirse un rebaño y en el contrabando cuando llegaron los tiempos difíciles.

El contrabando se llevaba a cabo en los miles de calas de Cornualles. Los que triunfaron con esta forma de trabajo eran los que conocían el mar y las mareas. Pero con el tiempo también llegaron otros medios de sustento. Mejoraron los transportes hacia el suroeste y trajeron a los turistas. Entre ellos estaban los veraneantes que tomaban el sol en las playas y recorrían los senderos que cruzaban el campo. Al final, llegaron los surfistas.

En Pengelly Cove, Ben los vio desde arriba, donde se encontraba la parte principal del pueblo, casas de granito sin pintar con techos de pizarra, ambiente sombrío y desierto en la primavera lluviosa. El lugar estaba definido únicamente por tres calles: dos flanqueadas de tiendas, casas, dos pubs y una posada llamada Curlew Inn y una tercera marcada por una pendiente empinada que serpenteaba hasta un pequeño aparcamiento, un embarcadero de botes salvavidas, la cala y el mar.

A lo lejos entre el oleaje, los surfistas de toda la vida desafiaban al tiempo. Las olas rompían desde el noroeste, en grupos regulares, y sus paredes grises formaban los tubos por los que era conocida Pengelly Cove. Los surfistas los atravesaban girando en la pared de la ola, subiendo hasta la cúspide, desapareciendo para remar hacia dentro y esperar a la siguiente. Nadie gastaba energías cogiendo una ola hasta la orilla, no con este tiempo y no con olas que eran un reflejo de sí mismas y rompían en los arrecifes a unos cien metros de distancia. Las olas que rompían en la orilla eran para principiantes, una pared baja de agua blanca que proporcionaba al neófito cierta sensación parecida al triunfo, pero ningún respeto.

Ben descendió a la cala. Lo hizo a pie y no en coche. Lo había dejado delante de la posada Curlew Inn y había vuelto por la calle hasta el cruce. No le molestaba que hiciera mal tiempo, iba preparado para él y quería experimentar la cala como lo había hecho en su juventud: bajando por lo que entonces sólo era un sendero, sin aparcamiento debajo ni nada más salvo el agua, la arena y las cuevas profundas que le saludaban cuando llegaba al final, con la tabla de surf bajo el brazo.

Tenía la esperanza de poder adentrarse en las cuevas, pero la marea estaba demasiado alta y sabía que no debía arriesgarse. Así que pensó en lo mucho que había cambiado el lugar desde la última vez que había estado allí.

El dinero había llegado a la zona. Lo vio por las mansiones de veraneo y las casitas de refugio que daban a la cala. Tiempo atrás, sólo había una, lejos, al final del acantilado, una estructura impresionante de granito que, con su fachada blanca y orgullosa y relucientes canalones y molduras negros, transmitía que allí había más dinero del que tenía cualquier familia del pueblo. Ahora, sin embargo, había por lo menos una docena, aunque la Casa del Acantilado seguía en su sitio, tan orgullosa como siempre. Sólo había estado dentro una vez, en una fiesta de adolescentes organizada por una familia llamada Parsons que la había alquilado durante cinco veranos seguidos. «Una celebración antes de que nuestro Jamie se marche a la universidad», así describieron la reunión.

A nadie del pueblo le caía bien Jamie Parsons, que se había

tomado un año sabático para viajar por todo el mundo y no había tenido el sentido común de no decir nada al respecto. Pero todos estuvieron dispuestos a fingir que el chaval era su mejor amigo del alma para pasar una noche de juerga en su casa.

Sin embargo, tenían que parecer guays. Ben lo recordaba. Debía parecer que asistían a este tipo de jolgorios constantemente: el final del verano, una invitación que había llegado por correo (por el amor de Dios), un grupo de rock que venía desde Newquay a tocar, mesas llenas de comida, una luz estroboscópica en la pista de baile y escondrijos por toda la casa donde se podía hacer cualquier travesura imaginable sin que nadie se enterara. Al menos dos de los hijos de los Parsons estaban allí —¿eran cuatro en total?, ¿cinco tal vez?—, pero no había padres. Cualquier tipo de cerveza que pudiera imaginarse, además de alcohol y sustancias ilegales: whisky, vodka, ron con Coca-Cola, pastillas de algo que nadie supo identificar y cannabis. Cannabis para dar y regalar, al parecer. ¿Cocaína también? Ben no se acordaba.

Lo que sí recordaba era la conversación y la recordaba por el surf de aquel verano y por lo que había traído aquel verano.

La gran división existía en cualquier lugar invadido temporalmente por gente que no había nacido ni crecido allí. Siempre estaban los del pueblo… y los intrusos. En Cornualles, en especial, estaban los que trabajaban sin descanso y luchaban por llevar una vida modesta y luego todos los que iban a pasar las vacaciones y a gastar dinero disfrutando de los placeres del suroeste. El placer principal era la costa, con su clima estupendo, aguas cristalinas, calas prístinas y acantilados elevados. El reclamo, sin embargo, era el mar.

Los residentes de toda la vida conocían las reglas. Cualquiera que surfeara con regularidad las conocía, porque eran fáciles y básicas: espera tu turno, no zigzaguees, no te lances cuando otra persona grite que la ola es suya, deja paso a los surfistas más experimentados, respeta la jerarquía. Las olas que rompen en la orilla son para los principiantes con tablas anchas, para los niños que juegan en el agua y, a veces, para los surfistas de *kneeboards* y *bodyboards* que buscan una recompensa rápida a sus esfuerzos. Cualquiera que surfeara más allá de las olas que rompían en la orilla volvía al final de una sesión, pero si no, se quedaba mar adentro, meciéndose sobre la tabla o subiendo por la pared de la ola y bajando por el otro lado para remar otra vez mucho antes de llegar a la zona donde estaban los principiantes. Era sencillo. No estaba escrito, pero el desconocimiento nunca era una excusa aceptable.

Nadie sabía si Jamie Parsons funcionaba por desconocimiento o por indiferencia. Lo que sí sabía todo el mundo era que, por algún motivo, creía tener ciertos derechos, que él consideraba suyos y no lo que eran en realidad: errores inexcusables.

Que dijera «esto de aquí es una mierda comparado con North Shore», podría haber sido soportable, pero que lo dijera después de gritar «déjame pasar, tío» para anunciar que zigzaguearía por delante de uno de los surfistas del pueblo, no iba a impresionar a nadie. La cola no significaba nada para Jamie Parsons. «Apechugad con ello», era su respuesta cuando le informaban de que estaba comportándose mal con los otros surfistas. Esas cosas no le importaban porque no era uno de ellos. Él era mejor por el dinero, la vida, las circunstancias, la educación, las posibilidades o como quisieran llamarlo. Él lo sabía y ellos lo sabían. Y el chaval carecía del sentido común necesario para guardarse eso para él.

¿Así que una fiesta en casa de los Parsons...? Por supuesto que irían. Bailarían su música, arrasarían con su comida, apurarían sus bebidas y fumarían su hierba. Se lo merecían por aguantar a aquel capullo. Le habían tenido allí cinco veranos seguidos, pero el último fue el peor.

«Jamie Parsons», pensó Ben. No se había acordado de él en años. Había estado demasiado consumido por Dellen Nankervis aunque, tal como resultaron las cosas, era Jamie Parsons y no Dellen Nankervis quien había determinado el curso de su vida en realidad.

Mientras miraba a los surfistas desde el final del aparcamiento, Ben pensó que todo aquello en lo que se había convertido era resultado de decisiones que había tomado justo aquí, en Pengelly Cove. No en Pengelly Cove el pueblo, sino en Pengelly Cove la ubicación geográfica: cuando la marea estaba alta, una masa de agua en forma de herradura golpeaba las pizarras y las rocas de granito; cuando la marea estaba baja, aparecía una playa enorme de arena que se extendía en dos direcciones mucho más allá de la propia cala, se internaba en los arrecifes y diques de lava y estaba bordeada por cuevas que penetraban en los acantilados donde todavía podían verse las vetas de los minerales. Las cuevas, esas bocas en las rocas creadas por millones de años de cataclismos geológicos y erosión oceánica, habían sido el destino de Ben Kerne desde que las vio cuando era muy pequeño. Los peligros que entrañaban las hacían de lo más cautivadoras. La intimidad que podían llegar a ofrecer las hacían de lo más necesarias.

Su historia estaba ligada inextricablemente a las dos mayores cuevas de Pengelly Cove. Representaban todas sus primeras veces: su primer cigarrillo, su primer porro, su primera borrachera, su primer beso, su primera relación sexual. También registraban las tormentas que habían caracterizado su relación con Dellen. Porque si bien había compartido su primer beso y su primera relación sexual con Dellen Nankervis en una de las dos cuevas grandes e inquietantes, éstas también habían atestiguado todas las traiciones que se habían infligido el uno al otro.

«Dios santo, ¿no puedes librarte de esa maldita zorra? —le preguntó su padre—. Te está volviendo loco, chico. Déjala, diablos, antes de que te engulla y te escupa en el barro.»

Quiso hacerlo, pero descubrió que no podía. El poder que ejercía sobre él era demasiado fuerte. Había otras chicas, pero eran criaturas sencillas comparadas con Dellen: calientabraguetas de risita fácil, cotorras superficiales que no dejaban de peinarse el pelo aclarado por el sol y de preguntar a los chicos si creían que estaban gordas. Carecían de misterio, de una personalidad compleja. Y lo más importante, ninguna necesitaba a Ben tanto como Dellen. Ella siempre volvía a él y él siempre estaba dispuesto. Y si otros dos chicos la habían dejado embarazada durante esos años desenfrenados de la adolescencia, él no se había quedado atrás y a sus veinte años había logrado igualarles.

La tercera vez que pasó le pidió que se casara con él porque había demostrado la verdadera naturaleza de su amor: le había seguido hasta Truro sin dinero, sólo con lo que había podido meter en una bolsa de viaje. Le dijo: «Es tuyo, Ben, y yo también», con la curva incipiente de su barriga para probarlo.

Todo iría mejor, pensó Ben. Se casarían y el matrimonio pondría fin para siempre a los ciclos de conexión, traición, ruptura, añoranza y reconexión.

Así que se trasladó de Pengelly Cove a Truro para empezar de nuevo pero no lo consiguió. Se marchó de Truro a Casvelyn por la misma razón con prácticamente el mismo resultado. En realidad, con un resultado mucho peor esta vez, porque Santo estaba muerto y el tejido insustancial de la vida de Ben se había roto en pedazos.

Ahora le parecía que la idea de las lecciones que había que dar lo había empezado todo. Qué insoportable era darse cuenta de que esas lecciones también lo habían terminado todo. Sólo el estudiante y el profesor eran distintos. El hecho crucial de la aceptación seguía siendo el mismo.

Lynley optó por conducir por la costa hasta Pengelly Cove en cuanto la inspectora Hannaford lo identificó como el pueblo de donde era originaria la familia Kerne.

—Así mato dos pájaros de un tiro —le explicó.

A lo que Hannaford respondió con astucia:

—Está evitando un poco su responsabilidad, ¿verdad? ¿Qué ha descubierto sobre la doctora Trahair que no quiere que sepa, comisario?

No estaba evitando nada, le dijo alegremente. Pero como había que investigar a los Kerne y como debía ganarse la confianza de Daidre Trahair siguiendo las instrucciones de la propia inspectora Hannaford, le pareció que tenía un motivo racional para sugerir una excursión a la veterinaria…

—No tiene que ser una excursión —protestó Hannaford—. No tiene que ser nada. Ni siquiera tiene que verla para hurgar en su vida y supongo que ya lo sabe.

—Sí, por supuesto —dijo Lynley—. Pero es una oportunidad para…

—De acuerdo, de acuerdo. Sólo procure estar en contacto conmigo.

Así que se llevó a Daidre Trahair con él, un plan que resultó bastante sencillo porque comenzó cumpliendo su palabra y fue a la casita de la veterinaria a reparar la ventana que había roto. Había decidido que no podía tratarse de un ejercicio mental complicado y como licenciado de Oxford que era —aunque en historia, que apenas tenía nada que ver con cristales—, sin duda poseía la inteligencia para entender cómo había que realizar la sustitución. El hecho de que nunca en su vida hubiera participado en un solo trabajo de reforma doméstica no le disuadió. Seguro que estaba a la altura. No habría ningún problema.

—Qué amable eres, Thomas, pero ¿no debería llamar a un cristalero? —dijo Daidre. Parecía dudar de sus intenciones con el cristal y la masilla.

—Tonterías. Es muy sencillo.

—¿Alguna vez…? Quiero decir, ¿antes de hoy?

—Muchas veces. Otras tareas, quiero decir. En cuanto a ventanas, reconozco que soy virgen. Bueno… Veamos qué tenemos aquí.

Lo que tenían era una casita de doscientos años de antigüedad, posiblemente más, porque Daidre no estaba segura. Siempre había querido reconstruir la historia del lugar, pero de momento aún no se había puesto a ello. Lo que sí sabía era que había empezado siendo una cabaña de pescadores utilizada por una mansión cercana a Alsperyl. Esa casa había desaparecido —su interior había quedado destruido hacía tiempo por un incendio y los habitantes del pueblo se habían ido llevando las piedras, que utilizaron para todo, desde construir cabañas a delimitar sus propiedades—, pero como databa de 1723, era muy probable que esta pequeña edificación fuera de la misma época.

Esto significaba, naturalmente, que nada estaba recto, incluidas las ventanas, cuyos marcos habían sido construidos precisamente para encajar en aperturas que carecían de cualquier precisión. Para su desgracia, Lynley lo descubrió cuando sostuvo el cristal delante del marco después de limpiar los restos de la ventana rota. Vio que había una pequeña inclinación horizontal, suficiente para que colocar el cristal fuera… todo un reto.

Tendría que haber medido los dos lados, se percató. Notó que el cuello se le ponía rojo de la vergüenza.

—Oh, vaya —dijo Daidre. Y luego añadió deprisa, como si creyera que su comentario revelaba falta de confianza—. Bueno, estoy segura de que es sólo cuestión de…

—Masilla —dijo él.

—¿Disculpa?

—Sólo hace falta más cantidad de masilla en un lado. En realidad no supone ningún problema.

—Oh, perfecto. Está bien, estupendo.

Se marchó de inmediato a la cocina, murmurando algo sobre preparar un té. Lynley lidió con el proyecto: con la masilla, el cuchillo para la masilla, el cristal, la colocación del mismo y la lluvia, que tendría que haber sabido que haría imposible toda la empresa. Ella se quedó en la cocina. Se quedó allí tanto tiempo que Lynley llegó a la conclusión que no sólo estaba riéndose de su ineptitud, sino también ocultando el hecho de que ella misma habría podido arreglar la ventana con una mano atada a la espalda. Al fin y al cabo, era la mujer que le había barrido a los dardos.

Cuando por fin regresó, Lynley se las había arreglado para meter el cristal, pero era obvio que alguien con más aptitudes que él tendría que ir a reparar su reparación. Lo admitió y se disculpó. Debía ir a Pengelly Cove, le dijo, y si tenía tiempo para acompañarle, se lo compensaría todo invitándola a cenar.

—¿A Pengelly Cove? ¿Por qué? —preguntó ella.

—Asuntos policiales —contestó él.

—¿La inspectora Hannaford cree que hay respuestas en Pengelly Cove? ¿Y te ha encargado a ti buscarlas? ¿Por qué no envía a uno de sus policías? —preguntó Daidre. Cuando Lynley dudó sobre qué respuesta darle, ella sólo tardó un momento en comprenderlo—. Ah. Así que ya no eres sospechoso. ¿Es una decisión sensata por parte de la inspectora Hannaford?

—¿Qué?

—¿Descartarte de la lista de sospechosos porque eres policía? Es ser bastante corto de miras, ¿no?

—Creo que ha tenido problemas para encontrar mis motivos.

—Entiendo. —Su voz se había alterado y Lynley supo que había atado el resto de los cabos. Si él ya no era sospechoso, ella sí. Sabría que existía una razón y seguramente sabría por qué.

Lynley pensó que rechazaría acompañarle, pero no lo hizo y él se alegró. Buscaba un modo de llegar a la verdad de quién era y qué escondía y, sin recursos fáciles para averiguarlo, ganarse su confianza a través de una relación cordial parecía ser la mejor manera.

Los milagros resultaron ser su vía de acceso. Habían subido desde la cala y serpenteaban por Stowe Wood de camino a la A39 cuando le preguntó si creía en los milagros. Al principio, Daidre frunció el ceño al oír la pregunta.

—Ah —dijo entonces—. Los papeles de Internet que viste. No, en realidad no. Pero un amigo mío, un compañero del zoo, el cuidador de los primates, está planeando un viaje para sus padres porque ellos sí creen en los milagros y necesitan uno desesperadamente.

—Qué amable por tu parte ayudarle. —Lynley la miró. Se había puesto roja—. Tu...

«¿Qué relación tiene con el compañero? —se preguntó—. ¿Es su amante, su novio, su antiguo compañero? ¿Por qué ha reaccionado así?»

—Lo hago por amistad —dijo, como si hubiera formulado las preguntas en voz alta—. Cáncer de páncreas. El diagnóstico es definitivo, pero no es un anciano. Paul dice que su padre sólo tiene cincuenta y cuatro años y quieren intentarlo todo. Yo creo que es inútil, pero ¿quién soy yo para decírselo? Así que le comenté que... Bueno, que buscaría el lugar con mejores estadísticas. Menuda tontería, ¿verdad?

—No necesariamente.

—Claro que lo es, Thomas. ¿Cómo se aplican las estadísticas a un lugar dominado por el misticismo y una fe ferviente aunque equivocada? Si me baño en estas aguas, ¿mis probabilidades de curación son más altas que si garabateo mi petición en un trozo de papel y lo dejó al pie de la estatua de mármol de un santo? ¿Y si beso la tierra de Medjugorje? ¿O la mejor opción es quedarse en casa y rezar a alguien que está a punto de ganarse la aureola? Necesitan milagros para conseguir que los santifiquen, ¿verdad? ¿Qué hay de esa opción? Al menos nos ahorraría el dinero que tampoco podemos gastar. —Soltó un suspiro y Lynley volvió a mirarla. Estaba recostada en la puerta del coche y tenía bastante mala cara—. Lo siento, me estoy enrollando. Pero odio ver que la gente abandona su sentido común por culpa de una crisis. Ya sabes a qué me refiero.

—Sí —dijo él sin alterarse—. Sé perfectamente a qué te refieres.

Daidre se llevó la mano a los labios. Tenía unas manos de aspecto fuerte, unas manos sensibles, manos de médico, con las uñas limpias y cortas.

—Oh, Dios mío. Maldita sea, lo siento muchísimo. He vuelto a hacerlo. A veces me voy de la lengua.

—No pasa nada.

—Sí que pasa. Habrías hecho cualquier cosa para salvarla. Lo siento muchísimo.

—No. Lo que has dicho es absolutamente cierto. En las crisis, la gente se retuerce buscando respuestas e intentando obtener una solución. Y para ellos la solución es lo que quieren y no necesariamente lo que es mejor para otra persona.

—Aun así no quería causarte dolor. Nunca quiero causárselo a nadie, en realidad.

—Gracias.

A partir de ese momento no vio cómo llegar a sus mentiras, salvo contando también él algunas, algo que prefería no hacer. Sin duda, dependía de Bea Hannaford interrogar a Daidre Trahair sobre la supuesta ruta que había seguido desde Bristol a Polcare Cove. Dependía de Bea Hannaford revelar a Daidre qué era exactamente lo que sabía la policía sobre su presunto almuerzo en un pub y dependía de Bea Hannaford decidir cómo utilizar esa información para forzar a la veterinaria a admitir lo que tuviera que admitir.

Lynley utilizó la pausa en la conversación para tomar otra dirección.

—Empezamos con una institutriz —dijo sin pensarlo mucho—. ¿Te lo había dicho? Muy decimonónico todo. Sólo duró hasta que mi hermana y yo nos rebelamos y le metimos ranas en la cama la noche de Guy Fawkes. Y en esa época del año, no era fácil encontrar ranas, créeme.

—¿Me estás diciendo de verdad que teníais una institutriz? ¿Una pobre Jane Eyre sin ningún señor Rochester que la rescatara de su vida de servidumbre, cenando sola en su dormitorio porque no estaba ni arriba ni abajo?

—No era tan malo. Cenaba con nosotros, con la familia. Habíamos empezado con una niñera, pero cuando llegó el momento de ir al colegio contrataron a una institutriz. Para mi hermana mayor y para mí. Cuando nació mi hermano pequeño (que es diez años menor que yo, ¿te lo había dicho?) todo eso ya había terminado.

—Pero es tan... Tan encantadoramente antiguo. —Lynley percibió la carcajada en la voz de Daidre.

—Sí, ¿verdad? Pero era eso, el internado o la escuela del pueblo, donde nos mezclaríamos con los niños de allí.

—Con su espantoso acento de Cornualles —señaló Daidre.

—Exacto. Mi padre estaba decidido a que siguiéramos sus pasos, que no conducían a la escuela del pueblo. Mi madre estaba igual de decidida a no mandarnos a un internado a los siete años...

—Una mujer sabia.

—... así que llegaron al acuerdo de ponernos una institutriz hasta que la espantamos con la cordura apenas intacta. Y a partir de entonces fuimos a la escuela del pueblo, que era lo que nosotros queríamos. Sin embargo, mi padre debía comprobar nuestro acento todos los días, o eso parecía. Dios nos librara de sonar normales.

—¿Ya falleció?

—Hace muchos años. —Lynley se aventuró a mirarla. Daidre estaba examinándolo y se preguntó si estaría pensando en el tema de la educación y en por qué hablaban de ello—. ¿Y tú? —le preguntó, e intentó sonar informal. Se dio cuenta de que se sentía incómodo. En el pasado, intentar hacer caer a un sospechoso en una trampa no le había supuesto ningún problema.

—Mis padres tienen una salud de hierro.

—Me refería al colegio —dijo.

—Ah. Me temo que fue tediosamente normal.

—¿En Falmouth, entonces?

—Sí. Mi familia no es de las que mandan a los hijos a un internado. Fui a la escuela del pueblo, con toda la chusma.

La había pillado. Era el momento en que normalmente Lynley habría hecho saltar la trampa, pero sabía que podría habérsele pasado alguna escuela en algún lugar. Podría haber estudiado en un colegio que ahora estuviera cerrado. Descubrió que quería darle el beneficio de la duda. Dejó correr el tema. Realizaron el resto del viaje hasta Pengelly Cove en un ambiente cordial. Él habló de cómo su vida de privilegios le había conducido a ser policía; ella habló de su pasión por los animales y cómo esa pasión la había llevado de rescatar erizos, aves marinas, pájaros cantores y patos a la facultad de Veterinaria y, al final, al zoo. La única criatura del mundo animal que no le gustaba, confesó, era el ganso de Canadá.

—Están invadiendo el planeta —declaró—. Bueno, al menos parece que están invadiendo Inglaterra.

Afirmó que su animal preferido era la nutria: de río o de mar. No era maniática en cuanto a las nutrias.

En Pengelly Cove fue cuestión de unos minutos descubrir en la oficina de correos —un único mostrador en la tienda polivalente del pueblo— que en los alrededores vivía más de un Kerne. Eran todos descendientes de un tal Eddie Kerne y su mujer, Ann. Kerne mantenía una propiedad curiosa que él llamaba Ecocasa a unos ocho kilómetros del pueblo. Ann trabajaba en la posada Curlew Inn, aunque el empleo parecía una sinecura en estos momentos porque estaba envejeciendo mal después de sufrir una apoplejía algunos años atrás.

—Hay Kernes por todo el lugar —les dijo la jefa de la oficina de correos. Era la única trabajadora de la tienda, una mujer de pelo gris de edad incierta, pero sin duda avanzada, a quien habían encontrado cosiendo un botón minúsculo en una camisa blanca de niño. Se pinchó el dedo con el alfiler mientras trabajaba. Dijo «maldita sea, joder» y «perdón» y limpió una mancha de sangre en la chaqueta de punto azul marino antes de seguir hablando—. Si salen fuera y gritan el apellido Kerne, habrá diez personas en la calle que se giren y digan «¿qué?».

Examinó la resistencia del arreglo y cortó el hilo con los dientes.

—No tenía ni idea —dijo Lynley. Mientras Daidre miraba un centro frutal deprimente que había justo detrás de la puerta de la tienda, él compró unas postales que no enviaría nunca, además de sellos, un periódico local y un tubo de caramelos de menta que sí probaría—. ¿Los primeros Kerne tuvieron una buena prole, entonces?

La jefa de la oficina de correos cobró los artículos.

—Siete hijos en total tuvieron Ann y Eddie. Y todos siguen por aquí excepto el mayor. Benesek, creo. Se marchó hace siglos. ¿Son amigos de los Kerne? —La mujer miró a Lynley y luego a Daidre. Parecía dubitativa.

Lynley contestó que no era un amigo. Sacó su placa de policía. La expresión de la señora se alteró. Las palabras «poli» y «cautela» no podrían haber estado escritas más claramente en su rostro.

—El hijo de Ben Kerne ha muerto —le dijo Lynley.

—¿De verdad? —preguntó ella, llevándose una mano al corazón. Inconscientemente, se cogió el pecho izquierdo—. Oh, Dios mío. Qué noticia tan triste. ¿Qué le ha pasado?

—¿Conocía usted a Santo Kerne?

—Por aquí no hay nadie que no conozca a Santo. A veces se quedaban con Eddie y Ann cuando él y su hermana eran pequeños. Kerra se llama la chica. Ann los traía a comprar dulces o helados. Pero Eddie no, Eddie nunca. No viene al pueblo si puede evitarlo. Hace años que no viene.

—¿Por qué?

—Unos dicen que por orgullo. Otros que por vergüenza. Pero Ann no. Además tenía que trabajar para que Eddie pudiera cumplir su sueño de vivir ecológicamente.

—¿Vergüenza por qué? —preguntó Lynley.

Ella sonrió brevemente, pero Lynley sabía que no tenía nada que ver con la simpatía o el buen humor, sino con el hecho de reconocer la posición que ostentaba cada uno en aquel momento: él, el interlocutor profesional y ella, la fuente de información.

—Es un pueblo pequeño —dijo—. Cuando a alguien le van mal las cosas, pueden irle peor. Ya me entiende.

Podría ser una afirmación sobre los Kerne, pero también sobre sí misma y Lynley lo entendía. Como era la jefa de la oficina de correos y la tendera, sabría bastante sobre lo que sucedía en Pengelly Cove. Como vivía en el pueblo, también sabría que lo más prudente era tener la boca cerrada y no contar cosas que no importaban a un forastero.

—Tendrá que hablar con Ann o Eddie —dijo—. Ann tiene problemillas con el habla por culpa de la apoplejía que tuvo, pero Eddie le hinchará la cabeza, supongo. Hable con Eddie. Estará en casa.

Les dio las indicaciones para llegar a la propiedad de los Kerne, que resultó ser una finca de varias hectáreas al noreste de Pengelly Cove, una antigua granja de ovejas transformada por los esfuerzos de una familia por vivir ecológicamente.

Lynley se dirigió solo a las tierras después de que Daidre decidiera quedarse en el pueblo hasta que él hubiera terminado sus asuntos con los Kerne. Entró en la propiedad por una verja oxidada que estaba desintegrándose y se extendía delante de un sendero pedregoso pero no estaba cerrada. Recorrió más o menos un kilómetro antes de ver una estructura en mitad de la ladera. Era una mezcolanza arquitectónica hecha de adobe y cañas, piedras, tejas, maderos, andamios y láminas de plástico grueso. La casa podría ser de cualquier siglo. Era un milagro que se mantuviera en pie.

No muy lejos de ella, una noria daba vueltas a los pies de un canal, ambos construidos toscamente. La primera parecía ser una fuente de electricidad, a juzgar por su conexión a un generador descomunal pero oxidado. El segundo parecía redirigir un arroyo para que abasteciera de agua a la noria, un estanque y luego varios canales que regaban una huerta enorme. Parecía recién sembrada, a la espera del sol de finales de primavera y del verano. Cerca se amontonaba una gran pila amorfa de abono.

Lynley aparcó junto a un grupo de bicicletas viejas. Sólo una tenía las ruedas hinchadas y todas estaban oxidadas hasta el punto de la desintegración. No parecía haber una ruta directa a la puerta delantera o trasera de la casa. Un sendero serpenteaba vagamente desde las bicicletas hacia el andamio, pero en cuanto llegaba se transformaba en unos ladrillos que se abrían paso entre las malas hierbas pisoteadas. Pasando de un grupo de ladrillos al otro, Lynley por fin llegó a lo que parecía ser la entrada de la casa: una puerta tan picada por el clima, la putrefacción y los insectos que resultaba difícil creer que funcionara.

Pero sí. Un par de golpes fuertes en la madera le pusieron cara a cara con un señor mayor y mal afeitado que tenía un ojo nublado por una catarata. Iba vestido de colores bastante llamativos, con unos viejos pantalones caquis y un jersey verde lima gastado en los codos. Llevaba sandalias y unos calcetines de rombos naranjas y marrones. Lynley decidió que tenía que ser Eddie Kerne. Sacó su placa para enseñársela y se presentó.

Kerne miró la identificación y luego a él. Se dio la vuelta y se alejó de la puerta, adentrándose en las entrañas de la casa sin abrir la boca. La puerta permaneció abierta, así que Lynley supuso que debía seguirle y así lo hizo.

El interior de la casa no suponía una gran mejora respecto al exterior. Parecía ser una obra en progreso desde hacía tiempo, a juzgar por la edad de los maderos expuestos. Las paredes del pasillo central habían quedado reducidas al armazón, pero no olía a madera nueva, sino que sobre los tablones había una capa de polvo, lo que sugería que el trabajo se había iniciado años atrás y nunca se había concluido.

El destino de Kerne era un taller y para llegar a él condujo a Lynley a través de una cocina y un lavadero, donde había una lavadora con un rodillo antiguo y cuerdas gruesas que cruzaban el techo para tender la ropa cuando el tiempo era inclemente. Este cuarto olía intensamente a moho, un ambiente sensorial que sólo mejoró un poco cuando entraron en el taller que estaba detrás. Llegaron a él después de cruzar una apertura sin puertas en la pared del fondo del lavadero, separado del resto de la casa por un plástico que Kerne apartó hacia un lado. Este mismo tipo de plástico cubría las ventanas del taller, una habitación que había sido construida más recientemente que el resto de la casa: estaba hecha de bloques de hormigón. Hacía un frío gélido allí dentro, como en una despensa antigua sin los estantes de mármol.

Lynley pensó en la palabra «cavernícola» cuando entró en el taller. Dentro se apretujaban una mesa de trabajo, armarios colgados caprichosamente, un taburete alto y miles de herramientas, y la imagen global era de serrín, manchas de aceite, salpicaduras de pintura y suciedad general. Representaba un lugar algo dudoso para que un hombre pudiera escapar de su mujer y sus hijos, con la excusa de que tenía que realizar unos ajustes cruciales a este o aquel proyecto.

Parecía haber muchos sobre la mesa de trabajo de Eddie Kerne: parte de una aspiradora, dos lámparas rotas, un secador de pelo sin cable, cinco tazas de té sin asas, una banqueta que escupía el relleno. Kerne parecía estar trabajando en las tazas, porque un tubo de pegamento abierto se añadía a las demás fragancias del cuarto, la mayoría de las cuales estaban asociadas a la humedad. La tuberculosis parecía el resultado probable de una estancia prolongada en este lugar, y Kerne tenía una tos severa que hizo que Lynley pensara en el pobre Keats escribiendo cartas agónicas a su querida Fanny.

—No puedo decirle nada —fue el comentario inicial de Kerne. Lo dijo girando la cabeza mientras cogía una de las tazas y la miraba entrecerrando los ojos, comparando un asa desmembrada con el punto donde se había roto una de la taza—. Sé por qué ha venido, sí, pero no puedo decirle nada.

—Le han informado de la muerte de su nieto.

—Me llamó, eso hizo. —Kerne carraspeó, pero gracias a Dios no escupió—. Me lo dijo. Eso es todo.

—¿Su hijo, Ben Kerne? ¿Le llamó?

—El mismo. Eso lo hizo bien, sí. —El énfasis que dio a la palabra «eso» indicaba qué más cosas consideraba que su hijo hacía bien: nada.

—Tengo entendido que hace años que Ben ya no vive en Pengelly Cove —dijo Lynley.

—No le queríamos aquí.

Kerne cogió el tubo de pegamento y aplicó una buena dosis en los dos extremos del asa que había elegido para la taza. Tenía buen pulso, algo beneficioso para una tarea como aquélla, pero el ojo inútil le perjudicaba. Era evidente que el asa pertenecía a una taza distinta, porque el color no coincidía y la forma menos aún. Sin embargo, Kerne la pegó en su sitio, esperando a que se produjera una forma aceptable de aglutinación.

—Lo mandamos con su tío a Truro y allí se quedó. Tuvo que hacerlo, después de que ella lo siguiera hasta allí.

—¿Ella?

Kerne le lanzó una mirada con una ceja levantada. Era el tipo de mirada que decía «¿todavía no lo sabe?».

—La mujer —dijo bruscamente.

—La mujer de Ben. ¿La actual señora Kerne?

—Será. Él se marchó para escapar y ella le siguió como un perrito faldero. Igual de enchochado estaba él con ella, si me perdona la expresión. Menuda pieza está hecha, no quiero saber nada de ninguno de los dos mientras esté con ese putón. Ha sido la fuente de todos sus problemas desde el primer día hasta ahora, esa Dellen Nankervis. Y si quiere puede apuntarlo en lo que sea que lleve para apuntar. Y escriba también quién lo ha dicho. No me avergüenzo de mis sentimientos, porque todos y cada uno de ellos han resultado ser ciertos a lo largo de los años.

Parecía enfadado, pero el enfado parecía ocultar lo que se había roto dentro de él.

—Llevan mucho tiempo juntos —señaló Lynley.

—Y ahora Santo. —Kerne cogió otra taza y otra asa—. ¿No cree que ella está detrás de lo sucedido? Husmee. Husmee por aquí, husmee en Truro, husmee allí. Percibirá el olor de algo desagradable y su rastro le llevará derechito a ella. —Volvió a utilizar el pegamento con prácticamente el mismo resultado: una taza y un asa que eran como parientes lejanos que no se conocían—. Ya me contará.

—Estaba haciendo rápel, señor Kerne. Hay un acantilado en Polcare Cove…

—No conozco el lugar.

—… al norte de Casvelyn, donde vive la familia. Es una pared de unos sesenta metros. Tenía una eslinga fijada en la cima del acantilado y creemos que estaba atada a un muro. La eslinga falló cuando inició el descenso. La habían manipulado.

Kerne no miró a Lynley, pero dejó de trabajar un momento. Sus hombros se agitaron, entonces sacudió la cabeza con energía.

—Lo siento —dijo Lynley—. Tengo entendido que Santo y

su hermana pasaban mucho tiempo con ustedes cuando eran más pequeños.

—Por culpa de ella —dijo las palabras escupiéndolas—. Se ligaba a otro hombre y lo llevaba a casa y se lo tiraba allí, en la cama de su propio marido. ¿Él se lo ha contado? ¿Se lo ha contado alguien? No, supongo que no. Ya se lo hacía cuando era adolescente y lo ha seguido haciendo de adulta. También le hicieron un bombo. Más de una vez.

—¿Se quedó embarazada de otro? —preguntó Lynley.

—Él no sabe que yo lo sé, no, pero ella me lo contó. Kerra, quiero decir. «Mamá se ha quedado embarazada de alguien y tiene que quitárselo», nos dijo. En realidad, la niña me lo dijo a mí, así tal cual, y sólo tenía diez años. Diez malditos años. ¿Qué clase de mujer le cuenta a su hija pequeña la mierda que está haciendo con su vida? «Papá dice que está pasando un bache, pero yo la vi con el señor de la inmobiliaria, yayo...» O el profesor de baile o el profesor de ciencias del instituto. ¿Qué más le daba a ella? Cuando le picaba, alguien tenía que rascarle y si Ben no le rascaba como a ella le gustaba y cuando ella quería, se ocupaba de que otro lo hiciera por él, maldita sea. Así que no me diga que no está detrás de todo esto porque sí lo está.

No se refería a Santo, pensó Lynley. Kerne hablaba de su hijo, desde el pozo de resentimiento y pesar del padre que sabe que nada de lo que diga o haga podrá cambiar el camino de un hijo que ha tomado la decisión equivocada. En aquello, Kerne le recordaba a su propio padre y a las regañinas que le había dado a lo largo de toda su infancia cuando se relacionaba demasiado con cualquiera a quien el hombre considerara corriente. No surtieron efecto y Lynley siempre había pensado que la experiencia le había enriquecido.

—No tenía ni idea —dijo.

—Bueno, normal, ¿no?, porque no es probable que se lo cuente a nadie. Pero cayó en sus garras cuando era un chaval y ha estado ciego desde entonces. Llevan años juntándose y separándose y cada vez que yo y su madre empezamos a pensar que por fin se ha librado de esa zorra, ha visto la luz, se la ha quitado de encima y nosotros también y que puede comenzar una vida normal como el resto, ahí aparece otra vez, llenándole la cabeza de chorradas sobre lo mucho que le necesita y que él es el único y que lo siente mucho, tanto que se folló a otro, pero no fue culpa suya, porque él no estaba allí para cuidar de ella, no le prestaba la atención que merecía... Y ahí está, poniéndole caliente y él no puede pensar con claridad y es incapaz de ver cómo es o qué está haciendo o lo atrapado que está. Provoca el desastre, por eso le mandamos fuera. Y ella lo siguió... La muy perra hizo las maletas y siguió a nuestro Ben... —Dejó a un lado la segunda taza mal reparada. Respiraba con dificultad, había un sonido líquido en su pecho. Lynley se preguntó si alguna vez iba al médico—. Así que su madre y yo pensamos que si le decíamos que dejaría de ser hijo nuestro si no cortaba con esa maldita zorra lo haría. Era nuestro hijo, el mayor, y tenía que pensar en sus hermanos y hermanas, y ellos le querían, sí, y se llevaban todos bien. Imaginamos que sólo debía estar unos años fuera, hasta que se olvidara todo, y que cuando eso ocurriera volvería a donde debía estar, que era aquí con nosotros. Pero no funcionó, no, porque no quiere quitársela de encima. La lleva dentro, metida en la piel y en la sangre, y ahí acaba todo.

—¿Hasta que se olvidara el qué? —preguntó Lynley.

—¿Eh? —Desde la mesa, Kerne giró la cabeza para mirar a Lynley.

—Ha dicho que su hijo debía pasar unos años fuera, «hasta que se olvidara todo». Me pregunto a qué se refiere.

Kerne entrecerró el ojo bueno.

—No habla como un poli —dijo—. Los polis hablan como nosotros, pero usted tiene una voz que... ¿De dónde es?

Lynley no iba a distraerse con una conversación sobre sus raíces.

—Señor Kerne, si sabe algo que esté relacionado con la muerte de su nieto, y es obvio que sí, necesito saber qué es.

El hombre reanudó su tarea.

—Lo que pasó, pasó hace años. Benesek tenía... ¿Qué? ¿Diecisiete años? ¿Dieciocho? No tiene nada que ver con Santo.

—Por favor, deje que eso lo decida yo. Cuénteme lo que sabe.

Después del imperativo, Lynley aguardó. Esperaba que el

dolor del viejo —reprimido, pero tan vivo dentro de él— le obligara a hablar.

Kerne por fin lo hizo, aunque parecía que hablaba más para sí mismo que para Lynley.

—Estaban todos surfeando y alguien acabó mal. Todo el mundo se señalaba entre sí y nadie asumía la culpa. Pero las cosas se pusieron feas, así que su madre y yo le mandamos a Truro hasta que la gente dejara de mirarle mal.

—¿Quién acabó mal? ¿Cómo?

Kerne dio una palmada en la mesa.

—Ya le he dicho que no importa. ¿Qué tiene que ver eso con Santo? Es Santo el que ha muerto, no su padre. Un maldito chaval se emborracha una noche y termina durmiendo la mona en una de las cuevas de la cala. ¿Qué tiene que ver eso con Santo?

—¿Hacían surf de noche? —insistió Lynley en preguntar—. ¿Qué pasó?

—¿Qué cree que pasó? No estaban haciendo surf, estaban de fiesta, y él estaba de fiesta igual que el resto. Mezcló no sé qué drogas con lo que fuera que estuviera bebiendo y cuando subió la marea la palmó. La marea entra en esas cuevas más deprisa de lo que nadie puede moverse porque son profundas, y todo el mundo sabe que si entras, será mejor que sepas cómo está el mar y cómo se comporta, porque si no no sales. El mar te golpea y te revuelca, y nadie tiene la culpa de que seas estúpido y no escuches si te dicen que no bajes a la cala cuando las condiciones son peligrosas.

—Pero eso es lo que le pasó a alguien, ¿no? —dijo Lynley.

—Es lo que pasó.

—¿A quién?

—A un chaval que venía aquí los veranos. Su familia tenía dinero y alquilaba la casa grande del acantilado. Yo no les conocía, pero Benesek sí. Todos los jóvenes les conocían porque bajaban a la playa en verano. Ese chaval, John o James… Sí, James… Así se llamaba.

—¿El que se ahogó?

—Su familia no lo vio así. No quisieron ver que fue culpa del chico. Querían un culpable y eligieron a nuestro Benesek.

También a otros, pero Benesek estaba detrás de lo que pasó, eso dijeron. Hicieron venir a la policía de Newquay y no aflojaron, ni la familia ni la poli. «Sabes algo y ya estás largando», dijeron. Pero Benesek no sabía nada de nada, maldita sea, y es lo que repitió una y otra vez. Al final la poli tuvo que creerle, pero entonces el padre del chaval ya había construido un recordatorio enorme y estúpido para el chico y todo el mundo miraba a Ben de una manera muy rara, de modo que lo mandamos con su tío porque debía tener una oportunidad en la vida y aquí no iban a dársela, joder.

—¿Un recordatorio? ¿Dónde?

—En la costa, en alguna parte, arriba en el acantilado. Debieron de pensar que un monumento como ése haría que la gente no olvidara nunca lo que pasó. Yo no voy por el camino de la costa, así que no lo he visto nunca, pero sería lo que querrían para que la gente lo tuviera fresco. —Se rio con tristeza—. Se gastaron un buen dinero seguramente con la esperanza de que persiguiera a Ben hasta que se muriera, pero no sabían que no volvería nunca a casa, así que no sirvió de nada. —Cogió otra taza, ésta más rota que sus compañeras, con una grieta grande que iba desde el borde hasta abajo y descascarillada en un lado, justo donde quien bebiera posaría los labios. Parecía una estupidez arreglarla, pero también parecía evidente que Eddie Kerne iba a intentarlo de todos modos. Dijo en voz baja—: Era un buen chico. Quería lo mejor para él. Intenté que tuviera lo mejor. ¿Qué padre no quiere lo mejor para su hijo?

—Ninguno —reconoció Lynley.

No se tardaba demasiado en explorar Pengelly Cove. Aparte de la tienda y las dos calles principales estaban la cala, una iglesia antigua justo a las afueras del pueblo y la posada Curlew Inn para pasar el rato. En cuanto se quedó sola en la aldea, Daidre empezó por la iglesia. Imaginó que estaría cerrada a cal y canto, como tantas otras iglesias rurales en estos tiempos de indiferencia religiosa y vandalismo, pero se equivocó. El lugar se llamaba St. Sithy's, estaba abierto y se levantaba en medio de un cementerio donde los restos de los narcisos de este año todavía flanqueaban los senderos dando paso a las aguileñas.

Dentro, la iglesia olía a piedra y polvo y el aire era frío. Había un interruptor para las luces justo al lado de la puerta y Daidre lo accionó para iluminar un único pasillo, una nave y una colección de cuerdas multicolores que colgaban del campanario. A su izquierda, había una pila bautismal de granito tosco, mientras que a la derecha una galería de piedra irregular conducía al púlpito y al altar. Podría haber sido cualquier iglesia de Cornualles salvo por una diferencia: un rastrillo benéfico. Consistía en una mesa y estantes justo detrás de la pila bautismal y encima había artículos usados para vender, con una caja de madera cerrada donde se pagaba la voluntad.

Daidre fue a inspeccionar todo aquello y no encontró ningún orden, sino un encanto extravagante. Tapetes de puntilla antiguos se mezclaban con algún que otro objeto de porcelana; abalorios de cristal colgaban de los cuellos de animales disecados muy desgastados. Los libros tenían los lomos despegados; los platos para pasteles y los moldes para tartas ofrecían herramientas de jardín en lugar de dulces. Había incluso una caja de zapatos con postales históricas, que hojeó y vio que la mayoría ya habían sido escritas, franqueadas y recibidas tiempo atrás. Entre ellas había una fotografía de una caravana gitana, de la clase que hacía años que no veía: redondeada por arriba y pintada con colores alegres, la celebración de una vida ambulante. De improviso, se le nubló la vista cuando cogió esta postal. A diferencia de tantas otras, no tenía nada escrito.

En otro momento no lo hubiera hecho, pero la compró. Luego compró otras dos que sí tenían mensajes: una de una tal tía Hazel y un tal tío Dan que mostraba unas barcas de pesca en Padstow Harbour, y otra de Binkie y Earl que retrataba una fila de surfistas delante de tablas largas Malibú clavadas verticalmente en la arena de Newquay. Debajo de sus pies decía «Fistral Beach» y se trataba, al parecer, del lugar donde «¡la boda es en diciembre!», según Binkie o Earl.

Con estos artículos en su poder, Daidre salió de la iglesia, no sin antes mirar el tablón de oraciones donde los miembros de la congregación anotaban sus peticiones para ruegos colectivos a su deidad mutua. La mayoría tenían que ver con la salud y Daidre pensó en lo poco que se acordaban las personas de Dios a menos que la enfermedad física las visitara a ellas o a alguien a quien querían.

Ella no era religiosa, pero se percató de que aquí se le brindaba la oportunidad de saltar al terreno de juego espiritual. El Dios del azar estaba bajo los palos y ella tenía la pierna armada. Chutar o no chutar, ¿qué más daba?, eran las cuestiones que se le planteaban. Había buscado milagros en Internet, ¿acaso no era éste un campo donde podía encontrarse un milagro?

Cogió el bolígrafo ofrecido y un trozo de papel que resultó ser parte del reverso de un folleto viejo donde se anunciaba la venta de comida casera. Le dio la vuelta y empezó a escribir en el lado en blanco. Llegó hasta «por favor, recen por», pero descubrió que no podía seguir. No encontró las palabras para expresar su petición, porque ni siquiera estaba segura de si la petición era suya. Anotarla y luego colgarla en el tablón de oraciones resultó ser una tarea demasiado monumental, empañada por una hipocresía con la que no podía soportar vivir. Dejó el bolígrafo, arrugó el papel, se lo guardó en el bolsillo y se marchó de la iglesia.

Se negaba a sentirse culpable. Era más fácil estar enfadada. Tal vez fuera el último refugio de los que tenían miedo, pero no le importaba. Utilizó expresiones como «no lo necesito», «no me importa» y «No se lo debo en absoluto», y éstas la llevaron de la iglesia al cementerio, del cementerio a la carretera y desde allí a la calle principal de Pengelly Cove. Cuando llegó a la posada Curlew Inn ya había descartado todas las cuestiones relacionadas con el tablón de oraciones y la ayudó en sus esfuerzos ver a Ben Kerne entrando en la posada antes que ella.

No lo conocía personalmente. Sabía de él, por supuesto, y había oído que lo mencionaban en más de una conversación en los últimos dos años. Pero tal vez no lo habría reconocido tan deprisa si aquella mañana no hubiera visto su fotografía en el artículo del *Watchman* sobre el negocio que había montado en el hotel de la Colina del Rey Jorge.

Se dirigía a la posada Curlew Inn de todos modos, así que siguió a Ben Kerne adentro. Daidre jugaba con ventaja, porque nunca les habían presentado. Por lo tanto, fue fácil convertirse en su sombra distante. Imaginó que estaría buscando a su madre, ya que había oído la conversación entre la jefa de la oficina de correos y Thomas Lynley sobre el trabajo de Ann Kerne. O eso o quería comer, pero le parecía improbable, aunque en realidad ya casi era hora de cenar.

Una vez dentro, Ben Kerne no caminó en dirección al restaurante de la posada y, mientras avanzaba, a Daidre le pareció evidente que el hombre estaba familiarizado con el lugar. Pasó por delante de la recepción y recorrió un pasillo lúgubre hacia un rectángulo de luz que caía de la ventana de lo que parecía un despacho iluminado al fondo del edificio. Entró sin llamar a la puerta, lo que sugería que estaban esperándole o que deseaba que su aparición fuera una sorpresa y, por lo tanto, desarmar a quien estuviera allí.

Daidre se movió deprisa para observar y estuvo a tiempo de ver a una mujer mayor que se levantaba con torpeza de detrás de una mesa. Tenía el pelo gris, la cara pálida y una parte de ella se arrastraba un poco, y Daidre recordó que había sufrido una apoplejía. Pero se había recuperado lo bastante bien como para poder alargar un brazo hacia su hijo. Cuando él avanzó hacia ella, su madre lo abrazó con tanta fuerza que Daidre vio que el cuerpo de él se aplastaba contra el de ella. No se dijeron nada. Sólo expresaron y se fundieron en el vínculo entre madre e hijo.

La intensidad del momento atravesó la ventana del despacho y llegó hasta Daidre y también la abrazó. Pero no sintió ningún consuelo, sino un dolor que no pudo soportar. Se marchó.

Capítulo 15

La inspectora Bea Hannaford interrumpió su jornada laboral por culpa de los perros. Sabía que era una excusa pobre que habría resultado embarazosa si alguien se lo hubiera comentado, pero ese hecho no disminuyó su eficacia. Había que dar de comer a *Uno, Dos* y *Tres,* sacarlos a pasear y atenderlos, y Bea se dijo que sólo alguien sin experiencia en canes pensaba realmente que los perros se hacían suficiente compañía entre ellos durante las largas horas en las que sus dueños no estaban. Así que poco después de conversar con Tammy Penrule, comprobó los progresos de los agentes en el centro de operaciones —que eran escasos, y que la mataran si el agente McNulty no estaba examinando olas enormes en la pantalla del ordenador de Santo Kerne y babeando mientras las miraba—, se subió al coche y condujo hasta Holsworthy.

Como sospechaba, los perros *Uno, Dos* y *Tres* estuvieron encantados de verla y expresaron su entusiasmo con una serie de saltos y aullidos mientras correteaban por el jardín trasero buscando algo que entregarle: *Uno,* un gnomo de jardín de plástico; *Dos,* un hueso de cuero medio roído; *Tres,* el mango de un desplantador con los dientes marcados. Bea aceptó estos ofrecimientos con muestras de agradecimiento adecuadas, desenterró las correas de los perros de entre una pila de botas, guantes, anoraks y jerseys que había encima de un taburete justo al lado de la puerta de la cocina y ató a los labradores sin más dilación. En lugar de llevarlos a dar un paseíto, sin embargo, los subió al Land Rover.

—Arriba —dijo mientras abría la parte trasera, y cuando los perros colaboraron y entraron de un salto, supo que pensaban que se marchaban al campo. «Oh, ¡qué divertido!»

Por desgracia, estaban equivocados: iban a casa de Ray. Si su ex marido quería a Pete, creía Bea, también estaría dispuesto a quedarse con los animales de Pete. También eran los perros de ella, cierto —en realidad, eran más suyos que de que de su hijo—, pero iba a dedicar muchas horas a este caso, como había señalado el propio Ray, y a los perros había que vigilarlos tanto como a Pete. Cogió la bolsa enorme de pienso, además de sus cuencos y otros artículos que garantizaban el placer perruno, y se pusieron en marcha, con los animales meneando la cola y aplastando el hocico contra las ventanillas, que dejaron perdidas.

Cuando llegó a casa de Ray, Bea tenía dos propósitos. El primero fue dejar a *Uno, Dos* y *Tres* en el jardín trasero, donde el poco tiempo de que disponía Ray, su falta de habilidad y su indiferencia general nunca habían producido nada más que el cuadrado de cemento que era el patio y un rectángulo de césped para dar un toque de verde. No había arriates con plantas que los perros pudieran destrozar ni nada que pudieran roer. Era perfecto para hospedar a tres labradores negros revoltosos y había traído huesos de cuero nuevos, una bolsa de juguetes y un viejo balón de fútbol para asegurarse de que no se aburrieran durante las horas que pasaran aquí. Aquello le dejaba vía libre para cumplir su segundo propósito, que era entrar en casa de Ray. Tenía que entregar la comida y los cuencos de los perros y, como estaría dentro, se aseguraría de que su ex marido estaba cuidando de Pete de manera adecuada. Al fin y al cabo, Ray era un hombre y ¿qué sabía un hombre sobre cómo criar a un niño de catorce años? Nada, ¿verdad? Sólo una madre sabía qué era lo mejor para su hijo.

Todo esto formaba parte de la excusa general, pero Bea no permitió que sus pensamientos viajaran hasta allí. Se dijo que actuaba por el bien de Pete, y como tenía llave de casa de Ray —igual que él tenía la de ella—, no supuso ningún problema introducirla en la cerradura en cuanto dejó a los perros olisqueando alegremente el césped del jardín. Podía ver lo que necesitaba ver sin que nadie se enterara, se dijo. Ray estaba trabajando, Pete estaba en el colegio. Dejaría el pienso, los cuencos y una nota sobre los perros y se marcharía después de echar un vistazo rápido a la nevera y la basura para asegurarse de que no hubiera cajas de pizza, de comida china o de curry entre los desperdicios. Y mientras estaba allí, ojearía las cintas de vídeo de Ray para cerciorarse de que no tuviera nada cuestionable que Pete pudiera ver; si encontraba alguna prueba de la predilección de su ex por las rubias curvilíneas menores de treinta años, también se desharía de ella.

Sin embargo, sólo había dado un paso después de abrir la puerta cuando comprobó que no podría desarrollar su plan sin recurrir a cierta habilidad. Porque alguien estaba bajando las escaleras —sin duda alertado por los ladridos de felicidad de los perros en el jardín— y al cabo de un momento se encontró cara a cara con su hijo.

—¡Mamá! ¿Qué haces aquí? ¿Son los labradores? —dijo ladeando la cabeza en dirección al jardín.

Bea vio que estaba comiendo, un punto negativo en contra de su padre si el tentempié de Pete hubiera consistido en patatas fritas o chips. Pero estaba picando de una bolsa de trozos de manzana y almendras, nada más y nada menos, y el niño parecía disfrutar de verdad. Así que no podía irritarse por eso, pero sí por el hecho de que estuviera en casa.

—No te preocupes por mí —dijo—. ¿Qué haces aquí? ¿Tu padre ha dejado que te quedaras en casa y no fueras al colegio? ¿O estás haciendo pellas? ¿Qué está pasando? ¿Estás solo? ¿Quién hay arriba? ¿Qué diablos estás haciendo?

Bea sabía cómo funcionaba el tema: empezaban saltándose las clases y luego llegaban las drogas. Las drogas daban paso al allanamiento de morada. Y de ahí a la cárcel. «Muchísimas gracias, Ray Hannaford. Un trabajo estupendo. El padre del año.»

Pete retrocedió un paso. Masticó pensativo y la observó.

—Contéstame —dijo—. ¿Por qué no estás en el colegio?

—Tarde libre —contestó él.

—¿Qué?

—Hoy tenía la tarde libre, mamá. Hay una conferencia o algo así, no lo sé. Quiero decir, lo sabía, pero no me acuerdo. La profe está haciendo algo. Ya te lo conté, te llevé la notificación.

Bea se acordaba. Se la había llevado hacía varias semanas. Estaba anotado en el calendario. Incluso se lo había dicho a Ray y habían hablado de quién iría a recoger a Pete cuando acabara la jornada acortada. Aun así, no estaba dispuesta a disculparse por haber sospechado. Todavía quedaba terreno fértil y pensaba labrarlo.

—Bueno, a ver. ¿Cómo has vuelto a casa? —le preguntó.

—Con papá.

—¿Con tu padre? ¿Y dónde está ahora? ¿Qué haces aquí solo? —Estaba bastante decidida. Tenía que haber algo.

Pete era demasiado astuto para ella, como hijo de sus padres que era, y poseía su capacidad de herir a a los demás en lo más profundo.

—¿Por qué estás siempre tan enfadada con él?

No era una pregunta que Bea estuviera preparada para contestar.

—Ve a saludar a tus animales. Quieren verte. Ya hablaremos luego.

—Mamá...

—Ya me has oído.

Él negó con la cabeza: un movimiento oscuro de adolescente que revelaba su indignación. Pero la obedeció, aunque el hecho de que saliera sin ponerse la chaqueta anunciaba su intención de no quedarse demasiado rato fuera con los labradores. Bea no tenía mucho tiempo, así que subió las escaleras corriendo.

La casa sólo tenía dos dormitorios. Fue al de Ray. No quería que su hijo estuviera expuesto a las fotografías de las amantes de su ex marido posando de manera sugerente, con la espalda arqueada y los pechos firmes apuntando al cielo. Tampoco quería que viera sus sujetadores tirados por el suelo y sus braguitas escasas. Si había notas coquetas y cartas demasiado efusivas, estaba resuelta a encontrarlas. Si habían dejado marcas de pintalabios juguetonas en los espejos, las limpiaría. Pensaba eliminar cualquier recuerdo que su padre guardara de sus conquistas y se dijo que todo lo hacía por el bien de Pete.

Pero no encontró nada. Ray había adecentado el lugar antes de la llegada de su hijo. Las únicas pruebas que halló fueron de su paternidad: sobre la cómoda estaba la fotografía del colegio más reciente de Pete en un marco de madera, junto a la de su hija, Ginny, y la hija de ésta, Audra, y al lado de este retrato una foto de Navidad: Ray, Bea, sus dos hijos, el marido de Ginny con

Audra en brazos, jugando a la familia feliz, algo que no eran. El brazo izquierdo de Ray la rodeaba a ella, el brazo derecho, a Pete.

Se dijo que era mejor que exhibir una fotografía de Britany, Courtney, Stacy, Katie, o quienquiera que fuera, sonriendo tímidamente en unas vacaciones de verano, en bikini y bronceada. Miró en el armario ropero, pero tampoco encontró nada y pasó a deslizar las manos por debajo de las almohadas de la cama, en busca de prendas de encaje que pudieran servir de pijama. Nada. Tanto mejor. Al menos era discreto. Se dio la vuelta para ir al baño y vio que Pete la observaba desde la puerta.

Ya no comía. La bolsa de su tentempié nutritivo y cuidadosamente preparado colgaba de sus dedos. Tenía la boca abierta.

—¿Por qué no estás con los perros? —se apresuró a decir Bea—. Te lo juro, Pete, si insistes en tener mascotas y no te ocupas de ellas…

—¿Por qué le odias tanto?

Esta vez la pregunta la dejó muerta. Igual que se quedó la

cara del niño, que tenía una expresión de pena que ningún chico de catorce años debería cargar sobre sus hombros. Se sintió abatida.

—No le odio, Pete.

—Sí que le odias. Siempre le has odiado. Y no lo entiendo, mamá, porque es un buen tipo, me parece a mí. Y te quiere. Lo veo y no entiendo por qué tú no puedes quererle.

—No es tan fácil. Hay cosas…

No quería hacerle daño y la verdad le dolería. Llegaría en aquel momento de su madurez incipiente y delicada y le destrozaría. Se dispuso a pasar a su lado para entrar en el baño, para completar su investigación inútil, pero el chico estaba en la puerta y no se movió. Bea pensó en lo mucho que había crecido en el último año. Ya era más alto que ella, aunque todavía no tan fuerte.

—¿Qué hizo? —preguntó Pete—. Porque algo debió de hacer, por eso se divorcia la gente, ¿no?

—La gente se divorcia por muchas razones.

—¿Tenía una novia o algo?

—Pete, eso no es asunto…

—Porque ahora no tiene ninguna, si es lo que estás buscando. Y debe de ser eso, porque no pueden ser drogas ni nada así, tú sabes que no toma drogas. ¿Fue por eso? ¿Tomaba drogas? ¿O bebía o algo? Hay un tipo en el cole que se llama Barry cuyos padres se están separando porque su viejo rompió una ventana cuando estaba furioso y borracho. —Pete se quedó mirándola. Parecía intentar interpretar su expresión—. Era de doble cristal —añadió.

A su pesar, Bea sonrió. Le rodeó con sus brazos y lo atrajo hacia ella.

—De doble cristal —dijo—. Ésa sí es una razón para echar a un marido de casa.

Pete se la quitó de encima.

—No te rías. —Y se fue a su cuarto.

—Pete, vamos…

El chico no respondió, sino que cerró la puerta y la dejó mirando los paneles blancos. Podría haberle seguido, pero entró en el baño. No pudo contenerse de hacer una última comprobación, aunque sabía lo ridícula que era su actitud. Aquí, como en el resto de la casa, no había nada. Sólo los bártulos de Ray para afeitarse, toallas húmedas que colgaban torcidas en sus barras, una cortina de ducha azul cielo corrida para secarse en la bañera. Y en ésta, sólo una bandeja para jabones.

Debajo de la ventana del baño había un cesto de la ropa, pero no lo revisó, sino que se sentó en la tapa del váter y miró al suelo. No para examinar los azulejos en busca de pruebas de fechorías sexuales, sino para obligarse a parar y pensar en todas las ramificaciones de lo que había hecho.

Llevaba más de catorce años haciéndolo: pensar en las ramificaciones. Qué significaría quedarse con un hombre y tener a su hijo cuando día tras día no hacía más que repetirle que quería que pusiera fin al embarazo. «Un aborto, Beatrice. Hazlo ya. Ya hemos criado a nuestra hija. Ginny es mayor y ha dejado el nido y ahora es nuestro momento. No queremos este embarazo. Ha sido un error de cálculo estúpido y no tenemos que pagar por él el resto de nuestras vidas.»

Tenían planes, le dijo. Tenían cosas geniales y maravillosas que hacer ahora que Ginny era mayor. Sitios que visitar, monumentos que ver. «No quiero a este niño. Y tú tampoco. Una visita a la clínica y nos olvidamos.»

Era extraño pensar ahora en cómo la percepción que se tenía de una persona podía cambiar en un instante. Pero era lo que había ocurrido. Había mirado a Ray con unos ojos totalmente distintos. La pasión que puso el hombre encauzada a deshacerse de su hijo. Se había quedado fría, hasta lo más profundo de su ser.

Si bien lo que Ray había dicho era verdad —Bea descartó la idea de tener otro hijo cuando después de nacer Ginny pasó un tiempo razonable sin quedarse embarazada. Cuando Ginny fue a la universidad y se prometió, ella y Ray fueron libres para planear su futuro—, para ella no era una verdad inamovible. Nunca lo había sido, sino que se había convertido en algo que fue aceptando silenciosamente después de la decepción inicial. Pero no debía interpretarse como la decisión fundamental de su vida. No lograba aceptar que Ray hubiera llegado a creer que sí lo era.

Así que le dijo que se marchara. Lo hizo no para quitárselo de encima ni tampoco para obligarle a ver las cosas a su manera. Lo hizo porque pensaba que en realidad nunca había llegado a conocerlo. ¿Cómo podía conocerlo si lo que quería era poner fin a una vida que habían creado a partir del amor que sentían el uno por el otro?

Pero ¿contárselo a Pete? ¿Hacerle saber que su padre había deseado negarle su lugar en el mundo? No podía. Que se lo contara Ray si quería.

Fue al cuarto de su hijo. Llamó a la puerta. El niño no dijo nada, pero entró de todos modos. Estaba en el ordenador. Miraba la página del Arsenal, navegando por las fotografías de sus ídolos con una desgana que no era nada propia de él.

—¿Y los deberes, cielo? —dijo Bea.

—Ya los he hecho —contestó él. Y luego, al cabo de un momento, añadió—: He sacado un sobresaliente en el examen de mates.

Bea se acercó a él y le dio un beso en la cabeza.

—Estoy muy orgullosa de ti —le dijo.

—Papá dice lo mismo.

—Porque es verdad. Los dos estamos orgullosos. Eres la luz de nuestras vidas, Pete.

—Me ha preguntado por esos tíos de Internet con los que quedas.

—Os habréis echado unas buenas risas —dijo ella—. ¿Le contaste que *Dos* se meó en la pierna de uno?

Pete gimoteó, era su concesión a una carcajada.

—Ese tío era un capullo. *Dos* lo sabía.

—Esa boca, Pete —murmuró Bea. Se quedó quieta un momento, mirando las fotografías del Arsenal que el niño seguía revisando—. Se acerca el Mundial —dijo innecesariamente. Lo último que Pete olvidaría eran sus planes para asistir a un partido del Mundial.

—Sí —musitó—. Se acerca el Mundial. ¿Podemos preguntarle a papá si quiere venir? Le gustará que se lo preguntemos.

Era algo sencillo, en realidad. Probablemente no iban a conseguir otra entrada, así que, ¿qué importaba si decía que sí?

—De acuerdo —contestó—. Se lo preguntaremos a papá. Puedes hacerlo esta noche cuando llegue a casa. —Le alisó el pelo y le dio otro beso en la cabeza—. ¿Estarás bien solo hasta que vuelva, Pete?

—Mamá… —Alargó muchísimo la última sílaba de la palabra. Decía: «No soy un bebé».

—Vale, vale. Me voy —dijo Bea.

—Hasta luego —respondió él—. Te quiero, mamá.

Regresó a Casvelyn. La panadería donde trabajaba Madlyn Angarrack no se encontraba muy lejos de la comisaría de policía, así que aparcó delante del edificio gris y achaparrado y fue a pie. El viento había arreciado, soplaba desde el noroeste y llevaba con él un frío que recordaba al invierno. El tiempo se mantendría así hasta finales de primavera, una estación que entraba despacio, a trancas y barrancas.

Casvelyn de Cornualles ocupaba un edificio blanco de aspecto agradable situado en la esquina de Burn View Lane, enfrente de St. Mevan Down. Bea llegó después de subir Queen Street, donde aún había compradores en las aceras y los coches todavía flanqueaban los bordillos a pesar de que la tarde estaba ya muy avanzada. Podría haber sido cualquier barrio comercial de cualquier pueblo del país, pensó Bea mientras lo recorría. Aquí, identificando las tiendas con su nombre, había los carteles de plástico omnipresentes y deprimentes colgados encima de las puertas y las ventanas. Debajo de éstas, estaban las madres cansadas empujando los cochecitos de sus bebés y los chicos con el uniforme del colegio fumando delante de un salón recreativo.

La panadería sólo se diferenciaba del resto de tiendas por el falso cartel victoriano de madera. En el escaparate, las hileras de bandejas mostraban las empanadas doradas por las que era conocida. Dentro, dos chicas estaban metiendo algunas en sus cajas para un joven larguirucho que llevaba una sudadera con capucha con el lema OUTER BOMBORA, OUTTA SIGHT impreso en la espalda.

Una de estas chicas sería Madlyn Angarrack, imaginó Bea. Decidió que tenía que ser la delgada, la de pelo oscuro. Era triste, pero la otra, inmensamente obesa y con granos en la cara, no parecía que hubiera podido convertirse en el objeto del deseo de un chico atractivo de dieciocho años.

Bea entró y esperó a que acabaran de atender al cliente, que les compró las últimas empanadas del día. Entonces preguntó por Madlyn Angarrack y la chica de pelo oscuro, como había sospechado, se identificó. La inspectora le mostró su placa y le preguntó si podían hablar. Madlyn se limpió las manos en el delantal a rayas, miró a su compañera, que parecía un poco demasiado interesada en el procedimiento, y dijo que hablaría con ella fuera. Cogió un anorak. Bea observó que no parecía sorprendida de recibir la visita de la policía.

—Sé lo de Santo, que lo asesinaron —dijo cuando estuvieron en la acera—. Me lo dijo Kerra, su hermana.

—Entonces no le sorprende que queramos hablar con usted.

—No me sorprende.

Madlyn no dio más información y esperó, como si estuviera perfectamente informada de sus derechos y quisiera ver cuánto sabía Bea y cuáles eran sus sospechas, si tenía alguna.

—Usted y Santo salían juntos.

—Santo era mi amante —le dijo Madlyn.

—¿No le llamaba su novio?

Madlyn miró hacia la colina al otro lado de la calle. El viento, cada vez más fuerte, agitaba las amofilas y los elimos arenarios que crecían en el borde.

—Empezó siendo mi novio. Novio y novia, eso éramos. Quedábamos, salíamos por ahí, íbamos a surfear... Así lo conocí. Le enseñé a hacer surf. Pero luego nos convertimos en amantes, y lo llamo «amantes» porque eso éramos. Dos personas que se amaban y expresaban su amor a través del sexo.

—No se anda con rodeos.

La mayoría de las chicas de su edad no habrían sido tan directas. Bea se preguntó por qué ella sí lo era.

—Bueno, es lo que es, ¿no? —Las palabras de Madlyn sonaban crispadas—. El pene de un hombre penetrando en la vagina de una mujer. Todo lo de antes y todo lo de después también, pero al final todo se reduce a un pene en una vagina. Así que la verdad es que Santo introdujo su pene en mi vagina y yo dejé que lo hiciera. Fue mi primera vez. Para él no. Me enteré de que había muerto. No puedo decir que lo sienta, pero no sabía que le habían asesinado. Es todo lo que tengo que decirle.

—No es todo lo que necesito saber, me temo —le dijo Bea a la chica—. Mire. ¿Quiere ir a algún sitio a tomar un café?

—Todavía no he acabado de trabajar. No puedo marcharme y tampoco debería estar aquí fuera hablando con usted.

—Si quiere quedar después...

—No es necesario. No sé nada. No tengo nada más que decirle aparte de lo que ya le he dicho. Santo rompió conmigo hace casi ocho semanas y eso fue todo. No sé por qué.

—¿No le dio ningún motivo?

—Había llegado el momento, dijo. —Su voz aún sonaba dura, pero por primera vez pareció que su serenidad flaqueaba—. Seguramente conoció a otra, pero no quiso decírmelo. Sólo que lo nuestro había sido bueno, pero que había llegado el momento de que terminara. Un día las cosas están bien y al día siguiente se han acabado. Seguramente era así con todo el mundo, pero yo no lo sabía porque no le conocía antes de que entrara en la tienda de mi padre a comprar una tabla y quisiera tomar clases. —Había estado mirando hacia la calle y la colina de detrás, pero ahora volvió la mirada hacia Bea—. ¿Es todo? No sé nada más.

—Me han comentado que Santo se había metido en algo irregular —dijo Bea—. Ésa fue la palabra: «irregular». Me preguntaba si sabía qué era.

Madlyn frunció el ceño.

—¿Qué quiere decir con eso?

—Le comentó a una amiga suya, de aquí del pueblo...

—Será Tammy Penrule, supongo. No le interesaba en el mismo sentido que le interesaban otras chicas. Si la ha visto, sabrá por qué.

—... que había conocido a alguien, pero que la situación era irregular. Ésa fue la palabra. ¿Tal vez quisiera decir poco corriente o anormal? No lo sabemos. Pero le pidió consejo a ella. Le preguntó si debía contárselo a todas las personas implicadas.

Madlyn soltó una carcajada áspera.

—Bueno, fuera lo que fuese, a mí no me lo contó. Pero él era... —Calló. Tenía un brillo poco natural en los ojos. Tosió y dio un pequeño golpe en el suelo con el pie—. Santo era Santo. Le quise y luego le odié. Supongo que encontró a otra para follar. Le gustaba follar, ¿sabe? Le encantaba.

—Pero si era «irregular»... ¿Qué podía ser?

—No tengo ni idea y me importa una mierda. Quizás estaba con dos chicas a la vez. Quizás estaba con una chica y un chico. Quizás había decidido follarse a su madre. Yo qué sé.

Después de eso, se marchó. Entró en el edificio y se quitó el anorak. Su rostro era impenetrable, pero Bea presentía que la chica sabía mucho más de lo que decía.

De momento, sin embargo, no iba a sacar nada más quedándose ahí parada en la acera, salvo ceder a la tentación de comprarse una empanada para cenar, algo que sin duda no le haría ningún bien. Así que volvió a la comisaría, donde encontró a los agentes del equipo de relevo —esas espinas que tenía clavadas— informando de sus acciones al sargento Collins, quien anotaba los detalles diligentemente en la pizarra.

—¿Qué tenemos? —le preguntó Bea.

—Dos coches fueron vistos por la zona —dijo Collins—. Un Defender y un RAV4.

—¿En los alrededores del acantilado? ¿Cerca del coche de Santo? ¿Dónde?

—Uno estaba en Alsperyl, un pueblo al norte de Polcare Cove que tiene acceso al acantilado. Hay que caminar un poco y cruzar un prado, pero es bastante fácil llegar a la cala en cuanto se toma el sendero de la costa. El vehículo visto allí es el Defender. El RAV4 estaba justo al sur de Polcare, encima de Buck's Haven.

—¿Que es…?

—Un lugar para hacer surf. Tal vez el coche estuviera allí por eso.

—¿Tal vez?

—No hacía un buen día para surfear en ese lugar…

—Las olas eran mejores en Widemouth Bay. —El agente McNulty intervino desde el ordenador de Santo. Bea lo miró y anotó mentalmente comprobar qué había estado haciendo durante las últimas horas.

—Lo que sea —dijo Collins—. Tráfico está comprobando todos los Defenders y RAV4 de la zona.

—¿Tiene las matrículas? —preguntó Bea, que notó un escalofrío de emoción que pronto se esfumó.

—No hemos tenido suerte con eso —dijo Collins—, pero imagino que no habrá muchos Defenders por aquí, así que tal vez consigamos algo si vemos un nombre conocido en la lista de propietarios. Lo mismo con el RAV4, aunque cabe esperar que haya algunos más. Tendremos que revisar la lista y buscar un nombre.

A estas alturas ya habían tomado las huellas dactilares a todas las personas relevantes, explicó Collins, y las estaban introduciendo en la base de datos de la policía y comparándolas con las huellas halladas en el vehículo de Santo Kerne. Continuaban investigando el pasado de los sospechosos. Al parecer, las finanzas de Ben Kerne estaban saneadas y el único seguro de vida de Santo alcanzaba sólo para enterrarlo y nada más. De momento, la única persona de interés era un tal William Mendick, el tipo que había mencionado Jago Reeth. Tenía antecedentes, le informó Collins.

—Vaya, es fantástico —dijo Bea—. ¿Qué tipo de antecedentes?

—Lo detuvieron por agresión con agravantes en Plymouth y cumplió condena por ello. Acaban de darle la condicional.

—¿Su víctima?

—Un joven gamberro llamado Conrad Nelson con quien se peleó. El tipo acabó paralítico y Mendick lo negó todo... O al menos lo achacó a la bebida y pidió clemencia. Los dos estaban borrachos, afirmó. Pero Mendick tiene un problema grave con la bebida. Sus pedos a menudo terminaban en peleas en Plymouth y parte de su libertad condicional consiste en asistir a reuniones de Alcohólicos Anónimos.

—¿Podemos comprobarlo?

—No sé cómo, a menos que tenga que entregar algún tipo de documento a su agente de la condicional, para demostrar que acude. Pero ¿qué significaría eso de todos modos? Podría ir a las reuniones puntualmente y estar fingiendo durante todo el programa, ya sabe a qué me refiero.

Lo sabía. Pero Will Mendick tenía un problema con la bebida y el hecho de que contara con una condena por agresión daba un enfoque útil al caso. Pensó en aquello, en el ojo morado de Santo Kerne. Mientras reflexionaba, caminó hacia el lugar de trabajo del agente McNulty. En el monitor del ordenador de Santo Kerne vio exactamente lo que pensaba que vería: una ola enorme y un surfista cogiéndola. Maldito hombre.

—Agente, ¿qué diablos está haciendo? —le espetó.

—Jay Moriarty —dijo McNulty enigmáticamente.

—¿Qué?

—Es Jay Moriarty —dijo señalando la pantalla con la cabeza—. En esa época tenía dieciséis años, jefa. ¿Puede creerlo? Dicen que esa ola medía quince metros.

—Agente —Bea hizo todo lo posible por contenerse—, ¿significa algo para usted la expresión «tener los días contados»?

—Era en Maverick, en el norte de California.

—Sus conocimientos me dejan estupefacta.

El hombre no advirtió su sarcasmo.

—Bueno, no sé demasiado. Sólo un poco. Intento estar al día, pero ¿quién tiene tiempo, con el pequeño en casa? Pero verá, jefa, el tema es que esta fotografía de Jay Moriarty se tomó la misma semana que…

—¡Agente!

McNulty parpadeó.

—¿Jefa?

—Salga de esa página y vuelva al trabajo. Y si le veo mirando otra ola más en ese monitor, le mandaré a casa de una patada hasta la semana que viene. Se supone que tiene que examinar el ordenador de Santo Kerne, buscar información relevante sobre su muerte, no emplear su tiempo para canalizar sus intereses. ¿Queda claro?

—Pero el tema es que ese tipo, Mark Foo…

—¿Me ha entendido, agente? —Quería agarrarle de las orejas.

—Sí. Pero aquí dentro hay más cosas aparte del correo electrónico, jefa. Santo Kerne visitó estas páginas y yo también, así que es razonable pensar que cualquiera…

—Sí, ya entiendo. Cualquiera podría visitar estas páginas, muchas gracias. Yo también entraré en mi tiempo libre y leeré todo lo que digan sobre Jay Moriarty, Mark Boo y todos los demás.

—Mark Foo —dijo él—. No Mark Boo.

—Maldita sea, McNulty.

—¿Jefa? —Collins habló desde la puerta. Señaló el pasillo con la cabeza, de donde al parecer venía mientras ella y el agente McNulty discutían.

—¿Qué? ¿Qué quiere, sargento? —dijo.

—Hay alguien abajo que ha venido a verla. Una… señora —Pareció dudar con el término elegido.

La señora en cuestión estaba en la recepción y cuando Bea la vio, supuso que era el aspecto de la mujer lo que había provocado que Collins pareciera dubitativo respecto a cómo llamarla. Estaba leyendo el tablón de anuncios, lo que dio a Bea un momento para evaluarla. Llevaba un gorro amarillo de pescador a pesar de que ya no llovía y vestía un chaquetón lleno de pelusa y unos pantalones de pana de color barro. Calzaba unas deportivas rojas brillantes que parecían de caña alta. No tenía pinta de ser alguien que tuviera información, sino una huérfana de la tormenta.

—¿Sí? —dijo Bea. Tenía prisa y no se esforzó por disimularlo—. Soy la inspectora Hannaford. ¿En qué puedo ayudarla?

La mujer se giró y le tendió la mano. Cuando habló, mostró un diente roto.

—Soy la sargento Barbara Havers —dijo—. De New Scotland Yard.

Cadan pedaleó como alma que lleva el diablo, lo cual era toda una proeza teniendo en cuenta que la bici de acrobacias no estaba hecha para correr como un loco por las calles. *Pooh* se agarraba a su hombro y lanzaba graznidos de protesta y, de vez en cuando, chillaba «¡campanillas en las farolas!», una incongruencia que sólo empleaba cuando deseaba mostrar su nivel de preocupación. El pájaro tenía buenos motivos para expresar su temor, porque a esa hora del día la gente regresaba de algunos de los lugares de trabajo más distantes, así que las calles estaban abarrotadas. Aquello era especialmente cierto en Belle Vue, que formaba parte de la ruta principal que cruzaba el pueblo. Se trataba de una vía de sentido único y Cadan sabía que tendría que haber seguido al tráfico por la circunvalación construida tiempo atrás para aliviar la congestión. Pero se habría desviado de su camino durante parte del trayecto y tenía demasiada prisa.

Así que pedaleó en dirección prohibida, lo que provocó bocinazos y algunos gritos de protesta. Eran preocupaciones menores para él, comparadas con su necesidad de escapar.

La verdad de la cuestión era que Dellen Kerne —a pesar de su edad, pero tampoco era tan vieja, ¿no?— representaba justo el tipo de encuentro sexual que siempre había buscado: ardiente, corto, urgente y rápido, sin arrepentimientos ni expectativas. Pero la verdad de la cuestión también era que Cadan no era idiota. ¿Follarse a la mujer del jefe? ¿En la cocina de la familia? Eso sí que era cavar su propia tumba.

Aunque hacerlo allí en la cocina no era lo que Dellen Kerne tenía en mente, tal como se desarrollaron los hechos. La mujer se apartó de su abrazo —un abrazo que hizo que le rodara la cabeza y que la sangre acudiera a todas las partes importantes de su cuerpo— y continuó el baile sensual que había iniciado con la música latina que sonaba en la radio. Al cabo de un momento, sin embargo, regresó con Cadan. Se restregó contra él y pasó los dedos por su pecho. Desde allí, no hizo falta ningún paso de baile complicado para colocarse cadera con cadera y entrepierna con entrepierna, y el compás de la música proporcionó un ritmo primitivo cuyas intenciones era imposible obviar.

Era el tipo de momento en que se evapora todo pensamiento consciente. El cerebro deja de funcionar y el cerebelo —que sólo conoce el más atávico de los motivos— toma el control hasta que se alcanza la satisfacción. Así que cuando la mano de Dellen se deslizó por su pecho y encontró con los dedos la parte más sensible de su cuerpo, Cadan estaba dispuesto a tomarla en el suelo de la cocina si ella estaba dispuesta a permitirle aquel placer.

Le cogió el culo con una mano, un pecho con la otra, atrapó un pezón con sus dedos y le metió le lengua ávidamente en la boca. Aquélla, al parecer, fue la señal que necesitaba la mujer. Se apartó con una carcajada entrecortada y le dijo:

—Aquí no, tonto. Sabes dónde están las casetas de la playa, ¿verdad?

—¿Las casetas de la playa? —preguntó él como un tonto, porque, naturalmente, a estas alturas el cerebro no le funcionaba y el cerebelo no sabía nada de casetas, ni de playas ni nada de nada, y tampoco le importaba.

—Cielo, las casetas de la playa —dijo Dellen—. Abajo. Justo encima de la playa. Toma, aquí tienes una llave. —La cogió de una cadena que se perdía entre las profundidades de sus pechos exuberantes. ¿Ayer la llevaba? Cadan no se había fijado y no quería pensar en lo que implicaba que se tratara de un accesorio nuevo—. Puedo estar allí dentro de diez minutos. ¿Y tú?

Le dio un beso mientras le ponía la llave en la palma de la mano. Y por si Cadan había olvidado de qué se trataba, Dellen se lo recordó otra vez con los dedos.

Cuando le soltó, él miró la llave que tenía en la mano. Intentó despejarse la cabeza. La miró. Miró la llave. La miró a ella. Entonces miró hacia la puerta. Kerra estaba allí parada, observándolos.

—¿Interrumpo? —Estaba blanca como el papel. Dos manchas de color aparecieron en sus mejillas.

Dellen soltó una carcajada.

—Oh, Dios mío —dijo—. Es esta maldita música. A los jóvenes siempre les altera la sangre. Cadan, qué malo eres. Me haces hacer tonterías. Santo cielo, si podría ser tu madre.

Apagó la radio. El silencio que se produjo fue como una explosión.

Cadan se quedó mudo. No tenía nada en la cabeza, al menos en el cerebro. El cerebelo todavía no había captado lo que estaba ocurriendo y entre uno y otro existía un abismo del tamaño del Canal de la Mancha, en el que deseaba precipitarse y ahogarse. Se quedó mirando a Kerra, sabiendo que si se giraba hacia ella vería el enorme bulto traidor que tenía en los pantalones y, lo que era peor, la mancha húmeda que él mismo notaba. Más allá de eso, el horror por lo que le diría a su padre le tenía enmudecido. Además, estaba la necesidad de escapar.

Lo hizo. Más tarde no sería capaz de decir cómo se las había arreglado, pero cogió a *Pooh* del respaldo de la silla donde lo había colocado y salió de la cocina como un cohete, dejando atrás sus voces —la de Kerra principalmente, que no sonaba agradable—, y tras bajar los tres tramos de escaleras salió a la tarde. Fue a buscar la bicicleta y se marchó pitando, empujándola hasta que tuvo la velocidad que quería. Entonces montó y se fueron, él pedaleando como si acabara de ver al jinete decapitado y *Pooh* intentando no caer de su hombro.

«Oh, no, oh, no, maldita sea, estúpido gilipollas de mierda», era lo único que podía pensar. No estaba seguro de qué hacer o adónde ir, y de memoria, al parecer, sus piernas y brazos, que se movían con furia, guiaron la bicicleta hacia Binner Down. Necesitaba consejo y lo necesitaba deprisa. LiquidEarth era el lugar donde podría encontrarlo.

Dobló la esquina en Vicarage Road y de allí entró en Arundel Lane. No encontró ningún obstáculo y realizó un buen tiempo, pero *Pooh* protestó sonoramente cuando llegaron al antiguo aeródromo con sus surcos y baches. No podía evitarlo. Cadan le dijo al loro que se agarrara fuerte y al cabo de menos de dos minutos tiró la bici en la vieja rampa de hormigón que había justo delante del local donde su padre fabricaba tablas de surf.

Tras cruzar la puerta, dejó a *Pooh* encima de la caja registradora que había detrás del mostrador.

—No te cagues, colega —le dijo, y entró en el taller. Allí encontró a la persona que buscaba. No era su padre, que sin duda habría recibido la historia de Cadan con un sermón sobre su eterna estupidez, sino Jago, que estaba inmerso en el delicado proceso final de lijar los bordes ásperos de fibra de vidrio y resina de los cantos de una tabla con cola de golondrina.

Jago alzó la vista cuando Cadan entró a trompicones en el cuarto de lijado. Pareció interpretar su estado de inmediato, porque se acercó a apagar la música que sonaba en una radio polvorienta sobre un estante igual de polvoriento justo detrás de los caballetes que sujetaban la tabla. Se quitó las gafas y las limpió en la pernera de su mono blanco con escasos resultados.

—¿Qué ha pasado, Cadan? —le dijo—. ¿Dónde está tu padre? ¿Está bien? ¿Dónde está Madlyn? —Tenía espasmos en la mano izquierda.

—No, no, no lo sé —contestó Cadan. Lo que quería decir era que suponía que su padre y su hermana estaban bien, pero lo verdad era que no tenía ni idea. No había visto a Madlyn desde la mañana y a su padre no le había visto el pelo. No quería plantearse qué significaba aquel último detalle porque sería una información más que tendría que afrontar y ya le estallaba la cabeza. Al final dijo—: Bien, supongo. Imagino que Madlyn ha ido a trabajar.

—Bien. —Jago asintió bruscamente con la cabeza. Regresó a la tabla de surf. Cogió el papel de lija, pero antes de utilizarlo pasó las yemas de los dedos por los cantos—. Has entrado como si te persiguiera el diablo.

—No vas muy desencaminado —dijo el chico—. ¿Tienes un minuto?

Jago asintió.

—Siempre. Espero que lo sepas.

Cadan sintió como si alguien le sacara un enorme peso de encima y se ofreciera a cargarlo por él. La historia salió sola. La indignación de su padre, el sueño de Cadan de competir en los

X Games, Adventures Unlimited, Kerra Kerne, Ben Kerne, Alan Cheston y Dellen. En último lugar, Dellen. Era todo un embrollo que Jago escuchó pacientemente. Lijó despacio los cantos de la tabla de surf, asintiendo mientras Cadan pasaba de un tema a otro.

Al final, se centró en lo que ambos sabían que era el detalle destacado: Cadan Angarrack sorprendido en un acto casi tan flagrante como hubiera sido que los pillaran a los dos, a él y a Dellen Kerne, retozando y jadeando en el suelo de la cocina.

—De tal palo, tal astilla, me parece a mí —dijo Jago—. ¿No pensaste en eso cuando jugó contigo, Cadan?

—No esperaba... No la conocía, ¿sabes? Pensé que había algo raro en ella cuando apareció ayer, pero no pensé... Tendrá como... Jago, podría ser mi madre.

—Me parece que no. A pesar de sus defectos, tu madre se limitaba a los de su clase, ¿no?

—¿Qué quieres decir?

—Por lo que me ha dicho Madlyn (y, perdóname, pero no tiene muy buen concepto de ella) Wenna Angarrack, con toda su lista de apellidos, siempre se limita a los de su edad. Por lo que dices, a ésa —y por el tono de aversión de Jago Cadan interpretó que se refería a Dellen Kerne— no parece importarle con quién se lo monta. Imagino que viste las señales cuando te la encontraste.

—Me preguntó por eso —reconoció Cadan.

—¿Eso?

—El sexo. Me preguntó qué hacía para conseguir sexo.

—¿Y no pensaste que era un poco raro, Cade? ¿Que una mujer de su edad te preguntara algo así? Estaba preparándote.

—En realidad, yo no...

Cadan apartó su mirada incómoda de la mirada astuta de Jago. Encima de la radio había colgado un póster: una chica hawaiana que inexplicablemente no llevaba nada puesto, salvo un collar de flores alrededor del cuello y una corona de hojas de palma en la cabeza, cogía una ola bastante grande con indiferente habilidad. Mientras la contemplaba, Cadan pensó que algunas personas nacían con una confianza asombrosa y que él no era una de ellas.

—Sabías lo que estaba pasando —dijo Jago—. Supongo que pensaste que te habías ligado a una putita dispuesta a dejarse hacer de todo, ¿eh? O, en el peor de los casos, que echarías un buen polvo. Sea como sea, te quedabas contento. —Sacudió la cabeza con desaprobación—. Los chicos de tu edad sólo tenéis una cosa en la cabeza y los dos sabemos qué es.

—Me ha ofrecido algo de comer —dijo Cadan para defenderse.

Jago se rio.

—Apuesto a que sí. Y planeaba ser tu postre. —Dejó el papel de lija y se apoyó en la tabla—. Una mujer así trae problemas, Cade. Tienes que saber interpretarla desde el principio. Agarra a un tío de los huevos y le da a probar un poquito, ¿eh? Un poquito ahora y un poquito después hasta que lo cata todo. Luego se pone ahora sí, ahora no hasta que el tío no sabe qué parte de ella tiene que creerse, y se lo cree todo. Ella le hace sentir cosas que no ha sentido nunca y él piensa que nunca volverá a sentirse igual. Así funciona. Será mejor que aprendas de lo que ha pasado y te olvides.

—Pero el trabajo… —dijo Cadan—. Necesito el trabajo, Jago.

Jago le señaló con su mano temblorosa.

—Lo que no necesitas es a esa familia —dijo—. Mira qué le ha traído a Madlyn mezclarse con los Kerne. ¿Está mejor por abrirse de piernas con ese hijo suyo?

—Pero tú dejabas que utilizaran tu…

—Claro que sí. Cuando vi que no podía convencerla de que no dejara que Santo se metiera en sus bragas, lo mínimo que podía hacer era asegurarme de que lo hicieran de manera segura, así que les dije que fueran al Sea Dreams. Pero ¿sirvió de algo? Fue peor. Santo la utilizó y la dejó tirada. Lo único bueno fue que la chica tuviera a alguien con quien hablar que no le gritara: «Ya te lo advertí».

—Aunque imagino que quisiste hacerlo.

—Claro que sí, maldita sea. Pero lo hecho, hecho estaba, así que, ¿qué sentido tenía? La pregunta es, Cade, ¿vas a seguir el camino de Madlyn?

—Hay diferencias obvias. Y de todos modos, el trabajo…

—¡A la mierda el trabajo! Haz las paces con tu padre, vuelve aquí. Nosotros tenemos trabajo. Tenemos demasiado, la temporada está a la vuelta de la esquina. Puedes hacerlo bastante bien si te lo propones. —Jago regresó a su tarea, pero antes de retomarla hizo un comentario final—. Uno de los dos tendrá que tragarse su orgullo, Cade. Te quitó las llaves del coche y el carné de conducir porque tenía sus motivos. No quería que te mataras. No todos los padres hacen ese esfuerzo, no todos los padres lo hacen y tienen éxito. Será mejor que empieces a pensar en ello, hijo mío.

—Eres asquerosa —le dijo Kerra a su madre.

Le temblaba la voz. Por alguna razón, aquello hizo que las cosas le parecieran peores. El temblor podía sugerirle a Dellen que su hija sentía miedo, vergüenza o —lo que era verdaderamente patético— alguna forma de consternación, cuando lo que Kerra sentía era cólera. Furiosa, encendida, absolutamente pura y toda dirigida hacia la mujer que tenía delante. La sentía con más intensidad de lo que la había sentido en años y no habría creído que fuera posible.

—Eres asquerosa —repitió—. ¿Me oyes, mamá?

—¿Y tú qué te crees que eres, apareciendo así como una pequeña espía? —dijo Dellen a su vez—. ¿Estás orgullosa de ti misma?

—¿Piensas emprenderla conmigo?

—Sí. Andas por aquí a hurtadillas como una chivata, no te creas que no lo sé. Llevas años vigilándome y contándoselo a tu padre y a cualquiera que quiera escucharte.

—Eres una zorra —dijo Kerra, más sorprendida que enfadada—. Es increíble lo zorra que eres.

—Duele un poco oír la verdad, ¿no? Pues escucha más. Has pillado a tu madre con la guardia baja y ahora tienes la oportunidad que esperabas para cargártela. Sólo ves lo que quieres ver, Kerra, en lugar de lo que tienes delante de tus narices.

—¿Y qué es?

—La verdad. El chico se ha dejado llevar por la música. Y has visto que estaba apartándole. Es un chaval que va caliente y ha visto su oportunidad, eso es lo que ha pasado. Así que lárgate de aquí con tus especulaciones desagradables y dedica tu tiempo a algo útil. —Dellen movió la cabeza de un modo que sirvió para agitar su melena a la vez que para desechar las conclusiones que su hija pudiera haber sacado. Luego, a pesar de sus anteriores palabras, decidió que no había dicho suficiente, así que añadió—: Le he ofrecido algo de comer. No tiene nada de malo, ¿no? No puedes desaprobarlo. Era más fácil que darle conversación a un chico que apenas conozco. Ha interpretado que la música era una especie de señal. Era sexy, como es siempre la música latina, y se ha contagiado…

—Cállate —dijo Kerra—. Las dos sabemos qué tenías en mente, así que no lo empeores fingiendo que el pobre Cadan intentó seducirte.

—¿Así se llama? ¿Cadan?

—¡Para!

Kerra entró en la cocina y avanzó hacia su madre. Vio que Dellen se había ocupado de su maquillaje como solía hacer: los labios más gruesos, los ojos violetas grandes, todo destacado como una modelo de pasarela, lo cual era una idiotez porque lo último que tenía Dellen Kerne era cuerpo de modelo de pasarela. Pero incluso se las había arreglado para lucir un físico seductor, porque lo que sabía y había sabido siempre era que los hombres de cualquier edad respondían a la voluptuosidad. Hoy llevaba el pañuelo rojo, los zapatos rojos, el cinturón rojo. Tanto color bastaba para formarse una opinión, pero su jersey era demasiado fino para la época y el cuello caía hacia delante, mostrando centímetros de escote, y sus pantalones abrazaban con fuerza sus caderas. Y por todo aquello, Kerra podía juzgarla y llegar a una conclusión, algo que hizo con una presteza nacida de años de experiencia.

—Lo he visto todo, mamá. Y eres una cerda. Una zorra, una mierda. Eres incluso peor. Santo está muerto y ni siquiera eso te detiene. Te brinda una excusa. Pobrecita de mí… Estoy sufriendo tanto… Pero un buen polvo hará que me olvide de todo. ¿Es eso lo que te dices a ti misma, mamá?

Dellen había retrocedido mientras Kerra avanzaba. Estaba con el trasero contra la encimera. Entonces, de repente, su estado de ánimo cambió. Las lágrimas acudieron a sus ojos.

—Por favor —dijo—. Kerra, puedes ver… Es obvio que no soy yo misma. Tú sabes que hay veces… Lo sabes, Kerra… Y no significa que…

—¡No digas eso, joder! —gritó Kerra—. Te has pasado años dando excusas y estoy harta de oír «tu mamá tiene problemas». ¿Sabes qué, mamá? Todos tenemos problemas. Y el mío está aquí en esta cocina, mirándome como un corderito camino al matadero. Todo inocencia y dolor y «mira lo que he tenido que sufrir», cuando lo único que has hecho es hacernos sufrir a nosotros. A papá, a mí, a Santo. A todos nosotros. Y ahora Santo está muerto y seguramente también es culpa tuya. Me pones enferma.

—¿Cómo puedes decir…? Era mi hijo. —Dellen se echó a llorar. No eran lágrimas de cocodrilo, sino de verdad—. Santo —dijo sollozando—. Mi querido hijo.

—¿Tu querido hijo? Ni se te ocurra empezar con eso. Vivo no significaba nada para ti, y yo tampoco. Éramos un obstáculo. Pero muerto Santo tiene mucho valor. Porque ahora puedes

señalar su muerte y decir exactamente lo que has estado diciendo: «Es por lo de Santo. Es por esta tragedia que ha caído sobre nuestra familia». Pero no es la razón y nunca lo será, aunque es la excusa perfecta.

—¡No me hables así! No sabes lo que he…

—¿Qué? ¿No sé lo que has sufrido? ¿No sé lo que has sufrido durante años? ¿Es eso? ¿Porque todo esto ha sido por tu sufrimiento? ¿Lo de Stuart Mahler también fue por eso? ¿Por tu sufrimiento atroz, terrible, insoportable que nunca nadie puede comprender excepto tú?

—Para, Kerra. Por favor. Tienes que parar.

—Lo vi. No lo sabías, ¿verdad? Mi primer novio; y yo tenía trece años y ahí estabas tú, delante de él, con el top bajado y sin sujetador y…

—¡No! ¡Eso no ocurrió nunca!

—En el jardín, mamá. Lo has borrado de tu memoria, ¿verdad?, con toda esta tragedia que estás viviendo ahora. —Kerra estaba rabiosa. Tanta energía recorría sus extremidades que no sabía si podría contenerla. Quería gritar y dar patadas en las paredes—. Deja que te la refresque, ¿vale?

—¡No quiero escucharlo!

—Stuart Mahler, mamá. Tenía catorce años. Vino a casa. Era verano y estábamos escuchando música en el cenador. Nos besamos un poco. Ni siquiera lo hicimos con lengua porque éramos tan inocentes que no sabíamos qué hacíamos. Entré en casa a buscar bebidas y tartaletas de mermelada porque hacía calor y estábamos sudados y... no necesitaste más tiempo. ¿Te resulta familiar?

—Por favor, Kerra.

—No. Por favor, Dellen. Ése era el juego. Dellen hacía lo que le venía en gana y sigue haciéndolo. Y el resto de nosotros caminamos de puntillas por la casa porque nos da miedo que estalle otra vez.

—No soy responsable, ya lo sabes. Nunca he sido capaz... Hay cosas que no puedo...

Dellen se dio la vuelta, sollozando. Se inclinó sobre la encimera con los brazos extendidos. Su postura sugería sumisión y penitencia. Su hija podía hacer lo que quisiera con ella. La hebilla del cinturón, el flagelo, el azote, el látigo. ¿Qué importaba? «Castígame, castígame, hazme sufrir por mis pecados.»

Pero Kerra iba a guardarse de creerla a estas alturas. Demasiada agua había pasado ya por el molino de sus vidas y toda iba y siempre había ido en la misma dirección.

—Ni lo intentes —le dijo a su madre.

—Soy quien soy —dijo Dellen, llorando.

—Pues intenta ser otra persona.

Daidre intentó coger la cuenta de la cena, pero Lynley no pensaba consentirlo. No era únicamente que un caballero nunca dejaba que una dama pagara una comida que habían disfrutado juntos, le dijo, sino que también había cenado en su casa la noche anterior y si querían mantener el equilibrio entre ellos le tocaba a él hacerse cargo de la cena. Aunque ella no lo viera igual, no podía pedirle que pagara lo que apenas había ingerido en la posada Curlew Inn.

—Siento mucho lo de la cena —le dijo.

—No es culpa tuya que haya escogido eso, Thomas. Tendría

que haber sido más lista y no pedir algo llamado «Sorpresa vegetariana».

Daidre había arrugado la nariz y luego se había reído al verlo; Lynley no podía culparla. Lo que le sirvieron era algo verde horneado en pan de molde, con una guarnición de arroz y verduras tan hervidas que apenas tenían color. Había bajado animosamente el arroz y la mezcla de verduras con el mejor vino de la posada Curlew Inn —un Chablis francés mediocre que no estaba lo bastante frío—, pero se había rendido tras dar un par de bocados al pan de molde.

—Estoy bastante llena —anunció alegremente—. Es muy graso, un poco como un pastel de queso.

Se quedó estupefacta cuando él no la creyó. Cuando Lynley le comentó que quería invitarla a una cena de verdad, ella le contestó que seguramente tendría que ser en Bristol, porque no era probable que en Cornualles existiera un lugar a la altura de sus estándares gastronómicos.

—Soy problemática para la comida. Tendría que ampliar mis horizontes al pescado, pero por algún motivo no lo consigo.

Se marcharon de la posada Curfew Inn y salieron a la calle, donde empezaba a caer la noche. Daidre hizo un comentario sobre el cambio de las estaciones, la manera sutil en que la luz del día comenzaba a alargarse a partir del solsticio de invierno en adelante. Dijo que nunca había entendido por qué la gente odiaba tanto el invierno, ya que para ella era la estación más reconfortante.

—Lleva directamente a la renovación —dijo—. Eso me gusta. Siempre me ha sugerido perdón.

—¿Necesitas que te perdonen?

Caminaban en dirección al coche alquilado de Lynley, que había dejado en el cruce de la calle principal y el sendero que bajaba a la playa. La miró bajo la luz tenue, esperando interpretar algo revelador en su respuesta.

—Todos lo necesitamos en algún sentido u otro, ¿no? —Utilizando aquello como introducción lógica, le contó entonces lo que había visto: a Ben Kerne en los brazos de una mujer que había supuesto que era su madre. Confesó que se había informado sobre el tema: había visitado a Ann Kerne, en efecto—.

No sé si era perdón, naturalmente —concluyó—. Pero ha sido muy emotivo y el sentimiento era mutuo.

A cambio y porque le parecía justo, Lynley le dio algunos detalles de su visita al padre de Ben Kerne. No todos porque, al fin y al cabo, Daidre no estaba libre de sospecha y, a pesar de que le caía bien, sabía que no podía olvidar ese hecho. Así que se limitó a contarle el odio que Eddie Kerne sentía por la mujer de su hijo.

—Parece que ve a la señora Kerne como la raíz de todo lo malo que ha pasado en la vida de Ben.

—¿Incluida la muerte de Santo?

—Supongo que también.

Debido a la conversación con el anciano Kerne, Lynley quería explorar las cuevas. Así que cuando estuvieron en el coche y hubo arrancado el motor no salió del pueblo, como dictaría la lógica, sino que bajó la pendiente que llevaba a la cala.

—Hay algo que quiero ver. Si prefieres quedarte en el coche…

—No. Me gustaría ir. —Daidre sonrió y añadió—: Nunca he visto trabajar a un policía.

—Se trata más de satisfacer mi curiosidad que de un trabajo policial.

—Imagino que la mayoría de las veces es lo mismo.

Cuando pensó en ello, Lynley no pudo disentir. En el aparcamiento, estacionó junto a un muro bajo que parecía recién construido, igual que la caseta de granito para los botes salvavidas, que se encontraba cerca con una boya de rescate alargada al lado. Lynley se bajó del coche y miró los acantilados que formaban una herradura alrededor de la cala. Eran altos, con afloramientos como dientes rotos, y caer desde arriba seguramente resultaría fatídico. Encima había casas y cabañas con luces encendidas en la penumbra. En la zona más al sur del acantilado, la casa más grande de todas declaraba la riqueza impresionante de alguien.

Daidre rodeó el coche y se unió a él.

—¿Qué hemos venido a ver?

Se cerró más el abrigo. El viento era fresco.

—Las cuevas —contestó Lynley.

—¿Aquí hay cuevas? ¿Dónde?

—En la parte de los acantilados que toca al agua. Se puede entrar cuando la marea está baja, pero cuando está alta, quedan sumergidas, al menos en parte.

Daidre se subió al muro y miró hacia el mar.

—Esto se me da fatal, lo cual es patético para alguien que pasa la mayor parte del tiempo en la costa. Yo diría que está subiendo o bajando, pero en cualquier caso, no supone una gran diferencia porque está a bastante distancia de la orilla. —Entonces lo miró y dijo—: ¿Te sirve de algo?

—No mucho —respondió él.

—Me lo imaginaba.

Daidre saltó al otro lado del muro. Lynley la siguió.

Como muchas otras playas de Cornualles, ésta empezaba con rocas grandes y alisadas una encima de la otra cerca del aparcamiento. La mayoría eran de granito, con lava mezclada, y las vetas claras ofrecían un testimonio silencioso de la naturaleza inimaginable antes líquida de algo que ahora era sólido. Lynley alargó la mano para ayudar a Daidre a bajar. Juntos, descendieron con cuidado hasta llegar a la arena.

—Está bajando —le dijo—. Sería mi primera deducción.

Daidre se detuvo y frunció el ceño. Miró a su alrededor como para entender cómo había llegado a esa conclusión.

—Ah, sí, ya veo —dijo al final—. No hay pisadas, pero podría ser por el clima, ¿verdad? Hace mal tiempo para ir a la playa.

—Sí. Pero mira los charcos al pie de los acantilados.

—¿No los hay siempre?

—Seguramente. Sobre todo en esta época del año. Pero las rocas que hay detrás no estarían mojadas y lo están. Las luces de las casas se reflejan en ellas.

—Impresionante —dijo Daidre.

—Elemental —fue su réplica.

Caminaron por la arena. Estaba bastante blanda, lo que informó a Lynley de que deberían tener cuidado. Las arenas movedizas no eran extrañas en la costa, en especial en lugares como éste, donde el mar retrocedía una distancia considerable.

La cala se ensanchaba unos cien metros desde las rocas. En este punto, cuando la marea estaba baja, aparecía una playa magnífica en ambas direcciones. Dieron la espalda al mar cuando los acantilados quedaron detrás de ellos. Entonces, fue sencillo ver las cuevas.

Formaban un cráter en los acantilados que daban al agua, cavidades más oscuras contra la piedra oscura, como huellas manchadas, y dos de ellas eran enormes.

—Ah —dijo Lynley.

—No tenía ni idea —dijo Daidre, y juntos se aproximaron a la mayor, una caverna al pie del acantilado sobre el que habían construido la casa más grande.

La apertura de la cueva parecía tener unos nueve metros de altura y era estrecha e irregular, como una cerradura boca abajo, con un umbral de pizarra veteado de cuarzo. Dentro reinaba la penumbra, pero no la oscuridad, ya que hacia el fondo de la cueva se filtraba una luz débil procedente de una chimenea que la acción geológica de millones de años había excavado en el acantilado. Aun así, resultó difícil distinguir las paredes hasta que Daidre sacó un librito de cerillas de su bolso y le dijo a Lynley, encogiéndose de hombros y avergonzada:

—Lo siento, chicas exploradoras. También llevo una navaja suiza, por si la necesitas. Y tiritas.

—Es un consuelo —le dijo él—. Al menos uno de los dos ha venido preparado.

La luz de una cerilla les mostró al principio lo mucho que la marea afectaba a la cueva, porque centenares de miles de moluscos del tamaño de chinchetas colgaban de las paredes rugosas y veteadas, que aún eran más rugosas a unos dos metros de altura como mínimo. Los mejillones formaban racimos negros debajo de ellos e, intercalados entre estos racimos, conchas multicolores adornaban las paredes.

Cuando la cerilla empezó a apagarse, Lynley encendió otra. Él y Daidre fueron adentrándose en la cueva, agarrándose a las piedras a medida que el suelo se elevaba ligeramente, una característica que permitía que el agua retrocediera cuando bajaba la marea. Llegaron a un hueco poco profundo, luego a otro, donde el agua goteaba con un sonido rítmico e incesante. El olor que impregnaba el lugar era absolutamente primitivo. Aquí dentro resultaba muy fácil imaginar que la vida procedía del mar.

—Es maravilloso, ¿verdad? —Daidre habló en voz muy baja.

Lynley no contestó. Había estado pensando en los innumerables usos que un sitio así habría tenido a lo largo de los siglos, desde escondrijos para contrabando a lugar de citas para amantes; desde juegos de piratas a refugio de tormentas repentinas. Pero para utilizar la cueva, había que entender la marea, porque estar en la inopia respecto a las acciones del mar era tentar a una muerte segura.

Daidre permaneció en silencio junto a él mientras la cerilla se apagaba y encendía otra. Lynley imaginó al chico atrapado aquí, en esta cueva o en otra parecida. Borracho, drogado, posiblemente inconsciente y, si no inconsciente, durmiendo la mona. A fin de cuentas, no importaba. Si estaba a oscuras y se había adentrado mucho, cuando la marea subió seguramente no supo qué camino coger para intentar escapar.

—¿Thomas?

La llama parpadeó cuando se giró hacia Daidre Trahair. La luz iluminó su rostro. Un mechón de pelo se había soltado del pasador que utilizaba para sujetárselo y caía sobre su mejilla, curvándose en sus labios. Sin pensarlo, Lynley se lo apartó de la boca. Sus ojos —inusitadamente marrones como los de él— parecieron oscurecerse.

De repente, pensó en qué significaba un momento como aquél. La cueva, la luz tenue, el hombre y la mujer cerca el uno del otro. No era una traición, sino una afirmación. La conciencia de que, de algún modo, la vida continuaba.

La cerilla se consumió hasta sus dedos. La tiró deprisa. El instante pasó y pensó en Helen. Notó una punzada de dolor en su interior porque no lograba recordar lo que este momento exigía claramente que recordara: ¿Cuándo había besado a Helen por primera vez?

No se acordaba y, lo que era peor, no sabía por qué no se acordaba. Se habían conocido muchos años antes de casarse, porque la vio por primera vez cuando ella fue a Cornualles en compañía del mejor amigo de él durante unas vacaciones de la universidad. Tal vez la hubiera besado entonces, un roce ligero en los labios para despedirse al final de aquella visita, un «encantado de conocerte» que no significó nada entonces, pero que ahora lo significaba todo. Porque era fundamental en aquel momento que recordara cada detalle de Helen en su vida. Era la única manera de mantenerla a su lado y luchar contra el vacío. Y ése era el objetivo: luchar contra el vacío. Si flotaba en él, sabía que estaría perdido.

—Deberíamos irnos —le dijo a Daidre Trahair, que sólo era una silueta en la penumbra—. ¿Nos guías?

—Por supuesto —dijo—. No debería ser difícil.

Encontró la salida con seguridad, una mano moviéndose ligeramente por encima de los moluscos de la pared. Él la siguió, el corazón le latía detrás de los ojos. Creía que debía decir algo sobre el momento que había habido entre ellos para darle algún tipo de explicación a Daidre. Pero le faltaban las palabras y aunque hubiera poseído el vocabulario necesario para expresar el nivel de dolor y pérdida que sentía, no habrían sido necesarias. Fue ella quien rompió el silencio y lo hizo cuando salieron de la cueva y emprendieron el camino de regreso al coche.

—Háblame de tu mujer, Thomas —dijo.

Capítulo 16

A la mañana siguiente, Lynley se descubrió tarareando en la ducha. El agua le resbalaba por el pelo y la espalda e iba por la mitad del vals de *La bella durmiente* de Chaikovski cuando paró bruscamente y se percató de lo que estaba haciendo. Sintió que lo invadía la culpa, pero sólo fue un momento. Lo que siguió fue un recuerdo de Helen, el primero que le hacía sonreír después de su muerte. Tenía un oído nefasto para la música, salvo para una pieza de Mozart que reconocía a menudo y con orgullo. Cuando escuchó *La bella durmiente* con él por primera vez, dijo:

—¡Walt Disney! Tommy, ¿cuándo demonios has empezado a escuchar música de Disney? No parece nada propio de ti.

Él la había mirado perplejo hasta que estableció la relación con la película antigua de dibujos animados, que comprendió que Helen habría visto cuando había ido a visitar a sus sobrinos hacía poco.

—Walt Disney se la robó a Chaikovski, cariño —dijo él.

—¡No me digas! ¿Chaikovski también escribió la letra?

Y Lynley levantó la cabeza hacia el techo y se rio. Ella no se ofendió. Nunca había sido su estilo. Se llevó una mano a los labios y dijo:

—He vuelto a hacerlo, ¿verdad? ¿Lo ves? Por eso tengo que seguir comprando zapatos. Meto tanto la pata que acabo destrozándolos.

Era una mujer imposible, pensó Lynley. Encantadora, preciosa, exasperante, desternillante. Y sabia. En el fondo, sabia de un modo que él no habría creído posible. Sabia en cuanto a él y a todo lo que era fundamental e importante entre ellos. La echó de menos en ese momento, pero también le rindió homenaje.

Con aquello sintió un ligero cambio en su interior, el primero que se producía desde el asesinato de Helen.

Reanudó su tarareo mientras se secaba. Seguía tarareando, la toalla atada en la cintura, cuando abrió la puerta.

Y se encontró cara a cara con la sargento Barbara Havers.

—Dios mío —dijo.

—Me han llamado cosas peores —dijo ella. Se rascó la mata de pelo mal cortado y despeinado—. ¿Siempre está tan alegre antes de desayunar, señor? Porque si es que sí, es la última vez que comparto baño con usted.

Por un momento sólo pudo quedarse mirándola, tan poco preparado estaba para ver a su ex compañera. Llevaba unos calcetines gruesos azul cielo en lugar de pantuflas y un pijama de franela rosa con dibujos de discos de vinilo, notas musicales y la frase SEGURO QUE EN MI VIDA APARECERÁ UN AMOR COMO EL TUYO. Pareció darse cuenta de que estaba examinando su atuendo porque refiriéndose a él dijo:

—Ah. Fue un regalo de Winston.

—¿Los calcetines o lo otro?

—Lo otro. Lo vio en un catálogo. Me dijo que no había podido resistirse.

—Tendré que hablar con el sargento Nkata para que controle sus impulsos.

Ella se rio.

—Sabía que le encantaría si lo veía alguna vez.

—Havers, la palabra «encantar» no hace justicia a mis sentimientos.

La sargento señaló el baño con la cabeza.

—¿Ha acabado con sus quehaceres matutinos ahí dentro?

Lynley se apartó.

—Adelante.

Ella pasó a su lado y se detuvo antes de cerrar la puerta.

—¿Un té? —dijo—. ¿Un café?

—Pasa por mi habitación.

Cuando la sargento llegó, vestida para la jornada, Lynley ya estaba listo. Ya se había arreglado y había preparado el té —no estaba tan desesperado como para tomar café instantáneo— cuando Havers llamó a la puerta y dijo, innecesariamente:

—Soy yo.

Lynley abrió. Ella miró a su alrededor y comentó:

—Veo que ha exigido la habitación más elegante. A mí me han dado una que antes era la buhardilla. Me siento como Cenicienta antes de ponerse el zapatito de cristal.

Él levantó la tetera de latón. Ella asintió y se dejó caer en la cama, que Lynley había hecho. Retiró el viejo cubrecama de felpilla y examinó el trabajo.

—Esquinas de hospital —señaló—. Bien, señor. ¿Lo aprendió en Eton o en algún otro momento de su accidentado pasado?

—De mi madre —contestó—. Consideraba que hacer bien la cama y utilizar la mantelería adecuada eran esenciales en la educación de un niño. ¿Añado leche y azúcar o quieres hacer tú los honores?

—Puede hacerlo usted. Me gusta la idea de que me sirva. Es la primera vez y tal vez sea la última, así que creo que lo disfrutaré.

Lynley le entregó el té adulterado, se sirvió el suyo y se sentó con ella en la cama porque no había ninguna silla.

—¿Qué haces aquí, Havers? —le preguntó.

La sargento señaló la habitación con la taza de té.

—Me ha invitado, ¿no?

—Ya sabes a qué me refiero.

—Quería información sobre Daidre Trahair.

—Que podrías haberme proporcionado tranquilamente por teléfono. —Pensó en aquello y recordó su conversación—. Ibas conduciendo cuando te llamé al móvil. ¿Venías hacia aquí?

—Sí.

—Barbara… —Su tono era una advertencia: no te metas en mi vida.

—No se haga ilusiones, comisario.

—Tommy. O Thomas. O lo que sea. Pero comisario no.

—¿Tommy? ¿Thomas? Creo que no. ¿Le parece bien que le llame «señor»? —Cuando Lynley se encogió de hombros, continuó—: Bien. La inspectora Hannaford no tiene ningún agente del equipo de investigación criminal trabajando en el caso. Cuando llamó a la Met para identificarle, explicó la situación. Estoy aquí de prestado.

—¿Y eso es todo?

—Es todo.

Lynley la miró sin alterarse. Su rostro carecía de expresión, una cara de póquer admirable que podría engañar a alguien que no la conociera tan bien como él.

—¿De verdad quieres que me lo crea, Barbara?

—Señor, no hay nada más que creer.

Se sostuvieron la mirada para ver quién la apartaba antes. Pero no iban a sacar nada de aquello. Havers había trabajado demasiado tiempo con él como para sentirse intimidada por cualquier implicación que flotara en el silencio.

—Por cierto —dijo—, nadie ha oficializado su dimisión. Para todo el mundo está usted de baja por motivos familiares. Indefinidamente, si hace falta. —Bebió otro sorbo de té—. ¿Es lo que hace falta?

Lynley apartó la vista. Fuera, la ventana enmarcaba el día gris y el viento mecía contra el cristal una ramita de la hiedra que trepaba en esta parte del edificio.

—No lo sé —contestó—. Creo que he terminado con eso, Barbara.

—Ha salido la convocatoria de la plaza. No la antigua, sino la que tenía usted cuando... Ya sabe. La plaza de Webberly: el cargo de comisario. John Stewart se presenta, y también otros. Algunos de fuera y otros de dentro. Stewart juega con ventaja, obviamente. Entre nosotros, sería un desastre para todo el mundo que se la dieran.

—Podría ser peor.

—No, no podría ser peor. —Le puso la mano sobre el brazo. Era un gesto tan raro que tuvo que mirarla—. Vuelva, señor.

—Creo que no puedo. —Entonces Lynley se levantó, no para distanciarse de ella, sino de la idea de volver a New Scotland Yard—. Pero ¿por qué has venido aquí, en medio de la nada? Podrías haberte quedado en el pueblo, que tiene mucho más sentido si trabajas para Bea Hannaford.

—Podría preguntarle lo mismo a usted, señor.

—Me trajeron aquí la primera noche. Me pareció más fácil quedarme. Era el lugar que estaba más cerca.

—¿De qué?

—De donde encontraron el cadáver. ¿Por qué estás transformando esto en un interrogatorio? ¿Qué sucede?

—Ya se lo he dicho.

—No todo. —Lynley la examinó sin alterarse. Si había venido a vigilarlo, que era lo más probable, porque Havers era Havers, sólo podía haber una razón—. ¿Qué has averiguado sobre Daidre Trahair? —le preguntó.

Ella asintió.

—¿Lo ve? No ha perdido facultades. —La sargento apuró el resto del té y levantó la taza. Él le sirvió otro y añadió un terrón de azúcar y dos de las cápsulas de leche. No dijo nada más hasta que le devolvió la taza y dio un sorbo—. Una familia llamada Trahair vive en Falmouth desde siempre, así que esa parte de su historia es verdadera. El padre vende neumáticos; tiene su propia empresa. La madre hace hipotecas para casas. Pero no existe ningún expediente escolar de primaria para una niña llamada Daidre. Tenía usted razón. En algunos casos podría sugerir una escolarización a la antigua: la mandaron lejos de casa cuando tenía cinco años o así y volvía a casa para las vacaciones de final de trimestre o de verano, pero si no, nadie sabía nada de ella hasta que salía de la gran máquina de la verdadera educación —habló con cierto desdén— a los dieciocho años o así.

—Ahórrate la crítica social —dijo Lynley.

—Hablo puramente desde la rabia que me produce la envidia —dijo Havers—. Nada me habría gustado más que me mandaran a un internado cuando aprendí a sonarme la nariz.

—Havers…

—No ha perdido ese tono de paciencia de santo —señaló la sargento—. ¿Puedo fumar aquí dentro, por cierto?

—¿Te has vuelto loca?

—Sólo preguntaba, señor. —Curvó la palma de la mano alrededor de la taza—. A ver, aunque creo que pudo estudiar la primaria fuera del pueblo, no me parece probable, porque sí fue al instituto allí a partir de los trece años. Jugaba al hockey. Era muy buena en esgrima. Cantaba en el coro del colegio. Era mezzo-soprano, por si le interesa saberlo.

—¿Y por qué razón descartas la idea de que al principio estudiara en un internado?

—En primer lugar, porque no tiene sentido. Lo veo posible al revés: escuela primaria en el pueblo y luego internado cuando tenía doce o trece años. Pero ¿primaria en un internado y luego regresar a casa para la secundaria? Es una familia de clase media. ¿Qué familia de clase media manda a sus hijos a estudiar fuera a esa edad y luego los trae a casa cuando tienen trece años?

—Puede pasar. ¿Cuál es la segunda razón?

—¿La segunda...? Ah. En segundo lugar, su nacimiento no está registrado. Ni rastro, ni una pista. Al menos en Falmouth.

Lynley reflexionó sobre qué significaba aquello.

—Me dijo que había nacido en casa.

—Aun así, el nacimiento tendría que haber sido registrado en un máximo de cuarenta y dos días. Y si nació en casa, la comadrona estaría allí, ¿no?

—¿Y si su padre asistió el parto...?

—¿Le dijo eso? Si estaban intercambiando detalles íntimos...

Lynley la miró con dureza, pero su rostro no revelaba nada.

—¿... no habría sido algo interesante que compartir? Mamá no llegó al hospital por algún motivo: la noche era oscura y había tormenta. O el coche se averió. Se fue la corriente. Un maníaco andaba suelto por las calles. Un golpe militar que la historia no ha registrado. Un toque de queda por disturbios raciales. Los vikingos, que pasaron de largo por la costa este porque ya sabe qué sentido de la orientación tenían los vikingos, y salieron de un túnel del tiempo e invadieron la costa sur de Inglaterra. O quizás alienígenas, tal vez aterrizaran. Pero sea cual sea la razón, estaban ahí en casa con mamá de parto y papá hirviendo agua sin saber qué tenía que hacer con ella, pero la naturaleza siguió su curso de todos modos y nació una niñita a quien llamaron Daidre. —Dejó la taza de té en la mesita de noche estrecha junto a la cama—. Lo que tampoco explica por qué no registraron el nacimiento.

Lynley no dijo nada.

—Hay algo que esa mujer no le ha contado, señor. Me pregunto por qué.

—Su historia sobre el zoo concuerda —le dijo Lynley—. Sí que es veterinaria de animales grandes. Sí que trabaja en el zoo de Bristol.

—Sí, lo reconozco —dijo Havers—. Fui a casa de los Trahair en cuanto acabé de repasar el registro de nacimientos. No había nadie, así que hablé con una vecina. Daidre Trahair existe, eso seguro. Vive en Bristol y trabaja en el zoo. Pero cuando insistí un poco para conseguir más información, la mujer se cosió la boca. Sólo dijo: «La doctora Trahair es un orgullo para sus padres y para sí misma y ya puede escribirlo en esa libreta suya. Y si quiere saber más, primero tendré que hablar con mi abogado», antes de cerrarme la puerta en las narices. Demasiadas series de polis en la tele —concluyó misteriosamente—. Están acabando con nuestra capacidad de intimidar.

Lynley se descubrió luchando contra algo que le inquietaba y no era sobre Daidre Trahair.

—¿Has ido a la casa? —dijo—. ¿Has hablado con una vecina? Havers, se suponía que esto era confidencial. ¿No lo entendiste?

La sargento frunció el ceño. Se mordió la parte interior del labio y le observó. Él no dijo nada, ella tampoco. Desde abajo, les llegó el sonido distante de los cacharros mientras empezaba a organizarse el desayuno en el Salthouse Inn.

—Se trata de comprobar el pasado, señor —dijo Havers al fin, con sumo cuidado—. Cuando se investiga un asesinato, se comprueba el pasado de todos los implicados. No es ningún secreto.

—Pero no todas esas comprobaciones las realiza New Scotland Yard. Y te identificaste cuando hablaste con la vecina. Le enseñaste tu placa. Le dijiste de dónde eras. ¿Verdad?

—Por supuesto. —Havers hablaba con cautela y aquello inquietó a Lynley: la idea de que su ex compañera le tratara con cautela, fueran cuales fuesen sus motivos—. Pero no entiendo qué importancia tiene eso, señor. Si usted no hubiera encontrado el cadáver, ¿ha pensado que...?

—Tiene mucha importancia —la interrumpió Lynley—. Ella sabe que trabajo, que trabajaba para la Met. Si ahora la Met la está investigando... La Met y no la policía local... ¿No entiendes lo que significará para ella?

—Que quizás usted esté detrás de la investigación —respondió Havers—. Pero bueno, está detrás y por una muy buena razón, maldita sea. Señor, déjeme terminar lo que estaba diciendo. Ya sabe cómo funciona esto. Si usted no hubiera encontrado el cuerpo de Santo Kerne, la primera persona en aparecer en la escena del crimen habría sido Daidre Trahair. Y ya conoce el procedimiento. No tengo que contárselo.

—Por el amor de Dios, ella no mató a Santo Kerne. No apareció para fingir que había encontrado el cadáver. Entró en su casa y me descubrió a mí dentro y yo la llevé al cuerpo porque me pidió verlo. Dijo que era médico. Quería ver si podía ayudarle.

—Pudo hacerlo por un montón de razones, y la primera de la lista es que habría quedado muy raro que no lo hiciera.

—No tiene absolutamente ningún móvil…

—De acuerdo. ¿Y si resulta que todo lo que dice usted es cierto? ¿Y si resulta que es quien dice ser y todo cuadra? ¿Qué importancia tiene que sepa que estamos investigando su historia? ¿Que yo esté investigándola? ¿Que usted esté haciendo lo mismo? ¿Que el maldito Papá Noel también lo haga? ¿Qué importancia tiene?

Lynley soltó un suspiro. Conocía una parte de la respuesta, pero sólo una parte. Y no estaba dispuesto a revelarla.

Apuró el té. Anhelaba la simplicidad donde no la había. Anhelaba respuestas que fueran «sí» o «no» en lugar de una retahíla interminable de «quizás».

La cama crujió cuando Havers se puso en pie. El suelo crujió cuando lo cruzó para ponerse detrás de él.

—Si sabe que la estamos investigando —dijo—, se pondrá nerviosa y es lo que queremos. Es lo que queremos con todos, ¿verdad? Las personas se delatan cuando se ponen nerviosas. Que se delaten juega a nuestro favor.

—No puedo entender que investigar abiertamente a esta mujer…

—Sí puede. Sé que sí. Puede y lo entiende. —Havers le tocó el hombro con suavidad, un momento. Su voz era cautelosa, pero también dulce—. Está… en una especie de estado de confusión, señor, y es normal después de lo que le ha pasado. Ojalá en este mundo la gente no se aprovechara de los demás cuando están sensibles, pero usted y yo sabemos qué clase de mundo es éste.

La amabilidad de su voz lo afectó. Era la razón principal por la que había evitado a todo el mundo desde el entierro de Helen. A sus amigos, sus colegas, sus compañeros y, al final, a su propia familia. No podía soportar su amabilidad y su compasión infinita porque no dejaban de recordarle precisamente lo que tanto deseaba olvidar.

—Debe tener cuidado —dijo Havers—. Es lo único que digo. Y que tenemos que mirarla exactamente igual que miramos a todos los demás.

—Ya lo sé —dijo él.

—Una cosa es saber, comisario. Creer siempre será otra muy distinta.

Daidre estaba sentada en un taburete en la esquina de la encimera de la cocina. Apoyó en una lata de lentejas la postal que había comprado en el rastrillo benéfico de la iglesia de St. Smithy's la tarde anterior. Examinó la caravana gitana y el campo en la que estaba, donde había un caballo de aspecto cansado masticando hierba cerca. «Pintoresco», pensó, una imagen encantadora de un tiempo pasado. De vez en cuando todavía se veía este tipo de transporte en algún camino rural de este rincón de mundo. Pero ahora —con sus techos curvados y agradables y el exterior pintado de colores alegres— básicamente era utilizado por turistas que querían jugar un rato a ser viajeros gitanos.

Cuando hubo mirado la postal tanto rato como pudo sin pasar a la acción, se marchó de casa. Subió al coche, dio marcha atrás en el sendero estrecho que llevaba a Polcare Cove y condujo hasta la playa. Estar cerca de ella hizo que pensara en la noche anterior, algo que habría preferido no recordar, pero que acabó rememorando de todos modos: su paseo lento hacia el coche con Thomas Lynley; su voz tranquila mientras le hablaba de su mujer muerta; la oscuridad casi total de forma que, aparte de las luces distantes procedentes de las casas y las cabañas en la cima del acantilado, apenas veía nada salvo su perfil patricio más bien perturbador.

Se llamaba Helen y venía de una familia no muy distinta a la de él. Hija de un conde que se había casado con una condesa, se movía con facilidad en el mundo en el que había nacido. Debido a cómo había sido educada, estaba llena de dudas sobre sí misma, al parecer, aunque a Daidre esto le resultó difícil de creer. Pero al mismo tiempo era extraordinariamente amable, ingeniosa, graciosa, sociable, amante de la diversión. Dotada de las cualidades humanas más admirables y deseables.

Daidre no se lo imaginaba sobreviviendo a la pérdida de una mujer así y no veía cómo alguien podría llegar a aceptar que esta pérdida la hubiera provocado un asesinato.

—Doce años —dijo Lynley—. Nadie sabe por qué le disparó.

—Lo siento mucho —dijo ella—. Parece un verdadero encanto.

—Lo era.

Ahora, Daidre giró donde siempre giraba, utilizando el pequeño aparcamiento de Polcare Cove para colocar su coche en la dirección que la alejaría de la zona. Detrás de ella, oyó las olas rompiendo en los arrecifes de pizarra prominentes. Delante, veía el valle antiguo y Stowe Wood encima, donde los árboles comenzaban a florecer. Muy pronto, debajo de ellos, las campanillas se abrirían y alfombrarían los bosques con un color que se mecería al ritmo de la brisa primaveral, como una sábana azul zafiro.

Subió y salió de la cala. Siguió los senderos entrecruzados que dibujaban las tierras y los límites de su propiedad. De esta manera, llegó a la A39 y desde allí se dirigió hacia el sur. El trayecto que tenía en mente era largo. En Columb Road se detuvo a tomar un café y decidió comer un *pain au chocolat* en la panadería. Le habló largo y tendido al joven que atendía la caja sobre el consumo de chocolate libre de culpa e incluso le pidió el recibo de la comida y la bebida y se lo guardó en el bolsillo. Nunca se sabía cuándo la policía iba a exigirte una coartada, decidió irónicamente. Era mejor llevar un registro de todos tus movimientos. Era mejor asegurarse de que la gente que te encontrabas conservaba un recuerdo claro de tu visita a su establecimiento. Por lo que al *pain au chocolat* se refería, ¿qué significaban unas cuantas calorías innecesarias para corroborar una declaración de inocencia?

Cuando se puso en marcha otra vez, alcanzó la rotonda que la llevó a la A30. Desde allí, la distancia no era muy grande y conocía el camino. Bordeó Redruth, se recuperó deprisa de un desvío equivocado y al final terminó en el cruce de la B3297 y una calle sin números que mostraba el cartel del pueblo de Carnkie.

Esta parte de Cornualles era totalmente distinta de los alrededores de Casvelyn. Daidre aparcó el Opel en el triángulo de hierbajos con guijarros que servía de punto de encuentro de las dos carreteras y se quedó sentada con la barbilla entre las manos y las manos en la parte superior del volante. Miró el paisaje verde de la primavera, que murmuraba a lo lejos hacia el mar y estaba salpicado periódicamente por torres abandonadas similares a las que podían verse en el campo irlandés, las moradas de poetas, ermitaños y místicos. Aquí, sin embargo, las viejas torres representaban lo que quedaba de la magnífica industria minera de Cornualles: cada una de ellas era un depósito que descansaba sobre una red subterránea de túneles, yacimientos y galerías. Eran las minas que en su día habían producido estaño y plata, cobre y plomo, arsénico y wolframio. Los depósitos contenían la maquinaria que mantenía la mina en funcionamiento: bombas para extraer el agua de las minas y los malacates que sacaban los minerales y las rocas residuales en cubos hasta la superficie.

Igual que las caravanas de los gitanos, ahora estos depósitos eran carne de postal. Pero en su día fueron el puntal de la vida de la gente, así como el símbolo de la destrucción de muchas personas. Podían verse por toda la zona occidental de Cornualles y había una cantidad exorbitante de ellos en gran parte de la costa. Por lo general, iban a pares: la torre del depósito poderoso de piedra de tres o cuatro pisos de altura y ahora sin tejado, con ventanas estrechas y arqueadas tan pequeñas como fuera posible para evitar que toda la estructura se debilitara, y al lado —a menudo por encima de ella— la chimenea, que en su día escupía nubes oscuras en el cielo. Ahora tanto el depósito como la chimenea eran un lugar donde arriba anidaban los pájaros y abajo se escondían los lirones y, en los recovecos de la estructura, crecían las coquetas flores magentas de la hierba de San Roberto, que se mezclaban con los brotes amarillos de los zuzones mientras las valerianas rojas asomaban por encima.

Daidre veía todo esto y al mismo tiempo no veía nada. Se descubrió pensando en un lugar totalmente distinto, en la costa que había al otro lado de la que estaba contemplando ahora.

Se encontraba cerca de Lamorna Cove, había dicho él. La casa y la finca en la que se hallaba la casa estaban en un lugar llamado Howenstow. Había dicho —con evidente incomodidad— que no tenía ni idea de dónde procedía el nombre del lugar y gracias a esta admisión Daidre llegó a la conclusión, incorrecta o no, de que se sentía en paz con la vida en la que había nacido. Su familia había ocupado la casa y las tierras durante más de doscientos cincuenta años y, al parecer, nunca habían tenido la necesidad de saber nada más excepto que eran suyas: una estructura jacobea en la que se había casado un antepasado lejano, el hijo menor de un barón que se emparejó con la única hija de un conde.

—Seguramente mi madre podría contártelo todo sobre la vieja mansión —había dicho—. Mi hermana también. Mi hermano y yo... Me temo que los dos suspendemos en historia familiar. Si no fuera por Judith, mi hermana, probablemente no sabría ni cómo se llamaban mis bisabuelos. ¿Y tú?

—Supongo que tuve bisabuelos en algún momento —contestó ella—. A menos, por supuesto, que naciera de una concha como Venus. Pero no es muy probable, ¿verdad? Creo que recordaría una entrada tan espectacular.

¿Y cómo era?, se preguntó. ¿Cómo fue? Se imaginó a su madre en una cama dorada espléndida, con criados a ambos lados secándole suavemente la cara con pañuelos empapados en agua de rosas mientras se esforzaba por dar a luz a su querido hijo. Fuegos artificiales por la llegada de un heredero y los arrendatarios saludando con una reverencia y alzando sus jarras de cerveza casera a medida que corría la noticia. Sabía que la imagen era absolutamente absurda, como si Thomas Hardy apareciera en un gag de los Monty Python, pero no podía quitársela de la cabeza, por muy estúpida y tonta que fuera. Al final se maldijo a sí misma y cogió la postal que había cogido de la cabaña. Salió del coche a la brisa fresca.

Encontró una piedra adecuada justo en el arcén de la B3297. La roca no pesaba mucho y no estaba medio enterrada, lo que facilitó levantarla. La llevó al cruce triangular de la carretera y el sendero, y dejó la piedra en el suelo en el vértice de este triángulo. Luego la inclinó y colocó la postal de la caravana gitana debajo. Ya estaba lista para reanudar su viaje.

Capítulo 17

El último comentario que Tammy le soltó antes de bajarse del coche en Casvelyn fue:

—No entiendes nada, yayo. No me extraña que todo el mundo te dejara.

Parecía más triste que enfadada, lo que había hecho más difícil que Selevan Penrule contraatacara con una grosería. Le habría gustado lanzar dardo y ver si daba en el blanco, con la satisfacción que nace de la larga experiencia en el campo de la guerra verbal, pero algo en sus ojos se lo había impedido, a pesar del dolor que le causó su bala de despedida. Tal vez, pensó, estaba perdiendo facultades. Eso o la chica estaba ganándose un lugar en su corazón. Detestaba pensar que podía ser eso.

La había consolado cuando iban de camino a la tienda de surf Clean Barrel y estaba orgulloso de haber controlado el impulso de enfrentarse a ella la tarde anterior. No le gustaban los secretos y odiaba las mentiras. Que Tammy tuviera secretos y dijera mentiras lo inquietaba más de lo que quería reconocer. Porque a pesar de su ropa, conducta, nutrición e intenciones extrañas, la chica le caía bien y quería pensar que era distinta al resto de adolescentes furtivos del mundo, que llevaban vidas clandestinas que parecían definidas por el sexo, las drogas y la mutilación física.

Había creído que así era, que poseía una diferencia fundamental respecto a los otros chicos de su edad. Pero entonces encontró el sobre debajo de su colchón cuando fue a cambiar las sábanas y al leer el contenido supo que, en realidad, era exactamente igual que sus coetáneos. Cualquier progreso que creyera que había logrado con ella no era más que una farsa.

En algunas situaciones, saberlo no le habría molestado. No iba a pasar nada inmediatamente, así que podía intensificar sus esfuerzos y, con el tiempo, conseguir que se doblegara ante su voluntad... Y también ante la de sus padres. Pero el problema de creer eso estribaba en que la madre de Tammy no era una mujer conocida por su paciencia. Quería resultados y, si no los obtenía, Selevan sabía que la temporada de su nieta en Cornualles llegaría a su fin.

Cogió el sobre que había encontrado debajo del colchón y lo dejó en el salpicadero del coche mientras iban al pueblo. Ella lo vio y luego lo miró a él. Y la condenada tomó la ofensiva.

—Registras mis cosas cuando no estoy en casa —dijo, y cualquiera hubiera dicho que era un espíritu herido de muerte—. Es lo que le hiciste a la tía Nan, ¿verdad?

Selevan no estaba dispuesto a enzarzarse en una discusión sobre su hija y el gamberro inútil con quien llevaba veintiún años de «supuesta» felicidad conyugal.

—No conviertas esto en un tema sobre tu tía, niña —le contestó—. Dime de qué va esta tontería.

—No toleras a nadie que no esté de acuerdo contigo, yayo, y papá es exactamente igual que tú. Si algo no forma parte de tu experiencia, no interesa o es malo; diabólico, incluso. Pues esto no es diabólico. Es lo que quiero y si ni tú, ni papá, ni mamá podéis ver que es justo la respuesta que necesita todo este maldito mundo para dejar de ser como es...

Cogió el sobre y lo metió en su mochila. Selevan pensó en arrebatárselo y tirarlo por la ventanilla, pero ¿qué sentido habría tenido? Podía conseguir otro del mismo lugar de donde había sacado éste. Su voz sonó distinta cuando volvió a hablar. Parecía agitada, la víctima de una traición.

—Creía que lo entendías. Y en cualquier caso, no pensaba que fueras la clase de persona que husmea en las cosas de los demás.

Aquello enfureció bastante a Selevan. Él la había traicionado a ella, ¿no? Era ella la que le escondía la correspondencia, y no al revés. Cuando su madre llamó desde África y Tammy fue el tema de conversación, él no se lo ocultó y no hablaron en clave. Así que estaba totalmente fuera de lugar que se sintiera agraviada.

—Escúchame bien —comenzó Selevan.

—No —dijo ella—. No hasta que tú también empieces a escucharme.

Eso fue todo hasta que abrió la puerta del coche en Casvelyn. Hizo sus últimos comentarios y entró en la tienda. En otro momento la habría seguido. Ningún hijo suyo le había hablado nunca de esa forma sin probar luego la correa, el cinturón, la palmeta o la palma de su mano. El problema era que Tammy no era hija suya. Los separaba una generación dañada y los dos sabían quién había infligido las heridas.

Así que la dejó marchar y regresó al Sea Dreams acongojado. Limpió un poco y se preparó un segundo desayuno de judías y tostadas, con la esperanza de que tener el estómago más lleno curaría su irritación. Lo llevó a la mesa y comió, pero siguió sintiéndose mal.

El ruido de la puerta de un coche que se cerraba distrajo a Selevan de su sufrimiento. Miró por la ventana y vio que Jago Reeth abría la puerta de su caravana mientras Madlyn Angarrack se acercaba a él. Jago bajó las escaleras y extendió los brazos. Madlyn acudió a ellos y Jago le dio unas palmaditas primero en la espalda y luego en la cabeza. Entraron en la caravana mientras Madlyn se secaba los ojos en la manga de la camisa de franela de Jago.

Aquella imagen le hirió. No entendía cómo conseguía Jago Reeth lo que a él le resultaba tan difícil: ser un hombre con quien la gente joven deseara hablar. Era obvio que había algo en su manera de escuchar y reaccionar que Selevan no había aprendido.

Salvo que era muy fácil cuando no se trataba de un familiar tuyo, ¿no? ¿Acaso no lo había dicho el propio Jago?

No importaba. Lo único que Selevan sabía era que Jago Reeth tal vez poseyera la clave para que un abuelo pudiera mantener una sola conversación razonable con su nieta. Necesitaba averiguar cuál era esa clave antes de que la madre de Tammy se cansara y mandara a la chica a otro lugar a recibir la cura mental.

Esperó a que Madlyn Angarrack se marchara, cuarenta y tres minutos exactos después de llegar. Entonces se dirigió a la caravana de Jago y llamó a la puerta. Cuando abrió, Selevan vio que su amigo estaba a punto de salir a algún lado, porque se había puesto la chaqueta, las gafas medio rotas que sólo se ponía en LiquidEarth y una cinta en la cabeza para que el pelo no le cayera sobre la cara. Selevan iba a ofrecerle una disculpa por interrumpir sus planes, pero el hombre lo detuvo y le dijo que entrara.

—Hay algo que te carcome —dijo Jago—. Lo veo sin que tengas que decírmelo, colega. Sólo deja que... —Se acercó a un teléfono y pulsó algunos números. Le respondió un contestador, al parecer, porque dijo—: Lew, soy yo. Llegaré tarde. Tengo una especie de emergencia en casa. Madlyn se ha pasado por aquí, por cierto. Estaba un poco disgustada otra vez, pero creo que lo lleva mejor. En el armario de aire caliente hay una tabla que hay que repasar, ¿vale? —Colgó el auricular.

Selevan observó sus movimientos. Esta mañana el parkinson tenía mal aspecto. Eso o la medicación de Jago no le había hecho efecto. La vejez era una mierda, no cabía duda. Pero la vejez y la enfermedad juntas eran un infierno.

Para introducir el tema de conversación, sacó de su bolsillo el collar que le había cogido a Tammy el día anterior. Lo dejó sobre la mesa y cuando Jago regresó y se sentó en el banco que servía de asiento, lo señaló.

—Le encontré esto a la chica —le dijo—. Lo llevaba colgado del cuello. Dice que la M significa María. ¿Te lo puedes creer? Sobresalía y lo dijo así, tan tranquila, como si fuera la cosa más normal del mundo.

Jago cogió el collar y lo examinó.

—Es un escapulario —dijo.

—Exacto. Así lo llamó, escapulario. Pero la M es de María. Eso es lo que me preocupa. Lo de María.

Jago asintió, pero Selevan vio que una sonrisa jugueteaba en las comisuras de sus labios. Le resultó un poco irritante. Qué fácil era para Jago reírse de la situación, maldita sea. No era su nieta la que llevaba una M de María en el cuello.

—Algo le ha pasado a esa chica en algún momento de su vida —dijo—. Es lo único que puedo imaginar por el lío que tiene en la cabeza. Yo lo achaco a África. Estar expuesta a todas esas mujeres en pelotas, caminando por las calles de donde sea con sus partes colgando. No me extraña nada que se haya confundido.

—La madre de Dios —dijo Jago.

—Eso y más —dijo Selevan.

Entonces Jago se rio y le salió del corazón. Selevan se encabritó.

—No te líes, colega. Tú mismo has dicho que la M es de María. En un escapulario, la M de María se refiere a la madre de Jesús. Es un objeto devoto. Lo llevan los católicos. Algunos pueden llevar una fotografía de Jesucristo. Otros de un santo: san Tal y san Cual. Es un signo de devoción.

—Maldita sea —murmuró Selevan—. Esto no se acabará nunca, joder. —A la madre de Tammy le daría un ataque, no cabía la menor duda. Una razón más para coger a la chica y mandarla a otra parte. En la mente de Sally Joy lo único peor que ser católica era ser terrorista—. San Jorge y el dragón habrían sido mejor —dijo Selevan. Esa imagen, al menos, podría considerarse patriótica.

—No creo que san Jorge aparezca en ninguno de éstos —dijo Jago, con el escapulario colgando de sus dedos—, porque los dragones son seres imaginarios que convierten a san Jorge en algo cuestionable. Pero es la idea general que se tiene de ellos. Alguien que crea en una persona santa se pone esto en el cuello y supongo que también acaba sintiéndose santa.

—Todo esto es culpa de los putos políticos —dijo Selevan sombríamente—. Por ellos el mundo está como está y por eso la niña está trabajando para convertirse en santa. Intenta prepararse para el fin de los días, sí. Y nadie ha sido capaz de conseguir que cambie de opinión.

—¿Es lo que dice ella?

—¿Eh? —Selevan cogió el escapulario y se lo guardó en el bolsillo de la pechera de su camisa—. Dice que quiere llevar una vida devota. Son sus palabras exactas: «Quiero llevar una vida devota, yayo. Creo que es a lo que todo el mundo debería aspirar». Como si sentarte solo en alguna cueva y comer hierba y beber tu propio pis una vez a la semana fuera a solucionar los problemas del mundo.

—Ése es el plan, ¿verdad?

—Bueno, no sé cuál es el plan, coño. Nadie lo sabe, y eso incluye a la chica. ¿Ves cómo funciona? Oye hablar de un culto al que puede unirse y quiere unirse a él porque este culto, a diferencia del resto que hay ahí fuera, es el que va a salvar al mundo.

Jago parecía pensativo. Selevan esperaba que se le estuviera ocurriendo una solución al problema de Tammy. Pero no dijo nada, así que volvió a hablar.

—No sé conectar con la chica. No sé ni por dónde empezar. He encontrado una carta debajo de su cama donde le decían: «Pásate por aquí y echa un vistazo, haz una entrevista para que podamos formarnos una opinión de ti y ver si eres adecuada y nos gustas y eso». Se la he enseñado y se ha puesto como loca porque husmeo en sus cosas.

Jago parecía pensativo. Se rascó la cabeza.

—Lo has hecho, ¿eh? —dijo.

—¿Cómo?

—Has husmeado en sus cosas. ¿No es eso?

—Tenía que hacerlo. Si no, su madre se pone toda histérica conmigo. Me dice: «Necesitamos que consigas que vea la luz. Alguien tiene que conseguir que vea la luz antes de que sea demasiado tarde».

—Ése es justo el problema —señaló Jago—. Ahí es donde os equivocáis todos.

—¿Dónde? —Selevan se dirigió a su amigo sin ponerse a la defensiva. Si estaba enfocando el problema con Tammy de manera equivocada, pensaba aprender a hacer las cosas bien de inmediato y por eso había recurrido a Jago.

—Lo malo de los jóvenes —dijo Jago— es que hay que dejar que tomen sus propias decisiones, colega.

—Pero…

—Escúchame bien. Forma parte de su camino a la madurez. Toman una decisión, cometen un error y, si nadie acude corriendo como un bombero a salvarles del resultado, aprenden de la experiencia. El trabajo de un padre, o del abuelo, la madre o la abuela, no consiste en impedirles que aprendan lo que tienen que aprender, colega. Lo que deben hacer es ayudarles a encontrar un final a la historia.

Selevan lo entendía. Podía analizarlo en su cabeza y estar básicamente de acuerdo. Pero estar de acuerdo era un proceso del intelecto, no tenía nada que ver con el corazón. La posición de Jago en la vida —como no tenía ni hijos ni nietos— le facilitaba ceñirse a aquella filosofía admirable, y también explicaba por qué los jóvenes se veían capaces de hablar con él. Ellos hablaban; él escuchaba. Probablemente era como compartir los secretos con una tumba. Pero ¿qué sentido tenía si la tumba no decía «espera un momento. Estás haciendo el ridículo»? ¿O «estás eligiendo mal, maldita sea»? ¿O «escúchame porque he vivido sesenta años más que tú y esos años bien tienen que contar para algo, si no, ¿qué sentido tiene haberlos vivido?»? Más allá de eso, ¿los padres y los abuelos no tenían cierto derecho a meter a sus vástagos en cintura. Era lo que le había ocurrido a él. Tal vez no le gustara, tal vez no lo quisiera, tal vez no lo habría escogido ni en un millón de años, pero ¿acaso no se había convertido en una persona mejor y más fuerte por haber tirado a la basura sus sueños de entrar en la Marina Real para llevar una vida diligente en la granja?

Jago estaba observándole con una de sus pobladas cejas levantada por encima de la montura de sus gafas viejas. Su expresión decía que sabía lo que Selevan estaba pensando sobre él como persona que sabía escuchar y no discrepó de su evaluación.

—No es sólo eso, colega, a pesar de lo que pienses. Si consigues llegar a conocerles, acabas preocupándote por ellos y acabas detestando verles tomar una decisión que sabes que es mala. Pero nadie escucha cuando es joven. ¿Tú lo hacías?

Selevan bajó la mirada. Cuando le planificaron la vida, ésa fue la pega: él había escuchado. Había elegido lo que le habían dicho que eligiera. Y se había arrepentido toda su vida. En realidad, era de lo único que se arrepentía.

—Maldita sea. —Suspiró y se puso la cabeza entre las manos.

—Exacto —aceptó su amigo Jago Reeth.

Bea Hannaford no había comenzado el día de muy buen humor y sus perspectivas no mejoraron durante la reunión con la sargento Barbara Havers de New Scotland Yard. Después de la llegada de la sargento a Casvelyn, Bea le ordenó que se registrara en el hostal Salthouse Inn y revisara lo que Thomas Lynley había conseguido descubrir hasta entonces sobre la doctora Trahair. Sabía que Barbara Havers había trabajado mucho tiempo con Lynley en Londres y si alguien era capaz de sacarle información al hombre, le pareció que ella era la persona adecuada. Pero «por ahora parece que está limpia» fue lo máximo que Havers tenía que comunicar sobre las incursiones de Lynley en el misterioso pasado de Daidre Trahair, lo que hizo que Hannaford se cuestionara si había manejado el asunto de manera inteligente. Al fin y al cabo, había aceptado que el subdirector de la Met, sir David Hillier, le prestara a la antigua compañera de Lynley para trabajar en la investigación del asesinato. La respuesta «Dice que por ahora está limpia, pero que seguirá indagando» a la pregunta «¿Qué sabemos de lo que ha averiguado el comisario Lynley sobre la doctora Trahair?» no era lo que Hannaford deseaba escuchar e hizo que pensara en las lealtades y de qué lado deberían estar.

Ella misma había hablado con Lynley. Él le informó sobre su excursión a Pengelly Cove la tarde anterior y la inspectora vio que su interés se centraba ahora en los Kerne. Todo eso estaba muy bien, ya que al final tenían que investigarlo todo, pero indagar en el pasado de los Kerne no haría que Lynley se interesara por Daidre Trahair y lo que Bea Hannaford quería precisamente era que se interesara por Daidre Trahair. La veterinaria había mentido, de eso no cabía la menor duda. Basándose en cómo miraba a Lynley cuando los había visto juntos —una mezcla entre compasión, admiración y deseo—, a Bea le había parecido que el comisario era su mejor baza si el objetivo consistía en distinguir entre las verdades de la doctora y sus mentiras. Ahora ya no estaba tan segura.

Así que después de hablar con Barbara Havers, Bea estaba de peor humor que cuando se había levantado, y no creía que fuera posible. Porque se había despertado con las preguntas de Pete y sus comentarios del día anterior en la cabeza, lo que significaba que se había despertado exactamente igual que se había acostado. «¿Por qué le odias tanto...? Él te quiere.»

Era evidente que había llegado la hora de someterse a otra

ronda de citas por Internet, aunque ojalá hubiera podido ahorrarse las horas que se tardaba en buscar, seleccionar, contactar, intentar discernir si valía la pena dedicar una noche al tipo en cuestión y luego, de algún modo, encontrar esa noche. Y luego... ¿Qué sentido tendría en realidad? ¿Con cuántos sapos más tendría que cenar, beber o tomar un café para que alguno se mostrara más principesco que ambicioso? Con cientos, al parecer. Miles. Y ni siquiera estaba segura de querer una relación. Ella, Pete y los perros se las arreglaban bien solos.

Por lo tanto, cuando Bea se encontró con Barbara Havers cerca de la pizarra mientras repasaban las actividades del día, examinó a la sargento de la Met con una mirada crítica que respondía más a una valoración de su compromiso profesional que a una evaluación de su sentido de la moda, que era más deplorable de lo que habría imaginado posible en una mujer adulta. Hoy la sargento Havers vestía un jersey de punto lleno de bolas encima de una camiseta de cuello alto con lo que parecía una mancha de café en la parte superior. Llevaba unos pantalones de *tweed* color aceituna que la hacían más delgada —le quedaban fácilmente dos centímetros demasiado cortos y seguramente tenían doce años— y calzaba las mismas deportivas rojas de caña alta. Parecía un cruce entre un vagabundo y un refugiado de una zona de guerra, cuya vestimenta procedía de la ropa desechada por Oxfam.

Bea intentó no hacer caso a todo aquello.

—Tengo la clara impresión de que el comisario Lynley me está dando largas con el tema de la doctora Trahair —le dijo—. ¿Qué cree usted, sargento?

La miró fijamente para evaluar la respuesta.

—Podría ser —contestó Havers con soltura—. Teniendo en cuenta todo lo que le ha ocurrido, no está al cien por cien precisamente. Pero si ella está detrás de lo que le pasó a ese chaval y lo averigua, irá a por ella, puede estar segura.

—¿Me está diciendo que debería permitirle que lleve esto de la manera que él considere oportuna?

Havers no respondió de inmediato. Miró la pizarra. Pensar detenidamente podía indicar sus prioridades y Bea lo consideró una señal en su favor.

—Creo que hará las cosas bien —dijo Havers—. Lo último que permitirá es que alguien salga impune de un asesinato, teniendo en cuenta las circunstancias. Ya sabe a qué me refiero.

Por supuesto. Estaba eso. Aquello que le hacía sensible también lo convertía en un hombre que nunca querría que otra persona viviera lo que él había vivido. Aparte de eso, su sensibilidad podía jugar a su favor, ya que alguien vulnerable podía conseguir que otro cometiera errores fundamentales en su presencia. Estaba pensando en los errores de la doctora Trahair, naturalmente. Si había cometido uno, acabaría cometiendo más.

—De acuerdo —dijo Bea—. Acompáñeme, entonces. Tenemos un tipo en el pueblo que estuvo en la trena por pegar a otro tío, en la costa sur. Fue hace unos años. Acabó gritándole al juez que todo había sido culpa del alcohol, pero como el tipo que recibió sus atenciones terminó en una silla de ruedas...

—Joder —espetó la sargento Havers.

—... el juez lo encerró. Ya ha salido, pero también su temperamento y su tendencia a la bebida. Conocía a Santo Kerne y alguien le puso un ojo morado a Santo poco antes de morir. Ya sé que no es el tipo de paliza que le llevó a la cárcel, pero hay que interrogarle a conciencia.

Will Mendick se hallaba en su lugar de trabajo, un supermercado moderno de ladrillo que no encajaba en absoluto con los alrededores, ya que estaba en el cruce de la parte alta de Belle Vue con St. Mevan Crescent, que Bea señaló a Havers como la ruta a Adventures Unlimited, una mole visible en la colina. El súper también se encontraba muy cerca de las delicias de Casvelyn de Cornualles y cuando se bajaron del Land Rover de Bea en el aparcamiento situado detrás del local, la brisa matutina les trajo el aroma de las empanadas recién hechas. Barbara Havers puso fin a aquel olor agradable al encenderse un cigarrillo. Dio unas caladas ávidas mientras caminaban por el lateral del edificio hacia la puerta de entrada y logró fumarse la mitad antes de entrar.

En un arrebato sumamente optimista y primaveral, la dirección del supermercado había apagado la calefacción, así que dentro el frío era glacial. A esta hora del día había poca clientela y sólo una de las seis cajas estaba abierta. Preguntaron allí y

Bea y la sargento Havers fueron dirigidas hacia el fondo del local, donde dos puertas de vaivén cerraban al almacén donde se guardaban los productos. En ellas había colgados dos carteles: NO PASAR y SÓLO PERSONAL AUTORIZADO.

Bea las abrió con el hombro, con la placa preparada. Se encontraron con un hombre sin afeitar que se metía en el servicio de empleados y lo detuvieron con una palabra: «Policía». El tipo no reaccionó como Bea habría querido, pero al menos pareció dispuesto a colaborar. Le preguntó por Will Mendick. A su respuesta de que suponía que estaba fuera, se vieron volviendo al lugar de donde venían: recorriendo el lateral del edificio, pero esta vez por dentro, por un pasillo lúgubre, y debajo de estantes altísimos de productos de papel, latas apiladas de esto y lo otro y cartones enormes de suficientes marcas de comida basura como para que la obesidad mórbida siguiera afectando a varias generaciones.

En la parte sur del edificio había una zona de carga con palés de artículos en proceso de ser descargados de un camión articulado gigantesco. Bea esperaba encontrar aquí a Will Mendick, pero en respuesta a otra pregunta le señalaron un grupo de cubos de basura al fondo de la zona de descarga. Allí vio a un joven metiendo verduras desechadas y otros productos en una bolsa de basura negra. Al parecer se trataba de Will Mendick cometiendo el acto de subversión para el que Santo Kerne había creado su camiseta, pero para conseguirlo tenía que luchar contra las gaviotas, que batían sus alas a su alrededor. De vez en cuando planeaban cerca de él para intentar asustarle y lograr que se marchara de su territorio, como extras en la película de Hitchcock.

Mendick miró detenidamente la placa de Bea cuando la inspectora se la mostró. Era alto y rubicundo y se puso más rubicundo de inmediato cuando vio que la policía había ido a verle. Definitivamente, era la piel de un hombre culpable, pensó Bea.

El joven miró a la inspectora, luego a Havers y otra vez a Bea, y su expresión sugería que ninguna de las dos mujeres encajaba en su idea de qué aspecto debería tener un policía.

—Estoy en el descanso —les dijo, como si le preocupara que estuvieran allí para controlar su horario laboral.

—No pasa nada —le informó Bea—. Podemos hablar mientras... Hace lo que sea que esté haciendo.

—¿Sabe cuánta comida se tira a la basura en este país? —le preguntó con brusquedad.

—Bastante, imagino.

—Se queda corta. Pruebe con toneladas. Toneladas. Se pasa la fecha de caducidad y se tira. Es un crimen, sí.

—Bien por usted por utilizarla, entonces.

—Me la como. —Parecía a la defensiva.

—Ya lo había deducido —le dijo Bea.

—Apuesto a que tiene que hacerlo —señaló Barbara Havers en tono agradable—. Es un poco complicado mandarla a Sudán antes de que se pudra, se descomponga, se ponga dura o lo que sea. Tampoco le cuesta pasta, así es un punto a su favor.

Mendick la miró como si evaluara su nivel de irrespetuosidad. El rostro de la sargento no revelaba nada. El joven pareció tomar la decisión de obviar cualquier juicio que pudieran hacer sobre su actividad.

—Han venido a hablar conmigo, así que hablen —dijo.

—Conocía a Santo Kerne lo bastante bien como para que le diseñara una camiseta, por lo que tenemos entendido.

—Si saben eso, también sabrán que es un pueblo pequeño y que la mayoría de la gente conocía a Santo Kerne. Espero que también hablen con ellos.

—Acabaremos contactando con el resto de conocidos suyos —respondió Bea—. Ahora estamos interesadas en usted. Háblenos de Conrad Nelson. Vive postrado en una silla de ruedas, por lo que he oído.

Mendick tenía algunos granos en la cara, cerca de la boca, y se volvieron de color frambuesa. Se puso a revisar los desechos del supermercado otra vez. Escogió algunas manzanas magulladas y siguió con varios calabacines mustios.

—Ya pagué por ello —dijo.

—Lo sabemos —Bea le tranquilizó—. Pero lo que no sabemos es cómo pasó y por qué.

—No tiene nada que ver con su investigación.

—Es una agresión con agravantes —le explicó Bea—. Una

lesión física grave y una temporada en el trullo a expensas de ya sabe quién. Cuando alguien tiene datos así en su pasado, señor Mendick, nos gusta saber más. Sobre todo si conoce, mucho o poco, a alguien que ha sido asesinado.

—Por el humo se sabe dónde está el fuego. —Havers encendió otro cigarrillo como para dar énfasis a su comentario.

—Está destrozándose los pulmones a usted y a los demás —le dijo Mendick—. Es un hábito asqueroso.

—¿Y hurgar en la basura qué es? —preguntó Havers.

—No dejar que algo se eche a perder.

—Maldita sea. Ojalá tuviera su nobleza de carácter. Imagino que la perdió de vista, esa parte tan noble suya, cuando le dio la paliza a ese tipo de Plymouth, ¿eh?

—Ya he dicho que cumplí condena por ello.

—Tenemos entendido que le dijo al juez que fue por el alcohol —intervino Bea—. ¿Todavía tiene un problema con la bebida? ¿Todavía hace que se le vaya la olla? Es lo que afirmó, me han dicho.

—Ya no bebo, así que no hace que se me vaya nada. —Miró dentro del cubo de basura, al parecer vio algo que quería y metió la mano para sacar un paquete de barritas de higo. Lo guardó en la bolsa y siguió con su búsqueda. Partió una barra de pan, duro aparentemente, y lo tiró al asfalto para las gaviotas. Las aves fueron a por él con gula—. Voy a Alcohólicos Anónimos, si les sirve de algo. Y no he bebido desde que estoy fuera.

—Espero que así sea, señor Mendick. ¿Cómo empezó ese altercado en Plymouth?

—Ya les he dicho que no tiene nada que ver… —Pareció replantearse su tono de enfado, así como el rumbo de la conversación, porque suspiró y dijo—: Solía ponerme ciego perdido. Me peleé con ese tipo y no sé por qué porque cuando bebía de esa manera no me acordaba de lo que me había hecho estallar ni si algo me había hecho estallar en realidad. Al día siguiente no recordaba la pelea y siento mucho que el tipo acabara así, joder, porque no era mi intención. Seguramente sólo quise darle una lección.

—¿Y así da las lecciones usted normalmente?

—Cuando bebía, sí. No me siento orgulloso de ello. Pero ha

terminado. Cumplí condena, ya pagué por ello. Intento estar limpio.

—¿Intenta?

—Maldita sea. —Se subió al cubo de la basura. Empezó a hurgar con más energía entre su contenido.

—Santo Kerne recibió un puñetazo bastante fuerte en algún momento antes de morir —dijo Bea—. Me preguntaba si podría hablarnos del tema.

—No puedo.

—¿No puede o no quiere?

—¿Por qué quieren cargarme la culpa?

«Porque pareces culpable, maldita sea —pensó Bea—. Porque mientes sobre algo y lo veo en el color de tu piel, que ahora está encendida de las mejillas a las orejas e incluso al cuero cabelludo.»

—Mi trabajo consiste en cargarle la culpa a alguien —contestó Bea—. Si ese alguien no es usted, me gustaría saber por qué.

—No tenía ninguna razón para hacerle daño. Ni para matarle. Ni para nada.

—¿Cómo le conoció?

—Yo trabajaba en el Clean Barrel, esa tienda de surf que hay en la esquina del paseo. —Mendick señaló con la cabeza hacia allí—. Vino porque quería una tabla. Así nos conocimos unos meses después de que llegara al pueblo.

—Pero ya no trabaja en el Clean Barrel. ¿También tiene algo que ver con Santo Kerne?

—Le mandé a LiquidEarth a comprar la tabla y me descubrieron. Perdí el trabajo. No podía mandar a nadie a la competencia. No es que LiquidEarth fuera la competencia, pero el jefe no quiso escucharme, así que me echó.

—Le culpabas de ello, ¿no?

—Siento decepcionarla, pero no. Mandar a Santo a LiquidEarth era lo correcto. Era principiante. Ni siquiera lo había probado nunca y necesitaba una tabla para principiantes. En ese momento no teníamos ninguna decente, sólo mierda de China, por si le interesa saberlo, y esa basura se la vendemos básicamente a los turistas, así que le dije que fuera a ver a Lew Angarrack, que le fabricaría una buena tabla con la que podría aprender. Le costaría un poco más, pero sería la adecuada para él. Eso fue lo que hice, y fue lo único. Dios mío. Por la reacción de Nigel Coyle parecía que hubiera matado a alguien. Santo me trajo la tabla para que la viera y resultó que Coyle estaba allí y el resto es historia.

—Entonces, Santo se la jugó.

—¿Y por eso le maté? ¿Esperé dos años para matarle? Me temo que no. Ya se sentía bastante mal por lo que pasó. Me pidió perdón sesenta mil veces.

—¿Dónde?

—Dónde ¿qué?

—¿Dónde le pidió perdón? ¿Dónde le veía?

—Donde fuera —dijo—. Es un pueblo pequeño, ya se lo he dicho.

—¿En la playa?

—No voy a la playa.

—¿En un pueblo de surfistas como Casvelyn usted no va a la playa?

—No hago surf.

—¿Vendía tablas de surf, pero no hace surf? ¿Por qué, señor Mendick?

—¡Maldita sea! —Mendick se irguió. Era mucho más alto que ellas encima del cubo de basura, pero lo habría sido igualmente, porque era espigado aunque desgarbado.

Bea vio que las venas le palpitaban en las sienes. Se preguntó qué necesitaba para controlar ese carácter repugnante suyo y también qué necesitaba para desatarlo con alguien.

A su lado, notó que la sargento Havers se tensaba y la miró. Tenía una expresión severa en su rostro y le cayó bien por eso, porque decía que Havers no era la clase de mujer que retrocedía fácilmente en una confrontación.

—¿Competía con otros surfistas? —preguntó Bea—. ¿Competía con Santo? ¿Competía él con usted? ¿Se rindió? ¿Qué?

—No me gusta el mar. —Habló entre dientes—. No me gusta no saber qué tengo debajo en el agua porque hay tiburones en todo el mundo y no me apetece tener trato con ninguno. Entiendo de tablas y entiendo de surf, pero no lo practico. ¿De acuerdo?

—Supongo. ¿Escala usted, señor Mendick?

—¿Escalo qué? No, no hago escalada.

—¿Entonces qué hace?

—Voy con mis amigos.

—¿Santo Kerne era uno de ellos?

—Él no era... —Mendick evitó la rapidez de su conversación, como si reconociera lo fácil que podía verse atrapado si seguía con ese ritmo. Antes de bajarse del cubo y contestar, metió más productos en la bolsa de basura (unas latas muy abolladas, algunos paquetes de espinacas y otras verduras, un puñado de bolsas de hierbas, un paquete de pastas de té)—. Santo no tenía amigos. No en el sentido normal. No como los demás. Tenía personas con quienes se asociaba cuando las quería para algo.

—¿Como por ejemplo?

—Como tener experiencias con ellas. Así lo describía él. Era lo que le iba: tener experiencias.

—¿Qué clase de experiencias?

Mendick dudó, y Bea supo que habían llegado al quid de la cuestión. Había tardado más en tenerlo en este punto de lo que le gustaba y por un momento pensó que tal vez estuviera perdiendo facultades. Pero al menos le tenía allí, así que se dijo que todavía le quedaba vida.

—¿Señor Mendick?

—Sexuales —contestó—. A Santo le volvía loco el sexo.

—Tenía dieciocho años —señaló Havers—. ¿A qué chico cuerdo de dieciocho años no le vuelve loco el sexo?

—¿Como le volvía a él? ¿Lo que le gustaba? Sí, diría que hay chicos de dieciocho años que no se parecen en nada a él.

—¿Qué le gustaba?

—No lo sé. Sólo sé que era anormal. Es lo único que me dijo ella; eso y que la estaba engañando.

—¿Ella? —preguntó Bea—. ¿Se refiere a Madlyn Angarrack? ¿Qué le contó?

—Nada. Sólo que le daba asco lo que le gustaba a Santo.

—Ah.

Eso les llevaba casi al punto de partida, pensó Bea. Y parecía que en esta investigación el punto de partida siempre significaba destapar a otro mentiroso.

—¿Es amigo de Madlyn, entonces? —estaba preguntando Havers.

—No mucho. Conozco a su hermano, Cadan, así que a ella también. Ya se lo he dicho, Casvelyn es un pueblo pequeño. Con el tiempo, todo el mundo acaba conociéndose.

—¿En qué sentido? —preguntó Bea a Will Mendick.

El joven parecía confuso.

—¿Qué?

—Lo de conocerse —dijo—. Ha dicho que todo el mundo acaba conociéndose. Me preguntaba en qué sentido.

Quedó claro por la expresión de Mendick que no había captado la indirecta. Pero no importaba. Tenían a Madlyn Angarrack donde querían.

Capítulo 18

Si no hubiera sido porque la tarde anterior estaba lloviendo, Ben Kerne seguramente no habría visto a su padre cuando fue a Pengelly Cove. Pero como llovía, insistió en llevar a su madre a la ecocasa cuando terminó su jornada laboral en la posada Curlew Inn. Tenía su triciclo grande, con el que iba todos los días a trabajar sin demasiadas dificultades a pesar de la apoplejía que había sufrido hacía algunos años, pero él insistió. El triciclo cabría en la parte de atrás del Austin, le dijo. No iba a permitir que fuera por aquellas calles estrechas con ese mal tiempo. En realidad, tampoco debería utilizarlo aunque hiciera bueno. No tenía la edad —menos aún las condiciones físicas— para moverse en triciclo. Cuando ella le dijo, articulando cuidadosamente las palabras después de la apoplejía «tiene tres ruedas, Ben», él respondió que no importaba. Le dijo que su padre debería mostrar algo de sentido común y comprar un coche ahora que él y su mujer eran mayores.

Justo cuando decía aquello, pensó en la evolución de las relaciones entre padres e hijos, donde al final el padre se convierte en el hijo. Y se preguntó sin querer preguntárselo si su frágil relación con Santo habría sufrido una transformación similar. Lo dudaba. En estos momentos veía a Santo como lo vería siempre: congelado en una juventud eterna sin posibilidad de pasar a cosas más importantes que las inquietudes de la adolescencia fogosa.

La adolescencia fogosa le atormentó durante la larga noche que siguió a su visita a la ecocasa. Sin embargo, cuando bajó por el sendero lleno de surcos hacia la vieja granja, era el último tema en el que creía que iba a centrarse su mente. Siguió las subidas y las bajadas y las curvas del camino sin asfaltar y se maravilló de que el paso del tiempo no le hubiera liberado del miedo que siempre le había tenido a su padre. Lejos de Eddie Kerne, no había tenido que plantearse el miedo. A medida que se acercaba a él, era como si nunca se hubiera marchado de Pengelly Cove.

Su madre lo notó. Con esa voz alterada suya —«Dios mío, ¿realmente parece portuguesa?», se preguntó Ben— le dijo que encontraría a su padre muy cambiado por los años. A lo que él respondió:

—No me pareció muy distinto por teléfono, mamá.

—Físicamente —matizó ella—. Ahora está débil. Intenta ocultarlo, pero empieza a notar la edad.

No añadió que también empezaba a notar su fracaso. La ecocasa había sido el sueño de su vida: vivir de la tierra, en armonía con los elementos. En realidad, había planeado dominar esos elementos para que trabajaran para él. Había sido un intento admirable de vivir de manera ecológica, pero había abarcado demasiado y no tenía fuerza suficiente para sostenerlo todo.

Si Eddie Kerne oyó el Austin subir hacia la ecocasa, no salió. Tampoco lo hizo mientras Ben se esforzaba por sacar el triciclo de su madre de la parte trasera del coche. Cuando se acercaron a la vieja puerta de entrada, sin embargo, Eddie les estaba esperando. La abrió antes de que llegaran, como si hubiera estado observando desde una de las ventanas sucias y mal colocadas.

A pesar de la advertencia de su madre, Ben se quedó impresionado cuando vio a su padre. Estaba viejo, pensó, y parecía más viejo de lo que era. Llevaba gafas de anciano —una montura gruesa, negra, con los cristales manchados— y detrás de ellas sus ojos habían perdido gran parte de su color. Uno estaba nublado por una catarata, que Ben sabía que nunca se operaría. El resto de él también estaba viejo: desde su ropa remendadísima y mal conjuntada hasta las zonas de su cara que la maquinilla de afeitar se había saltado y los pelos rizados que le salían de las orejas y la nariz. Andaba despacio y tenía los hombros encorvados. Era la personificación del Fin de los Días.

Ben sintió un mareo repentino cuando lo vio.

—Papá —dijo.

Eddie Kerne le examinó, uno de esos movimientos bruscos de arriba a abajo que —para el hijo del hombre que los realiza— tienden a significar que está evaluándole y juzgándole al mismo tiempo. Se apartó de la puerta sin comentar nada y desapareció en las entrañas de la casa.

En otras circunstancias, Ben se habría marchado en aquel momento. Pero su madre murmuró:

—Chist.

Aquello le consoló, independientemente de adónde dirigiera el sonido. Le devolvió a su infancia al instante y abrazó su significado. «Mamá está aquí, tesoro. No llores.» Notó su mano en la parte baja de la espalda, instándole a avanzar.

Eddie los esperaba en la cocina, que parecía ser la única estancia en uso del piso de abajo. Era cálida y estaba bien iluminada, mientras que el resto del lugar estaba envuelto en sombras, atestado de cachivaches, olía a moho y tenía las paredes cubiertas de roces de roedores.

Encendió el hervidor. Ann Kerne lo señaló con la cabeza de manera significativa, como si fuera una prueba de que algo en el interior de Eddie había cambiado con su decadencia física. El anciano se acercó arrastrando los pies hacia el armario y sacó tres tazas junto con un bote de café instantáneo y una caja maltrecha de terrones de azúcar. Cuando lo dejó todo en la mesa amarilla desportillada, acompañado de una jarrita de leche de plástico, una barra de pan y un rectángulo de margarina sin envolver, le dijo a Ben:

—Scotland Yard. No la policía local, sino Scotland Yard. No es lo que pensabas, ¿eh? Le queda grande a la policía local. No te lo imaginabas, ¿verdad? La pregunta es: ¿y ella?

Ben sabía quién era «ella». La de siempre. Eddie prosiguió.

—La otra pregunta es: ¿quién les llamó? ¿Quién quiere que Scotland Yard se meta en el caso y por qué han venido corriendo como locos?

—No lo sé —contestó Ben.

—Apuesto a que no. Si a la poli local le queda grande, es grave. Y si es grave, es ella. Estás pagando las consecuencias, Benesek. Yo ya sabía que pasaría.

—Dellen no tiene nada que ver con esto, papá.

—No digas su nombre delante de mí. Es una maldición.

—Eddie... —dijo su mujer en tono conciliador, y puso la mano en el brazo de Ben como si temiera que se levantara y se marchara.

Pero ver a su padre cambió las cosas para Ben de repente. «Está tan viejo —pensó—. Tan terriblemente viejo. Y deshecho también.» Se preguntó cómo no había comprendido hasta ahora que la vida había derrotado a su padre hacía mucho tiempo. Eddie Kerne la había emprendido a puñetazos con ella y se había negado a someterse a sus exigencias. Estas exigencias eran de compromiso y transformación: aceptar la vida según las condiciones de ésta, lo que requería tener la capacidad de cambiar de rumbo cuando fuera necesario, modificar comportamientos y alterar sueños, para poder satisfacer las realidades a las que se enfrentaba. Pero nunca había sido capaz de hacer eso, así que estaba abatido y la vida había arrollado su cuerpo destrozado.

El hervidor se apagó cuando el agua estuvo lista. Cuando Eddie se dio la vuelta para llevarlo a la mesa, Ben se acercó a él. Oyó que su madre murmuraba «chist» otra vez, pero ahora ese consuelo le resultó innecesario. Se aproximó a su padre, un hombre frente a otro.

—Ojalá las cosas pudieran ser distintas para todos. Te quiero, papá.

Los hombros de Eddie se hundieron más.

—¿Por qué no pudiste librarte de ella? —Su voz sonaba tan rota como su espíritu.

—No lo sé —dijo Ben—. No pude, simplemente. Pero el responsable soy yo, no Dellen. Ella no puede cargar con la culpa de mi debilidad.

—No querías ver...

—Tienes razón.

—¿Y ahora?

—No lo sé.

—¿Todavía?

—Sí. Es mi infierno personal. ¿Lo entiendes? En todos estos años, ni una sola vez tuviste que convertirlo en el tuyo.

A Eddie le temblaron los hombros. Intentó levantar el hervidor, pero no pudo. Ben lo hizo por él y lo llevó a la mesa, donde sirvió el agua en sus tazas. No quería café; le mantendría despierto toda la noche cuando lo único que quería era dormir indefinidamente. Pero se lo bebería si era lo que se le exigía, si era la comunión que buscaba su padre.

Se sentaron los tres. Eddie fue el último en hacerlo. Parecía que le pesaba demasiado la cabeza para que su cuello pudiera sostenerla y le caía hacia delante, la barbilla casi tocándole el pecho.

—¿Qué te pasa, Eddie? —preguntó Ann Kerne a su marido.

—Se lo he contado al poli —contestó—. Podría haberle largado de la propiedad, pero no lo he hecho. Quería... No sé qué quería. Benesek, le he contado todo lo que sé.

Así que la mala noche que pasó tenía dos orígenes: el café que había tomado y lo que había averiguado. Porque si su conversación con Eddie Kerne había contribuido en cierta medida a enterrar una parte del terrible pasado que los separaba, esa misma conversación había resucitado otra parte. Durante el resto del día y de la noche, tuvo que enfrentarse a ella. Tuvo que preguntarse por ella. Y no era una actividad que le apeteciera especialmente.

Comparada con el resto de su vida, una noche debería ser insignificante. Una fiesta con sus amigos y punto. Una reunión a la que no habría asistido si sólo dos días antes no hubiera tenido el valor para romper con Dellen Nankervis por enésima vez. Por eso estaba taciturno, creía que su vida estaba hecha añicos. «Tienes que animarte», fue la recomendación de sus amigos. «Ese capullo de Parsons monta una fiesta. Está invitado todo el mundo, así que vente con nosotros. Deja de pensar en esa zorra por una vez.»

Resultó imposible, porque Dellen estaba allí: con un vestido de tirantes color carmesí y sandalias de vértigo, las piernas tersas y la espalda bronceada, la melena rubia suave y larga, los ojos del color de las campanillas. Con diecisiete años y un corazón de sirena se presentó sola, pero no lo estuvo mucho tiempo. Porque iba vestida como el fuego y como el fuego los atrajo. A los amigos de Ben no, porque ellos sabían la trampa que suponía Dellen

Nankervis: cómo la tendía, cómo la hacía saltar y, al final, qué hacía con su presa. Así que guardaron las distancias, pero los otros no. Ben observó hasta que no pudo soportarlo más.

Le pusieron un vaso en la mano y bebió. Le dejaron una pastilla en la mano y la tomó. Le colocaron un porro entre los dedos y fumó. El milagro fue que no muriera con todo lo que consumió aquella noche. Lo que hizo fue recibir las atenciones de cualquier chica dispuesta a desaparecer con él en un rincón oscuro. Sabía que habían sido tres; tal vez más. No importaba. Lo único que contaba era que Dellen lo viera.

De repente, el juego terminó con un: «Aparta tus putas manos de mi hermana». La voz encendida era de Jamie Parsons, interpretando el papel de hermano indignado —o de hermano que se había tomado un año sabático, de hermano rico, de hermano que viajaba por todo el mundo a los lugares más importantes del surf y que se aseguraba de que todo el mundo lo supiera— que descubría a un pringado con los dedos en las bragas de su hermana y a su hermana contra la pared con una pierna levantada y encantada de la vida. Encantada de la vida, ése era su crimen, declaró Ben gritando como un tonto y en presencia de todo el mundo que alcanzó a escuchar, cuando Jamie Parsons los separó.

Lo echaron al momento y sin ninguna delicadeza. Sus amigos le siguieron y, por lo que él sabía o se atrevió a preguntar, Dellen se quedó.

«Dios mío, a ese capullo hay que darle una lección», coincidieron todos, puestos hasta las cejas de alcohol, drogas y rencor hacia Jamie Parsons.

¿Y después de eso? Ben no tenía ni idea.

Estuvo toda la noche repasando la historia en su cabeza, después de regresar de la ecocasa y de Pengelly Cove a Casvelyn. Había vuelto sobre las diez y no hizo mucho más que pasear arriba y abajo del hotel, deteniéndose en las ventanas para mirar a la bahía turbulenta. El silencio reinaba en el hotel, Kerra no estaba, Alan se había marchado y Dellen... No la encontró ni en el salón, ni en la cocina, ni en las dependencias familiares, y no buscó más. Necesitaba tiempo para revisar lo que recordaba y diferenciarlo de lo que imaginaba.

A media mañana entró en su dormitorio. Dellen estaba tumbada en diagonal sobre la cama. Respiraba fuerte, sumida en un sueño inducido por los medicamentos, y el frasco de pastillas que se le había proporcionado descansaba abierto en la mesita de noche, donde la luz todavía estaba encendida, como seguramente habría estado toda la noche, porque Dellen estaría demasiado incapacitada para apagarla.

Se sentó en el borde de la cama. Ella no se despertó. No se había quitado la ropa que llevaba la noche anterior y el pañuelo rojo formaba un charco debajo de su cabeza, los flecos desplegados como pétalos y Dellen en el centro, el corazón de la flor.

Su maldición era que aún podía amarla. Su maldición era que podía mirarla ahora y, a pesar de todo y, en especial, a pesar del asesinato de Santo, aún podía querer reclamarla porque Dellen poseía, y temía que siempre poseería, la capacidad de borrar de su corazón y su mente todo lo que no tuviera que ver con ella. Y Ben no comprendía cómo era posible o qué recoveco terrible de su psique hacía que fuera posible.

Dellen abrió los ojos. En ellos y durante sólo un momento, antes de que la conciencia despertara por completo, Ben vio la verdad en el embotamiento de su expresión: que su esposa nunca podría darle lo que necesitaba de ella, aunque continuara intentando sacárselo una y otra vez.

Dellen giró la cabeza.

—Déjame —dijo—. O mátame. Porque no puedo…

—Vi su cuerpo —le dijo Ben—. O su cara, mejor dicho. Le habían diseccionado (es lo que hacen, sólo que utilizan una palabra distinta), así que lo tenían tapado hasta la barbilla. Podría haber visto el resto, pero no quise. Fue suficiente ver su cara.

—Oh, Dios mío.

—Era una mera formalidad. Sabían que era Santo. Tienen su coche, tienen su carné de conducir. Así que no necesitaban que lo viera. Supongo que podría haber cerrado los ojos en el último momento y decir simplemente: «Sí, es Santo» y no haberle mirado.

Dellen levantó el brazo y se llevó con fuerza el puño a la boca. Ben no quería evaluar todas las razones por las que se sentía obligado a hablar en aquellos momentos. Lo único que aceptaba sobre sí mismo era que sentía que era necesario hacer algo más que transmitir una información antiséptica a su esposa. Sentía que era necesario sacarla de sí misma y sumergirla en la maternidad, aunque eso significara que le culpara como merecía que le culparan. Sería mejor que verla marchar a otra parte, pensó.

«No puede evitarlo.» Se había recordado aquel hecho constantemente a lo largo de los años. «No es responsable. Necesita que la ayude.» Ya no sabía si era verdad. Pero creer otra cosa a estas alturas convertiría más de un cuarto de siglo de su vida en una mentira.

—Cargo con la culpa de todo lo que ha pasado —prosiguió—. No podía aceptarlo. Necesitaba más de lo que nadie podía darme y cuando no podían dármelo, intentaba arrancárselo. Así fue contigo y conmigo. Así fue con Santo.

—Tendrías que haberte divorciado de mí. ¿Por qué diablos no te divorciaste de mí?

Dellen rompió a llorar. Se dio la vuelta para ponerse de lado, de cara a la mesita de noche donde estaba el frasco de pastillas. Alargó el brazo como si pensara tomar otra dosis.

—Ahora no —dijo Ben, y cogió el bote.

—Necesito…

—Necesitas quedarte aquí.

—No puedo. Dámelo. No me dejes así.

Esa frase era la causa, la raíz de todo. «No me dejes así. Te quiero, te quiero… No sé por qué… Tengo la cabeza a punto de estallar y no puedo evitarlo… Ven aquí, cariño. Ven aquí, ven.»

—Han enviado a alguien de Londres. —Ben vio por su expresión que Dellen no comprendía. Se había alejado de la muerte de Santo y quería alejarse más, pero no podía permitírselo—. Un policía, alguien de Scotland Yard, ha hablado con mi padre.

—¿Por qué?

—Cuando asesinan a alguien lo comprueban todo. Investigan hasta el último rincón de la vida de todo el mundo. ¿Entiendes lo que significa eso? Ha hablado con papá y papá le ha contado todo lo que sabe.

—¿Sobre qué?

—Sobre por qué me fui de Pengelly Cove.

—Pero eso no tiene nada que ver con…

—Es algo para investigar y es lo que hacen. Investigar.

—Dame las pastillas.

—No.

Dellen intentó cogerlas de todos modos. Ben las alejó de ella.

—No he dormido en toda la noche —dijo—. Ir a Pengelly Cove, hablar con papá… Me lo ha recordado todo. Esa fiesta en la casa del acantilado, el alcohol, las drogas, los magreos en la oscuridad… Si las cosas iban a más ¿a quién demonios le importaba quién lo viera? Y las cosas fueron a más, ¿verdad?

—No me acuerdo. Fue hace mucho tiempo. Ben, por favor, dame las pastillas.

—Si lo hago te irás y quiero que estés aquí. Necesitas sentir algo de lo que siento yo. Quiero eso de ti porque si no tengo eso…

«¿Qué?», se preguntó. Si Dellen no podía darle lo que le pedía, ¿qué haría que no hubiera intentado ya en el pasado y no hubiera conseguido? Sus amenazas estaban vacías y los dos lo sabían.

—Al final, la muerte llama a la muerte, hagamos lo que hagamos —le dijo—. No me gustaba que Santo hiciera surf, creía que podría llevarle a donde me llevó a mí y me dije que ésa era mi razón. Pero la verdad era que quería arrebatarle su esencia porque tenía miedo. Todo se reducía a creer que tenía que vivir como vivo yo. Es como si le hubiera dicho: «Vive como si estuvieras muerto y te querré por ello». Y esto… —Hizo un gesto con las pastillas. Dellen intentó cogerlas, así que las apartó y se levantó de la cama—. Esto también te matará, te matará para el mundo. Pero en el mundo es donde quiero que estés.

—Ya sabes qué pasará. No puedo contenerme. Lo intento y siento como si me aporrearan el cráneo.

—Y siempre ha sido así.

—Tú lo sabes.

—Y buscas alivio. En las pastillas y en el alcohol. Y si no hay pastillas y el alcohol no funciona…

—¡Dámelas! —También se levantó de la cama.

Ben estaba cerca de la ventana, así que no supuso ningún esfuerzo. La abrió y tiró los sedantes abajo, al arriate embarrado donde languidecían las plantas primaverales, esperando al sol que tardaba en llegar.

Dellen gimió y corrió hacia Ben. Le golpeó con los puños. Él se los cogió y los inmovilizó.

—Quiero que veas. Y que escuches y que sientas. Y que recuerdes. Si tengo que enfrentarme yo solo a todo esto…

—¡Te odio! —gritó ella—. Quieres y quieres, pero no encontrarás a nadie que te dé lo que quieres. Esa persona no soy yo. Nunca lo he sido y no me dejas ir. Y te odio. Dios mío, ¡cuánto te odio, Dios mío!

Se apartó de él bruscamente y por un momento Ben pensó que saldría corriendo de la habitación y escarbaría en el barro para rescatar las pastillas que se disolvían rápidamente. Pero fue al armario, donde comenzó a sacar ropa de dentro como una loca. Era rojo sobre rojo, carmesí, magenta y todas las tonalidades intermedias, y lo lanzó todo al suelo en un montón. Estaba buscando la prenda más representativa, pensó Ben, como el vestido de tirantes carmesí que llevaba aquella noche lejana.

—Cuéntame qué pasó —le dijo—. Yo estaba con la hermana de Parsons. Le hacía lo que podía, lo que me dejaba, que era mucho. Él nos encontró juntos y me echó. No porque le preocupara que estuviera a punto de tirarme a su hermana en el pasillo de la casa de sus padres en mitad de una fiesta, sino porque le gustaba sentirse superior a todo el mundo y ésa era otra manera de conseguirlo. No era un tema de clase, ni siquiera de dinero. Era un tema de Jamie. Cuéntame qué pasó entre vosotros cuando me fui.

Dellen siguió tirando ropa al suelo. Cuando terminó con el armario, fue a la cómoda. Allí hizo lo mismo. Bragas y sujetadores, combinaciones, jerseys, pañuelos. Sólo lo que era rojo, hasta que la ropa se acumuló a su alrededor como la pulpa de una fruta.

—¿Te lo follaste, Dellen? Nunca te he preguntado por ninguno en concreto, pero sobre éste quiero saberlo. Le dijiste:

«Hay una cueva en la playa donde Ben y yo vamos a follar, te veré allí». Y él no sabría que habíamos roto tú y yo. Pensaría que era una buena manera de darme una lección. Así que se reunió contigo allí y…

—¡No!

—… te folló como tú querías. Pero había tomado algunas de las drogas que había; maría, coca, LSD, éxtasis… Las había mezclado con lo que estuviera bebiendo y en cuanto hizo lo que querías que hiciera lo dejaste allí, inconsciente y bien adentro en la cueva, y cuando subió la marea como siempre sube…

—¡No!

—… tú te habías marchado hacía rato. Tenías lo que querías y no tenía nada que ver con follar, sino con vengarte. Y lo que imaginaste fue que, como Jamie era Jamie, él mismo se aseguraría en cuanto me viera de que supiera que se te había tirado. Pero lo que no imaginaste fue que la marea te ganaría la partida y…

—¡Lo conté! —gritó. No tenía más prendas que tirar al suelo, así que cogió la lámpara de la mesita de noche y la blandió—. Hablé y conté todo lo que sabía. ¿Ya estás contento? ¿Es eso lo que querías que dijera?

Ben se quedó mudo. No pensaba que algo pudiera dejarle sin palabras a estas alturas, pero no las encontró. No pensaba que pudiera haber más sorpresas del pasado, pero era evidente que no iba a ser así.

Bea y la sargento Havers fueron caminando del supermercado Blue Star a Casvelyn de Cornualles. La panadería estaba funcionando a pleno rendimiento, preparando la entrega de productos a los pubs, hoteles, cafés y restaurantes de la zona. De ahí que el aroma embriagador del hojaldre suculento flotara en el aire como una miasma hipnótica. Se hacía más intenso a medida que se acercaban a la tienda y Bea oyó que Barbara Havers murmuraba fervientemente:

—Madre del amor hermoso.

Bea la miró. La sargento miraba con nostalgia en dirección

al escaparate de Casvelyn de Cornualles, donde las bandejas de empanadas recién horneadas descansaban en hileras seductoras de colesterol, carbohidratos y calorías, tentadoras y absolutamente contrarias a cualquier dieta.

—Agradable, ¿verdad? —le dijo Bea a la sargento.

—Huele bien. Se lo reconozco.

—Tiene que probar una empanada mientras esté aquí en Cornualles. Y si va a hacerlo, éstas son las mejores.

—Tomaré nota. —Havers las miró largamente mientras seguía a Bea al interior de la tienda.

Madlyn Angarrack atendía a una fila de clientes mientras Shar sacaba bandejas con los productos de la panadería de la enorme cocina y las colocaba en las vitrinas. Parecía que hoy no tenían sólo empanadas, ya que Shar llevaba barras de pan artesanal, de corteza gruesa y con romero.

Aunque Madlyn estaba ocupada, Bea no tenía ninguna intención de ponerse al final de la cola. Se disculpó a los clientes que esperaban turno mostrando ostensiblemente su placa y murmurando mientras pasaba a su lado:

—Perdón. Policía. —Una vez en la caja, dijo en un volumen considerable—: Tenemos que hablar, señorita Angarrack. Aquí o en la comisaría, pero ahora mismo, en cualquier caso.

Madlyn no trató de ganar tiempo.

—Shar, ¿te encargas de la caja? —le dijo a su compañera—. No tardaré —añadió, sin embargo, de manera significativa en referencia a su colaboración con la policía o a su intención de exigir de inmediato un abogado. Luego cogió una chaqueta y salió.

—Ella es la sargento Havers —dijo Bea a modo de introducción—. Viene de New Scotland Yard para ayudar en la investigación.

Los ojos de Madlyn miraron un momento a Havers y luego otra vez a Bea. Con una voz que parecía entre cautelosa y confusa dijo:

—¿Por qué Scotland Yard…?

—Piénselo.

Bea vio que poder introducir las palabras New Scotland Yard iba a tener uno o dos usos imprevistos. Eran tres palabras que hacían que la gente se irguiera y tomara nota, independientemente de lo que supieran o no sobre la policía metropolitana.

Madlyn no habló y miró a Havers. Y si se preguntó dónde iba una representante de New Scotland Yard vestida como una superviviente del huracán Katrina no dijo nada. Havers sacó una libreta maltrecha mientras Madlyn la observaba y anotó algo. Seguramente era un recordatorio para comprar una empanada antes de irse de Casvelyn al Salthouse Inn aquella tarde, pero a Bea no le importó. Parecía algo oficial y era lo que contaba.

—No me gusta que me mientan —le dijo Bea a Madlyn—. Me hacer perder el tiempo, me obliga a explorar territorios viejos y me aparta de mi camino.

—Yo no...

—Ahórrenos algo de tiempo en este segundo asalto del combate, ¿de acuerdo?

—No entiendo por qué piensa...

—¿Necesita que se lo recuerde? Hace siete semanas y media, Santo Kerne rompió con usted y, según me dijo, eso fue todo: era lo único que sabía, punto final, las apariencias no engañaban. Pero resulta que sabía un poquito más que eso, ¿verdad? Sabía que estaba viéndose con otra persona y había algo en ello que le daba asco. ¿Le suena de algo lo que estoy diciendo, señorita Angarrack?

La mirada de Madlyn se alteró. Era evidente que su cerebro estaba enzarzado en todo tipo de cálculos y su expresión evidenciaba que esos cálculos decían «¿quién ha sido el madito chivato?». Seguramente los sospechosos no eran infinitos y cuando los ojos de Madlyn se posaron en el supermercado Blue Star, la satisfacción jugueteó en su rostro. Después vino la determinación. Will Mendick estaba muerto, decidió Bea Hannaford.

—¿Qué le gustaría contarnos? —preguntó Bea.

La sargento Havers dio unos golpecitos con el lápiz en la libreta de manera muy significativa. El lápiz estaba mordido, pero no le sorprendió en absoluto, como si poseer un utensilio de escritura que estuviera en cualquier otro estado hubiera sido algo completamente atípico en ella.

La mirada de Madlyn volvió a Bea. No parecía resignada. Parecía vengada, una actitud que, en la opinión de la inspectora, no debería mostrar un sospechoso de asesinato.

—Rompió conmigo. Ya se lo dije y era la verdad. No le mentí y no puede dar a entender que le mentí. Y de todos modos no estaba bajo juramento, o sea que...

—Ahórrese el rollo legal —intervino Havers—. Que yo sepa no estamos en un episodio de *The Bill*. Mintió, engañó o bailó la polca. No nos importa. Vayamos a los hechos. Yo estaré contenta, la inspectora estará contenta y, créame, usted también estará contenta.

Madlyn no pareció agradecer el consejo. Hizo una mueca de desagrado, pero parecía que el objetivo de la expresión era tratar de ubicarse porque cuando volvió a hablar contó una historia totalmente distinta de la que había contado antes.

—De acuerdo —dijo—. Fui yo la que rompió con él. Creía que me estaba engañando, así que le seguí. No me siento orgullosa de ello, pero tenía que saberlo. Cuando lo supe, le dejé. Me dolió hacerlo porque era estúpida y todavía le quería, pero corté con él de todos modos. Ésa es la historia. Y es la verdad.

—De momento —dijo Bea.

—Acabo de decirle...

—¿Adónde le siguió? —preguntó Havers, con el lápiz preparado—. ¿Cuándo le siguió? ¿Y cómo? A pie, en coche, en bicicleta, con unos zancos?

—¿Qué era lo que le daba asco del hecho de que le engañara? —inquirió Bea—. ¿Sólo el hecho en sí o había algo más? Creo que «anormal» fue la palabra que eligió usted para describirlo.

—Yo nunca dije...

—A nosotros no. Nunca. Ése es parte del problema actual. De su problema, quiero decir. Cuando le dice una cosa a una persona y otra cosa a la poli, al final todo vuelve para darle una patada en el culo. Así que sugiero que se considere pateada y que haga algo para quitarse la bota del culo, por decirlo de algún modo.

—Por la rabia, ya sabe —murmuró Havers. Bea reprimió una sonrisa. Empezaba a gustarle aquella mujer despeinada.

La mandíbula de Madlyn se tensó. Parecía que la realidad de la situación empezaba a calar. Podía seguir siendo testaruda y aceptar que las dos mujeres la amenazaran y ridiculizaran o podía hablar. Escogió la opción que parecía tener más posibilidades de provocar su marcha inminente.

—Creo que la gente debería limitarse a los de su clase —dijo.

—¿Y Santo no se limitaba a los de su clase? —preguntó Bea—. ¿Qué significa eso, exactamente?

—Lo que acabo de decir.

—¿Qué? —preguntó Havers con impaciencia—. ¿Se lo hacía con monaguillos? ¿Con cabras? ¿Ovejas? ¿Alguna calabaza de vez en cuando? ¿Qué?

—¡Basta! —gritó Madlyn—. Se tiraba a otras mujeres, ¿vale? A mujeres mayores. Me encaré con él y cuando estuve segura se lo dije. Y lo supe porque le seguí.

—Volvemos a lo mismo —dijo Bea—. Le siguió ¿adónde?

—A Polcare Cottage. —Tenía los ojos brillantes—. Santo fue a Polcare Cove y le seguí. Entró y... Yo esperé y esperé porque era estúpida y quería pensar que... Pero no. No. Así que al cabo de un rato fui a la puerta y la aporreé... Ya pueden imaginarse el resto, ¿no, maldita sea? No tengo nada más que decirles, así que déjenme en paz. Déjenme en paz de una vez, joder.

Dicho esto, las empujó para pasar entre las dos y se marchó indignada hacia la puerta de la panadería. Se frotó las mejillas con furia mientras caminaba.

—¿Qué es Polcare Cottage? —preguntó la sargento Havers.

—Un sitio muy bonito que vamos a visitar —dijo Bea.

Lynley no se acercó a la cabaña enseguida porque vio de inmediato que seguramente no tendría sentido. Parecía que no estaba en casa. O eso o había aparcado el Opel en la mayor de las dos construcciones anexas situadas en su propiedad en Polcare Cove. Tamborileó los dedos en el volante de su Ford alquilado y se planteó cuál debía ser su siguiente movimiento. Informar de lo que sabía a la inspectora Hannaford parecía ocupar el primer lugar de la lista, pero no se sentía tranquilo con esa decisión. Quería brindar a Daidre Trahair la oportunidad de explicarse.

A pesar de lo que Barbara Havers pudiera pensar cuando se separaron en el Salthouse Inn, Lynley se tomó sus comentarios a pecho. Se encontraba en una situación precaria y lo sabía, aunque detestaba reconocerlo o incluso pensarlo siquiera. Estaba desesperado por escapar del pozo negro en el que llevaba sumergido semanas y semanas y se sentía dispuesto a agarrarse a cualquier cuerda que lo sacara de allí. La larga caminata por el sendero de la costa suroccidental no le había proporcionado la huida que esperaba, así que tenía que admitir que tal vez la compañía de Daidre Trahair en conjunción con la amabilidad de sus ojos le habían engatusado para pasar por alto los detalles que, de lo contrario, habría reconocido.

Había topado con otro de esos detalles después de que Havers se marchara aquella mañana. Ni por testarudez ni por ceguera había telefoneado de nuevo al zoo de Bristol. En esta ocasión, sin embargo, en lugar de pedir por la doctora Trahair, preguntó por los cuidadores de los primates. Cuando acabaron de pasarle con lo que parecieron media docena de empleados y departamentos, estaba bastante seguro de cuál sería la noticia: en el zoo no había ningún cuidador de primates llamado Paul. De hecho, a los primates los cuidaba un equipo de mujeres, dirigidas por una tal Mimsie Vance, con quien Lynley no necesitaba hablar.

Otra mentira que apuntarle, otra mancha negra por la que había que preguntar.

Lo que imaginaba que debía hacer era poner sus cartas sobre la mesa para que la veterinaria las viera. Al fin y al cabo, él era la persona con quien Daidre Trahair había hablado de Paul el cuidador de primates y su padre enfermo terminal. Tal vez, pensó, había malinterpretado o entendido mal lo que había dicho la mujer. Sin duda, se merecía la oportunidad de aclararlo. ¿No se la merecería cualquiera en su situación?

Se bajó del Ford y se acercó a la cabaña de Daidre. Llamó a la puerta azul y esperó. Como pensaba, la veterinaria no estaba en casa, pero fue a las construcciones anexas por si acaso.

La más grande estaba totalmente vacía, como debería estar para poder estacionar un coche dentro de sus límites estrechos. También estaba prácticamente inacabada y la presencia de telarañas y una gruesa capa de polvo indicaba que nadie la utilizaba a menudo. Pero en el suelo del edificio había marcas de neumáticos. Lynley se agachó y las examinó. Varios coches habían aparcado allí, vio. Era algo a tener en cuenta, aunque no estaba seguro de qué debía hacer con la información.

El edificio más pequeño era un cobertizo. Dentro había herramientas, todas muy usadas, lo que atestiguaba los intentos de Daidre para crear algo parecido a un jardín en su trocito de tierra, por muy cerca que estuviera del mar.

Estaba examinándolas a falta de algo mejor que examinar cuando escuchó el sonido de un coche que se acercaba, los neumáticos chirriando en las piedrecitas del arcén. Estaba bloqueándole la entrada, así que salió del cobertizo para apartar su vehículo. Pero vio que no era Daidre Trahair quien llegaba, sino la inspectora Hannaford, y Barbara Havers iba con ella.

Lynley se desanimó al verlas. Había albergado la esperanza de que Havers no le hubiera comentado nada a Bea Hannaford sobre lo que había descubierto en Falmouth, aunque sabía lo improbable que era. Barbara era un perro de presa cuando de una investigación se trataba. Habría arrollado a su propia abuela con un camión articulado si iba tras la pista de algo relevante. No pensaría que el pasado de Daidre Trahair no era relevante porque había que indagar cualquier cosa extraña, contradictoria, extravagante o sospechosa y examinarla desde todos los ángulos y Barbara Havers era la policía perfecta para hacerlo.

Sus ojos se encontraron cuando la sargento se bajó del coche y Lynley intentó borrar la decepción de su rostro. Ella se detuvo para sacar un cigarrillo de un paquete de Players, volvió la espalda a la brisa y protegió del viento un mechero de plástico.

Bea Hannaford se acercó a él.

—¿No está?

Lynley negó con la cabeza.

—Está muy seguro, ¿no? —Hannaford lo miró fijamente.

—No he mirado por las ventanas —contestó él—, pero no imagino por qué no abriría la puerta si estuviera en casa.

—Yo sí. Por cierto, ¿cómo marcha nuestra investigación sobre la buena de la doctora? Ya ha pasado bastante tiempo con ella. Supongo que tendrá algo de lo que informar.

Lynley miró a Havers, sentía una curiosa ráfaga de gratitud hacia su ex compañera. También sintió vergüenza por haberla juzgado mal y vio lo mucho que los últimos meses le habían cambiado. Havers permaneció básicamente inexpresiva, pero levantó una ceja. Acababa de lanzar la pelota a su tejado, vio, y podía hacer con ella lo que quisiera. Por ahora.

—No sé por qué le mintió sobre la ruta que tomó desde Bristol —le dijo a Hannaford—. No he llegado mucho más lejos. Tiene mucho cuidado con lo que revela de sí misma.

—No el suficiente —dijo la inspectora—. Resulta que mintió sobre si conocía a Santo Kerne. El chaval era su amante. Lo compartía con su novia sin que su novia lo supiera. Al principio, quiero decir. Ella, la novia, tenía sospechas al respecto, así que le siguió y él la condujo justo aquí. Parece que al chico le gustaban todas las que pudiera pillar. Mayores, jóvenes y de edad intermedia.

Aunque notó que el corazón se le aceleraba mientras la inspectora hablaba, Lynley dijo sin alterar la voz:

—No acabo de entenderlo.

—¿Entender el qué?

—Que su novia le siguiera y usted llegue a la conclusión de que él y la doctora Trahair eran amantes.

—Señor... —Era el tono de advertencia de Havers.

—¿Está loco? —le dijo Hannaford a Lynley—. La novia se encaró a él, Thomas.

—¿Se encaró a él o a ellos?

—A él o a ellos. ¿Qué importancia tiene eso?

—Toda la importancia del mundo si en realidad no vio nada.

—¿En realidad? ¿Y que esperaba que hiciera la chica? ¿Entrar por la ventana con una cámara mientras se lo estaban montando? ¿Para tener pruebas en las que apoyarse si alguna vez tenía que hablar con la poli? Vio suficiente para hablar con él y él le contó lo que estaba pasando.

—¿Le dijo que la doctora Trahair era su amante?

—¿Qué diablos cree que...?

—Sólo me parece que si le gustaban las mujeres mayores, preferiría ir detrás de una que estuviera más fácilmente disponible para él. La doctora Trahair, por lo que nos ha dicho, sólo viene aquí en vacaciones y algún fin de semana.

—Por lo que nos ha dicho, maldita sea. Nos ha mentido prácticamente en todo hasta ahora, señor mío, así que creo que podemos suponer con toda tranquilidad que si Santo Kerne vino a su cabaña…

—¿Podríamos hablar un momento, inspectora Hannaford? —intervino Havers—. Yo y el comisario, quiero decir.

—Barbara, ya no soy… —dijo Lynley con firmeza.

—Su Ilustrísima —se corrigió Havers mordazmente—. Su Excelencia… Señor Lynley… Cómo desee que lo llamen en estos momentos… Si no le importa, jefa.

Hannaford levantó las manos.

—Todo suyo. —Empezó a caminar hacia la cabaña, pero se detuvo y señaló a Lynley con el dedo—. Detective, si descubro que está obstruyendo esta investigación en cualquier sentido…

—Me las veré con usted —dijo Lynley—. Ya lo sé.

La observó dirigirse indignada hacia la casa y llamar a la puerta. Cuando nadie contestó, fue hacia la parte trasera, con la clara intención de hacer lo que pensaba que habría hecho la novia de Santo: mirar por las ventanas. Lynley se volvió hacia Havers.

—Gracias —le dijo.

—No estaba rescatándole.

—No lo decía por eso. —Señaló a Hannaford moviendo la cabeza hacia la cabaña—. Sino por no darle la información de Falmouth. Podrías haberlo hecho, deberías haberlo hecho. Los dos lo sabemos. Gracias.

—Me gusta ser consecuente. —Dio una calada honda al cigarrillo antes de tirarlo al suelo. Se quitó una hebra de tabaco de la lengua—. ¿Por qué empezar ahora a respetar a la autoridad?, usted ya me entiende.

Lynley sonrió.

—Entonces, también ves…

—No —dijo ella—. No lo veo. Al menos no veo lo que usted quiere que vea. Ha mentido, señor. No es trigo limpio. Hemos venido a llevárnosla para interrogarla. Más, si es necesario.

—¿Más? ¿Detenerla? ¿Por qué? Me parece que si de verdad tenía una aventura con ese chico, el móvil para matarle recae directamente en otra persona.

—No necesariamente. Y, por favor, no me diga que no lo sabe.

Miró hacia la casa. Hannaford había desaparecido, ahora estaría en las ventanas que daban al mar, en la parte oeste de la cabaña. Havers respiró hondo y tosió con tos de fumadora.

—Tienes que dejar el tabaco —le dijo Lynley.

—Ya. Mañana. Mientras tanto, tenemos un problemilla.

—Ven conmigo a Newquay.

—¿Qué? ¿Por qué?

—Porque tengo una pista sobre este caso y está allí. Hace unos treinta años el padre de Santo Kerne tuvo algo que ver en una muerte. Creo que hay que investigarlo.

—¿El padre de Santo Kerne? Señor, está escaqueándose.

—¿Escaqueándome de qué?

—Ya lo sabe. —Ladeó la cabeza hacia la cabaña.

—Havers, no estoy escaqueándome. Ven conmigo a Newquay.

El plan le parecía muy acertado. Incluso tenía el sabor de los viejos tiempos: los dos indagando, hablando sobre pruebas, barajando posibilidades. De repente, quería que la sargento estuviera con él.

—No puedo, señor —contestó ella.

—¿Por qué no?

—En primer lugar, porque me han enviado para ayudar a la inspectora Hannaford. Y en segundo lugar… —Se pasó la mano por el pelo rubio rojizo, mal cortado como siempre, y liso como el camino de un mártir al cielo. Como de costumbre, lo tenía encrespado por la electricidad estática, con la mayor parte de punta—. Señor, ¿cómo se lo digo?

—¿El qué?

—Ha pasado usted por lo peor.

—Barbara…

—No. Tiene que escucharme, maldita sea. Asesinaron a su

esposa, perdió a su hijo. Por el amor de Dios, tuvo que desenchufar las máquinas.

Lynley cerró los ojos. La mano de Havers le agarró el brazo y lo cogió con fuerza.

—Sé que es duro. Sé que es horrible.

—No —murmuró él—. No lo sabes. No puedes saberlo.

—De acuerdo. No lo sé y no puedo saberlo. Pero lo que le pasó a Helen destrozó su mundo y nadie, nadie, maldita sea, sale de algo así con la cabeza intacta, señor.

Entonces Lynley la miró.

—¿Estás diciendo que estoy loco? ¿A eso hemos llegado?

Havers le soltó el brazo.

—Estoy diciendo que su herida es profunda. No está abordando este caso desde una posición de fuerza porque no puede, y esperar cualquier otra cosa de usted mismo es una equivocación, diablos. No sé quién es esa mujer ni por qué está aquí, ni si es Daidre Trahair o alguien que dice ser Daidre Trahair. Pero el hecho es que cuando alguien miente en una investigación de asesinato, la policía lo investiga. Así que la pregunta es: ¿por qué no quiere hacerlo? Creo que los dos sabemos la respuesta.

—¿Sí? ¿Cuál es?

—Está utilizando su acento de lord. Sé lo que significa eso: quiere distanciarse y normalmente lo consigue. Bueno, pues yo no pienso permitírselo, señor. Estoy aquí, justo delante de usted, y tiene que analizar lo que está haciendo y por qué. Y si no puede enfrentarse a la idea de hacerlo, también tiene que analizar eso.

Lynley no contestó. Sentía como si una ola le arrastrara y rompiera todo aquello que había construido para contenerla temporalmente.

—Oh, Dios mío —murmuró al final, pero fue lo máximo que pudo decir. Alzó la cabeza y miró al cielo, donde unas nubes grises prometían transformar el día.

Cuando Havers volvió a hablar, su voz había cambiado, había pasado de estricta a suave. Aquel cambio le afectó tanto como sus comentarios.

—¿Por qué ha venido aquí? ¿A su casa? ¿Ha averiguado algo más sobre ella?

—He pensado… —Se aclaró la garganta y la miró. Estaba tan formal y era tan indescriptiblemente real… Sabía que estaba de su parte, pero no podía hacer que aquello importara en estos momentos. Si le contaba la verdad a Havers, se abalanzaría sobre ella. La evidencia de una mentira más de Daidre Trahair inclinaría la balanza—. He pensado que quizá quisiera acompañarme a Newquay. Me daría la oportunidad de hablar con ella otra vez, intentar establecer… —No terminó la idea. Ahora sonaba, incluso a sus oídos, patéticamente desesperado. «Que es como estoy», pensó.

Havers asintió. Hannaford apareció por el lado más alejado de la cabaña. Estaba pisando las densas amofilas y prímulas que había debajo de las ventanas. Resultaba más que obvio que quería que Daidre Trahair supiera que alguien había estado allí.

Lynley le contó sus intenciones: Newquay, la policía, la historia de Ben Kerne y la muerte de un chico llamado Jamie Parsons.

Hannaford no se quedó impresionada.

—Una misión inútil —declaró—. ¿Qué se supone que tenemos que sacar de todo eso?

—Todavía no lo sé. Pero me parece que…

—Quiero que la investigue, comisario. ¿Está implicada de alguna manera en algo que pasó hace mil años? Entonces tendría… ¿Qué? ¿Cuatro años? ¿Cinco?

—Reconozco que hay cosas sobre ella que hay que explorar.

—¿En serio? Me alegra oírlo. Pues explórelas. ¿Lleva el móvil ese encima? ¿Sí? Déjelo encendido, entonces. —Sacudió la cabeza color fucsia hacia su coche—. Nos marchamos. En cuanto localice a la doctora Trahair, llévela a la comisaría. ¿Le ha quedado claro?

—Sí —dijo Lynley—. Muy claro.

Observó a Hannaford mientras se iba hacia el coche. Él y Havers intercambiaron una mirada antes de que la sargento la siguiera.

Lynley decidió ir a Newquay de todos modos, era lo bueno que tenía su papel en la investigación. Y al carajo con las consecuencias si él y Hannaford discrepaban, no estaba obligado a anteponer las intenciones de ella a las suyas.

En cuanto recorrió la madeja de senderos que separaban Polcare Cove de la A39, tomó la ruta más directa a Newquay. Topó con un atasco provocado por un camión que había volcado a unos ocho kilómetros a las afueras de Wadebridge, lo que le retrasó bastante, y llegó a la capital del surf de Cornualles poco después de las dos de la tarde. Se perdió de inmediato y maldijo al hijo adolescente obediente y complaciente que había sido antes de la muerte de su progenitor. Newquay, había comentado su padre en más de una ocasión, era una ciudad vulgar, no el tipo de lugar que frecuentaba un «verdadero» Lynley. Por lo tanto, no sabía nada de la ciudad, mientras que su hermano menor —que jamás sintió la carga de la necesidad de contentarle— seguramente se orientaría con los ojos vendados.

Después de sufrir dos veces la red frustrante de sentido único y estar a punto de meterse en la zona peatonal una vez, Lynley cedió en su empeño y siguió las señales hasta la oficina de información, donde una mujer amable le preguntó si estaba «¿buscando Fistral, querido?», por lo que asumió que le confundía con un surfista granadito. Sin embargo, estuvo encantada de indicarle cómo llegar a la comisaría de policía, y con todo lujo de detalles, así que logró encontrarla sin mayores dificultades.

Su placa de policía funcionó como esperaba, aunque no le llevó tan lejos como había planeado. El agente de guardia en la recepción le condujo al jefe del equipo de investigación criminal, un sargento llamado Ferrell que tenía la cabeza redonda como un globo y las cejas tan gruesas y negras que parecían artificiales. Estaba al corriente de la investigación que se llevaba a cabo en la zona de Casvelyn. Sin embargo, desconocía que la Met participaba en ella. Dijo que aquel dato era significativo. La presencia de la Met sugería una investigación dentro de la investigación, lo que a su vez sugería una incompetencia enorme por parte del agente al mando.

Para ser justo con Hannaford, Lynley sacó al sargento Ferrell del error que cometía al dudar de las capacidades de la inspectora. Él se encontraba en la zona de vacaciones, le explicó. Había estado presente cuando se halló el cadáver. El chico, le contó, era el hijo de un hombre que había estado involucrado, al menos tangencialmente, en una muerte ocurrida hacía bastantes años, una muerte que había investigado la policía de Newquay, y por eso Lynley estaba en la ciudad: para recabar información relacionada con ese caso.

Era obvio que treinta años atrás, Ferrell iba en pañales, así que el sargento no sabía nada de nadie llamado Parsons, de Benesek Kerne ni de ningún percance ocurrido en una cueva de Pengelly Cove. Por otro lado, no le resultaría complicado averiguar quién sabía algo relacionado con esa muerte. Si al comisario no le importaba esperar un ratito…

Lynley decidió esperar en la cantina para rondar por el lugar y acelerar el tema. Se compró una manzana porque sabía que debía comer, pese a que no había tenido hambre desde su conversación con Havers por la mañana. La mordió, no le complació encontrarla harinosa y la tiró a la basura. Pidió un café y deseó vagamente ser todavía fumador. Ahora estaba prohibido fumar en la cantina, por supuesto, pero tener algo que hacer con las manos habría sido gratificante, aunque sólo fuera hacer rodar un cigarrillo apagado entre los dedos. Al menos no sentiría la necesidad de hacer trizas los sobres de azúcar, que fue lo que hizo mientras esperaba a que regresara el sargento Ferrell. Abrió uno y lo vertió en el café. Con el contenido de los otros hizo una pila sobre la mesa, donde pasó un palito de plástico por el azúcar, haciendo dibujos mientras intentaba no pensar.

Paul el cuidador de primates no existía, pero ¿qué significaba aquello en realidad? Una persona sorprendida mirando páginas sobre milagros querría tener una excusa. Era la naturaleza humana. La vergüenza llevaba a la mentira; no era ningún crimen. Pero, por supuesto, no había sido el único ejemplo de embuste de la veterinaria y ése era el problema al que se enfrentaba: qué hacer con las mentiras de Daidre Trahair y, aún más, qué pensar de ellas.

El sargento Ferrell no regresó hasta veintiséis largos minutos después. Cuando entró en la cantina, sin embargo, sólo llevaba un papel. Lynley esperaba cajas de expedientes que pudiera revisar, así que se sintió abatido. Pero había una alegría moderada en lo que Ferrell tenía que decirle.

—El inspector que llevó el caso se jubiló mucho antes de mi época —le contó a Lynley—. Ahora tendrá más de ochenta años. Vive en Zennor, enfrente de la iglesia y al lado del pub. Dice que se reunirá con usted junto a la silla de la sirena si quiere hablar con él.

—¿La silla de la sirena?

—Es lo que me ha dicho. Ha dicho que si es usted buen policía, debería ser capaz de encontrarla. —Ferrell se encogió de hombros y pareció un poco avergonzado—. Un tipo curioso, en mi opinión. Se lo digo como advertencia. Puede que esté un poco chalado, creo yo.

Capítulo 19

Como Daidre Trahair no estaba en casa, no les quedaba más remedio que regresar a la comisaría de Casvelyn, que fue lo que Bea y la sargento Havers hicieron. Antes de marcharse, Bea encajó su tarjeta en la puerta de la cabaña de Polcare Cove, donde había garabateado una nota en la que le pedía a la veterinaria que la llamara o fuera a la comisaría, aunque no confiaba demasiado en obtener resultados positivos. Al fin y al cabo, la doctora Trahair no tenía teléfono fijo ni móvil y, teniendo en cuenta su relación con la verdad hasta el momento, no estaría muy motivada para ponerse en contacto con ellos. Les había mentido. Ahora sabían que les había mentido. Y ella sabía que ellos sabían que les había mentido. Con la combinación de esos detalles bastante convincentes como telón de fondo de la petición de Bea de contactar con ella, ¿por qué querría Daidre Trahair ponerse en una situación que probablemente desencadenaría un enfrentamiento desagradable con la policía?

—No está investigando como debería —dijo Bea a la sargento Havers de repente mientras subían el sendero y se alejaban de Polcare Cove.

Sus pensamientos habían seguido un rumbo natural. Daidre Trahair y Polcare Cottage conducían inevitablemente a Thomas Lynley y Daidre Trahair y Polcare Cottage. A Bea no le gustaba haberse encontrado a Lynley allí ni que las hubiera recibido de manera informal a ella y a la sargento Havers. Aún le gustaba menos que Lynley hubiera protestado un poco demasiado en lo referente a la inocencia de Daidre Trahair en todos los asuntos relacionados con Santo Kerne.

—Tiene la obsesión de mantener abiertas todas las opciones posibles —dijo Havers. Lo dijo de un modo que Bea consideró cautelosamente indiferente y la inspectora entrecerró los ojos con recelo. La sargento tenía la vista fija en el frente, como si, mientras hablaba, fuera imperativo examinar la carretera por alguna razón—. No es más que eso, el asunto de la cabaña. Estudia las situaciones y las ve como las vería el fiscal. De momento, vamos a olvidarnos de detenciones, piensa él. La verdadera pregunta es: ¿Es lo bastante bueno para presentarlo en un juicio? ¿Sí o no? Si la respuesta es no, pone a todo el mundo a seguir indagando. A veces es un latazo, pero al final todo se resuelve.

—En ese caso, podríamos preguntarnos por qué es reacio a indagar en la historia de Daidre Trahair, ¿no cree?

—Creo que piensa que la línea de Newquay es más sólida. Pero en realidad no importa. Lo retomará donde lo dejó con ella.

Bea volvió a mirar a Havers. El lenguaje corporal de la sargento no coincidía con su tono de voz; el primero era tenso y el segundo, demasiado tranquilo. Aquí había mucho más de lo que se veía a simple vista y Bea creía saber qué era.

—Entre la espada y la pared —le dijo a Havers.

—¿Qué? —Havers la miró.

—Usted, sargento Havers. Es donde está, ¿verdad? La lealtad hacia él frente a la lealtad hacia su trabajo. La pregunta es: ¿cómo elegirá si tiene que hacerlo?

Havers sonrió un poco y era evidente que no se debía a que algo le hubiera hecho gracia.

—Bueno, sé cómo elegir cuando toca, jefa. No llegué a donde estoy tomando decisiones estúpidas.

—Y la persona lo define todo, ¿verdad? —señaló Bea—. Eso de no tomar decisiones estúpidas. No soy idiota, sargento. No me trate como si lo fuera.

—Espero no ser tan tonta.

—¿Está enamorada de él?

—¿De quién? —Havers abrió mucho los ojos. Los tenía pequeños y poco atractivos, pero al abrirlos tanto, Bea vio que eran de un color bonito, azul cielo—. ¿Se refiere al comi…? —Havers utilizó el pulgar para señalar la dirección que Lynley había tomado delante de ellas—. Menuda pareja haríamos, ¿no? —Soltó una carcajada—. Como ya le he dicho, jefa, espero no ser tan tonta.

Bea la miró y vio que, respecto a eso, decía la verdad. Al menos a medias. Y como era a medias, supo que tendría que vigilar de cerca a Havers y controlar su trabajo. No le gustaba la idea —maldita sea, ¿no había nadie en este caso en quien pudiera confiar?—, pero no veía que tuviera otra elección.

De vuelta en Casvelyn, el centro de operaciones transmitía una imagen gratificante de tareas en marcha. El sargento Collins estaba anotando algo sobre las actividades en la pizarra; el agente McNulty trabajaba como una hormiguita en el ordenador de Santo Kerne; a falta de mecanógrafo, uno de los agentes del equipo de relevo estaba introduciendo un fajo de notas en la base de datos de la policía. Mientras tanto, Tráfico había enviado una lista de propietarios de coches iguales a los que habían sido vistos en los alrededores del acantilado donde Santo Kerne había sufrido la caída. El Defender, como había supuesto Bea, fue el que más facilidades ofreció a la hora de comparar los dueños de esos vehículos con los sospechosos del caso. Jago Reeth tenía un Defender muy parecido al coche visto en Alsperyl, aproximadamente a kilómetro y medio al norte del acantilado donde Santo Kerne practicaba rápel. En cuanto al RAV4, el vehículo visto al sur del mismo acantilado pertenecía a un tal Lewis Angarrack.

—El tipo que es como un abuelo para Madlyn y el padre de Madlyn —le dijo Bea a Havers—. ¿No es un detalle precioso?

—¿En cuanto a…? —Era el agente McNulty quien hablaba, medio levantado desde detrás del ordenador de Santo Kerne. Parecía entre esperanzado y emocionado—. Jefa, hay…

—Venganza —reconoció Havers—. Le arrebata a la chica su virtud y la engaña, así que se encargan de él, al menos uno de ellos. O lo planean juntos. Ese tipo de cosas son importantes cuando se trata de un asesinato.

—¿Jefa? —Otra vez McNulty, ahora levantado del todo.

—Y tanto Reeth como Angarrack tendrían acceso al equipo del chico —dijo Bea—. ¿En el maletero de su coche? Seguramente sabrían que lo guardaba allí.

—¿Se lo dijo Madlyn?

—Tal vez. Pero cualquiera de los dos pudo verlo en un momento u otro.

—Jefa, sé que no quería que siguiera con lo de las olas grandes —intervino McNulty—. Pero tiene que echar un vistazo a esto.

—Un minuto, agente. —Bea le indicó que se sentara—. Deje que siga una idea a la vez.

—Pero está relacionada. Tiene que ver esa línea.

—¡Maldita sea, McNulty!

El hombre se sentó e intercambió una mirada de odio con el sargento Collins. «Maldita zorra», decía el mensaje. Bea lo vio y dijo bruscamente:

—Ya vale, agente. De acuerdo, venga. ¿Qué pasa?

Se acercó al ordenador. McNulty pulsó frenéticamente en el teclado. Apareció una página web, con una ola enorme y un surfista del tamaño de una pulga en ella. Bea lo vio y rezó para tener paciencia, aunque quería coger a McNulty por las orejas y sacarlo a rastras del ordenador.

—Es lo que dijo sobre el póster —le dijo el agente— ese tipo mayor de LiquidEarth. Cuando usted y yo estábamos hablando con él. Verá, en primer lugar ese chaval de la ola; en Maverick's, ¿se acuerda?, no podía ser Mark Foo. Es una foto de Jay Moriarty...

—Agente, todo esto me resulta demasiado familiar —le interrumpió Bea.

—Espere. Mire, como le decía, es una foto de Jay Moriarty y es famosa, al menos entre los surfistas que cogen olas grandes. El chico no sólo tenía dieciséis años, sino que en su momento fue el tipo más joven que surfeaba en Maverick's. Y esa foto suya se tomó durante la misma ola que mató a Mark Foo.

—¿Y es de una importancia crucial porque...?

—Porque los surfistas lo saben. Al menos los surfistas que han estado en Maverick's.

—¿Qué saben, exactamente?

—La diferencia que hay entre ellos. Entre Jay Moriarty y Mark Foo. —A McNulty se le había iluminado el rostro, como si hubiera resuelto el caso él solo y esperara a que Bea le dijera: «Magnífico, Sherlock». Como no lo hizo prosiguió, tal vez con menos entusiasmo, pero sin duda no menos obstinado—: ¿No lo ve? Ese tipo del Defender, Jago Reeth, dijo que el póster de LiquidEarth era de Mark Foo en la ola que lo mató. Pero aquí, justo aquí… —McNulty pulsó algunas teclas y apareció una fotografía idéntica a la del póster—. Esta foto es la misma, jefa. Y es Jay Moriarty, no Mark Foo.

Bea pensó en aquello. No le gustaba descartar nada de plano, pero McNulty parecía haberse pasado de la raya, su entusiasmo por el surf estaba llevándolo a un terreno que no tenía ninguna relevancia para el caso que tenían entre manos.

—De acuerdo. Bien, Jago Reeth se confundió con el póster de LiquidEarth. ¿Adónde nos lleva eso?

—Al hecho de que no sabe de qué está hablando —proclamó McNulty.

—¿Sólo porque ha confundido un póster que seguramente no colgó él en la pared?

—Está vendiendo humo —dijo McNulty—. La última ola de Mark Foo forma parte de la historia del surf. La caída de Jay Moriarty también. Es posible que un profano en este deporte no sepa quién fue y qué le pasó. Pero ¿un surfista de toda la vida…? ¿Alguien que dice que lleva décadas siguiendo olas por todo el mundo…? Tiene que saberlo. Y este tipo, Reeth, no lo sabía. Ahora tenemos su coche cerca del lugar donde cayó Santo Kerne. Yo digo que es nuestro hombre.

Bea pensó en aquello. McNulty era un incompetente como detective, cierto. Se pasaría toda la vida en la comisaría de policía de Casvelyn, nunca sobrepasaría la categoría de sargento e incluso ese ascenso sólo se produciría si tenía muchísima suerte y Collins moriría con las botas puestas. Pero en ocasiones los niños, y también los torpes, decían verdades como puños. No quería pasar por alto aquella posibilidad sólo porque la mayor parte del tiempo quisiera darle un manotazo en la cabeza.

—¿Qué tenemos sobre las huellas en el coche del chico? —le preguntó al sargento Collins—. ¿Están las de Jago Reeth entre ellas?

Collins consultó un documento, que desenterró de una pila que había encima de la mesa de Bea. Las huellas del chico estaban por todo el coche, como cabría esperar. Las de William Mendick estaban por fuera: en el lado del conductor. Las de Madlyn Angarrack estaban prácticamente en todos los sitios donde estaban las de Santo: dentro, fuera, en la guantera, en los CD. Otras pertenecían a Dellen y Ben Kerne y todavía quedaban algunas por identificar: del CD y del maletero del coche.

—¿Y en el equipo de escalada?

Collins negó con la cabeza.

—La mayoría de ésas no sirven. Son manchas, principalmente. Tenemos una clara de Santo y una parcial que no hemos identificado. Pero eso es todo.

—Cero. Caca de la vaca. Nada. —Volvieron a los coches avistados en los alrededores del lugar de la caída. Se dirigió a los presentes más meditabunda que directa y dijo—: Sabemos que el chico se encontraba con Madlyn Angarrack para mantener relaciones sexuales en el Sea Dreams, o sea que garantiza el acceso de Jago Reeth a su coche, tengamos sus huellas o no. Eso se lo reconozco, agente. Sabemos que el chico compró su tabla de surf en LiquidEarth, conque ahí tenemos a Lewis Angarrack. En realidad, como estaba saliendo con Madlyn Angarrack, seguro que fue a su casa en algún momento u otro. Así que el padre también pudo enterarse de lo del equipo de escalada allí.

—Pero habría otras personas, ¿no? —preguntó Havers. Miraba la pizarra donde el sargento Collins trabajaba en las actividades—. Cualquiera que conociera al chaval, sus amigos e incluso su propia familia, seguramente sabrían dónde guardaba su equipo. ¿Y no tendrían ellos un acceso más fácil?

—Un acceso más fácil, pero tal vez menos móviles.

—¿Nadie sale ganando con su muerte? ¿La hermana? ¿El novio de ella? —Havers dio la espalda a la pizarra y pareció leer algo en la expresión de Bea, porque añadió con deferencia—: Hago de abogado del diablo, jefa. Parece que no queremos cerrar ninguna puerta.

—Está Adventures Unlimited —observó Bea.

—El negocio familiar —señaló Havers—. Siempre es un móvil bonito.

—Salvo que todavía no han abierto.

—¿Alguien que quisiera fastidiar el tema, entonces? ¿Impedir que abrieran? ¿Un rival?

Bea negó con la cabeza.

—Ninguna línea es tan fuerte como la sexual, Barbara.

—De momento —señaló Havers.

El pueblo de Zennor es inhóspito en el mejor de los casos, algo que se debe a su ubicación —encajado a unos ochocientos metros del mar en un pliegue protector de tierra que, de lo contrario, estaría azotada por el viento— y a su apariencia monocromática, que es de granito tosco, agraciada de vez en cuando por la rareza de una palmera seca. En el peor de los casos, definido por un clima pésimo, la penumbra o la oscuridad de la noche, es siniestro, rodeado por campos de los que salen rocas grandes y lisas como maldiciones lanzadas por un dios enfadado. No había cambiado en cien años y seguramente no cambiaría en otros cien. Debía su pasado a la minería y su presente dependía del turismo, pero había poco incluso en pleno verano, ya que no tenía ninguna playa de fácil acceso cerca y la única atracción que podía arrastrar a los curiosos hasta el pueblo, incluso de manera remota seguramente, era la iglesia. A menos que se contara el pub Tinner's Arms, por supuesto, y lo que éste pudiera proporcionar en cuanto a comida y bebida.

El tamaño del aparcamiento de este local sugería que, al menos en verano, el ir y venir de coches era continuado. Lynley aparcó allí y entró para preguntar por la silla de la sirena. Cuando se acercó al dueño, lo encontró resolviendo un *sudoku*. El hombre levantó una mano para hacer ese gesto universal que dice «un momento», escribió un número en uno de los recuadros, frunció el ceño y lo borró. Cuando por fin permitió la pregunta, eliminó la preposición y el artículo de la silla que Lynley estaba buscando.

—Las sirenas no son muy propensas a sentarse, si lo piensa —dijo el dueño del bar.

De esta manera descubrió Lynley que lo que buscaba era la Silla Sirena y que la encontraría en la iglesia de Zennor. El edificio no estaba lejos del pub, porque en realidad nada en Zennor estaba lejos del pub, ya que el pueblo consistía en dos calles, un camino y un sendero que serpenteaba por una lechería olorosa y que conducía a los acantilados que se alzaban sobre el mar. La iglesia había sido construida algunos siglos atrás en una loma modesta con vistas a casi todo este paisaje.

No estaba cerrada, como solían estar la mayoría de las iglesias rurales de Cornualles. Dentro, el silencio definía el lugar, igual que la fragancia de las piedras mohosas. El color lo proporcionaban los cojines, que formaban filas en la base de los bancos, y la vidriera de la crucifixión que había encima del altar.

Al parecer, la Silla Sirena era la principal característica de la iglesia, puesto que había sido colocada en un lugar especial a un lado de la capilla y sobre ella colgaba un cartel explicativo, que relataba cómo los cristianos de la Edad Media se habían apropiado de un símbolo de Afrodita para representar las dos naturalezas de Jesucristo, como hombre y como Dios. Estaba un poco cogido por los pelos, pensó Lynley, pero imaginaba que los cristianos de la Edad Media no lo habían tenido fácil por estos lares.

La silla era sencilla y parecía más un banco individual que una silla de verdad. Estaba hecha de roble antiguo y tallada con imágenes de la criatura marina con un membrillo en una mano y un peine en la otra. Sin embargo, nadie estaba sentado en ella esperando a Lynley.

No le quedó más remedio que esperar él, así que Lynley ocupó un lugar en el banco más cercano a la silla. Hacía un frío glacial y reinaba un silencio absoluto.

En este punto de su vida, a Lynley no le gustaban las iglesias. No le gustaban las insinuaciones de mortalidad que sugerían sus cementerios y lo que más deseaba en el mundo era que nada le hiciera pensar en la mortalidad. Más allá de eso, consideraba que no creía en nada más que el azar y la crueldad habitual del hombre con el hombre. Para él, tanto las iglesias como las religiones que representaban hacían promesas que no cumplían: era fácil garantizar la dicha eterna después de la muerte, porque nadie volvía para informar del resultado de una vida vivida aceptando rigurosamente no sólo las restricciones morales concebidas por el hombre, sino también los horrores que el ser humano infligía a sus congéneres.

No llevaba mucho rato esperando cuando oyó el ruido metálico de la puerta de la iglesia que se abría y cerraba de golpe con indiferencia absoluta por la plegaria. Lynley se levantó y dejó el banco. Una figura alta avanzaba con determinación en la luz tenue. Caminaba con energía y sólo cuando llegó a la capilla lateral Lynley logró verla con claridad, en un ancho haz de luz que entraba por una de las ventanas de la iglesia.

Sólo su rostro delataba su edad, porque iba erguido y era robusto. Sin embargo, tenía la cara muy arrugada y la nariz deforme por el rinofima, cuyo aspecto era similar a un cogollo de coliflor sumergido en zumo de remolacha. Ferrell le había dado el nombre de su fuente de información potencial sobre la familia Kerne: David Wilkie, inspector jefe jubilado de la policía de Devon y Cornualles, en su día inspector al mando de las pesquisas sobre la muerte prematura de Jamie Parsons.

—¿Señor Wilkie? —Lynley se presentó. Sacó su placa y Wilkie se puso las gafas para examinarla.

—Está lejos de su territorio, ¿no? —Wilkie no parecía especialmente simpático—. ¿Por qué está husmeando en la muerte de Parsons?

—¿Fue un asesinato? —preguntó Lynley.

—Nunca se demostró. Se determinó muerte accidental, pero ambos sabemos qué significa eso. Pudo ser cualquier cosa sin pruebas de nada, así que hay que fiarse de lo que cuenta la gente.

—Por eso he venido a hablar con usted. He conversado con Eddie Kerne. Su hijo Ben…

—No tiene que refrescarme la memoria, chico. Todavía estaría trabajando si las normas me lo permitieran.

—¿Podríamos ir a hablar a algún sitio, entonces?

—No le gusta demasiado la casa del Señor, ¿no?

—Hoy por hoy me temo que no.

—¿Qué es usted, entonces? ¿Cristiano sólo cuando las cosas marchan bien? Dios no se manifiesta como usted querría, así que le cierra la puerta en las narices. ¿Es eso? Jóvenes, bah; todos son iguales. —Wilkie metió la mano en el bolsillo de su chaqueta de piel y sacó un pañuelo que utilizó para limpiarse su horrible nariz con una delicadeza sorprendente. Hizo un gesto con él a Lynley, que por un momento pensó que también debía usarlo, una forma extraña de comunión con el anciano. Pero Wilkie prosiguió y dijo—: Mire. Blanco como la leche cuando lo compré, y me hago yo mismo la colada. ¿Qué le parece?

—Impresionante —dijo Lynley—. En eso no podría igualarle.

—Ustedes los jovencitos no podrían igualarme en nada. —Wilkie guardó el pañuelo en su sitio—. Hablamos aquí en la casa del Señor o no hablamos. Además, tengo que quitar el polvo a los bancos. Espere aquí. Tengo el material.

Wilkie, pensó Lynley, no estaba chalado en absoluto. Seguramente podría darle mil vueltas al sargento Ferrell de Newquay. Y haciendo el pino, además.

Cuando el hombre regresó, llevaba un cesto del que sacó una escobilla, varios trapos y una lata de cera para muebles, que abrió haciendo palanca con una llave y untó un trapo en ella con brusquedad.

—No entiendo qué ha pasado con la asistencia a misa —reveló.

Le entregó a Lynley la escobilla y le dio instrucciones detalladas sobre cómo debía usarla en los bancos y debajo de ellos. Él seguiría a Lynley con el trapo, así que le dijo que no se dejase ningún rincón. No había trapos suficientes si los que había en el cesto se ensuciaban. ¿Lo entendía? Lynley lo entendía, lo que al parecer dio licencia a Wilkie para retomar su pensamiento anterior.

—En mi época, la iglesia estaba llena a rebosar. Dos, quizá tres veces el domingo y luego durante el oficio de los miércoles por la tarde. Ahora, entre una Navidad y la siguiente, no se ve ni a veinte feligreses habituales. Aparecen algunos extras en Pascua, pero sólo si hace buen tiempo. Yo lo achaco a los Beatles esos. Recuerdo ese que dijo un día que era Jesucristo. Tendrían que haberle dado una buena lección, en mi opinión.

—Pero eso fue hace mucho tiempo, ¿no? —murmuró Lynley.

—La iglesia no volvió a ser lo mismo después de que hablara ese infiel. Nunca. Todos esos capullos con el pelo largo hasta la rabadilla cantando sobre satisfacer sus placeres y destrozando sus instrumentos. Esas cosas cuestan dinero, pero ¿acaso les importa? No. Es todo una infamia. No me extraña que la gente dejara de venir a mostrar su debido respeto al Señor.

Lynley empezaba a replantearse el tema de la chaladura. También necesitaba que Havers estuviera con él para decirle cuatro cosas al hombre sobre su versión de la historia del *rock and roll*. Él también había madurado tarde en casi todo y el *rock and roll* era una de las muchas áreas de la cultura pop del pasado sobre las que no podía hablar, elocuentemente o no. Así que no lo intentó. Esperó a que Wilkie se cansara del tema y, mientras tanto, se volvió tan diligente como pudo con la escobilla en los rincones de los bancos y pese a la iluminación inadecuada de la iglesia.

Entonces, como había esperado, Wilkie terminó con una valoración con la que Lynley no discrepaba:

—El mundo se va al infierno a una velocidad endemoniada, en mi opinión.

Unos minutos después, mientras trabajaban en otra fila de bancos, el viejo habló de repente:

—Los padres querían que ese chaval pagara por la muerte, Benesek Kerne. Se les puso entre ceja y ceja y no quisieron dejarlo.

—¿Se refiere a los padres del chico muerto?

—El padre en especial se volvió loco cuando murió el chaval. Era la niña de sus ojos, ese Jamie, y Jon Parsons, que así se llamaba, nunca me lo ocultó. Un hombre tiene que tener un hijo preferido, me dijo, y los demás tienen que emularle para ganarse el favor del padre.

—Entonces, ¿tenían más hijos?

—Cuatro en total. Tres chicas más pequeñas (una era prácticamente un bebé) y el chico que murió. Los padres esperaron a la resolución de la investigación y cuando se determinó que había sido una muerte accidental, el padre vino a hablar conmigo unas semanas después. Estaba ido, el pobre. Me dijo que sabía seguro que el chico de los Kerne era el responsable. Le pregunté por qué había esperado a contarme aquello (yo no creía lo que me contaba, pensé que eran los desvaríos de un hombre desquiciado por el dolor) y me dijo que alguien se había chivado después de la investigación. Había estado indagando él mismo, me dijo. Había contratado a un detective. Y lo que consiguieron fue un chivatazo.

—¿Cree que le decía la verdad?

—¿Acaso no es ésa la pregunta? ¿Quién diablos lo sabe?

—Esa persona, el chivato, ¿nunca habló con usted?

—Sólo con Parsons. Es lo que afirmaba él. Y tanto usted como yo sabemos que no significa nada porque lo que ese hombre más deseaba en el mundo era que se detuviéramos a alguien. Necesitaba culpar a alguien. Y la mujer también. Los dos necesitaban un culpable porque creían que acusar, detener, juzgar y encarcelar a alguien haría que se sintieran mejor, algo que no es cierto, naturalmente. Pero el padre no quería escuchar. ¿Qué padre querría? Llevar a cabo su propia investigación es lo único que le impedía hundirse en la miseria. Así que estuve dispuesto a colaborar con él, ayudarle a superar el desastre en que se había convertido su vida. Y le pedí que me dijera quién era el chivato. No podía detener a nadie basándome en chismes que ni siquiera tenía de primera mano.

—Naturalmente —señaló Lynley.

—Pero no quiso decírmelo, así que, ¿qué más podía hacer que no hubiera hecho ya? Habíamos investigado la muerte del chaval del derecho y del revés y, créame, no quedaba más por examinar. El chaval de los Kerne no tenía coartada, aparte de «me fui caminando a casa para despejarme», pero por eso no se cuelga a nadie, ¿verdad? Aun así, yo quería ayudarle. Llevamos al chico Kerne a la comisaría una vez más, cuatro veces más, dieciocho veces más... Quién coño se acuerda. Husmeamos en todos los aspectos de su vida y también en la vida de todos sus amigos. A Benesek no le caía bien el chico de los Parsons, eso lo descubrimos enseguida, pero resultó que el chaval no caía bien a nadie.

—¿Tenían coartada? ¿Sus amigos?

—Todos me contaron la misma historia. Estaban en casa y en la cama. Esas historias no se alteraron y nadie rompió filas. No pude sacarles nada, ni siquiera pegándome a ellos como una lapa. O habían hecho un pacto o decían la verdad. Según mi experiencia, cuando un grupo de chavales hace algo malo, al final alguien acaba desmoronándose si sigues insistiendo. Pero eso nunca pasó.

—¿Así que llegó a la conclusión de que decían la verdad?

—No podía haber otra.

—¿Qué le contaron sobre su relación con el chico muerto? ¿Cuál era su historia con él?

—Sencilla. Kerne y Parsons tuvieron unas palabras esa noche, una pequeña pelea por algo que pasó durante la fiesta. Kerne se marchó y sus amigos también. Y, según lo que contaron todos, ninguno volvió más tarde para acabar con el chico de los Parsons. Debió de bajar solo a la playa, dijeron. Fin de la historia.

—Tengo entendido que murió en una cueva.

—Entró de noche, la marea subió, quedó atrapado y no pudo salir. Las pruebas toxicológicas demostraron que había bebido hasta perder el conocimiento y encima había tomado

drogas. Lo que pensamos al principio era que se había encontrado con una chica en la cueva para echar un polvo y que se había desmayado antes o después.

—¿Lo que pensaron al principio?

—Verá, el cadáver quedó muy destrozado, después de estar seis horas rebotando contra la cueva mientras la marea entraba y salía, pero el forense encontró marcas que no concordaban con eso y resultaban estar alrededor de las muñecas y los tobillos.

—Entonces lo ataron. Pero ¿no había más pruebas?

—Heces en los oídos, ¿no es un poco extraño? Pero nada más. Y no había ningún testigo de nada. De principio a fin, fue un caso que se basó en lo que decía uno, lo que decía la otra, lo que decían los de más allá. Dedos que señalaban, rumores y ya está. Sin pruebas sólidas, sin ningún testigo de nada, sin una sola prueba circunstancial siquiera... Lo único que podíamos esperar era que alguien se desmoronara y tal vez hubiera pasado si Parsons no hubiera sido Parsons.

—¿Qué significa eso?

—Era un capullo, me entristece decirlo. La familia tenía dinero, así que el chico se creía mejor que los demás y le gustaba demostrarlo. No era muy popular entre los jóvenes del pueblo comportándose así, ya me entiende.

—¿Aun así fueron a su fiesta?

—Alcohol gratis, drogas gratis, sin padres, la ocasión de besuquearse con la chica que les gustaba. No hay mucho que hacer en Pengelly Cove en la mejor de las épocas. No iban a rechazar una oportunidad para divertirse.

—¿Qué pasó con ellos, entonces?

—¿Con los otros chicos? ¿Los amigos de Kerne? Siguen en Pengelly Cove, que yo sepa.

—¿Y la familia Parsons?

—No volvió nunca al pueblo. Eran de Exeter, regresaron allí y allí se quedaron. El padre tenía un negocio de gestión inmobiliaria. Se llamaba Parsons y... otro nombre, no me acuerdo. Durante un tiempo, él volvió a Pengelly de manera regular, los fines de semana y en vacaciones, para intentar poner punto final al caso, algo que nunca ocurrió. También contrató a más de un detective para que juntara los cabos sueltos. Se gastó una fortuna en todo el tema. Pero si Benesek Kerne y esos chicos estaban detrás de lo que le pasó a Jamie Parsons, habían aprendido de la primera investigación sobre su muerte: si no hay pruebas sólidas ni ningún testigo de nada, mantén la boca cerrada y serás intocable.

—Tengo entendido que construyó una especie de monumento al chico —señaló Lynley.

—¿Quién? ¿Parsons? —Cuando Lynley asintió, explicó—: Bueno, la familia tenía la pasta para hacerlo y si les proporcionaba algo de paz, toda la idea adquiría más fuerza.

Wilkie había estado limpiando los bancos y ahora se irguió y estiró la espalda. Lynley hizo lo mismo. Por un momento, se quedaron ahí en silencio en el centro de la iglesia, examinando la vidriera de colores encima del altar. Cuando el anciano volvió a hablar, parecía pensativo, como si hubiera meditado bastante sobre el tema a lo largo de los años transcurridos.

—No me gustaba dejar cosas pendientes. Tenía la sensación de que el padre del chico muerto no sería capaz de encontrar un momento de paz si no responsabilizábamos a alguien de lo que había sucedido. Pero creo que... —Hizo una pausa y se rascó la nuca. Su expresión decía que su cuerpo estaba presente, pero que su mente había viajado a otro tiempo y a otro lugar—. Creo que esos chicos, si estuvieron implicados, no tenían intención de que Parsons muriera. No eran de ésos. Ninguno de ellos.

—Si no querían que muriera, ¿qué querían?

Se frotó la cara. El sonido de la piel áspera sobre los pelos ásperos de su barba impregnó el aire.

—Darle una lección. Asustarle un poco. Como he dicho antes, por lo que averigüé, el chico era un engreído y no le importaba dejar claro lo que hacía y lo que tenía que ellos no.

—Pero atarle, dejarle ahí...

—Habían bebido todos. Y tomado drogas también. Hicieron que bajara a la cueva, tal vez le dijeran que tenían más drogas para vender, y se abalanzaron sobre él. Lo ataron por las muñecas y los tobillos y le disciplinaron. Una charla. Unos golpes. Le echaron un poco de caca por encima. Luego lo desataron y lo dejaron allí y creyeron que se iría a casa. Pero no contaron con lo borracho y drogado que iba y el chaval se quedó inconsciente... Fin de la historia. Verá, el tema es, como le he dicho, que ninguno de esos chicos era mala gente. Ninguno de ellos se había metido nunca en ningún lío. Y se lo conté a los padres. Pero no era lo que querían escuchar.

—¿Quién encontró el cadáver?

—Eso fue lo peor —dijo Wilkie—. Parsons llamó a la policía a la mañana siguiente de la fiesta para decir que el chico había desaparecido. La policía dijo lo de siempre: que seguramente se había ligado a alguna chica del pueblo y que estaría durmiendo en su cama o escondido debajo. Que volviera a llamar si no aparecía al cabo de un día o dos, porque de lo contrario no podían hacer nada. Mientras tanto, una de sus hijas, una de las hermanas del chico, le contó la discusión que Jamie había tenido con Kerne y Parsons creyó que ahí había más de lo que parecía, por lo que salió a buscar al chico. Fue él quien lo encontró. —Wilkie sacudió la cabeza con incredulidad—. No puedo imaginarme cómo sería eso, pero supongo que podría volver loco a cualquier hombre. Su hijo preferido, su único hijo varón. Nadie respondió nunca por lo que pasó, y el único nombre asociado con las horas anteriores a su muerte era el de Benesek Kerne. Puede entenderse que se obsesionara con él.

—¿Sabe que el hijo de Benesek Kerne también ha muerto? —preguntó Lynley—. Se cayó de uno de los acantilados. Alguien había manipulado su equipo de escalada. Es un asesinato.

Wilkie negó con la cabeza.

—No lo sabía —dijo—. Diablos, qué desgracia. ¿Cuántos años tenía?

—Dieciocho.

—Como Parsons. Qué pena más grande, maldita sea.

Daidre estaba inquieta. Lo que quería era la paz que disfrutaba hacía una semana, cuando lo único que la vida le pedía era que cuidara de sí misma y cumpliera con las obligaciones de su carrera. Tal vez acabara sola por ello, pero lo prefería. Su pequeña existencia era más segura de esta manera y la seguridad era fundamental. Hacía años que lo era.

Ahora, sin embargo, el vehículo lento que había sido su vida estaba sufriendo graves problemas de motor. Qué hacer con ellos era el tema que perturbaba su serenidad.

Así que después de regresar a Polcare Cove, dejó el coche en la cabaña y bajó el resto de la distancia a pie hasta el mar. Allí, cogió el sendero e inició la ascensión rocosa.

Hacía viento en el camino y aún más en la cima del acantilado. Su pelo se agitaba alrededor de su cara y las puntas se le metían en los ojos y le dolía. Cuando salía a los acantilados, normalmente se quitaba las lentillas y se ponía las gafas. Pero al marcharse aquella mañana no las había cogido, por una simple cuestión de vanidad. Tendría que haber pasado por casa a recogerlas, pero después de la excursión de aquel día le pareció que sólo subir enérgicamente al acantilado podía mantenerla anclada en el tiempo presente.

Algunas situaciones requerían la intervención de alguien, pensó, pero sin duda ésta no era una de ellas. No quería hacer lo que le pedían, pero sabía muy bien que aquí la cuestión no era querer.

Poco después de llegar a la cima del acantilado, oyó el sonido de un motor ruidoso. Estaba sentada en un afloramiento de piedra caliza, contemplando las gaviotas tridáctidas y siguiendo los arcos majestuosos que describían las aves en el aire mientras buscaban refugio en los nichos del acantilado. Pero se levantó, regresó al sendero y vio que una moto bajaba por el camino, llegaba a su cabaña y giraba en la entrada de guijarros de su casa, donde se detuvo. El conductor se quitó el casco y se acercó a la puerta.

Daidre pensó en un cartero o un mensajero cuando lo vio: alguien que le traía un paquete, ¿tal vez un mensaje de Bristol? Pero no estaba esperando nada y por lo que pudo ver, el motorista tampoco llevaba nada. Vio que rodeaba la cabaña para buscar otra puerta o mirar por una ventana. O peor, pensó.

Daidre se dirigió al sendero y empezó a bajar. No tenía sentido gritar porque no podría oírla desde tan lejos. En realidad, no tenía demasiado sentido apresurarse. La cabaña estaba a cierta distancia del mar y ella se encontraba a cierta distancia del camino. Seguramente cuando llegara, el motorista ya se habría ido.

Pero la idea de que alguien pudiera estar entrando en su casa hizo que apretara el paso. Mientras caminaba mantenía la mirada entre sus pies y la cabaña y el hecho de que la moto siguiera en su lugar en la entrada hizo que se diera prisa y aumentara su curiosidad.

Llegó sin resuello y cruzó corriendo la verja. Sin embargo, en lugar de un ladrón con medio cuerpo dentro de la casa y medio fuera encontró a una chica vestida con ropa de cuero y repantingada en el escalón. Tenía la espalda contra la puerta azul intenso y las piernas estiradas. Llevaba un aro de plata horrible en el tabique y una gargantilla de color turquesa tatuada alrededor del cuello.

Daidre la reconoció: Cilla Cormack, la pesadilla de la vida de su propia madre. Su abuela vivía al lado de la familia de Daidre en Falmouth. ¿Qué diablos hacía aquí?, pensó.

Cilla alzó la mirada cuando Daidre se acercó. El sol pálido

brillaba en el aro de su nariz y le daba el aspecto poco atractivo de esas anillas que se ponen a las vacas para instarlas a colaborar cuando se les ata una correa.

—Eh —dijo la chica, y saludó a Daidre con la cabeza. Se levantó y dio unos golpes con los pies en el suelo como si necesitara activar la circulación.

—Vaya sorpresa —dijo Daidre—. ¿Cómo estás, Cilla? ¿Cómo está tu madre?

—Zorra —respondió, y Daidre supuso que se refería a su madre. Las disputas de la chica con la mujer eran una especie de leyenda en el barrio—. ¿Puedo ir al baño o algo?

—Claro. —Daidre abrió la puerta y la condujo adentro. Cilla cruzó con torpeza el recibidor y fue al salón—. Por aquí —dijo, y esperó a ver qué pasaba a continuación porque Cilla no habría venido desde Falmouth sólo para ir al lavabo.

Unos minutos después —durante los cuales el agua corrió con entusiasmo y Daidre empezó a preguntarse si la chica había decidido darse un baño—, Cilla regresó. Tenía el pelo mojado y peinado hacia atrás y olía como si se hubiera puesto su perfume.

—Mejor —dijo—. Estaba súper incómoda. Las carreteras están mal en esta época del año.

—Ah —dijo Daidre—. ¿Quieres... tomar algo? ¿Té? ¿Café?

—Un cigarrillo.

—No fumo, lo siento.

—Me lo imaginaba. —Cilla miró a su alrededor y asintió—. Esto es muy bonito. Pero no vives aquí siempre, ¿no?

—No. Cilla, ¿hay algo...?

Daidre sintió que sus modales la coartaban. No se preguntaba a una visita a qué diablos había venido. Por otro lado, era imposible que la chica sólo pasara por ahí. Sonrió e intentó animarla a hablar. Cilla no tenía muchas luces, pero consiguió captar el mensaje.

—Mi abuela me ha pedido que viniera —explicó—. Dice que no tienes móvil.

Daidre se alarmó.

—¿Ha pasado algo? ¿Qué sucede? ¿Alguien está enfermo?

—La abuela dice que se pasó alguien de Scotland Yard, y

que lo mejor era que lo supieras enseguida, porque preguntaron por ti. Dice que primero pasaron por tu casa, pero que cuando no encontraron a nadie empezaron a llamar arriba y abajo a las puertas de toda la calle. Te telefoneó a Bristol para decírtelo. No estabas, así que imaginó que estarías aquí y me pidió que viniera a contártelo. ¿Por qué no tienes móvil, eh? ¿O un teléfono aquí? Tendría sentido, podría haber una emergencia. El camino para llegar aquí desde Falmouth es malísimo. Y la gasolina… ¿Sabes lo que cuesta la gasolina hoy en día?

La chica parecía ofendida. Daidre fue al aparador del comedor, cogió veinte libras y se las dio.

—Gracias por venir —le dijo—. No habrá sido fácil llegar hasta aquí.

Cilla transigió.

—Bueno, me lo ha pedido la abuela. Y es buena gente. Siempre deja que me quede en su casa cuando mamá me echa, que es una vez a la semana. Así que como me lo ha pedido y me ha dicho que era importante… —Se encogió de hombros—. Da igual, aquí estoy. Ha dicho que debías saberlo. También ha dicho… —Entonces Cilla frunció el ceño, como si intentara recordar el resto del mensaje. A Daidre le sorprendió que la abuela de la chica no lo hubiera apuntado. Pero seguramente la anciana pensó que Cilla perdería la nota, mientras que un mensaje breve de una o dos frases no supondría ningún reto para la capacidad retentiva de la chica—. Ah, sí. También ha dicho que no te preocuparas porque no contó nada. —Cilla se tocó el aro de la nariz como para cerciorarse de que todavía seguía en su sitio—. ¿Por qué está Scotland Yard husmeando en tu vida? —preguntó. Y añadió sonriendo—: ¿Qué has hecho? ¿Tienes cadáveres enterrados en el jardín o algo así?

Daidre sonrió levemente.

—Seis o siete —dijo.

—Ya lo pensaba. —Cilla ladeó la cabeza—. Te has quedado blanca. Mejor será que te sientes. Pon la cabeza… —Pareció que perdía el hilo de lo que pasaba por su mente—. ¿Quieres un vaso de agua, eh?

—No, no. Estoy bien. No he comido demasiado… ¿Estás segura de que no quieres nada?

—Tengo que volver —dijo—. Esta noche tengo una cita. Mi novio me saca a bailar.

—¿Ah, sí?

—Sí. Estamos tomando clases. Qué tontería, ¿no?, pero así hacemos algo. Estamos en ese punto en que la chica da vueltas y tiene que poner la espalda muy rígida y llevar la cabeza bien alta; ese tipo de cosas. Tengo que llevar tacones y no me gusta demasiado, pero la profesora dice que estamos mejorando bastante. Quiere que vayamos a una competición. Bruce, mi novio, está como loco con eso y dice que tenemos que practicar todos los días, así que por eso vamos a bailar esta noche. Casi siempre practicamos en el salón de mi madre, pero él dice que estamos preparados para bailar en público.

—Qué bonito —dijo Daidre. Esperó a que siguiera. Esperaba que lo que siguiera fuera la salida de Cilla de su casa, para que Daidre pudiera asimilar el mensaje que le había traído la chica. Scotland Yard en Falmouth haciendo preguntas. Notó que la ansiedad le subía por los brazos.

—Bueno, tengo que irme —dijo Cilla, como si le leyera el pensamiento—. Mira, será mejor que te plantees ponerte teléfono, ¿vale? Podrías meterlo en un armario o algo y conectarlo cuando quisieras. Algo así.

—Sí. Lo haré, sí —le dijo Daidre—. Muchas gracias por venir hasta aquí, Cilla.

Entonces la chica se marchó y Daidre se quedó en el escalón de entrada, observándola mientras accionaba como una experta el pedal de arranque —esta motorista no necesitaba usar el contacto eléctrico— y giraba el vehículo en la entrada. Al cabo de un momento, despidiéndose con la mano, la chica se fue. Subió deprisa el camino estrecho, desapareció tras una curva y dejó a Daidre enfrentándose con las repercusiones de su visita.

«Scotland Yard —pensó—. Preguntas.» Sólo podía haber una razón —y una persona— detrás de aquello.

Capítulo 20

Kerra se había pasado la noche en vela y había perdido casi todo el día siguiente. Había intentado llevarlo lo mejor posible, ciñéndose al horario de entrevistas concertadas durante las semanas anteriores: la búsqueda de potenciales instructores. Pensó que, al menos, podría distraerse con la esperanza improbable de que Adventures Unlimited realmente abriera en un futuro próximo. El plan no había funcionado.

«Es aquí.» Esa sencilla declaración, la flechita tímida que salía de esa frase hasta la gran cueva fotografiada en la postal, la implicación de que quien había escrito aquellas palabras y quien las había leído habían mantenido una conversación de una naturaleza que nada tenía que ver con los negocios, lo que había detrás, debajo, más allá de esas conversaciones... Estos pensamientos inquietantes y turbulentos habían poblado el día de Kerra y la noche en vela que la había precedido.

Ahora la postal llevaba algunas horas quemándole la piel desde dentro del bolsillo donde la había guardado. Cada vez que se movía era consciente de ella, porque la provocaba con sus burlas. Al final, tendría que hacer algo al respecto. Ese calor apagado se lo decía.

Kerra no pudo evitar a Alan, como le habría gustado hacer. El departamento de marketing no estaba lejos de su cubículo y aunque llevó automáticamente a los instructores candidatos al salón del primer piso para entrevistarlos allí, les recibió en los alrededores del despacho de Alan. Él asomó la cabeza en más de una ocasión para observarla y ella no tardó demasiado en comprender qué significaba su mirada silenciosa.

Era más que desaprobación por los candidatos que había

elegido, todos mujeres. Ya había dejado clara su opinión sobre aquel tema y Alan no era de los que seguían insistiendo en un asunto cuando, a su entender, alguien se ponía terco. Su examen callado le decía más bien que Alegría le había mencionado la visita de Kerra a la casita rosa. Seguramente le había comentado la supuesta necesidad de su novia de encontrar un artículo personal en su habitación y él estaría preguntándose por qué Kerra no le había dicho nada. Tenía la respuesta preparada por si se molestaba en preguntárselo, pero de momento no lo había hecho.

Kerra no sabía dónde estaba su padre. Le había visto salir en dirección a la playa de St. Mevan hacía algunas horas y, que ella supiera, no había regresado. Al principio imaginó que había ido a ver a los surfistas, porque las olas eran buenas y soplaba viento de tierra y ella misma había visto a varios bajando por la colina. Si las cosas hubieran sido radicalmente distintas, su hermano, Santo, quizás habría estado entre ellos, esperando en el agua para tomar posiciones. Tal vez su padre también habría estado allí; su padre y su hermano juntos. Pero las cosas no eran diferentes y nunca lo serían. Parecía que aquélla era la maldición de la familia.

Y el origen de esa maldición era Dellen. Era como si todos ellos caminaran por un laberinto, intentando llegar a su centro misterioso, mientras durante todo aquel tiempo Dellen esperara allí, como una viuda negra. El único modo de evitarla era expulsarla, pero ya era demasiado tarde para eso.

—¿Quieres algo?

Era Alan. Kerra estaba en su despacho, donde revisar un fajo reducido de solicitudes resultaba una actividad descorazonadora. Había estado trabajando en las clases de kayak y había hablado con cinco posibles instructoras ese día. Sólo dos contaban con la formación que buscaba y, de ellas, sólo una poseía un físico que sugería que tenía experiencia en el mar. La otra parecía salir en kayak por el río Avaon, donde el mayor reto al que se enfrentaba sería procurar no darle un porrazo con el remo a una cría de cisne.

Kerra cerró la última de las carpetas con su mísera información. Se preguntó cuál era la mejor forma de responder a la pregunta de Alan. Estaba meditándolo —decidiendo qué era mejor, si la ironía, el sarcasmo o una exhibición de agudeza— cuando él volvió a hablar.

—¿Kerra? ¿Quieres algo? ¿Un té? ¿Un café? ¿Algo de comer? Voy a salir un rato y puedo pasar…

—No. Gracias.

No quería estar en deuda con él, ni siquiera por un tema tan nimio.

Así que se quedó mirándolo y él la miró a ella. Fue uno de esos momentos en que dos personas que han sido amantes se examinan mutuamente como antropólogos culturales que exploran un trozo de tierra en busca de los restos de una civilización antigua que se cree que habitó allí. Tenía que haber marcas, señales, indicios de un paso…

—¿Cómo va? —preguntó.

Kerra sabía que Alan era muy consciente de cómo iba, pero le siguió el juego.

—Tengo varias posibilidades fuertes. Mañana seguiré con las entrevistas. Pero la verdadera pregunta es si vamos a abrir, ¿no? Parece que nos falta dirección, sobre todo hoy. ¿Has visto a mi padre?

—Hace horas.

—¿Y a Cadan? ¿Ha aparecido para trabajar en los radiadores?

—No estoy seguro. Podría ser, pero no le he visto. Ha estado todo bastante tranquilo por aquí.

No mencionó a Dellen. Hoy su madre era lo que siempre había sido cuando las cosas iban mal: el nombre tabú. Sólo pensar en ella, en Dellen, el gran tema prohibido, producía un temor silencioso en todo el mundo.

—¿Qué has estado…? —Kerra señaló el despacho de Alan con la cabeza. Él pareció tomárselo como un recibimiento, porque entró en el suyo aunque la intención de ella no había sido ésa. Quería mantener las distancias. Había decidido que las cosas habían terminado entre ellos.

—He estado intentando colocar a todo el mundo en su sitio para el vídeo. A pesar de lo que ha sucedido, sigo creyendo que… —Cogió una silla de su lugar entre la pared del despacho y la puerta abierta. Cuando se sentó, quedaron prácticamente rodilla con rodilla. Aquello no gustó a Kerra. No quería ningún tipo de cercanía con él—. Es importante. Quiero que tu padre lo entienda. Sé que no podría haber un momento peor, pero…

—¿Mi madre no? —preguntó Kerra.

Alan parpadeó. Por un momento pareció perplejo, tal vez por su tono de voz.

—Tu madre también, pero ella ya está convencida, así que tu padre…

—Vaya. ¿Lo está? —dijo Kerra—. Claro, supongo que sí.

Que Alan hubiera integrado a su madre en el tema era sorprendente. La opinión de Dellen nunca había contado para nada prácticamente, porque era incapaz de ser coherente, así que oír que ahora alguien había contado con ella resultaba impactante. Por otro lado, sin embargo, tenía sentido. Alan trabajaba con Dellen en el departamento de marketing, en aquellas raras ocasiones en que su madre trabajaba, así que habrían hablado del proyecto del vídeo antes de que se lo presentara al padre de Kerra. Alan habría querido que Dellen estuviera de su parte: significaba un voto a favor y un voto de alguien que tendría una influencia considerable sobre Ben Kerne.

Kerra se preguntó si Alan también habría hablado con Santo. Se preguntó qué opinaba o qué habría opinado Santo sobre las ideas de Alan para Adventures Unlimited.

—Me gustaría volver a hablar con él, pero no le he visto… —Alan dudó. Entonces, pareció que por fin cedía a la curiosidad—. ¿Qué pasa? ¿Lo sabes?

—¿Saber qué, exactamente? —Kerra mantuvo un tono educado.

—Les he oído… Antes… He subido a buscar… —Estaba sonrojándose.

Ah, pensó Kerra, ¿por fin habían llegado al fondo de la cuestión?

—¿A buscar? —Ahora su tono era pícaro. Le gustaba y no habría pensado que fuera posible sonar pícara cuando lo que sentía era todo lo contrario.

—He oído a tu padre y a tu madre. O a tu madre, más bien. Estaba… —Bajó la cabeza. Pareció examinarse los zapatos. Eran unos zapatos de golf de dos tonos y Kerra los miró mientras él también lo hacía. ¿Qué otro hombre se pondría esos zapatos para ir por la calle?, se preguntó. ¿Y qué diablos significaba que hubiera logrado llevarlos sin parecer Bertie Wooster?—. Sé que las cosas están mal, pero no estoy seguro de qué se supone que tengo que hacer. Al principio pensé que seguir al pie del cañón era lo que tocaba, pero ahora empieza a parecerme inhumano. Es evidente que tu madre está destrozada, tu padre…

—¿Cómo lo sabes? —La pregunta salió precipitadamente. Kerra se arrepintió al momento.

—¿El qué? —Alan parecía confuso. Había estado hablando en un tono meditabundo y su pregunta pareció perturbar su cadena de pensamientos.

—¿Que mi madre está destrozada?

—Ya te lo he dicho, la he oído. He subido porque no había nadie y estamos en un punto en que hay que decidir si seguimos aceptando reservas o lo tiramos todo a la basura.

—Eso te preocupa, ¿verdad?

—¿No debería preocuparnos a todos? —Se recostó en la silla y la miró fijamente. Juntó las manos sobre la tripa y volvió a hablar—. ¿Por qué no me lo cuentas, Kerra?

—¿El qué?

—Creo que ya lo sabes.

—Y yo creo que es una trampa.

—Estuviste en la casita rosa. Registraste mi habitación.

—Tienes una buena casera.

—¿Qué esperabas encontrar?

—Entonces, ¿he de suponer que me estás preguntando qué buscaba?

—Le dijiste que habías olvidado algo; imagino que olvidarías algo, pero no entiendo por qué no me pediste que te lo trajera yo.

—No quería molestarte.

—Kerra. —Tomó una gran bocanada de aire y la expulsó. Se dio una palmada en las rodillas—. ¿Qué demonios está pasando?

—¿Disculpa? —Logró sonar pícara otra vez—. Mi hermano ha sido asesinado. ¿Tiene que pasar algo más para que las cosas no sean exactamente como te gustaría que fueran?

—Ya sabes a qué me refiero. Lo que le ha ocurrido a Santo bien sabe Dios que es una pesadilla. Y una tragedia desgarradora.

—Qué amable eres por añadir eso último.

—Pero también está lo que ha ocurrido entre tú y yo y eso, quieras reconocerlo o no, comenzó el mismo día que pasó lo de Santo.

—Lo que le pasó a mi hermano fue que lo asesinaron —dijo Kerra—. ¿Por qué no puedes decirlo, Alan? ¿Por qué no puedes pronunciar la palabra «asesinato»?

—Por la razón obvia. No quiero que te sientas peor de lo que te sientes ya. No quiero que nadie se sienta peor.

—¿Nadie?

—Nadie. Ni tú, ni tu padre, ni tu madre. Kerra…

Ella se puso de pie. La postal le chamuscaba la piel. Estaba suplicando que la sacara del bolsillo y se la arrojara a la cara. La frase «es aquí» exigía una explicación, pero ésta ya existía. Sólo quedaba la confrontación.

Kerra sabía quién tenía que estar al otro lado de esa confrontación y no era Alan. Se disculpó y salió del despacho. Utilizó las escaleras en lugar del ascensor.

Entró en la habitación de sus padres sin llamar, con la postal en la mano. En algún momento del día alguien había descorrido las cortinas, así que las motas de polvo flotaban en un tenue haz de luz primaveral, pero nadie había pensado en abrir la ventana para ventilar el cuarto apestoso. Olía a sudor y sexo.

Kerra odiaba aquel olor, por lo que declaraba sobre sus padres y el poder que ejercía una sobre el otro. Cruzó el dormitorio y abrió bruscamente la ventana tanto como pudo. El aire frío entró.

Cuando se dio la vuelta, vio que la cama de sus padres estaba revuelta y las sábanas manchadas. La ropa de su padre formaba un montón en el suelo, como si su cuerpo se hubiera disuelto y hubiera dejado aquel rastro detrás de él. La propia Dellen no se manifestó de inmediato, hasta que Kerra rodeó la cama y la encontró tumbada en el suelo, encima de una pila considerable de ropa suya. Era toda roja y parecía que correspondía a todas las prendas que tenía de esa tonalidad.

Sólo por un instante mientras la miraba, Kerra se sintió renovada: la única flor de un bulbo que por fin lograba liberarse tanto del suelo como del tallo. Pero entonces los labios de su madre se movieron y su lengua apareció entre ellos, un beso de tornillo en el aire. Abrió y cerró la mano. Sus caderas se balancearon, luego descansaron. Sus párpados temblaron. Dellen suspiró.

Al ver aquello, Kerra se preguntó por primera vez cómo era en realidad ser como esta mujer. Pero no quería planteárselo, así que utilizó el pie para apartar bruscamente la pierna derecha de su madre de encima de la pierna izquierda.

—Despierta —le dijo—. Tenemos que hablar. —Miró la fotografía de la postal para reunir las fuerzas que necesitaba. «Es aquí» decía la letra roja de su madre. Sí, pensó Kerra. Aquí estaban—. Despierta —repitió, más alto—. Levántate del suelo.

Dellen abrió los ojos. Por un momento pareció confusa, hasta que vio a Kerra. Y entonces tiró de las prendas más cercanas a su mano derecha. Las apretó contra sus pechos y, al hacerlo, destapó unas tijeras de podar y un cuchillo de trinchar. Kerra los miró, luego a su madre y luego a la ropa. Vio que todas las prendas del suelo habían quedado inservibles por culpa de las cuchilladas, los tajos y los cortes.

—Tendría que haberlos utilizado conmigo —dijo Dellen sin ánimo—. Pero no he podido. ¿Verdad que os habría alegrado que lo hiciera? ¿A ti y a tu padre? ¿Estaríais contentos? Oh, Dios mío, me quiero morir. ¿Por qué nadie me ayuda a morir?

Se echó a llorar sin lágrimas y mientras lo hacía atrajo más y más ropa hacia ella hasta que formó una almohada enorme de prendas destrozadas.

Kerra sabía qué se suponía que debía sentir: culpa. También sabía qué se suponía que debía hacer: perdonar. Perdonar y perdonar hasta convertirse en la personificación del perdón. Comprender hasta que no quedara nada más que el esfuerzo por comprender.

—Ayúdame. —Dellen alargó la mano. Luego la dejó caer al suelo. El gesto fue inútil, casi silencioso.

Kerra volvió a guardarse la postal condenatoria en el bolsillo. Agarró a su madre del brazo y la subió.

—Levanta —le dijo—. Tienes que bañarte.

—No puedo —dijo Dellen—. Me estoy hundiendo. Me iré

pronto y mucho antes de que pueda... —Y entonces hubo un cambio astuto, tal vez porque vio en el rostro de Kerra una fragilidad de la que debía recelar—. Ha tirado mis pastillas. Me ha tomado esta mañana. Kerra, él... Casi me ha violado. Y luego... luego... Ha tirado mis pastillas.

Kerra cerró los ojos con fuerza. No quería pensar en el matrimonio de sus padres. Sólo quería arrancarle la verdad a su madre, pero necesitaba ser ella quien dirigiera el curso de esa verdad.

—Arriba —le dijo—. Vamos. Venga. Tienes que levantarte.

—¿Por qué nadie me escucha? No puedo seguir así. Tengo un pozo tan profundo dentro de mi cabeza... ¿Por qué nadie me ayuda? ¿Tú, tu padre? Quiero morirme.

Su madre era como un saco de arena y Kerra la subió a la cama. Dellen se quedó tumbada allí.

—He perdido a mi niño. —Tenía la voz rota—. ¿Por qué nadie empieza a entenderlo?

—Todo el mundo lo entiende. —Kerra se sentía reducida por dentro, como si algo la aplastara y, al mismo tiempo, la quemara desde los pies. Pronto no quedaría nada de ella. Sólo hablar la salvaría—. Todo el mundo sabe que has perdido a un hijo, porque todos los demás también hemos perdido a Santo.

—Pero su madre... Sólo su madre, Kerra...

—Por favor. —Algo despertó en su interior. Cogió a Dellen y tiró de ella hacia arriba, obligándola a sentarse en el borde de la cama—. Déjate ya de tanto drama —dijo.

—¿Drama? —Como había sucedido tantas veces en el pasado, el estado de ánimo de Dellen cambió, como un episodio sísmico imprevisto—. ¿Puedes llamar a esto «drama»? ¿Así reaccionas al asesinato de tu propio hermano? ¿Qué te pasa, acaso no tienes sentimientos? Dios mío, Kerra, ¿de quién eres hija?

—Sí —dijo Kerra—. Supongo que te habrás hecho esa pregunta muchísimas veces, ¿verdad? Contando las semanas y los meses y preguntándote... ¿A quién se parece? ¿De quién será? ¿Quién puedo decir que la engendró? Y, eso sería fundamental, ¿me creerá? Bueno, tal vez si me hago la patética... O la satisfecha. O la alegre. O lo que sea que hagas cuando sabes que tienes que explicar alguna cagada.

Los ojos de Dellen se habían vuelto oscuros. Se había ido encogiendo y apartando de Kerra.

—¿Cómo puedes decir...? —empezó a preguntar y levantó las manos para taparse la cara con un gesto que Kerra supuso que debía interpretarse como horror.

Era el momento. Kerra sacó la postal de su bolsillo.

—Venga, para ya —dijo, y le apartó las manos y sostuvo la postal delante de la cara de su madre. Le puso una mano en la nuca para que Dellen no pudiera alejarse de su conversación—. Mira lo que he encontrado. ¿«Es aquí», mamá? ¿Qué, exactamente? ¿Qué?

—¿De qué estás hablando? Kerra, yo no...

—Tú no, ¿qué? ¿No sabes lo que tengo en la mano? ¿No reconoces la fotografía de la postal? ¿No reconoces tu propia letra? Ah, ya entiendo: ni siquiera sabes de dónde ha salido y si lo sabes (y las dos sabemos muy bien que sí lo sabes, ¿de acuerdo?) entonces no imaginas cómo habrá llegado aquí. ¿Qué dices, mamá? Respóndeme. ¿Cuál de las dos opciones es?

—No es nada. Sólo es una postal, por el amor de Dios. Te comportas como...

—Como alguien cuya madre se ha follado al hombre con el que creía que iba a casarse —gritó Kerra—. En esta cueva donde te has follado a todos los demás.

—¿Cómo puedes...?

—Porque te conozco. Porque te he observado. Porque he visto cómo la historia se repetía una y otra vez. Dellen está necesitada y quién estará ahí para ayudarla sino un hombre dispuesto de la edad que sea, porque eso nunca te ha importado, ¿verdad? Sólo tenerlo, fuera quien fuera y perteneciera a quien perteneciera... Porque lo que tú querías y cuándo lo querías era más importante que... —Kerra notó que le temblaban las manos. Aplastó la postal en la cara de su madre—. Debería hacerte... Dios mío. Dios mío, debería hacerte...

—¡No! —Dellen se retorció debajo de ella—. Estás loca.

—Ni siquiera Santo puede detenerte. La muerte de Santo no puede detenerte. Pensé que te afectaría, pero no. Santo ha muerto, Dios mío, le han asesinado, y no ha cambiado nada. No te has desviado ni lo más mínimo de lo que tenías planeado.

—¡No!

Dellen empezó a forcejear con ella, clavándole las uñas en las manos y los dedos. Dio patadas y rodó para liberarse, pero Kerra era demasiado fuerte. Así que se puso a gritar.

—¡Has sido tú! ¡Tú! ¡Tú! —Dellen fue a por el pelo y los ojos de su hija y la tiró. Rodaron por la cama, buscando un punto de apoyo entre la masa de sábanas y mantas. Chillaron, agitaron los brazos, dieron patadas. Se agarraron, se encontraron, se soltaron. Se volvieron a coger, golpeándose y tirando mientras Dellen gritaba—: Tú. Tú. Has sido tú.

La puerta de la habitación se abrió de golpe. Unos pasos cruzaron la habitación corriendo. Kerra notó que alguien la levantaba y oyó la voz de Alan en su oído.

—Tranquila —le dijo—. Tranquila, tranquila. Dios santo. Kerra, ¿qué estás haciendo?

—Que te lo cuente —gritó Dellen, que había caído de lado sobre la cama—. Que te lo cuente todo. Que te cuente lo que le ha hecho a Santo. Que te hable de él. ¡Santo!

Sujetando a Kerra por un brazo, Alan empezó a moverse hacia la puerta.

—¡Suéltame! —chilló Kerra—. Que te diga la verdad.

—Ven conmigo —le dijo Alan—. Ya es hora de que tú y yo hablemos en serio.

Cuando Bea y la sargento Havers se detuvieron en el antiguo aeródromo militar, los dos coches, similares a los que se habían visto en los alrededores del acantilado el día que murió Santo Kerne, estaban a un lado de LiquidEarth. Un vistazo rápido por la ventanilla y reveló que el RAV4 de Lew Angarrack contenía un equipo de surf junto con una tabla corta. En el Defender de Jago Reeth no había nada, que ellas vieran. Estaba picado de óxido por fuera —el aire salado era mortal para cualquier coche en esta parte del país—, pero por lo demás estaba todo lo limpio posible, que no era nada limpio teniendo en cuenta el tiempo y las probabilidades de que tuviera que aparcarlo al aire libre. Tenía alfombrillas y tanto en el lado del conductor como del pasajero había mucho barro seco para examinarlo.

Pero el barro era uno de los peligros de vivir en la costa desde finales de otoño hasta finales de primavera, así que su presencia en el Defender no contaba tanto como le habría gustado a Bea.

Como en estos momentos Daidre Trahair se encontraba sabía Dios dónde, salir de excursión al local del fabricante de tablas de surf había parecido el segundo paso lógico. Había que seguir todas las pistas y, al final, tanto Jago Reeth como Lewis Angarrack iban a tener que explicar qué hacían en los alrededores del lugar donde había caído Santo Kerne, por más que Bea hubiera preferido tener a Daidre Trahair en la comisaría para someterla al interrogatorio minucioso que tanto merecía.

De camino al viejo aeródromo, la inspectora había atendido una llamada de Thomas Lynley. Había ido de Newquay a Zennor y ahora estaba volviendo a Pengelly Cove otra vez. Quizá tuviera algo para ella, le dijo, pero para eso necesitaba husmear un poco más por la zona de donde era originaria la familia Kerne. Sonaba demasiado emocionado.

—¿Y qué hay de la doctora Trahair? —le preguntó ella con brusquedad.

Todavía no la había visto, contestó Lynley, pero tampoco esperaba verla. En realidad y para ser sinceros, la verdad era que no había estado vigilándola. Tenía la cabeza en otras cosas. Esta nueva situación con los Kerne…

Bea no quería oír hablar de los Kerne, fuera nueva la situación o no. No confiaba en Thomas Lynley y aquello le fastidiaba porque quería confiar en él. Necesitaba confiar en todas las personas involucradas en la investigación de la muerte de Santo Kerne y el hecho de no poder hacerlo provocó que le interrumpiera de golpe:

—Mientras tanto, en caso de que vea a la buena y escurridiza doctora Trahair, me la trae —le dijo—. ¿Queda claro?

—Sí —la tranquilizó Lynley.

—Y si tiene pensado seguir con los Kerne, tenga presente que ella también forma parte de la historia de Santo Kerne.

—Si hay que hacer caso a lo que dice la chica Angarrack, porque una mujer despechada…

—Oh, sí. Cuánta razón tiene —declaró la inspectora con impaciencia, pero Bea sabía que había algo de verdad en lo que decía Lynley: Madlyn Angarrack no parecía más limpia que los demás.

Dentro de LiquidEarth, Bea presentó la sargento Havers a Jago Reeth, que estaba lijando el borde irregular de fibra de vidrio y resina del canto de una tabla con cola de golondrina, colocada entre dos caballetes bien acolchados para proteger el acabado de la tabla, y procuraba ser delicado con el proceso. Un armario enorme que emanaba calor estaba abierto en un lado del cuarto con más tablas dentro que, al parecer, aguardaban sus atenciones. LiquidEarth parecía tener una pretemporada lucrativa y el negocio seguía prosperando, a juzgar por el ruido que salía del cuarto de perfilado.

Como antes, Jago vestía un mono desechable. Ocultaba gran parte del polvo que cubría su cuerpo, pero no el que le cubría el pelo y la cara. Cualquier parte de él que estuviera a la vista estaba blanca, incluso los dedos, y las cutículas formaban diez grandes sonrisas en la base de sus uñas.

Jago Reeth preguntó a Bea si quería hablar con Lew o con él esta vez. Ella contestó que con los dos, pero su conversación con el señor Angarrack podía esperar, así podría permitirse charlar a solas con Jago.

La idea de que la policía quisiera hablar con él, a solas o no, no pareció desconcertar al anciano. Dijo que creía haberles contado todo lo que sabía sobre la aventura Santo-Madlyn, pero Bea le informó con tono agradable que, por lo general, prefería tomar ella esa decisión. El hombre la miró, pero no comentó nada más aparte de que seguiría lijando si no había ningún problema.

No lo había, le tranquilizó Bea. Mientras hablaba, el ruido procedente del cuarto de perfilado se detuvo. La inspectora pensó que Lew Angarrack se uniría a ellos, pero se quedó dentro.

Hannaford preguntó a Jago Reeth qué podía decirle sobre el hecho de que su Defender estuviera en las inmediaciones del lugar donde se había producido la caída de Santo Kerne el día de su muerte. Mientras hablaba, la sargento Havers desempeñaba su trabajo con la libreta y el lápiz.

Jago dejó de lijar, miró a Havers y ladeó la cabeza como si evaluara la pregunta de Bea.

—¿En las inmediaciones? —preguntó—. ¿De Polcare Cove? No creo, no.

—Su coche fue visto en Alsperyl —le dijo Bea.

—¿Y eso es cerca? Puede ser que Alsperyl esté cerca en línea recta, pero en coche son bastantes kilómetros.

—A pie por los acantilados es bastante fácil llegar de Alsperyl a Polcare Cove, señor Reeth. Incluso a su edad.

—¿Alguien me vio en la cima del acantilado?

—No estoy diciendo que estuviera allí. Pero el hecho de que su Defender estuviera, ni que fuera remotamente, en la zona donde murió Santo Kerne… Entenderá mi curiosidad, espero.

—La Cabaña de Hedra —dijo.

—¿Quién? —Fue la sargento Havers quien preguntó. Su expresión decía que creía que el término era una especie de chiste típico de Cornualles.

—Es una casucha vieja de madera construida en el acantilado —le explicó Jago—. Es donde estaba.

—¿Puedo preguntarle qué hacía allí? —dijo Bea.

Jago pareció plantearse la conveniencia de la pregunta o de contestarla.

—Un asunto privado —dijo al fin, y retomó su trabajo con el papel de lija.

—Esa decisión la tomaré yo —dijo Bea.

La puerta del cuarto de perfilado se abrió y Lew Angarrack salió. Igual que el otro día, iba vestido como Jago y llevaba una mascarilla y unas gafas alrededor del cuello. Una sección circular de piel alrededor de los ojos, la boca y la nariz lucía un rosa extraño contra el blanco que cubría el resto de su cara. Él y Jago Reeth intercambiaron una mirada indescifrable.

—Ah. Usted también estaba en los alrededores de Polcare Cove, señor Angarrack —señaló Bea en tono cordial. Registró la sorpresa en el rostro de Jago Reeth.

—¿Cuándo? —Angarrack se quitó la mascarilla y las gafas del cuello y las dejó encima de la tabla de surf que Jago estaba lijando.

—El día que Santo Kerne cayó. O, para expresarlo mejor, el día que asesinaron a Santo Kerne. ¿Qué hacía allí?

—No estaba en Polcare Cove.

—He dicho en los alrededores.

—Entonces se referirá a Buck's Haven, que supongo que podría decirse que está en los alrededores. Estaba haciendo surf.

Jago miró deprisa a Lew Angarrack. Él no pareció darse cuenta.

—¿Haciendo surf? —dijo Bea—. Y si vuelvo a echar un vistazo a esos gráficos que utilizan ustedes… ¿Cómo los llaman?

—Isobaras. Sí, si vuelve a echar un vistazo verá que las olas eran horribles, que el viento soplaba en la dirección equivocada y que no tenía ningún sentido salir a surfear.

—Entonces, ¿por qué lo hizo? —preguntó la sargento Havers.

—Quería pensar. El mar siempre ha sido el mejor sitio para mí. Si además cogía algunas olas, premio. Pero no fui a eso.

—¿En qué pensaba?

—En el matrimonio —contestó.

—¿El suyo?

—Estoy divorciado. Desde hace años. La mujer con la que he estado saliendo… —Cambió de posición. Parecía haber pasado varias noches en vela y Bea se preguntó cuántas podía atribuir de manera realista a los dilemas de un hombre acerca de su estado marital—. Llevamos juntos algunos años. Ella quiere casarse. Yo prefiero dejar las cosas como están, o con pocos cambios.

—¿Qué clase de cambios?

—¿Y eso qué diablos les importa a ustedes? Los dos ya hemos pasado por eso, ya sabemos lo que es, pero ella no quiere verlo así.

Jago Reeth hizo un ruido parecido a un resoplido. Parecía indicar que él y Lew Angarrack estaban de acuerdo en este tema. Siguió lijando y Lew echó un vistazo a lo que hacía. Asintió mientras pasaba los dedos por la parte del canto que Jago ya había terminado.

—Así que estaba… ¿Qué? —preguntó Bea al surfista—. ¿Meciéndose en las olas, intentando decidir si casarse con ella o no?

—No. Eso ya lo había decidido.

—¿Y su decisión fue…?

El hombre se alejó de los caballetes y la tabla en la que trabajaba Jago.

—No entiendo qué tiene que ver esa pregunta con nada, así que vayamos a la cuestión: si Santo Kerne se cayó del acantilado o le empujaron o su equipo de escalada falló. Como mi coche estaba a cierta distancia de Polcare Cove y como yo estaba en el agua, no pude empujarle, lo que nos deja que el equipo falló por alguna razón. Así que supongo que lo que quieren saber es quién tenía acceso a su equipo. ¿He llegado al quid de la cuestión un poquito más deprisa cogiendo el camino de la vía rápida, inspectora Hannaford?

—Yo creo que normalmente hay media docena de caminos a la verdad —le dijo Bea—. Pero puede seguir por ése, si quiere.

—No tengo ni idea de dónde guardaba su equipo —le dijo Angarrack—. Sigo sin saberlo. Supongo que lo tenía en su casa.

—Estaba en su coche.

—Bueno, es evidente que ese día lo llevaría en el coche, ¿no? —preguntó—. Había salido a escalar, mujer.

—Lew... sólo está haciendo su trabajo. —Jago habló con voz tranquilizadora antes de decirle a Bea—: Yo tenía acceso, si

de eso se trata. También sabía dónde lo guardaba. El chico y su padre habían tenido una discusión más...

—¿Por qué? —le interrumpió Bea.

Jago Reeth y Angarrack se miraron. Bea lo vio y repitió la pregunta.

—Por lo que fuera —fue la respuesta de Jago—. No coincidían en muchas cosas y Santo se llevó el equipo de escalada de la casa. Era como una forma de decirle «ahora verás», ya me entiende.

—«Ahora verás», ¿qué, exactamente, señor Reeth?

—Ahora verás... Cualquier cosa que pensara que sus padres debían ver.

Aquella respuesta no era muy satisfactoria.

—Si saben algo relevante, cualquiera de los dos, quiero que me lo cuenten, por favor —dijo Bea.

Otra mirada entre ellos, ésta más larga.

—Colega... Sabes que no me corresponde —le dijo Jago a Lew.

—Dejó embarazada a Madlyn —dijo Lew con brusquedad—. Y no tenía intención de hacer nada al respecto.

A su lado, Bea notó que la sargento Havers se revolvía. Se moría de ganas de intervenir, pero se contuvo. Por su parte, a Hannaford le extrañó que la información la proporcionara de un modo tan mecánico el hombre que habría tenido la razón más importante para hacer algo al respecto.

—Según Santo, su padre quería que hiciera las cosas bien con Madlyn —dijo Jago. Luego añadió—: Lo siento, Lew. Seguí hablando con el chico. Me pareció lo mejor, con el bebé en camino.

—Entonces, ¿su hija no interrumpió el embarazo? —preguntó Bea a Angarrack.

—Pensaba tenerlo.

—¿Pensaba? —preguntó la sargento Havers—. Que hable en pasado significa…

—Lo perdió.

—¿Cuándo pasó? —preguntó Bea.

—¿El aborto? A principios de abril.

—Según ella, entonces ya había roto con él. Así que lo haría estando embarazada.

—Correcto.

Bea miró a Havers. Los labios de la sargento formaban una «o», que era como decir «oh, Dios». Se habían adentrado en un terreno de lo más interesante.

—¿Cómo se sintió con todo esto, señor Angarrack? Y usted, señor Reeth, ya que se tomó la molestia de que el chico tuviera preservativos.

—No me sentí bien —contestó Angarrack—. Pero si hacer las cosas bien con Madlyn significaba casarse, prefería que rompieran, créame. No quería que se casara con él. Sólo tenían dieciocho años y además… —Hizo un gesto con la mano para descartar lo que iba a decir.

—¿Además? —le instó Havers a continuar.

—Se le veía el plumero. Era un cabronazo. No quería que la chica se relacionara más con él.

—¿Quiere decir que él quería que abortara?

—Quiero decir que le daba igual lo que hiciera, según Madlyn. Al parecer, era su estilo, sólo que al principio ella no lo sabía. Bueno, ninguno de nosotros lo sabía.

—Debió de enfurecerse cuando se enteró.

—¿Y le maté porque estaba hecho una furia? —preguntó Lew—. No creo. No tenía ninguna razón para matarle.

—¿Tratar mal a su hija no es razón suficiente? —preguntó Bea.

—Habían terminado. Ella estaba… está recuperándose. —Y añadió, mirando a Jago—: ¿No estás de acuerdo?

—Es un proceso lento —fue la respuesta de Jago.

—Que se vuelve más fácil con la muerte de Santo, diría yo —señaló Bea.

—Ya se lo he dicho. No sabía dónde guardaba su equipo y si lo hubiera sabido…

—Yo sí lo sabía —le interrumpió Jago Reeth—. El padre de Santo no dejaba de sermonearle después de que Madlyn supiera que estaba embarazada. Como le he dicho antes, se pelearon. Parte de la pelea era por ese rollo que los padres les sueltan a veces a sus hijos sobre que tienen que «portarse como un hombre» y en el caso de Santo era más fácil interpretar que eso significaba portarse como el padre de un bebé que está en camino.

Así que cogió el equipo de escalada para hacer justo eso. En lugar de decirle «¿quieres que esté al lado de Madlyn?, pues estaré al lado de Madlyn», le pareció más fácil ponerse en el plan «¿prefieres que haga escalada que surf? Pues haré escalada, ahora verás lo que es un escalador de verdad, si de eso se trata». Y se iba a escalar. Un día, otro, cuando fuera. Guardaba el equipo en el maletero de su coche. Yo sabía que lo tenía allí.

—¿Debo suponer que Madlyn también lo sabía?

—Estaba conmigo —dijo Jago—. Los dos fuimos a Alsperyl y caminamos hasta la Cabaña de Hedra. Había algo dentro de lo que quería deshacerse. Era lo último que la ataba a Santo Kerne.

«Aparte del propio Santo», pensó Bea.

—¿Y qué era? —preguntó.

Con delicadeza, Jago dejó el papel de lija encima de la tabla.

—Miren, estaba loca por Santo. Su primera vez (perdona, Lew, a ningún padre le gusta oír eso) fue con él. Cuando las cosas terminaron entre ellos, Madlyn se quedó muy mal. Y luego perdió al bebé. Le estaba costando superarlo todo, a quién no. Así que le dije que se deshiciera de todo lo relacionado con Santo, de principio a fin. Lo hizo, pero quedaba esta última cosita, así que por eso fuimos allí. Habían grabado sus iniciales en la cabaña, cosas de chavales, con un corazón y todo eso, ¿se lo puede creer? Fuimos para destruir eso. No la cabaña, claro. Lleva allí... Dios mío, ¿cuánto? ¿Cien años? No queríamos destrozar la cabaña. Sólo las iniciales. Dejamos el corazón como estaba.

—¿Por qué no terminar todo esto de una manera lógica? —le preguntó Bea.

—¿Y cuál sería?

—La obvia, señor Reeth —intervino Havers—. ¿Por qué no cargarse también a Santo Kerne?

—Espere un minuto, joder... —dijo Lew Angarrack acaloradamente.

—¿Es una chica celosa? —le interrumpió Bea—. ¿Suele ser vengativa cuando le hacen daño? Puede responder cualquiera de los dos, por cierto.

—Si intenta decir...

—Intento llegar a la verdad, señor Angarrack. ¿Madlyn le dijo, o a usted, señor Reeth, que Santo estaba viéndose con alguien en mitad de todo esto? Y digo viéndose a modo de eufemismo, por cierto. Estaba tirándose a una mujer de por aquí mayor que él al mismo tiempo que se tiraba y dejaba embarazada a su hija. Nos lo dijo ella misma, que se tiraba a otra, al menos. Tuvo que hacerlo, porque ya la hemos pillado en más de una mentira y me temo que se vio acorralada. Al final, siguió al chico y allí estaban, en casa de la mujer, el semental lleno de energía follándose entusiasmado a la vaca vieja. ¿Lo sabía? ¿Y usted, señor Reeth?

—No. No —contestó Lew Angarrack. Se pasó la mano por el pelo canoso y provocó una caída de polvo de poliestireno—. He estado ocupado con mis propios asuntos... Sabía que ella y el chico habían roto y pensaba que con el tiempo... Madlyn siempre ha sido una niña nerviosa. Siempre he pensado que era por su madre y por el hecho de que nos dejara que no lleva bien que la dejen. Bueno, a mí me parecía bastante natural y al final siempre lo superaba cuando algo moría entre ella y otra persona. Creía que también superaría esto, incluso la pérdida del bebé. Así que cuando la vi... alterada como estaba, hice lo que pude, o lo que creí que podía hacer, para ayudarla a sobreponerse.

—¿Y qué hizo?

—Despedí al chico y la animé para que volviera a surfear, para que volviera a ponerse en forma y volviera al circuito. Le dije que a todos nos destrozan el corazón una vez en la vida, pero que uno se recupera.

—¿Como le pasó a usted? —preguntó Havers.

—Pues sí, en realidad.

—¿Y qué sabía de esta otra mujer? —le preguntó Bea.

—Nada. Madlyn no me dijo nunca... No sabía nada.

—¿Y usted, señor Reeth?

Jago cogió el papel de lija y lo examinó. Asintió despacio.

—Me lo contó. Quería que hablara con el chico, supongo que para que le hiciera entrar en razón. Pero le dije que no serviría de mucho. ¿A esa edad? Un chico no piensa con la cabeza, ¿acaso no lo veía? Le dije que había muchos peces en el mar, como se suele decir, y que lo que había que hacer era deshacerse de ese desgraciado y seguir adelante con nuestras vidas. Es la única manera.

No pareció percatarse de lo que acababa de decir. Bea lo miró detenidamente. Adivinaba que Havers estaba haciendo lo mismo.

—«Irregular» es la palabra que han utilizado para describirnos lo que Santo hacía a escondidas mientras salía con Madlyn y fue el propio Santo quien la usó. Le aconsejaron que fuera sincero al respecto, pero al parecer no lo fue con Madlyn. ¿Fue sincero con usted, señor Reeth? Parece que sintoniza bien con la gente joven.

—Sólo sé lo que sabía Madlyn —dijo Jago Reeth—. ¿Irregular, dice? ¿Fue la palabra que usó?

—Irregular, sí. Lo bastante irregular como para que pidiera consejo.

—Tirarse a una mujer mayor que él ya podría ser bastante irregular —observó Lew.

—Pero ¿lo suficiente como para pedir consejo al respecto? —preguntó Bea, más a sí misma que a ellos.

—Supongo que depende de quién fuera la mujer, ¿eh? —dijo Jago—. Al final siempre se reduce a eso.

Capítulo 21

A pesar de la advertencia de Jago, Cadan no pudo controlarse. Era una completa locura y lo sabía muy bien, pero se recreó en ella de todos modos: el suave tacto de sus muslos rodeándole con fuerza; el sonido de sus gemidos y luego el «sí» extasiado e intenso de su respuesta y con el telón de fondo de las olas rompiendo en la orilla cercana; la mezcla de aromas del mar, de sus fragancias femeninas y de la madera putrefacta de la minúscula caseta de la playa. Su sal eterna allí donde lamía mientras ella gritaba «sí, sí» y le metía los dedos en el pelo; la luz tenue de las grietas alrededor de la puerta proyectando un resplandor casi etéreo en su piel, que era resbaladiza pero ágil y firme y, Dios mío, tan hambrienta y tan dispuesta...

Podría haber sido así, pensó Cadan, y a pesar de que se estaba haciendo tarde no se encontraba tan lejos de colocar a *Pooh* en el salón, sacar la bicicleta del garaje y pedalear frenéticamente hasta Adventures Unlimited para aceptar la oferta de Dellen Kerne para verse en las casetas de la playa. Había visto suficientes películas en el cine para saber que el tema mujer adulta-chico joven nunca era perfecto —menos aún estable—, lo cual era una ventaja para él. La idea en sí de hacérselo con Dellen Kerne estaba tan bien en la mente de Cadan que había traspasado la frontera de lo correcto y había entrado en un terreno absolutamente distinto: el de lo sublime, lo místico, lo metafísico. El único problema era, por desgracia, la propia Dellen.

Estaba chiflada, de eso no cabía la menor duda. Pese al deseo de apretar sus labios en varias partes del cuerpo de la mujer, Cadan reconocía a una achotada cuando la veía, suponiendo que «achotada» fuera realmente una palabra, algo que dudaba seriamente. Pero si no era una palabra, tenía que serlo, y ella estaba cien por cien achotada. Era una achotada que andaba, hablaba, respiraba, comía y dormía. Cadan Angarrack, aparte de un chaval que iba lo bastante caliente como para follarse a un rebaño de ovejas, era lo suficientemente inteligente como para rehuir a una achotada.

No había ido a trabajar, pero no se había visto capaz de enfrentarse a ninguna pregunta de su padre sobre por qué andaba por casa. Así que para impedir que Lew se adentrara en ese terreno, Cadan se levantó como siempre, se vistió como siempre —incluso se puso los vaqueros salpicados de pintura, lo que consideró un detalle muy bonito— y se sentó como siempre a desayunar a la mesa, donde Madlyn comía medio pomelo espléndido y Lew volcaba una buena fritanga de la sartén en su plato.

Al ver a Cadan, Lew señaló la comida de un modo sorprendentemente afable. Cadan lo interpretó como una ofrenda de paz y un reconocimiento a sus esfuerzos por rehabilitarse a través de un empleo remunerado, así que aceptó el desayuno con un «fantástico, papá, gracias», empezó a comer y le preguntó a su hermana cómo lo llevaba.

Madlyn le lanzó una mirada torva que recomendaba un cambio de conversación, así que Cadan examinó a su padre un momento y se percató de que Lew desprendía una tranquilidad de movimientos que en el pasado había significado una liberación sexual reciente. Decidió que era improbable que su padre se hubiera hecho una paja mientras se duchaba aquella mañana.

—¿Has vuelto con Ione, papá? —le preguntó en un tono de hombre a hombre cuyas implicaciones no podían malinterpretarse.

Y Lew no lo malinterpretó, sin duda. Cadan lo vio. Porque la piel morena de su padre se oscureció un poquito antes de que regresara a los fogones para preparar una segunda fritanga. Y lo hizo en silencio.

Un hurra por las conversaciones cordiales en familia. Pero no se preocupó. Como no iba a producirse ningún sonido más entre ellos más allá de los propios de masticar y tragar, el tema del trabajo de Cadan no surgió. Por otro lado, el chico se moría por preguntar qué problema suponía intercambiar unas palabras subidas de tono sobre el hecho de que Lew hubiera conseguido aplacar el resentimiento de Ione el tiempo suficiente como para sujetarla valientemente a la cama. De acuerdo, Madlyn estaba presente y tal vez hubiera que mostrar cierta deferencia con su feminidad —por no mencionar con todo lo malo que le había pasado últimamente— y no sacar los aspectos más ordinarios de las relaciones entre hombres y mujeres. Por otro lado, un guiño entre varones no habría estado de más y, en otros tiempos mejores, a Lew no le había importado permitir que su hijo supiera algunos detallitos de sus conquistas triunfales.

Así que Cadan se preguntó qué estaba pasando.

¿Estaba Lew con otra mujer? Era propio de él, sin duda. Por la vida del pequeño clan de los Angarrack habían pasado varias mujeres, que por lo general acababan llorando, despotricando o intentando ser razonables con una conversación en la mesa de la cocina o en la puerta de casa o en el jardín o donde fuera, porque Lew Angarrack no quería comprometerse con ellas. Pero cuando otra mujer hacía su aparición en escena, normalmente Lew la traía a casa para que conociera a los niños antes de acostarse con ella porque así se llevaba la impresión de que realmente existía una posibilidad entre ellos... un futuro. Por lo tanto, ¿qué significaba que Lew estuviera en la cocina tan feliz y como si hubiera dado un buen repaso a una mujer cuando no había traído a nadie de visita? Los chicos eran mayores, cierto, pero en aquella casa había cosas grabadas a fuego y desde siempre una de ellas había sido el comportamiento de Lew.

Esto provocó que pensara en Dellen Kerne. No era que la hubiera apartado de su mente en ningún momento, pero le pareció que el secretismo de Lew significaba que había motivos para el mismo y que hubiera motivos implicaba algo ilícito, lo cual sin duda conducía al adulterio. Una mujer casada. Dios santo, concluyó. Su padre se había tirado a Dellen primero. No sabía cómo, pero imaginaba que había ocurrido. Sintió una punzada de auténticos celos.

Tuvo mucho tiempo durante el día para meditar acerca de

lo que aún podría sacar de un encuentro con Dellen. Tenía la sensación de que la mujer no consideraría un problema echar un polvo con el padre y con el hijo, pero la verdad era que no quería empeorar todavía más las cosas con su padre, así que acabó intentando concentrarse en otros asuntos.

El problema estribaba en que Cadan era una persona de acción, no de reflexión. Meditar le producía ansiedad y la cura tomaba dos direcciones. Una de ellas era actuar y la otra, beber. Sabía cuál de las dos debía elegir, teniendo en cuenta su historial, pero sabía muy bien que quería escoger la otra y, a medida que transcurrían las horas, el deseo aumentó. Cuando el deseo le presionó hasta tal punto que el pensamiento racional se volvió imposible, dio a *Pooh* un plato de fruta para mantenerle ocupado —entre otros comestibles, el loro sentía especial debilidad por las naranjas españolas— y cogió su bicicleta. Binner Down House era su destino.

El propósito de Cadan era buscar a alguien con quien tomar unas copas. Beber solo más de una vez a la semana sugería que

podía tenerse un problemilla con las sustancias de la variedad líquida que alteraban el humor y no quería ser etiquetado como nada más que un *bon vivant*. Así que decidió que Will Mendick sería un buen compañero para unos tragos.

Como Will no había hecho progresos con Madlyn, era lógico pensar que querría agarrarse un pedo. Cuando estuvieran como una cuba, podían dormir la mona en Binner Down House sin que nadie se enterara. Parecía una idea estupenda.

Will vivía en Binner Down House con nueve surfistas, chicos y chicas. Él era la excepción. No cogía olas porque no le gustaban los tiburones y tampoco le tenía mucho cariño a los peces araña. Cadan lo encontró en el lado sur de la finca, que era un lugar antiguo con las condiciones típicas de una propiedad cercana al mar y de la que nadie se ocupa como es debido. Así que el terreno que la rodeaba estaba lleno de aulagas, helechos y algas marinas. Un ciprés retorcido que se alzaba en lo que se suponía que era un jardín necesitaba una buena poda y las malas hierbas habían invadido un césped que había librado desde hacía tiempo una dura batalla contra ellas. El propio edificio necesitaba imperiosamente una reforma, sobre todo en las tejas y los marcos de madera de puertas y ventanas. Pero sus inquilinos tenían preocupaciones más importantes que el mantenimiento de la propiedad y una evidencia de ello era el cobertizo destrozado donde guardaban sus tablas de surf en fila como puntos de libros de colores. Igual que sus trajes de neopreno, que por lo general colgaban a secar en las ramas más bajas del ciprés.

El lado sur de la casa daba a Binner Down, de cuyos alrededores llegaban los mugidos de las vacas. En la pared del edificio habían construido una especie de invernadero triangular. Su tejado de cristal bajaba hacia la casa, con un lado que también era de cristal y el otro que abarcaba el granito del viejo edificio, pero que estaba pintado de blanco para reflejar el sol. Era una viña, según había sabido Cadan, por lo que su propósito era cultivar vides.

Cadan encontró a Will dentro. Estaba agachado para adaptarse al cristal inclinado del techo, trabajando en la base de una parra joven. Cuando Cadan entró, Will se irguió.

—Joder, tío, ya era hora —dijo antes de ver quien cruzaba la puerta—. Lo siento. Creía que eras uno de ellos.

Cadan sabía que se refería a uno de sus compañeros de casa surfistas.

—¿Siguen sin ayudarte con esto?

—Qué va, joder. Para eso tendrían que levantar el culo.

Will había estado utilizando una horca para remover la tierra —una opción que Cadan no consideró la mejor, teniendo en cuenta el tamaño de las plantas, pero no dijo nada— y Will tiró la herramienta a un lado. Cogió una taza de algo que había encima de la repisa y se bebió el resto del contenido. En el invernadero hacía calor, como debía ser a pesar de la hora, y estaba sudando, por lo que tenía el pelo ralo pegado al cráneo. Cuando cumpliera los treinta ya estaría calvo, decidió Cadan, que dio gracias por sus rizos abundantes.

—Te debo una —le dijo Cadan a Will a modo de introducción—. He venido a decírtelo.

Will parecía confuso. Cogió la horca y se puso a cavar de nuevo.

—¿Qué es lo que me debes, exactamente?

—Una disculpa. Por lo que te dije.

Will volvió a erguirse y se pasó el brazo por la frente. Llevaba una camisa de franela, con algunos botones desabrochados, y debajo, su camiseta negra habitual.

—¿Qué me dijiste?

—Eso sobre Madlyn. El otro día, ya sabes. Cuando pasaste por casa. —Cadan pensaba que cuanto menos dijeran sobre Madlyn mejor, pero quería cerciorarse de que Will sabía de qué estaba hablando—. Tío, ¿qué coño sé yo sobre quién tiene una oportunidad con mi hermana y quién no?

—Bueno, supongo que lo sabes muy bien. Eres su hermano.

—Pues parece que no —le dijo Cadan—. Resulta que esta mañana ha hablado de ti mientras desayunábamos. Lo he oído y me he dado cuenta… Oye, tío, me equivoqué del todo y quiero que lo sepas.

Estaba mintiendo, por supuesto, pero imaginaba que se le podía perdonar. Había un bien común: en realidad, no sabía lo

que pensaba su hermana sobre las aventuras amorosas —aparte de lo que había sentido en su momento por Santo Kerne, y tampoco estaba muy seguro de eso—, y ahora mismo necesitaba a Will Mendick. Así que si hacía falta una mentirijilla para que Will abriera una botella con él, sin duda se le podía perdonar.

—Lo que digo es que no deberías descartarla. Lleva un tiempo mal y creo que te necesita, aunque todavía no lo sepa.

Will fue al fondo del invernadero, donde guardaba el material, y bajó una caja de abono de un estante. Cadan lo siguió.

—Así que he pensado que podríamos empinar el codo… —Cadan se encogió por dentro por haber utilizado aquella expresión extraña; parecía un personaje de otra época— y olvidarlo todo. ¿Qué me dices?

—No puedo —contestó Will—. Ahora no puedo marcharme.

—Has tenido suerte. No hablaba de marcharnos —le dijo Cadan con toda sinceridad—. Pensaba que podríamos chuzarnos aquí.

Will dijo que no con la cabeza. Regresó con sus parras y su horca. Cadan tenía la clara impresión de que algo carcomía la serenidad de su amigo.

—No puedo, lo siento. —Will reanudó su trabajo y aclaró la situación añadiendo lacónicamente—: La poli vino al súper, Cade. Me acribillaron a preguntas.

—¿Sobre qué?

—¿Sobre qué coño crees?

—¿Santo Kerne?

—Sí, Santo Kerne. ¿Acaso hay otro tema?

—¿Por qué vinieron a hablar contigo, por el amor de Dios?

—Yo qué coño sé. Están hablando con todo el mundo. ¿Cómo te has escapado tú? —Will volvió a cavar con furia.

Cadan no dijo nada. De repente, se sintió inquieto. Miró a Will de manera especulativa. El hecho de que la policía hubiera ido a buscarle sugería cosas que no quería ni empezarse a plantear.

—Bueno —dijo en un tono expansivo que siempre indica el fin de la conversación.

—Sí —dijo Will en tono grave—. Bueno.

Cadan se despidió poco después y, por lo tanto, se encontró de nuevo sin nada que hacer. Will y los problemas de Will aparte, el destino parecía decirle que debía actuar. Y actuar significaba hacer la única cosa —aparte de beber— que no había logrado quitarse de la cabeza.

Dios santo, su cabeza parecía obsesionada con ella. Podría ser perfectamente una infección mortal que le consumía el cerebro. Cadan sabía que su alternativa era fácil: o se libraba de ella o se la tiraba. Sin embargo, tirársela no era muy distinto a cometer un suicidio ritual y al menos lo sabía, así que pedaleó de Binner Down House al único lugar que quedaba en su limitada lista de lugares donde poder salvarse de sí mismo: el aeródromo militar. No se le ocurrió ninguna otra opción. Mentiría a su padre sobre el trabajo, si hacía falta. Sólo necesitaba estar en algún sitio que no fuera solo en casa o en Adventures Unlimited cerca de aquella mujer.

Quiso la suerte que el coche de su padre no estuviera allí. Pero sí el de Jago, lo que le pareció una bendición. Si había alguien que pudiera hacerle de confidente, ése era Jago Reeth.

Por desgracia, alguien más había tenido la misma idea. Cadan entró y se encontró a las dos hijas de Ione Soutar en la recepción. La puerta que daba a los talleres estaba cerrada. Jennie estaba atendiendo escrupulosamente su tarea en la mesita plegable que su padre utilizaba de escritorio mientras que la temible Leigh se presionaba con un dedo un lado de la nariz. Delante de ella, en el mostrador, había un tubo de Super Glue junto con un espejo de mano en el que estaba mirándose.

—¿Mamá está dentro, Cadan? —le dijo Leigh con esa inflexión interrogadora suya perpetua y exasperante que siempre sugería que estaba hablando con un tonto—. Ha dicho que es personal, así que no puedes entrar.

—Supongo que está hablando con Jago sobre tu padre —añadió Jennie con sinceridad. Se chupaba el labio inferior mientras borraba marcas de lápiz que había hecho en el papel—. Dice que han terminado, pero no deja de llorar por las noches en el baño cuando cree que no la oímos, por lo que creo que no está tan terminado como ella querría.

—¿Tiene que darle calabazas para siempre? —dijo Leigh—. No te ofendas, Cadan, pero tu padre es un capullo. Las mujeres tienen que defenderse solas y tienen que mantenerse firmes y sobre todo tienen que darle la patada a los hombres que no las tratan como merecen ser tratadas. Porque, a ver, ¿qué clase de ejemplo nos está dando?

—¿Qué diablos te estás haciendo en la cara? —preguntó Cadan.

—Mamá no deja que se haga un *piercing* en la nariz, así que se está pegando una piedra —informó Jennie a Cadan con ese tono simpático tan característico suyo—. ¿Sabes hacer divisiones largas, Cade?

—Dios mío, no se lo pidas a él —le dijo Leigh a su hermana—. Ni siquiera aprobó la secundaria, ya lo sabes, Jennie.

Cadan no le hizo caso.

—¿Quieres una calculadora? —le preguntó a Jennie.

—¿Se supone que tiene que enseñar los deberes? —le dijo Leigh. Se examinó la tachuela en la nariz y dijo mirándose al espejo—: No soy estúpida. No voy a destrozarme la cara. No voy a hacer eso. —Puso los ojos en blanco—. ¿Qué te parece, Jennie?

—Creo que ahora sí vais a pelearos de verdad —dijo Jennie sin mirarla.

Cadan no podía discrepar. Parecía como si Leigh tuviera una mancha grande de sangre en un lado de la nariz. Tendría que haber elegido una piedra de otro color.

—Mamá le obligará a que se lo quite —siguió Jennie—. Y cuando lo haga, le dolerá, porque el Super Glue pega muy bien. Te arrepentirás, Leigh.

—¡Calla! —dijo Leigh.

—Sólo digo…

—Calla. Cierra el pico. Muérdete la lengua. Métete un calcetín en la boca.

—No puedes hablarme…

La puerta interior se abrió y apareció Ione. Había estado llorando muchísimo, por lo que transmitía su aspecto. Maldita sea, debía de querer mucho a su padre, pensó Cadan.

Quería decirle que lo dejara marchar y que siguiera adelante con su vida. Lew Angarrack no estaba disponible y seguramente no lo estaría nunca. La Saltadora le había abandonado —su amor de infancia único, verdadero, eterno— y él no lo había superado. Ninguno de ellos lo había superado: ésa era su maldición.

Pero ¿cómo explicárselo a una mujer que sí había logrado pasar página cuando su matrimonio había terminado? Era imposible.

Sin embargo, parecía que Jago había hecho un esfuerzo heroico en esa dirección. Estaba detrás de Ione con un pañuelo en la mano. Estaba doblándolo y guardándoselo en el bolsillo de su mono.

Leigh miró a su madre y puso los ojos en blanco.

—Supongo que esto quiere decir que ya no vamos a hacer surf nunca más —dijo.

—De todas formas a mí no me gustaba —añadió Jennie lealmente mientras recogía los libros de texto.

—Vamos, niñas —dijo Ione, y recorrió el taller con la mirada—. No hay nada más que decir. Las cosas aquí están bastante acabadas.

A Cadan lo obvió por completo, como si fuera portador de la enfermedad de la familia. Él se apartó cuando condujo a sus retoños fuera de la tienda y la mujer emprendió el camino hacia su propia tienda en el aeródromo mientras la puerta se cerraba tras ellas.

—Pobre chica —fue el comentario de Jago al respecto.

—¿Qué le has dicho?

Jago regresó al cuarto de estratificación.

—La verdad.

—¿Cuál es?

—Que nadie puede evitar que la cabra tire al monte.

—¿Ni la cabra?

Jago estaba retirando con cuidado la cinta azul del canto de una tabla corta con cola puntiaguda. Cadan vio que hoy tenía muchos temblores.

—¿Eh? —dijo Jago.

—¿La propia cabra no puede evitarlo?

—Apuesto a que podrás reflexionar sobre eso, Cade.

—La gente sí cambia.

—No. No cambia. —Aplicó el papel de lija en la junta de resina. Las gafas se le deslizaron por la nariz y se las subió—. Sus reacciones, tal vez. Lo que muestran al mundo, ya me entiendes. Esa parte cambia si quieren cambiarla. Pero ¿por dentro? Todo sigue igual. No podemos cambiar quienes somos, sólo cómo actuamos. —Jago alzó la vista. Un mechón largo de pelo lacio gris se había soltado de su coleta perenne y cayó sobre su mejilla—. ¿Qué haces aquí, Cade?

—¿Yo?

—A menos que te hayas cambiado de nombre, chico. ¿No tendrías que estar trabajando?

Cadan prefería no responder a esa pregunta directamente, así que se paseó por el taller mientras Jago continuaba lijando los cantos de la tabla. Abrió el cuarto de perfilado —escenario de su anterior intento de trabajar en LiquidEarth— y miró dentro.

El problema, decidió, había sido que le colocaran a perfilar tablas. No tenía paciencia. Se requería una mano firme, exigía el uso de un catálogo interminable de herramientas y plantillas y demandaba que se consideraran tantas variables que tenerlas todas presentes era un imposible: la curva de la plancha, concavidad única frente a doble, los contornos de los cantos, la posición de las quillas. El largo de la tabla, la forma de la cola, el grosor del canto. Un milímetro y medio suponía una gran diferencia; «maldita sea, Cadan, ¿es que no ves que esos canales son demasiado profundos? No puedo tenerte aquí fastidiándolo todo».

De acuerdo. Era un desastre perfilando. Y la estratificación era tan aburrida que quería echarse a llorar. Le crispaba los nervios toda aquella delicadeza. Desenrollar la cantidad justa de fibra de vidrio para no considerarlo un desperdicio, aplicar cuidadosamente la resina para fijar la fibra de vidrio al poliestireno de debajo de manera que no se hicieran burbujas de aire. Lijar, luego estratificar otra vez, luego volver a lijar…

No podía hacerlo. No estaba hecho para aquello. Había que nacer estratificador como Jago y punto.

Había querido trabajar en el cuarto de diseño desde el primer día, aplicar la pintura a la tabla con su propio dibujo. Pero no se lo habían permitido. Su padre le dijo que debía ganarse ese puesto aprendiendo primero el resto del negocio, pero en realidad, Lew no le había exigido lo mismo a Santo Kerne, ¿no?

«Tú heredarás el negocio, Santo no. Así que tienes que aprender cómo funciona de principio a fin —fue la excusa de su padre—. Necesito un artista y lo necesito ahora. Santo sabe diseñar.»

«Sabe follarse a Madlyn, querrás decir», quiso contestarle Cadan. Pero en realidad, ¿qué sentido tenía? Madlyn quiso que Santo trabajara allí y Madlyn era la hija preferida.

¿Y ahora? ¿Quién lo sabía? Al final, los dos habían decepcionado a su padre, pero cabía la posibilidad de que Madlyn le hubiera decepcionado más.

—Estoy dispuesto a volver —le dijo Cadan a Jago—. ¿Qué te parece?

Jago se irguió y dejó el papel de lija en la tabla. Examinó a Cadan antes de hablar.

—¿Qué sucede? —le preguntó.

Cadan rebuscó en su cerebro intentando encontrar una buena razón para su cambio de opinión, pero sólo podía decir la verdad si quería tener la oportunidad de congraciarse con su padre con la ayuda de Jago.

—Tenías razón. No puedo trabajar allí, Jago. Pero necesito tu ayuda.

Jago asintió.

—Te tiene bien cogido, ¿eh?

Cadan no quería dedicar ni un momento más al tema de Dellen Kerne, ni en su mente ni en ninguna conversación.

—No. Sí. Lo que sea —dijo—. Tengo que salir de allí. ¿Me ayudarás?

—Claro que sí —contestó amablemente el anciano—. Sólo dame tiempo para planificar un enfoque.

Después de hablar en Zennor con David Wilkie, Lynley fue a casa del ex policía, que no estaba demasiado lejos de la iglesia. Allí subió al ático con el anciano. Tras una hora hurgando en cajas de cartón, encontraron las notas de Wilkie sobre el caso sin resolver de Jamie Parsons. A su vez, en estas notas hallaron los nombres de los chicos que habían sido interrogados tan minuciosamente acerca de la muerte de Jamie. Wilkie no tenía ni idea de dónde residían ahora estos chicos, pero Lynley creía posible que al menos uno o dos vivieran todavía cerca de Pengelly Cove. Si tenía razón, estaban esperando a ser interrogados.

Ese mismo interrogatorio ocupó los pensamientos de Lynley mientras regresaba al pueblo de surfistas. Dedicó mucho tiempo a plantearse cómo quería llevar a cabo su siguiente movimiento.

Al final, resultó que sólo tres de los seis chicos seguían viviendo en Pengelly Cove, puesto que Ben Kerne residía en Casvelyn, uno había muerto prematuramente de un linfoma y otro había emigrado a Australia. No fue difícil encontrarles. Lynley los localizó comenzando por el pub, donde una conversación con el dueño le condujo enseguida a un taller de reparación de coches (Chris Outer), la escuela de primaria (Darren Fields) y una empresa de mantenimiento de motores marinos (Frankie Kliskey). En cada lugar de trabajo, hizo y dijo lo mismo. Mostró su placa, dio los detalles mínimos sobre la muerte que estaba investigándose en Casvelyn y preguntó a cada uno de los hombres si podía escaparse para hablar de Ben Kerne en otro lugar al cabo de una hora. La muerte de Santo, el hijo de Ben Kerne, pareció producir la magia necesaria, si podía llamarse «magia». Todos accedieron.

Lynley escogió el sendero de la costa para la conversación. No muy lejos del pueblo se erigía el monumento a Jamie Parsons del que le había hablado Eddie Kerne. En lo alto del acantilado, consistía en un banco de piedra de respaldo alto que formaba una curva alrededor de una mesa de piedra redonda. En el centro de la mesa estaba grabado el nombre de Jamie junto con las fechas de su nacimiento y su muerte. En cuanto llegó, Lynley recordó haber visto el monumento durante su larga caminata por la costa. Se había sentado en el refugio que proporcionaba el banco del viento y había mirado no el mar, sino el nombre del chico y las fechas que señalaban la brevedad de su vida. Esto había ocupado su mente. Junto con ella, por supuesto. Junto con Helen.

En cuanto se sentó en el banco a esperar, se percató de que, aparte de unos minutos después de despertarse, hoy no había pensado en Helen y aquel hecho provocó que su muerte cayera como una losa sobre él. Descubrió que no quería no pensar en ella cada día y cada hora, al mismo tiempo que entendía que existir en el presente significaba que Helen tendría que alejarse más y más en su pasado a medida que pasara el tiempo. Sin embargo, le dolía saberlo. Amada esposa, hijo anhelado; los dos se habían ido y él se recuperaría. Aunque el mundo y la vida funcionaran así, el propio hecho de su recuperación parecía insoportable y obsceno.

Se levantó del banco y caminó hasta el borde del acantilado. Allí había otro recordatorio menos formal que la mesa y el banco de Jamie Parsons: una corona de flores muertas y marchitas de la pasada Navidad, un globo deshinchado, un osito de peluche empapado y el nombre de Eric escrito en rotulador negro en una espátula. Había decenas de formas de morir en la costa de Cornualles. Lynley se preguntó cuál de ellas se había llevado a esta alma.

El sonido de unas pisadas en el sendero pedregoso justo al norte de donde se encontraba atrajo su atención hacia el camino de Pengelly Cove. Vio a los tres hombres llegando juntos a la cuesta y supo que se habían puesto en contacto. Ya lo había esperado cuando habló con ellos. Incluso lo había alentado. Su plan era poner las cartas sobre la mesa: no tenían que temerle.

Era obvio que Darren Fields era el líder. Era el más corpulento y, como director de la escuela primaria, seguramente poseía el nivel de educación más alto. Encabezaba la fila por el sendero y fue el primero en saludar a Lynley con la cabeza y en reconocer la elección del lugar para la reunión con las palabras:

—Me lo imaginaba. Bueno, ya dijimos todo lo que había que decir sobre ese tema hace años. Así que si cree…

—Estoy aquí por Santo Kerne, como les he dicho —comentó Lynley—. También por Ben Kerne. Si mis intenciones fueran otras, no habría sido tan transparente con ustedes.

Los otros dos hombres miraron a Fields, que valoró las palabras de Lynley. Al final sacudió la cabeza en lo que debía interpretarse como un gesto de asentimiento y se dirigieron todos a la mesa y su banco. Frankie Kliskey parecía ser el más nervioso. Era un hombre excepcionalmente bajito y se mordía un lado del dedo índice —un lugar sucio de aceite de motor y en carne viva por el mordisqueo constante— y sus ojos saltaban de un hombre a otro. Por su parte, Chris Outer parecía dispuesto a esperar que las cosas se desarrollaran como quisieran. Encendió un cigarrillo protegiendo la llama con la mano y se recostó en el banco con el cuello de su chaqueta de piel subido, los ojos entrecerrados y una expresión que recordaba a James Dean en una escena de *Rebelde sin causa*. Sólo le fallaba el pelo: era calvo como una bola de billar.

—Espero que entiendan que esto no es una trampa de ningún tipo —dijo Lynley a modo de preámbulo—. David Wilkie, ¿les suena el nombre?, sí, ya veo que sí, cree que lo que le sucedió a Jamie Parsons hace años seguramente fue un accidente. Wilkie no piensa ahora, ni lo pensó nunca, al parecer, que ustedes planearan su muerte. En la sangre del chico había rastros de alcohol y cocaína. Wilkie cree que no comprendieron el estado en el que estaba y que pensaron que saldría por su propio pie cuando acabaron con él.

Los hombres no dijeron nada. Sin embargo, los ojos de Darren Fields se habían vuelto impenetrables, lo que sugirió a Lynley que estaba resuelto a ceñirse a lo que habían dicho en el pasado sobre Jamie Parsons. Tenía muchísimo sentido, desde la perspectiva de Darren. Lo que habían dicho en el pasado les había mantenido fuera del sistema judicial durante casi tres décadas. ¿Por qué cambiarlo ahora?

—Lo que yo sé es lo siguiente… —empezó Lynley.

—Espere un momento, colega —le espetó Darren Fields—. Hace menos de un minuto nos ha dicho que había venido por otro tema.

—El hijo de Ben —apuntó Chris Outer. Frankie Kliskey no dijo nada, pero su mirada seguía alternando entre ellos.

—Sí. He venido por eso —reconoció Lynley—. Pero las dos muertes tienen un hombre en común, Ben Kerne, y hay que investigarlo. Así funcionan las cosas.

—No hay nada más que decir.

—Yo creo que sí. Yo creo que siempre hay algo más. Y también el inspector Wilkie, en realidad, pero la diferencia entre nosotros es, como ya he dicho, que Wilkie cree que lo que sucedió no fue intencionado, mientras que yo estoy lejos de estar seguro de eso. Podrían convencerme, pero para eso necesito que uno de ustedes o todos me hablen de esa noche y de la cueva.

Ninguno de los tres hombres respondió, aunque Outer y Fields intercambiaron una mirada. Sin embargo, no podía llevarse una mirada al banquillo de los acusados, por no mencionar a la inspectora Hannaford, así que Lynley insistió.

—Lo que yo sé es lo siguiente: hubo una fiesta. En ella se produjo un altercado entre Jamie Parsons y Ben Kerne. Jamie necesitaba que alguien le diera una lección por varias razones, la mayoría de las cuales tenían que ver con quién era y cómo trataba a la gente y, al parecer, su manera de comportarse con Ben Kerne aquella noche fue la gota que colmó el vaso, así que recibió su lección en una de las cuevas. Creo que el objetivo era humillarlo: de ahí que no llevara ropa, que tuviera marcas de ataduras en muñecas y tobillos y heces en las orejas. Yo diría que seguramente también se mearon encima de él, pero que la marea borró la orina, mientras que las heces no. Mi pregunta es: ¿cómo consiguieron que bajara a la cueva? He estado pensando y me parece que ustedes debían de tener algo que él quería. Si ya estaba borracho y quizá drogado, no podía ser la promesa de un colocón. Eso nos deja algún tipo de producto ilegal que no quería que el resto de la fiesta, tal vez sus hermanas, que podrían chivarse a sus padres, viera. Pero no querer que los demás le vieran con algo que quizás ellos también quisieran no parecía propio de Jamie, por lo que me han dicho de él. Tener lo que los otros necesitaban, querían, admiraban, respetaban, lo que fuera... parece que era así como funcionaba. Presumía de esas cosas. Presumía y punto. Se creía mejor que los demás. Conque no me lo imagino accediendo a quedar en una cueva para apropiarse de algo ilegal. Debieron de prometerle algo más privado. Lo que, al parecer, nos conduce al sexo.

Los ojos azules de Frankie respondieron, sus pupilas se hicieron más grandes. Lynley se preguntó cómo se las había arreglado para guardar silencio cuando Wilkie le interrogó sin sus amigos delante. Pero tal vez fuera por eso: sin sus amigos no habría sabido qué decir, así que no dijo nada. En su presencia, podía esperar a que ellos hablaran primero.

—Los jóvenes hacen casi cualquier cosa si el sexo forma parte del plan —dijo Lynley—. Imagino que Jamie Parsons no era distinto al resto de ustedes a ese respecto. Así que la pregunta es: ¿era homosexual y uno de ustedes le hizo una promesa que iba a mantenerse cuando bajara a la cueva?

Silencio. Aquello se les daba muy bien, pero Lynley estaba bastante seguro de que él era mejor.

—Pero tuvo que ser más que una simple promesa —continuó—. No era probable que Jamie respondiera a la mera sugerencia de un polvo. Creo que debió de haber algún tipo de movimiento, un desencadenante, una señal que le indicara que era seguro seguir adelante. ¿Qué sería? Una mirada de complicidad, una palabra, un gesto, una mano en el trasero, la prueba de una erección en un rincón íntimo. El tipo de lenguaje que hablan...

—Aquí nadie es marica. —Fue Darren quien habló. Era lógico, se percató Lynley, ya que era maestro de niños pequeños y era quien más tenía que perder—. Y tampoco ninguno de los otros.

—Del resto de su grupo —aclaró Lynley.

—Es lo que le estoy diciendo.

—Pero fue por sexo, ¿verdad? —dijo Lynley—. Ahí llevo razón. Jamie pensó que quedaba con alguien para tener sexo. ¿Con quién?

Silencio. Y al final:

—El pasado está muerto. —Esta vez habló Chris Outer y su expresión parecía tan dura como la de Darren Fields.

—El pasado pasado está —replicó Lynley—. Santo Kerne está muerto. Jamie Parsons está muerto. Sus muertes pueden estar relacionadas o no, pero…

—No lo están —dijo Fields.

—… pero hasta que no tenga claro lo contrario, tendré que suponer que hay una conexión entre ellas. Y no quiero que la conexión sea que las dos investigaciones terminen igual: con un veredicto abierto. Santo Kerne fue asesinado.

—Jamie Parsons no.

—De acuerdo, lo aceptaré. El inspector Wilkie también lo cree. No van a procesarles más de un cuarto de siglo después por haber sido tan estúpidos como para dejar al chico en esa cueva. Lo único que quiero saber es qué ocurrió aquella noche.

—Fue Jack. Jack. —La admisión estalló en los labios de Frankie Kliskey, como si hubiera estado esperando casi treinta años para pronunciarla. Dijo a los demás—: Jack está muerto, ¿qué importa ya? No quiero cargar con esto. Estoy harto de cargar con esto, Darren.

—Maldita sea…

—Me mordí la lengua entonces y mírame. Mira. —Extendió las manos: le temblaban como si tuviera espasmos—. Aparece un poli y me vuelve todo y no quiero pasar por eso otra vez.

Darry se separó de la mesa con un gesto de indignación y de desdén que podía interpretarse como: «Haz lo que quieras».

Se produjo un silencio tenso entre los hombres. En él, las gaviotas chillaron y abajo el motor de una barca aceleró en la cala.

—Se llamaba Nancy Snow —dijo Chris Outer, despacio—. Era la novia de Jack Dustow y éste era uno de nuestro grupo.

—El que murió de un linfoma —dijo Lynley—. ¿Ese Jack?

—Ese Jack. Convenció a Nan… para hacer lo que se hizo.

Podríamos haber utilizado a Dellen (ahora es la mujer de Ben, Dellen Nankervis se apellidaba entonces) porque siempre estaba lista para la acción…

—¿Ella estaba allí esa noche? —preguntó Lynley.

—Oh, sí, estaba. Por ella empezó todo. Porque estaba allí.

Resumió los detalles: una relación entre adolescentes que se estropeó, los dos jóvenes mostrándole al otro que estaban con otra persona, la reacción de Jamie cuando vio que su hermana se liaba abiertamente con Ben Kerne, la agresión de Jamie a Ben…

—De todos modos había que darle una lección, como ha dicho usted —terminó Frankie Kliskey—. A ninguno nos caía bien ese tío. Así que Jack le pidió a Nan Snow que le pusiera caliente. El resultado fue que Jamie quiso follar allí mismo en la casa.

—Preferiblemente donde todo el mundo pudiera verlo —añadió Darren Fields.

—Donde Jack pudiera verlo —señaló Chris—. Así era Jamie.

—Pero Nan dijo que no. —Frankie siguió con la historia—. No iba a hacérselo con él donde los demás pudieran verles, sobre todo donde pudiera verles Jack. Le dijo que bajaran a la cueva, así que bajaron. Y ahí estábamos nosotros esperando.

—¿Ella conocía el plan?

—Jack se lo contó —dijo Chris—. Lo sabía. «Baja a Jamie a la cueva para acostarte con él. No quedes con él allí porque no es estúpido y se lo olerá y no bajará. Llévale tú. Haz como si lo desearas tanto como él. Nosotros nos encargaremos del resto.» Así que bajaron sobre la una y media de la noche. Nosotros estábamos en la cueva y Nan nos lo dejó allí. El resto… Ya puede imaginárselo.

—Tenían una buena ventaja. Ustedes eran seis y él uno.

—No —dijo Darren. Su voz sonó dura—. Ben Kerne no estaba.

—¿Y dónde estaba?

—Se fue a casa. Estaba idiotizado por Dellen, siempre lo estuvo. Dios mío, si no hubiera sido por ella, no habríamos ido a la maldita fiesta. Pero había que animarle, así que dijimos que iríamos a beber su bebida, comer su comida y escuchar su música. Sólo que ella también estaba allí, esa maldita Dellen con un tío nuevo, de modo que Ben reaccionó ligándose a la chica equivocada y después de eso sólo quería irse a casa. Y eso es lo que hizo. El resto de nosotros hablamos con Nan, ella volvió a la fiesta y… —Darren hizo un gesto en dirección a la cueva, debajo de ellos, incrustada en el acantilado.

Lynley siguió con la historia.

—En la cueva le desnudaron y le ataron. Le mancharon con las heces. ¿También se le mearon encima? ¿No? Entonces, ¿qué? ¿Se hicieron una paja? ¿Uno de ustedes? ¿Todos?

—Lloró —dijo Darren—. Era lo que queríamos, era lo único que queríamos. Cuando se echó a llorar todo terminó para nosotros. Le desatamos y le dejamos ahí para que volviera subiendo por el acantilado. El resto ya lo sabe.

Lynley asintió. La historia le puso malo. Una cosa era suponer y otra muy distinta era escuchar la verdad. Había tantos Jamie Parsons en el mundo y tantos chicos como estos hombres que tenía delante… También estaba la gran brecha que los separaba y cómo se salvaba o no esa brecha. Seguramente Jamie Parsons era insoportable. Pero eso no significaba merecer morir.

—Siento curiosidad por algo —dijo Lynley.

Ellos esperaron. Todos lo miraron: Darren Fields, malhumorado; Chris Outer, tan chulo como seguramente era veintiocho años atrás; Frankie Kliskey, esperando un golpe psicológico de algún tipo.

—¿Cómo se las arreglaron para mantener la misma historia cuando la policía fue tras ustedes al principio? Antes de que fueran a por Ben Kerne, quiero decir.

—Nos marchamos de la fiesta a las once y media. Nos fuimos en el punto álgido. Volvimos a casa. —Fue Darren quien habló y Lynley captó el mensaje. Sólo tres frases, repetidas hasta la saciedad. Tal vez fueran estúpidos, esos cinco chicos implicados, pero no desconocían la ley.

—¿Qué hicieron con la ropa?

—El campo está lleno de bocaminas y pozos mineros —explicó Chris—. Es típico de esta parte de Cornualles.

—¿Qué hay de Ben Kerne? ¿Le contaron lo que había pasado?

—Nos marchamos de la fiesta a las once y media. Nos fuimos en el punto álgido. Volvimos a casa.

Entonces, pensó Lynley, Ben Kerne desconocía lo que había ocurrido igual que el resto de la gente, aparte de los cinco chicos y Nancy Snow.

—¿Qué pasó con Nancy Snow? —preguntó Lynley—. ¿Cómo podían estar seguros de que no hablaría?

—Estaba embarazada de Jack —explicó Darren—. De tres meses. Le interesaba que Jack no se metiera en líos.

—¿Qué pasó con ella?

—Se casaron. Después de morir él, se mudó a Dublín con otro marido.

—Así que estaban a salvo.

—Siempre lo estuvimos. Nos marchamos de la fiesta a las once y media. Nos fuimos en el punto álgido. Volvimos a casa.

En resumen, no había nada más que decir. Era la misma situación que se había producido después de la muerte de Jamie Parsons casi treinta años atrás.

—¿No sintieron cierta responsabilidad cuando la policía centró su atención en Ben Kerne? —les preguntó Lynley—. Alguien le delató. ¿Fue uno de ustedes?

Darren se rio con aspereza.

—Me temo que no. La única persona que habría delatado a Ben sería alguien que quisiera causarle problemas.

Capítulo 22

—Cree que mataste a Santo.

Alan no pronunció esta declaración de asombro hasta que estuvieron bien lejos de Adventures Unlimited. Había sacado a Kerra de la habitación de su madre, la había conducido por el pasillo del hotel y bajado por las escaleras. Ella se había resistido y había gruñido:

—¡Suéltame, Alan! Que me sueltes, joder.

Pero él se mantuvo firme. Era fuerte, ¿quién habría pensado que alguien tan delgado como Alan Cheston podía ser fuerte?

La había sacado de la propiedad del hotel: cruzaron la puerta del salón, recorrieron la terraza, subieron las escaleras de piedra y pasaron por la colina en dirección a la playa de St. Mevan. Hacía demasiado frío para estar fuera sin un jersey o una chaqueta, pero no se detuvo a coger algo para protegerse de la brisa marina que arreciaba. De hecho, ni siquiera parecía consciente de que el viento era fresco y pronto sería cortante.

Bajaron a la playa y entonces Kerra abandonó la lucha y se sometió para que la guiara a donde estuviera llevándola. Sin embargo, no abandonó su ira. La desataría contra él cuando llegaran a donde había decidido llevarla.

Resultó ser el Sea Pit, al final de la playa. Subieron sus siete peldaños quebradizos y se quedaron en la terraza de hormigón que lo rodeaba. Miraron abajo al fondo de la piscina salpicado de arena y, por un momento, Kerra se preguntó si pensaba tirarla al agua como algún macho primitivo que tomaba el control de su mujer.

No lo hizo, sino que dijo:

—Cree que mataste a Santo. —Entonces la soltó.

Si hubiera dicho algo más, Kerra habría pasado al ataque verbal o físico. Pero la afirmación requería una respuesta ligeramente racional al menos, porque el tono era de confusión y miedo.

Alan volvió a hablar.

—Nunca había visto nada igual. Tú y tu madre en una pelea. Era el tipo de cosa que se ve… —Pareció que no sabía dónde vería algo así, pero era normal: Alan no era de los que frecuentaban lugares donde las mujeres se tiraban de los pelos, se arañaban, gritaban y chillaban las unas a las otras. Tampoco Kerra, en realidad, pero Dellen la había llevado al límite. Y existía una razón para lo que había ocurrido entre ellas. Alan tendría que reconocer eso como mínimo—. No sabía qué hacer. Nunca había tenido que enfrentarme a algo así…

Kerra se frotó el brazo allí donde la había agarrado.

—Santo me robó a Madlyn. La apartó de mí y yo le odiaba por ello. Dellen lo sabe, así que le ha sido fácil pasar de eso a decir que yo lo maté. Es su estilo.

Alan parecía, en todo caso, aún más confuso.

—Las personas no roban personas a otras, Kerra —dijo.

—En mi familia, sí. Entre los Kerne es algo entre un acto reflejo y una tradición declarada.

—Menuda tontería.

—Madlyn y yo éramos amigas. Entonces apareció Santo, le echó el ojo y Madlyn se volvió loca por él. Ni siquiera sabía hablar de otra cosa, así que terminamos… Madlyn y yo… Terminamos siendo nada porque ella y Santo… Y lo que hizo… Dios mío, era tan típico. Igualito que Dellen. No quería a Madlyn, sólo quería ver si podía alejarla de mí. —Ahora que por fin estaba expresándolo todo con palabras, Kerra descubrió que no podía parar. Se pasó una mano por el pelo, se lo agarró con fuerza y tiró, como si tirar de él fuera a conseguir que sintiera algo distinto a lo que había sentido durante tanto tiempo—. No necesitaba a Madlyn. Podría haber tenido a cualquiera, igual que Dellen, en realidad. Ha tenido a cualquiera siempre que le ha picado. No necesita… No lo necesita.

Alan la miraba fijamente, como si hablara un idioma cuyas palabras entendía pero cuyo significado subyacente le sonaba a chino. Una ola chocó contra el lado del Sea Pit y él se estremeció como si le sorprendieran su fuerza y proximidad. La espuma los salpicó a los dos. Era fresca y fría, salada en sus labios.

—Estoy absolutamente perdido —dijo.

—Sabes perfectamente de qué estoy hablando —dijo ella.

—Pues resulta que no. Sinceramente.

Ahora era el momento. No le quedaba más remedio que presentarle las pruebas que había recabado y decir la verdad tal como la entendía ella. Kerra había dejado la postal en el cuarto de su madre, pero el hecho que revelaba la postal seguía existiendo.

—Fui a la casa, Alan —dijo—. Registré tus cosas.

—Ya lo sé.

—De acuerdo, ya lo sabes. Encontré la postal.

—¿Qué postal?

—«Es aquí.» Esa postal. Pengelly Cove, la cueva, la letra de Dellen en rojo y una flecha señalando directamente a la cueva. Los dos sabemos qué significa.

—¿Lo sabemos?

—Basta. Llevas trabajando en ese despacho de marketing con ella... ¿Cuánto tiempo? Te pedí que no lo hicieras. Te pedí que cogieras un trabajo en otra parte. Pero no quisiste, ¿verdad? Así que te sentaste en el despacho con ella día tras día y no puedes decirme... Joder, no puedes afirmar que ella no... Por el amor de Dios, eres un hombre. Conoces las señales. Y hubo algo más que señales, ¿verdad?

Alan la miró fijamente. Kerra quería ponerse a patalear. El hombre no podía ser tan obtuso. Había decidido que las cosas serían así: fingiría ignorarlo todo hasta que ella bajara los brazos derrotada. Qué listo. Pero ella no era tonta.

—¿Dónde estabas el día que murió Santo? —le preguntó.

—Dios mío. No pensarás que tuve algo que ver con...

—¿Dónde estabas? Te fuiste, y ella también. Y tenías esa postal. Estaba en tu habitación. Ponía «es aquí» y los dos sabemos a qué se refería. Empezó con el rojo: el pintalabios, un pañuelo, unos zapatos. Cuando hacía eso... Cuando hace eso...

Kerra notó que le entraban ganas de echarse a llorar y sólo pensar en llorar por aquello, por Dellen, por ellos dos, provocó que toda su ira regresara con fuerza y se expandiera en su interior hasta tal punto que pensó que iba a escupirla por la boca, un vertido apestoso capaz de contaminar todo lo que quedara entre ella y este hombre a quien había elegido amar. Porque lo amaba, sólo que el amor era peligroso. El amor la situaba donde estaba su padre y eso le resultaba insoportable.

Al parecer, Alan empezaba a asimilar todo aquello porque dijo:

—Entiendo. No se trata de Santo, ¿verdad? Es tu madre. Crees que yo... con tu madre... el día que Santo murió. ¿Y se supone que pasó en esa cueva de la postal?

Kerra no pudo responder. Ni siquiera pudo asentir con la cabeza. Estaba esforzándose demasiado por recuperar el control, porque si tenía que sentir algo —si tenía que demostrar que sentía algo, en realidad— quería que ese algo fuera rabia.

—Kerra, ya te lo he dicho —dijo Alan—. Hablamos del vídeo, tu madre y yo. También se lo había comentado a tu padre. Tu madre no dejaba de hablar de un lugar en la costa que creía que podría irnos muy bien, por las cuevas y el ambiente que proporcionaban. Me dio esa postal y...

—No eres tan estúpido. Y yo tampoco.

Alan giró la cabeza, no hacia el mar, sino en dirección al hotel. Desde el borde del Sea Pit no se veía el viejo hotel de la Colina del Rey Jorge, pero sí las casetas de la playa, esa hilera ordenada azul y blanca, el lugar perfecto para una cita.

Alan suspiró.

—Sabía qué tenía en mente. Me sugirió que fuéramos a las cuevas a echar un vistazo y lo supe. No es nada sutil cuando se trata de indirectas. Pero imagino que nunca le ha hecho falta ser muy creativa; todavía es una mujer guapa, a su manera.

—No sigas —dijo Kerra. Por fin habían llegado al fondo del asunto y descubrió que no podía soportar escuchar los detalles. En realidad, era la misma maldita historia con la misma maldita trama. Sólo cambiaban los protagonistas masculinos.

—Seguiré —dijo Alan—. Y me escucharás y decidirás lo que quieras creer. Dellen afirmaba que las cuevas eran perfectas para el vídeo. Comentó que debíamos ir a echar un vistazo. Le contesté que tendríamos que quedar allí y como excusa le dije que tenía que hacer algunos recados porque no tenía ninguna intención de ir en el mismo coche con ella. Así que nos encontramos allí y me enseñó la cala, el pueblo y las cuevas. Y no pasó nada entre nosotros porque mi única intención era que no fuese así. —Mientras hablaba seguía con la mirada fija en las casetas de la playa, pero ahora la miró. Kerra no podía entender qué significaba eso—. Así que ahora te toca decidir, Kerra. Te toca elegir.

Entonces lo comprendió. ¿A quién iba a creer: a él o a su instinto? ¿Qué escogería: la confianza o la sospecha?

—Me arrebatan todo lo que quiero —dijo ella con voz apagada.

—Kerra, cariño, las cosas no funcionan así —dijo Alan en voz baja.

—En nuestra familia siempre han funcionado así.

—Quizás en el pasado. Quizás hayas perdido a personas que no querías perder. Quizá las hayas dejado marchar tú, o tú las hayas apartado. La cuestión es que nadie que no quiera apartarse se aparta. Y si alguien te quita a alguien, no es culpa tuya. ¿Cómo podría serlo?

Kerra escuchó las palabras y notó su calidez, y ésta la tranquilizó por dentro. Era muy extraño, también inesperado. Con lo que Alan había dicho, Kerra sintió un alivio sutil. Algo indescriptible estaba cediendo, como si se derrumbara un gran baluarte interno. También notó el escozor de las lágrimas, pero no iba a permitirse llegar tan lejos.

—A ti, entonces —dijo.

—¿A mí, entonces? ¿Qué?

—Supongo que te elijo a ti.

—¿Sólo lo supones?

—No puedo darte más ahora mismo… No puedo, Alan.

Él asintió con gravedad. Luego dijo:

—Me llevé a un cámara conmigo. Era el recado que tenía que hacer antes de ir a Pengelly Cove. Fui a buscar a un cámara. No fui solo a las cuevas.

—¿Por qué no me lo has contado? ¿Por qué no me has dicho…?

—Porque quería que escogieras. Quería que me creyeras.

Está enferma, Kerra. Cualquiera que tenga sentido común puede ver que está enferma.

—Siempre ha sido tan…

—Siempre ha estado tan enferma. Y pasarte la vida reaccionando a su enfermedad también hará que enfermes tú. Tienes que decidir si así es como quieres vivir. Porque yo no.

—Seguirá intentando…

—Seguramente sí. O buscará ayuda. Tomará una decisión o tu padre insistirá en que lo haga o acabará en la calle y tendrá que cambiar para sobrevivir, no lo sé. La cuestión es que yo pienso vivir mi vida como yo quiero vivirla, independientemente de lo que haga tu madre con la suya. ¿Tú qué quieres hacer exactamente? ¿Lo mismo? ¿U otra cosa?

—Lo mismo —dijo Kerra. Notaba los labios entumecidos—. Pero tengo… tanto miedo.

—Todos tenemos miedo, porque no hay ninguna garantía de nada. Así es la vida.

Ella asintió como atontada. Un ola rompió contra el Sea Pit. Kerra se estremeció.

—Alan —dijo—. No le hice daño… Nunca le habría hecho nada a Santo.

—Claro que no. Yo tampoco.

Bea estaba sola en el centro de operaciones cuando accedió al ordenador. Había enviado a Barbara Havers de nuevo a Polcare Cove para que llevara a Daidre Trahair a Casvelyn para un careo. «Si no está, espera una hora —le había dicho Bea a la sargento—. Si no aparece, déjalo y le echaremos el lazo mañana por la mañana.»

Al resto del equipo lo mandó a sus respectivas casas después de analizar largamente los progresos del día. «Comed algo decente y dormid bien —les dijo—. Por la mañana las cosas parecerán distintas, más claras y más posibles.» O eso esperaba.

Consideraba que entrar en el ordenador era un último recurso, una concesión a la forma extravagante que tenía el agente McNulty de enfocar el trabajo policial. Lo hizo porque, antes de que ella y la sargento Havers se marcharan de Liquid-

Earth, se había detenido delante del póster que tanto había fascinado al joven agente —el surfista cayendo en esa ola monstruosa— y había dicho refiriéndose a ella:

—Es la ola que lo mató, ¿verdad?

Estaban con ella los dos hombres: Lew Angarrack y Jago Reeth.

—¿Quién? —Fue Angarrack el que preguntó.

—Mark Foo. ¿No es Mark Foo en la ola de Maverick's que lo mató?

—Foo murió en Maverick's, cierto —dijo Lew—. Pero ése es un chico más joven, Jay Moriarty.

—¿Jay Moriarty?

—Sí. —Angarrack había ladeado la cabeza, interesado—. ¿Por qué?

—El señor Reeth dijo que era la última ola de Mark Foo.

Angarrack miró a Jago Reeth.

—¿Cómo pudiste pensar que era Foo? —dijo—. La tabla no está bien, para empezar.

Jago se acercó a la puerta que separaba la zona de trabajo de la recepción y el taller de exposición, donde, entre otros, estaba colgado el póster en la pared. Se apoyó en el marco y señaló a Bea con la cabeza.

—Sobresaliente —le dijo a Hannaford, y luego a Lew—: Están haciendo el trabajo que tienen que hacer, fijándose en todo lo que tienen que fijarse. Tenía que comprobarlo, ¿no? Espero que no se lo tome como algo personal, inspectora.

Bea se molestó mucho. Todo el mundo quería intervenir en una investigación de asesinato si conocía a la víctima, pero ella detestaba cualquier cosa que le hiciera perder el tiempo y no le gustaba que la pusieran a prueba de ese modo. Aún le desagradó más la manera como la miró Jago Reeth después de aquel intercambio, con esa mirada maliciosa que a menudo adoptan los hombres que se ven obligados a tratar con mujeres que ocupan una posición superior a la de ellos.

—No vuelva a hacerlo —le dijo, y se marchó de Liquid-Earth con Barbara Havers. Pero ahora, sola en el centro de operaciones, se preguntó si el error de Jago Reeth con el póster se debía realmente a que estaba poniendo a prueba la solidez de su investigación o respondía a otra razón totalmente distinta. Bea sólo podía contemplar dos posibilidades: había confundido la identidad del surfista porque no lo conocía o lo había hecho a propósito para centrar la atención en él. En cualquier caso, la pregunta era por qué, y carecía de una respuesta fácil.

Pasó los noventa minutos siguientes navegando por el enorme abismo de Internet. Buscó a Moriarty y Foo y descubrió que los dos estaban muertos. Sus nombres la condujeron a otros nombres, así que siguió el rastro dejado por esta lista de individuos sin rostro hasta que al final también tuvo sus caras en la pantalla del ordenador. Las examinó con la esperanza de recibir algún tipo de señal sobre qué debía hacer a continuación, pero si existía una conexión entre estos surfistas de olas grandes y la muerte de un escalador en un acantilado de Cornualles, no la encontró y se dio por vencida.

Se acercó a la pizarra. ¿Qué tenían después de estos días de esfuerzo? Tres materiales de escalada dañados, el estado del cuerpo que indicaba que había recibido un único puñetazo fuerte en la cara, huellas en el coche de Santo Kerne, un cabello atrapado en su equipo, la reputación del chico, dos vehículos en los alrededores del lugar de la caída y el hecho de que seguramente había puesto los cuernos a Madlyn Angarrack con una veterinaria de Bristol. Eso era todo. No tenían nada sólido con lo que trabajar y mucho menos nada en lo que basar una detención. Habían transcurrido más de setenta y dos horas desde la muerte del chico y cualquier policía vivo sabía que cada hora que pasaba sin una detención a partir del momento del asesinato dificultaba muchísimo más la resolución de caso.

Bea examinó los nombres de las personas que estaban implicadas, directa o indirectamente, en este homicidio. Le pareció que en algún momento u otro, todo el mundo que conocía a Santo Kerne había tenido acceso a su equipo de escalada, así que no tenía demasiado sentido seguir esa dirección. Por lo tanto, pensó que debían centrarse en el móvil del crimen.

«Sexo, poder, dinero», pensó. ¿Acaso no habían sido siempre el triunvirato de los móviles? Tal vez no fueran obvios en las fases iniciales de una investigación, pero ¿no acababan apareciendo siempre? Al principio se contemplaban los celos, la ira, la venganza y la avaricia. ¿No podían vincularse todos ellos al sexo, el poder o el dinero? Y si así era, ¿cómo se aplicaban estos tres móviles originales a esta situación?

Bea dio el único paso que se le ocurrió: hizo una lista. Escribió los nombres que en estos momentos le parecían probables y al lado de cada persona anotó el posible móvil de cada una. Apuntó a Lew Angarrack vengando el corazón roto de su hija (sexo); a Jago Reeth vengando el corazón roto de una chica que era como una nieta para él (sexo otra vez); a Kerra Kerne eliminando a su hermano para heredar todo Adventures Unlimited (poder y dinero); a Will Mendick esperando hacerse un hueco en los sentimientos de Madlyn Angarrack (el sexo una vez más); a Madlyn funcionando desde una perspectiva de mujer despechada (sexo de nuevo); a Alan Cheston deseando mayor control sobre Adventures Unlimited (poder); a Daidre Trahair poniendo punto final a su papel de La Otra deshaciéndose del hombre (más sexo).

Por ahora, los padres de Santo Kerne no parecían tener un móvil para cargarse a su hijo, ni tampoco Tammy Penrule. «¿Qué quedaba, entonces?», se preguntó Bea. La eslinga estaba cortada y el corte tapado con la cinta que Santo Kerne utilizaba para identificar su equipo. Dos cuñas estaban…

Tal vez las cuñas fueran la clave. Como el cable que contenían estaba hecho de alambres gruesos, haría falta una herramienta especial para cortarlos. Una cizalla, quizás. Unos alicates. Si encontraba esa herramienta, ¿encontraría al asesino? Era la mejor posibilidad que tenía.

Lo que era destacable, sin embargo, era la naturaleza pausada del crimen. El asesino confiaba en que, al final, el chico utilizaría la eslinga o una de las cuñas dañadas, pero el tiempo no era esencial. Tampoco era necesario para el asesino que el chico muriera en el acto, ya que podría haber utilizado la eslinga y las cuñas en una escalada mucho más sencilla. Podría haberse caído y hecho daño solamente, lo que habría requerido que el asesino ideara otro plan.

De manera que no estaban buscando a alguien desesperado, al autor de un crimen pasional: estaban buscando a una persona astuta. La astucia siempre sugería que se trataba de una mujer, igual que el enfoque que se había utilizado en este crimen. Cuando una mujer mataba, nunca utilizaba un método directo.

Esa línea de pensamiento la condujo inmediatamente a Madlyn Angarrack, Kerra Kerne y Daidre Trahair. Lo que, a su vez, la llevó a preguntarse dónde diablos había estado la veterinaria ese día. Y aquello provocó inevitablemente que pensara en Thomas Lynley y en su presencia en Polcare Cove aquella mañana, lo que hizo que fuera al teléfono para marcar el número del móvil que le había dado.

—Bueno, ¿qué tenemos? —le preguntó cuando su tercer intento por establecer una conexión con dondequiera que estuviera tuvo éxito—. ¿Y dónde diablos está, comisario?

Estaba regresando a Casvelyn, le dijo. Había pasado el día en Newquay, Zennor y Pengelly Cove. A su pregunta de cómo diantre les llevaba eso a Daidre Trahair, a quien todavía deseaba ver, por cierto, Lynley le contó un cuento sobre surfistas adolescentes, sexo adolescente, drogas, alcohol, fiestas adolescentes, cuevas en la playa y una muerte. Chicos ricos, chicos pobres y chicos de clase media y la policía que no había logrado resolver el caso a pesar de que alguien había dado un chivatazo.

—Sobre Ben Kerne —dijo Lynley—. Sus amigos pensaron desde el principio que la chivata fue Dellen Kerne. El padre de Ben también lo cree.

—Y todo esto es relevante ¿por qué razón? —preguntó Bea cansinamente.

—Creo que la respuesta a eso está en Exeter.

—¿Está yendo para allí ahora?

—Mañana —le dijo. Hizo una pausa antes de continuar—. No me he topado con la doctora Trahair, por cierto. ¿Ha aparecido? —Sonaba demasiado despreocupado para el gusto de Bea. Y ella no era estúpida.

—Ni rastro de ella. ¿Y puedo decirle lo poco que me gusta eso?

—Podría significar cualquier cosa. Podría haber vuelto a Bristol.

—Oh, por favor. No me lo trago.

Lynley permaneció en silencio. Era respuesta suficiente.

—He mandado a su sargento Havers a casa de la doctora

Trahair para que la traiga aquí si ha vuelto a hurtadillas —le dijo Bea.

—No es mi sargento Havers —dijo Lynley.

—Yo no lo negaría tan deprisa —dijo Bea.

No hacía ni cinco minutos que había colgado cuando su móvil sonó y vio que la sargento Havers la llamaba.

—Nada —fue su breve informe, interrumpido en gran parte por una cobertura terrible—. ¿Sigo esperando? Si quiere, puedo hacerlo. No tengo muchas ocasiones para fumar tranquilamente y escuchar el mar.

—Ya ha cumplido —dijo Bea—. Váyase a casa. Su comisario Lynley también va hacia el hostal.

—No es mi comisario Lynley —le dijo Havers.

—Pero ¿qué demonios les pasa a ustedes dos? —preguntó Bea y colgó antes de que la sargento pudiera elaborar una respuesta.

Decidió que su última tarea antes de marcharse a casa sería llamar a Pete y hacer de madre preguntándole por la ropa, la comida, los deberes y el fútbol. También le pediría por los perros. Y si por casualidad Ray contestaba al teléfono, sería educada.

Sin embargo, fue Pete quien contestó, y le ahorró las molestias. Estaba emocionado con el nuevo jugador que había comprado el Arsenal, alguien con un nombre indescifrable de… ¿De verdad había dicho del Polo Sur? No. Tenía que ser São Paulo.

Bea manifestó su entusiasmo y eliminó el fútbol de su lista de temas. Pasó a la comida y a los deberes y estaba a punto de adentrarse en el tema de la ropa —Pete detestaba que le preguntaran por su ropa interior, pero llevaría los mismos calzoncillos toda la semana si ella no le estaba encima— cuando el niño dijo:

—Papá quiere que le digas cuándo es el próximo Día de los Deportes en el cole, mamá.

—Siempre le digo cuándo es el próximo Día de los Deportes en el cole —contestó ella.

—Sí, pero me refiero a que quiere ir contigo, no solo.

—¿Lo quiere él o lo quieres tú? —preguntó Bea con astucia.

—Bueno, estaría bien, ¿no? Papá es guay.

Ray estaba haciendo más progresos, pensó Bea. Bueno, ahora mismo no podía hacer nada al respecto. Contestó que ya verían y le dijo a Pete que le quería. Él le respondió lo mismo y colgaron.

Pero los comentarios de su hijo sobre Ray enviaron a Bea otra vez al ordenador, donde esta vez entró en su páginas de citas. Pete necesitaba a un hombre en casa de manera permanente y creía estar preparada para algo más definido que una cita y algún que otro polvo cuando el niño se quedaba a dormir en casa de Ray.

Repasó las ofertas, intentando no examinar primero las fotografías, diciéndose que era esencial no tener prejuicios. Pero un cuarto de hora después, su desesperación con las citas había alcanzado niveles que no conseguiría nada más. Decidió que si todas las personas que decían gustarles los paseos románticos por la playa al atardecer daban paseos románticos por la playa al atardecer, la multitud de gente reunida allí se asemejaría a Oxford Street en Navidad. Menuda chorrada. ¿Quién contaba realmente entre sus intereses las cenas a la luz de las velas, los paseos románticos por la playa, las catas de vinos en Burdeos y las charlas íntimas en bañeras de agua caliente o delante de la chimenea en el Distrito de los Lagos? ¿De verdad tenía que creérselo?

«Maldita sea», pensó. El mundo de las citas era deprimente. Empeoraba cada año, lo que hacía que cada vez estuviera más resuelta a quedarse en compañía de sus perros. Seguro que disfrutaban de un remojón en agua caliente, esos tres, y al menos se ahorraría la conversación pseudoíntima que lo acompañaba.

Apagó el ordenador y se marchó. A veces irse a casa —incluso sola— era la única respuesta.

Ben Kerne completó la ascensión al acantilado a buen ritmo y le ardían los músculos del esfuerzo. Lo hizo como Santo había pensado hacerlo, bajando en rápel y luego subiendo, aunque habría podido aparcar tranquilamente abajo en Polcare Cove y hacerlo todo al revés. Incluso podría haber caminado por el sendero de la costa hasta la cima del acantilado y realizar sólo el descenso en rápel. Pero quería recorrer los pasos de Santo y eso requería estacionar el Austin no en el aparcamiento de la cala, sino en el área de descanso cerca de Stowe Wood, donde Santo había dejado su coche. Desde allí, anduvo por el sendero hasta el mar como habría hecho Santo y fijó su eslinga en el mismo poste de piedra donde había fallado la eslinga de Santo. Todo lo demás era cuestión de memoria muscular. La bajada en rápel fue muy rápida. El ascenso requirió habilidad y cabeza, pero era preferible a estar cerca de Adventures Unlimited y de Dellen.

Ben quería estar exhausto al final de la ascensión. Buscaba quedarse agotado, pero descubrió que estaba igual de inquieto que cuando había comenzado todo el ejercicio. Tenía los músculos cansados, pero su mente funcionaba con el piloto automático.

Como siempre, era en Dellen en quien pensaba. Dellen y el hecho de que ahora comprendía qué había hecho con su vida para estar con ella.

Al principio no había entendido de qué hablaba cuando gritó:

—¡Lo conté!

Y luego, cuando comenzó a caer en la cuenta de lo que significaba, no quiso creerla. Porque creerla significaba aceptar que el halo de sospecha bajo el que había vivido en Pengelly Cove —ese que al final había provocado que tuviera que marcharse a Truro— lo había creado de manera intencionada la mujer a quien amaba.

Así que para evitar tanto esa creencia como sus repercusiones, dijo:

—¿De qué diablos estás hablando? —Y llegó a la conclusión de que estaba arremetiendo contra él porque había vertido acusaciones contra ella, porque había tirado sus pastillas por la ventana y porque, al hacerlo, había exigido de ella algo a lo que Dellen no podía enfrentarse en aquel momento.

Tenía la cara contraída por la rabia.

—Ya lo sabes —gritó—. Oh, lo sabes muy bien. Siempre has creído que fui yo quien te delató. Veía cómo me mirabas después, lo veía en tus ojos… Y luego te marchaste a Truro y me dejaste allí con las consecuencias. Dios mío, te odié tanto.

Pero luego ya no, porque te quería muchísimo. Y te quiero ahora. Y te odio… ¿Por qué no me dejas en paz?

—Tú eres la razón por la que la policía anduvo detrás de mí —dijo Ben, con voz apagada—. A eso te refieres. Hablaste con ellos.

—Te vi con ella. Querías que te viera y te vi y sabía que querías follártela. ¿Cómo piensas que me sentí?

—¿Así que decidiste dar un paso más? Le llevaste a la cueva, te lo tiraste, le dejaste ahí y…

—No podía ser quien tú querías que fuera. No podía darte lo que tú querías, pero no tenías ningún derecho a terminar las cosas entre nosotros, porque yo no había hecho nada. Y entonces con su hermana… Lo vi porque tú querías que lo viera y querías que sufriera, y deseé devolvértelo.

—Y te lo follaste.

—¡No! —chilló—. No lo hice. Quería que te sintieras como yo, hacerte daño como tú a mí porque querías de mí todas esas cosas que yo jamás podría darte. ¿Por qué rompiste

 conmigo? Y ¿por qué… por qué no quieres dejarme ahora?

—¿Así que me acusaste…?

Ahí estaba. Por fin lo había dicho.

—¡Sí! Lo hice. Porque eres tan bueno… Eres tan rematadamente bueno, maldita sea, y esa bondad miserable es lo que no podía soportar, ni entonces ni ahora. No dejas de poner la otra puta mejilla y cuando haces eso, te desprecio. Siempre que te despreciaba rompías conmigo, y entonces era cuando te quería y cuando más te deseaba.

—Estás loca —fue lo único que pudo decir.

Había tenido que alejarse de ella. Quedarse en la habitación significaba aceptar que había construido su vida sobre una mentira. Porque cuando la policía de Newquay centró sus investigaciones en él semana tras semana y mes tras mes, acudió a Dellen en busca de consuelo y fuerza. Ella le completaba, pensaba. Ella le convertía en el hombre que era. Era una mujer difícil, sí, tenían problemas de vez en cuando. Pero cuando todo iba bien entre ellos, ¿acaso no estaban mejor de lo que podrían estar jamás con otra persona?

Así que cuando ella le siguió a Truro, él aprovechó lo que

decidió que significaba aquel gesto. Cuando sus labios temblorosos pronunciaron las palabras «estoy embarazada otra vez» recibió ese anuncio como si un ángel se hubiera aparecido ante él en un sueño, como si en la vara imaginaria que llevaba todos los días hubieran florecido lirios blancos al despertar. Y cuando Dellen también se deshizo de ese bebé —como había hecho con los anteriores, suyos y de dos chicos más— la calmó y aceptó que todavía no estaba preparada, que no estaban preparados, que no era el momento adecuado. Le debía la lealtad que ella le había demostrado, decidió. Era un espíritu atormentado. La quería y podría sobrellevarlo.

Cuando por fin se casaron, se sintió como si hubiera capturado un ave exótica. Sin embargo, no podía encerrarla en una jaula: sólo podría tenerla si la dejaba volar.

—Tú eres el único a quien deseo de verdad —le decía—. Perdóname, Ben. Es a ti a quien quiero.

Ahora, en la cima del acantilado, Ben volvía a respirar con normalidad después de la ascensión. Le entró frío por culpa del sudor y la brisa marina y se percató de lo tarde que era. Se dio cuenta de que después de bajar por la pared del acantilado había estado justo en el lugar donde yació Santo, muerto o muriéndose. Y vio que, mientras recorría los pasos de su hijo por el sendero desde la carretera, mientras amarraba la eslinga en el viejo poste de piedra, mientras bajaba y se preparaba para volver subir, no había pensado en Santo ni una sola vez. Estaba allí por eso y no lo había logrado. Dellen, como siempre, había invadido su mente.

Le pareció que aquélla era la traición definitiva, la más monstruosa. No que Dellen le hubiera traicionado al dirigir las sospechas sobre él años atrás, sino que él mismo acabara de traicionar a Santo. Un peregrinaje al lugar exacto donde había fallecido Santo no había bastado para exorcizar a la madre del chico de sus pensamientos. Ben se percató de que la vivía y la respiraba como si fuera un contagio que sólo le afectara a él. Lejos de ella, tal vez también la hubiera llevado con él, razón por la cual seguía volviendo.

Estaba tan enfermo como ella, pensó. Más, en realidad. Porque si ella no podía evitar ser la Dellen que era y siempre había sido, él sí podía dejar de ser el Benesek pervertidamente leal que se lo ponía todo siempre tan fácil para que ella pudiera seguir y seguir.

Cuando se levantó de la roca donde se había sentado para recobrar el aliento, se notó agarrotado por enfriarse con la brisa. Sabía que por la mañana pagaría las consecuencias de haber ascendido tan rápido. Regresó al poste de piedra donde estaba atada la eslinga y empezó a subir la cuerda por el acantilado, enrollándola y examinándola con cuidado en busca de puntos desgastados. Incluso entonces vio que no podía concentrarse en Santo.

Todo aquello encerraba una cuestión moral, Ben lo sabía, pero descubrió que carecía del valor necesario para planteársela.

Daidre Trahair llevaba esperando en el bar del Salthouse Inn casi una hora cuando Selevan Penrule entró por la puerta. El hombre repasó la sala con la mirada cuando vio que su compañero de bebida no estaba con una Guinness en la mano al lado de la chimenea, que era el lugar del que Selevan y Jago Reeth se apropiaban a menudo, y se acercó a Daidre para sentarse con ella a su mesa junto a la ventana.

—Pensaba que ya estaría aquí —dijo Selevan sin preámbulos mientras separaba una silla—. Me ha llamado para decirme que llegaría tarde. La poli estaba hablando con él y con Lew; están hablando con todo el mundo. ¿Ya han hablado con usted?

Dedicó un saludo marinero a Brian, que había salido de la cocina después de que Selevan entrara.

—¿Lo de siempre? —dijo Brian.

—Sí —contestó Selevan, y luego le dijo a Daidre—: Incluso han hablado con Tammy, aunque fue porque la chica tenía algo que decirles y no porque tuvieran preguntas para ella. Bueno, ¿por qué iban a tenerlas? Conocía al chaval, pero eso era todo. Ojalá hubiera sido diferente, no me importa decirlo, pero ella no estaba interesada. Mejor que mejor, por cómo han ido las cosas, ¿eh? Pero ojalá lleguen al fondo de todo esto, maldita sea. También me sabe mal por la familia.

Daidre habría preferido que el anciano no hubiera decidido

sentarse con ella, pero no se le ocurrió una excusa que pudiera transmitir educadamente su deseo de estar sola. Antes de hoy nunca había entrado en el Salthouse Inn con el propósito de estar sola, así que, ¿por qué iba a suponerlo ahora? Nadie iba al Salthouse Inn para estar solo, ya que el hostal era el lugar donde los habitantes de la zona se reunían para cotillear y conversar cordialmente, no para meditar.

—Quieren hablar conmigo —dijo, y le enseñó la nota que había encontrado en la cabaña. Estaba escrita en el dorso de la tarjeta de la inspectora Hannaford—. Ya hablé con ellos el día que murió Santo. No entiendo por qué quieren volver a interrogarme.

Selevan miró la tarjeta y le dio la vuelta.

—Parece serio, si han dejado la tarjeta y eso.

—Creo que más bien es porque no tengo teléfono. Pero hablaré con ellos, claro que lo haré.

—Procure buscarse un abogado. Tammy no lo hizo, pero fue porque ella tenía algo que decirles y no al revés, ya se lo he dicho. No es que escondiera algo. Tenía información, así que se la dio. —La miró ladeando la cabeza—. ¿Está escondiendo algo, hija mía?

Daidre sonrió y se guardó la tarjeta en el bolsillo mientras el anciano le devolvía el gesto.

—Todos tenemos secretos, ¿no? ¿Por eso me sugiere que me busque un abogado?

—Yo no he dicho eso —protestó Selevan—. Pero es usted un gran misterio, doctora Trahair. Lo hemos sabido desde el principio. Ninguna chica lanza los dardos como usted sin tener algo dudoso en su pasado, en mi opinión.

—Me temo que mis oscuros secretos no van más allá del *roller derby*, Selevan.

—¿Y eso qué es?

Daidre le dio unos golpecitos en la mano con la yema de los dedos.

—Tendrá que investigarlo y averiguarlo, amigo mío.

Entonces, por la ventana, vio que el Ford entraba dando botes en el aparcamiento lleno de baches del Salthouse Inn. Lynley se bajó y empezó a caminar en dirección al hostal, pero se dio la vuelta cuando otro coche entró en el patio detrás de él. Era un Mini destartalado cuyo conductor tocó el claxon como si Lynley estuviera en medio del paso.

—¿Es Jago? —Selevan no podía ver el aparcamiento desde donde estaba sentado—. Gracias —le dijo a Brian, que le trajo su Glenmorangie y dio el primer trago con satisfacción.

—No —dijo Daidre despacio—. No es Jago.

Mientras miraba el aparcamiento, oía a Selevan charlando sobre su nieta. Tammy pensaba por sí misma, al parecer, y nada iba a apartarla del rumbo que había decidido tomar.

—Tengo que admirarla por ello —estaba diciendo Selevan—. Tal vez estemos siendo todos demasiado duros con la chica.

Daidre emitió los sonidos adecuados para indicar que estaba escuchando, pero se había concentrado en lo que sucedía en el aparcamiento, por poco que fuera. El conductor del Mini maltrecho había abordado a Lynley. Se trataba de una mujer fornida que llevaba unos pantalones de pana anchos y un chaquetón abrochado hasta el cuello. Su conversación sólo duró un momento. Una especie de movimiento con el brazo por parte de la mujer sugería un altercado menor por la manera de conducir de Lynley.

Entonces, detrás de ellos, el Defender de Jago Reeth apareció en el aparcamiento.

—Ahora sí es el señor Reeth —informó Daidre a Selevan.

—Será mejor que ocupe nuestro sitio, entonces —le dijo Selevan, que se levantó y fue junto a la chimenea.

Daidre siguió observando. Fuera se intercambiaron algunas palabras más. Lynley y la mujer se callaron cuando Jago Reeth bajó de su coche. Éste los saludó educadamente con la cabeza, como hacen los compañeros de pub, antes de dirigirse hacia la puerta. Lynley y la mujer intercambiaron algunas palabras más y luego se separaron.

Entonces, Daidre se levantó. Tardó un poco en saldar la cuenta del té que había tomado mientras esperaba a Lynley. Cuando llegó a la entrada del hotel, Jago Reeth ya se había instalado con Selevan Penrule junto a la chimenea, la mujer del aparcamiento se había marchado y el propio Lynley había regresado al parecer a su coche a buscar una caja de cartón maltrecha. Estaba metiéndola en el hostal cuando Daidre pasó a la recepción iluminada tenuemente. Allí hacía más frío por el suelo de piedra irregular y la puerta exterior, que a menudo no estaba cerrada. Tiritó y se dio cuenta de que había olvidado el abrigo en el bar.

Lynley la vio enseguida. Sonrió y dijo:

—Hola. No he visto tu coche fuera. ¿Querías darme una sorpresa?

—Quería asaltarte. ¿Qué llevas ahí?

Miró lo que sujetaba.

—Las notas de un viejo policía. O las notas viejas de un policía. Las dos cosas, supongo. Es un jubilado de Zennor.

—¿Es donde has estado hoy?

—Allí y en Newquay. También en Pengelly Cove. He pasado por tu casa esta mañana para invitarte a venir conmigo, pero no te he encontrado por ningún lado. ¿Has pasado el día fuera?

—Me gusta conducir por el campo —dijo Daidre—. Es una de las razones por las que vengo aquí cuando puedo.

—Es comprensible. A mí también me gusta.

Cambió la caja de posición y la sostuvo inclinada sobre la cadera de esa forma típica en los hombres, tan distinta a la manera que tienen las mujeres de coger algo voluminoso. Él miró a Daidre. Thomas tenía un aspecto más saludable que hacía cuatro días, había en él una pequeña chispa de vida que no existía entonces. Daidre se preguntó si tendría que ver con el hecho de implicarse de nuevo en una investigación policial. Tal vez fuera algo que se te metía en la sangre: la emoción intelectual del rompecabezas de un crimen y la emoción física de la caza.

—Tienes trabajo. —Daidre señaló la caja—. Esperaba poder charlar contigo si tienes tiempo.

—¿Sí? —Levantó una ceja. Otra vez la sonrisa—. Encantado de concedértelos; la charla, el tiempo, lo que sea. Deja que lleve esto a mi habitación y puedo verte… ¿en el bar? ¿En cinco minutos?

No quería ir al bar ahora que Jago Reeth y Selevan Penrule estaban dentro. A medida que transcurriera el tiempo irían llegando más clientes habituales y no le entusiasmaba la perspectiva de despertar rumores en torno a una conversación íntima entre la doctora Trahair y el inspector de Scotland Yard.

—Preferiría un lugar un poco más privado —dijo—. ¿Hay algún…? —Aparte del restaurante, cuyas puertas estaban cerradas y seguirían estándolo al menos una hora más, en realidad no había otro sitio donde pudieran hablar aparte de su habitación.

Pareció que Lynley llegaba a esta conclusión en el mismo momento que ella.

—Sube, entonces —dijo—. El ambiente es monástico, pero tengo té si no te disgustan el PG Tips y esos envasuchos pequeños de leche. Creo que también hay galletas de jengibre.

—Me acabo de tomar un té. Pero gracias, sí. Creo que tu habitación es el mejor lugar.

Lo siguió por las escaleras. Nunca había estado en la parte de arriba del Salthouse Inn y ahora resultaba extraño estar allí, recorriendo el pequeño pasillo detrás de un hombre, como si tuvieran algún tipo de cita. Se descubrió esperando que nadie los viera y malinterpretara la situación y entonces se preguntó por qué. ¿Qué importaba de todos modos?

La puerta no estaba cerrada con llave —«No tiene sentido, ya que no tengo nada que puedan robarme», señaló Lynley— y le indicó que pasara, apartándose a un lado educadamente para permitir que entrara primero en la habitación. Tenía razón al describirla como monástica, vio Daidre. Estaba bastante limpia y pintada de colores alegres, pero era austera. Sólo había la cama para sentarse a menos que alguien quisiera subirse a la pequeña cómoda. La cama parecía grande, aunque era individual. Cuando la miró, Daidre descubrió que se ruborizaba, así que apartó la vista.

En un rincón de la habitación había una pila y Lynley se acercó a ella después de dejar la caja de cartón en el suelo, con cuidado, contra la pared. Colgó la chaqueta —vio que era un hombre diligente con su ropa— y se lavó las manos.

Ahora que se encontraba aquí, Daidre no estaba segura de nada. En lugar de la ansiedad que la había invadido cuando Cilla Cormack le trajo la noticia del interés de Scotland Yard en ella y su familia en Falmouth, ahora se sentía torpe y tímida. Se dijo que era porque Thomas Lynley parecía llenar la habitación. Era un hombre bastante alto, varios centímetros por encima del metro ochenta, y el resultado de compartir un espacio tan reducido con él parecía transformarla en una ridícula doncella victoriana sorprendida en una situación comprometedora. No era por algo que el hombre estuviera haciendo en particular, sino el simple hecho de estar con él y esa aura trágica que parecía rodearlo, pese a su comportamiento agradable. Pero sentir algo distinto a lo que le habría gustado sentir impacientaba a Daidre, tanto con él como consigo misma.

Se sentó en la cabecera de la cama. Antes de hacerlo, le dio la nota que había encontrado de la inspectora Hannaford. Thomas le dijo que la policía había llegado a su cabaña poco después de él aquella mañana.

—Veo que estás solicitada —le dijo.

—He venido a pedirte consejo. —No era del todo cierto, pero era una buena manera de empezar, le pareció—. ¿Qué me recomiendas?

Lynley fue a la cabecera de la cama y se sentó.

—¿Sobre esto? —Hizo un gesto con la tarjeta—. Te recomiendo que hables con ella.

—¿Tienes idea de qué va todo esto?

Después de un momento de duda revelador, le contestó que no.

—Pero sea lo que sea —añadió Thomas—, te sugiero que seas absolutamente sincera. Pienso que siempre es mejor contar la verdad a los investigadores. En general, creo que lo mejor es contar la verdad y punto, sea la que sea.

—¿Y si la verdad es que maté a Santo Kerne?

Lynley dudó un momento antes de contestar.

—No creo que ésa sea la verdad, francamente.

—¿Tú eres un hombre sincero, Thomas?

—Intento serlo.

—¿Incluso en mitad de un caso?

—Especialmente entonces, si es lo apropiado. A veces, con un sospechoso, no lo es.

—¿Yo soy sospechosa?

—Sí —le dijo—. Por desgracia, lo eres.

—¿Y por eso has ido a Falmouth a hacer preguntas sobre mí?

—¿A Falmouth? No he ido a Falmouth por ninguna razón.

—Pero alguien ha ido a hablar con los vecinos de mis padres. Al parecer era alguien de New Scotland Yard. ¿Quién podría ser si no fuiste tú? ¿Y qué necesitarías saber sobre mí que no pudieras preguntarme directamente?

Lynley se levantó. Se acercó a su lado de la cama y se agachó delante de ella. Estaba más cerca de lo que a Daidre le habría gustado, así que se movió para levantarse. Él se lo impidió: bastó con ponerle una mano delicada en el brazo.

—No he ido a Falmouth, Daidre —aseguró—. Te lo juro.

—¿Quién, entonces?

—No lo sé. —Clavó sus ojos en ella. Eran serios, fijos—. Daidre, ¿tienes algo que ocultar?

—Nada que pudiera interesar a Scotland Yard. ¿Por qué me están investigando?

—Cuando hay un asesinato se investiga a todo el mundo. Tú estás implicada porque el chico murió cerca de tu propiedad. Y… ¿existen otras razones? ¿Hay algo que no me hayas contado que te gustaría contarme ahora?

—No me refiero a por qué me investigan a mí. —Daidre intentó sonar despreocupada, pero la intensidad de su mirada se lo ponía difícil—. ¿Por qué Scotland Yard, quiero decir? ¿Qué hace Scotland Yard en esto?

Lynley volvió a levantarse y fue al hervidor eléctrico. Sorprendentemente, Daidre notó que sentía alivio y pena a la vez por que se hubiera alejado de ella, pues encontraba una especie de seguridad en su cercanía que no esperaba sentir. Thomas no respondió enseguida, sino que llenó el hervidor en la pila y lo encendió. Cuando habló para contestar a su siguiente pregunta, siguió sin mirarla.

—Thomas, ¿por qué están aquí?

—Bea Hannaford va escasa de personal. Debería tener una brigada de homicidios trabajando en el caso y no la tiene. Imagino que andarán cortos de recursos en el distrito y que la policía regional habrá solicitado ayuda a la Met.

—¿Es habitual?

—¿Involucrar a la Met? No, no lo es. Pero pasa.

—¿Por qué querrían hacer preguntas sobre mí? ¿Y por qué en Falmouth?

Hubo silencio mientras Lynley cogía una bolsita de PG Tips y una taza. Tenía el ceño fruncido. Fuera, se cerró la puerta de un coche, luego otra. Se oyó un grito de alegría cuando unos clientes del bar se saludaron.

Al contestar, por fin se giró hacia ella.

—Como ya te he dicho, en una investigación de asesinato se examina a todo el mundo, Daidre. Tú y yo fuimos a Pengelly Cove en una misión parecida, por Ben Kerne.

—Pero no tiene sentido. Yo me crié en Falmouth, sí, de acuerdo. Pero ¿por qué pedirle a alguien que vaya allí y no a Bristol, donde está mi vida ahora?

—Quizá tengan a otra persona en Bristol —dijo Lynley—. ¿Tiene importancia por algo?

—Claro que la tiene. ¡Qué pregunta más absurda! ¿Cómo te sentirías tú si supieras que la policía está husmeando en tu pasado sin ningún motivo aparente, salvo el hecho de que un chico se cayera de un acantilado cerca de tu casa?

—Si no tuviera nada que esconder, imagino que no me importaría. Así que hemos vuelto al punto de partida. ¿Tienes algo que ocultar? ¿Tal vez sobre tu vida en Falmouth? ¿Sobre quién eres o lo que haces?

—¿Qué podría tener que ocultar?

Lynley la miró fijamente antes de decir al fin:

—¿Cómo podría tener yo la respuesta a eso?

Ahora Daidre sentía que iba por mal camino. Había ido a hablar con él, si no llena de indignación, al menos sí con la creencia de que estaba en una posición de fuerza: era la parte agraviada. Pero ahora tenía la sensación de que se habían vuelto las tornas. De que se habían lanzado los dados con demasiada fuerza y que, aun así, él había logrado cogerlos con destreza.

—¿Hay algo más que quieras contarme? —volvió a preguntarle Thomas.

Daidre dijo lo único que podía decir.

—No, nada.

Capítulo 23

Bea tenía una cuña de escalada nueva encima de la mesa cuando la sargento Havers entró en el centro de operaciones la mañana siguiente. La había sacado de su envoltorio de plástico utilizando una navaja de precisión nueva y, por lo tanto, muy afilada. Tuvo que ir con cuidado, pero la operación no había requerido ni habilidad ni demasiado esfuerzo. Estaba en proceso de comparar la cuña con los diversos objetos cortantes que también tenía sobre la mesa.

—¿Qué se propone? —le preguntó Havers. Era evidente que la sargento había parado en Casvelyn de Cornualles de camino a la comisaría. Bea olía las empanadas desde el otro lado de la sala y no le hizo falta buscar la bolsa para saber que la sargento Havers llevaba una en algún lugar de su persona.

—¿El segundo desayuno? —le preguntó a la sargento.

—Me he saltado el primero —respondió Havers—. Sólo he tomado un taza de café y un zumo. Me ha parecido que me merecía algo con más sustancia.

Llevaba su amplio bolso de bandolera y de él sacó el manjar inculpatorio de Cornualles bien envuelto, pero del que, sin embargo, emanaba el aroma revelador.

—Unas cuantas de ésas y explotará como un globo —le dijo Bea—. Tómeselo con calma.

—Lo haré. Pero me parece fundamental degustar la cocina autóctona, esté donde esté.

—Pues qué suerte tiene de que no sean los sesos de cabra.

Havers hizo un sonido de desaprobación, algo que Bea interpretó como su versión de una carcajada.

—También he sentido la necesidad de darle unas palabras de

ánimo a nuestra Madlyn Angarrack —dijo Havers—. Ya sabe, cosas del estilo: no te preocupes, chica, anímate, ale, ale, vamos, al mal tiempo buena cara y después de la tormenta viene la calma. He descubierto que soy una verdadera fuente de tópicos.

—Qué amable. Estoy segura de que lo agradecerá. —Bea eligió una de las cizallas más pesadas y la aplicó con fuerza en el cable de la cuña. Sólo sintió un dolor atroz en el brazo—. Con esto no hay ni para empezar.

—Ya. Bueno, no ha sido muy simpática, pero sí ha aceptado una palmadita en el hombro, un gesto que no me ha costado mucho porque en ese momento estaba llenando el aparador.

—Mmm. ¿Y cómo se ha tomado la señorita Angarrack tu muestra de cariño?

—No se ha bajado del burro de ayer, se lo reconozco. Sabía que me proponía algo.

—¿Se proponía algo? —De repente, Bea se fijó más en Havers.

La sargento sonreía con picardía. También estaba sacando una servilleta de papel con cuidado de su bolso. Lo llevó a la mesa de Bea y lo dejó con delicadeza encima.

—No podrá utilizarse en un tribunal, claro, Pero aquí tiene igualmente la servilleta para realizar una comparativa, si quiere. No una comparativa normal de ADN porque no hay piel, sino una de las otras, mitocondrial. Supongo que podremos utilizarlo para eso si hace falta.

Lo que vio Bea mientras desplegaba la servilleta era un cabello. Bastante oscuro, un poquito rizado. Miró a Havers.

—Qué astuta. De su hombro, supongo.

—Lo lógico sería pensar que les obligan a llevar gorros o redecillas o algo así si tienen que manipular alimentos, ¿no? —Havers se estremeció de manera teatral y dio un buen mordisco a la empanada—. He creído que debía colaborar con la higiene de Casvelyn. Y, de todos modos, he pensado que tal vez le gustaría tenerlo.

—Nadie me había traído nunca un regalo tan atento —le dijo Bea—. Puede que me esté enamorando de usted, sargento.

—Por favor, jefa —dijo Havers, levantando la mano—. Tendrá que ponerse a la cola.

Bea sabía que, como había dicho Havers, no podrían utilizar el cabello para construir una acusación contra Madlyn Angarrack, teniendo en cuenta cómo lo había obtenido la sargento. No les serviría de nada, salvo para cerciorarse a través de la comparativa de que el cabello que ya habían encontrado en el equipo de Santo Kerne pertenecía a su ex novia. Pero al menos era algo, un estímulo necesario. Bea lo guardó en un sobre y lo etiquetó cuidadosamente para que Duke Clarence Wahoe lo examinara en Chepstow.

—Creo que todo está relacionado con el sexo y la venganza —dijo Bea cuando acabó de ocuparse del cabello. Havers separó una silla y se sentó con la inspectora, masticando la empanada con evidente deleite.

Se pasó un trozo a un lado de la boca y dijo:

—¿Sexo y venganza? ¿Cómo lo ha determinado?

—Me he pasado toda la noche pensando en ello y siempre volvía a la traición inicial.

—¿El lío de Santo Kerne con la doctora Trahair?

—Madlyn buscó vengarse con esto —Bea levantó la cuña con una mano y con la otra, una cizalla— y esto. O lo hizo uno de los hombres por ella, después de que ella le suministrara dos de las cuñas que había birlado del maletero de Santo. Ella ya se había encargado de la eslinga. Esa parte fue fácil, pero las cuñas requieren bastante más fuerza de la que tiene ella, así que necesitó que alguien la ayudara. Sabría dónde guardaba Santo su equipo. Lo único que necesitaba era alguien dispuesto a ser su cómplice.

—¿Sería alguien que también tuviera que ajustar cuentas con Santo?

—O alguien que esperara ganarse el favor de Madlyn ayudándola.

—Me parece propio de ese tal Will Mendick. Santo la trataba mal y Will quería darle una lección por el bien de ella; también quería beneficiarse a Madlyn.

—Así lo veo yo. —Bea dejó la cuña sobre la mesa—. Por cierto, ¿ha visto a su comisario Lynley esta mañana?

—No es mi…

—Sí, sí, ya lo hemos discutido. Él dice lo mismo de usted.

—¿Ah, sí? —Havers masticó pensativa—. No sé muy bien cómo tomármelo.

—Ya lo meditará luego. Por ahora, ¿qué?

—Se ha marchado a Exeter. La segunda parte de lo que sea que hizo ayer, dice. Pero…

Bea entrecerró los ojos.

—¿Pero…?

Havers parecía apenada por tener que mencionar la siguiente información.

—La doctora Trahair fue a verle. Ayer, a última hora de la tarde.

—¿Y usted no la trajo…?

—No lo sabía, jefa. Yo no la vi. Y de todos modos, como todavía no la he visto nunca, tampoco la reconocería aunque pasara volando montada en una escoba por delante de mi coche. No me lo ha contado hasta esta mañana.

—¿No le vio en la cena anoche?

Havers no parecía contenta antes de decir:

—Sí. Supongo que sí.

—¿Y no le dijo nada sobre su visita?

—Eso es. Pero tiene muchas cosas en la cabeza. Tal vez no pensó en contármelo.

—No sea absurda, Barbara. Sabía muy bien que queríamos hablar con ella, maldita sea. Tendría que habérselo contado. Tendría que haberme llamado. Tendría que haber hecho casi cualquier cosa menos lo que hizo. Ese hombre está pisando terreno resbaladizo.

Havers asintió.

—Por eso se lo he dicho. No porque sepa que está pisando terreno resbaladizo, quiero decir, sino porque sé que es importante. Quiero decir, es importante no porque no se lo dijera, sino porque… No que fuera a verle, lo importante no es eso. Lo que quiero decir es que es importante que haya reaparecido y he pensado…

—¡De acuerdo, de acuerdo! Jesús, María y José, basta ya. Ya veo que no puedo esperar que se chive de su todopoderosa Ilustrísima, pase lo que pase, así que voy a tener que encontrar a alguien dispuesto a chivarse de usted. Y no tenemos personal para eso precisamente, ¿verdad, sargento? ¿Qué pasa, maldita sea?

Eso último se lo dijo al sargento Collins, que había aparecido en la puerta del centro de operaciones. Estaba encargándose de los teléfonos en el piso de abajo, aunque no sirviera de mucho, mientras el resto del equipo continuaba con las tareas que había asignado antes, la mayoría de las cuales consistían en revisar detalles antiguos.

—Ha venido a verla la doctora Trahair, jefa —le dijo el sargento Collins—. Dice que quería usted que se pasara por la comisaría.

Bea retiró la silla y dijo:

—Bueno, gracias a Dios. Esperemos llegar a alguna parte.

Una hora imprevista de investigación en Exeter proporcionó a Lynley el nombre de la empresa de gestión inmobiliaria que, descubrió, ya no era propiedad de Jonathan Parsons, padre del chico que se había ahogado tiempo atrás en Pengelly Cove. Antes llamada Parsons, Larson y Waterfield, ahora era R. Larson Estate Management Ltd. y no se encontraba lejos de la catedral medieval, en una zona que parecía apetecible para los negocios. Su director resultó ser un hombre de bronceado cuestionable y barba gris de unos sesenta y tantos años. Parecía tener preferencia por los vaqueros, una dentadura excepcional y las camisas de vestir deslumbrantemente blancas sin corbata. La «R», descubrió Lynley, correspondía al insólito nombre nada británico de Rocco. La madre de Larson —que había pasado a mejor vida hacía tiempo— sentía devoción por los santos católicos más desconocidos, le explicó el hombre. Era una especie de igualdad de derechos. Su hermana se llamaba Perpetua. Él no utilizaba el nombre de Rocco, sino Rock, que era como podía llamarle Lynley si quería.

Lynley dio las gracias al hombre, dijo que prefería llamarle «señor Larson» si no le importaba y le mostró su placa de Scotland Yard, momento en que Larson pareció alegrarse de que Lynley hubiera decidido mantener cierto grado de formalidad entre ellos.

—Ah —dijo Larson—. Supongo que no tiene una propiedad que desee alquilar.

—Supone correctamente —le dijo Lynley, y le preguntó si podía dedicarle unos minutos—. Me gustaría hablar con usted sobre Jonathan Parsons. Tengo entendido que en su momento fueron socios.

Larson estuvo encantado de charlar sobre «el pobre Jon», como lo llamó él, y condujo a Lynley a su despacho. Era sobrio y masculino: cuero y metal con fotografías de la familia en sencillos marcos negros. La esposa rubia mucho más joven, dos hijos vestidos con el uniforme pulcro del colegio, el caballo, el perro, el gato y el pato. Todas parecían tener un brillo demasiado profesional. Lynley se preguntó si eran de verdad o eran el tipo de fotografías que acompañan a los marcos que se venden en las tiendas.

Larson no esperó a que lo interrogara. Se lanzó a contar su historia y no necesitó que lo animara demasiado a continuar. Había sido socio de Jonathan Parsons y de un tipo llamado Henry Waterfield, ahora fallecido. Los dos tenían unos diez años más que Larson y por eso él comenzó como administrador junior de la empresa. Pero era una persona con empuje, aunque lo dijera él mismo, y al cabo de poco tiempo, compró los derechos para convertirse en socio. A partir de entonces, fueron tres hasta la muerte de Waterfield, momento en que fueron Parsons y Larson, que era un poco un trabalenguas, por lo que conservaron el nombre original.

Todo marchó sobre ruedas hasta que murió el hijo de Parsons. En ese momento, las cosas comenzaron a desmoronarse.

—El pobre Jon era incapaz de cumplir con el negocio, ¿quién puede culparle? Empezó a pasar más y más tiempo en Pengelly Cove. Es donde el accidente… la muerte…

—Sí —dijo Lynley—, lo sé. Al parecer creía saber quién había dejado a su hijo en la cueva.

—Exacto. Pero no pudo conseguir que la policía detuviera al asesino. No había pruebas, le dijeron. Ni pruebas, ni testigos, ni nadie que hablara por mucho que presionaran… No había nada que pudieran hacer, literalmente. Así que contrató a su propio equipo, y cuando también fracasó, contrató a otro;

cuando ése fracasó, a otro y luego a otro. Al final se trasladó a la cala de manera permanente... —Larson miró una fotografía en la pared, una vista aérea de Exeter, como si fuera a trasladarle en el tiempo—. Creo que debió de ser dos años después de la muerte de Jamie, quizá tres. Decía que quería estar allí para recordarle a la gente que el asesinato (siempre lo llamaba asesinato, pasara lo que pasase) había quedado impune. Acusó a la policía de haber hecho una chapuza de principio a fin. Estaba... Obsesionado, francamente. Pero no puedo culparle. No lo hice entonces y no lo hago ahora. Aun así, no estaba generando dinero para el negocio y aunque yo podría haberle cubierto durante un tiempo, empezó a... Bueno, él lo llamaba «tomar prestado». Mantenía una casa y una familia aquí en Exeter (había tres hijos más, las tres niñas), mantenía una casa en Pengelly Cove y estaba orquestando varias investigaciones con gente que quería cobrar por su tiempo y dedicación. Se le hizo todo una montaña. Necesitaba dinero y lo cogió. —Detrás de su escritorio, Larson juntó los dedos de las manos—. Me sentí fatal, pero mis opciones eran claras: dejar que Jon nos hundiera o llamarle la atención sobre lo que estaba haciendo. Elegí. No es agradable, pero no vi otra opción.

—Lo denunció por desfalco.

Larson levantó una mano.

—No podía ir tan lejos. No podía y no quería, después de lo que le había pasado al pobre desgraciado. Pero le dije que tendría que entregarme el negocio, fue la única manera que se me ocurrió para salvarlo. No iba a parar.

—¿Parar?

—De intentar llevar al asesino ante la justicia.

—La policía creía que era una broma que se torció, no un asesinato premeditado. Nunca un asesinato.

—Pudo ser eso, sin duda, pero Jon no lo veía así. Adoraba al chico. Sentía devoción por todos sus hijos, pero estaba especialmente entusiasmado con Jamie. Era el tipo de padre que todos queremos ser y que todos deseamos haber tenido, ya me entiende. Practicaban pesca de altura, esquiaban, surfeaban, recorrieron Asia en mochila. Cuando Jon pronunciaba el nombre del chico, se hinchaba de orgullo.

—He oído que el chico era… —Lynley buscó la palabra—. He oído que era bastante difícil según los chavales de Pengelly Cove.

Larson juntó las cejas. Eran finas, bastante femeninas. Lynley se preguntó si se las depilaba.

—No sé nada de eso. Era buen chico, básicamente. Bueno, quizás un poco engreído, teniendo en cuenta que seguramente la familia tenía mucho más dinero que las familias de los niños del pueblo y que su padre le daba un trato preferencial. Pero ¿qué chaval de su edad no es engreído?

Larson siguió hablando para completar la historia, que dio un giro triste pero no insólito, por lo que Lynley sabía de las familias que se enfrentaban a la angustia de la muerte prematura de un hijo. Poco después de que los Parsons perdieran el negocio, su mujer se divorció de él. Volvió a matricularse en la universidad, terminó sus estudios y al final llegó a directora del instituto local. Larson creía que había vuelto a casarse en algún momento, pero no estaba seguro. Probablemente alguien del instituto podría decírselo.

—¿Qué fue de Jonathan Parsons? —preguntó Lynley.

Seguía en Pengelly Cove, por lo que sabía Larson.

—¿Y las hijas? —preguntó Lynley.

No tenía ni idea.

Daidre se había pasado parte de las primeras horas de la mañana pensando en la lealtad. Sabía que algunas personas creían firmemente en el principio del «sálvese quien pueda». Su problema era que siempre había sido incapaz de actuar de esa manera.

Reflexionó sobre la idea de lo que debía a otras personas frente a lo que se debía a sí misma. Pensó en el deber, pero también en la venganza. Se planteó de qué manera «hacérselo pagar a alguien» tan sólo era un eufemismo cuestionable para «no aprender nada». Intentó decidir si, realmente, había lecciones vitales que aprender o si la vida era un revoltijo sin sentido de años que transcurrían sin ton ni son.

Al final se enfrentó a la verdad: no tenía respuesta a ninguna de las grandes cuestiones filosóficas de la vida. Así que decidió enfrentarse a lo que tenía justo delante y fue a Casvelyn a satisfacer la petición de hablar con la inspectora Hannaford.

La inspectora fue a buscarla personalmente a la recepción. La acompañaba otra mujer que Daidre reconoció como la conductora del Mini mal vestida que había hablado con Thomas Lynley en el aparcamiento del Salthouse Inn. Hannaford la presentó como la sargento Barbara Havers de New Scotland Yard, y Daidre sintió un escalofrío. Sin embargo, no tuvo tiempo para especular sobre qué significaba aquello, porque después de un «acompáñenos» ligeramente hostil de Hannaford, la condujeron a las entrañas de la comisaría, un trayecto breve de unos quince pasos que las llevó a lo que parecía ser la única sala de interrogatorios.

Era evidente que en Casvelyn no se interrogaba demasiado. Después de una pared de lo que parecían cajas de papel higiénico y de cocina, encima de una mesita plegable discapacitada con tres patas rectas y una con un codo protuberante descansaba una grabadora pequeña que parecía lo bastante polvorienta como para sembrar verduras en ella. No había sillas, sólo una escalera de tres peldaños, aunque un grito de enfado de Hannaford en dirección a la puerta evitó la necesidad de utilizar las cajas de papel higiénico y de cocina para ese propósito. El sargento Collins —como le llamó— apareció corriendo. Rápidamente les proporcionó sillas de plástico incómodas, pilas para la grabadora y una cinta. Resultó ser un casete antiguo de grandes éxitos de Lulu de 1970, pero obviamente, tendría que servir.

Daidre quería consultar cuál era el objetivo de grabar su conversación, pero sabía que considerarían que la pregunta no era sincera. Así que se sentó y esperó a lo que sucediera a continuación, que fue que la sargento Havers sacó una libretita de espiral del bolsillo de su chaquetón, el cual, por alguna razón, no se había quitado a pesar de la incomodidad de la temperatura tropical del edificio.

La inspectora Hannaford preguntó a Daidre si quería algo antes de empezar. ¿Café, té, zumo, agua? Daidre dijo que no. Estaba bien, contestó, y luego se descubrió pensando en aquella respuesta. No estaba bien en absoluto. Se sentía inquieta mentalmente, tenía las palmas de las manos débiles y estaba resuelta a no permitir que se le notara.

Parecía que sólo había una manera de conseguirlo: pasar al ataque.

—Me dejó esta nota —dijo, y sacó la tarjeta de la inspectora con el mensaje garabateado en el dorso—. ¿De qué quiere hablar conmigo?

—Diría que es bastante obvio, puesto que nos encontramos en mitad de una investigación de asesinato —contestó Hannaford.

—En realidad, no es nada obvio.

—Pues pronto lo será, querida. —Hannaford metió el casete hábilmente en la grabadora, aunque parecía tener dudas sobre cómo funcionaba. Pulsó una tecla, vio que la cinta empezaba a girar y recitó la fecha, la hora y las personas presentes. Luego le dijo a Daidre—: Háblenos de Santo Kerne, doctora Trahair.

—¿Qué quieren que les diga?

—Lo que sepa.

Todo aquello era pura rutina: los primeros movimientos del gato y el ratón en un interrogatorio. Daidre dio la respuesta más sencilla que pudo.

—Sé que murió al caer del acantilado norte de Polcare Cove.

Hannaford no parecía satisfecha con la contestación.

—Qué amable por su parte aclarárnoslo. Sabía quién era cuando le vio. —Fue una afirmación, no una pregunta—. Así que nuestra primera conversación se basó en una mentira. ¿Sí?

La sargento Havers escribía a lápiz, vio Daidre. Rechinaba en el papel de la libreta y el sonido —normalmente inocuo— en esta situación era como las uñas en una pizarra.

—No le miré bien —dijo Daidre—. No había tiempo.

—Pero le buscó el pulso, ¿verdad? Fue la primera en llegar a la escena. ¿Cómo pudo comprobar si estaba vivo sin mirarle?

—No hace falta mirar la cara de la víctima para comprobar si está viva, inspectora.

—Eso es una evasiva. ¿Acaso es realista comprobar si alguien está vivo sin mirarle? Como primera persona en llegar a la escena, anocheciendo…

—Fui la segunda en llegar —la interrumpió Daidre—. Thomas Lynley fue el primero.

—Pero usted quiso ver el cuerpo. Pidió ver el cuerpo; insistió. No confió en la palabra del comisario Lynley cuando le dijo que el chico estaba muerto.

—No sabía que era el comisario Lynley —le dijo Daidre—. Llegué a la cabaña y le encontré dentro. Podría haber sido un ladrón, que yo supiera. Era un desconocido, totalmente desaseado, como vio usted misma, con un aspecto bastante salvaje y que afirmaba que había un cadáver en la cala y que necesitaba que lo llevaran a algún sitio para llamar por teléfono. Me pareció que no tenía sentido acceder a llevarle a ninguna parte sin comprobar primero que estaba diciendo la verdad.

—O sin comprobar quién era el chico. ¿Pensó que podría ser Santo?

—No tenía ni idea de quién iba a ser. ¿Cómo iba a saberlo? Quería ver si podía ayudar de algún modo.

—¿De qué modo?

—Si estaba herido…

—Usted es veterinaria, doctora Trahair. No es médico de urgencias. ¿Cómo esperaba ayudarle?

—Las heridas son heridas. Los huesos son huesos. Si podía ayudar…

—Y cuando le vio supo quién era. Estaba bastante familiarizada con el chico, ¿verdad?

—Sabía quién era Santo Kerne, si se refiere a eso. No es una zona muy poblada. La mayoría de la gente acaba conociéndose al final, aunque sólo sea de vista.

—Pero supongo que usted lo conocía un poco más íntimamente que sólo de vista.

—Pues supone mal.

—No es lo que me han dicho, doctora Trahair. En realidad, tengo que decirle que no es lo que han visto.

Daidre tragó saliva. Se fijó en que la sargento Havers había dejado de escribir y no estaba segura de cuándo había ocurrido. Aquello le dijo que había estado menos concentrada de lo que necesitaba estar y quiso recuperar la posición con la que había empezado.

—New Scotland Yard —le dijo a la sargento Havers por encima de los latidos fuertes de su corazón—. ¿Es usted el único agente de Londres que está trabajando en el caso? Aparte del comisario Lynley, quiero decir.

—Doctora Trahair —dijo Hannaford—, eso no tiene nada que ver con…

—New Scotland Yard, la Met. Pero usted debe de ser de… ¿Cómo lo llaman? ¿La brigada criminal? ¿De homicidios? ¿El departamento de investigación criminal? ¿O lo llaman de otra manera ahora?

Havers no contestó. Sin embargo, miró a Hannaford.

—Supongo que también conocerá a Thomas Lynley, entonces. Si él es de New Scotland Yard y usted también y los dos trabajan en el mismo… ¿campo, debería decir? Tienen que conocerse. ¿Me equivoco?

—Que la sargento Havers y el comisario Lynley se conozcan o no no es de su incumbencia —dijo Hannaford—. Tenemos un testigo que sitúa a Santo Kerne en la puerta de su casa, doctora Trahair. Tenemos un testigo que le sitúa dentro de su casa. Si quisiera explicarnos cómo alguien a quien sólo conocía de vista llamó a su puerta y fue admitido en su casa nos encantaría escucharla.

—Imagino que fue usted quien estuvo en Falmouth haciendo preguntas sobre mí —dijo Daidre a Havers.

La sargento la miró inexpresiva, con cara de póquer. Pero Hannaford, sorprendentemente, se delató. De repente, aunque sólo por un momento, dirigió su atención a Havers y en su mirada hubo cierta especulación. Daidre la interpretó como sorpresa y sacó una conclusión lógica.

—E imagino que fue Thomas Lynley, y no la inspectora Hannaford, quien le dijo que lo hiciera. —Fue una afirmación rotunda. No quería detenerse demasiado en cómo se sentía por aquello y no necesitaba la respuesta porque sabía que tenía razón.

Lo que sí necesitaba, por otro lado, era sacar a la policía de su vida. Por desgracia, sólo había una forma de conseguirlo y tenía que ver con información: dar un nombre que les llevaría en una dirección distinta. Descubrió que estaba deseando hacerlo.

Se dirigió a Hannaford.

—Están buscando a Aldara Pappas —dijo—. La encontrarán en un lugar llamado Cornish Gold. Es una sidrería.

Después de que Lynley se marchara del despacho de Rock Larson, encontrar a la ex mujer de Jonathan Parsons consumió otros noventa minutos de su tiempo. Empezó por el instituto, donde averiguó que Niamh Parsons se había convertido hacía tiempo en Niamh Triglia y también que, más recientemente, se había jubilado. Durante años había vivido no muy lejos de la escuela, pero si seguía allí o no después de dejar las clases... ¿Quién sabía? Fue lo máximo que pudieron decirle.

De ahí visitó una dirección que rescató a través del sencillo método de curiosear en la biblioteca pública. Como sospechaba, los Triglia ya no vivían en Exeter, pero no estaba en un callejón sin salida. Mostró su placa, preguntó a algunos vecinos y obtuvo su nuevo lugar de residencia. Como muchos otros antes que ellos, se habían mudado a climas más cálidos. Gracias a Dios, no resultó ser la costa española, sino la de Cornualles, que, si bien no tenía un clima mediterráneo, era lo mejor que podía ofrecer Inglaterra en cuanto a condiciones que podrían considerar templadas quienes poseyeran un optimismo tenaz. Los Triglia eran de ésos. Vivían en Boscastle.

Esto significaba otro viaje largo, pero el día era agradable y la época del año todavía no había convertido Cornualles en un aparcamiento alargado con algún que otro entretenimiento visual. Llegó a Boscastle en relativamente poco tiempo y pronto se encontró caminando hacia una calle residencial empinada que subía desde el antiguo puerto de pescadores, una ensenada protegida por enormes acantilados de pizarra y roca volcánica. Lo que se suponía que era la calle principal empezaba al principio de la subida —con algunas tiendas de piedra sin pintar dedicadas al negocio del turismo y algunas más que cubrían las necesidades de los habitantes del pueblo— y después venía Old

Street, donde se encontraba el hogar de los Triglia. Se enclavaba no muy lejos de un obelisco dedicado a los muertos de las dos guerras mundiales. Se llamaba Lark Cottage y estaba encalada como una casa de Santorini, con densos montículos de brezo que crecían delante y hermosas prímulas plantadas en jardineras. De las ventanas colgaban cortinas blancas impecables y la puerta estaba pintada de verde. Cruzó un puente minúsculo de pizarra sobre una alcantarilla honda delante del edificio y cuando llamó a la puerta sólo tuvo que esperar un momento a que le abriera una mujer con un delantal, las gafas salpicadas de lo que parecía grasa y el pelo gris apartado de la cara y con un recogido en la coronilla que parecía una fuente hirsuta.

—Estoy cocinando pastelitos de cangrejo —dijo a propósito, al parecer, de su aspecto general y, en concreto, de su agobio—. Lo siento, pero no puedo ausentarme más que un momento.

—¿La señora Triglia? —le preguntó Lynley.

—Sí, sí. Oh, por favor, vaya deprisa. Detesto ser maleducada, pero se quedan secos enseguida si los dejas demasiado rato.

—Thomas Lynley, de New Scotland Yard. —Mientras anunciaba su identificación completa, se dio cuenta de que era la primera vez que lo hacía desde la muerte de Helen. Parpadeó al darse cuenta y notar un dolor rápido pero fugaz. Enseñó su placa a la mujer—. ¿Niamh Triglia? ¿Ex señora Parsons?

—Sí, soy yo —contestó ella.

—Necesito hablar con usted sobre su ex marido, Jonathan Parsons. ¿Podría pasar?

—Oh, sí. Claro.

Se apartó de la puerta para dejarle entrar. Lo condujo por un salón dedicado principalmente a las estanterías, que a su vez estaban dedicadas por completo a libros de bolsillo intercalados con fotografías familiares y alguna que otra concha marina, piedra interesante o estatuilla de madera. Más allá, la cocina daba a un pequeño jardín trasero con césped, parterres arreglados que lo bordeaban y en el centro un árbol que empezaba a echar hojas.

Allí en la cocina, los pastelitos de cangrejo se las arreglaban para provocar un desorden impresionante. Las salpicaduras de aceite caliente sobre los fogones caracterizaban el caos, seguidas por un escurridero lleno de cuencos, latas, cucharas de madera, una huevera y una cafetera de émbolo cuyo líquido había desaparecido hacía tiempo y cuyos posos parecían olvidados años atrás. Niamh Triglia se acercó a los fogones y dio la vuelta a los pastelitos de cangrejo, que soltaron nuevas salpicaduras.

—Lo difícil es conseguir que las migas de pan se doren sin que la masa se empape de tanto aceite que tengas la sensación de estar comiendo patatas fritas mal hechas. ¿Usted cocina, señor…? Es comisario, ¿no?

—Sí —dijo él—, a lo de comisario. En cuanto a lo de cocinar, no es uno de mis fuertes.

—Es mi pasión —confesó ella—. Tenía tan poco tiempo para hacerlo bien cuando era maestra que en cuanto me jubilé me sumergí por completo en ello. Cursos de cocina en el centro cívico, programas de tele, ese tipo de cosas. El problema llega a la hora de comer.

—¿Sus esfuerzos no la satisfacen?

—Al contrario, me satisfacen demasiado. —Se señaló el cuerpo, cubierto en gran parte por el delantal—. Intento reducir las recetas a una persona, pero las matemáticas nunca fueron lo mío y la mayoría de las veces cocino suficiente para cuatro personas como mínimo.

—¿Vive sola, entonces?

—Mmmm. Sí. —Utilizó la esquina de la espumadera para levantar uno de los pastelitos de cangrejo y examinar el nivel de dorado—. Perfecto —murmuró. De un armario cercano cogió un plato, que cubrió con varias capas de papel de cocina, y de la nevera sacó un mortero—. Alioli —dijo, acercando la barbilla a la mezcla—. Ajo, limón, pimiento rojo, etcétera. El secreto de un buen alioli es conseguir el equilibrio de sabores correcto. Eso y el aceite de oliva, naturalmente. Es fundamental un AOVE muy bueno.

—Disculpe, ¿un qué? —Lynley se preguntó si se trataba de un estilo de cocina.

—Un AOVE: aceite de oliva virgen extra. El más virgen que pueda encontrar, si es que hay grados de virginidad para las aceitunas. Si le soy sincera, nunca he estado segura de qué significa que un aceite de oliva sea virgen extra. ¿Las aceitunas son vírgenes? ¿Las recogen vírgenes? ¿Las prensan vírgenes?

Llevó el cuenco de alioli a la mesa de la cocina y regresó a los fogones, donde comenzó a colocar con cuidado los pastelitos de cangrejo sobre el papel de cocina que cubría el plato. Cogió más papel, lo puso sobre los pastelitos y lo presionó delicadamente contra la masa para eliminar el máximo de aceite residual. Luego, sacó del horno tres platos más y Lynley comprobó a qué se refería con no conseguir reducir sus recetas y cocinar sólo para una persona. Cada plato estaba adornado de manera similar con papel de cocina y pastelitos de cangrejo. Parecía que había preparado más de una docena.

—No es necesario que el cangrejo sea fresco —le explicó—, puede ser de lata. Sinceramente, creo que si el cangrejo se utiliza en un plato cocinado en realidad no se nota la diferencia. Por otro lado, si se va a comer con algo crudo, una ensalada, para acompañar una tarta de verduras, es mejor optar por el fresco. Pero hay que asegurarse de que sea fresco fresco, pescado ese día, quiero decir. —Colocó los platos en la mesa y le dijo que se sentara. Esperaba que se diera el capricho o se temía que se los comería todos ella, ya que sus vecinos no apreciaban sus esfuerzos culinarios tanto como a ella le gustaría—. Ya no tengo familia para quien cocinar. Las niñas están desperdigadas y mi marido murió el año pasado.

—Lo lamento.

—Es muy amable. Murió de repente, así que fue un shock terrible porque estuvo perfectamente hasta el día anterior. Estaba hecho un atleta. Se quejaba de una jaqueca que no se le iba y murió la mañana siguiente mientras se ponía los calcetines. Oí un ruido y fui a ver qué ocurría y me lo encontré en el suelo. Un aneurisma. —Bajó la mirada con el ceño fruncido—. Fue difícil no poder despedirme de él.

Lynley sintió que la gran quietud del recuerdo lo envolvía. Perfectamente bien por la mañana y perfectamente muerta por la tarde. Se aclaró la garganta con aspereza.

—Sí. Me lo supongo.

—Bueno, al final nos recuperamos de estas cosas —dijo. Lo miró con una sonrisa trémula—. Al menos, es lo que esperamos. —Se acercó al armario y sacó dos platos; de un cajón cogió cubiertos. Puso la mesa—. Por favor, siéntese comisario.

Le encontró una servilleta de tela y utilizó la suya para limpiarse primero las gafas. Sin ellas, tenía la mirada aturdida del miope de toda la vida.

—Ahora sí que le veo bien —dijo cuando terminó de frotarlas a su gusto—. Madre mía, qué apuesto es usted. Me dejaría bastante cohibida si tuviera su edad. ¿Cuántos años tiene, por cierto?

—Treinta y ocho.

—Vaya, ¿qué son treinta y ocho años de diferencia entre amigos? —preguntó—. ¿Está casado, querido?

—Mi mujer... Sí. Lo estoy.

—¿Y es guapa su mujer?

—Sí.

—¿Es rubia como usted?

—No. Es bastante morena.

—Entonces formarán una pareja muy bella. Francis y yo, mi marido, nos parecíamos tanto que cuando éramos jóvenes a menudo nos tomaban por hermanos.

—Entonces, ¿estuvieron casados muchos años?

—Veintidós, casi. Pero lo conocí antes de casarme por primera vez. Fuimos juntos al colegio. ¿No es extraño que algo tan sencillo como eso, ir juntos al colegio, pueda forjar un vínculo y facilitar las cosas entre dos personas que vuelven a encontrarse más adelante en la vida, aunque no hayan hablado en años? No hubo ningún periodo de incomodidad entre nosotros cuando empezamos a vernos después de que Jon y yo nos divorciáramos. —Cogió una cucharada de alioli del mortero y se lo pasó para que hiciera lo mismo. Probó el pastelito de cangrejo y dijo—: No está mal. ¿Qué le parece?

—Está riquísimo.

—Adulador. Apuesto y bien educado, veo. ¿Su mujer es buena cocinera?

—Es pésima.

—Entonces tendrá otras virtudes.

Pensó en Helen: su risa, esa alegría incontenible, tanta compasión.

—Creo que tiene cientos de virtudes.

—Lo que hace que las aptitudes culinarias sean indiferentes…

—Totalmente irrelevantes; siempre está la comida a domicilio.

—¿Verdad que sí? —Le sonrió y luego añadió—: Estoy haciendo tiempo, como ya habrá supuesto. ¿Le ha pasado algo a Jon?

—¿Sabe dónde está?

La mujer negó con la cabeza.

—Hace años que no hablo con él. Nuestro hijo mayor…

—Jamie.

—Ah. ¿Sabe lo de Jamie? —Y cuando Lynley asintió, ella prosiguió diciendo—: Supongo que todos tenemos cicatrices de nuestra infancia por algún motivo u otro y Jon vivió lo suyo. Su padre era un hombre severo, con ideas fijas sobre qué debían hacer sus hijos con sus vidas, que decidió que debían dedicarse a la ciencia. Es una estupidez decidir sobre la vida de tus hijos, pienso yo, pero ahí lo tiene, es lo que hizo. Por desgracia, ninguno de los chicos tenía el más mínimo interés en la ciencia, así que los dos le decepcionaron y nunca permitió que lo olvidaran. Jon estaba resuelto a no ser ese tipo de padre para nuestros hijos, en especial para Jamie, y debo decir que lo hizo muy bien. Los dos lo hicimos muy bien como padres. Yo me quedé en casa con los niños porque él insistió y yo accedí; creo que eso influyó. Estábamos unidos a los niños, y los críos entre ellos, aunque se llevaran algunos años. En cualquier caso, éramos una familia muy bien avenida y muy feliz.

—Y entonces murió su hijo.

—Y entonces murió Jamie. —Dejó el cuchillo y el tenedor en la mesa y juntó las manos en su regazo—. Jamie era un chico encantador. Bueno, tenía sus peculiaridades, qué chaval de su edad no las tiene, pero en el fondo era encantador, y cariñoso. Y muy muy bueno con sus hermanas pequeñas. Su muerte nos destrozó a todos, pero Jon no pudo aceptarlo. Yo pensaba que al final lo asumiría. «Dale tiempo», me decía. Pero cuando la vida de una persona pasa a centrarse en la muerte de otra y en nada más… Verá, yo tenía que pensar en las niñas. Tenía que pensar en mí. No podía vivir de aquella manera.

—¿Cómo?

—No hablaba de otra cosa y, por lo que yo veía, no pensaba en otra cosa. Era como si la muerte de Jamie hubiera invadido su cerebro y hubiera borrado todo lo que no tuviera que ver con la muerte de Jamie.

—Me han dicho que no se quedó satisfecho con la investigación y que organizó la suya propia.

—Debió de organizar media docena. Pero no sirvió de nada. Y cada vez que no servía de nada, se volvía un poco más loco. A esas alturas, naturalmente, ya había perdido el negocio y habíamos gastado todos nuestros ahorros y perdido la casa; aquello empeoró las cosas porque Jon sabía que era el responsable de lo que estaba ocurriendo, pero no podía parar. Intenté decirle que llevar a alguien ante la justicia no influiría en su dolor ni en su pérdida, pero él creía que sí, estaba seguro, igual que la gente cree que la ejecución del asesino de su ser querido mitigará de algún modo su desolación. Pero ¿cómo puede mitigarla, en realidad? La muerte de un asesino no trae a nadie de vuelta y eso es lo que queremos y nunca podemos conseguir.

—¿Qué ocurrió con Jonathan cuando se divorciaron?

—Los primeros tres años más o menos me llamaba de vez en cuando. Para informarme de las «novedades», decía. Naturalmente, nunca hubo ninguna novedad viable de la que informar, pero necesitaba creer que estaba haciendo progresos en lugar de lo que estaba haciendo en realidad.

—¿Que era?

—Que fuera más y más difícil que alguien involucrado en la muerte de Jamie se… desmoronara, supongo que es la palabra. Creía que se trataba de una enorme conspiración en la que estaba implicado todo Pengelly Cove, donde él era el intruso y ellos la comunidad callada resuelta a proteger a los suyos.

—¿Pero usted no lo creía?

—Yo no sabía qué creer. Quería apoyar a Jon y al principio lo intenté, pero para mí la cuestión era que Jamie estaba muerto. Le habíamos perdido, todos, y nada de lo que Jon hiciera iba a cambiar eso. Supongo que podría decirse que me centré en ese hecho y me parecía, para bien o para mal, que el resultado de lo que estaba haciendo Jon era mantener viva la muerte de Jamie, como una herida que te rascas y vuelve a sangrar en lugar de permitir que se cure. Y yo creía que lo que todos necesitábamos era curarnos.

—¿Volvió a verle? ¿Sus hijas volvieron a verle?

La mujer negó con la cabeza.

—¿Y no es sumar una tragedia a otra tragedia? Nuestro hijo tuvo una muerte horrible, pero Jon perdió a los cuatro por decisión propia porque eligió al muerto por encima de los vivos. Para mí, esa tragedia es mayor que haber perdido a nuestro hijo.

—Algunas personas no tienen otro modo de reaccionar a una pérdida repentina e inexplicable —dijo Lynley en voz baja.

—Imagino que tiene razón. Pero en el caso de Jon, pienso que fue una elección consciente. Y de esta manera, decidió vivir como había vivido siempre, poniendo a Jamie por delante. Mire, le enseñaré a qué me refiero.

Se levantó de la mesa y, limpiándose las manos en el delantal, entró en el salón. Lynley vio que se acercaba a las estanterías abarrotadas, de donde cogió una fotografía de entre las muchas que había expuestas. La llevó a la cocina y se la entregó, diciendo:

—A veces las fotografías dicen cosas que las palabras no pueden expresar.

Lynley vio que le había dado un retrato familiar. En él, una versión de ella unos treinta años más joven posaba con su marido y cuatro niños muy monos. Era una escena invernal, con mucha nieve y una cabaña y un telesilla al fondo. En primer plano, vestida con ropa deportiva y los esquíes apoyados en los hombros, la familia se mostraba feliz, lista para la acción, Niamh con un bebé en los brazos y con otras dos niñas que se reían pegadas a ella; a un metro de distancia quizá, Jamie y su padre. Jonathan Parsons tenía el brazo alrededor del cuello de su hijo en un gesto cariñoso y lo acercaba hacia él. Los dos sonreían.

—Así era —dijo Niamh—. No parecía importar tanto porque, al fin y al cabo, las niñas me tenían a mí. Me dije que era algo entre hombre y hombre y mujer y mujer y que debería estar contenta de que Jon y Jamie estuvieran tan unidos y que las niñas y yo fuéramos uña y carne. Pero claro, cuando Jamie murió Jon pensó que lo había perdido todo. Tenía tres cuartas partes de su vida justo delante de él, pero era incapaz de verlo. Ésa fue su tragedia. No quise convertirla en la mía.

Lynley dejó de examinar la foto.

—¿Podría quedármela un tiempo? Se la devolveré, naturalmente.

La petición pareció sorprenderla.

—¿Quedársela? ¿Para qué?

—Me gustaría enseñársela a alguien. Se la devolveré dentro de unos días. Por correo. O en persona, si lo prefiere. La guardaré bien.

—Llévesela, por supuesto —dijo la mujer—. Pero... No le he preguntado y tendría que haberlo hecho. ¿Por qué ha venido a hablar de Jon?

—Un chico murió al norte de aquí, en las afueras de Casvelyn.

—¿En una cueva? ¿Como Jamie?

—Cayó de un acantilado.

—¿Y cree que tiene algo que ver con la muerte de Jamie?

—No estoy seguro. —Lynley volvió a mirar la fotografía—. ¿Dónde viven sus hijas ahora, señora Triglia? —le preguntó.

Capítulo 24

A Bea Hannaford no le gustaba que Daidre Trahair hubiera logrado hacerse con el control del interrogatorio varias veces durante la sesión. Bea opinaba que la veterinaria se pasaba de lista, lo que provocó que todavía estuviera más resuelta a culpar de algo a aquella muchachita astuta. Sin embargo, lo que descubrieron no fue lo que Bea esperaba y deseaba obtener de ella.

En cuanto les proporcionó la información potencialmente útil sobre Aldara Pappas y Cornish Gold, la doctora Trahair les informó educadamente de que, a menos que fueran a acusarla de algo, se marchaba, muchas gracias. Aquella maldita mujer conocía sus derechos y el hecho de que decidiera ejercerlos en ese momento en concreto era exasperante, pero no les quedaba más remedio que despedirla con un saludo nada afectuoso.

Sin embargo, después de levantarse de la silla, la veterinaria dijo algo que Bea consideró revelador. Dirigió su pregunta a la sargento Havers:

—¿Cómo era su mujer? Me ha hablado de ella, pero en realidad no me ha contado mucho.

Hasta ese momento, la agente de Scotland Yard no había dicho nada durante el interrogatorio a la doctora Trahair. El único sonido que había emitido era el que salía del lápiz con el que no había dejado de escribir. A la pregunta de la veterinaria, dio unos golpecitos rápidos con él en la libreta maltrecha, como si se planteara las ramificaciones de la consulta.

—Era jodidamente estupenda —contestó por fin sin alterarse.

—Debió de ser una pérdida terrible para él.

—Durante un tiempo pensamos que lo mataría —dijo Havers.

Daidre asintió.

—Sí, lo veo cuando le miro.

Bea quiso preguntar «¿y lo hace a menudo, doctora Trahair?», pero guardó silencio. Ya había tenido suficiente de la veterinaria y le preocupaban cosas más importantes en estos momentos que lo que significara —más allá de lo obvio— que Daidre Trahair sintiera curiosidad por la esposa asesinada de Thomas Lynley.

Una de esas preocupaciones era el propio Lynley. Después de que la doctora Trahair se marchara y en cuanto Bea averiguó dónde se encontraba la sidrería, le telefoneó mientras ella y Havers se dirigían al coche. ¿Qué diablos había descubierto en Exeter?, quería saber. ¿Y a qué otros lugares estaban llevándole sus discutibles correrías?

Se encontraba en Boscastle, le dijo. Le contó un cuento extenso sobre muerte, paternidad, divorcio y el alejamiento que puede producirse entre padres e hijos. Acabó diciendo:

—Tengo una fotografía que también me gustaría que viera.

—¿Cómo objeto de interés o pieza del rompecabezas?

—No estoy muy seguro —contestó él.

Le vería cuando regresara, le dijo. Mientras tanto, la doctora Trahair había reaparecido y, al verse entre la espada y la pared, había aportado un nombre y un lugar nuevos.

—Aldara Pappas —repitió Lynley pensativo—. ¿Una sidrera griega?

—Estamos mirándolo todo, ¿no? —dijo Bea—. De verdad creo que lo siguiente será un oso bailando.

Colgó cuando ella y Havers llegaron al coche. Después de apartar del asiento del pasajero un balón de fútbol, tres periódicos, un chubasquero, un juguete para perros y varios envoltorios de barritas energéticas y colocarlo todo detrás, se pusieron en marcha. Cornish Gold estaba cerca del pueblo de Brandis Corner, a cierta distancia en coche de Casvelyn. Llegaron por carreteras secundarias y terciarias que iban estrechándose progresivamente como sucedía con todas las vías de Cornualles. También se volvían menos transitables progresivamente. Al final, la granja se presentó a través de un gran cartel decorado con letras rojas en un campo de manzanos marrones bien cargados y una flecha que señalaba la entrada a quien fuera demasiado limitado para comprender qué significaban las dos franjas de terreno pedregoso divididas por una tira de hierba y hierbajos que giraba a la derecha. Las recorrieron dando botes durante unos doscientos metros y al final llegaron a un aparcamiento sorprendentemente bien asfaltado. Como resultado del optimismo, una parte estaba reservada a autocares de turistas, mientras que el resto se cedía a plazas para coches. Había más de una docena desperdigados junto a la valla de troncos y siete más en el rincón más lejano.

Bea estacionó en un espacio cerca de un granero grande de madera, que se abría al aparcamiento. Dentro había dos tractores —que se usaban poco, teniendo en cuenta su aspecto inmaculado— que servían de perchas para tres pavos reales majestuosos, las plumas suntuosas de sus colas cayendo en cascada en un derroche de color sobre las cabinas y los laterales de los motores. Detrás del granero, otra estructura, ésta de granito y madera, exhibía unos toneles de roble, seguramente fermentando el producto de la granja. Detrás de esta construcción se extendía el manzanal, que subía por la ladera de una colina, hilera tras hilera de árboles podados para crecer como pirámides invertidas, una exhibición orgullosa de flores delicadas. Un camino arado dividía el manzanal. A lo lejos, parecía que un grupo que visitaba el lugar lo recorría en un carro arrastrado por un caballo de tiro lento y pesado.

Al otro lado del sendero, una verja daba acceso a las atracciones de la sidrería, que consistían en una tienda de regalos y una cafetería junto con otra verja más que parecía conducir a la zona de elaboración de la sidra, cuya visita requería comprar entrada.

O una placa de policía, resultó. Bea mostró la suya a la joven que atendía la caja de la tienda de regalos y le pidió hablar con Aldara Pappas sobre un tema urgente. El aro plateado que la chica llevaba en el labio tembló mientras conducía a Bea a los espacios interiores de la propiedad.

—Está vigilando el molino —dijo, con lo que Bea interpretó que podían encontrar a la mujer a la que buscaban en… ¿un molino troceador, quizá? ¿Qué se hacía con las manzanas, de todos modos? ¿Era la época del año para hacerlo?

Las respuestas a sus preguntas resultaron ser clasificar, lavar, cortar, picar y prensar. El molino en cuestión era una máquina —construida de acero y pintada de azul intenso— acoplada a una cuba de madera enorme a través de un conducto. La maquinaria del molino consistía en este conducto, una bañera en forma de barril, una fuente de agua, una prensa bastante siniestra parecida a un torno enorme, una tubería ancha y una cámara misteriosa en lo alto de esta tubería que ahora estaba abierta y siendo inspeccionada por dos personas. Una era un hombre que aplicaba varias herramientas a la maquinaria, que parecía operar una serie de cuchillas muy afiladas. La otra era una mujer que parecía controlar todos sus movimientos. Él llevaba un gorro de punto que le llegaba a las cejas, unos vaqueros manchados de grasa y una camisa de franela azul. Ella vestía vaqueros, botas y un jersey de felpilla grueso, pero que parecía cómodo.

—Ten cuidado, Rod —estaba diciendo—. No quiero que te desangres encima de mis cuchillas.

—No te preocupes, querida —contestó él—. Llevo ocupándome de chismes más complicados que éste desde que tú ibas en pañales.

—¿Aldara Pappas? —dijo Bea.

La mujer se giró. Era bastante exótica para estos lares, no exactamente guapa pero llamativa, con ojos oscuros grandes, pelo negro abundante y brillante y pintalabios rojo exagerado que acentuaba su boca sensual. El resto de ella también era sensual: curvas donde había que tenerlas, como Bea sabía que habría dicho su ex marido. Parecía tener unos cuarenta y tantos años, a juzgar por las finas arrugas de sus ojos.

—Sí —dijo Aldara, y lanzó una mirada de ésas de mujer evaluando a la competencia, a Bea y a la sargento Havers. Pareció detenerse en particular en el cabello de la sargento. Lo tenía rubio rojizo y el estilo no era tanto un estilo como una declaración elocuente sobre la impaciencia: «cortado sobre la pila del baño» parecía la mejor frase para describirlo—. ¿Qué puedo hacer por ustedes? —El tono de Aldara Pappas sugería que la tarea era imposible.

—Una pequeña charla servirá.

Bea le mostró su placa. Con la cabeza, indicó a Havers que le enseñara la suya. La sargento no pareció alegrarse de hacerlo, porque requería llevar a cabo una excavación arqueológica en su bolso en busca del bulto de piel que era su cartera.

—New Scotland Yard —dijo Havers a Aldara Pappas. Bea la observó para fijarse en su reacción.

El rostro de la mujer permaneció tranquilo, aunque Rod dio un silbido de reconocimiento.

—¿Qué has hecho esta vez, querida? —le preguntó a Aldara—. ¿Has vuelto a envenenar a los clientes?

Aldara sonrió levemente y le dijo que continuara.

—Estaré en la casa si me necesitas —le comentó.

Le dijo a Bea y a Havers que la siguieran y las llevó a través del patio de adoquines, donde el molino ocupaba una de las esquinas. En las otras había una fábrica de mermelada, un museo de la sidra y un establo vacío, seguramente para el caballo de tiro. En el centro del patio, un corral acogía a un cerdo del tamaño de un Volkswagen Escarabajo, más o menos, que gruñó sospechosamente y arremetió contra la valla.

—No tanto drama, *Stamos* —le dijo Aldara al animal. Comprendiendo o no, el cerdo se retiró a una pila de lo que parecía vegetación putrefacta. Metió el morro en ella y lanzó un poco al aire—. Chico listo. Come, come.

Era un Gloucester Old Spot, les dijo mientras se agachaba para pasar por la puerta arqueada que quedaba parcialmente oculta por una parra densa, en el extremo más alejado de la fábrica de mermelada. Un cartel que decía PRIVADO colgaba del pomo de la puerta.

—Su trabajo era comer las manzanas inservibles después de la cosecha: lo soltaban en el manzanal y se apartaban. Ahora se supone que tiene que añadir un toque de autenticidad al lugar para los visitantes. El problema es que desea más atacarles que fascinarles. Bueno, ¿qué puedo hacer por ustedes?

Si pensaban que Aldara Pappas pretendía hacer que se sintieran cómodas conduciéndolas a su casa y ofreciéndoles una taza calentita de algo, pronto comprobaron que no sería así. Era una casa de campo con un huerto delante en el que había montones de estiércol pestilente apilados al fondo en arriates definidos pulcramente por rieles de madera. A un lado del huerto había un pequeño cobertizo de piedra. Las llevó allí y sacó una pala y un rastrillo de su interior, junto con un par de guantes. Cogió un pañuelo para la cabeza del bolsillo de sus vaqueros y lo utilizó para cubrirse y sujetarse el pelo hacia atrás a modo de campesina o, en realidad, de ciertos miembros de la familia real. Una vez lista para la tarea, empezó a echar estiércol y abono con la pala en los arriates. Todavía no había nada plantado.

—Seguiré con mis ocupaciones mientras hablamos, si no les importa —dijo—. ¿En qué puedo ayudarles?

—Hemos venido a hablar de Santo Kerne —le informó Bea.

Hizo un gesto con la cabeza a Havers para indicarle que podía comenzar a tomar notas ostentosamente. La sargento obedeció. Observaba a Aldara fijamente y a Bea le gustó que no se sintiera en absoluto intimidada por otra mujer mucho más atractiva, además.

—Santo Kerne —dijo Aldara—. ¿Qué pasa con él?

—Nos gustaría hablar con usted sobre su relación con él.

—Mi relación con él. ¿Qué pasa con eso?

—Espero que ése no vaya a ser su estilo de respuestas —dijo Bea.

—Mi estilo de respuestas. ¿Qué quiere decir?

—Eso rollo de Señorita Repetición, señorita Pappas. ¿O es señora?

—Con Aldara vale.

—Aldara, pues. Si ése es su estilo, ese rollo de repetir, seguramente estaremos aquí todo el día y algo me dice que no le gustará. Sin embargo, estaríamos encantadas de hacerle un favor.

—No estoy segura de entender qué quiere decir.

—Se ha descubierto el pastel —le dijo la sargento Havers. Su tono era de impaciencia—. Se ha levantado la liebre. El cerdo ha revuelto la colada. Lo que sea.

—Lo que quiere decir la sargento —añadió Bea— es que su relación con Santo Kerne ha salido a la luz, Aldara. Por eso estamos aquí, para indagar.

—Se lo follaba hasta que lo dejaba seco —intervino la sargento Havers.

—Por decirlo de un modo nada fino —añadió Bea.

Aldara metió la pala en la pila de estiércol y lo echó en los arriates. Parecía preferir habérselo echado a Havers.

—Eso son suposiciones suyas.

—Es lo que nos ha contado alguien que lo sabe —dijo Bea—. Al parecer, era la que lavaba las sábanas cuando no lo hacía usted. Bien, como tenían que quedar en Polcare Cove, ¿podemos suponer que existe un señor Pappas de mediana edad en algún lugar que no estaría demasiado contento de saber que su mujer se está tirando a un chico de dieciocho años?

Aldara volvió a llenar la pala de estiércol. Trabajaba deprisa, pero apenas respiraba hondo y ni siquiera empezó a sudar levemente.

—No lo suponga. Llevo años divorciada, inspectora. Hay un señor Pappas, pero vive en St. Ives y apenas nos vemos. Nos gusta que sea así.

—¿Tiene hijos aquí, entonces? ¿Una hija de la edad de Santo, quizá? ¿O un chico y prefiere que no vea a su madre beneficiándose a otro adolescente?

La mandíbula de Aldara se tensó. Bea se preguntó cuál de sus comentarios había dado en el blanco.

—Quedaba con Santo en Polcare Cottage para acostarme con él sólo por un motivo: porque los dos lo preferíamos así —dijo Aldara—. Era un asunto privado y era lo que queríamos los dos.

—¿La intimidad? ¿O el secretismo?

—Las dos cosas.

—¿Por qué? ¿Le avergonzaba hacérselo con un chaval?

—Me temo que no. —Aldara clavó la pala en la tierra y, justo cuando Bea pensaba que iba a tomarse un descanso, cogió el rastrillo. Se subió al arriate más cercano y comenzó a repartir el estiércol con energía por el suelo—. No me avergüenza el sexo; es lo que es, inspectora: sexo. Y los dos lo queríamos, Santo y yo. El uno con el otro, resultó ser. Pero como es algo difícil de entender para algunas personas, por la edad de él y la mía, elegimos un lugar privado para... —Pareció buscar un eufemismo, lo que parecía totalmente impropio de la mujer.

—¿Atenderse mutuamente? —sugirió Havers. Se las arregló para parecer aburrida, en su rostro una expresión que decía: «Ya lo he oído antes».

—Estar juntos —dijo Aldara con firmeza—. Una hora. Al principio dos o tres, cuando todo era nuevo entre nosotros y… todavía estábamos descubriendo, lo llamaría yo.

—¿Descubriendo qué? —dijo Bea.

—Lo que daba placer al otro. Se trata de un proceso de descubrimiento, ¿verdad, inspectora? El descubrimiento lleva al placer. ¿O no sabía que el sexo consiste en dar placer a la pareja?

Bea dejó pasar el comentario.

—Así que no era una situación de amor y sufrimiento para usted.

Aldara la miró con incredulidad y experiencia.

—Sólo un tonto equipara el sexo al amor y yo no soy tonta.

—¿Y él?

—¿Si me quería? ¿Si para él era una situación de amor y sufrimiento, como ha dicho usted? No tengo ni idea. No hablábamos de eso. En realidad, hablábamos muy poco después del acuerdo inicial. Como les he dicho, era sexo. Algo físico solamente. Santo lo sabía.

—¿Acuerdo inicial? —preguntó Bea.

—¿Está repitiendo mis palabras, inspectora? —Aldara sonrió, pero dirigió el gesto a la tierra que removía afanosamente con el rastrillo.

Por un breve momento, Bea comprendió el impulso que sienten algunos policías de darle un puñetazo a un sospechoso.

—¿Por qué no nos explica este acuerdo inicial, Aldara? Y mientras lo hace, quizás podría mencionar su aparente indiferencia por el asesinato de su amante, que, como puede suponer, parece estar relacionado más directamente con usted de lo que quizá le gustaría.

—No tengo nada que ver con la muerte de Santo Kerne. Por supuesto que lo lamento. Y si no estoy postrada de dolor, es porque…

—Tampoco era una situación de amor y sufrimiento para

usted —dijo Bea—. Está claro como el agua. ¿Qué era, entonces? ¿Qué era exactamente, por favor?

—Ya se lo he dicho. Era un acuerdo entre los dos para tener sexo.

—¿Sabía que tenía sexo con otra al mismo tiempo que lo tenía, o lo conseguía o lo que demonios fuera, con usted?

—Claro que lo sabía. —Aldara parecía tranquila—. Era parte del tema.

—¿El tema? ¿Qué tema? ¿El acuerdo? ¿Qué era «el tema»? ¿Un trío?

—Me temo que no. Parte del tema era el secretismo, el tener una aventura, el hecho de que estuviera con otra. Yo quería a alguien que estuviera con otra. Me gusta que sea así.

Bea vio que Havers parpadeaba, como para aclararse la vista, como si Alicia se descubriera en la madriguera con un conejo cachondo cuando la experiencia previa la había llevado a esperar sólo al Sombrerero, la Liebre de Marzo y una taza de té. Bea también sentía lo mismo.

—Así que sabía lo de Madlyn Angarrack, que estaba saliendo con Santo Kerne —dijo.

—Sí. Así conocí a Santo, en realidad. Madlyn trabajaba aquí para mí, en la fábrica de mermelada. Santo venía a recogerla a veces y lo veía entonces. Todo el mundo lo veía. Era muy difícil no ver a Santo, era un chico muy atractivo.

—Y Madlyn es una chica bastante atractiva.

—Lo es. Bueno, tenía que serlo, naturalmente. Y yo también lo soy, en realidad, una mujer atractiva. Yo creo que la gente guapa se atrae entre sí, ¿no le parece? —Otra mirada en dirección a las policías evidenció que Aldara Pappas consideraba que ninguna de las dos mujeres podía responder a esa pregunta por experiencia propia—. Santo y yo nos fijamos el uno en el otro. Yo estaba en un momento en que necesitaba justo a alguien como él…

—¿Alguien con ataduras?

—… y pensé que serviría, porque había una franqueza en su mirada que hablaba de cierta madurez, una disposición que sugería que él y yo podríamos hablar el mismo idioma. Intercambiamos miradas, sonrisas. Era una forma de comunicación en la que dos personas que piensan igual se dicen exactamente lo que hay que decirse y nada más. Un día llegó antes de tiempo a recoger a Madlyn y lo llevé de visita por la granja. Fuimos con el tractor por la huerta y ahí fue donde...

—¿Como Eva debajo del manzano? —dijo Havers—. ¿O usted era la serpiente?

Aldara se negó a caer en la provocación.

—No tenía nada que ver con la tentación. La tentación necesita insinuaciones y no las hubo. Fui directa con él. Le dije que me gustaba físicamente y que había estado pensando en cómo sería acostarme con él, en lo placentero que podría ser para los dos, si estaba interesado. Le dije que si quería algo más que su amiguita como compañera sexual me llamara. En ningún momento sugerí que rompiera con ella. En realidad, era lo último que quería, porque podría provocar que se encariñara demasiado de mí. Podría haber generado expectativas de algo más de lo que era posible entre nosotros. Expectativas por su parte, me refiero. Yo no tenía ninguna.

—Entiendo que podría haberle puesto en una situación ridícula si él hubiera esperado más y usted se hubiera visto obligada a dárselo para conservarlo —señaló Bea—. Una mujer de su edad saliendo del armario, por así decirlo, con un adolescente, recorriendo el pasillo de la iglesia el domingo por la mañana, saludando a los vecinos y todos pensando..., bueno, que algo le faltaba si tenía que conformarse con un amante de dieciocho años.

Aldara pasó a otra pila de estiércol. Cogió la pala y empezó a repetir el proceso que había seguido con el primer arriate. La tierra se volvió rica y oscura. Lo que tuviera pensado plantar allí iba a florecer.

—En primer lugar, inspectora, no me preocupa lo que piense la gente, eso no me quita el sueño ni un segundo. Era un asunto privado entre Santo y yo. Lo mantuve en privado. Y él también.

—No exactamente —observó Havers—. Madlyn lo descubrió.

—Fue una desgracia. No tuvo el cuidado suficiente y ella le siguió. Se produjo una de esas escenas espantosas entre ellos (lo abordó, lo acusó, él lo negó, luego lo admitió, se lo explicó, le suplicó) y ella puso fin a su relación allí mismo. Y yo me quedé en el último lugar en el que quería estar: como única amante de Santo.

—¿Supo ella que usted era la mujer que había en la casa cuando apareció?

—Claro que lo supo. Se montó tal escena entre ellos que pensé que llegarían a las manos. Tuve que salir de la habitación y hacer algo.

—¿Qué hizo?

—Separarles. Impedir que Madlyn destrozara la casa o le agrediera. —Se apoyó en la pala y miró hacia el norte, en dirección al manzanal, como si reviviera su proposición inicial a Santo Kerne y qué había provocado al final aquella proposición. Dijo, como si acabara de pensar en el tema—: No tenía que ser un drama. Cuando se convirtió en eso, tuve que replantearme mi relación con Santo.

—¿También le dio la patada? —preguntó Havers—. No quería grandes dramas en su vida.

—Pensaba hacerlo, pero…

—Dudo que a él le hubiera gustado demasiado —dijo Havers—. ¿A qué tío iba a gustarle? Descubrir que ha perdido a las dos monadas de golpe en lugar de a una. Tener que conformarse con ¿qué, hacerse pajas en la ducha? Antes tenía sexo a raudales. Apuesto a que se habría encarado con usted por eso. Quizás incluso le habría dicho que podía ponerle las cosas difíciles, un poco incómodas, si intentaba romper con él.

—En efecto —dijo, sin dejar sus tareas—. Si hubiéramos llegado a ese punto, quizá lo habría hecho y habría dicho todo eso. Pero nunca llegamos. Tuve que replantearme mi relación con él y decidí que podíamos continuar, siempre que entendiera las reglas.

—¿Cuáles eran?

—Ir con más cuidado y tener muy claros el presente y el futuro.

—¿Lo que significa?

—Lo obvio. En cuanto al presente, que yo no iba a cambiar mi forma de comportarme para contentarle. En cuanto al futuro, que no lo había. Y le pareció perfecto. Santo vivía el momento básicamente.

—¿Qué iba a decirnos en segundo lugar? —preguntó Bea.

Aldara la miró perpleja.

—¿Disculpe?

—Ha dicho «en primer lugar» antes de lanzarse a hablar de su indiferencia por lo que piensa la gente. Me preguntaba en qué consistía la segunda parte.

—Ah. Consistía en mi otro amante —dijo Aldara—. Como he dicho antes, me convenía que mi aventura con Santo fuera secreta. La aventura intensifica las cosas y me gusta que éstas sean intensas. En realidad, necesito que lo sean. Cuando no es así... —Se encogió de hombros—. Para mí, la llama se apaga. El cerebro, como habrán descubierto ustedes mismas quizá, se habitúa a todo con el paso del tiempo. Cuando el cerebro se habitúa a un amante, que es lo que acaba ocurriendo, el amante se vuelve menos un amante y más... —pareció pensar en un término adecuado y lo eligió—, un inconveniente. Cuando ocurre

eso, te deshaces de él o piensas en una forma de reavivar la llama del sexo.

—Entiendo. La función de Santo Kerne era hacer de llama —dijo Bea.

—Mi otro amante era un hombre muy bueno y me lo pasaba bastante bien con él. En todos los sentidos. Su compañía en la cama y fuera de ella era buena y no quería perderla. Pero para poder continuar con él (satisfacerle sexualmente y que él me satisficiera a mí) necesitaba a un segundo amante, un amante secreto. Y Santo era eso.

—¿Todos estos amantes suyos saben de la existencia del otro? —preguntó Havers.

—No serían secretos si lo supieran. —Aldara dejó la pala y cogió el rastrillo. Sus botas, vio Bea, se habían ido cubriendo de estiércol. Parecían caras y desprenderían olor a heces de animal durante meses. Se preguntó si no le importaba—. Santo sí que lo sabía, naturalmente. Tenía que saberlo para comprender las... Supongo que podría llamarlas «reglas». Pero el otro... No. Era fundamental que el otro no lo supiera nunca.

—¿Porque no le habría gustado?

—Por eso, claro. Pero más que por eso porque el secretismo es la clave de la excitación y la excitación es la clave de la pasión.

—Me he fijado en que habla del otro tipo en pasado. Ha dicho «era» y no «es». ¿Por qué?

Entonces Aldara dudó, como si se percatara de qué connotaciones tendría su respuesta para la policía.

—¿Podemos suponer que el pasado es pasado?

—*Finito* —añadió Havers por si Aldara no había entendido.

—Estamos atravesando una fase de enfriamiento —dijo Aldara—. Supongo que podría llamarse así.

—¿Y cuándo comenzó?

—Hace algunas semanas.

—¿Instigada por quién?

Aldara no respondió, lo cual fue respuesta suficiente.

—Necesitaremos su nombre —dijo Bea.

La griega pareció bastante sorprendida por la petición, algo que a Bea le pareció una reacción totalmente falsa.

—¿Por qué? Él no sabía… No sabe… —Dudó. Estaba pensándolo de nuevo, contemplando todas las señales, concluyó Bea.

—Sí, cielo —le dijo Bea—, en efecto: es muy probable que lo sepa. —Le contó la conversación de Santo con Tammy Penrule y el consejo que le había dado Tammy sobre que fuera sincero—. Parece ser que Santo no preguntaba si debía contárselo a Madlyn porque Madlyn lo descubrió por sí misma. Así que es lógico pensar que quería saber si debía contárselo a otra persona. Supongo que sería su caballero. Lo cual, como puede imaginar, le sitúa en el punto de mira.

—No. Él no habría…

Volvió a dudar. Era obvio que su atractiva cabeza barajaba las posibilidades. Su mirada se volvió más turbia. Parecía comunicar todas las formas en que sabía que el hombre podría haberlo hecho.

—No soy ninguna experta, pero imagino que a la mayoría de los hombres no les gusta demasiado compartir a su mujer —señaló Bea.

—Es una especie de rollo cavernícola —añadió Havers—. Mi hogar, mi fuego, mi mamut peludo, mi mujer. Yo Tarzán, tú Jane.

—Así que Santo va a verle y le cuenta la verdad: «Los dos nos estamos tirando a Aldara Pappas, colega, y es lo que ella quiere. Sólo creía que merecías saber dónde está cuando no está contigo».

—Es absurdo. ¿Por qué iba Santo a...?

—Tiene lógica, seguramente no querría otra escena como la de Madlyn, en especial si implicaba a un hombre que podía darle una buena paliza en un enfrentamiento.

—Y alguien le golpeó —señaló Havers, para ayudar a Bea—. O al menos le dio un buen puñetazo.

—En efecto —replicó Bea a Havers y luego se dirigió a Aldara—: Y, como puede imaginar, todo eso hace que las cosas pinten mal para el otro tipo.

Aldara descartó esa posibilidad.

—No. Santo me habría informado. Era la naturaleza de nuestra relación. No habría hablado con Max... —Se contuvo.

—¿Max? —Bea miró a Havers—. ¿Lo tiene, sargento?

—Grabado a fuego —dijo Havers.

—¿Y el apellido? —preguntó Bea a Aldara en tono agradable.

—Santo no tenía ningún motivo para contarle nada a nadie. Sabía que si lo hacía, pondría fin a nuestro acuerdo.

—Algo que, naturalmente, le habría destrozado —apuntó Bea con ironía—, como le pasaría a cualquier hombre. De acuerdo. Pero tal vez Santo era algo más que la suma de sus partes.

—De las partes que cuelgan, quiere decir —murmuró Havers.

Aldara le lanzó una mirada.

—Tal vez Santo se sintiera culpable de verdad por lo que estaban haciendo ustedes dos —dijo Bea—. O tal vez después de la escena con Madlyn, quería de usted más de lo que le ofrecía y creyó que ésa era la manera de conseguirlo. No lo sé, aunque me gustaría averiguarlo y la forma de hacerlo pasa por hablar con su otro amante sea ex o no, se haya enfriado o no la relación. Bien, hemos llegado al fondo del asunto. Puede darnos su apellido o podemos hablar con sus empleados y que nos lo digan ellos, porque si este otro tío no era su amor secreto como Santo, es lógico pensar que no tenía que venir a verla al amparo de la noche y usted no tenía que escabullirse para quedar con él en casa de alguien. Así que alguien sabrá quién es y es probable que nos diga su apellido.

Aldara pensó en aquello un momento. Fuera, en el patio, se oyó el zumbido de una máquina, lo que sugería que los esfuerzos de Rod con el molino tenían éxito.

—Max Priestley —dijo Aldara con brusquedad.

—Gracias. ¿Y dónde podríamos encontrar al señor Priestley?

—Es el dueño del *Watchman*, pero…

—El periódico local —le dijo Bea a Havers—. Es del pueblo, entonces.

—… si creen que tuvo algo que ver con la muerte de Santo, se equivocan. Ni lo tuvo ni lo habría tenido.

—Dejaremos que nos lo diga él mismo.

—Pueden hacerlo, por supuesto, pero están cometiendo una estupidez. Están perdiendo el tiempo. Si Max lo hubiera sabido… Si Santo se lo hubiera contado a pesar de nuestro acuerdo… Yo lo habría sabido. Lo habría notado. Sé ver esas cosas con los hombres. Esa… Esa alteración interna que sufren. Cualquier mujer sabe verlo si hay compenetración.

Bea la miró fijamente antes de responder. «Interesante», pensó. De algún modo habían puesto el dedo en la llaga: una magulladura física que la propia mujer no esperaba que le molestara. Había un deje de desesperación en sus palabras. «¿Está preocupada por Max? —se preguntó Bea—. ¿Por sí misma?»

—¿Estaba enamorada de él? —le preguntó a Aldara—. Apuesto a que era algo inesperado para usted.

—No he dicho…

—Sí que cree que Santo se lo contó, ¿verdad? Creo que Santo le dijo que iba a contárselo. Lo que sugiere…

—¿Que hice algo para impedírselo antes de que pudiera hacerlo? No sea absurda. No lo hice. Max no le hizo daño, ni nadie que yo conozca.

—Naturalmente. Apunte eso, sargento. Nadie que ella conozca y todos los etcéteras que se le ocurra sacar de eso.

Havers asintió.

—Esta vez lo he esculpido.

—Bueno, ahora que estamos en ello, déjeme preguntarle algo —le dijo Bea a Aldara—. ¿Quién es el siguiente de la lista?

—¿Qué?

—La lista de la excitación y el secretismo. Si su relación con Max se había «enfriado», pero seguía follándose a Santo, necesitaba a alguien más, ¿no? De lo contrario, sólo habría tenido a un amante, sólo a Santo, y no funcionaría. Así que ¿a quién más tenía y cuándo empezó? ¿Podemos suponer que él tampoco podía saber nada sobre Santo?

Aldara metió la pala en la tierra. Lo hizo con tranquilidad, sin enfado ni consternación.

—Creo que esta conversación ha terminado, inspectora Hannaford —dijo.

—Ah. Entonces sí que empezó con otra persona antes de que muriera Santo. Apuesto a que sería alguien más de su edad. Parece de las que aprenden deprisa y supongo que Santo y Madlyn le dieron una buena lección sobre qué significa liarse con un adolescente, por muy bueno que sea en la cama.

—Lo que usted suponga no me interesa —dijo Aldara.

—Bien, ya que no le quita el sueño ni un segundo. —Se dirigió a Havers—: Creo que ya tenemos lo que necesitamos, sargento. —Y luego a Aldara—: Salvo sus huellas, señora. Alguien pasará hoy a tomárselas.

Capítulo 25

Quedaron atrapadas detrás de un autocar de turistas lento, lo que hizo que el trayecto de vuelta de la sidrería a Casvelyn fuera más largo de lo que Bea había esperado. En otro momento, no sólo se habría impacientado y tocado el claxon en una agresiva exhibición de malos modales, sino que seguramente también habría sido imprudente: no habría necesitado demasiadas excusas para intentar adelantar al autocar en aquella estrecha carretera. Pero en realidad, el retraso le dio tiempo para reflexionar y pensó en la forma de vida poco convencional de la mujer a la que acababan de interrogar. Sin embargo, hizo algo más que preguntarse sobre en qué sentido estaba relacionado ese estilo de vida con el caso, ya que le maravillaba por completo. También descubrió que no era la única, cuando la sargento Havers sacó el tema.

—Vaya tía —dijo Havers—. Se lo reconozco.

La sargento, advirtió Bea, se moría por fumarse un cigarrillo después de charlar con Aldara Pappas. Había sacado su paquete de Players del bolso bandolera y jugueteaba con un pitillo entre el pulgar y el resto de los dedos como si esperara absorber la nicotina por vía cutánea. Pero se guardaba bien de encenderlo.

—La admiro bastante —admitió Bea—. ¿Le digo la verdad? Me encantaría ser como ella, maldita sea.

—¿Sí? Es usted un enigma, jefa. ¿Siente predilección por los chavales de dieciocho años y lo había ocultado?

—Lo digo por el tema del compromiso —contestó Bea—. Por cómo ha logrado evitarlo. —Frunció el ceño mirando el autocar que tenían delante, el negro eructo de los gases del tubo de escape. Frenó para poner cierta distancia entre su Land Rover y el vehículo que le precedía—. Parece que pasa de compromisos y que no se compromete en absoluto.

—¿Con sus amantes, quieres decir?

—¿Acaso no es eso lo malo de ser mujer? Te atas a un hombre y piensas que has creado un compromiso con él y entonces… ¡Pam! Hace algo para demostrarte que, a pesar del deseo, la emoción y la creencia absurdamente romántica de tu corazoncito dulce y fiel, él no está comprometido contigo.

—¿Habla por experiencia? —preguntó Haver con astucia, y Bea notó que la examinaba.

—Si se le puede llamar así —dijo Bea.

—¿Cómo se le podría llamar?

—Algo que acaba en divorcio cuando un embarazo no deseado trastoca los planes vitales de tu marido, aunque esto siempre me ha parecido una contradicción.

—¿El qué? ¿El embarazo no deseado?

—No. Los planes vitales. ¿Y usted, sargento?

—Yo me mantengo al margen de todo eso. Los embarazos no deseados, los planes vitales, los compromisos. Paso de todo. Cuanto más cosas veo, más creo que una mujer está mejor en una profunda y afectuosa relación con un vibrador, y quizá también con un gato, pero no con seguridad. Siempre es bonito tener algo vivo que te espere al llegar a casa, aunque una planta seguramente también serviría, si fuera necesario.

—Sabias palabras —reconoció Bea—. Te ahorras todo el baile de malentendidos y destrucción que se crea entre hombres y mujeres, eso sin duda. Pero pienso que al final todo se reduce al compromiso: este problema que parece que tenemos con los hombres. Las mujeres se comprometen, los hombres no. Tiene que ver con la biología y seguramente nos iría mejor a todos si pudiéramos vivir en rebaños, manadas o lo que sea: un macho de la especie olisqueando a una docena de hembras y éstas aceptándolo porque así es la vida.

—Ellas paren, mientras que él… ¿Qué…? ¿Lleva a casa al animal muerto de turno para desayunar?

—Ellas crean una hermandad; él aparenta. Él las monta, pero ellas se comprometen entre sí.

—Es una forma de pensar —dijo Havers.

—Pues sí.

El autocar puso el intermitente para girar, lo que por fin dejó libre la carretera. Bea pisó el acelerador.

—Aldara parece haberse ocupado del problema entre hombres y mujeres. Esa chica no tiene compromisos con nadie, y en el caso de que esto parezca posible, que pase otro hombre. Quizá tres o cuatro.

—El rebaño a la inversa.

—Tenemos que admirarla.

Meditaron sobre aquello en silencio durante el resto del viaje, que las llevó a Princes Street y a las oficinas del *Watchman*. Allí mantuvieron una breve conversación con una secretaria recepcionista llamada Janna, que comentó sobre el pelo de Bea:

—¡Genial! Es justo el color que mi abuela dice que quiere. ¿Cómo se llama?

El comentario no hizo que se ganara las simpatías de la inspectora. Por otro lado, la joven les reveló encantada que Max Priestley se encontraba en ese momento en St. Mevan Down con alguien llamado *Lily* y que si querían hablar con él, un breve paseo «hasta la vuelta de la esquina y luego colina arriba» los llevaría hasta él.

Bea y Havers caminaron hasta el lugar. Llegaron a la parte más alta del pueblo, donde un triángulo mal dibujado de amofilas y biznagas estaba dividido por una calle que conectaba la parte baja de Casvelyn con una zona llamada Sawsneck, donde a principios del siglo XX la flor y nata de algunas ciudades lejanas pasaba las vacaciones en unos espléndidos hoteles, ahora venidos a menos.

La tal *Lily* resultó ser una golden retriever que saltaba alegremente por la alta hierba persiguiendo entusiasmada una pelota de tenis. El dueño de *Lily* golpeaba la bola tan lejos como podía, en dirección a la colina, con una raqueta, sobre la cual la perra dejaba la pelota en cuanto la recuperaba de la densa maleza. Priestley vestía una chaqueta verde impermeable y botas de lluvia, y en la cabeza llevaba una gorra que debería parecer ridícula —decía desgarradoramente «Soy un hombre de campo»—, pero que de algún modo hacía que pareciera un modelo sacado de la revista *Country Life*. Era el propio hombre quien provocaba esto, pues era de los que había que describir como «guapos de facciones marcadas». Bea entendió por qué Aldara Pappas se había sentido atraída por él.

Hacía viento en la colina y Max Priestley era la única persona que estaba allí. Daba gritos de ánimo a su perra, que parecía necesitar pocos, aunque jadeaba con más intensidad de lo que sería recomendable para un animal de su edad y condición física.

Bea empezó a andar en dirección a Priestley y Havers la siguió con gran esfuerzo. No había ningún camino propiamente dicho en la colina, sólo senderos de hierba aplastada y charcos de lluvia allí donde el terreno se hundía. Ninguna de las dos llevaba el calzado adecuado para caminar por el lugar, pero las botas deportivas de la sargento Havers eran al menos preferibles a los zapatos de Bea. La inspectora soltó un taco cuando metió el pie en un charco oculto.

—¿El señor Priestley? —dijo en cuanto estuvieron lo bastante cerca como para que la oyera—. ¿Podríamos hablar un momento con usted, por favor? —Se dispuso a sacar su placa.

Pareció que el hombre se fijaba en su pelo encendido.

—La inspectora Hannaford, supongo —dijo—. Mi reportero ha estado recabando todos los detalles pertinentes a través del sargento Collins. Parece que la respeta mucho. ¿Y ella es de Scotland Yard? —preguntó, señalando a Havers.

—Correcto en ambos casos —contestó Bea—. Es la sargento Havers.

—Tengo que hacer que *Lily* se mueva mientras hablamos. Estamos trabajando su peso; para bajarlo, quiero decir. Aumentarlo nunca ha supuesto ningún problema, pues aparece a la hora de las comidas puntual como un reloj y nunca he sido capaz de resistirme a esos ojos.

—Yo también tengo perros —dijo Bea.

—Entonces ya sabrá a qué me refiero. —Lanzó la pelota a unos cincuenta metros y Lily salió corriendo tras ella con un aullido—. Supongo que habrán venido a hablar de Santo Kerne —dijo—. Ya imaginaba que al final vendría alguien. ¿Quién les ha dado mi nombre?

—¿Es un detalle importante?

—Sólo han podido ser Aldara o Daidre. No lo sabía nadie más, según Santo. El desconocimiento general que tenía el mundo del acuerdo, como señaló muy bien, impediría que mi ego resultara herido si yo era propenso a que esto sucediera. Un chico muy amable, ¿no creen?

—Resulta que Tammy Penrule lo sabía —le dijo Bea—. Al menos una parte.

—¿En serio? Entonces Santo me mintió. Increíble. ¿Quién iba a esperar que un tipo tan estupendo no fuera sincero? ¿Fue Tammy Penrule quien les dio mi nombre?

—No, no fue ella.

—Daidre o Aldara, entonces, y yo diría que esta última. Daidre apenas suelta prenda.

Hablaba con tanta tranquilidad de toda aquella situación que, por un momento, Bea se quedó desconcertada. Con el tiempo había aprendido a no crearse expectativas sobre cómo iba a desarrollarse un interrogatorio, pero no estaba preparada para la indiferencia de Max Priestley ante el hecho de que le hubieran puesto los cuernos con un adolescente. Miró a la sargento Havers, que estaba examinando al hombre. Había aprovechado la oportunidad para acercar la llama de un mechero de plástico a su cigarrillo. Entrecerró los ojos para protegerse del humo y dirigió su mirada al rostro de aquel hombre.

Parecía bastante franco y su expresión era agradable, pero no había que malinterpretar el tono irónico de lo que estaba diciendo Priestley. A su modo de entender, este tipo de franqueza significaba, por lo general, que sus heridas eran profundas o que le habían hecho lo mismo que él había hecho. Naturalmente, en esta situación, había que contemplar una tercera alternativa: el intento de un asesino de ocultar su rastro mediante la indiferencia. Pero esto no le parecía probable en aquellos momentos y Bea no sabría decir por qué, aunque esperaba que no tuviera nada que ver con su magnetismo. Lamentablemente, Priestley estaba como un queso.

—Nos gustaría hablar con usted sobre su relación con Aldara —reconoció Bea—. Nos ha dado algunos detalles y estamos interesadas en su versión de la historia.

—¿Si maté a Santo cuando descubrí que se estaba tirando a mi novia? —preguntó—. La respuesta es no, pero ya imaginaban que les contestaría eso, ¿verdad? El típico asesino no reconoce que lo es, precisamente.

—Normalmente no.

—¡Ven aquí, *Lil*! —gritó Priestley de repente, frunciendo el ceño y mirando a lo lejos. Otro perro había aparecido con su dueño al otro lado de la colina. La retriever de Priestley lo había visto y había partido en esa dirección dando saltitos—. Maldita perra —dijo—. ¡*Lily*! ¡Ven! —Ella no le hizo ningún caso, él se rio compungido y volvió a mirar a Bea y a Havers—. Y pensar que antes tenía una magia especial con las mujeres.

Era una transición tan buena como cualquier otra.

—¿Con Aldara no funcionó? —dijo Bea.

—Al principio sí, justo hasta el momento en que descubrí que su magia era más fuerte que la mía. Y entonces… —Les ofreció una sonrisa extravagante—. Probé mi propia medicina, como se dice, y no me gustó el sabor.

Al oír ese indicio más que revelador, la sargento Havers hizo su trabajo con la libreta y el lápiz, mientras mantenía el cigarrillo colgado de sus labios. Priestley lo vio y asintió con la cabeza.

—Qué diablos —dijo, y empezó a completar el cuadro de su relación con Aldara Pappas.

Se habían conocido en una reunión de empresarios de Casvelyn y alrededores. Él fue para escribir una artículo sobre el encuentro; los empresarios asistían para recoger ideas a fin de aumentar el turismo durante la temporada baja. Aldara estaba un escalón por encima de los propietarios de tiendas de surf, restaurantes y hoteles. Resultaba difícil no fijarse en ella, dijo.

—Su historia era intrigante —dijo Priestley—. Una mujer divorciada que se hacía cargo de una plantación de manzanas abandonada y la transformaba en una atracción turística decente. Quise escribir un artículo sobre ella.

—¿Sólo un artículo?

—Al principio. Soy periodista: busco historias. Hablamos durante la reunión y también después; lo organizamos todo. Aunque podría haber enviado a uno de los dos reporteros del

Watchman a recabar la información, lo hice yo mismo. Me sentía atraído por ella.

—Entonces, ¿el artículo era una excusa? —inquirió Bea.

—Pensaba publicarlo y, al final, lo escribí.

—¿En cuanto se metió en su cama? —preguntó Havers.

—Sólo se puede hacer una cosa a la vez —contestó Priestley.

—¿Lo que significa...? —Bea dudó, y entonces vio la luz—. Ah, se acostó con ella enseguida, ese mismo día, cuando fue a entrevistarla. ¿Es su modus operandi habitual, señor Priestley, o fue algo especial para usted?

—Fue atracción mutua —dijo Priestley—. Muy intensa, imposible de evitar. Un romántico habría descrito lo que ocurrió entre ambos como amor a primera vista. Un analista del amor lo habría llamado catexis.

—¿Y usted cómo lo llamaba? —le preguntó Bea.

—Amor a primera vista.

—Entonces, ¿es un romántico?

—Resulta que sí.

La golden retriever se acercó a él dando saltos. Después de explorar los orificios pertinentes del otro perro, *Lily* estaba lista para un nuevo lanzamiento de la pelota de tenis. Priestley la golpeó hacia el final de la colina.

—¿No lo esperaba?

—Nunca. —Observó al perro un momento antes de dirigirse a ella—: Antes de Aldara, me había pasado la vida jugando. No tenía intención de atarme a nadie y para impedirlo...

—¿Para impedir el qué? ¿El matrimonio y los hijos?

—... siempre estaba con más de una mujer a la vez.

—Igual que ella —señaló Havers.

—Con una excepción notable: yo estaba con dos o tres, y alguna vez con cuatro, pero ellas siempre lo sabían. Era sincero desde el principio.

—Ahí lo tiene, jefa —dijo Havers a Bea—. A veces pasa; él les traía el animal muerto que fuera.

Priestley parecía confuso.

—¿Y en el caso de Aldara Pappas? —preguntó Bea.

—Nunca había estado con nadie como ella. No era sólo por el sexo, era todo el conjunto: su intensidad, su inteligencia, su dinamismo, su confianza, sus motivaciones en la vida. No hay nada tonto, estúpido o débil en ella, ni manipulación, ni maniobras sutiles. No hay mensajes dobles ni señales contradictorias o confusas: nada que descifrar o interpretar en su comportamiento. Aldara es como un hombre en el cuerpo de una mujer.

—Veo que no menciona la sinceridad —señaló Bea.

—No —dijo él—. Ése fue mi error. Llegué a creer que por fin había encontrado en Aldara Pappas a la mujer de mi vida. Nunca había pensado en casarme ni lo había querido. Había visto el matrimonio de mis padres y estaba firmemente convencido de no querer vivir como ellos: eran incapaces de llevarse bien, de hacer frente a sus diferencias o de divorciarse. Nunca fueron capaces de gestionar ninguna opción, ni tampoco vieron que tuvieran alguna. Yo no quería vivir de esa manera, pero con Aldara era distinto —dijo—. Su primer matrimonio fue horrible; su marido era un sinvergüenza que dejó que pensara que era estéril cuando vieron que no podían tener hijos. Decía que le habían hecho todo tipo de pruebas y que estaba perfectamente. Dejó que ella fuera de médico en médico y que siguiera todo tipo de tratamientos, cuando él disparaba balas de fogueo. Después de tantos años, no quería saber nada de los hombres, pero la convencí. Yo deseaba lo que ella quisiera. ¿Matrimonio? Bien. ¿Hijos? Bien. ¿Una manada de chimpancés? ¿Yo con medias y un tutú? No me importaba.

—Estaba coladito por ella —señaló Havers, alzando la vista de la libreta.

En realidad, casi sonó comprensiva y Bea se preguntó si la magia especial del hombre estaba haciendo mella en la sargento.

—Era la pasión —dijo Priestley—. No había muerto entre nosotros y no veía el más mínimo indicio de que fuera a apagarse. Entonces descubrí por qué.

—Santo Kerne —dijo Bea—. La aventura de Aldara con él la mantenía ardiente con usted: la excitación, el secretismo.

—Me quedé atónito, me hundí, maldita sea. El chico vino a verme y me soltó toda la historia... porque le remordía la conciencia, me dijo.

—¿Y usted no le creyó?

—En absoluto. No cuando sus remordimientos no le llevaron a contárselo a su novia. A ella no le afectaba, me dijo, porque no tenía ninguna intención de romper su relación con Aldara; así que no debía preocuparme por si quería algo más de lo que Aldara estuviera dispuesta a darle. Entre ellos sólo había sexo. «Tú eres el primero», me dijo. «Yo sólo estoy para recoger las migajas.»

—Qué amable, ¿no? —comentó Havers.

—No esperé demasiado para averiguarlo. Llamé a Aldara y rompí con ella.

—¿Le dijo por qué?

—Supongo que se lo figuró: eso o Santo fue tan sincero con ella como conmigo. Y ahora que lo pienso, eso hace que Aldara tuviera un motivo para matarle, ¿no?

—¿Es su ego el que habla, señor Priestley?

El hombre soltó una carcajada.

—Créame, inspectora, me queda muy poco ego.

—Necesitaremos sus huellas dactilares. ¿Está dispuesto a dárnoslas?

—Las huellas dactilares, las de los pies y lo que quieran. No tengo nada que ocultar.

—Muy sensato por su parte. —Bea hizo un gesto con la cabeza a Havers, que cerró su libreta. Le dijo al periodista que fuera a la comisaría, donde le tomarían las huellas. Luego le comentó—: Por curiosidad, ¿le puso a Santo Kerne un ojo morado antes de que muriera?

—Me hubiera encantado —dijo—. Pero, sinceramente, pensé que no merecía la pena el esfuerzo.

Jago le reveló a Cadan que él enfocaría el tema con una conversación de hombre a hombre: si quería poner distancia entre él y Dellen Kerne, sólo existía una forma de hacerlo y era enfrentarse a Lew Angarrack. Había mucho trabajo en LiquidEarth, así que no hacía falta que Jago se pusiera de parte de Cadan cuando hablara con su padre. Lo único que necesitaba, dijo, era una conversación sincera en la que reconociera sus errores, ofreciera sus disculpas y prometiera enmendarse.

Jago hacía que todo pareciera muy sencillo. Cadan estaba

impaciente por hablar con Lew, pero el único problema era que se había ido a hacer surf —«Hoy hay grandes olas en la bahía de Widemouth», le informó Jago—, así que Cadan tendría que esperar a que su padre regresara o ir a la bahía de Widemouth para charlar cuando terminara de surfear. Esta segunda propuesta parecía una idea excelente, ya que después de coger algunas olas, Lew estaría de buen humor y seguramente accedería a los planes de Cadan.

Jago le prestó el coche.

—Conduce con cuidado —le dijo, y le dio las llaves.

Cadan partió. Sin carné de conducir y consciente de la confianza que Jago había depositado en él, tuvo muchísimo cuidado. Las manos en las diez y diez, los ojos clavados en la carretera y en los retrovisores, una mirada de vez en cuando al indicador de velocidad.

La bahía de Widemouth se encontraba al sur de Casvelyn, a unos ocho kilómetros costa abajo. Flanqueada por unos acantilados friables, era exactamente lo que sugería su nombre: una bahía ancha a la que se accedía desde un gran aparcamiento al lado de la carretera de la costa. No había un pueblo propiamente dicho, sino sólo casas de veraneo que salpicaban el lado este de la carretera. Los únicos negocios que atendían a sus habitantes, a los surfistas y a los turistas de la zona eran un restaurante de temporada y una tienda que alquilaba tablas de *bodysurf* y de surf, además de trajes de neopreno.

En verano, la bahía era una locura porque, a diferencia de tantas otras de Cornualles, no resultaba difícil acceder a ella, así que atraía a cientos de excursionistas, turistas y también lugareños. Fuera de temporada, era territorio de surfistas, que acudían en masa cuando la marea estaba medio alta, soplaba viento del este y las olas rompían en el arrecife derecho.

Hoy, las condiciones eran magníficas, con unas olas que parecían tener metro y medio de altura, por lo que el aparcamiento estaba lleno de vehículos y la hilera de surfistas era impresionante. De todos modos, cuando Cadan entró y estacionó, distinguió a su padre rápidamente. Lew surfeaba de la misma manera que lo hacía casi todo: en solitario.

En cualquier caso, era un deporte mayoritariamente solitario, pero Lew se las arreglaba para que todavía lo fuera más. Era una figura apartada del resto, mucho más dentro del mar, contento de esperar unas olas que a esta distancia de los arrecifes sólo se formaban de vez en cuando. Al mirarle, alguien podía pensar que no tenía ni idea del deporte, pues debería estar esperando con los demás, que conseguían unas olas bastante decentes. Pero no era su estilo y cuando por fin llegó una ola que le gustó se colocó detrás sin esfuerzo, remando con el mínimo impulso y la experiencia de más de treinta años en el agua.

Los otros le observaban. La atacó con suavidad y ahí estaba, cruzando la pared verde, cortando hacia el túnel; parecía como si fuera a agarrarse a un canto en cualquier momento o que la espuma lo tiraría, pero supo cuándo cortar de nuevo para hacerse con la ola.

Cadan no necesitaba ver un marcador ni escuchar los comentarios para saber que su padre era bueno. Lew apenas hablaba de ello, pero había participado en competiciones cuando tenía veinte años y albergado el sueño de viajar por todo el mundo y ganar reconocimiento antes de que la Saltadora lo abandonara y lo dejara con dos niños a su cargo. En aquel momento, Lew se había visto obligado a replantearse el camino que había elegido. Optó por montar LiquidEarth: pasó de fabricarse sus propias tablas a hacerlo para otros. De esta manera, vivía indirectamente la vida de un surfista ambulante de talla mundial. No debía de haber sido fácil para su padre renunciar a sus sueños, se percató Cadan, y se preguntó por qué nunca había pensando en ello hasta entonces.

Cuando Lew salió del agua, Cadan estaba esperándolo; había cogido una toalla del RAV4 y se la dio. Lew apoyó su tabla corta en el coche y cogió la toalla asintiendo con la cabeza. Se quitó el gorro y se frotó el pelo con energía, antes de empezar a bajarse el traje. Cadan advirtió que todavía era el de invierno: el agua aún estaría fría dos meses más.

—¿Qué haces aquí, Cade? —le preguntó Lew—. ¿Cómo has venido? ¿No tendrías que estar trabajando?

Se quitó el traje de neopreno y se colocó la toalla alrededor de la cintura. Sacó una camiseta del coche y luego una sudadera con el logo de LiquidEarth; se las puso y procedió a bajarse el bañador. No dijo nada más hasta que estuvo vestido y hubo cargado el equipo en la parte trasera del coche. Luego repitió:

—¿Qué haces aquí, Cade? ¿Cómo has venido?

—Jago me ha prestado su coche.

Lew repasó el aparcamiento con la mirada y vio el Defender.

—Sin carné de conducir.

—No he corrido riesgos. He conducido como una viejecita.

—Ésa no es la cuestión. ¿Y por qué no estás trabajando? ¿Te han echado?

No era lo que Cadan tenía pensado ni quería que ocurriera, pero sintió la ira repentina que siempre parecía seguir a una conversación con su padre. Sin plantearse adónde los llevaría su respuesta, dijo:

—Imagino que es lo que crees, ¿no?

—Historia pasada.

Lew pasó al lado de Cadan y se acercó a la tabla. Al fondo del aparcamiento había unas duchas, que podría haber utilizado para limpiar la sal de su equipo, pero no lo hizo porque en casa podría realizar un trabajo más minucioso y, por lo tanto, más a su gusto. Y a Cadan le pareció que ése era el estilo de su padre en todo. «A mi gusto»: ése era el lema de la vida de Lew.

—Pues resulta que no me han echado —respondió Cadan—. He hecho un trabajo cojonudo.

—Bien, felicidades. ¿Qué haces aquí, entonces?

—He venido a hablar contigo. Jago me ha dicho que estabas aquí y me ha ofrecido el coche, por cierto. No se lo he pedido yo.

—¿Hablar conmigo de qué?

Lew cerró la puerta trasera del RAV4. En el asiento del conductor, hurgó en una bolsa de papel y sacó un sándwich envuelto de una caja de plástico. Levantó la tapa, cogió la mitad y después ofreció la otra a Cadan.

Una ofrenda de paz, decidió Cadan. Dijo que no con la cabeza, pero le dio las gracias.

—Quiero volver a LiquidEarth —pidió Cadan—. Si me dejas.

Añadió la última parte como su propia forma de ofrenda de paz. En esta situación, su padre tenía el poder y sabía que su papel era reconocer esto.

—Cadan, me dijiste...

—Ya sé lo que te dije, pero prefiero trabajar para ti.

—¿Por qué? ¿Qué ha pasado? ¿No te gusta Adventures Unlimited?

—No ha pasado nada. Estoy haciendo lo que querías que hiciera: pensar en el futuro.

Lew miró el mar, donde los surfistas esperaban pacientemente la siguiente ola buena.

—Imagino que tendrás algún plan.

—Necesitas un diseñador —contestó Cadan.

—Y también un perfilador. Se acerca el verano y vamos retrasados en los pedidos. Competimos con esas tablas huecas por dentro y lo que nos diferencia de ellos es...

—La atención a las necesidades individuales; ya lo sé. Pero una parte de éstas es el trabajo gráfico, ¿verdad? El aspecto visual de la tabla, además de la forma. Yo puedo diseñar, es lo que se me da bien. No sé perfilar tablas, papá.

—Puedes aprender.

Al final siempre se reducía a eso: lo que quería Cadan frente a lo que creía Lew.

—Ya lo intenté: destrocé más planchas de las que hice bien y tú no quieres eso. Es una pérdida de tiempo y de dinero.

—Tienes que aprender: es parte del proceso y si no lo conoces...

—¡Mierda! No obligaste a Santo a dominar el proceso. ¿Por qué él no tuvo que aprenderlo, de principio a fin, como yo?

Lew volvió a centrar su atención en Cadan.

—Porque no construí el maldito negocio para Santo —dijo en voz baja—. Lo hice para ti, pero ¿cómo puedo dejártelo si no lo comprendes?

—Pues déjame diseñar primero, perfeccionar esa parte, y pasar luego al perfilado.

—No, no se hace así.

—Dios mío, ¿qué coño importa cómo se haga?

—Lo hacemos a mi manera o no lo hacemos, Cadan.

—Contigo siempre es igual. ¿Alguna vez has pensado en que podrías equivocarte?

—En esto, no. Ahora sube al coche: te llevaré al pueblo.

—Tengo…

—No voy a dejarte conducir el coche de Jago, Cade. Tienes el carné retirado…

—Por ti.

—…y hasta que me demuestres que eres lo bastante responsable como para…

—Olvídalo, papá. Olvídalo todo, joder.

A grandes zancadas, Cadan cruzó el aparcamiento hacia donde había estacionado el coche. Su padre gritó su nombre con brusquedad, pero él siguió caminando.

Volvió furioso a Casvelyn. Muy bien, joder, pensó. Su padre quería pruebas, pues él se las daría hasta que se hartara, ya que sabía perfectamente cómo hacerlo.

Condujo con mucho menos cuidado durante el camino de regreso al pueblo. Cruzó como un bólido el puente del canal de Casvelyn —sin importarle el tráfico que subía en dirección contraria, con lo que se ganó que el conductor de una furgoneta de UPS le enseñara el dedo corazón— y cogió la rotonda del final del paseo sin frenar para ver si tenía preferencia. Subió la ladera, bajó a toda velocidad por St. Mevan Crescent y alcanzó la colina. Cuando llegó a Adventures Unlimited, «sudado» era la palabra que mejor describía su aspecto.

Sus pensamientos daban vueltas alrededor de la palabra «injusto». Lew, la vida, el mundo eran injustos. Su existencia sería mucho más sencilla si los demás vieran las cosas como él, pero eso nunca ocurría.

Abrió de golpe la puerta del viejo hotel, pero empleó una fuerza algo excesiva y ésta chocó contra la pared con un estrépito que retumbó por toda la recepción. El ruido de su entrada sacó a Alan Cheston de su despacho, que miró la puerta, luego a Cadan y, por último, su reloj.

—¿No tenías que estar aquí por la mañana? —preguntó.

—Tenía que hacer unos recados —dijo Cadan.

—Creo que eso se hace en tu tiempo libre, no en el nuestro.

—No volverá a pasar.

—Espero que no. La verdad, Cade, es que no podemos permitirnos empleados que no aparecen cuando deben hacerlo. En un negocio como éste, tenemos que ser capaces de confiar…

—He dicho que no volverá a pasar. ¿Qué más quieres? ¿Una garantía escrita con sangre o algo así?

Alan cruzó los brazos, esperó un momento antes de contestar y, en ese momento, Cadan escuchó el eco de su voz petulante.

—No te gusta mucho que te supervisen, ¿verdad? —inquirió Alan.

—Nadie me dijo que tú fueras mi supervisor.

—Aquí todo el mundo es tu supervisor: hasta que demuestres tu valía estás a prueba, ya me entiendes.

Cadan le entendía, pero estaba hasta las narices de tener que demostrar su valía: a esta persona, a la otra, a su padre, a cualquiera. Él sólo quería hacer las cosas bien y nadie le dejaba. Quiso empotrar a Alan Cheston en la pared más cercana; se moría de ganas de hacerlo: sólo dejarse llevar por sus impulsos y a la mierda con las consecuencias. Qué bien se sentiría.

—Que te jodan, me largo de aquí. He venido a recoger mis trastos. —Le respondió antes de dirigirse a las escaleras.

—¿Has informado al señor Kerne?

—Puedes hacerlo tú por mí.

—No quedará bien que…

—¿Te crees que me importa?

Dejó a Alan mirándole, con los labios separados como si fuera a decir algo más, como si fuera a señalar —correctamente— que si Cadan Angarrack había dejado algún tipo de material en Adventures Unlimited, no estaría en los pisos superiores del edificio. Pero Alan no dijo nada y su silencio dejó a Cadan al mando, que era donde quería estar.

No tenía ningún material en Adventures Unlimited, ni trastos, ni herramientas ni nada. Pero se dijo que echaría un vistazo a cada una de las habitaciones en las que había estado durante su breve temporada como empleado de los Kerne, porque nunca se sabía dónde podías olvidar algo y después le resultaría un poco incómodo regresar a buscar cualquier cosa que se hubiera dejado…

Habitación tras habitación, abría la puerta, echaba un vistazo y cerraba la puerta. Decía en voz baja: «¿Hola? ¿Hay alguien?», como si esperara que sus supuestas pertenencias olvidadas fueran a hablarle. Por fin las encontró en el último piso, donde vivía la familia, donde podría haber subido directamente si hubiera sido sincero consigo mismo, cosa que no hizo.

Ella estaba en el cuarto de Santo. Al menos fue lo que supuso Cadan por los pósters de surf, la cama individual, la pila de camisetas encima de una silla y las deportivas que Dellen Kerne acariciaba en su regazo cuando abrió la puerta.

Vestía toda de negro: jersey, pantalones y una cinta que le despejaba el pelo rubio de la cara. No se había maquillado y un arañazo recorría su mejilla. Estaba sentada descalza en el borde de la cama y tenía los ojos cerrados.

—Eh —dijo Cadan con una voz que esperaba que fuera delicada.

Ella abrió los ojos, que se posaron en él, con unas pupilas tan grandes que el violeta del iris quedaba prácticamente oculto. Dejó caer las zapatillas al suelo con un suave golpe y extendió la mano.

Él se acercó y la ayudó a levantarse. Vio que no llevaba nada debajo del jersey: tenía los pezones grandes, redondos y duros. Cadan se excitó y, por primera vez, reconoció la verdad: por eso había venido a Adventures Unlimited. El consejo de Jago y el resto del mundo podían irse al cuerno.

Le cogió el pezón con los dedos. Ella bajó los párpados, pero no los cerró. Cadan sabía que era seguro continuar y se acercó un paso más. Le rodeó la cintura con una mano y le agarró el trasero, mientras los dedos de la otra mano permanecían donde estaban y jugaban como plumas contra su piel. Se inclinó para besarla, ella abrió la boca ávidamente y Cadan la atrajo con más firmeza hacia él, para que ella se diera cuenta de lo que él quería que notara.

—La llave que tenías ayer —le dijo cuando pudo.

Dellen no contestó. Cadan sabía que ella entendía lo que le estaba diciendo porque acercó su boca a la de él una vez más.

La besó, larga y profundamente, y siguió hasta que pensó que los ojos se le saldrían de las cuencas y le estallarían los tímpanos. Su corazón palpitante necesitaba algún sitio adonde ir que no fuera su pecho, porque si no hallaba otro hogar, creía que se moriría allí mismo. Se apretó contra ella y empezó a sentir dolor.

Entonces se separó y le dijo:

—Las casetas de la playa, tú tenías una llave. No podemos, aquí no. —En las dependencias de la familia no y menos aún en el cuarto de Santo. Era indecente, de algún modo.

—¿No podemos qué? —Dellen apoyó la frente en su pecho.

—Ya lo sabes. Ayer, cuando estábamos en la cocina, tenías una llave; dijiste que era de una de las casetas de la playa. Vamos a utilizarla.

—¿Para qué?

¿Para qué diablos pensaba que la quería? ¿Era de las que deseaban que las cosas se dijeran directamente? Bueno, podía hacerlo.

—Quiero follarte —respondió—. Y tú quieres que te folle, pero no aquí, sino en una de las casetas de la playa.

—¿Por qué?

—Porque… Es obvio, ¿no?

—¿Sí?

—Dios mío, sí. Estamos en el cuarto de Santo, ¿verdad? Y de todos modos podría entrar su padre. —No pudo decir «tu marido»—. Y si eso pasa…

Lo veía, ¿verdad? ¿Qué le ocurría?

—El padre de Santo —dijo Dellen.

—Si nos encuentra…

Aquello era ridículo; no necesitaba ni quería explicárselo. Estaba dispuesto y pensaba que ella también, pero tener que hablar de todas las razones y todos los detalles… Era evidente que todavía no se había excitado lo suficiente. Volvió a acercarse a ella y esta vez puso su boca en el pezón, por debajo del jersey, y dio un tirón suave con los dientes, y un lametazo con la lengua. Volvió a su boca y la atrajo más hacia él: qué extraño era que ella no reaccionara, pero ¿acaso importaba en realidad?

—Dios mío. Coge esa llave —murmuró.

—El padre de Santo —dijo ella—. No entrará aquí.

—¿Cómo puedes estar segura?

Cadan la examinó más detenidamente. Parecía un poco ida,

pero aun así le parecía que tenía que saber que estaban en la habitación de su hijo y en la casa de su marido. Por otro lado, no era que exactamente lo estuviera mirando y tampoco sabía si realmente le había visto —en el sentido de percatarse de su presencia— cuando le había mirado.

—No entrará —repitió—. Tal vez quiera, pero no puede.

—Nena, lo que dices no tiene sentido.

—Yo sabía lo que tenía que hacer —murmuró—, pero él me apoya, ¿sabes? Había una oportunidad, así que la aproveché, porque le quería y sabía lo que era importante. Lo sabía.

Cadan estaba desconcertado. Más aún, estaba enfriándose deprisa, se alejaba de ella y del momento.

—Dell… Dellen… Nena —dijo, no obstante, para convencerla.

Había hecho bien en hablar de las oportunidades porque si existía la más mínima opción de poder llevarla todavía a las casetas de la playa, estaba dispuesto a aprovecharla. Le cogió la mano, se la acercó a la boca y recorrió su palma con la lengua.

—¿Qué me dices, Dellen? —dijo con la voz ronca—. ¿Qué hay de la llave?

Y Dellen respondió:

—¿Quién eres tú? ¿Qué haces aquí?

Capítulo 26

Cuando Kerra y su padre entraron en Toes on the Nose, el café estaba prácticamente vacío. En parte era por el momento del día, entre las comidas, y en parte por el estado del mar. Cuando las olas eran buenas, ningún surfista en sus cabales perdería el tiempo en la cafetería.

Había invitado a Ben a tomar algo. Podrían haberse quedado en el hotel tranquilamente, pero quería conversar con él lejos de Adventures Unlimited. El hotel le recordaba la muerte de Santo y la reciente pelea que había tenido con su madre. Quería que esta charla con su padre se produjera en territorio neutral, en un lugar nuevo.

No era que Toes on the Nose fuera nuevo en el sentido literal de la palabra, sino que más bien se trataba de una recreación inadecuada de lo que en su día fue el Green Table Café, un ejemplo perfecto del «Si no puedes vencerlos, únete a ellos», ocupado tiempo atrás por los surfistas debido a su proximidad a la playa de St. Mevan. El café había cambiado de propietarios y éstos habían visto posibilidades comerciales en los pósters de películas antiguas de surf y la música de los Beach Boy y Jan y Dean. La carta, sin embargo, seguía siendo la misma que cuando habían comprado el local: patatas fritas con queso, lasaña con patatas fritas y pan de ajo, patatas asadas con diversos rellenos, sándwich de patatas fritas... Se te podían atascar las arterias sólo leyendo la carta.

Kerra pidió una Coca-Cola en la barra y su padre, un café. Luego ocuparon una mesa tan lejana de los altavoces como les fue posible, debajo de un póster de *Endless Summer*.

Ben miró el cartel de *Riding Giants* al otro lado de la sala;

sus ojos fueron de éste al de *Gidget* y pareció compararlos, antes de sonreír, tal vez con nostalgia. Kerra lo vio y le preguntó:

—¿Por qué lo dejaste?

Su mirada regresó con ella y, por un momento, Kerra pensó que su padre no contestaría a una pregunta tan directa, pero la sorprendió.

—Me fui de Pengelly Cove —contestó con sinceridad—. En Truro no se practica mucho surf.

—Podrías haber vuelto. A fin de cuentas, ¿a cuánto está Truro de la costa?

—No muy lejos —reconoció él—. Podría haber vuelto en cuanto tuve coche. Es cierto.

—Pero no lo hiciste. ¿Por qué?

Por un momento pareció pensativo y enseguida respondió:

—Corté con eso. Comprendí que no me había hecho ningún bien.

—Ah. —Kerra creía saber la razón, porque al fin y al cabo era la misma de todo lo que hacía Ben Kerne—. Mamá. Así la

conociste.

Sin embargo, se percató que su respuesta se basaba únicamente en una suposición, porque nunca habían hablado de cómo se habían conocido Ben y Dellen Kerne. Era el tipo de pregunta que los niños hacían a sus padres constantemente en cuanto se daban cuenta de que éstos eran personas distintas a ellos: ¿Cómo os conocisteis tú y mamá? Pero ella no lo había preguntado nunca y dudaba que Santo lo hubiera hecho.

Ben estaba dándole las gracias al dueño por la taza de café y no contestó hasta que Kerra tuvo su Coca-Cola.

—No fue por tu madre, Kerra —dijo entonces—. Hubo otras razones. El surf me llevó a un lugar al que habría sido mejor no ir.

—¿A Truro, quieres decir?

Su padre sonrió.

—Hablaba metafóricamente: un chico murió en Pengelly Cove y todo cambió. Fue culpa del surf, más o menos.

—A eso te referías, a que no te aportó nada bueno.

—Por eso no me gustaba que Santo hiciera surf. No quería que se sumergiera en una situación que pudiera causarle el mismo tipo de problemas que viví yo. Así que hice todo lo posible por desanimarle. No hice bien, pero ahí está. —Sopló el café y bebió un sorbo—. Maldita sea. Fue una locura intentarlo —dijo con ironía—. Santo no necesitaba que me metiera en su vida, al menos no en eso. Sabía cuidar de sí mismo, ¿verdad?

—Al final resultó que no —observó Kerra en voz baja.

—No, resultó que no. —Ben giró la taza de café en el plato, mirándose las manos. Se quedaron en silencio mientras los Beach Boys cantaban «Surfer Girl». Después de uno de los versos, Ben dijo—: ¿Por eso me has traído aquí? ¿Para hablar de Santo? Todavía no le hemos mencionado, ¿verdad? Lo lamento. No he querido hablar de él y lo has acabado pagando tú.

—Todos tenemos cosas que lamentar cuando se trata de Santo —respondió Kerra—. Pero no es la razón por la que quería hablar contigo.

De repente, el tema le daba vergüenza. Cualquier conversación sobre Santo hacía que se examinara a sí misma y sus motivos y los considerara egoístas. Por otro lado, lo que tenía que decir probablemente animaría mucho a su padre y su aspecto le decía que él necesitaba animarse.

—¿De qué se trata, entonces? —preguntó—. No son malas noticias, espero. No irás a dejarnos, ¿verdad?

—No. Bueno, sí, en cierto modo. Alan y yo vamos a casarnos.

Su padre asimiló la información y una leve sonrisa empezó a iluminar su cara.

—¿En serio? Es una noticia excelente; es un hombre estupendo. ¿Cuándo?

—No hemos fijado la fecha, pero será este año. Todavía no hay anillo, pero ya llegará. Alan insiste en ello, quiere tener lo que él llama un «compromiso como es debido». Ya conoces a Alan. Y... —Puso las manos alrededor del vaso—. Quiere pedirte mi mano, papá.

—¿De verdad?

—Dice que quiere hacer las cosas bien, de principio a fin. Sé que es una tontería y que, hoy en día, ya nadie pide la mano, pero él quiere hacerlo. En cualquier caso, espero que digas que sí. A la pedida, quiero decir.

—¿Por qué iba a negarme?

—Bueno… —Kerra apartó la vista. ¿Cómo podía expresarlo?—. Quizá te hayas desencantado un poco con la idea del matrimonio. Ya sabes por qué lo digo.

—Por tu madre.

—No puede haber sido un viaje agradable para ti y entendería que no quisieras que yo lo iniciara.

Ahora le tocó a Ben evitar la mirada de Kerra.

—El matrimonio es difícil sea cual sea la situación en que se encuentre la pareja. Si piensas lo contrario, te encontrarás con muchas sorpresas.

—Pero hay muchas clases de cosas difíciles —dijo Kerra—. Difíciles de verdad, imposibles de aceptar.

—Ah, sí. Sé que has pensado en eso: en el porqué de todo. Llevo viendo esa pregunta en tu cara desde que tenías doce años.

Hablaba con tanto pesar que Kerra sintió dolor.

—¿Alguna vez pensaste…? ¿Nunca quisiste…? —inquirió ella.

Su padre puso la mano sobre la suya.

—Tu madre ha puesto a prueba mi paciencia, es incuestionable. Pero esos momentos han hecho que su camino sea más pedregoso que el mío y ésa es la verdad. Más allá de eso, me ha dado una hija, tú. Y debo darle las gracias por ello, por muchos defectos que tenga.

Al oír aquello, Kerra vio que el momento había llegado cuando menos lo esperaba. Miró su Coca-Cola, pero algo de lo que necesitaba decirle a su padre debió de reflejarse en sus facciones porque Ben preguntó:

—¿Qué pasa, Kerra?

—¿Cómo lo sabes?

—¿Si dar el gran paso con otra persona? No se sabe, nunca existe ninguna certeza sobre qué tipo de vida tendrás con otra persona, ¿verdad? Pero llega un momento…

—No, no. No me refería a eso. —Notó que se le encendía el rostro: le ardían las mejillas e imaginaba que el rubor estaba desplegándose como un abanico hacia sus orejas—. ¿Cómo sabes que nosotros…? ¿Que yo…? Con seguridad. Por…

Ben frunció el ceño un momento, pero entonces abrió un

poco más los ojos mientras se daba cuenta de qué significaban aquellas palabras.

—Por cómo es ella —añadió Kerra, abatida—. Me lo he preguntado, ¿sabes?, a veces.

Su padre se levantó de repente y Kerra pensó que iba a marcharse del café, porque miró hacia la puerta. Pero en lugar de eso, le dijo:

—Ven conmigo, hija. No, no. Deja tus cosas donde están. —La llevó ante un perchero, donde había colgado un pequeño espejo con el marco de concha. La colocó delante y él se puso detrás de ella, con las manos en sus hombros—. Mira tu cara y la mía. Dios santo, Kerra, ¿de quién ibas a ser hija?

Le escocían los ojos y parpadeó para aliviar el picor.

—¿Y Santo? —preguntó ella.

Sus manos le apretaron los hombros de un modo tranquilizador.

—Tú eres mi preferida —contestó— y Santo siempre fue el favorito de tu madre.

Cuando Lynley entró en el centro de operaciones de Casvelyn, había pasado casi todo el día fuera, atravesando Cornualles desde Exeter a Boscastle. Encontró a la inspectora Hannaford y a la sargento Havers haciendo de público para el agente McNulty, que estaba explayándose en un tema que parecía muy importante para él. Consistía en una serie de fotografías que había expuesto en la mesa. Havers parecía interesada pero Hannaford escuchaba con una expresión inequívoca de desgana.

—Aquí está cogiendo la ola y la foto es buena. Se ven la cara y los colores de la tabla, ¿vale? Se ha colocado en una buena posición y tiene experiencia. Surfea principalmente en Hawái y en la bahía Half Moon el agua está fría de narices, así que no está acostumbrado a la temperatura, pero sí al tamaño de la ola. Tiene miedo, pero ¿quién no lo tendría? Si no lo tienes, estás loco. Toneladas y toneladas de agua, y a menos que hayas cogido la última ola de ese grupo, puede venir otra detrás, justo después de la que puede haberte tirado. Y te hundirá y succionará, así que es mejor que tengas miedo y muestres respeto. —Pasó a la siguiente fotografía—. Miren el ángulo: aquí lo está perdiendo. Sabe que se va a caer y se pregunta lo mal que lo va a pasar, que es lo que se ve aquí, en la siguiente foto. —La señaló—. Un cuerpo que cae justo contra la pared de la ola. Va a una velocidad endemoniada y el agua también, así que ¿qué pasa cuando choca? ¿Se rompe algunas costillas? ¿Se queda sin respiración? No importa porque ahora se dirige al último lugar adonde alguien querría ir en Maverick's: hacia la espuma. Aquí, donde apenas se le distingue.

Lynley se unió a ellos en la mesa y vio que el agente hablaba de un solo surfista en una ola del tamaño de una colina móvil de color verde jade. En la fotografía que señalaba, la ola se había tragado por completo al surfista, cuya figura fantasmal se distinguía detrás de la espuma blanca, una muñeca de trapo en una lavadora.

—Algunos de estos tipos viven para que les saquen una fotografía cogiendo una ola gigante —dijo McNulty para concluir sus observaciones—. Y otros mueren justamente por la misma razón. Es lo que le pasó a él.

—¿Quién es? —preguntó Lynley.

—Mark Foo —contestó McNulty.

—Gracias, agente —dijo Bea Hannaford—. Muy dramático y deprimente, siempre esclarecedor. Ahora vuelva al trabajo; los dedos del señor Priestley esperan sus atenciones. —Se dirigió a Lynley—: Quiero hablar con usted y también con usted, sargento Havers.

Movió la cabeza en dirección a la puerta y los llevó a una sala de interrogatorios mal amueblada que hasta la presente investigación parecía que se hubiera empleado principalmente como almacén de material de oficina. No se sentó, ni ellos tampoco.

—Hábleme de Falmouth, Thomas.

Sorprendido por los acontecimientos del día, Lynley estaba sinceramente confuso.

—He estado en Exeter, no en Falmouth —le respondió.

—No se ande con rodeos; no le hablo de hoy. ¿Qué sabe de Daidre Trahair y Falmouth que no me ha contado? Y no vuelvan a mentirme; uno de los dos fue allí y si fue usted, sargento Havers, como al parecer sospecha la doctora Trahair, sólo hay una razón por la que emprendió ese viajecito secundario, que no tiene nada que ver con ninguna orden que yo le haya dado. ¿Me equivoco?

Lynley intervino.

—Yo le pedí a Barbara que investigara…

—Por muy asombroso que parezca —le interrumpió Bea—, eso ya lo había deducido yo solita. Pero el problema es que la investigación la dirijo yo, no usted.

—No fue así —dijo Havers—. Él no me pidió que fuera a Falmouth, ni siquiera sabía que venía hacia aquí cuando me pidió que investigara su pasado.

—Vaya, ¿de verdad?

—Sí, me llamó al móvil y yo estaba en el coche. Supongo que eso sí lo sabía, que estaba en el coche, pero no sabía dónde estaba ni adónde iba y no tenía ni idea de que podría ir a Falmouth. Sólo me preguntó si podía investigar algunos detalles del pasado de la doctora. Y resultó que podía ir a Falmouth. Y como no estaba lejos del lugar adonde me dirigía —que era aquí, por supuesto— pensé que podía ir antes de…

—¿Está loca? Falmouth está a kilómetros de aquí, por el amor de Dios. ¿Qué les pasa a ustedes dos? —preguntó Bea—. ¿Siempre van a la suya en una investigación o soy yo la primera de sus compañeros que tiene ese honor?

—Con el debido respeto, señora —empezó a decir Lynley.

—No me llame «señora».

—Con el debido respeto, inspectora —dijo Lynley—. No formo parte de la investigación; oficialmente, no. Ni siquiera soy… —Buscó un término—: Un agente de policía oficial.

—¿Intenta hacerse el gracioso, comisario Lynley?

—En absoluto. Sólo intento señalar que en cuanto me comunicó que yo iba a ayudarla a pesar de que yo no deseaba hacerlo…

—Es usted un testigo esencial, maldita sea; a nadie le importa lo que desea. ¿Qué esperaba? ¿Seguir tranquilamente su camino?

—Esto hace que esta situación aún sea más irregular —dijo Lynley.

—Tiene razón —añadió Havers—, si no le importa que se lo diga.

—Claro que me importa, y mucho, joder. No estamos jugando con la cadena de mando. A pesar de su rango —le dijo a Lynley—, soy yo quien dirige esta investigación, no usted. No está en posición de asignar actividades a nadie, incluida la sargento Havers, y si cree que lo está…

—Él no lo sabía —le interrumpió Havers—. Podría haberle dicho que venía hacia aquí cuando me llamó, pero no lo hice, o que cumplía órdenes…

—¿Qué órdenes? —preguntó Lynley.

—… pero tampoco lo hice. Usted sabía que al final yo llegaría…

—¿Órdenes de quién? —volvió a preguntar Lynley.

—… así que cuando me llamó, no me pareció tan irregular…

—¿De quién? —preguntó por tercera vez Lynley.

—Ya sabe de quién —le dijo Havers.

—¿Le ha mandado Hillier?

—¿Qué creía? ¿Que podría irse y ya está? ¿Que a nadie le importaría? ¿Que nadie se preocuparía? ¿Que nadie querría intervenir? ¿Realmente cree que podía desaparecer, que significa tan poco para…?

—¡Vale, vale! —dijo Bea—. Al rincón los dos. Dios mío, basta ya. —Respiró para tranquilizarse—. Esto termina aquí y ahora. ¿De acuerdo? Usted —le dijo a Havers— trabaja para mí, no para él. Entiendo que había motivos ocultos implicados en el ofrecimiento para mandarla aquí a ayudarme, pero fueran cuales fueran tendrá que tratarlos en su tiempo, no en el mío. Y usted —le espetó a Lynley—, de ahora en adelante, va a ser sincero conmigo con lo que haga y lo que sepa. ¿Ha quedado claro?

—Sí —le respondió él.

Havers también asintió, pero Lynley advirtió que debajo del cuello de la camisa estaba encendida y que quería decir algo más. No a Hannaford, sino a él.

—Perfecto, excelente. Ahora hablemos de Daidre Trahair desde el principio, esta vez sin ocultar nada. ¿Ha quedado claro eso también?

—Sí.

—Genial. Ahora obséquieme con los detalles.

Lynley sabía que no le quedaba más remedio que hablar.

—Parece que Daidre Trahair no existía antes de matricularse en el instituto a los trece años. Y aunque dice que nació en su casa en Falmouth, su nacimiento tampoco está registrado. Además, algunas partes de la historia que me ha contado sobre su trabajo en Bristol no concuerdan con los hechos.

—¿Qué partes?

—En la plantilla hay una veterinaria que se llama Daidre Trahair, pero la persona que identificó como su amigo Paul, que supuestamente es el cuidador de los primates, no existe.

—Esa parte no me la contó —le interpeló Havers—. ¿Por qué no lo hizo?

Lynley suspiró.

—Es que no me parece que ella... No la veo como una asesina, sinceramente, y no quise ponerle las cosas más difíciles.

—¿Más difíciles que qué? —preguntó Hannaford.

—No lo sé. Parece... Reconozco que hay algo raro en ella, pero no creo que tenga nada que ver con el asesinato.

—¿Y supone que usted está en condiciones de juzgar eso? —dijo Hannaford.

—No estoy ciego —contestó él—, no he perdido mi agudeza.

—Ha perdido a su mujer —dijo Hannaford—. ¿Cómo espera pensar, ver o hacer lo que sea con claridad después de lo que le ha sucedido?

Lynley retrocedió, sólo un paso. Quería poner fin a esta conversación y le pareció que aquél era un principio para concluirla tan bueno como cualquier otro que se le ocurriera. No contestó. Vio que Havers le observaba y sabía que debía dar una respuesta de alguna clase o que ella contestaría por él, algo que le resultaría insoportable.

—No estaba ocultándole ningún hecho, inspectora, sólo quería ganar tiempo.

—¿Para qué?

—Para algo así, supongo.

Llevaba un sobre de papel manila, del que extrajo la fotografía que había cogido de Lark Cottage en Boscastle. Se la entregó.

Hannaford la examinó.

—¿Quiénes son estas personas?

—Son una familia llamada Parsons: su hijo, el chico de la foto, murió en una cueva en Pengelly Cove hará unos treinta años. Esta fotografía se tomó por esa época, tal vez uno o dos años antes. La madre se llama Niamh; el padre, Jonathan; el chico, Jamie, y las chicas son sus hermanas menores. Me gustaría encargar una progresión de edad. ¿Tenemos a alguien que pueda hacerla rápidamente?

—¿Una progresión de edad de quién? —preguntó la inspectora Hannaford.

—De todos —contestó Lynley.

Daidre había aparcado en Lansdown Road. Sabía que estar tan cerca de la comisaría no daría una buena impresión, pero tenía que verlo y, en igual medida, necesitaba una señal que le indicara qué se suponía que debía hacer a continuación. La verdad significaba confiar y dar un salto de fe, pero esto podía hundirla de lleno en el fango mortal de las traiciones y, a estas alturas de su vida, ya había sufrido suficientes.

Por el retrovisor, los vio salir de la comisaría. Si Lynley hubiera estado solo, tal vez se habría acercado a él para mantener la conversación que necesitaban, pero como estaba con la sargento Havers y la inspectora Hannaford, Daidre lo interpretó como una señal de que no era el momento adecuado. Estaba estacionada en la calle un poco más arriba y cuando los tres policías se detuvieron en el aparcamiento de la comisaría para intercambiar unas palabras, arrancó el coche y se incorporó al tráfico. Al estar concentrados en la conversación, ninguno de los tres miró en su dirección. Daidre también lo interpretó como una señal. Sabía que habría quien diría que era una cobarde por huir en aquel momento; sin embargo, habría otros que la felicitarían por tener un fuerte instinto de supervivencia.

Salió de Casvelyn y se dirigió hacia el interior, primero hacia Stratton y luego por la campiña. Cuando por fin se bajó del coche en la sidrería el día estaba apagándose deprisa.

Las circunstancias, decidió, le pedían el perdón, pero éste iba en dos direcciones, en todas, en realidad. Necesitaba pedirlo y darlo, y ambas actividades requerirían cierta práctica.

El cerdo *Stamos* resoplaba en su corral en el centro del patio. Daidre pasó por delante de él y dobló la esquina de la fábrica de mermelada, donde dos cocineros limpiaban las enormes ollas de cobre bajo las brillantes luces. Abrió la verja que había debajo de la pérgola y entró en la parte privada del jardín. Igual que el otro día, oyó una música de guitarra, pero esta vez sonaba más de una.

Supuso que era un disco y llamó a la puerta. La música se detuvo y, cuando Aldara abrió, Daidre vio que la mujer no estaba sola. Un hombre de unos treinta y cinco años de tez morena estaba colocando una guitarra en un soporte, y ella tenía la suya bajo el brazo. Ambos habían estado tocando, obviamente: él era muy bueno y, por supuesto, ella también.

—Daidre —dijo Aldara, con voz neutral—, qué sorpresa. Narno estaba dándome clases. Narno Rojas —añadió—, de Launceston.

Completó la presentación mientras el español se ponía en pie e inclinaba ligeramente la cabeza para saludar. Daidre le saludó y preguntó si debía volver en otro momento.

—Si estás en mitad de una clase… —añadió.

Lo que pensó en realidad fue: «Sólo Aldara podía encontrar a un profesor de aspecto tan exquisito». Tenía los ojos grandes y oscuros y unas largas pestañas, como los héroes de los dibujos animados de Disney.

—No, no, ya habíamos terminado —dijo Aldara—. Sólo estábamos entreteniéndonos. ¿Nos has oído? ¿No crees que sonamos bien juntos?

—Pensaba que era un disco —reconoció Daidre.

—¿Lo ves? —gritó Aldara—. Narno, deberíamos tocar juntos: soy mucho mejor contigo que sola. —Y le dijo a Daidre—: Ha sido un encanto al darme clases; le hice una oferta que no pudo rechazar y aquí estamos. ¿No es verdad, Narno?

—Sí —respondió él—, pero tú tienes un don. Lo mío es cuestión de práctica, pero tú… Sólo necesitas que te animen.

—Lo dices para halagarme, pero si prefieres creerlo, no te

lo discutiré. En cualquier caso, ése es tu papel. Tú eres quien me anima y me encanta cómo lo haces.

Él se rio, le levantó la mano y le dio un beso en los dedos. Llevaba una ancha alianza dorada.

Guardó la guitarra en su funda y se despidió de las dos. Aldara lo acompañó a la puerta, salió fuera con él e intercambiaron unos susurros. Luego regresó con Daidre.

Parecía un gato que había encontrado existencias infinitas de leche, pensó la veterinaria.

—Ya imagino qué oferta fue —dijo.

Aldara guardó su guitarra en la funda.

—¿A qué oferta te refieres, cielo?

—A la que no pudo rechazar.

—Ah. —Aldara se rio—. Bueno, lo que ha de ser será. Tengo que hacer algunas cosas, Daidre; podemos charlar mientras las hago. Ven conmigo, si te parece.

La condujo a unas estrechas escaleras, cuyo pasamanos era una gruesa cuerda de terciopelo. Subió y llevó a Daidre al dormitorio, donde se puso a cambiar las sábanas de una gran cama que ocupaba la mayor parte del espacio.

—Piensas lo peor de mí, ¿verdad? —dijo Aldara.

—¿Acaso te importa lo que yo piense?

—Claro que no. Qué lista eres. Pero a veces lo que piensas no es lo que es.

Tiró el edredón al suelo, arrancó las sábanas del colchón y las dobló con cuidado en lugar de hacer una bola con ellas como habría hecho cualquier otra persona. Fue al armario de la caldera que había en el minúsculo descansillo junto a las escaleras y sacó unas sábanas limpias, que parecían caras y también fragantes.

—Nuestro acuerdo no es sexual, Daidre.

—No estaba pensando…

—Claro que sí. ¿Y quién podría culparte? Al fin y al cabo, me conoces. Toma, ayúdame con esto, ¿quieres?

Daidre se acercó. Los movimientos de Aldara eran hábiles: alisó las sábanas con afecto.

—¿Verdad que son preciosas? —preguntó—. Son italianas. He encontrado una lavandera particular muy buena en Morwenstow. Está un poco lejos, pero hace maravillas con ellas y no confiaría mis sábanas a cualquiera. Son demasiado importantes, ya me entiendes.

No quería entenderlo. Para Daidre las sábanas eran sólo sábanas, aunque podía ver que éstas seguramente costaban más de lo que ella ganaba en un mes. Aldara era una mujer que no se privaba de los pequeños lujos de la vida.

—Tiene un restaurante en Launceston, al que fui a cenar un día. Cuando no recibía a los clientes, tocaba la guitarra. Y pensé: «Cuánto puedo aprender de este hombre». Así que hablé con él y llegamos a un acuerdo: Narno no quiso aceptar dinero, pero necesita colocar a algunos familiares y su restaurante no tiene tantos puestos de trabajo que ofrecer; su familia es muy extensa.

—Entonces, ¿trabajan para ti aquí?

—No me hacen falta. Pero Stamos siempre necesita trabajadores para el hotel en St. Ives y he comprobado que la culpa de un ex marido es una herramienta útil.

—No sabía que seguías hablándote con Stamos.

—Sólo cuando me puede servir de algo. Si no, por mí podría desaparecer de la faz de la tierra y, créeme, no me molestaría ni en decirle adiós. ¿Puedes remeter bien las sábanas, cielo? No soporto que se arruguen.

Se acercó adonde estaba Daidre y le enseñó hábilmente cómo quería que lo hiciera.

—Bonitas, limpias y preparadas —dijo cuando terminó. Entonces miró a Daidre con cariño. La luz de la habitación proyectaba un magnífico resplandor tenue y, gracias a él, Aldara parecía veinte años más joven—. No quiero decir que al final no acabe pasando. Narno sería un amante de lo más enérgico, creo, y es así como me gustan.

—Entiendo.

—Sé que sí. La policía ha estado aquí, Daidre.

—Por eso he venido.

—Entonces fuiste tú; me lo imaginaba.

—Lo siento, Aldara, pero no tuve elección. Dieron por sentado que era yo: pensaban que Santo y yo…

—¿Y tenías que salvaguardar tu reputación?

—No fue por eso. Tienen que averiguar lo que le ocurrió y no lo harán si la gente no empieza a contar la verdad.

—Sí, ya te entiendo. Pero muchas veces la verdad es... Bueno, bastante inoportuna. Si la verdad de una persona es un golpe insoportable y a la vez innecesario para otra, ¿hay que contarla?

—Ése no es el tema.

—Pero lo que sí parece es que nadie le está contando a la policía todo lo que hay que contar, ¿no crees? Si fueron a hablar contigo antes que conmigo, sería porque la pequeña Madlyn no les contó todo.

—Quizás se sintiera demasiado humillada, Aldara. Encontrar a su novio en la cama con su jefa... Quizás fuera más de lo que quería decir.

—Supongo. —Aldara le dio una almohada y la funda correspondiente para que Daidre la pusiera mientras ella hacía lo mismo con la otra—. Pero ahora ya no tiene importancia, lo saben todo. Yo misma les conté lo de Max y, bueno, tenía que hacerlo, ¿no? Al final iban a descubrir su nombre. Mi relación con él no era ningún secreto, así que no puedo estar enfadada contigo cuando yo también he dado el nombre de alguien a la policía, ¿verdad?

—¿Max sabía que...? —Daidre vio por la expresión de Aldara que sí—. ¿Madlyn?

—Santo —contestó Aldara—. Qué estúpido. Era una maravilla en la cama. Menuda energía tenía: entre las piernas, celestial, pero entre las orejas... —Aldara se encogió de hombros exageradamente—. Algunos hombres, tengan la edad que tengan, no funcionan según el sentido común que Dios les dio.

Colocó la almohada en la cama y alisó el borde de la funda, que era de encaje. Cogió la que tenía Daidre, hizo lo mismo y luego pasó a doblar el resto de la sábana de un modo acogedor. En la mesita de noche, había una vela votiva en un soporte de cristal; la encendió y se retiró para admirar el efecto.

—Precioso —dijo—. Bastante acogedor, ¿no crees?

A Daidre le parecía tener la cabeza embotada: la situación no se parecía en nada a cómo había creído que sería.

—Realmente no lamentas su muerte, ¿verdad? ¿Sabes lo que te hace parecer eso?

—No seas tonta, claro que lo lamento. No me gusta que Santo Kerne muriera como lo hizo, pero yo no lo maté...

—Por el amor de Dios, es muy probable que seas la razón por la que murió.

—Lo dudo mucho. Max tiene demasiado orgullo para matar a un rival adolescente y, en cualquier caso, Santo no lo era, un hecho sencillo que no conseguí que él comprendiera. Santo sólo era... Santo.

—Tu juguetito.

—Si el diminutivo es porque era joven, sí lo era. Y también era un juguete, sí. Pero dicho así suena frío y calculador y, créeme, no era ni una cosa ni la otra. Nos divertíamos juntos y eso era lo que había entre nosotros, única y exclusivamente. Diversión y excitación por ambas partes, no sólo por la mía. Oh, ya lo sabes, Daidre. No puedes alegar desconocimiento y lo entiendes bastante. No nos habrías dejado tu casa si no lo entendieras.

—No te sientes culpable.

Aldara señaló la puerta con la mano, para indicar que salieran de la habitación y bajaran otra vez. Mientras descendían por las escaleras, dijo:

—La culpa implica que estoy involucrada en esta situación de algún modo y no es así. Éramos amantes, punto. Éramos dos cuerpos que se encontraban en una cama durante unas horas. Eso es lo que era y si crees de verdad que el mero acto sexual provocó...

Llamaron a la puerta y Aldara miró la hora. Luego miró a Daidre. Su expresión era de resignación, un gesto que luego hizo ver a Daidre que debería haber anticipado lo que sucedería a continuación. Pero fue tonta y no lo anticipó.

Aldara abrió la puerta y un hombre entró en la habitación. Sólo tenía ojos para ella y no vio a Daidre. La besó con la familiaridad de un amante: un beso de bienvenida que se convirtió en uno persuasivo y Aldara no hizo nada para terminarlo prematuramente. Cuando acabó, le dijo a unos milímetros de su boca:

—Hueles a mar.

—He salido a hacer surf. —Entonces vio a Daidre y dejó

caer las manos de los hombros de Aldara—. No sabía que tenías compañía.

—Daidre ya se iba —dijo Aldara—. ¿Conoces a la doctora Trahair, cariño? Daidre, te presento a Lewis.

Le resultaba vagamente familiar, pero no lo ubicaba; lo saludó con la cabeza. Había dejado el bolso en el borde del sofá y fue a recogerlo. Mientras lo hacía, Aldara añadió:

—Angarrack. Lewis Angarrack.

Y aquello provocó que Daidre se detuviera. Entonces reconoció el parecido, porque había visto a Madlyn en más de una ocasión, naturalmente, cuando iba a la sidrería Cornish Gold. Miró a Aldara, que tenía una expresión tranquila, pero le brillaban los ojos y seguro que el corazón le latía con fuerza mientras la expectación disparaba su sangre por todo su cuerpo hacia todos los lugares adecuados.

Daidre asintió, pasó junto a Lewis Angarrack y salió al estrecho porche. Aldara murmuró algo al hombre y la siguió afuera.

—Entenderás nuestro problemilla, creo —le dijo.

Daidre la miró.

—La verdad es que no.

—¿Primero su novio y ahora su padre? Es importantísimo que no se entere nunca, naturalmente, para no disgustarla más. Es lo que quiere Lewis. Qué pena, ¿no crees?

—Pues no, al fin y al cabo, a ti también te gusta que sea así: secretismo, excitación, placer.

Aldara sonrió, con esa forma lenta y cómplice que Daidre sabía que era parte de su atractivo con los hombres.

—Bueno, si tiene que ser así, así será.

—No tienes principios, ¿verdad? —le preguntó Daidre a su amiga.

—¿Y tú, cielo?

Capítulo 27

Al final de aquel día horrible, Cadan se encontró pagando las consecuencias de sus actos: atrapado en el salón de su casa en Victoria Road con su hermana y Will Mendick. Madlyn, que acababa de volver del trabajo, todavía llevaba el uniforme de Casvelyn de Cornualles, con rayas del color del algodón de azúcar y un delantal con volantes en los bordes. Se había repantingado en el sofá, mientras que Will estaba delante de la chimenea con un ramo de azucenas en la mano. Había tenido el suficiente sentido común como para comprar las flores y no traer restos de algún cubo de basura, pero ahí acababa su sentido común.

Cadan estaba sentado en un taburete cerca de su loro. Había dejado a *Pooh* solo casi todo el día y tenía intención de compensarle con un largo masaje aviar, con la casa o, como mínimo, la habitación únicamente para ellos dos. Pero Madlyn había llegado a casa del trabajo y, pisándole los talones, había aparecido Will. Al parecer se había tomado al dedillo las descaradas mentiras que Cadan le había contado sobre su hermana y los sentimientos de ésta.

—... así que he pensado —estaba diciendo Will, con escaso aliento por parte de Madlyn— que quizá te gustaría... Bueno, salir.

—¿Con quién? —dijo Madlyn.

—Con... Bueno, conmigo.

Todavía no le había dado las flores y Cadan esperaba fervientemente que fingiera no haberlas traído.

—¿Y por qué querría hacer eso, exactamente?

Madlyn dio unos golpecitos con los dedos en el brazo del

sofá. Cadan sabía que el gesto no tenía nada que ver con los nervios.

Will se puso más colorado —ya estaba rojo como un torpe en una clase de fox-trot— y miró a Cadan como diciendo: «Colega, échanos una mano». Éste apartó la vista.

—Sólo... ¿A comer tal vez? —insistió Will.

—¿Comida de un cubo de basura, quieres decir?

—¡No! Dios mío, Madlyn. No te pediría...

—Mira.

Madlyn tenía esa expresión en la cara. Cadan sabía qué significaba y también que Will no tenía ni la menor idea de que el detonador de su hermana estaba haciendo lo que fuera que hicieran éstos justo antes de que la bomba estallara. Ella se sentó en el borde del sofá y entrecerró los ojos.

—Por si no lo sabes, Will, y parece que no, he hablado con la policía hace bastante poco. Me pillaron en una mentira y se me echaron encima. Adivina qué sabían.

Will no dijo nada y Cadan instó a *Pooh* a subirse a su puño.

—Eh, ¿qué tienes que decir, *Pooh*? —dijo.

Normalmente al pájaro se le daba muy bien proporcionar distracciones, pero esta vez el loro guardó silencio. Si notaba la tensión de la habitación, no estaba respondiendo a ella con sus ruidos habituales.

—Sabían que seguí a Santo y lo que vi. Will, sabían que yo conocía lo que Santo hacía. Bien, ¿cómo crees que la poli lo sabía? ¿Tienes idea de cómo me hace quedar eso?

—No piensan que tú... No tienes por qué preocuparte...

—¡Ése no es el tema! Mi novio se tiraba a una vaca vieja que podría ser su madre y le gustaba, y resulta que, además, yo trabajaba para ella y todo estaba pasando delante de mis narices. Parecían dos mosquitas muertas y él la llamaba «señora Pappas» delante mío; puedes estar seguro de que no la llamaba así cuando se la follaba. Y ella sabía que era mi novio: eso formaba parte de la diversión y por eso era especialmente simpática conmigo. Sólo que yo no lo sabía. Incluso tomaba una taza de té con ella y me hacía preguntas sobre mí. «Me gusta conocer a mis chicas», me decía. Oh, seguro que sí.

—No ves que por esa razón...

—No lo veo. Así que ahí estaban las polis mirándome y pude ver qué sabían y qué pensaban. Pobre niña estúpida, su novio prefería hacérselo con una vieja bruja que con ella. Y no necesitaba eso, ¿lo entiendes, Will? No necesitaba su lástima ni que lo supieran, porque ahora quedará por escrito para que lo vea y lo sepa todo el mundo ¿Sabes cómo sienta eso, tienes la menor idea?

—No fue culpa tuya, Madlyn.

—¿No serle suficiente? ¿Tan poco le bastaba que también la deseaba a ella? ¿Cómo podría no ser culpa mía? Le quería, teníamos algo bueno, o eso pensaba yo.

—No, mira —dijo Will atrancándose—, no fue por ti. ¿Por qué no podías ver…? Habría hecho lo mismo… Se habría alejado, estuviera con quien fuera. ¿Por qué nunca te diste cuenta? ¿Por qué no pudiste dejar que…?

—Iba a tener un hijo suyo. Un hijo suyo, ¿vale? Pensé que eso significaba… que nosotros… Oh, Dios mío, olvídalo.

Will se había quedado boquiabierto con la revelación de Madlyn. Cadan conocía esta expresión, naturalmente, pero nunca había imaginado lo perdida que parecía una persona hasta que vio lo que transmitía el rostro de Will. No se había enterado. Pero, claro, ¿cómo iba a hacerlo? Era un tema privado que habían mantenido en la familia y Will no era un miembro de ella ni estaba cerca de serlo, un hecho que no parecía comprender ni siquiera ahora.

—Podrías haber recurrido a mí —dijo como atontado.

—¿Qué?

—A mí, yo habría… No lo sé. Lo que hubieras querido. Podría haber…

—Le quería.

—No —dijo Will—, no podías quererle. ¿Por qué no te das cuenta de cómo era? Era un mal tío, pero tú le mirabas y veías…

—No hables así de él. No… No lo hagas.

Will parecía un hombre que hablaba un idioma que su interlocutora supuestamente entendía, y que luego descubría que ella era extranjera y que en realidad él también lo era, por lo que no podía hacer nada al respecto.

—Aún le defiendes —dijo lentamente y empezó a comprender—. Incluso después de… Y lo que acabas de decirme… Porque no iba a quedarse a tu lado, ¿verdad? Él no era así.

—Le quería —gritó ella.

—Pero me dijiste que le odiabas.

—Me hizo daño, por el amor de Dios.

—Pero entonces por qué yo…

Will miró a su alrededor como si de repente despertara. Su mirada se posó en Cadan y luego en las flores que había traído para Madlyn y que tiró a la chimenea. A Cadan le habría gustado bastante aquel gesto dramático si la chimenea funcionara. Pero como no era así, el acto le pareció anticuado, el tipo de cosa que se ve en las películas viejas de la tele.

La habitación se sumió en un silencio vacío.

—Le di un puñetazo —le dijo entonces Will a Madlyn—. Habría hecho más si hubiera estado dispuesto a pelear, pero no lo estaba. Ni siquiera le importó; no quiso pelear por ti, pero yo sí. Le pegué por ti, Madlyn, porque…

—¿Qué? —gritó ella—. ¿En qué diablos estabas pensando?

—Te hizo daño, era un capullo integral y había que darle una lección…

—¿Quién te pidió que fueras su maestro? Yo no, nunca. ¿Le diste…? Dios mío. ¿Qué más le hiciste? ¿También le mataste? ¿Es eso?

—No sabes lo que significa ¿verdad? —le preguntó Will—. Que le pegara, que yo… No lo sabes.

—¿Qué? ¿Qué eres el puto príncipe azul? ¿Se supone que debería estar contenta por eso? ¿Agradecida? ¿Encantada? ¿Ser tu esclava para siempre? ¿Qué es lo que no sé exactamente?

—Podrían haberme encerrado —dijo con voz apagada.

—¿De qué hablas?

—Si le hubiera puesto la zancadilla a un tío por la calle, aunque hubiera sido un accidente, podían encerrarme. Pero estaba dispuesto a hacerlo por ti. Y estaba dispuesto a darle una lección porque la necesitaba, pero tú no lo sabías y aunque lo supieras —como ahora—, no importa. Nunca lo has hecho. Nunca te he importado, ¿verdad?

—¿Por qué diablos pensaste…?

Will miró a Cadan. Madlyn miró a Will y luego a su hermano. Por su parte, éste pensó que era el momento ideal para salir a dar un paseo vespertino con *Pooh*.

Bea estaba estirándose con la ayuda de una silla de la cocina, cumpliendo con sus obligaciones para mantener su envejecida espalda más o menos libre de dolor, cuando oyó una llave en la cerradura. Al sonido siguió un golpeteo familiar —pam, pam, PAM, pom POM— y luego la voz de Ray:

—¿Estás en casa, Bea?

—Diría que el coche es un indicio bastante bueno de ello —gritó—. Antes eras mucho mejor policía.

Oyó que se acercaba hacia ella. Bea todavía llevaba el pijama, pero como consistía en una camiseta y unos pantalones de chándal, no le molestaba que alguien la sorprendiera en su *déshabillé* matinal.

Ray iba de tiros largos. Ella lo miró agriamente.

—¿Estás esperando impresionar a alguna jovencita?

—Sólo a ti.

Fue a la nevera, donde Bea había dejado una jarra de zumo de naranja. La sostuvo a contraluz, la olió con recelo, le pareció que estaba a su gusto y se puso un vaso.

—Sírvete —dijo ella con sarcasmo—. Siempre puedo hacer más.

—Gracias —contestó él—. ¿Todavía lo echas en los cereales?

—Hay cosas que no cambian, Ray. ¿Por qué estás aquí? ¿Y dónde está Pete? No estará enfermo, ¿no? Hoy tiene colegio. Espero que no hayas dejado que te convenza…

—Hoy entraba antes —dijo Ray—. Tenía algo en clase de ciencias. Le he llevado y me he asegurado de que entraba y no tenía pensado largarse y ponerse a vender hierba en la esquina.

—Qué gracioso. Pete no se droga.

—Qué dicha, la nuestra.

Bea no hizo caso al plural.

—¿Por qué estás aquí a estas horas?

—Quiere más ropa.

—¿No se la has lavado?

—Sí, pero dice que no podemos esperar que cuando salga del colegio lleve lo mismo día tras día. Sólo le pusiste dos mudas.

—En tu casa tiene ropa.

—Dice que le queda pequeña.

—Como si fuera a notarlo. Nunca le ha importado un pimiento qué se pone; llevaría la sudadera del Arsenal todo el día si pudiera y lo sabes muy bien. Así que respóndeme de una vez: ¿por qué estás aquí?

Ray sonrió.

—Me has pillado. Se te da muy bien interrogar al sospechoso, cariño. ¿Cómo va la investigación?

—¿Quieres decir que cómo va, a pesar de no tener ningún agente del equipo de investigación criminal?

Ray bebió un sorbo de zumo de naranja y dejó el vaso en la encimera, donde se apoyó. Era un hombre bastante alto y estilizado. Tendría buen aspecto para cualquier jovencita para quien se hubiera vestido, pensó Bea.

—A pesar de lo que crees, hice todo lo que estaba en mi mano con el tema del personal, Beatrice. ¿Por qué siempre piensas lo peor de mí?

Bea frunció el ceño. No contestó enseguida. Realizó un estiramiento más y entonces se levantó de la silla. Suspiró y dijo:

—No avanzamos ni mucho ni deprisa. Me gustaría decir que estamos estrechando el cerco sobre alguien, pero cada vez que lo he pensado, los acontecimientos o la información me han demostrado que me equivocaba.

—¿Lynley te sirve de ayuda? Bien sabe Dios que tiene experiencia.

—Es un buen hombre, de eso no hay duda. Y nos han mandado a su compañera de Londres. Diría que ha venido más a vigilarle a él que a ayudarme a mí, pero es una buena policía, aunque un poco heterodoxa. Se desconcentra bastante con él…

—¿Está enamorada?

—Ella lo niega, pero si lo está, no tiene la más mínima posibilidad. Decir que son como el día y la noche es quedarse corto; creo que está preocupada por él. Hace años que son compañeros y le importa; tienen una historia, por muy extraño que pueda ser. —Bea se alejó de la mesa y llevó el cuenco de cereales al fregadero—. En cualquier caso, son buenos policías, eso se ve. Ella es un perro de presa y él es muy rápido, pero me gustaría un poco más si tuviera menos ideas propias.

—Siempre te ha gustado que tus hombres sean así —apuntó Ray.

Bea le miró, pasó un momento y un perro ladró en el vecindario.

—Ha sido un golpe bajo —dijo.

—¿Sí?

—Sí, Pete no era una idea. Era... Es una persona.

Ray no evitó su mirada ni su comentario. Bea registró el hecho como la primera vez que hacía cualquiera de las dos cosas.

—Tienes razón. —Le sonrió con cariño, aunque compungido—. No era una idea. ¿Podemos hablar del tema, Beatrice?

—Ahora no —dijo ella—, tengo trabajo, como bien sabes. —No añadió lo que quería decir realmente: que el momento de hablar había sido quince años atrás. Tampoco añadió que había elegido el momento mostrando muy poca consideración por su situación, algo que siempre había sido muy típico de Ray. Pero no pensó en qué significaba dejar pasar una oportunidad como aquélla, sino que activó el modo matinal y se preparó para ir a trabajar.

Sin embargo, de camino en el coche, ni siquiera Radio Four la distrajo lo suficiente como para no darse cuenta de que Ray prácticamente acababa de admitir por fin su ineptitud como marido. No estaba segura de qué hacer con aquel dato, así que agradeció entrar en el centro de operaciones y ver que sonaba el teléfono. Descolgó antes de que lo hiciera cualquiera de los miembros de su equipo, que iban de un sitio para otro, esperando sus tareas. Esperaba que alguien, al otro lado del hilo telefónico, le diera una idea de qué ordenarles que hicieran a continuación.

Resultó que Duke Clarence Washoe, de Chepstow, tenía disponible el informe preliminar de la comparación de los cabellos que le había dado. ¿Estaba lista para escucharlo?

—Agasájeme —le dijo.

—Microscópicamente, se parecen —dijo.

—¿Sólo se parecen? ¿No coinciden?

—No podemos sacar una coincidencia con lo que tenemos. Estamos hablando de cutícula, córtex y médula. No es ADN.

—Lo sé. Bueno, ¿qué puede decirme?

—Son humanos, similares y podrían pertenecer a la misma persona o a dos familiares. Pero sólo se trata de una posibilidad. Verá, no tengo ningún problema en dejar constancia de los detalles del microscopio, pero hacer más análisis implica tiempo.

Y dinero, pensó Bea. El hombre no lo dijo, pero ambos lo sabían.

—¿Sigo, entonces? —estaba preguntándole.

—Depende de la cuña. ¿Qué hay de eso?

—Un corte directo y sin titubeos. No hubo varios intentos, ni tampoco estrías. Debe buscar una máquina, no una herramienta manual, y con una hoja bastante nueva.

—¿Está seguro?

Una máquina para cortar cables estrechaba considerablemente el campo. Bea sintió una ligera emoción.

—¿Quiere que se lo explique con pelos y señales?

—Con los pelos me basta.

—Aparte de la posibilidad de dejar estrías, una herramienta manual hundiría tanto la parte superior como la inferior del cable y quedarían pegadas. Una máquina realiza un corte más limpio; además, los extremos también están brillantes. Lo estoy expresando de manera no científica. ¿Quiere que utilice la jerga adecuada?

Bea saludó con la cabeza a la sargento Havers cuando ésta entró en la sala. Esperaba que Lynley asomara tras ella, pero no apareció, por lo que frunció el ceño.

—¿Inspectora? —dijo Washoe al otro lado del hilo telefónico—. ¿Quiere que...?

—Lo que me ha dicho está bien —le dijo—. Resérvese los términos científicos para el informe oficial.

—Lo haré.

—Y... ¿Duke Clarence?

Se estremeció al pronunciar el nombre del pobre diablo.

—¿Jefa?

—Gracias por acelerar el tema del cabello.

Bea oyó que el hombre agradecía sus palabras mientras colgaba. Reunió a los pocos miembros de su equipo. Buscaban una herramienta mecánica, les dijo y les dio los detalles sobre la cuña tal como Washoe se los había explicado a ella. ¿Qué opciones tenían de encontrar una? ¿El agente McNulty?, se preguntó.

Parecía que McNulty estaba en una nube esta mañana, tal vez a consecuencia del éxito que había cosechado localizando fotos inútiles de surfistas muertos. Señaló que el antiguo aeródromo militar era una buena posibilidad: había varios negocios en aquellos viejos edificios y, sin duda, también habría una tienda de maquinaria. Un taller de coches también serviría, propuso alguien. O algún tipo de fábrica, fue otra de las sugerencias. Entonces las ideas surgieron deprisa: un metalista, incluso un escultor. ¿Y un herrero? Bueno, no era probable.

—Mi suegra podría hacerlo con los dientes —dijo alguien.

Carcajadas.

—Ya vale —dijo Bea.

Hizo un gesto con la cabeza al sargento Collins para que asignara la tarea: salir a encontrar la herramienta. Conocían a sus sospechosos: había que tenerlos en cuenta a ellos, sus casas y sus lugares de trabajo. Y también a cualquier persona que hubiera realizado alguna reparación en sus casas o sus lugares de trabajo.

—Quiero hablar con usted, sargento —le dijo entonces a Havers, y le indicó que fueran al pasillo—. ¿Dónde está el bueno de nuestro comisario esta mañana? —dijo—. ¿Se ha quedado en la cama?

—No, ha desayunado conmigo.

Havers pasó las manos por las caderas de sus pantalones anchos de pana, que siguieron con el mismo tamaño.

—¿De verdad? Espero que el desayuno estuviera delicioso y me emociona saber que no se salta ninguna comida. ¿Dónde está?

—Seguía en el hostal cuando yo…

—¿Sargento? Menos ruido y más nueces, por favor. Algo me dice que si hay alguien que sabe dónde está Thomas Lynley y qué está haciendo, es usted. ¿Dónde está?

Havers se pasó la mano por el pelo. El gesto no mejoró en absoluto su aspecto.

—De acuerdo —dijo—. Es una estupidez y apuesto a que él preferiría que usted no lo supiera.

—¿El qué?

—Sus calcetines están mojados.

—¿Disculpe? Sargento, si se trata de una especie de chiste…

—No lo es; no tiene suficiente ropa. Lavó los dos pares de calcetines anoche y no se han secado. Seguramente —añadió poniendo los ojos en blanco—, porque no ha tenido que lavarse los calcetines en su vida.

—¿Y me está diciendo…?

—Que está en el hotel secando los calcetines. Sí, es lo que le estoy diciendo. Está utilizando un secador y, conociéndolo, seguramente ya habrá prendido fuego a todo el edificio. Hablamos de un tipo que ni siquiera se prepara las tostadas por la mañana, jefa. Como ya le he dicho, los lavó anoche y no los puso sobre el radiador ni nada. Los dejó simplemente… donde fuera. En cuanto al resto de su ropa…

Bea levantó la mano.

—Ya tengo suficiente información, créame. Lo que haya hecho con sus pantalones queda entre él y su Dios. ¿Cuándo podemos esperar que aparezca?

Havers se mordió el labio inferior por dentro de una manera que sugería cierta incomodidad. Había algo más.

—¿Qué sucede? —preguntó Bea.

Mientras tanto, desde abajo, uno de los miembros del equipo que salía a realizar una de las tareas asignadas subía las escaleras con un sobre que había traído un mensajero.

—Acaba de llegar —le anunció el agente—. Dos tipos se han pasado horas trabajando con el programa pertinente.

Bea abrió el sobre: el contenido constaba de seis páginas, sin grapar. Las hojeó mientras decía:

—¿Dónde está, sargento, y cuándo podemos esperar que aparezca?

—La doctora Trahair —respondió Havers.

—¿Qué pasa con ella?

—La he visto en el aparcamiento al marcharme esta mañana. Creo que estaba esperándole.

—¿De verdad? —Bea levantó la vista de los papeles—. Un

método interesante. —Le entregó las hojas—. Eche un vistazo.

—¿Qué es?

—Las progresiones de edad de las personas de la fotografía que me entregó Thomas. Creo que le interesarán.

Daidre Trahair dudó delante de la puerta. Oía el sonido de un secador dentro, así que sabía que la sargento Havers le había dicho la verdad. No se lo había parecido. En realidad, cuando la había abordado en el aparcamiento del Salthouse Inn para preguntarle por Thomas Lynley, la idea de que no se encontrara allí porque estaba secando unos calcetines le había parecido la peor excusa para justificar que no estuviera al lado de la sargento Havers. Por otra parte, la agente de Londres no tenía ningún motivo para inventarle una actividad a Lynley con el fin de ocultar que estaba dedicando otro día más a hurgar en las miserias del pasado de Daidre. Porque a la veterinaria le parecía que a estas alturas ya había averiguado todo lo posible sin que ella participara.

Llamó a la puerta con brusquedad; el secador se apagó y la puerta se abrió.

—Lo siento, Barbara, me temo que todavía no... —Vio que era Daidre—. Hola —dijo con una sonrisa—. Qué pronto te has activado hoy, ¿no?

—La sargento me ha dicho... La he visto en el aparcamiento. Me ha dicho que estabas secando calcetines.

Tenía un calcetín en una mano y el secador en la otra, la prueba del delito.

—He intentado ponérmelos para desayunar, pero he descubierto que llevar los calcetines húmedos es especialmente inquietante —dijo—. Recuerdos de la Primera Guerra Mundial y la vida en las trincheras, supongo. ¿Quieres entrar? —Se apartó, ella pasó a su lado y entró en la habitación. La cama estaba sin hacer y en el suelo había tirada una toalla. En una libreta había anotaciones a lápiz, con las llaves del coche sobre las páginas abiertas—. Creí que por la mañana estarían secos. Fui tonto y lavé los dos pares; los he colgado toda la noche junto a la ventana, e incluso la he dejado abierta para que entrara el aire, pero no ha servido de nada. Según la sargento Havers, tendría que haber demostrado algo de sentido común y haber pensado en el radiador. ¿No te importa si…?

Daidre negó con la cabeza y Thomas reanudó su trabajo con el secador. Ella le observó: se había cortado al afeitarse y al parecer no se había dado cuenta: tenía un fino rastro de sangre en la mandíbula. Era el tipo de cosa que su mujer habría visto y le habría dicho antes de que saliera de casa por la mañana.

—No es el tipo de cosas que esperaría que hiciera un lord.

—¿El qué? ¿Secarse los calcetines?

—Alguien como tú no tiene… ¿Cómo lo llamáis? ¿Gente?

—Bueno, no me imagino a mi hermana secándome los calcetines. Mi hermano sería tan inútil como yo y mi madre seguramente me los tiraría a la cara.

—No me refería a la familia. Me refería a gente, criados, ya sabes.

—Supongo que depende de la idea que tengas de un criado. Tenemos personal en Howenstow (es el nombre de la finca familiar, por si no lo había mencionado) y en Londres tengo un hombre que supervisa mi casa, pero no le llamo criado. Además, ¿puede llamarse «personal» a un solo empleado? Además, Charlie Denton va y viene cuando le place. Es un amante del teatro con aspiraciones personales.

—¿De qué clase?

—De las que implican maquillarse y público. Se muere por subirse a un escenario, pero la verdad es que tiene pocas oportunidades de que lo descubran mientras se limite a lo que hace ahora. Oscila entre Algernon Moncrieff y el portero de *Macbeth*.

Daidre sonrió a su pesar. Quería mostrarse enfadada con él y una parte de ella seguía estándolo, pero se lo ponía difícil.

—¿Por qué me mentiste, Thomas?

—¿Lo hice?

—Me dijiste que no habías ido a Falmouth a hacer preguntas sobre mí.

Lynley apagó el secador, que dejó en el borde del lavamanos antes de quedarse mirándola.

—Ah —dijo.

—Sí, ah. Estrictamente hablando, me dijiste la verdad, ahora me doy cuenta. No fuiste tú en persona, pero la mandaste a ella, ¿verdad? Ella no tenía pensado ir.

—Estrictamente hablando, no. No tenía ni idea de que estaba por la zona, creía que estaba en Londres. Pero sí, le pedí que investigara tu pasado, así que supongo que…

Hizo un pequeño ademán con la mano, un gesto europeo que le decía que completara ella la idea.

Y ella se alegró de hacerlo.

—Mentiste. No me gusta, podrías habérmelo preguntado.

—En realidad, lo hice pero seguramente no pensaste que comprobaría las respuestas.

—Para verificarlas, para asegurarte de…

—De que no mentías.

—Dudas de mí. Te parezco una asesina.

Él negó con la cabeza.

—Me pareces una asesina tan poco probable como cualquier persona con la que me haya tropezado, pero forma parte de mi trabajo. Y cuanto más te preguntaba, más descubría que había datos de tu historia…

—Creía que nos estábamos conociendo. Qué tonta he sido.

—Y así era, Daidre. Así es. Era una parte. Pero desde el principio hubo incongruencias en lo que dijiste sobre ti que no podían pasarse por alto.

—Querrás decir que tú no podías pasarlas por alto.

Lynley la miró. Su expresión era sincera.

—Yo no podía pasarlas por alto —dijo—. Una persona ha muerto, y yo soy policía.

—Entiendo. ¿Quieres compartir conmigo lo que descubriste?

—Si quieres.

—Quiero.

—El zoo de Bristol.

—Trabajo allí. ¿Alguien afirma lo contrario?

—No hay ningún cuidador de primates que se llame Paul y tampoco ninguna Daidre Trahair nacida en Falmouth. ¿Quieres explicármelo?

—¿Vas a arrestarme?

—No.

—Pues entonces ven conmigo, recoge tus cosas porque quiero enseñarte algo. —Se dirigió hacia la puerta, pero allí se detuvo. Le ofreció una sonrisa que sabía frágil—. ¿O quieres llamar primero a la inspectora Hannaford y a la sargento Havers y decirles que te vienes conmigo? Al fin y al cabo, puede que te tire por un acantilado, por lo que querrán saber dónde encontrar el cadáver.

Daidre no esperó a oír su respuesta ni a ver si accedía a la oferta. Se dirigió a las escaleras y desde allí fue hacia el coche. Se tranquilizó diciéndose que en realidad no importaba si Lynley la seguía o no. Se felicitó por no sentir absolutamente nada. Decidió que había recorrido un largo camino.

Lynley no llamó a la inspectora Hannaford ni a Barbara Havers. Al fin y al cabo, era un agente libre, no estaba de prestado, ni de servicio, ni nada de nada. Sin embargo, se llevó el móvil en cuanto terminó de ponerse los calcetines —gracias a Dios, estaban mucho más secos que durante el desayuno— y cogió la chaqueta. Encontró a Daidre en el aparcamiento, con el Opel parado. Se había quedado pálida durante su conversación, pero había recuperado el color mientras le esperaba.

Subió al coche y, al estar más cerca de ella, percibió su perfume. Éste le recordó a Helen, pero no la fragancia en sí misma, sino el hecho de que la llevara. La de su mujer era cítrica, el Mediterráneo en un día de sol, mientras que la de Daidre era... Olía al instante después de la lluvia, al aire fresco tras la tormenta. Por un momento fugaz echó tanto de menos a Helen que pensó que se le pararía el corazón, pero no ocurrió, naturalmente. Cogió el cinturón de seguridad y se lo abrochó con torpeza.

—Vamos a Redruth —le dijo Daidre—. ¿Quieres llamar a la inspectora Hannaford si no lo has hecho ya? ¿Sólo para estar a salvo? Aunque como antes he visto a tu sargento Havers, podría decirles a las autoridades que la última persona en verte con vida fui yo.

—La verdad es que no creo que seas una asesina —replicó él—. Nunca lo he pensado.

—¿No?

—No.

Arrancó el coche.

—Entonces quizá pueda hacerte cambiar de opinión.

Partieron con una sacudida, dando botes en el terreno irregular del aparcamiento y cogieron la carretera. Era un viaje largo, pero no hablaron durante el trayecto. Daidre puso la radio; escucharon las noticias, una tediosa entrevista a un engreído novelista de voz nasal que, evidentemente, esperaba que lo nominaran para el Premio Booker y, después, un debate sobre alimentos manipulados genéticamente. Por fin Daidre le pidió que eligiera un CD de la guantera y él obedeció. Escogió uno al azar, que resultó ser de los Chieftains. Lo puso y ella subió el volumen.

En Redruth, la veterinaria evitó el centro del pueblo y siguió las señales hacia Falmouth. Lynley no se alarmó, pero entonces la miró. Ella no lo hizo. Tenía la mandíbula tensa, pero su expresión parecía de resignación, la mirada de alguien que había llegado al final del juego. Inesperadamente, sintió una breve punzada de arrepentimiento, aunque si le hubieran pre-
guntado no habría sabido decir de qué se arrepentía.

Poco después de pasar Redruth, giró en una carretera secundaria y luego en otra, el tipo de camino estrecho que conecta dos o más aldeas. Señalaba la dirección de Carnkie, pero en lugar de recorrerlo, se detuvo en un cruce, un mero triángulo de tierra donde se podía parar y consultar un mapa. Lynley esperaba que hiciera justamente eso, pues le parecía que estaban en medio de una nada caracterizada por un seto de tierra, reforzado parcialmente por piedra, y una extensión de terreno abierto por detrás, salpicado de vez en cuando por unas enormes rocas. A lo lejos, había una granja de granito; entre ellos y esta construcción, las ovejas comían zuzones y álsines además de maleza.

—Háblame de la habitación donde naciste, Thomas —dijo Daidre.

Era, pensó, una petición de lo más extraña.

—¿Por qué quieres saberlo?

—Me gustaría imaginármela, si no te importa. Me contaste que naciste en casa, no en el hospital, sino en la mansión familiar. Me preguntaba qué tipo de casa es. ¿Naciste en el dormitorio de tus padres? ¿Compartían habitación? ¿La gente como vosotros hace eso, por cierto?

«La gente como vosotros.» Estaban en pie de guerra. Era un momento extraño para sentir el tipo de desesperación que le había asolado en otros momentos de su vida: siempre recordándole que algunas cosas no se transformaban en un mundo cambiante, sobre todo éstas.

Se desabrochó el cinturón, abrió la puerta, salió del coche y caminó hasta el seto. En esta zona el viento era fuerte, porque no había nada que lo obstaculizara. Transportaba los balidos de las ovejas y el aroma del humo de la madera. Detrás de él, oyó que se abría la puerta de Daidre y, al cabo de un momento, la veterinaria estaba a su lado.

—Mi mujer me lo dejó bastante claro cuando nos casamos: «Por si se te ha pasado por la cabeza, nada de esa tontería de habitaciones separadas», dijo. «Nada de tímidas visitas conyugales tres veces por semana, Tommy. Nuestros encuentros maritales se producirán en el momento y en el lugar que deseemos y cuando nos durmamos por la noche, lo haremos en presencia del otro.» —Sonrió y miró a las ovejas, la extensión de terreno, sus ondulaciones ampliándose hacia el horizonte—. Es una habitación bastante grande, con dos ventanas con alféizares profundos que dan a un jardín de rosas. Hay una chimenea, que todavía se usa en invierno porque por mucha calefacción central que haya, esas casas son imposibles de calentar, y una zona para sentarse delante. La cama está enfrente de las ventanas y también es grande; está completamente tallada, es italiana. Las paredes son de color verde pálido; hay un pesado espejo dorado encima de la chimenea y una colección de miniaturas en la pared de al lado. Entre las ventanas, encima de una mesa en forma de media luna, tenemos una urna de porcelana. Hay retratos colgados en las paredes y dos paisajes franceses, además de fotografías familiares en las mesas auxiliares. Eso es todo.

—Suena impresionante.

—Es más cómoda que impresionante. Chatsworth no debe preocuparse por la competencia.

—Parece... adecuada para alguien de tu talla.

—Sólo es el lugar donde nací, Daidre. ¿Por qué querías saberlo?

Daidre volvió la cabeza. Su mirada lo abarcó todo: el seto de tierra, las piedras, las rocas del campo, el minúsculo cruce donde habían aparcado.

—Porque yo nací aquí —dijo.

—¿En esa granja?

—No, aquí, Thomas. En este... Bueno, como quieras llamarlo. Aquí. —Se acercó a una piedra y vio que cogía una tarjeta de debajo de ésta, que le entregó. Mientras lo hacía, le dijo—: ¿Me dijiste que Howenstow es de estilo jacobino?

—En parte, sí.

—Es lo que pensaba. Bueno, lo que yo tuve era un poco más humilde. Echa un vistazo.

Vio que le había dado una postal con la imagen de una caravana gitana. Era de las que en su día embellecían el campo con aires cíngaros: el vehículo color rojo intenso, el techo arqueado verde, las llantas amarillas. Lo examinó. Como Daidre no parecía en absoluto gitana, sus padres debían de estar de vacaciones, pensó. En Cornualles, los turistas llevaban años haciéndolo: alquilaban caravanas y jugaban a ser gitanos.

Daidre pareció leerle la mente, porque dijo:

—No tiene nada de romántico, me temo. No les sorprendió en mitad de unas vacaciones ni tengo orígenes gitanos. Mis padres eran nómadas, Thomas; los suyos también lo eran. Y también mis tías y tíos, los pocos que tengo. Aquí estaba aparcada nuestra caravana cuando nací. Nuestro alojamiento nunca fue tan pintoresco como éste —señaló la postal—, porque hacía años que no la pintaban, pero por lo demás era casi igual. Bastante distinto a Howenstow, ¿no crees?

Lynley no sabía bien qué decir ni si debía creerla.

—Vivíamos... Diría que bastante apretujados, supongo, aunque las cosas mejoraron un poco cuando tenía ocho años. Pero durante una época fuimos cinco en una lata de sardinas. Yo, mis padres y los mellizos.

—Los mellizos.

—Mi hermano y mi hermana. Tres años menores que yo. Y ninguno nació en Falmouth.

—Entonces, ¿no eres Daidre Trahair?

—Sí, en cierto modo.

—No lo entiendo. ¿«En cierto modo»?, ¿en cuál?

—¿Te gustaría conocer quién soy realmente?

—Supongo que sí.

Ella asintió. No había dejado de mirarle desde que Lynley había levantado la vista de la postal y parecía intentar evaluar su reacción. Lo que vio en su rostro la tranquilizó o le dijo que no tenía sentido seguir confundiéndole.

—Bien, entonces, ven conmigo, Thomas. Hay mucho más que ver.

Cuando Kerra salió de su despacho para pedir consejo a Alan sobre un tema de contrataciones, se quedó muy sorprendida al ver a Madlyn Angarrack en la recepción. Estaba sola y llevaba el uniforme de la panadería; Kerra tuvo la extraña sensación de que la chica había ido a entregar un pedido de empanadas, así que miró hacia el mostrador de la recepción para ver si había una caja de Casvelyn de Cornualles encima.

Al no ver ninguna, Kerra dudó. Imaginó que Madlyn estaría allí por algún otro motivo, al parecer, y supuso que el asunto en cuestión tal vez tuviera que ver con ella, pero no quería intercambiar más palabras ásperas con la chica. De algún modo, sentía que ya había dejado atrás todo eso.

Madlyn la vio y pronunció su nombre. Le temblaba la voz, como si temiera la reacción de Kerra. Era bastante razonable, decidió. Su última conversación no había ido bien y no se habían despedido precisamente como amigas. En realidad, hacía siglos que no lo eran.

Madlyn siempre había irradiado salud, pero ahora no la transmitía. Parecía como si no hubiera dormido bien y su pelo oscuro había perdido parte de su lustre. Sus ojos, sin embargo, seguían siendo los de siempre: grandes, oscuros y convincentes, te absorbían. Sin duda era lo que habían hecho con Santo.

—¿Podemos hablar? —le preguntó Madlyn—. He pedido media hora libre en la panadería. He dicho que tenía un asunto personal…

—¿Conmigo?

Al mencionar la panadería, Kerra pensó que Madlyn había venido a buscar trabajo y ¿quién podía culparla por ello? A pesar de la relativa fama de sus empanadas, nadie podía esperar hacer carrera en Casvelyn de Cornualles, ni divertirse demasiado. Y Madlyn podía dar clases de surf si Kerra lograba convencer a su padre para que las ofreciera.

—Sí, contigo. ¿Podríamos... en algún sitio?

Entonces Alan salió del despacho.

—Kerra, acabo de hablar con el equipo de vídeo y estará disponible... —Se interrumpió al ver a Madlyn. Su mirada fue de ella a Kerra y se quedó allí, con una expresión cálida. Asintió con la cabeza y dijo—: Oh. Ya hablaremos después. Hola, Madlyn. Es fantástico volver a verte.

Entonces se marchó y Kerra tuvo que enfrentarse a la razón que había llevado a Madlyn a hablar con ella.

—Supongo que podríamos subir al salón —le sugirió.

—Sí, por favor —aceptó Madlyn.

Kerra la condujo hasta el salón. Desde allí vio que fuera, abajo, su padre daba instrucciones a dos tipos que estaban destrozando un parterre que ribeteaba la franja cortada de césped para jugar a bolos. Tenían unos contenedores con arbustos que debían ir al final del parterre y Kerra vio que los trabajadores los habían plantado delante.

—¿En qué están pensando? —murmuró Kerra. Y luego le dijo a Madlyn—: Es para que los menos aventureros tengan algo que hacer.

Madlyn parecía confusa.

—¿El qué?

Kerra vio que la otra chica ni había mirado fuera, de lo nerviosa que estaba aparentemente.

—Hemos hecho una pista de bolos sobre el césped, detrás de la instalación para trepar la cuerda. Papá cree que no la va a utilizar nadie, pero fue idea de Alan y él dice que es posible que alguna familia venga con los abuelos y que éstos, precisamente, no querrán ponerse a hacer rápel o a trepar por la cuerda. Le dije que no conocía en absoluto a los abuelos de hoy en día, pero insistió, así que hemos dejado que se salga con la suya. Ha tenido razón con otros temas y si no funciona, siempre podemos dedicar el espacio a otra cosa, al croquet o algo así.

—Sí, ya lo veo. Que tendrá razón, digo. Siempre me ha parecido… Parece muy listo.

Kerra asintió y esperó a que Madlyn revelara la razón de su visita. Una parte de ella estaba dispuesta a decirle de entrada que no era probable que Ben Kerne ofreciera clases de surf, pero otra quería brindarle la oportunidad de exponer sus argumentos. Sin embargo, una última parte tenía la pequeña sospecha de que todo aquello no estaba relacionado con ningún trabajo, así que dijo, esperanzada:

—Aquí estamos, pues. ¿Quieres un café o algo, Madlyn?

La chica dijo que no con la cabeza, fue hacia uno de los sofás nuevos y se sentó en el borde. Esperó a que Kerra ocupara un lugar delante de ella.

—Siento mucho lo de Santo —dijo entonces. Se le humedecieron los ojos, un cambio importante respecto a su encuentro anterior—. No te lo dije como es debido la otra vez que hablamos, pero lo siento muchísimo.

—Sí, bueno, me lo imagino.

Madlyn se estremeció.

—Sé lo que piensas, que quería verlo muerto o, al menos, que sufriera. Pero no es así; en realidad no.

—No habría sido tan raro, al menos que quisieras que sufriera tanto como lo que él te hizo a ti. Se portó fatal contigo y yo creía que podía pasar. Intenté advertirte.

—Ya lo sé, pero, verás, creía que tú…

Madlyn se pasó la mano con fuerza por el delantal. El uniforme le quedaba horrible: el color y el estilo no eran los apropiados. A Kerra le parecía asombroso que Casvelyn de Cornualles pudiera retener a las chicas en sus puestos de trabajo haciéndoles llevar esa ropa.

—Creía que eran celos, ¿sabes?

—¿Qué? ¿Que te quería para mí? ¿Sexualmente o algo así?

—Eso no, en otros sentidos, en el de la amistad. No le gusta compartir a sus amigas, pensé. De eso se trata.

—Bueno, sí, de eso se trataba. Eras mi amiga y no entendía cómo podías estar con él y seguir siéndolo… Era muy complicado, por cómo era él. Y ¿qué pasaría cuando te dejara? Me preguntaba eso.

—Entonces, sabías que haría lo que hizo.

—Creía que podía pasar, porque era su estilo. Y luego ¿qué? No querrías venir por aquí y que todo te recordara a él, ¿no? Incluso estando conmigo te pasaría lo mismo, te pondría en la situación de tener que oír hablar de Santo cuando no estarías preparada. Era demasiado difícil: no veía la forma de solucionarlo y no sabía cómo expresar con palabras lo que sentía, al menos no de un modo sensato, que me hiciera parecer razonable.

—No me gustó perderte como amiga.

—Sí, bueno. Así son las cosas.

Kerra pensó: «¿Y ahora qué?». No podían retomar su relación donde la habían dejado antes de Santo. Habían ocurrido demasiadas cosas y todavía tenían que enfrentarse a la realidad de la muerte de su hermano. Ésta y la manera en que se había producido flotaban entre ellas incluso ahora. Era el gran tema que no mencionaban y así se quedaría mientras existiera la más mínima posibilidad de que Madlyn Angarrack estuviera implicada.

La propia Madlyn pareció comprenderlo, porque a continuación dijo:

—Me asusta lo que le pasó. Yo estaba enfadada y dolida, y otras personas saben que me encontraba así. No mantuve en secreto… lo que me había hecho: mi padre, mi hermano y otras personas, como Will Mendick o Jago Reeth, lo sabían. Uno de ellos… Verás… Puede que alguien le hiciera daño, pero yo no deseaba que pasara. Nunca lo quise.

Kerra sintió que un hormigueo de aprensión le recorría la columna vertebral.

—¿Alguien pudo hacerle daño a Santo para vengarte? —preguntó.

—Yo nunca quise… Pero ahora que lo sé…

Cerró las manos y Kerra vio que sus uñas —esas medialunas perfectamente cortadas— se clavaban en sus palmas, como para decirle que ya había hablado suficiente.

—Madlyn, ¿sabes quién mató a Santo? —dijo Kerra lentamente.

—¡No!

Esa forma de elevar la voz sugería que Madlyn todavía no había dicho aquello que había ido a comunicarle.

—Pero sabes algo, ¿verdad? ¿Qué?

—Es sólo que... Will Mendick vino a casa anoche. Lo conoces, ¿verdad?

—Ese tipo del supermercado; sé quién es. ¿Qué pasa con él?

—Él pensaba... Verás, hablé con él, ya te lo he dicho. Fue una de las personas a quien le conté lo de Santo y lo que había pasado. No todo, pero lo suficiente. Y Will... —Parecía que Madlyn no podía terminar, pues se retorcía las manos en el dobladillo del delantal y parecía abatida—. No sabía que yo le gustaba —acabó.

—¿Me estás diciendo que le hizo algo a Santo porque tú le gustabas? ¿Para... escarmentarlo por ti?

—Dijo que le dio una lección. Él... No creo que hiciera más que eso.

—Ellos dos eran amigos. No sería imposible que tuviera acceso al equipo de escalada de Santo, Madlyn.

—No puedo creer que él... No lo habría hecho.

—¿Se lo has contado a la policía?

—Verás, no lo sabía hasta anoche. Y si hubiera sabido que planeaba hacerlo o que pensaba en ello... No quería que Santo sufriera, o sí quería que lo hiciera, pero no de esta forma. ¿Sabes qué quiero decir? Quería que sufriera por dentro, igual que yo. Y ahora tengo miedo de...

Estaba dejando el delantal hecho un desastre. Había hecho una bola y lo había arrugado irremediablemente. En Casvelyn de Cornualles no les iba a gustar.

—Crees que Will Mendick lo mató por ti —afirmó Kerra.

—Alguien. Quizás, y yo no quería eso. No pedí... No dije...

Por fin Kerra entendió por qué había ido a verla: empezó a asimilarlo y aquello le ayudó a comprender mejor quién era Madlyn. Tal vez fuera por el cambio fundamental que Alan había obrado dentro de ella. No sabía por qué, pero por fin tenía unos sentimientos distintos hacia la chica y podía ver las cosas desde su perspectiva. Se levantó del lugar que ocupaba delante de ella y se sentó a su lado. Pensó en cogerle la mano, pero no lo hizo. Demasiado brusco, pensó, demasiado pronto.

—Madlyn, tienes que escucharme —dijo—. No creo que tuvieras nada que ver con lo que le ocurrió a Santo. Tal vez lo pensara en algún momento y seguramente lo hice, pero no era real. ¿Lo entiendes? Lo que le ocurrió a Santo no fue culpa tuya.

—Pero le dije a la gente…

—Lo que fuera, pero dudo que alguna vez dijeras que querías que muriera.

Madlyn rompió a llorar. Si era de la pena que había retenido dentro demasiado tiempo o de alivio, Kerra no lo sabía.

—¿De verdad lo crees? —le preguntó Madlyn.

—Por supuesto que sí.

Junto a la chimenea del bar del Salthouse Inn, Selevan esperaba muy nervioso, algo impropio de él, a Jago Reeth. Había telefoneado a su amigo a LiquidEarth y le había preguntado si podían verse en el Salthouse antes de lo habitual, porque necesitaba hablar con él. A Jago le pareció bien y no le preguntó si podían hablar por teléfono, sino que dijo: «Claro, para eso están los amigos, ¿no?». Avisaría a Lew y saldría de inmediato, en cuanto pudiera. Lew era un tipo comprensivo con las emergencias. Podía estar allí dentro de… ¿media hora, digamos?

Selevan dijo que le parecía bien. Significaba esperar y no quería hacerlo, pero tampoco podía confiar en que Jago hiciera milagros. LiquidEarth se encontraba a cierta distancia del Salthouse Inn y Jago no podía teletransportarse. Así que Selevan terminó sus asuntos en el Sea Dreams, metió en el coche todo lo que necesitaría para el viaje que iba a emprender y salió hacia el hostal.

Sabía que había llevado las cosas al límite y que era hora de poner punto final a todo, así que entró en el pequeño dormitorio de Tammy atestado de cosas y sacó del armario la mochila de tela que la chica había traído de África. No la había necesitado entonces y sin duda tampoco ahora, porque sus pertenencias eran pocas y patéticas. Así que sólo tardó un momento en recogerlas de la cómoda: un par de bragas de ésas grandes que podría llevar una vieja, un par de medias, cuatro camisetas interiores, pues era tan plana que ni siquiera usaba sujetador, dos jerseys y varias faldas. No había pantalones, porque Tammy no llevaba. Todo lo que tenía era negro, salvo las bragas y las camisetas, que eran blancas.

Después guardó sus libros: tenía más volúmenes que ropa y trataban principalmente de filosofía y vidas de santos. También tenía diarios: lo que escribía en ellos era lo único que no le había controlado y Selevan se enorgullecía bastante de eso, porque durante su estancia con él la chica nunca había hecho nada para ocultárselos. A pesar de los deseos de sus padres, no había reunido el valor suficiente para leer los pensamientos y las fantasías de su nieta.

No tenía nada más salvo algunos artículos de tocador, la ropa que llevaba puesta ahora mismo y lo que tuviera en el bolso, donde no estaría el pasaporte, ya que se lo había quitado cuando llegó. «Y no dejes que ella guarde su maldito pasaporte», le había dicho su padre desde África en cuanto la metió en el avión. «Seguramente se marchará si lo tiene.»

Ahora ya podía darle el pasaporte, decidió Selevan, y fue a buscarlo en el lugar donde lo había escondido, debajo de la bolsa del cubo de la ropa sucia, pero no estaba. La chica debía de haberlo encontrarlo enseguida, se percató. Seguramente la muy bruja lo tenía desde hacía siglos y se lo había guardado encima, porque había revisado su bolsa regularmente en busca de artículos prohibidos. Bueno, Tammy siempre había ido un paso por delante de todo el mundo, ¿verdad?

Selevan había realizado un último intento aquel día por convencer a sus padres. Sin pensar en el coste y en que no podía permitírselo, había llamado a Sally Joy y David a África y había tanteado el terreno.

—Escúchame, chico —le había dicho a David—, al final los chavales tienen que seguir su propio camino. Pongamos que estuviera enamorada de algún rufián, ¿eh? Cuanto más discutierais con ella, cuanto más le prohibierais ver al chico, más lo desearía. Es un rollo psicológico de ésos cómo se llame. Ni más ni menos.

—Se te ha ganado, ¿verdad? —le preguntó David.

De fondo, Selevan oyó que Sally Joy se quejaba.

—¿Qué? ¿Qué ha pasado? ¿Es tu padre? ¿Qué ha hecho la niña?

—No estoy diciendo que haya hecho algo.

Pero David siguió hablando, como si Selevan no hubiera dicho nada.

—Bien mirado, no pensé que pudiera pasar. Tus propios hijos fueron incapaces de hacerte entender, ¿verdad?

—Ya basta, hijo. Reconozco que cometí errores con vosotros, pero la cuestión es que os buscasteis vuestro camino y tenéis una buena vida, ¿no? La chica quiere lo mismo.

—No sabe lo que quiere. Mira, ¿quieres tener relación con Tammy o no? Porque si no te enfrentas a ella por esto, no tendrás ninguna relación con ella. Te lo prometo.

—Y si me enfrento a ella, tampoco la tendré. Así que, ¿qué quieres que haga, chico?

—Te diría que demuestres un poco de sentido común, algo que es evidente que Tammy ha perdido. Tienes que ser un modelo para ella.

—¿Un modelo? ¿De qué hablas? ¿Qué clase de modelo puedo ser yo para una chica de diecisiete años? Menuda tontería.

Habían seguido así, pero Selevan no había conseguido convencer a su hijo de nada. No entendía que Tammy era una chica hábil: enviarla a Inglaterra no la había desviado de su camino. Podía mandarla al Polo Norte si quería, pero al final, encontraría la forma de llevar la vida que quería.

—Mándala para casa, entonces —había sido el comentario final de David.

Antes de colgar, Selevan oyó gritar a Sally Joy de fondo:

—Pero ¿qué haremos con ella, David?

—¡Bah! —dijo Selevan con desprecio y empezó a recoger las pertenencias de Tammy.

Fue entonces cuando llamó a Jago. Iría a buscar a Tammy a la tienda de surf Clean Barrel por última vez y quería hacerlo con el apoyo de alguien a sus espaldas. Jago le pareció la persona más indicada.

A Selevan no le gustaba tener que sacarlo del trabajo. Por otro lado, debía emprender el viaje y se dijo que su amigo iría al Salthouse Inn más tarde para reunirse con él como hacían habitualmente, así que tenía que avisarle de algún modo de que no aparecería a la hora de siempre. Ahora estaba esperándole y notó que se ponía nervioso. Necesitaba tener a alguien de su parte y estaría histérico hasta que lo consiguiera.

Cuando Jago entró, Selevan lo saludó con la mano sin esconder su alivio. El hombre pasó por la barra para hablar con Brian y se acercó al rincón, todavía con la chaqueta puesta y el gorro de punto cubriendo su largo pelo gris. Se quitó ambas prendas y se frotó las manos mientras separaba el taburete enfrente del banco de Selevan. La chimenea todavía no estaba encendida —demasiado pronto, ya que eran los dos únicos clientes del bar— y Jago preguntó si podían prenderla. Brian asintió con la cabeza, Jago acercó una cerilla a la yesca y sopló las llamas hasta que ardieron con fuerza, antes de regresar a la mesa. Dio las gracias a Brian cuando le trajo la Guinness y bebió un sorbo.

—¿Qué te cuentas, amigo? —le dijo a Selevan—. Pareces histérico.

—Me marcho —contestó Selevan—. Unos días, un poco más.

—¿Sí? ¿Adónde?

—Al norte, no muy lejos de la frontera.

—¿A Gales?

—A Escocia.

Jago silbó.

—Qué lejos. ¿Quieres que le eche un vistazo a tus cosas, entonces? ¿Que vigile a Tammy?

—Me la llevo conmigo —dijo Selevan—. Aquí ya he hecho todo lo que podía hacer; he terminado mi trabajo y ahora nos vamos. Ya es hora de que la chica pueda llevar la vida que quiere.

—Muy cierto —dijo Jago—. Yo tampoco me quedaré por aquí mucho tiempo más.

Selevan se sorprendió al ver que la noticia le dejaba consternado.

—¿Adónde te vas, Jago? Creía que pensabas quedarte toda la temporada.

Negó con la cabeza, levantó la Guinness y bebió un trago largo.

—Nunca hay que quedarse demasiado tiempo en el mismo

sitio. Es como lo veo yo. Estoy pensando en Suráfrica, quizá Ciudad del Cabo.

—Pero no te irás hasta que vuelva, ¿no? Parece una locura, todo esto, pero me he acostumbrado a tenerte por aquí.

Jago lo miró y los cristales de sus gafas parpadearon bajo la luz.

—Mejor que no lo hagas. No compensa acostumbrarse a algo.

—Ya lo sé, claro, pero...

La puerta del bar se abrió, pero no como lo hacía habitualmente, es decir, con alguien empujándola lo suficiente para entrar, sino con un golpe fortísimo que habría puesto fin a todas las conversaciones si hubiera habido alguien más aparte de Jago y Selevan.

Entraron dos mujeres: una tenía el pelo de punta, que se veía púrpura con la luz y la otra llevaba un gorro bien calado, justo por encima de los ojos. Las mujeres miraron a su alrededor y la del pelo púrpura se fijó en el rincón de la chimenea.

Se acercó diciendo:

—Ah. Nos gustaría hablar con usted, señor Reeth.

Capítulo 28

Condujeron hacia el oeste y hablaron poco. Lynley quería saber por qué había mentido sobre detalles que podían comprobarse tan fácilmente: por ejemplo, Paul el cuidador de primates. Sólo hizo falta una simple llamada de teléfono para descubrir que no existía. ¿Acaso no sabía qué pensaría la policía de eso?

Daidre lo miró. Hoy no se había puesto las lentes de contacto y un mechón de pelo rubio había caído sobre el borde superior de la montura de sus gafas.

—Supongo que no te veía como a un policía, Thomas. Y las respuestas a las preguntas que me formulaste, y a las que tenías en la cabeza pero que no me hiciste, eran privadas, ¿verdad? No tenían nada que ver con la muerte de Santo Kerne.

—Pero guardarte esas respuestas para ti te convertía en sospechosa. Tienes que entenderlo.

—Estaba dispuesta a correr el riesgo.

Condujeron un rato en silencio. El paisaje cambió a medida que se acercaban a la costa: de tierras de labranza agrestes y rocosas, cuya propiedad estaba delimitada con muros irregulares de mampostería cubiertos de líquenes verdes grisáceos, las ondulaciones de los pastos y los campos daban paso a laderas y cañadas y a un horizonte marcado por los magníficos depósitos abandonados de las minas en desuso de Cornualles. Tomó una ruta que pasaba por St. Agnes, un pueblo de pizarra y granito que se extendía por una ladera sobre el mar. Sus pocas calles empinadas serpenteaban de manera atractiva y estaban flanqueadas por casas adosadas y tiendas y, al final, todas conducían inexorablemente, como el curso de un río, hacia la playa de guijarros de Trevaunance Cove. Aquí, cuando la marea estaba baja, los tractores empujaban los esquifes al mar y cuando estaba media alta, el gran oleaje del oeste y el suroeste atraía a los surfistas de los alrededores, que se disputaban un sitio en las olas de tres metros. Pero en vez de terminar en la cala, adonde Lynley pensó que se dirigían, Daidre eligió una ruta que salía del pueblo, en dirección norte, siguiendo las señales que indicaban el camino a Wheal Kitty.

—No podía pasar por alto que mintieras cuando dijiste que no habías reconocido a Santo Kerne al ver su cadáver —le dijo Lynley—. ¿Por qué lo hiciste? ¿No ves que provocaste que las sospechas recayeran sobre ti?

—En aquel momento no podía ser un dato importante. Decir que lo conocía habría generado más preguntas y responder preguntas me habría obligado a señalar con el dedo… —Miró hacia él. Su expresión era de fastidio, de incredulidad—. ¿Sinceramente no tienes idea de cómo puede sentirse alguien implicando a gente a quien conoce en una investigación policial? Seguro que entiendes qué puede sentirse. Eres un tipo sensible y había asuntos confidenciales… Cosas que había prometido no revelar. Pero ¿qué estoy diciendo? Tu sargento ya te habrá puesto al corriente: desayunaste con ella, eso si no hablasteis anoche y no imagino que te mantenga muchas cosas en secreto.

—Había marcas de neumáticos en tu garaje, de más de un coche.

—El de Santo y el de Aldara. Tu sargento te habrá hablado de ella, supongo: la amante de Santo. Utilizaban mi cabaña.

—¿Por qué no lo contaste desde el principio? Si lo hubieras hecho…

—¿Qué? No habrías investigado mi pasado, mandado a tu sargento a Falmouth a interrogar a los vecinos, llamado al zoo, hecho… ¿Qué más? ¿También has hablado con Lok? ¿Lo localizaste? ¿Le preguntaste si realmente está lisiado o si me lo inventé? Suena fantástico, ¿verdad?, Un hermano chino con espina bífida, genial, pero retorcido. Qué historia tan intrigante.

—Sé que estudia en Oxford. —Lynley se arrepentía, pero no podía remediar lo que había hecho, pues formaba parte de su trabajo—. Eso es todo.

—Y lo descubriste… ¿Cómo?

—Es sencillo, Daidre. Los cuerpos policiales de todo el mundo colaboran entre sí, no digamos ya dentro de nuestro país. Ahora es más fácil que nunca.

—Entiendo.

—No, no lo entiendes, no puedes. No eres policía.

—Y tú tampoco lo eras o no lo eres. ¿O la cosa ha cambiado?

Lynley no podía responder a esa pregunta, pues no sabía la respuesta. Tal vez algunas cosas se llevaban en la sangre y no podían eliminarse sólo porque uno lo deseara.

No dijeron nada más. En cierto momento, en su visión periférica, Lynley vio que se llevaba una mano a la mejilla y en su mente imaginó que lloraba. Pero cuando la miró, vio que sólo se ocupaba del mechón que había caído sobre la montura de sus gafas. Se lo colocó detrás de la oreja.

En Wheal Kitty, no se acercaron al depósito minero ni a los edificios que lo rodeaban. Se encontraban a cierta distancia y había coches aparcados delante de algunos. A diferencia de casi todos los depósitos antiguos del condado, los de Wheal Kitty habían sido reformados. Ahora se utilizaban como lugar de negocios y otras empresas se habían instalado alrededor, en unos edificios largos y bajos radicalmente distintos a la época de Wheal Kitty, pero que también estaban construidos con piedra de la zona. A Lynley le alegró ver aquello. Siempre sentía una punzada de tristeza cuando veía las chimeneas fantasmales y los depósitos destrozados que marcaban el paisaje. Era bueno ver que volvía a dárseles un uso, porque los alrededores de St. Agnes eran un verdadero cementerio de pozos mineros, sobre todo por encima de Trevaunance Coombe, donde una ciudad fantasma de depósitos y chimeneas caracterizaba el paisaje como testigo silencioso de la recuperación de aquella tierra del ataque del hombre. Y éste era un lugar donde los brezos y las aulagas crecían entre afloramientos grises de granito que proporcionaban un sitio para que anidasen las gaviotas argénteas, las grajillas y las cornejas. Había pocos árboles, pues el viento que soplaba aquí no los favorecía.

Al norte de Wheal Kitty, la carretera se estrechaba. Se convertía primero en un camino y al final en un sendero que bajaba hasta un empinado barranco. El camino era apenas del ancho del Opel de Daidre, descendía en una serie de curvas pronunciadas, custodiadas por rocas a su izquierda y un arroyo rápido a la derecha. Al final, terminaba en un depósito mucho más ruinoso que cualquiera que hubieran visto en el trayecto desde Redruth. Estaba cubierto de vegetación silvestre y, justo detrás, una chimenea en un estado similar apuntaba al cielo.

—Ya hemos llegado —dijo Daidre. Pero no bajó del coche, sino que se volvió hacia él y habló en voz baja—. Imagínate esta situación: un nómada decide que quiere dejar de errar porque, a diferencia de sus padres, abuelos y bisabuelos, quiere hacer algo distinto en la vida. Tiene una idea que no es muy práctica porque nada de lo que ha hecho nunca lo ha sido, francamente, pero quiere intentarlo. Así que viene aquí, convencido, mira tú por dónde, de que podrá ganarse la vida explotando minas de estaño. No sabe leer muy bien, pero ha hecho los deberes que ha podido sobre el tema y aprende. ¿Sabes qué es la criba de lodos, Thomas?

—Sí.

Lynley miró detrás de ella y, más allá, a unos setenta metros de donde habían aparcado, vio una vieja caravana. Aunque en su día era blanca, ahora estaba casi toda teñida del color del óxido, que caía desde el tejado y las ventanas, de las cuales colgaban cortinas amarillas con flores estampadas. Al lado de esta estructura pasajera había un cobertizo en ruinas y un armario con el techo de cartón alquitranado que parecía un baño portátil.

—Es extraer estaño de unas piedras pequeñas en un arroyo y seguir éste hasta llegar a rocas más grandes —completó su explicación Lynley.

—Piedras de casiterita, sí —dijo Daidre—. Y luego seguirlas hasta la propia veta, pero si no la encuentras, en realidad no importa porque sigues teniendo el estaño en las piedras más pequeñas y puede transformarse en... En lo que sea que quieras, o puedes venderlo a metalurgias o joyeros, pero la cuestión es que si trabajas mucho y tienes suerte puedes ganarte el pan a duras penas. Así que eso es lo que decide hacer este nómada. Naturalmente, requiere mucho más trabajo del que había previsto y no es un estilo de vida especialmente saludable; además, se producen interrupciones: ayuntamientos, el Gobierno, metomentodos varios que van a inspeccionar las instalaciones. Todo esto provoca distracciones, así que el nómada termina viajando otra vez, para encontrar el arroyo apropiado en un lugar adecuado algo escondido, donde le permitan buscar su estaño en paz. Pero vaya a donde vaya, siguen surgiendo problemas porque tiene tres hijos y una esposa a quienes mantener y como no puede darles lo que necesitan, todos tienen que ayudar. Decide que los niños estudiarán en casa para ahorrar el tiempo que deben pasar en el colegio todos los días y su mujer será la maestra. Pero la vida es dura, las clases no se imparten y ninguno de los dos se preocupa mucho por educar a los niños. Tampoco por la comida decente, ni la ropa adecuada, ni las vacunas para tal o cual enfermedad, ni por llevarlos al dentista, ni por nada, en realidad. Por ninguna de las cosas que los niños dan por sentado. Cuando pasan los trabajadores sociales, los niños se esconden y, al final, como la familia no deja de moverse, los tres se pierden entre las grietas del sistema. Durante años, en realidad. Cuando por fin salen a la luz, la niña mayor tiene trece años y los dos pequeños (los mellizos, un niño y una niña), diez. No saben leer ni escribir, están llenos de llagas, tienen los dientes bastante mal, nunca han ido al médico y la niña de trece años no tiene pelo. No se lo han rapado, se le ha caído. Se los quitan de inmediato y se arma un gran revuelo. Los periódicos locales cubren la historia e incluyen fotografías. Los mellizos van a parar a una familia de Plymouth y a la niña de trece años la envían a Falmouth, donde acaba adoptándola una pareja que empieza siendo su familia de acogida. Ella se siente tan… tan llena del amor que recibe que olvida su pasado, totalmente. Se cambia el nombre y se pone uno que piensa que es bonito. Naturalmente, no tiene ni idea de cómo se escribe, así que lo hace mal, pero sus nuevos padres están encantados. Es Daidre, dicen, bienvenida a tu nueva vida. Y ella nunca vuelve a visitar a la persona que era. Lo olvida todo y no habla de ello y nadie, ninguna persona, de su vida actual sabe nada porque se avergüenza profundamente de ello. ¿Puedes comprenderlo? No, cómo ibas a entenderlo, pero así son las cosas y siguen siéndolo hasta que su hermana la localiza e insiste, le suplica, que venga aquí, al último lugar de la Tierra al que puede soportar venir, al único sitio que se ha prometido que nadie de su vida actual conocerá jamás.

—¿Por eso le mentiste a la inspectora Hannaford sobre la ruta que tomaste hasta Cornualles? —le preguntó Lynley.

Daidre no respondió; abrió la puerta y él hizo lo mismo. Se quedaron un momento examinando la casa que había abandonado dieciocho años atrás. Aparte de la caravana —que, inconcebiblemente había sido el domicilio de cinco personas— había poco más. Una destartalada construcción parecía albergar el equipo para extraer el estaño de las piedras donde se hallaba y, apoyadas en ella, había tres carretillas antiguas y dos bicicletas con alforjas oxidadas colgando a cada lado. En su día, alguien había plantado geranios en unos tiestos de terracota, pero estaban languideciendo, dos de ellos tumbados y rotos, con las plantas desparramadas como suplicantes que rogaban un final compasivo.

—Me llamaba Edrek Udy —dijo Daidre—. ¿Sabes qué significa Edrek, Thomas?

Lynley dijo que no y vio que no quería que siguiera hablando. Le embargaba la tristeza por haber invadido sin pensar la vida que Daidre se había esforzado tanto por olvidar.

—Edrek significa «tristeza» en córnico —dijo—. Ven a conocer a mi familia.

Jago Reeth no parecía sorprendido lo más mínimo. Tampoco parecía preocupado. Estaba como la primera vez que Bea había ido a verle a LiquidEarth: dispuesto a ayudar. Se preguntó si se equivocaban con él.

Dijo que podían hablar con él, en efecto. Podían sentarse con él y con su amigo Selevan Penrule junto a la chimenea o podían conversar en un lugar más privado.

Bea dijo que, si no le importaba, creía que podían mantener su charla en la comisaría de Casvelyn.

—Me temo que sí me importa. ¿Estoy detenido, señora?

Fue la palabra «señora» lo que le dio que pensar. Fue la forma como la dijo: con el tono de alguien que cree que está en una situación privilegiada.

—Porque a menos que me equivoque —prosiguió—, no tengo por qué aceptar su hospitalidad, ya me entiende.

—¿Hay alguna razón por la que prefiera no hablar con nosotros, señor Reeth?

—Ni mucho menos —contestó él—. Pero si tenemos que hablar, tendremos que hacerlo en un lugar donde me sienta cómodo y no es probable que me sienta cómodo en una comisaría, ya me entiende. —Sonrió afablemente, mostrando unos dientes manchados tiempo atrás por el té y el café—. Me pongo tenso si estoy encerrado demasiado rato. Y si estoy tenso no puedo hablar demasiado. Y una cosa sí sé: dentro de una comisaría, es probable que esté permanentemente tenso, ya me entiende.

Bea entrecerró los ojos.

—¿En serio?

—Soy un poco claustrofóbico.

El compañero de Reeth escuchaba muerto de curiosidad, con su mirada alternando entre Bea y Jago.

—¿De qué va todo esto, Jago?

—¿Le gustaría poner al día a su amigo? —contestó Bea a eso.

—Quieren hablar sobre Santo Kerne —dijo Reeth—. Otra vez. Ya he hablado con ellas. —Luego le dijo a Bea—: Y estoy encantado de la vida de hacerlo otra vez, no crea. Tantas veces como quieran. Salgamos del bar… Podremos decidir dónde y cuándo mantener nuestra conversación.

La sargento Havers estuvo a punto de decir algo. Había abierto la boca cuando Bea le lanzó una mirada. «Espere», decía. Verían qué pretendía Jago Reeth. O era un ignorante redomado o tremendamente astuto. Bea creía saber cuál de las dos opciones era.

Lo siguieron hasta la entrada del hostal y la puerta del bar se cerró tras ellos. Dejaron al camarero limpiando vasos y observando con curiosidad. Dejaron a Selevan Penrule diciéndole a Jago Reeth:

—Cuídate, amigo.

Cuando estuvieron solos, Jago Reeth habló con una voz totalmente distinta de la que le habían oído emplear no sólo hacía un momento, sino también en sus conversaciones anteriores:

—Me temo que no ha contestado a mi pregunta. ¿Estoy detenido, inspectora?

—¿Debería estarlo? —preguntó Bea—. Gracias por quitarse la máscara.

—Inspectora, por favor, no me tome por estúpido. Verá que conozco mis derechos mejor que la mayoría. En realidad, podría decirse que los he estudiado, así que si quiere puede arrestarme y rezar para que lo que tenga contra mí baste para retenerme como mínimo seis horas. Nueve como máximo, ya que usted misma se encargaría de la revisión después de esas seis primeras horas, ¿verdad? Pero después... ¿Qué comisario en el mundo autorizará un periodo de interrogatorio de veinticuatro horas en este punto de su investigación? Así que debe decidir qué quiere de mí. Si es una conversación, debo decirle que esa conversación no sucederá en un calabozo. Y si lo que quiere es un calabozo, entonces insistiré en la presencia de un abogado y seguramente entonces utilizaré mi derecho fundamental, un derecho que a menudo olvidan quienes desean ayudar.

—¿Cuál es?

—Por favor, no se haga la ignorante conmigo. Sabe tan bien como yo que no tengo por qué decir ni una palabra más.

—¿A pesar de lo que pueda parecer?

—Sinceramente, no me importa lo que pueda parecer. Bien, ¿qué prefieren usted y su ayudante? ¿Una conversación sincera y mi mirada amable y silenciosa posada en ustedes o que me quede mirando la pared o el suelo de la comisaría? Y si lo que quieren es hablar, entonces seré yo, y no ustedes, quien determine dónde.

—Está bastante seguro de sí mismo, señor Reeth. ¿O debería llamarle señor Parsons?

—Inspectora, puede llamarme como le plazca. —Se frotó las manos, el gesto que utilizaría para limpiarse las manos de harina después de hacer un pastel o de tierra después de plantar—. Bueno, ¿qué será?

Al menos, se dijo Bea, tenía la respuesta a la duda de si el hombre era astuto o un ignorante.

—Como usted quiera, señor Reeth. ¿Pedimos una habitación privada aquí en el hostal?

—Se me ocurre un lugar mejor —le dijo—. Si me disculpan mientras recojo mi chaqueta... El bar tiene otra salida, por cierto, así que quizá quieran venir conmigo por si les preocupa que pueda escapar.

Bea hizo un gesto con la cabeza a Havers. La sargento parecía encantada de acompañar a Jago Reeth a donde fuera. Desaparecieron los dos en el bar durante el tiempo que el hombre tardó en coger sus pertenencias e intercambiar las palabras que considerara necesarias con su amigo en el rincón junto a la chimenea. Salieron y Jago caminó en primer lugar. Tendrían que ir en coche, dijo. ¿Alguna de las dos llevaba móvil? Preguntó esto último con deliberada cortesía. Evidentemente, sabía que llevaban móvil. Bea creyó que les pediría que no lo cogieran y estaba a punto de negarse en rotundo, pero entonces Reeth realizó una petición inesperada.

—Me gustaría que el señor Kerne estuviera presente.

—Eso no sucederá —le dijo Bea.

Otra vez la sonrisa.

—Oh, me temo que sí, inspectora Hannaford. A menos, por supuesto, que desee detenerme y retenerme esas nueve horas de que dispone. Ahora, en cuanto al señor Kerne...

—No —dijo Bea.

—Un viaje cortito a Alsperyl. Lo disfrutará, se lo aseguro.

—No pediré al señor Kerne...

—Creo que comprobará que no será necesario que se lo pida. Sólo tendrá que plantear el ofrecimiento: una charla sobre Santo con Jago Reeth. O con Jonathan Parsons, si lo prefiere. El señor Kerne se alegrará de mantener esta conversación. Cualquier padre que quiera saber exactamente qué le pasó a su hijo el día o la noche que murió mantendría esta conversación. Ya me entiende.

—Jefa —dijo la sargento Havers en tono urgente.

Bea sabía que quería intercambiar unas palabras con ella y que sin duda serían palabras de cautela. «No ponga a este tío en una situación de poder. Él no determina el rumbo de los acontecimientos. Lo hacemos nosotras.» Al fin y al cabo, ellas eran las policías.

Pero a estas alturas creer eso era un sofisma. Había que ser cauteloso, eso seguro, pero tendrían que serlo en un escenario ideado por el sospechoso. A Bea no le gustaba, pero no veía otra opción que dejarle hacer las cosas a su manera. Podían retenerle durante nueve horas, en efecto, pero si bien nueve horas en una celda o incluso a solas en una sala de interrogatorios podían poner nerviosas a algunas personas e instarlas a hablar, estaba bastante convencida de que ni nueve horas ni noventa iban a poner nervioso a Jago Reeth.

—Usted primero, señor Reeth —le dijo—. Llamaré al señor Kerne desde el coche.

Sólo había dos de ellos en la caravana. Tumbada en un banco estrecho, había una mujer, envuelta en una manta afelpada y con la cabeza sobre una almohada sin funda cuyos bordes estaban manchados de sudor. Era mayor, aunque resultaba imposible calcular su edad porque estaba escuálida y tenía el pelo gris y ralo y lo llevaba sin peinar. Tenía muy mal color y los labios escamosos.

Su compañera era una mujer más joven que podía tener entre veinticinco y cuarenta años. Tenía el pelo bastante corto y del color y estado propios del rubio oxigenado. Vestía una falda plisada larga de cuadros escoceses en la que predominaba el azul y el amarillo, calcetines rojos hasta la rodilla y un jersey grueso. Iba descalza y sin maquillar. Miró en su dirección entrecerrando los ojos cuando entraron, lo que sugería que normalmente llevaba gafas o que ahora las necesitaba.

—Mamá, Edrek está aquí —dijo. Sonaba cansada—. Ha venido con un hombre. No es un médico, ¿verdad? No habrás traído a un médico, ¿verdad, Edrek? Te dije que habíamos terminado con los médicos.

La mujer del banco movió un poco las piernas, pero no volvió la cabeza. Miraba las manchas de humedad que había arriba, en el techo de la caravana, como nubes a punto de descargar óxido. Respiraba deprisa y superficialmente, como evidenciaba el movimiento ascendente y descendente de sus manos, que tenía juntas en la parte alta del pecho en una postura inquietante que recordaba a un cadáver.

Daidre habló.

—Ella es Gwynder, Thomas, mi hermana menor. Y ella es mi madre, mi madre hasta los trece años, quiero decir. Se llama Jen Udy.

Lynley miró a Daidre. Hablaba como si estuvieran observando un cuadro vivo en un escenario.

—Thomas Lynley —le dijo Lynley a Gwynder—. No soy médico. Sólo un… amigo.

—Acento pijo —dijo Gwynder, y siguió con lo que estaba haciendo cuando entraron, que era llevar un vaso a la mujer del banco. Contenía una especie de líquido lechoso. Dijo refiriéndose a él—: Quiero que te bebas esto, mamá.

Jen Udy dijo que no con la cabeza. Levantó dos dedos y los dejó caer.

—¿Dónde está Goron? —preguntó Daidre—. ¿Y dónde está… tu padre?

—Tu padre está bien —dijo Gwynder—, te guste o no.

Aunque podría haber habido un trasfondo de resentimiento en sus palabras, no fue así.

—¿Dónde están?

—¿Dónde iban a estar? Es de día.

—¿En el arroyo o en el cobertizo?

—Cómo voy a saberlo. Están donde estén. Mamá, tienes que bebértelo. Es bueno para ti.

La mujer levantó los dedos y los dejó caer otra vez. Giró la cabeza levemente, intentando moverla hacia el respaldo del banco y lejos de las miradas.

—¿No te ayudan a cuidarla, Gwynder? —preguntó Daidre.

—Ya te lo he dicho. Ya no estamos en la fase de cuidarla, estamos esperando. Ésa es la diferencia.

Gwynder se sentó al principio del banco, junto a la almohada manchada. Había dejado el vaso en la repisa de una ventana cuyas finas cortinas estaban corridas a la luz del sol, lo que arrojaba un resplandor ictérico en el rostro de su madre. Levantó la almohada y la cabeza y pasó el brazo por debajo. Volvió a coger el vaso. Lo sostuvo en los labios de Jen Udy con una mano y con la otra, curvada alrededor de su cabeza, obligó a su madre a abrir la boca. El líquido entró y salió. La mujer movió los músculos de la garganta mientras conseguía tragar al menos una parte.

—Tienes que sacarla de aquí —dijo Daidre—. Este sitio no es bueno para ella, y tampoco para ti. Es insalubre, hace frío y está hecho un desastre.

—Ya lo sé, ¿qué te crees? —dijo Gwynder—. Por eso quiero llevarla…

—No es posible que pienses que servirá de algo.

—Es lo que quiere ella.

—Gwynder, no es religiosa. Los milagros son para los creyentes. Llevarla hasta… Mírala. Ni siquiera tiene fuerzas para el viaje. Mírala, por el amor de Dios.

—Los milagros son para todo el mundo. Y es lo que ella quiere. Lo que necesita. Si no va, se morirá.

—Se está muriendo.

—¿Es lo que quieres? Ah, sí, imagino que sí. Tú, que vienes aquí con tu novio pijo. No puedo creer que le hayas traído siquiera.

—No es mi… Es policía.

Gwynder se agarró despacio la parte delantera del jersey mientras asimilaba ese detalle.

—¿Por qué has traído…? —dijo, y luego a Lynley—: No estamos haciendo nada malo. No puede obligarnos a marcharnos. El ayuntamiento sabe… Tenemos los derechos de los nómadas. No molestamos a nadie. —Y a Daidre—: ¿Hay más ahí fuera? ¿Has venido a llevártela? No se irá sin luchar. Se pondrá a gritar. No puedo creer que le hagas esto, después de todo…

—¿Después de qué, exactamente? —La voz de Daidre sonaba angustiada—. ¿Después de todo lo que ha hecho por mí? ¿Por ti? ¿Por los tres? Parece que tienes poca memoria.

—Y la tuya se remonta al principio de los tiempos, ¿eh?

Gwynder obligó a su madre a beber más líquido. El resultado fue prácticamente el mismo que antes. Lo que salió de su boca goteó por sus mejillas y terminó en la almohada. Gwynder intentó arreglar el estropicio frotando con la mano, sin demasiado éxito.

—Puede estar en una residencia —dijo Daidre—. No puede seguir así.

—¿Y se supone que debemos dejarla ahí sola? ¿Sin su familia? ¿Encerrarla y esperar a que nos informen de que se ha ido? Pues no pienso hacer eso, no. Y si has venido a decirme que eso es todo lo que piensas hacer para ayudarla, ya te puedes marchar con tu hombre elegante, diga quien diga ser. Este tío no es poli. Los polis no hablan como él.

—Gwynder, por favor, entra en razón.

—Vete, Edrek. Te pedí ayuda y dijiste que no. Así son las cosas y nos las arreglaremos.

—Os ayudaré dentro de lo razonable, pero no os mandaré a Lourdes, a Medjugorje o a Knock porque es absurdo, no tiene sentido, los milagros no existen...

—¡Sí que existen! Y podría haber uno.

—Se está muriendo de un cáncer de páncreas. Nadie sobrevive a eso. Le quedan semanas, días o quizás horas y... ¿Es así como quieres que muera? ¿Así? ¿Aquí? ¿En este cuchitril? ¿Sin aire y sin luz o una ventana que dé al mar siquiera?

—Con la gente que la quiere.

—Aquí no hay amor. Nunca lo hubo.

—¡No digas eso! —Gwynder rompió a llorar—. Sólo porque... Sólo porque... No digas eso.

Daidre hizo un gesto para avanzar hacia ella, pero se detuvo. Se llevó una mano a la boca. Detrás de las gafas, Lynley vio que tenía los ojos empañados en lágrimas.

—Déjanos con nuestras semanas o días u horas —dijo Gwynder—. Vete.

—¿Necesitas...?

—¡Que te vayas!

Lynley puso la mano en el brazo de Daidre. Ella lo miró. Se quitó las gafas y se secó los ojos con la manga de su abrigo, que no se había quitado.

—Ven —le dijo él, y la llevó con delicadeza hacia la puerta.

—Eres una zorra de mierda asquerosa —dijo Gwynder a sus espaldas—. ¿Me oyes, Edrek? Una zorra de mierda asquerosa. Quédate con tu dinero. Quédate con tu novio elegante. Quédate con tu vida. Aquí no te necesitamos ni te queremos, así que no vuelvas. ¿Me oyes, Edrek? Siento habértelo pedido. No vuelvas más.

Fuera de la caravana se detuvieron. Lynley vio que Daidre estaba temblando. Le pasó el brazo por los hombros.

—Lo lamento muchísimo —dijo.

—¿Y vosotros quién coño sois? —La pregunta llegó con un grito. Lynley miró en su dirección. Dos hombres habían salido del cobertizo. Serían Goron y el padre de Daidre, decidió. Se acercaron deprisa—. ¿Qué pasa aquí? —preguntó el mayor.

El joven no dijo nada. Parecía que le pasaba algo. Se rascó los testículos sin ningún pudor. Se sorbió la nariz ruidosamente y, como su melliza de la caravana, entrecerró los ojos. Los saludó con un gesto cordial. Su padre no.

—¿Qué queréis? —preguntó Udy. Su mirada fue de Lynley a Daidre y de nuevo a Lynley. Parecía examinarlos de arriba a abajo, pero en particular sus zapatos, por algún motivo. Lynley vio por qué cuando miró los pies de Udy. Llevaba unas botas, pero hacía tiempo que habían pasado a mejor vida. Las suelas estaban abiertas en los dedos.

—De visita... —Daidre se había alejado del abrazo de Lynley. Cara a cara con su padre, no se parecía físicamente ni a él ni a su hermano.

—¿Qué hacéis aquí? —dijo Udy—. No necesitamos ningún metomentodo por aquí. Nos espabilamos solos y siempre lo hemos hecho. Así que largaos. Esto es propiedad privada, sí, y hay un cartel colgado.

A Lynley se le ocurrió que mientras las mujeres de la caravana sabían quién era Daidre, los hombres no; que por alguna razón Gwynder había buscado y encontrado a su hermana ella sola, tal vez porque supiera a cierto nivel que su misión era en vano. Por lo tanto, Udy no tenía ni idea de que estaba hablando con su hija. Pero cuando Lynley lo meditó le pareció razonable. La niña de trece años que había sido su hija era alguien del pasado, no la mujer realizada y culta que tenía delante. Lynley esperó a que Daidre se identificara. No lo hizo.

En lugar de eso recobró la compostura jugueteando con la cremallera de su chaqueta, como si sintiera la necesidad de hacer algo con las manos.

—Sí. Bueno, ya nos vamos —le dijo al hombre.

—Hacedlo —dijo él—. Aquí tenemos un negocio y no nos

gusta que entre nadie fuera de temporada. Abrimos en junio y entonces habrá un montón de cosas a la venta.

—Gracias. Lo recordaré.

—Y fijaos en el cartel. Si pone NO PASAR, es lo que significa. Y lo pondrá hasta que abramos, ¿entendido?

—Sin duda. Lo entendemos.

En realidad, Lynley no había visto ningún cartel, ni prohibiendo la entrada ni señalando que este lugar desolado era un negocio. Pero no parecía razonable sacar al hombre de su engaño. Era mucho más inteligente marcharse y olvidar este lugar y a esta gente y su estilo de vida. Entonces comprendió que aquello era exactamente lo que había hecho Daidre. También vio cuál era su lucha.

—Vámonos —le dijo, y volvió a pasarle el brazo por los hombros y la condujo en dirección al coche. Notaba las miradas de los dos hombres sobre ellos y, por razones que no deseaba explorar en aquellos momentos, esperó que no se dieran cuenta de quién era Daidre. No sabía qué pasaría si lo hacían.

Nada peligroso, sin duda. Al menos nada peligroso en el sentido en el que uno piensa normalmente en el peligro. Pero aquí había otras amenazas aparte de la inseguridad personal. Estaba el campo de minas emocional entre Daidre y estas personas y Lynley sintió la urgencia de alejarla de allí.

Cuando regresaron al coche, le comentó que conduciría él. Daidre dijo que no con la cabeza.

—No, no. Estoy bien —dijo. Cuando subieron, sin embargo, no encendió el motor enseguida, sino que sacó algunos pañuelos de papel de la guantera y se sonó la nariz. Entonces colocó las manos en la parte de arriba del volante y miró a lo lejos hacia la caravana—. Ya lo ves.

Lynley no contestó. De nuevo, el mechón de pelo había caído sobre la montura de sus gafas. De nuevo quiso retirárselo de la cara, y de nuevo no lo hizo.

—Quieren ir a Lourdes. Quieren un milagro. No tienen nada más en lo que depositar sus esperanzas y, sin duda, no tienen dinero para financiar lo que quieren hacer. Y ahí entro yo. Por eso me encontró Gwynder. ¿Lo hago por ellos? ¿Perdono a estas personas por lo que hicieron, por cómo vivíamos, por lo que no podían ser? ¿Soy responsable de ellos ahora? ¿Qué les debo aparte de la vida? Me refiero a la vida en sí y no a lo que yo he hecho con ella. Y, en cualquier caso, ¿qué significa deberle a alguien que te haya dado la vida? Seguro que no es la parte más difícil de ser padre, ¿verdad? No lo creo. Lo que significa que con el resto, el resto de lo que implica ser padre, la fastidiaron.

Entonces sí la tocó. Hizo lo que le había visto hacer a ella: coger el mechón y apartarlo. Sus dedos tocaron la curva de su oreja.

—¿Por qué volvieron, tu hermano y tu hermana? —le preguntó—. ¿Nunca los adoptaron?

—Hubo… Lo llamaron «accidente», sus padres de acogida. Dijeron que Goron estaba jugando con una bolsa de plástico, pero yo creo que pasó algo más. Seguramente tendrían que haberlo llamado, fuera lo que fuese, «disciplinar a un niño hiperactivo de manera equivocada». En cualquier caso, sufrió daños y la gente que lo vio y se reunió con él le consideró no apto para la adopción. Gwynder podría haber sido adoptada, pero no quiso separarse de él. Así que pasaron de casa en casa juntos, por el sistema, durante años. Cuando fueron lo bastante mayores volvieron aquí. —Sonrió sombríamente mientras le miraba—. Apuesto a que este lugar, así como su historia, no se parece demasiado a lo que estás acostumbrado, ¿verdad, Thomas?

—No estoy seguro de que eso importe. —Quería decir más, pero no sabía cómo expresarlo, así que se decidió por—: ¿Quieres llamarme Tommy, Daidre? Mi familia y amigos…

Ella levantó la mano.

—Creo que no —dijo.

—¿Por esto?

—No. Porque para mí sí importa.

Jago Reeth dejó claro que quería ver a Ben Kerne solo, sin que estuviera presente ningún otro miembro de su familia. Sugirió la Cabaña de Hedra para el acto y utilizó la palabra «acto» como si allí fuera a montarse una representación.

Bea le dijo que era rematadamente estúpido si esperaba que fueran todos al acantilado donde se encontraba aquel lugar peligroso y antiguo.

El hombre contestó que estúpido o no, conocía sus derechos y, si la inspectora quería conversar con él, iba a utilizarlos.

Bea le dijo que entre sus derechos no constaba decidir dónde iba a reunirse con Ben Kerne.

Reeth sonrió y le rogó que le permitiera discrepar con ella. Tal vez no tuviera ese derecho, dijo, pero seguramente la inspectora querría que estuviera en un lugar donde se sintiera cómodo para hablar. Y la Cabaña de Hedra era ese lugar. Estarían bastante confortables allí, protegidos del frío y del viento. Abrigaditos los cuatro juntitos en el mismo espacio, ya le entendía.

—Trama algo —fue la valoración de la situación que hizo la sargento Havers en cuanto empezaron a seguir al Defender de Jago Reeth en dirección a Alsperyl. Esperarían al señor Kerne en la iglesia del pueblo, les había informado Jago—. Lo mejor será que llame al comisario y le diga adónde vamos. Yo de usted pediría refuerzos también. ¿Esos tipos de la comisaría...? Tiene que haber algún modo de que puedan esconderse en los alrededores.

—A menos que se disfracen de vacas, ovejas o gaviotas, no —le dijo Bea—. Este tío ha pensado en todo.

Lynley, descubrió Bea, no contestaba al teléfono, lo que provocó que maldijera al hombre y se preguntara por qué se había molestado en darle un móvil.

—¿Adónde se habrá marchado el condenado? —preguntó, y luego se respondió a sí misma con una declaración desalentadora—. Bueno, apuesto a que conocemos la respuesta, ¿verdad?

En Alsperyl, que no estaba demasiado lejos del Salthouse Inn, permanecieron dentro de sus coches respectivos, aparcados cerca de la iglesia del pueblo. Cuando Ben Kerne por fin se reunió con ellos llevaban allí sentados casi treinta minutos. Durante aquel tiempo, Bea había llamado a la comisaría para notificar dónde estaban y telefoneó a Ray para hacer lo mismo.

—Beatrice, ¿te has vuelto loca de remate? —dijo Ray—. ¿Tienes idea de lo irregular que es esto?

—Se me ocurren media docena de ideas —respondió—. Tampoco tengo un carajo con lo que trabajar a menos que este tipo me dé algo que pueda usar.

—No pensarás que tiene intención…

—No sé qué intención tiene. Pero nosotros seremos tres y él uno y si no podemos…

—¿Le cachearás por si lleva armas?

—Soy estúpida, pero no tanto, Ray.

—Voy a mandar a Alsperyl a quien esté patrullando por tu zona.

—No lo hagas. Si necesito refuerzos, puedo llamar perfectamente a la comisaría de Casvelyn.

—No me importa lo que puedas o no puedas hacer. Hay que pensar en Pete y también en mí, al fin y al cabo. No estaré tranquilo a menos que sepa que dispones de los refuerzos adecuados. Dios santo, todo esto es muy irregular.

—Ya lo has dicho.

—¿Con quién estás ahora?

—Con la sargento Havers.

—¿Otra mujer? ¿Dónde diablos está Lynley? ¿Qué hay de ese sargento de la comisaría? No me pareció tan tonto. Por el amor de Dios, Bea…

—Ray. Este tío tiene como setenta años y una especie de espasmo. Si no podemos con él, apaga y vámonos.

—Sin embargo…

—Adiós, cariño. —Colgó y guardó el móvil en el bolso.

Poco después de terminar con las llamadas —para informar también a Collins y McNulty en la comisaría de Casvelyn de dónde estaba—, llegó Ben Kerne. Bajó del coche y se subió la cremallera de la cazadora hasta la barbilla. Miró el Defender de Jago Reeth con aparente confusión. Luego vio a Bea y a Havers aparcadas junto al muro de piedra lleno de líquenes que definía el cementerio y se acercó a ellas. Mientras se aproximaba, ellas se bajaron. Jago Reeth hizo lo mismo.

Bea vio que Jago Reeth tenía los ojos clavados en el padre de Santo Kerne. Vio que su expresión ya no transmitía la afabilidad relajada que les había mostrado en el Salthouse Inn. Ahora sus facciones estaban bastante encendidas. Imaginaba que era la mirada que en su día tenían los guerreros avezados cuando por fin pisaban los cuellos de sus enemigos con la bota y presionaban la espada en sus gargantas.

Jago Reeth no dijo nada a nadie. Sólo señaló con la cabeza una puerta de control en la parte oeste del aparcamiento, junto al tablón de anuncios de la iglesia. Bea habló.

—Si tenemos que hacerle caso, señor Reeth, yo también tengo una condición.

El hombre levantó una ceja, el gesto máximo que al parecer pretendía comunicar hasta que llegaran a su destino preferido.

—Ponga las manos sobre el capó y separe las piernas. Y créame, no me interesa comprobar a qué lado carga.

Jago colaboró. Havers y Bea le cachearon. Su única arma era un bolígrafo. Havers lo cogió y lo tiró al cementerio por encima del muro. La expresión de Jago decía: «¿Satisfechas?».

—Adelante —dijo Bea.

El hombre se dirigió hacia la puerta de control. No esperó a ver si le acompañaban. Al parecer, estaba absolutamente seguro de que lo seguirían.

—¿Qué está pasando? —preguntó Ben Kerne a Bea—. ¿Por qué me ha pedido…? ¿Quién es ese hombre, inspectora?

—¿No conocía al señor Reeth?

—¿Es Jago Reeth? Santo me hablaba de él: el viejo surfista que trabaja para el padre de Madlyn. A Santo le caía bastante bien. No tenía ni idea. No, no le conocía.

—Dudo que sea surfista en realidad, aunque da el pego. ¿No le resulta familiar?

—¿Debería?

—Como Jonathan Parsons, quizá.

Ben Kerne abrió la boca, pero no dijo nada. Observó a Reeth caminando hacia la puerta de control.

—¿Adónde va? —preguntó.

—A un lugar donde está dispuesto a hablar. Con nosotras y con usted. —Bea puso la mano en el brazo de Kerne—. Pero no tiene por qué escucharle, no tiene por qué seguirle. Su condición para hablar con nosotras era que usted estuviera presente y soy consciente de que en parte es una locura y en parte es peligroso. Pero nos tiene bien agarrados, a la policía, no a usted, y por ahora la única forma que tenemos de sacarle algo es jugar según sus reglas.

—Por teléfono no me ha dicho nada de Parsons.

—No quería que condujera hasta aquí como un loco, y tampoco quiero que se vuelva loco ahora. Creo que ya tenemos uno y dos sería insoportable. Señor Kerne, no puedo decirle lo mucho que nos estamos arriesgando con este enfoque, así que ni siquiera voy a intentarlo. ¿Se ve capaz de escuchar lo que tenga que decir? Más aún, ¿está dispuesto a escucharle?

—¿Él...? —Kerne pareció buscar un modo de expresarlo que no convirtiera lo que tenía que decir en un hecho que tuviera que aceptar—. ¿Mató a Santo?

—De eso queremos hablar con él. ¿Se ve capaz?

Kerne asintió. Se metió las manos en los bolsillos de la cazadora y ladeando la cabeza indicó que estaba preparado. Partieron hacia la puerta de control.

Al otro lado de la misma, un campo servía de pasto para las vacas y una alambrada flanqueaba el camino hacia el mar. El sendero que recorrieron estaba embarrado y desnivelado, con surcos profundos hechos por las ruedas de un tractor. Al final del campo había otro, separado del primero por otra alambrada y al que se accedía por otra puerta de control. Al final, caminaron como mínimo ochocientos metros o más y vieron que su destino era el sendero de la costa suroccidental, que cruzaba el segundo campo a gran altura sobre el agua.

Aquí el viento soplaba con fiereza, procedente del mar en ráfagas continuas. En ellas, las aves marinas subían y bajaban. Las gaviotas tridáctidas chillaban. Las gaviotas argénteas contestaban. Un cormorán verde solitario salió disparado de la pared del acantilado mientras más adelante Jago Reeth se acercaba al borde. El ave descendió en picado, volvió a ascender y empezó a volar en círculos. Buscaba presas en las aguas turbulentas, pensó Bea.

Se dirigieron hacia el sur por el sendero de la costa, pero al cabo de unos veinte metros, una apertura en las aulagas que crecían entre el camino y la perdición señalaba unos peldaños de piedra empinados. Aquél era su destino, vio Bea. Jago Reeth los bajó y desapareció.

—Esperen aquí —dijo Bea a sus acompañantes, y fue a ver adónde conducían los escalones de piedra. Creía que serían un modo de llegar a la playa, que estaba a unos sesenta metros de la cima del acantilado y pensaba decirle a Jago Reeth que no tenía ninguna intención de arriesgar su vida, la de Havers y la de Ben Kerne por seguirle por una ruta peligrosa hacia el agua. Pero vio que sólo había quince escalones y que terminaban en otro sendero, éste estrecho y flanqueado densamente de aulagas y juncias. También se dirigía al sur, pero no a lo largo de muchos metros. Acababa en una cabaña antigua construida en parte en la pared del acantilado que tenía detrás. Jago Reeth, vio Bea, había llegado a la puerta de la cabaña y la había abierto. El hombre la vio en los peldaños, pero no hizo ningún gesto. Sus ojos se encontraron brevemente antes de que se agachara para entrar en la vieja estructura.

Bea regresó a la cima del acantilado. Habló por encima del sonido del viento, el mar y las gaviotas.

—Está justo aquí abajo, en la cabaña. Podría tener algo escondido dentro, así que iré a mirar primero. Pueden esperar en el sendero, pero no se acerquen hasta que yo se lo diga.

Bajó los peldaños y recorrió el sendero, las aulagas rozaron las perneras de sus pantalones. Llegó a la cabaña y descubrió que Jago sí se había preparado para este momento. No con armas, sin embargo. Él u otra persona había acondicionado el lugar con anterioridad con un fogón, una jarra de agua y una caja pequeña de provisiones. Por increíble que pareciera, el hombre estaba haciendo té.

La cabaña estaba hecha con maderos de los muchos barcos que habían naufragado en aquella costa a lo largo de los siglos. Era sencilla, con un banco que recorría tres de los lados y el suelo de piedra desnivelado. Durante todo el tiempo que llevaba allí, la gente había grabado sus iniciales en las paredes, de manera que ahora parecían una piedra Rosetta de madera, escrita, sin embargo, en un lenguaje comprensible al instante que hablaba tanto de amantes como de personas cuya insignificancia interna les impulsaba a buscar una forma de expresión externa —cualquiera de ellas— que otorgara un significado a su existencia.

Bea le dijo a Reeth que se alejara del fogón y el hombre obedeció de buen grado. La inspectora lo comprobó y también el resto de provisiones, que eran bastantes: tazas de plástico, azúcar, té, sobrecitos de leche en polvo, una cucharilla para remover. Le sorprendió que el anciano no hubiera pensado en llevar unos bollos.

Se agachó para salir por la puerta e hizo un gesto a Havers y Ben Kerne para que se acercaran. En cuanto los cuatro estuvieron dentro de la cabaña, apenas quedó espacio para moverse, pero aun así Jago Reeth se las arregló para preparar el té y poner una taza en las manos de cada uno, como la anfitriona de una reunión social eduardiana. Entonces apagó la llama del fogón y lo guardó debajo del banco sobre las piedras, tal vez para convencerlos de que no tenía ninguna intención de utilizarlo como arma. Como había llevado el fogón a la cabaña con antelación, no había forma de saber qué más había escondido en aquel lugar. Pero no tenía armas encima, igual que antes.

Con la puerta doble de la cabaña cerrada a cal y canto, el sonido del viento y los chillidos de las gaviotas quedaron silenciados. El ambiente era asfixiante y los cuatro adultos ocupaban casi cada centímetro del espacio.

—Ya nos tiene aquí, señor Reeth —dijo Bea—, a su disposición. ¿Qué era lo que quería decirnos?

Jago Reeth sostenía el té con las dos manos. Asintió y se dirigió no a Bea sino a Ben Kerne. Su tono era amable.

—Perder a un hijo varón… Mi más sentido pésame. Es el peor dolor que puede conocer un hombre.

—Perder a cualquier hijo es un duro golpe.

Ben Kerne sonaba cauteloso. A Bea le pareció que intentaba analizar a Jago Reeth, igual que ella. El aire pareció crujir con expectación.

Al lado de Bea, la sargento Havers sacó su libreta. La inspectora creyó que Reeth le diría que la guardara, pero en lugar de eso el anciano asintió y dijo:

—No tengo objeciones. —Luego se dirigió a Kerne—: ¿Y usted? —Cuando Ben negó con la cabeza, Jago añadió—: Si lleva micrófono, inspectora, también me parece bien. Siempre hay cosas que documentar en una situación así.

Bea quiso decir lo que había pensado antes: el hombre lo había estudiado todo. Pero quería esperar a ver, escuchar o intuir aquello que todavía no había estudiado. Tenía que estar ahí en alguna parte y debía estar preparada para enfrentarse a ello cuando asomara la cabeza escamosa del estiércol para respirar aire fresco.

—Siga —dijo Bea.

—Pero hay algo peor que perder a un hijo varón —dijo Jago Reeth a Ben Kerne—. A diferencia de una hija, un hijo lleva siempre nuestro apellido. Es el vínculo entre el pasado y el futuro. Y al final, es algo más que sólo un apellido. Lleva en él la razón de todo. De esto…

Repasó la cabaña con la mirada, como si la minúscula construcción contuviera de algún modo todo el mundo y los miles de millones de vidas presentes en él.

—Creo que yo no hago ese tipo de distinciones —dijo Ben—. Cualquier pérdida de un hijo… sea niño o niña…

No siguió. Se aclaró la garganta vigorosamente. Jago Reeth parecía satisfecho.

—Pero perder a un hijo porque lo asesinen es horroroso, ¿verdad? El hecho del asesinato es casi tan malo como saber quién lo mató y no ser capaz de mover un dedo para llevar al cabrón ante la justicia.

Kerne no dijo nada. Tampoco Bea ni Barbara Havers. Bea y Kerne sostenían el té sin probarlo y Ben dejó con cuidado la taza en el suelo. A su lado, Bea notó que Havers se movía.

—Esa parte es mala —dijo Jago—. Igual que lo es no saber.

—¿No saber qué, exactamente, señor Reeth? —preguntó Bea.

—Los porqués de todo. Y los cómos. Un tipo puede pasarse el resto de su vida dando vueltas en la cama, preguntándose y maldiciendo y deseando… Ya me entienden, supongo. Si no ahora, ya me entenderán, ¿eh? Es un calvario y no hay modo alguno de escapar. Lo siento mucho por usted, amigo. Por lo que está pasando ahora y por lo que está por venir.

—Gracias —dijo Ben Kerne en voz baja. Bea tenía que admirarle por el autocontrol que demostraba. Veía que tenía la parte superior de los nudillos blanca.

—Yo conocía a su hijo Santo. Un chaval encantador. Un poco engreído, como todos los chicos de su edad, ¿eh?, pero encantador. Y desde que le ocurrió esta tragedia…

—Desde que lo asesinaron —corrigió Bea a Jago Reeth.

—El asesinato es una tragedia, inspectora —dijo Reeth—.

No importa qué versión del juego del gato y el ratón crean que es. Es una tragedia y cuando ocurre, la única paz que se puede alcanzar es saber la verdad de lo que sucedió y que los demás también lo sepan. Ya me entienden —añadió con una sonrisa fugaz—. Y como conocía a Santo, he pensado y pensado en lo que le pasó al chaval. Y he decidido que si un tipo viejo y derrotado como yo puede proporcionarle algo de paz, señor Kerne, se lo debo.

—Usted no me debe…

—Todos nos debemos algo —le interrumpió Jago—. Olvidar eso provoca tragedias. —Hizo una pausa como para que aquella idea calara. Apuró el té y dejó la taza junto a él en el banco—. Así que lo que quiero hacer es contarle cómo creo que le pasó todo esto a su hijo. Porque he pensado en ello, verá, igual que habrá hecho usted, seguro, y también la policía. ¿Quién le habrá hecho esto a un chaval tan majo?, llevo días preguntándome. ¿Cómo lo hicieron? ¿Y por qué?

—Nada de esto hará que Santo vuelva, ¿verdad? —preguntó Ben Kerne sin alterarse.

—Claro que no. Pero saberlo… Comprenderlo todo: apuesto a que eso trae paz y es lo que tengo que ofrecerle. Paz. Así que lo que yo imagino…

—No. Creo que no, señor Reeth. —De repente, Bea atisbó lo que Reeth pretendía y con ese atisbo vio adónde podía llegar todo aquello.

—Déjele que siga, por favor —dijo Ben Kerne, sin embargo—. Quiero escucharle, inspectora.

—Pero le permitirá…

—Por favor, deje que continúe.

Reeth esperó afablemente a que Bea accediera. Ella asintió con brusquedad, pero no estaba contenta. A los términos «irregular» y «locura», ahora debía añadir «provocación».

—Lo que imagino es lo siguiente —dijo Jago—. Alguien tenía una cuenta pendiente y ese alguien se propuso saldarla con la vida de su hijo. Qué clase de cuenta, se preguntará, ¿sí? Podría ser cualquier cosa, ¿verdad? Reciente, vieja. No importa. Pero ahí fuera esperaba alguna cuenta pendiente y la vida de Santo era el medio para saldarla. Así que este asesino o asesina (pudo ser un hombre, pudo ser una mujer, no importa demasiado, ¿verdad?, porque, verá, la cuestión era el chaval y la muerte del chaval, que es lo que los policías como estas dos siempre olvidan), este asesino llegó a conocer a su hijo porque conocerlo iba a proporcionarle acceso. Y conocer al chico también conducía al medio, porque su hijo era un chaval sincero y le gustaba hablar. Sobre esto y aquello, pero al final resultó ser que hablaba mucho sobre su padre, igual que la mayoría de los chicos. Decía que su padre era muy duro con él por muchas razones, pero básicamente porque quería ir con mujeres y hacer surf y no sentar la cabeza; quién podía culparle, si sólo tenía dieciocho años. Su padre, por otro lado, tenía sus propias expectativas para su hijo, lo que provocaba que el chico se enfadara y hablara y se enfadara un poco más. Y eso hizo que buscara... ¿Cómo llamarlo? ¿Un padre suplente...?

—Un padre sustituto. —Ahora la voz de Ben sonó más dura.

—Ésa es la palabra. O tal vez una madre sustituta, naturalmente. O un... ¿Qué? ¿Sacerdote, confesor, sacerdotisa sustitutos? Lo que fuera. En cualquier caso, esta persona, hombre o mujer, joven o viejo, vio que una puerta se abría a la confianza y él o ella la cruzó sin contemplaciones. Ya me entiende.

Mantenía abiertas sus opciones, concluyó Bea. No era ningún tonto, como había dicho él mismo, y la ventaja de que gozaba en este momento eran los años que había tenido para pensar en el enfoque que querría emplear cuando llegara el día.

—Así que esta persona... Vamos a llamarla Confesor, o Confesora, a falta de un término mejor... Este Confesor preparaba tazas de té y chocolate y le ofrecía galletas, pero lo que es más importante, le ofreció a Santo un lugar para hacer lo que quisiera hacer y con quien quisiera. Y el Confesor esperó. Y pronto creyó tener a su disposición el medio para saldar la cuenta que había que saldar. El chico tuvo otra bronca más con su padre. Fue una discusión que no iba a ninguna parte, como siempre, y esta vez el chico cogió todo su equipo de escalada de donde lo guardaba antes, junto al de su padre, y lo metió en el maletero de su coche. ¿Qué planeaba? Un clásico: «Ahora verá, sí. Ahora verá qué clase de tío soy. Cree que sólo soy un patán, pero ahora verá. Y qué mejor forma de hacerlo que con su propio deporte, porque llegaré a ser mejor de lo que él ha sido nunca». Así que eso situó el equipo de escalada del chico al alcance del Confesor, o la Confesora, y el Confesor vio lo que denominaremos «la Manera».

Entonces, Ben Kerne agachó la cabeza.

—Señor Kerne —dijo Bea—, la cuestión es que…

—No —dijo él. Levantó la cabeza con esfuerzo—. Más —le dijo a Jago Reeth.

»El Confesor esperó su oportunidad, que se presentó pronto porque el chico era abierto y natural con sus pertenencias, una de las cuales era su coche. No suponía ningún problema acceder a él porque nunca lo cerraba y con una maniobra rápida abrió el maletero: ahí estaba todo. La selección era la clave. Tal vez una cuña o un mosquetón. O una eslinga. Incluso el arnés serviría. ¿Los cuatro, quizá? No, seguramente sería sobreactuar, si me permiten la expresión. Si era la eslinga no había ningún problema porque era de nylon y se podía cortar fácilmente con unas tijeras de podar, un cuchillo afilado, una cuchilla, cualquier cosa. Si era otra cosa, el tema se volvía peliagudo, ya que todo lo demás excepto la cuerda (y la cuerda parecía una elección demasiado obvia, por no mencionar perceptible) es metálico y habría que recurrir a una herramienta cortante mecánica. ¿Cómo la encontraba? ¿Compraba una? No. Podrían rastrearla. ¿Tomaba una prestada? De nuevo, alguien se acordaría de eso. ¿Utilizaba una sin que se enterara el dueño? Eso parecía más factible y sin duda más sensato, pero ¿dónde la encontraba? ¿Un amigo, socio, conocido, jefe? ¿Alguien cuyos movimientos conociera íntimamente porque los había observado igual de íntimamente? Cualquiera de ésos. Así que el Confesor, o la Confesora, eligió el momento y llevó a cabo el acto. Con un corte bastó y después no quedó ninguna señal porque, como hemos dicho, el Confesor no es tonto y sabía que era crucial no dejar pruebas. Y lo bueno era que el chico (o incluso su padre, quizá) había marcado su equipo con cinta adhesiva para distinguirlo del de otras personas. Porque es lo que hacen los escaladores, verá: marcan su equipo porque a menudo escalan juntos. Es más seguro escalar juntos. Y aquello le dijo al Confesor que apenas existía la posibilidad de que cualquier otra persona que no fuera el chico utilizara esa eslinga, ese mosquetón, ese arnés… lo que fuera que manipulara porque, claro está, eso yo no lo sé. Lo único con lo que tuvo que ir con cuidado fue la cinta utilizada para identificar el equipo. Si él, o ella, naturalmente, compraba más cinta, existía la posibilidad de que la nueva no fuera exactamente igual o pudieran rastrearla. Sabe Dios cómo, pero la posibilidad existía, así que lo suyo era mantener la cinta en condiciones para utilizarla de nuevo. El Confesor se las arregló y era una tarea complicada porque la cinta era dura, como la cinta aislante. Él, o ella, naturalmente, como ya he dicho, la volvió a enrollar igual y tal vez no quedara tan apretada como antes, pero al menos era la misma. ¿Acaso el chico iba a notarlo? Era poco probable, y aunque lo notara, lo que seguramente haría sería alisarla, poner más cinta encima, algo así. Así que cuando el acto estuvo hecho y el equipo otra vez en su lugar, lo único que quedaba era esperar. Y en cuanto pasó lo que pasó, y es una tragedia, nadie lo duda, no había nada que no pudiera justificarse en realidad.

—Siempre hay algo, señor Reeth —dijo Bea.

Jago la miró con amabilidad.

—¿Huellas en el maletero del coche? ¿En el interior? ¿En las llaves del coche? ¿Dentro del maletero? El Confesor y el chico pasaban muchas horas juntos, tal vez incluso trabajaran juntos en… En el negocio de su padre, por ejemplo. Cada uno conducía el coche del otro, eran amigos, colegas, eran como padre e hijo, como madre e hijo, como hermanos, eran amantes, eran… Lo que fuera. Verá, no importa, porque todo podía justificarse. ¿Un cabello en el maletero? ¿Del Confesor? ¿De otra persona? Lo mismo, en realidad. El Confesor, o la Confesora, porque pudo ser una mujer, ya lo hemos visto, dejó allí el de otra persona o incluso uno suyo. ¿Qué hay de las fibras? Fibras de tejidos… ¿Tal vez en la cinta con que se marcó el equipo? ¿No sería genial? Pero el Confesor ayudó a señalar el equipo o tocó el equipo porque… ¿Por qué? Porque el maletero también se utilizaba para otras cosas (¿material de surf, ¿quizá?) y las cosas se movían de un lado para otro, se metían y se sacaban. ¿Qué hay del acceso al equipo? Todo el mundo tenía acceso a él. Todas y cada una de las personas de la vida del pobre chico. ¿Qué hay del móvil? Bueno, parece ser que prácticamente todo el mundo tenía uno. Así que al fin y al cabo, no hay respuesta. Sólo hay especulaciones, pero es imposible presentar ningún caso. Qué inútil, qué exasperante, qué sinsentido…

—Creo que ya es suficiente, señor Reeth. O señor Parsons —dijo Bea.

—Qué horror, porque el asesino, o la asesina, claro está, se marchará ahora que ya ha hecho lo que tenía que hacer.

—He dicho que ya es suficiente.

—Y la policía no podrá tocar al asesino y lo único que podrá hacer será quedarse de brazos cruzados y beberse un té y aguardar y esperar a encontrar algo en algún lugar, algún día… Pero estarán más ocupados, ¿verdad? Tendrán otras cosas entre manos. Le apartarán a usted a un lado y le dirán que no les llame todos los días, tío, porque cuando un caso se enfría, como pasará con éste, no tiene sentido llamar, así que ya le llamaremos nosotros si detenemos a alguien y cuando lo detengamos. Pero la detención nunca tendrá lugar. Así que acabará no teniendo nada más que cenizas en una urna, y ya podrían haber incinerado su cuerpo el mismo día que incineraron el del chico porque de todos modos su alma ya no existirá.

Había terminado, al parecer, completado su monólogo. Lo único que quedaba era el sonido de una respiración áspera, la de Jago Reeth, y fuera, los chillidos de las gaviotas y las ráfagas de viento y el estrépito de las olas. En una serie de televisión bien equilibrada, pensó Bea, ahora Reeth se levantaría, saldría corriendo hacia la puerta y se arrojaría por el precipicio, después de haber perpetrado por fin la venganza que había planeado y de que ya no le quedara ninguna razón más para seguir viviendo. Saltaría y se reuniría con su hijo muerto Jamie. Pero, por desgracia, no estaban en una serie de televisión.

Su rostro parecía iluminado desde dentro. Tenía baba en las comisuras de la boca y los temblores habían empeorado. Bea vio que estaba esperando la reacción de Ben Kerne a su actuación, a que Ben Kerne aceptara una verdad que nadie podía alterar y que nadie podía comprender.

Al fin, Ben levantó la cabeza y reaccionó.

—Santo —anunció— no era hijo mío.

Capítulo 29

El chillido de las gaviotas pareció subir de volumen y desde muy abajo el embate de las olas en las rocas indicaba que estaba subiendo la marea. Ben pensó en lo que significaba aquello y en la ironía que encerraba: hoy las condiciones para surfear eran excelentes.

Jago Reeth no respiraba, había cogido aire y lo había retenido mientras intentaba decidir quizá si creer o no lo que Ben había dicho. Para Ben, ya no importaba lo que la gente creyera. Al final, tampoco importaba que Santo no fuera sangre de su sangre. Porque entendía que habían sido padre e hijo de la única manera que importaba serlo entre un hombre y un chico, una manera que tenía todo que ver con la historia y la experiencia y nada con una célula que nadaba a ciegas y penetra por puro azar en un óvulo. Así, sus fracasos eran igual de profundos de lo que lo habrían sido los de un padre biológico con su hijo. Porque todos sus movimientos paternales habían sido resultado del miedo y no del amor, siempre esperando a que Santo mostrara los colores de sus verdaderos orígenes. Como después de la adolescencia nunca conoció a ninguno de los amantes de su mujer, esperó a que las características menos deseables de ella se manifestaran en su hijo y cuando aparecía algo remotamente similar a Dellen, Ben centraba su atención y pasión en ello. Prácticamente moldeó a Santo a imagen y semejanza de su madre, tan grande fue el énfasis que puso en cualquier cosa que tuviera el niño que se pareciera a ella.

—No era hijo mío —repitió Ben. Qué patética era aquella verdad, veía ahora.

—Eres un puto mentiroso. Siempre lo fuiste —dijo Jago Reeth.

—Ojalá fuera así. —Ahora Ben apreció otro detalle. Lo vio todo claro y corrigió su malentendido anterior—. Ella habló con usted, ¿verdad? —le dijo a Reeth—. Pensé que se refería a la policía, pero no. Habló con usted.

—Señor Kerne —dijo la inspectora Hannaford—, no hace falta que diga nada.

—Necesita saber la verdad —dijo Ben—. Yo no tuve nada que ver con lo que le ocurrió a Jamie. No estaba allí.

—Embustero —dijo Jago Reeth con brusquedad—. ¿Qué ibas a decir?

—Es la verdad. Tuve un roce con él. Me echó de su fiesta. Pero salí a dar un paseo y luego me fui a casa. Lo que te contó Dellen... —No estaba seguro de si podría continuar, pero sabía que tenía que hacerlo, aunque sólo fuera para hacer lo único que podía hacerse para vengar la muerte de Santo—. Lo que le contó Dellen se lo contó por celos. Yo estaba con su hija, besuqueándonos. Nos dejamos llevar. Dellen lo vio y tuvo que desquitarse porque era lo que nos hacíamos el uno al otro. Ojo por ojo, diente por diente, juntos y separados, amor y odio, nunca importaba. Estábamos atados por algo de lo que no podíamos liberarnos.

—Mientes ahora como mentiste entonces.

—Así que fue a verle y le contó que yo hice... lo que fuera que le contara que hice. Pero yo sé sobre esa noche lo mismo que sabe usted y es lo que siempre he sabido: Jamie, su hijo, bajó a esa cueva por algún motivo después de la fiesta y allí murió.

—No te atrevas a afirmar eso, maldita sea —dijo Reeth, furioso—. Huiste. Te marchaste de Pengelly Cove y no regresaste nunca. Tenías motivos para irte y los dos sabemos cuáles eran.

—Sí, tenía motivos. Porque le dijera lo que le dijese, mi propio padre, como usted, creía que era culpable.

—Con toda la razón del mundo, joder.

—Lo que usted diga, señor Parsons. Como desee. Ahora y siempre, si quiere. Pero yo no estaba allí, así que supongo que su trabajo no ha terminado, ¿verdad? Porque lo que le dijo... Y fue ella quien se lo dijo, ¿verdad?, era mentira.

—¿Por qué iba ella a...? ¿Por qué iba alguien a...?

Ben lo vio. La razón, la causa. Más allá del ojo por ojo y del amor y del odio, más allá del tira y afloja que había sido su relación durante casi treinta años, lo vio.

—Porque ella es así —dijo—. Porque es lo que hace, simplemente.

Lo dejó ahí. Se levantó. En la puerta de la cabaña se detuvo; quedaba un pequeño asunto por aclarar.

—¿Me ha vigilado todo este tiempo, señor Parsons? —le preguntó a Reeth—. ¿Así ha sido su vida? ¿Su manera de definirse? ¿Esperando a que tuviera un hijo justo de la misma edad que tenía Jamie cuando murió y luego intervenir para matarlo?

—No sabes cómo es —dijo Reeth—. Pero lo sabrás, amigo. Vaya si lo sabrás, maldita sea.

—O me encontró por... —Ben pensó en ello—. ¿Por Adventures Unlimited? Por puro azar, al leer el periódico en alguna parte donde estuviera, y ver ese artículo que el pobre Alan se había esforzado tanto en preparar. ¿Fue eso? ¿Ese artículo en el *Mail on Sunday*? Entonces vino corriendo, se estableció aquí y esperó, porque aguardar el momento oportuno se había convertido en su especialidad. Porque pensaba, creía, que si me hacía lo que estaba tan seguro que yo le había hecho a usted, entonces... ¿Qué? ¿Encontraría la paz? ¿Cerraría el círculo? ¿Pondría un final adecuado a todo? ¿Cómo puede creer eso?

—Ya lo sabrás —dijo Reeth—. Ya lo verás. Porque lo que he dicho aquí, todas y cada una de las palabras, amigo, son especulaciones. Conozco mis derechos. Estudié mis derechos. Así que cuando salga de aquí...

—¿Es que no lo ve? No importa —contestó Ben—. Quien va a salir de aquí primero voy a ser yo.

Y eso hizo. Cerró la puerta tras él y caminó por el sendero hacia los escalones. Le dolía la garganta por el esfuerzo que había supuesto tragarse todo lo que se había tragado —incluso sin admitirlo— durante tantos años. Oyó que gritaban su nombre y se giró.

La inspectora Hannaford se acercó a su lado.

—Ha cometido algún error, señor Kerne —le dijo—. Siempre cometen algún error. Lo encontraremos. Nadie piensa en todo. Quiero que aguante.

Ben negó con la cabeza.

—No importa —repitió—. ¿Acaso Santo va a volver?

—Tiene que pagar. Así funcionan las cosas.

—Ya está pagando. Y aunque no esté pagando, verá lo único que hay que ver: que lo que ha hecho no le reportará ninguna paz. No podrá borrárselo de la cabeza. Ninguno de nosotros podrá hacerlo.

—Aun así —dijo Hannaford—, seguiremos investigando.

—Si deben hacerlo —dijo Ben—. Pero no por mí.

—Por Santo, entonces. Se merece…

—Sí. Dios mío, se lo merece. Pero no se merece esto.

Ben se alejó, siguiendo el camino y subiendo los escalones de piedra hasta la cima del acantilado. Desde allí, recorrió por el sendero de la costa suroccidental la corta distancia que separaba su coche de los pastos que había cruzado. Podían hacer con Jago Reeth o Jonathan Parsons lo que quisieran o, en realidad, lo que pudieran dentro de los límites de la ley y los derechos que el hombre decía conocer tan bien. Porque hicieran lo que hiciesen no bastaría para aliviar la carga de responsabilidad que Ben siempre llevaría encima. Esta responsabilidad, vio, iba más allá de la muerte de Santo. Estaba descrita por las decisiones que había tomado una y otra vez y por cómo estas decisiones habían moldeado a las personas a las que afirmaba querer.

En los días siguientes sabía que lloraría. Ahora no podía. Estaba aturdido. Pero el dolor de la pérdida era ineludible y por primera vez en su vida lo aceptó.

Cuando llegó a casa fue a buscarla. Alan estaba trabajando en su despacho, hablando por teléfono con alguien y de pie frente a un tablón de anuncios donde había colgado dos hileras de tarjetas que Ben reconoció como el plan para el vídeo que deseaba rodar sobre Adventures Unlimited. Kerra hablaba con un joven alto y rubio, un instructor en potencia, sin duda. Ben no les molestó.

Subió las escaleras. No estaba en las dependencias familiares, tampoco parecía estar en ningún otro lugar del edificio.

Entonces notó una agitación en el pecho y fue a comprobar el armario, pero su ropa seguía allí y el resto de sus pertenencias estaban en la cómoda. Por fin la vio desde la ventana, una figura de negro en la playa que podría haber confundido con un surfista con un traje de neopreno si no llevara toda una vida conociendo su cuerpo y la textura de su cabello. Estaba de espaldas al hotel. Como había subido la marea, el agua cubría la mayor parte de la playa y acariciaba sus tobillos. Todavía estaría gélida en esta época del año, pero no llevaba protección alguna.

Fue a su encuentro. Cuando llegó a donde estaba, vio que llevaba un montón de fotografías. Tenía los ojos hundidos. Parecía tan aturdida como él.

Ben pronunció su nombre.

—No había pensado en él en años —dijo ella—. Pero ahí ha aparecido hoy en mi cabeza, como si hubiera estado esperando a entrar todo este tiempo.

—¿Quién?

—Hugo.

Un nombre que no había oído ni una sola vez y que tampoco le interesaba oír ahora. No dijo nada. A lo lejos en el mar, cinco surfistas formaban una fila. Una ola se elevó tras ellos y Ben observó para ver quién estaría en posición de lanzarse. Ninguno lo estaba. La ola rompió demasiado lejos y se quedaron esperando a la siguiente para tener otro intento de surfear.

Dellen continuó.

—Yo era especial para él. Me consentía y preguntaba a mis padres si podía llevarme al cine, a la reserva de focas, a las funciones navideñas. Me compraba la ropa que quería que vistiera porque era su sobrina preferida. Tenemos algo especial, decía. No te compraría todo esto ni te llevaría a estos lugares si no fueras especial para mí.

Mar adentro, uno de los surfistas lo consiguió, vio Ben. Se lanzó y cogió la ola y la cortó, en busca de lo que pretende todo surfista, el rápido espacio verde cuyas paredes brillantes se elevan y curvan y cambian constantemente, encerrándole y luego liberándole. Fue una bajada bonita; cuando terminó, el surfista se tumbó sobre la tabla y fue a reunirse con los demás, acompañado por los gritos de sus colegas. En broma, se pusieron a ladrar como perros. Cuando llegó a donde estaban, uno de ellos chocó los puños con él. Ben lo vio y notó un dolor en el corazón. Se obligó a prestar atención a lo que decía Dellen.

—A mí me parecía que estaba mal —dijo—, pero el tío Hugo decía que era amor. La especial era la elegida. No mi hermano, ni mis primos, sino yo. Así que si me tocaba aquí y me pedía que le tocara allí, ¿estaba mal? ¿O sólo era algo que yo no comprendía?

Ben notó que Dellen lo miraba y sabía que él también debía mirarla. Debía mirar su cara y leer el sufrimiento que había en ella y responder a su emoción con la de él. Pero no pudo. Porque vio que ni un millón de tíos Hugo podrían cambiar nada de lo que había ocurrido. Si ese tío Hugo existía, en realidad.

A su lado, notó que Dellen se movía. Vio que pasaba las fotografías que había traído consigo. Casi esperaba que sacara al tío Hugo del montón, pero no lo hizo. Cogió una foto que reconoció: papá y mamá y dos niños en las vacaciones de verano, una semana en la isla de Wight. Santo tenía ocho años y Kerra, doce.

En la fotografía, estaban a la mesa de un restaurante, no se veía comida, así que debieron de darle la cámara al camarero al sentarse y le pidieron que retratara a la familia feliz. Todos sonreían, como tocaba: mirad cuánto nos estamos divirtiendo.

Las fotografías eran producto de recuerdos felices. También eran los instrumentos que se utilizaban retrospectivamente para evitar la verdad. Porque en el pequeño rostro de Kerra, Ben podía ver ahora la angustia, ese deseo de ser lo bastante buena para impedir que la rueda girara una vez más. En la cara de Santo vio la confusión, un niño consciente de una hipocresía que no comprende. En su propia expresión vio la determinación enérgica de hacer las cosas bien. Y en la cara de Dellen… Lo que había siempre: conocimiento y expectación. Llevaba un pañuelo rojo enroscado en el pelo.

Todos gravitaban hacia Dellen en la fotografía, todos estaban ligeramente inclinados en su dirección. Él tenía una mano sobre la de ella, como si estuviera reteniéndola allí en la mesa, en lugar de donde sin duda deseaba estar.

«No puede contenerse», se había dicho una y otra vez. Pero había sido incapaz de ver que él sí podía.

Cogió la foto y le dijo a su mujer:

—Es hora de que te marches.

—¿Adónde? —preguntó.

—No estoy seguro —dijo él—. A St. Ives, a Plymouth, otra vez a Truro. A Pengelly Cove, tal vez. Tu familia sigue allí. Ellos te ayudarán si necesitas ayuda. Si es lo que quieres a estas alturas.

Se quedó callada. Ben levantó la vista de la foto y miró a Dellen. Sus ojos se habían ensombrecido.

—Ben, ¿cómo puedes…? —dijo ella—. Después de lo que ha pasado.

—No. Es hora de que te marches.

—Por favor —rogó ella—. ¿Cómo sobreviviré?

—Sobrevivirás —respondió—. Los dos lo sabemos.

—¿Y tú? ¿Y Kerra? ¿Qué hay del negocio?

—Alan está aquí. Es muy buen hombre. Y, si no, Kerra y yo nos las arreglaremos. Hemos aprendido a hacerlo muy bien.

En cuanto la policía llegó al Salthouse Inn, Selevan vio que sus planes se alteraban. Se dijo que no podía ser egoísta y partir con Tammy hacia la frontera escocesa sin saber qué estaba ocurriendo y, lo más importante, sin descubrir si podía hacer algo para ayudar a Jago, si es que su amigo necesitaba ayuda. No imaginaba por qué podría necesitarla, pero creía que lo mejor era quedarse donde estaba —más o menos— y esperar a tener más información.

No tardó en llegar. Imaginaba que Jago no volvería al Salthouse Inn, así que tampoco esperó allí, sino que regresó al Sea Dreams y se paseó un rato por la caravana, bebiendo un trago de vez en cuando de una petaca que había llenado para llevarse en el viaje hasta la frontera; al final, salió y fue a la caravana de Jago.

No estaba. Tenía una copia de la llave, pero no le pareció bien usarla, aunque creía que a Jago no le habría importado que entrara. Esperó en el último de los escalones metálicos, donde uno más ancho hacía las veces de porche y era adecuado para plantar su trasero.

Jago apareció en el Sea Dreams unos diez minutos después. Selevan se puso de pie con un crujido. Metió las manos en los bolsillos de la chaqueta y se acercó al lugar preferido de Jago Reeth para aparcar el Defender.

—¿Estás bien, colega? —le dijo cuando Jago bajó del coche—. No te han dado mucho la lata en comisaría, ¿verdad?

—Qué va —respondió Jago—. Cuando se trata de la poli, sólo hace falta estar un poquito preparado. Entonces las cosas salen a tu manera y no a la suya. Los sorprende un poco, pero así es la vida. Una puta sorpresa tras otra.

—Supongo —dijo Selevan. Pero sintió una punzada de intranquilidad y no sabía decir exactamente por qué. Había algo en la forma de hablar de su amigo, algo en su tono de voz, que no era propio del Jago que conocía. Dijo con cautela—: No te habrán pegado, ¿verdad, colega?

Jago soltó una carcajada.

—¿Esas zorras? Ni hablar. Sólo hemos charlado un poco y punto. Ha costado, pero ya ha acabado todo.

—¿Qué pasa, entonces?

—Nada, colega. Pasó algo hace mucho tiempo, pero ya ha terminado. Mi trabajo aquí ha concluido.

Jago pasó al lado de Selevan y subió a la puerta de la caravana. No la había cerrado con llave, vio, así que no le habría hecho falta esperar en las escaleras. Jago entró y él lo siguió. Sin embargo, se quedó en la puerta con incertidumbre, porque no estaba seguro de qué ocurría.

—¿Te han despedido, Jago?

Jago había entrado en el dormitorio al fondo de la caravana. Selevan no le veía, pero oyó que abría un armario y que arrastraba algo del estante que había encima del riel de la ropa. Al cabo de un momento, Jago apareció en la puerta, con un talego grande colgado en la mano.

—¿Qué? —preguntó.

—Te he preguntado si te han despedido. Has dicho que tu trabajo había concluido. ¿Te han finiquitado o algo?

Jago pareció pensar en aquello, algo raro en opinión de Selevan. A uno lo despedían o no. Le echaban o no. La pregunta no necesitaba reflexión. Al final, Jago esbozó una sonrisa lenta que no era muy propia de él.

—Exacto, colega —dijo—. Así es. Finiquitado. Me finiquitaron... hace mucho tiempo. —Hizo una pausa, pareció pensativo y luego habló para sí—. Hace más de veinticinco años. Ha costado.

—¿El qué? —Selevan sentía impaciencia por llegar al fondo de la cuestión porque este Jago era distinto al Jago con quien se había sentado junto a la chimenea los últimos seis o siete meses y prefería mucho más al otro, el que hablaba con franqueza y no con... Bueno, con parábolas y cosas así—. Tío, ¿ha pasado algo con la poli? ¿Te han hecho...? No pareces tú.

Selevan podía imaginarse qué podía hacer la poli. Eran mujeres, cierto, pero el hecho era que Jago era un viejo excéntrico más o menos de la edad de Selevan y no tenía una buena condición física para sus años. Aparte de eso, si lo habían llevado a comisaría, allí habría tíos, otros policías, que podían darle una paliza. La poli sabía pegar sin dejar marcas, Selevan lo sabía. Veía la tele, en especial películas americanas en Sky, y había visto cómo lo hacían. Un poco de presión con los pulgares, un par de agujas de coser clavadas en la piel. No haría falta demasiado para un tipo como Jago. Sólo que... No se comportaba como si hubiera sufrido algún tipo de humillación a manos de la policía, ¿verdad?

Jago dejó el talego sobre la cama —Selevan pudo verlo desde donde estaba, sin saber si sentarse o quedarse de pie, marcharse o quedarse— y empezó a abrir los cajones de la cómoda empotrada. Y lo que le vino entonces a la cabeza a Selevan fue lo que tendría que habérsele ocurrido al ver el talego en las manos de Jago: su amigo se marchaba.

—¿Adónde vas, Jago? —dijo.

—Ya te lo he dicho. —Jago volvió a la puerta, esta vez con un bulto pequeño de pantalones cortos y camisetas bien doblados en las manos—. Aquí las cosas han terminado. Ha llegado el momento de largarme. De todos modos, nunca me quedo demasiado tiempo en el mismo sitio. Sigo el sol, las olas, las temporadas...

—Pero la temporada está aquí. Está a punto de empezar. Está a la vuelta de la esquina. ¿Dónde vas a encontrar una temporada mejor que aquí?

Jago dudó, medio girado hacia la cama. Parecía que no se lo había planteado: el destino de su viaje. Selevan vio que movía los hombros. Había algo menos definitivo en su postura. Insistió.

—En cualquier caso, aquí tienes amigos. Eso cuenta para algo. Afrontémoslo, ¿vas al médico por esos temblores? Imagino que irán a peor, ¿dónde estarás si te marchas solo?

Jago pareció meditarlo.

—No importa demasiado, ya te lo he dicho. Mi trabajo ha concluido. Lo único que queda es esperar.

—¿A qué?

—A... ya sabes. Ya no somos unos chavales, colega.

—¿La muerte, quieres decir? Qué tontería. Te quedan años. ¿Qué diablos te han hecho esas policías?

—Nada de nada.

—No te creo, Jago. Si hablas de morir...

—Hay que afrontar la muerte. Y también la vida, en realidad. Forman parte la una de la otra, y deben ser algo natural.

Selevan sintió un ligero alivio cuando oyó aquello. No le gustaba pensar que Jago se planteaba la idea de morir porque no le gustaba pensar lo que sugería sobre las intenciones de su amigo.

—Me alegra oír eso, al menos. Eso de que es algo natural.

—¿Porque...? —Jago sonrió despacio mientras comprendía. Meneó la cabeza de la misma manera en que reaccionaría un abuelo cariñoso a la travesura de un nieto—. Ah. Eso. Bueno, podría acabar con todo tranquilamente, ¿verdad?, porque aquí ya he terminado y no tiene mucho sentido continuar. Hay muchos sitios donde hacerlo por estas tierras, porque parecería un accidente y nadie sabría distinguirlo, ¿eh? Pero si lo hiciera, también se acabaría todo para él y no podemos consentirlo. No. Algo así no se acaba, colega. No si puedo evitarlo.

Cadan acababa de llegar a LiquidEarth cuando entró una llamada. Oyó que su padre estaba en el cuarto de perfilado y no vio a Jago por ningún lado, así que contestó él. Un tipo dijo:

—¿Eres Lewis Angarrack? —Cuando Cadan respondió que no dijo—: Que se ponga. Tengo que hablar con él.

Cadan sabía bien que no debía molestar a Lew cuando perfilaba una tabla, pero el tipo insistió en que no podía esperar y no, no quería dejar ningún recado. Así que fue a buscar a su padre, aunque no abrió la puerta, sino que llamó con fuerza para que lo oyera pese al ruido de las máquinas. La lijadora se apagó. Apareció Lew con la mascarilla bajada y las gafas alrededor del cuello.

Cuando Cadan le dijo que tenía una llamada, Lew miró hacia la zona de estratificación y dijo:

—¿Jago no ha vuelto?

—No he visto su coche fuera.

—¿Y tú qué haces aquí?

Cadan notó esa vieja sensación de desánimo. Ahogó un suspiro.

—El teléfono —le recordó a su padre.

Lew se quitó los guantes de látex que se ponía para trabajar

y fue a la recepción. Cadan lo siguió a falta de algo mejor que hacer, aunque echó un vistazo al cuarto de diseño y miró la hilera de tablas listas para pintar, así como el caleidoscopio de colores brillantes que habían probado en las paredes. En la recepción, oyó que su padre decía:

—¿Qué dices? No, claro que no... ¿Dónde diablos está? ¿Puedes pasarle el teléfono?

Cadan volvió a salir. Lew estaba detrás del mostrador donde descansaba el teléfono entre montones de papeles sobre la mesa plegable que servía de escritorio. Miró a Cadan y luego apartó la vista.

—No —dijo Lew al tipo que había al otro lado del teléfono—. No lo sabía... Habría agradecido que me lo hubiera contado, maldita sea... Ya sé que no está bien, pero lo único que puedo decirte es lo que me ha dicho a mí: que tenía que salir para hablar con un colega que tenía un problema en el Salthouse... ¿Tú? Entonces sabes más que yo...

Cadan captó que estaban hablando de Jago y se preguntó dónde estaría el viejo. Había sido un empleado modélico para su padre durante el tiempo que llevaba trabajando en LiquidEarth.

En realidad, a menudo Cadan había tenido la sensación de que el rendimiento de Jago como abeja obrera estelar era una de las razones por las que él parecía tan malo. Siempre llegaba puntual, nunca estaba de baja por enfermedad, nunca se quejaba por nada, trabajaba sin cesar, era un perfeccionista con lo que tenía que hacer. Que Jago no estuviera aquí ahora planteaba preguntas sobre el porqué, así que Cadan escuchó más detenidamente la conversación que mantenía su padre.

—¿Despedido? Dios mío, no. No tengo ningún motivo. Tengo un montón de trabajo y lo último que se me pasa por la cabeza es echar a alguien... Bueno, pues, ¿qué ha dicho? ¿Concluido? ¿Concluido?

Lew miró a su alrededor en la recepción, en particular la carpeta donde guardaban los pedidos de tablas. El fajo era gordo, la señal del respeto que el trabajo de Lew Angarrack se había ganado desde hacía años entre los surfistas. Nada de diseño ni perfilado por ordenador, sino algo auténtico, todo fabricado a mano. Pocos artesanos podían hacer lo que hacía Lew. Era una especie en extinción, su trabajo era una forma de arte que pasaría a la tradición surfista como las primeras tablas largas de madera. En su lugar llegarían las tablas huecas por dentro, los diseños por ordenador, todo programado en una máquina que escupiría un producto que ya no estaría fabricado con el cariño de un maestro que también surfeaba y que, por lo tanto, sabía cómo podía influir realmente en el rendimiento de una tabla un canal extra o el grado de inclinación de una quilla. Era una lástima.

—¿Se ha marchado definitivamente? —estaba diciendo Lew—. Maldita sea... No. No puedo decirte nada más. Parece que tú sabes más que yo... No sabría decir... He estado ocupado. No parecía distinto... No sé qué decirte.

Poco después colgó y se quedó un momento mirando fijamente la carpeta.

—Jago se ha ido —dijo al fin.

—¿Qué quieres decir? —preguntó Cadan—. ¿A pasar el día fuera? ¿Para siempre? ¿Le ha ocurrido algo?

Lew dijo que no con la cabeza.

—Se ha marchado y punto.

—¿Cómo? ¿De Casvelyn?

—Eso es.

—¿Quién era? —Cadan señaló con la cabeza el teléfono, aunque su padre no le había mirado para ver su gesto.

—El tipo del parque de caravanas donde vive Jago. Ha hablado con él mientras hacía las maletas, pero no ha podido sacarle nada en claro. —Lew se quitó los auriculares y los tiró sobre la mesa. Se apoyó en el mostrador con su exposición de quillas, cera y otra parafernalia, apoyándose en las manos y con la cabeza agachada como si estudiara lo que había dentro de la vitrina—. Estamos jodidos.

Transcurrió un momento en el que Cadan vio que Lew levantaba las manos y se frotaba el cuello, que seguro que le dolía de estar perfilando tablas.

—Qué suerte que esté aquí, pues —dijo.

—¿Por qué?

—Puedo ayudarte.

Lew levantó la cabeza.

—Cade, estoy demasiado cansado para discutir.

—No, no es lo que piensas —le dijo Cadan—. Entiendo que creas que estoy aprovechando el momento, y que tendrás que dejarme pintar las tablas. Pero no es eso.

—¿Y qué es, entonces?

—Sólo que quiero ayudarte. Puedo perfilar si quieres. No tan bien como tú, pero puedes enseñarme. O puedo estratificar, pintar o lijar. No me importa.

—¿Y por qué querrías hacer eso, Cadan?

El chico se encogió de hombros.

—Eres mi padre —respondió—. La familia es la… Bueno, ya sabes.

—¿Qué hay de Adventures Unlimited?

—No ha funcionado. —Cadan vio que la resignación asomaba al semblante de su padre. Se apresuró a añadir—: Sé lo que estás pensando, pero no me han echado. Es sólo que prefiero trabajar para ti. Aquí tenemos algo y no deberíamos dejarlo morir.

Morir. Ahí estaba la palabra aterradora. Cadan no se había dado cuenta de lo aterrador que era morir hasta ese momento porque se había pasado la vida absolutamente centrado en otra palabra, que era marcharse. Sin embargo, intentar estar un paso por delante de la pérdida no impedía que ésta se produjera, ¿verdad? La Saltadora seguiría saltando y los demás seguirían alejándose. Como había hecho el propio Cadan una y otra vez antes de que pudieran hacérselo a él, como había hecho su padre prácticamente por las mismas razones.

Pero algunas cosas perduraban a pesar del terror que sintiera la gente y una de esas cosas era la bendición de la sangre.

—Quiero ayudarte —dijo Cadan—. Me he portado como un estúpido. Al fin y al cabo, tú eres el experto e imagino que sabes cómo puedo aprender el negocio.

—¿Y es lo que quieres hacer? ¿Aprender el negocio?

—Exacto —dijo Cadan.

—¿Qué pasa con la bici? ¿Los X Games o como se llamen?

—Ahora esto es más importante y haré lo que pueda para que lo siga siendo. —Cadan miró a su padre más detenidamente—. ¿Te basta con eso, papá?

—No lo entiendo. ¿Por qué querrías hacerlo, Cade?

—Por cómo acabo de llamarte, loco.

—¿Cómo me has llamado?

—Papá —dijo Cadan.

Selevan se quedó mirando a Jago marchándose en su coche y pensó en todo el tiempo que había pasado con el tipo. No se le ocurrió ninguna respuesta para las preguntas que llenaban su cabeza. Lo analizara como lo analizase, no entendía qué había querido decir el hombre y algo le decía que el tema tampoco merecía demasiada reflexión. De todos modos, había telefoneado a LiquidEarth con la esperanza de que el jefe de Jago arrojara luz a la situación. Pero había averiguado que lo que fuera que Jago había querido decir con concluido no estaba relacionado con tablas de surf. Más allá de eso, vio que tampoco quería saberlo. Tal vez fuera un cobarde redomado, pero algunas cosas, decidió, no eran asunto suyo.

Tammy sí lo era. Subió al coche con todas las pertenencias de la chica y condujo hacia la tienda de surf Clean Barrel. No entró enseguida, porque aún faltaba un rato para que cerrara la tienda. Así que aparcó en el puerto y de allí fue caminando a Jill's Juices, donde compró un café para llevar extra fuerte.

Luego regresó al puerto y recorrió toda la parte norte bordeando el canal. Había varios barcos de pesca atracados en el muelle, apenas meciéndose en el mar. Cerca, los patos flotaban plácidamente en el agua —toda una familia con mamá y papá y, por increíble que pareciera, una docena de crías— y un remero se desplazaba en silencio con su kayak en dirección a Launceston, haciendo ejercicio a última hora de la tarde.

Selevan se dio cuenta de que el ambiente era primaveral. Hacía ya seis semanas que había entrado la primavera, naturalmente, pero hasta este momento sólo lo había hecho en el calendario astronómico. Ahora habían llegado las temperaturas primaverales. El viento procedente del mar era fresco, cierto, pero se percibía de manera distinta, como ocurre cuando el tiempo cambia. Transportaba el aroma de la tierra recién removida de algún jardín y vio que en las jardineras de la biblioteca del pueblo, las petunias habían sustituido a los pensamientos.

Caminó hasta el final del puerto, donde la vieja esclusa del canal estaba cerrada, reteniendo el agua hasta que alguno de los barcos de pesca quisiera hacerse a la mar. Desde esta posición privilegiada, podía ver el pueblo alzándose hacia el norte, con el viejo hotel de la Colina del Rey Jorge —ahora lugar de turistas aventureros— como un portero a un mundo distinto.

Las cosas cambiaban, pensó Selevan. Así había sido en su vida, incluso cuando le parecía que nada iba a cambiar nunca. Quiso hacer carrera en la Marina Real para escapar de una vida que consideraba una pesadez absoluta, pero la cuestión era que los detalles de esa vida se habían alterado de manera minúscula y habían provocado cambios mayores, lo que, a su vez, había cansado que la vida no fuera en absoluto una pesadez si se prestaba atención. Sus hijos habían crecido; él y su mujer habían envejecido; trajeron un toro para cubrir a las vacas; nacieron terneros; el cielo amanecía despejado un día y amenazante al siguiente; David se marchó para alistarse en la Marina; Nan salió corriendo a casarse... Podía describirlo como algo bueno o malo o simplemente podía decir que así era la vida. Y ésta continuaba. Las personas no siempre conseguían lo que querían y así eran las cosas. Podías revolverte y odiar la situación o podías sobrellevarla. Un día había visto ese póster estúpido en la biblioteca y se había mofado de él: «Cuando la vida te da limones, hazte una limonada». Menuda tontería, había pensado. Pero ahora veía que no lo era. En general, no lo era.

Respiró hondo. Aquí podía saborearse el aire salado más que en el Sea Dreams, porque el Sea Dreams se encontraba arriba en el acantilado y aquí el mar estaba cerca, a unos metros, y golpeaba en los arrecifes y los desgastaba, pacientemente, atraído por el curso de la naturaleza y la física o las fuerzas magnéticas o lo que fuera, no lo sabía y no le importaba.

Se terminó el café y estrujó la taza con la mano. La tiró en una papelera y se quedó allí para encenderse un pitillo, que se fumó mientras se dirigía a Clean Barrel. Tammy estaba atendiendo la caja. El cajón estaba abierto y la chica contaba la recaudación del día, sola en la tienda. No le oyó entrar.

La observó en silencio. Vio a Dot en ella, algo extraño, porque nunca antes había apreciado una similitud entre las dos.
Pero ahí estaba, en su manera de ladear la cabeza y mostrar una oreja. Y la forma de esa oreja... Ese pequeño surco en el lóbulo... Era igual que Doll y se acordaba porque... Oh, era la peor parte, porque había visto ese lóbulo una y otra vez mientras la montaba y practicaba su acto sin amor dentro de ella y la pobre mujer no pudo sentir ni un atisbo de placer y ahora se arrepentía. No la había amado, pero Dot no tenía la culpa, aunque sí la culpaba por no ser lo que él creía que debería haber sido para poder amarla.

Gruñó porque notaba un nudo en su interior y con un buen gruñido siempre había podido aflojarlo un poco. El ruido hizo que Tammy levantara la cabeza y, cuando lo vio, la chica adoptó una expresión de cautela, pero quién podía culparla. Habían pasado una temporada de incertidumbre. Desde que había encontrado esa carta debajo del colchón y se la había blandido delante de la cara, la chica no le había hablado más que para contestar educadamente a lo que le decía.

—No deberías estar aquí sola —le dijo.

—¿Por qué no? —Tammy colocó las manos a cada lado del

cajón y por un momento Selevan pensó que lo hacía porque creía que se abalanzaría sobre el dinero y se lo metería dentro de la camisa de franela. Pero entonces lo sacó de la caja y lo llevó al trastero, donde se guardaban las existencias y el material de limpieza y cosas así, además de una caja fuerte antigua y muy grande donde colocó el cajón. La cerró de golpe y giró la ruedecita de la combinación. Después cerró la puerta del trastero con llave y la guardó en un escondite creado para ello debajo del teléfono.

—Será mejor que llames a tu jefe, niña —le dijo Selevan. Era consciente de que su voz sonaba áspera, pero siempre era así cuando hablaba con ella y no podía hacer que fuera distinta.

—¿Por qué? —preguntó ella.

—Es hora de marcharse de aquí.

Su expresión no se alteró, pero sus ojos sí, en la forma. «Igual que su tía Nan», pensó Selevan. Igual que la vez que le dijo a Nan que podía largarse si no le gustaban las reglas de la casa, una de las cuales era que su padre decidiría con quién podía salir su hija y cuándo podía salir con él y «créeme, chica, por encima de mi cadáver saldrás con ese gamberro de las motos». Cinco, tenía. Cinco condenadas motos y cada vez que aparecía rugiendo con una nueva y las uñas llenas de grasa y los nudillos negros... ¿Quién diablos iba a pensar que saldría adelante y crearía esas...? ¿Cómo se llamaban? ¿Chopos? ¿Chóped? No, *choppers*. Eso era: *choppers*. Como en Estados Unidos, donde todo el mundo estaba loco de remate y tenía dinero suficiente para comprar casi de todo, ¿no? «¿Es esto lo que quieres? —le había gritado a Nan—. ¿Es esto? ¿Esto?»

Tammy no discutió como habría hecho Nan. No se puso a caminar por la tienda hecha una furia y tirando cosas al suelo para montar una escena.

—Muy bien, yayo —dijo, y parecía resignada—. Pero no lo retiro.

—¿El qué?

—Lo que dije.

Selevan frunció el ceño e intentó recordar la última conversación de verdad que habían tenido, no sólo unas palabras para pedirle que le pasara la sal o la mostaza o el bote de salsa.

Recordó su reacción cuando había blandido la carta delante de su cara.

—Ah, eso. Bueno, no podemos hacer nada, ¿verdad?

—Sí que podemos, pero ya no importa. No va a cambiar nada, ¿sabes?, pienses lo que pienses.

—¿El qué?

—Esto. Que me factures. Mamá y papá también pensaron que cambiaría las cosas cuando me obligaron a irme de África. Pero no va a cambiar nada.

—Es lo que crees, ¿verdad?

—Lo sé.

—No me refiero a lo de marcharte y que las cosas que tienes en la cabeza vayan a cambiar. Me refiero a lo que creo yo.

Tammy parecía confusa. Pero entonces su expresión se alteró de esa manera brillante y escurridiza tan suya. ¿Lo hacían todos los adolescentes?, se preguntó.

—Supón que tu abuelo es más de lo que parece ser —le dijo—. ¿Lo has pensado alguna vez? Así que recoge tus cosas y llama a tu jefe. Dile dónde vas a dejar la llave y larguémonos.

Tras decir eso salió de la tienda. Observó el tráfico que subía por el paseo a medida que los vecinos regresaban de sus trabajos en el polígono industrial a las afueras de la ciudad y algunos desde más lejos, desde Okehampton incluso. Poco después, Tammy se reunió con él y Selevan partió hacia el puerto. Ella le siguió a un ritmo más lento y él lo interpretó como seguramente quería la chica: una manera reacia de colaborar en los planes que su abuelo tuviera para ella.

—Llevas el pasaporte encima, imagino —le dijo Selevan—. ¿Cuánto hace que lo cogiste del escondite?

—Un tiempo —contestó ella.

—¿Qué pensabas hacer con él?

—Al principio no lo sabía.

—Pero ahora sí, ¿verdad?

—Estaba ahorrando.

—¿Para qué?

—Para ir a Francia.

—¿Francia, dices? ¿A la alegre París?

—A Lisieux —dijo Tammy.

—Li... ¿qué?

—Lisieux. Es donde... Ya sabes...

—Ah. Una peregrinación, ¿no? O algo más.

—No importa. De todos modos, todavía no tengo suficiente dinero. Pero si lo tuviera, me iría de aquí. —Entonces se puso a su lado y caminó junto a él. Como si al final transigiera, dijo—: No es nada personal, yayo.

—No me lo he tomado así. Pero me alegro de que no te escaparas. Habría sido complicado explicárselo a tu madre y a tu padre. «Se ha marchado a Francia, sí, a rezar en la capilla de algún santo sobre el que ha leído en uno de esos libros santos suyos que se suponía que no debía leer, pero que le dejé leer porque creía que las palabras no iban a alterar demasiado su cabeza en un sentido u otro.»

—No es exactamente cierto, ¿sabes?

—Bueno, el caso es que me alegro de que no te largaras porque me habrían despellejado vivo tu madre y tu padre. Lo sabes, ¿no?

—Sí, pero algunas cosas no se pueden evitar, yayo.

—Y ésta es una de ellas, ¿no?

—Así es.

—Estás segura, ¿verdad? Porque es lo que dicen todos cuando les capta una secta y les mandan a pedir limosna por las calles. Luego les quitan el dinero, por cierto, así que se ven atrapados como ratas en un barco que se hunde. Lo sabes, ¿verdad? Algún gran gurú a quien le gustan las chicas como tú y ellas deben darle hijos como un jeque árabe en una tienda con dos docenas de esposas. O uno de esos, ya sabes, poligamistas.

—Polígamos —dijo Tammy—. Venga, yayo, no creerás de verdad que es lo mismo. Estás bromeando, pero a mí no me hace gracia, ¿sabes?

Habían llegado al coche. Al subir, Tammy miró detrás y vio su viejo talego. Hizo una breve mueca con el labio. De vuelta a África, decía su expresión, lo que significaba de vuelta con mamá y papá hasta que pensaran en otro plan para menoscabar su determinación. Tacharían de la lista «Mandarla con su abuelo» y pasarían a la siguiente idea. Algo como «Mandarla a Siberia» o «Mandarla al monte australiano».

Tammy entró en el coche. Se abrochó el cinturón y cruzó los brazos. Miró hacia delante impávidamente al canal y su expresión no se suavizó ni cuando vio a las crías de ánade y cómo sus patitas palmeadas las aupaban sobre el agua cuando se apresuraron a seguir a su madre, como corredores minúsculos por la superficie del canal, justo el tipo de imagen evocadora de un milagro que Selevan creyó que la chica agradecería. Sin embargo, no fue así. Estaba concentrada en lo que creía que sabía: cuánto se tardaba en llegar a Heathrow o Gatwick y si el vuelo a África salía esta noche o mañana. Probablemente mañana, lo que significaría una larga noche en algún hotel. Tal vez incluso estuviera ideando un plan para escapar. Por la ventana del hotel o por las escaleras y luego a Francia como fuera.

Selevan se preguntó si debía dejar que pensara que la llevaba allí. Pero le pareció cruel dejar que la pobre niña sufriera. La verdad era que ya había sufrido suficiente. Se había mantenido firme a pesar de todo lo que le habían hecho pasar y aquello tenía que significar algo, aunque fuera algo que ninguno de ellos soportaba plantearse.

—He hecho una llamada —dijo mientras arrancaba el coche—. Hace uno o dos días.

—Bueno, tuviste que hacerla, ¿no? —dijo ella sin ánimo.

—Muy cierto. Dijeron que te llevara. También querían hablar contigo, pero les expliqué que no estabas disponible en ese momento…

—Gracias por eso, como mínimo. —Tammy volvió la cabeza y estudió el paisaje. Estaban cruzando Stratton, en dirección norte por la A39. No había una forma sencilla de salir de Cornualles, pero desde siempre aquello había sido parte de su atractivo—. No tengo muchas ganas de hablar con ellos, yayo. Ya nos hemos dicho todo lo que había que decir.

—Eso crees, ¿eh?

—Hemos hablado y hablado, nos hemos peleado. He intentado explicárselo, pero no lo entienden. No quieren entenderlo. Tienen sus planes y yo tengo los míos y así son las cosas.

—No sabía que habías hablado con ellos.

Selevan puso una voz deliberadamente pensativa, un hombre que consideraba las ramificaciones de lo que estaba contándole su nieta.

—¿Qué quieres decir, que no sabías que había hablado con ellos? —preguntó Tammy—. Es lo único que hacíamos antes de que llegara aquí. Yo hablaba, mamá lloraba. Yo hablaba, papá gritaba. Yo hablaba, ellos discutían conmigo. Pero yo no quería discutir porque no hay nada que discutir, que yo sepa. O lo entiendes o no, y ellos no lo lo hacen. ¿Cómo podrían entenderlo? Quiero decir que tendría que haber sabido por el estilo de vida de mamá que nunca sería capaz de apoyarme. ¿Una vida contemplativa? No es muy probable cuando lo que verdaderamente te interesa es hojear revistas de moda y de cotilleos y preguntarte cómo podrías convertirte en la Spice Pija mientras vives en un lugar donde, francamente, no hay muchas tiendas de ropa de diseño y, de todos modos, pesas unos noventa kilos más que ella. O como se llame ahora.

—¿Quién?

—¿Cómo que quién? La Spice Pija. La Pija esa. A mamá le llega el *¡Hola!* y el *OK!* en el camión, por no mencionar el *Vogue* y el *Tatler*, y ésa es su ambición: parecerse a ellas y vivir como todas ellas, pero no es la mía, yayo, y nunca lo será, así que puedes mandarme a casa y nada será distinto. Yo no quiero lo que quieren ellos. Nunca lo he querido y nunca lo haré.

—No sabía que habías hablado con ellos —repitió—. Dijeron que no lo habían hecho.

—¿Qué quieres decir? —Se dio la vuelta en el asiento para mirarle.

—La Madre cómo se llame —respondió—. La abadesa. ¿Cómo la llaman?

Entonces Tammy dudó. Sacó un poco la lengua, se lamió los labios y luego se mordió el inferior y lo succionó en una reacción infantil. Selevan notó que se le retorcía el corazón al verlo. Gran parte de ella todavía era una niña pequeña. Entendió que sus padres no pudieran soportar la idea de verla desaparecer tras las puertas de un convento. Al menos no ese tipo de convento, de donde no salía nadie hasta que lo hacía en un ataúd. Para ellos no tenía sentido. Era tan… tan impropio de una chica, ¿no? Se suponía que debían interesarle los zapatos puntiagudos de tacón alto, los pintalabios y los peinaditos, las faldas cortas, las faldas largas o las faldas ni cortas ni largas, las chaquetas, los chalecos, la música y los chicos y las estrellas de cine y en qué momento de su vida debía bajarse las bragas para un chico. Se suponía que a la edad de diecisiete años no debía pensar en el estado del mundo, la guerra y la paz, el hambre y la enfermedad, la pobreza y la ignorancia. Y por supuesto se suponía que no debía pensar nunca en hábitos de penitencia o lo que fuera que llevaran, una pequeña celda con una cama y un atril para el libro de oraciones y una cruz, varios rosarios y levantarse al amanecer y luego rezar y rezar y rezar y estar todo el tiempo encerrada lejos del mundo.

—Yayo... —dijo Tammy. Pero pareció no confiar en sí misma para terminar la frase.

—Así soy yo, niña. Tu abuelo que te quiere.

—¿Has llamado...?

—Bueno, es lo que decía la carta, ¿no? Llame a la Madre cómo se llame para concertar una visita. «A veces las chicas se dan cuenta de que no pueden seguir adelante», me dijo. «Creen que hay algo romántico en este tipo de vida y le aseguro que no es así, señor Penrule. Pero ofrecemos retiros espirituales individuales o para grupos, y si quiere tomar parte en uno la recibiremos.»

Los ojos de Tammy volvieron a ser como los de Nan, pero como deberían haber sido cuando miraba a su padre, no como eran cuando le oía montado en cólera.

—Yayo, ¿no me llevas al aeropuerto? —preguntó Tammy.

—Claro que no —dijo él, como si hacer caso omiso a los deseos de sus padres y llevar a su nieta a la frontera con Escocia para que pasara una semana en el convento de las carmelitas fuera la cosa más razonable del mundo—. No lo saben y no van a saberlo.

—Pero si decido quedarme... Si quiero quedarme... Si veo que es lo que pienso que es y lo que necesito... Tendrás que contárselo. Entonces, ¿qué?

—Deja que yo me preocupe de tus padres —respondió.

—Pero nunca te perdonarán. Si decido... Si creo que es lo mejor, nunca estarán de acuerdo. Nunca pensarán...

—Niña —dijo Selevan a su nieta—, que piensen lo que piensen. —Alargó la mano al compartimento de su puerta y sacó un mapa de carreteras del Reino Unido. Se lo dio—. Ábrelo. Si vamos a conducir hasta Escocia, voy a necesitar un buen copiloto. ¿Crees que estás capacitada para el trabajo?

Su sonrisa era deslumbrante. Se le partió el corazón.

—Sí —contestó.

—Pues adelante.

La reacción a los acontecimientos del día a la que se aferró durante más tiempo Bea Hannaford fue la necesidad de buscar un culpable. Empezó por Ray. Parecía la fuente más lógica de las dificultades que habían provocado que un asesino pudiera escapar alegremente de una acusación de asesinato. Se dijo que si le hubiera mandado a los chicos del equipo de investigación criminal que había requerido desde el principio no tendría que haber dependido del equipo de relevo que le había enviado, unos hombres cuya experiencia se limitaba al levantamiento de pesos y no a los aspectos más delicados de una investigación de asesinato. Tampoco tendría que haber dependido del agente McNulty como parte de ese equipo, un hombre que al revelar información crítica a la familia del chico muerto había situado a la policía en una posición en la que no tenían prácticamente nada que sólo conocieran ellos y el asesino. Con el sargento Collins como mínimo sí podría cargar, ya que nunca se había ausentado de la comisaría el tiempo suficiente como para causar problemas. Y en cuanto a la sargento Havers y Thomas Lynley... Bea también quería echarles la culpa de algo, aunque sólo fuera de profesarse una lealtad mutua exasperante, pero no tenía valor para hacerlo. Aparte de ocultar información sobre Daidre Trahair, que había resultado no guardar ninguna relación con el caso a pesar de lo que ella se había obstinado en creer, sólo habían hecho lo que les había pedido, más o menos.

Lo que en realidad no quería plantearse era que al final todo se debía a ella porque, después de todo, ella era quien estaba al mando de la investigación y había mantenido una posición terca en más de un tema, desde la culpabilidad de Daidre

Trahair hasta su insistencia en tener un centro de operaciones aquí en el pueblo y no donde Ray le había dicho que debería estar: donde se encontraban por lo general los centros de operaciones y donde se instalaba también el personal más adecuado. Y se había mantenido firme en ese deseo de trabajar en Casvelyn y no en otra parte sólo porque Ray le había dicho que se equivocaba.

Así que si bien al final todo se reducía a Ray, también se reducía a ella. Este tipo de cosas ponían su futuro en peligro.

«Imposible presentar ningún caso.» ¿Había cuatro palabras peores? Tal vez «nuestro matrimonio está terminado» eran igual de malas y bien sabía Dios que suficientes policías escuchaban esta frase a un cónyuge que no podía seguir soportando la profesión de su pareja. Pero «imposible presentar ningún caso» significaba dejar en la estacada a una familia afligida, sin llevar a nadie ante la justicia. Significaba que a pesar de las miles de horas, el esfuerzo, los datos revisados, los informes forenses, los interrogatorios, las discusiones, la disposición de esta pieza aquí y esta pieza allá, no quedaba nada más que hacer que volver a empezar todo el proceso desde cero y esperar obtener un resultado distinto o dejar el caso abierto y declararlo sin resolver. Pero ¿cómo podía ser un caso sin resolver cuando sabían perfectamente quién era el asesino y que iba a quedar impune? No podían decir que se trataba de un caso sin resolver precisamente. En un caso sin resolver existía la pequeña esperanza de que surgiera algo más, mientras que en este caso no existía ninguna. La policía regional tal vez le preguntara qué necesitaba para hacer las cosas bien en Casvelyn, pero era casi una ilusión porque lo más probable era que le preguntaran cómo había podido fastidiarla tanto.

La respuesta era Ray, se dijo. Él no estaba interesado en que triunfara. Estaba decidido a vengarse de ella por casi quince años de distanciamiento, por mucho que los hubiera provocado él mismo.

A falta de otra dirección que seguir, dijo a su equipo que empezara a revisar todos los datos otra vez, para ver qué podían encontrar para poner contra la pared a Jago Reeth, alias Jonathan Parsons, y acusarlo de asesinato. ¿Qué tenían que pudieran entregar a la fiscalía, que pudiera prender la llama y activar a los fiscales? Tenía que haber algo. Así que empezarían con este proceso al día siguiente y, mientras tanto, se irían todos a casa y descansarían bien aquella noche porque no iban a dormir demasiado hasta que resolvieran aquel asunto. Luego, siguió su propia receta.

Cuando llegó a Holsworthy abrió el armario en el que guardaba las escobas, las fregonas y también el vino. Cogió una botella al azar y la llevó a la cocina. Tinto, descubrió; shiraz. Algo de Suráfrica llamado Old Goats Roam in Villages. Sonaba interesante. No recordaba cuándo o dónde lo había comprado, pero estaba bastante segura de que sólo lo había adquirido por el nombre y la etiqueta.

Lo abrió, se llenó una taza hasta el borde y se sentó a la mesa donde su posición la obligaba a contemplar el calendario. Ver su cita de Internet más reciente, que se había producido hacía casi cuatro semanas, resultó ser tan deprimente como pensar en los últimos seis días. Un arquitecto había sido. Tenía buen aspecto en la pantalla y por teléfono sonó bien. Un poco de palique y risas nerviosas; todas esas tonterías eran de esperar, ¿no? Al fin y al cabo, no era la manera normal como se conocían los hombres y las mujeres, fuera lo que fuese normal hoy en día, porque ya no lo sabía. ¿Un café, tal vez?, se preguntaron. ¿Una copa en algún sitio? Claro, perfecto. Había aparecido con fotos de su casa de veraneo, más fotos de su barco de recreo, más fotos de sus vacaciones en la nieve y más fotos de su coche, que podía ser un Mercedes antiguo o no, porque cuando llegaron a ésas a Bea ya no le interesaba. Yo, yo, yo, declaraba su conversación. Todo yo, nena, y todo el rato. Quiso echarse a llorar o a dormir. Al final de la velada, se había tomado dos martinis y no tendría que haber cogido el coche, pero el deseo de huir se apoderó de su sentido común, así que condujo con cuidado por la carretera y rezó para que no la pararan. Él le dijo con una sonrisa afable: «Vaya. Sólo he hablado de mí, ¿verdad? Bueno, la próxima vez...». Ella pensó: «No habrá una próxima vez, cariño». Que era lo que había pensado de todos.

Dios mío, qué desgracia. Seguro que la vida no era eso. Y ahora... Ni siquiera recordaba cómo se llamaba, sólo el sobrenombre que le había dado, el Capullo del Barco, que era lo que le distinguía de todos los otros capullos. ¿Había alguna forma, se preguntó, de encontrar a un hombre de su edad que no cargara con ninguna mochila, o un hombre que pudiera ser persona primero y una profesión que le reportara innumerables posesiones después? Empezaba a creer que no, salvo que ese hombre fuera uno de los muchos divorciados que también había conocido, tipos que no tenían nada más que un coche destartalado, un estudio y una montaña de facturas de la tarjeta de crédito. Sin embargo, tenía que haber algo entre esos dos extremos de disponibilidad masculina. ¿O era así como pasaba el resto de sus años una mujer soltera que tenía lo que antes se llamaba tímidamente «una cierta edad»?

Bea apuró el vino. Debería comer, pensó. No estaba segura de si había algo en la nevera, pero seguro que podía improvisar una sopa de lata. ¿O tal vez alguno de esos palitos de ternera que tanto le gustaban a Pete como tentempié? ¿Una manzana? Quizás. ¿Un tarro de mantequilla de cacahuete? Bueno, seguro que encontraba algo para untar en el pan mohoso. Al fin y al cabo, estaba en Inglaterra.

Se levantó con mucho esfuerzo. Abrió la nevera. Miró sus profundidades frías y sin corazón y descubrió que tenía un bizcocho de caramelo, así que ya podía tachar el postre del menú. Y al fondo de todo había un rollito de ternera picada y cebolla. Podía servir de segundo. ¿Y de entrante…? ¿Tal vez unos fideos? En el cajón de las verduras tenía que haber una lata de algo… ¿Garbanzos? ¿Zanahorias y nabos? Bea se preguntó en qué estaría pensando la última vez que hizo la compra. En nada, seguramente. Lo más seguro es que empujase el carrito por los pasillos sin ninguna idea en la cabeza sobre qué podía cocinar. Pensar en la alimentación adecuada de Pete habría promovido una visita espontánea al supermercado, pero una vez allí se habría distraído por algo como una llamada al móvil y el resultado final había sido… Esto.

Sacó el bizcocho de caramelo y decidió saltarse el entrante, el segundo plato y las verduras y pasar directamente al postre, que, al fin y al cabo, todo el mundo sabía que era la mejor parte de cualquier comida. ¿Por qué negárselo cuando quería animarse y esto le brindaba la mejor posibilidad de conseguirlo?

Estaba a punto de atacarlo cuando un «pam, pam, PAM, pom, POM» sonó en la puerta, seguido del chirrido de la llave de Ray en la cerradura. Entró hablando:

—... hay que saber ceder, amigo —decía.

—La pizza es ceder cuando lo que uno quiere es ir al McDonald's, papá —respondió Pete.

—Ni te atrevas a comprarle un Big Mac —gritó Bea.

—¿Lo ves? —dijo Ray—. Mamá está de acuerdo.

Entraron en la cocina. Llevaban gorras de béisbol a juego y Pete vestía su sudadera del Arsenal. Ray llevaba unos vaqueros y una cazadora manchada de pintura. Los vaqueros de Pete tenían un agujero enorme en la rodilla.

—¿Dónde están los perros? —les preguntó Bea.

—En casa —dijo Ray—. Hemos ido...

—Mamá, papá ha encontrado este sitio de *paintball* chulísimo —anunció Pete—. Ha sido fantástico. ¡Tomaaa! —Hizo como que disparaba a su padre—. ¡Pim! ¡Pam! ¡Pum! Te pones unos monos, te cargan el arma y allá va. Te di bien, ¿verdad, papá? Andé a...

—Anduve —le corrigió Bea pacientemente.

Miró a su hijo y no contuvo la sonrisa que apareció en sus labios mientras Pete le demostraba el sigilo con que había logrado eliminar a su padre con pintura. Era justo el tipo de juego que siempre se había prometido que su hijo no jugaría nunca: una imitación de la guerra. Sin embargo, ¿acaso los niños no eran sólo niños?

—No pensabas que sería tan bueno, ¿verdad? —preguntó Pete a su padre, golpeándole juguetonamente en el brazo.

Ray alargó la mano, enganchó el brazo alrededor del cuello de Pete y lo atrajo hacia sí. Plantó un beso ruidoso en la cabeza de su hijo y frotó los nudillos en su pelo abundante.

—Ve a por lo que has venido a buscar, mago del *paintball* —le dijo—. Tenemos que ir a cenar.

—¡Pizza!

—Curry o chino, es mi mejor oferta. O podemos comer hígado encebollado en casa con coles de Bruselas y habas.

Pete se rio. Salió disparado de la habitación y le oyeron subir las escaleras corriendo.

—Quería el reproductor de CD —le contó Ray a Bea. Sonrió mientras oían a Pete revoloteando por su cuarto—. La verdad es que quiere un iPod y cree que si demuestra cuántos CD tiene que trajinar cuando podría llevar un aparato del tamaño de un... ¿Qué tamaño tienen? No estoy al corriente de la tecnología.

—Es lo que les gusta a los chavales hoy en día. Cuando se trata de tecnología, estoy absolutamente perdida sin Pete.

Ray se quedó mirándola un momento mientras ella cogía un trozo de bizcocho de caramelo con la cuchara. Le saludó con él.

—¿Por qué me parece que eso es tu cena, Beatrice? —le dijo Ray.

—Porque eres policía.

—Entonces, ¿lo es?

—Ajá.

—¿Tienes prisa?

—Ojalá —contestó ella—. Pero no es la palabra que escogería yo para describir qué tengo y qué no tengo en este caso.

Decidió contárselo. Iba a enterarse antes o después, así que mejor que fuera antes y por ella. Le dio todos los detalles y esperó su reacción.

—Maldita sea —dijo—. Es una verdadera... —Pareció buscar una palabra.

—¿Cagada? —ofreció—. ¿Provocada por mí?

—No iba a decir eso precisamente.

—Pero es lo que estabas pensando.

—Lo de la cagada, sí. La parte sobre ti, no.

Bea giró la cara a la expresión de compasión agradable que apareció en el rostro de Ray. Miró por la ventana, que de día habría dado a una parte del jardín, o lo que se suponía que era el jardín, que en esta época del año debería estar cubierto de mantillo, pero que en lugar de eso se ofrecía a las semillas perdidas que dejaban caer las alondras y los pardillos en sus vuelos. Esas semillas germinaban en hierbajos y dentro de un mes o dos tendría una tarea verdaderamente complicada entre manos. Qué bien que lo único que viera en la ventana fuera su reflejo y el de Ray detrás de ella, pensó. Le proporcionaba una pequeña distracción del trabajo que se había creado a sí misma por no prestar atención al jardín.

—Estaba decidida a echarte la culpa —dijo.

—¿Por?

—Por la cagada. Un centro de operaciones inadecuado. Ningún tipo del equipo de investigación criminal ni por asomo. Ahí estaba yo, colgada con el agente McNulty y el sargento Collins y con quien te dignaras a enviarme…

—La cosa no fue así.

—Oh, ya lo sé. —Habló con cautela porque era cautelosa. Se sentía como si hubiera estado nadando a contracorriente demasiado tiempo—. Soy yo la que mandó al agente McNulty a informar a los Kerne de que la muerte era un asesinato. Pensé que usaría el sentido común, pero me equivoqué, claro. Y luego, cuando me enteré de lo que les había contado, pensé que averiguaríamos algo más, alguna pistita, algún detalle… No importaba qué. Sólo algo útil para utilizar como cebo cuando apareciera el asesino. Pero no fue así.

—Aún puedes conseguirlo.

—Lo dudo. A menos que tengas en cuenta un comentario sobre un póster de surf que seguramente no servirá de nada a ojos de la fiscalía. —Dejó el recipiente del bizcocho en la mesa—. Durante años me he estado diciendo que no existe el asesinato perfecto y la ciencia forense está demasiado evolucionada. Siempre que se encuentre el cadáver hay demasiadas pruebas, demasiados expertos. Nadie puede matar y no dejar ningún rastro de ello. Es imposible, no puede hacerse.

—Tienes razón, Beatrice.

—Pero no vi las lagunas. Todas las formas en que un asesino podría planear y organizar y cometer este… este crimen final… y hacerlo de un modo en el que pudiera explicarse absolutamente todo. Incluso los detalles forenses más diminutos podían considerarse una parte racional de la vida cotidiana de alguien. No lo vi. ¿Por qué no lo vi?

—Tal vez tuvieras otras cosas en la cabeza. Distracciones.

—¿Por ejemplo?

—Otras partes de tu vida. Tu vida tiene otras facetas, por mucho que intentes negarlo.

Bea quería evitar aquello.

—Ray…

Él no pensaba consentirlo, era evidente.

—No eres policía las veinticuatro horas del día —dijo—. Dios santo, Beatrice, no eres una máquina.

—A veces lo pienso.

—Pues yo no.

Una explosión de música atronó en el piso de arriba: Pete decidía entre sus CD. Escucharon un momento el chillido de una guitarra eléctrica. A Pete le gustaban los clásicos. Jimi Hendrix era su preferido, aunque si era necesario, Duane Allman y su frasco de pastillas servían igual de bien.

—Dios mío —dijo Ray—. Cómprale un iPod al chaval.

Bea sonrió, luego se rio.

—Es tremendo, el niño.

—Nuestro niño, Beatrice —declaró Ray en voz baja.

Ella no contestó, sino que cogió el bizcocho de caramelo y lo tiró a la basura. Lavó la cuchara que había utilizado y la dejó en el escurridero.

—¿Podemos hablar ahora? —dijo Ray.

—Tú sí que sabes elegir el momento, ¿verdad?

—Beatrice, hace siglos que quiero hablar. Ya lo sabes.

—Lo sé. Pero ahora mismo… Eres policía y eres un buen policía. Ya ves cómo estoy. Atrapar al sospechoso en un momento de debilidad, crear ese momento si se puede… son reglas elementales, Ray.

—Esto no lo es.

—¿No es qué?

—Elemental. Beatrice, ¿de cuántas maneras puede un hombre decir que se equivocó? Y de cuántas maneras puedes decirle a un hombre que el perdón no forma parte de tu… ¿qué? ¿Repertorio? Cuando pensaba que Pete no debía…

—No lo digas.

—Tengo que decirlo y tú tienes que escucharlo. Cuando pensaba que Pete no debía nacer… Cuando dije que deberías abortar…

—Dijiste que era lo que querías.

—Dije muchas cosas. Digo muchas cosas. Y algunas las digo sin pensar. Sobre todo cuando tengo…

—¿Qué?

—No sé. Miedo, supongo.

—¿A un bebé? Ya habíamos tenido uno.

—A eso no. A los cambios. A cómo afectaría a nuestras vidas tal como las teníamos organizadas.

—A veces pasan cosas.

—Lo entiendo. Y habría llegado a entenderlo entonces si me hubieras dado tiempo para...

—No fue una sola discusión, Ray.

—Sí, de acuerdo, no diré que lo fue. Pero sí diré que me equivoqué. En todas las discusiones que tuvimos, me equivoqué y me he arrepentido de ese... ese error, durante años. Catorce, para ser exactos. Más si incluyes también el embarazo. No quería que las cosas fueran así, no quiero que sean así.

—¿Y ellas? —le preguntó—. Te has estado divirtiendo.

—¿Qué? ¿Mujeres? Por el amor de Dios, Beatrice, no soy un monje. Sí, ha habido mujeres estos años. Una detrás de otra. Janice y Sheri y Sharon y Linda y cómo se llamen, porque no

me acuerdo de todas. Y no me acuerdo porque no las deseaba. Quería olvidar... esto. —Señaló la cocina, la casa, la gente que había dentro—. Así que lo que te estoy pidiendo es que me dejes volver porque éste es mi sitio y los dos lo sabemos.

—¿Ah, sí?

—Sí. Y Pete también lo sabe. Y también los malditos perros.

Bea tragó saliva. Las relaciones entre hombres y mujeres nunca eran fáciles.

—¡Mamá! —gritó Pete desde el piso de arriba—. ¿Dónde has puesto mi CD de Led Zeppelin?

—Dios mío —murmuró Bea con un escalofrío—. Que alguien le compre un iPod al chaval ya, por favor.

—¡Mamá! ¡Mami!

—Me encanta que me llame así —le dijo a Ray—. No lo hace a menudo. Se está haciendo mayor. ¡No lo sé, cielo! —gritó—. Mira debajo de la cama. Y ya de paso, mete la ropa sucia en el cesto. Y baja a la basura los sándwiches de queso, pero despega primero a los ratones.

—¡Muy graciosa! —gritó el niño y siguió de un lado para

otro—. ¡Papá! Dile que me lo diga —gritó—. Sabe dónde está. Lo detesta y lo ha escondido en alguna parte.

—Hijo, aprendí hace mucho tiempo que soy incapaz de hacer que esta chiflada haga nada —gritó Ray. Y luego le dijo a Bea—: ¿Verdad, querida? Porque si no, ya sabes qué haría.

—Eso no —dijo ella.

—Lo lamentaré eternamente.

Bea pensó en las palabras de Ray, las que acababa de decir y las que había dicho antes.

—Eternamente no, en realidad. No es exactamente así.

Oyó que Ray tragaba saliva.

—¿Hablas en serio, Beatrice?

—Supongo que sí.

Se miraron. La ventana que tenían detrás duplicaba la imagen de un hombre y una mujer y el paso dubitativo que daban hacia el otro justo en el mismo momento. Pete bajó las escaleras con gran estrépito.

—¡Lo he encontrado! —gritó—. Listo para irnos, papá.

—¿Tú también? —le preguntó Ray a Bea en voz baja.

—¿Para cenar?

—Y para lo que viene después de cenar.

Bea soltó un largo suspiro que igualó al de Ray.

—Creo que sí —contestó.

Capítulo 30

Hablaron poco mientras regresaban de St. Agnes. Y cuando hablaron fue de temas mundanos. Tenía que echar gasolina, así que se desviarían de la carretera principal, si no le importaba.

No le importaba en absoluto. ¿Quería un té mientras tanto? Seguro que había un hotel o un salón de té por el camino donde podían incluso tomar una infusión de Cornualles como era debido. Un panecillo con nata cuajada y mermelada de fresa.

Recordaba los días en que era difícil encontrar nata cuajada fuera de Cornualles. ¿Y él? Sí. Y también salchichas como Dios manda, por no mencionar las empanadas. Siempre le habían encantado las buenas empanadas, pero en casa no había nunca, porque su padre pensaba que eran... Entonces calló. «Comunes» fue la palabra elegida; «vulgar», en su acepción más precisa.

Ella se la proporcionó utilizando el primer término.

—Y tú no eras común, ¿verdad? —añadió.

Él le contó que su hermano era toxicómano, porque era la verdad. Lo echaron de Oxford, su novia murió con una aguja clavada en el brazo, él había estado entrando y saliendo de rehabilitación desde entonces. Le dijo que creía que le había fallado a Peter. Cuando tendría que haber estado a su lado —presente, quería decir, presente en todos los sentidos posibles y no sólo un cuerpo caliente sentado en el sofá o algo así—, no había estado.

—Bueno, son cosas que pasan —dijo ella—. Y tú tenías tu vida.

—Igual que tú.

No dijo lo que otra mujer en su situación tal vez habría dicho al final del día que habían pasado juntos: ¿Y crees que eso nos hace iguales, Thomas?, pero él sabía que lo estaba pensando, porque ¿qué otra cosa podía pensar después de que mencionara a Peter en un tema que no tenía nada que ver ni remotamente con él? A pesar de todo, quería añadir más detalles de su vida, amontonarlos para obligarla a ver similitudes en lugar de diferencias. Quería decirle que su cuñado había sido asesinado hacía unos diez años, que él mismo había sido sospechoso del crimen y lo habían llevado a la cárcel y retenido veinticuatro horas para interrogarlo, porque odiaba a Edward Davenport y lo que éste había causado a su hermana y nunca lo había mantenido en secreto. Pero contarle aquello parecía suplicarle demasiado algo que no sería capaz de darle.

Lamentaba profundamente haberla puesto en aquella situación porque sabía cómo interpretaría su reacción a todo lo que le había revelado aquel día, por mucho que él declarara lo contrario. Existía una brecha enorme entre ellos, creada primero por su nacimiento, luego por su infancia y, en último lugar, por sus experiencias. Que esa brecha sólo existiera en la cabeza de Daidre y no en la de él era algo que Thomas no podía explicarle. Era una declaración simplista, en cualquier caso. La brecha existía en todas partes y para ella era algo tan real que nunca vería que él no la consideraba de la misma manera.

«En realidad no me conoces —quería decirle—. Quién soy, la gente con la que me relaciono, los amores que han definido mi vida. Pero, claro, ¿cómo podrías conocerme? Los artículos de los periódicos (tabloides, revistas, lo que fuera) que aparecían en Internet sólo revelan los detalles dramáticos, conmovedores, jugosos. No incluyen esos elementos de la vida que abarcan los detalles cotidianos valiosos e inolvidables. Carecen de dramatismo a la vez que describen quién es la persona.»

Tampoco importaba quién era él. Había dejado de importar con la muerte de Helen, o eso se había dicho a sí mismo. Pero lo que sentía ahora indicaba algo distinto. Que se preocupara por el sufrimiento de otra persona hablaba de... ¿Qué? ¿Un renacimiento? No quería renacer. ¿Una recuperación? No estaba seguro de querer recuperarse. Pero en lo más profundo de la persona que parecía ser notaba la presencia de la persona que era y aquello le instaba a sentirse un poco como se sentía la propia Daidre: atrapada en el centro de atención, desnuda cuando se había esforzado muchísimo por fabricarse su ropa.

—Me gustaría retroceder en el tiempo —le dijo.

Ella lo miró y Thomas vio en su expresión que Daidre pensaba que hablaba de otra cosa.

—Claro que te gustaría —respondió—. Dios mío, ¿quién en tu situación no querría hacerlo?

—No por Helen, aunque lo daría casi todo por volver a tenerla conmigo si pudiera.

—¿Entonces?

—Por esto. Por lo que te he ocasionado.

—Forma parte de tu trabajo —dijo ella.

Pero no era su trabajo. No era policía. Había dado la espalda a esa parte de su vida porque no podía soportarlo ni un segundo más, porque le había separado de Helen y si hubiera sabido cuántas horas estaría separado de ella y que cada una de esas horas estaban escurriéndose de un vaso que contenía los días que le quedaban de vida... Lo habría dejado de inmediato.

—No —dijo—. No forma parte de mi trabajo. No estaba aquí por eso.

—Bueno, te lo pidieron. Ella te lo pidió. No puedo imaginar que lo hicieras solo. Idear un plan, lo que fuera.

—Lo hice —lo dijo con fuerza y lamentó tener que decirlo—. Pero quiero que sepas que si hubiera sabido... Porque, verás, no te pareces a...

—¿A ellos? ¿Soy más limpia? ¿Más culta? ¿Estoy más realizada? ¿Visto mejor? ¿Hablo mejor? Bueno, he tenido dieciocho años para olvidar eso... aquel terrible... quiero llamarlo «episodio», pero no fue un episodio. Era mi vida. Me convirtió en quien soy, independientemente de quién intente ser ahora. Este tipo de cosas nos definen, Thomas, y eso me definió a mí.

—Pensar eso invalida los últimos dieciocho años, ¿no crees? Invalida a tus padres, lo que hicieron por ti, lo mucho que te querían y cómo te integraron en su familia.

—Ya has conocido a mis padres. Ya has visto a mi familia. Y cómo vivíamos.

—Me refería a tus otros padres. Los que fueron tus padres tal como deben ser unos padres.

—Los Trahair, sí. Pero eso no cambia todo lo demás, ¿no? No puede. El resto es… El resto. Y está ahí y siempre lo estará.

—No es razón para avergonzarte.

Daidre lo miró. Había encontrado la estación de servicio que buscaba y había entrado en el patio, apagado el motor y puesto la mano en el tirador de la puerta. Él había hecho lo mismo, siempre caballeroso, porque no estaba dispuesto a permitir que fuera ella quien echara la gasolina.

—Verás, es justo eso —dijo Daidre.

—¿El qué? —le preguntó él.

—Las personas como tú…

—No, por favor. No hay personas como yo. Sólo hay personas. Sólo la experiencia humana, Daidre.

—Las personas como tú —insistió ella a pesar de todo—, creen que es cuestión de vergüenza porque es lo que tú sentirías en las mismas circunstancias. Viajar de manera errante todo el tiempo, vivir la mayor parte del tiempo en un vertedero. Comida mala, ropa vieja, dientes flojos y huesos malformados. Ojos furtivos y la mano larga. ¿Por qué leer o escribir cuando puedes robar? Es lo que piensas y no te equivocas. Pero el sentimiento, Thomas, no tiene nada que ver con la vergüenza.

—¿Entonces…?

—Pena. Tristeza. Como mi nombre.

—Somos iguales, pues, tú y yo, le dijo él. A pesar de las diferencias…

Daidre se rio con una sola nota cansada.

—No lo somos —contestó—. Imagino que jugabais a eso, tú, tu hermano, tu hermana y tus amigos. Tus padres incluso tal vez os encontraron una caravana gitana y la aparcaron en algún lugar escondido de la finca. Podíais ir allí y disfrazaros e interpretar el papel, pero no podíais vivirlo.

Bajó del coche. Él también. Daidre se acercó a los surtidores y los examinó, como si intentara decidir qué tipo de gasolina necesitaba cuando seguramente sabía muy bien cuál usaba su coche. Mientras dudaba, Thomas cogió la manguera y empezó a llenar el depósito.

—Imagino que tu hombre lo hace por ti —dijo Daidre.

—Para —contestó él.

—No puedo evitarlo. Nunca podré evitarlo —explicó ella.

Sacudió la cabeza con fuerza, como para negar o borrar todo lo que quedaba sin decir entre ellos. Volvió a subir al coche y cerró la puerta. Thomas vio que Daidre miraba fijamente al frente, como si hubiera algo en la ventana de la tienda de la gasolinera que necesitaba memorizar.

Él fue a pagar. Cuando regresó, vio que había dejado unos billetes en su asiento para cubrir el coste de la gasolina. Los cogió, los dobló con cuidado y los metió en el cenicero vacío que había encima de la palanca de cambio.

—No quiero que pagues, Thomas —dijo.

—Lo sé, pero espero que puedas soportar que pienso hacerlo.

Daidre arrancó el motor y se reincorporaron a la carretera. Condujeron algunos minutos en silencio, flanqueados por la campiña y con la tarde envolviéndolos como un velo cambiante.

Al final, Thomas le dijo lo único que merecía la pena decirle, la única petición que tal vez le concediera en estos momentos. Ya se lo había preguntado en una ocasión y ella se había negado, pero le pareció que ahora reconsideraría su postura, aunque no sabría explicar por qué. Estaban dando botes por el aparcamiento del Salthouse Inn, donde habían comenzado el día, cuando habló una última vez.

—¿Me llamarás Tommy? —volvió a preguntarle.

—No creo que pueda —contestó ella.

No tenía demasiada hambre, pero sabía que debía comer. Comer era vivir y le pareció que estaba condenado a vivir, al menos de momento. Después de ver marchar a Daidre, entró en el Salthouse Inn y decidió que podía enfrentarse a una comida en el bar, pero no en el restaurante.

Se agachó para pasar por la puerta baja y vio que Barbara Havers había tenido la misma idea. Se encontraba en el rincón abandonado de la chimenea, mientras que el resto de los clientes del bar abarrotaban los taburetes de las pocas mesas y la propia barra, detrás de la cual Brian servía pintas de cerveza.

Lynley fue a reunirse con ella y separó un taburete delante del banco que ocupaba la sargento, que levantó la vista de su comida. Pastel de carne picada con puré, vio. La guarnición obligatoria de zanahorias hervidas, coliflor hervida, brócoli hervido, guisantes de lata y patatas fritas. Había echado ketchup a todo, menos a las zanahorias y los guisantes, que había apartado a un lado.

—¿No te insistía tu madre en que te comieras toda la verdura? —le preguntó.

—Es lo bueno de ser adulto —contestó ella mientras cogía puré y ternera picada con el tenedor—, puedes pasar de ciertos alimentos. —Masticó pensativamente y le observó—. ¿Y bien?

Lynley se lo contó. Mientras lo hacía, se dio cuenta de que, sin preverlo ni esperarlo, había pasado a otra etapa del viaje en el que se había embarcado. Una semana atrás no habría hablado. O si lo hubiera hecho habría recurrido a un comentario con el que abreviar la conversación al máximo. Acabó diciendo:

—No he conseguido que entendiera que este tipo de cosas... el pasado, su familia o al menos las personas que le dieron la vida... en realidad no importan.

—Claro que no —dijo Havers cordialmente—. Por supuesto que no. No importan un pimiento, ni un bledo. Y, sobre todo, no le importan a alguien que no lo ha vivido nunca, amigo.

—Havers, todos tenemos algo en nuestro pasado.

—Ajá. De acuerdo. —Pinchó un poco de brócoli bañado en ketchup y retiró con cuidado cualquier guisante que se hubiera colado—. Pero no todos tenemos fuentes de plata en nuestra vida, ya me entiende. ¿Y qué es eso que ponen en el centro de las mesas de comedor? Ya sabe a qué me refiero, todo de plata con animales saltando, o parras y uvas o lo que sea, ya sabe.

—Un *epergne* —le contestó—. Se llama *epergne*. Pero no pensarás que algo tan absurdo como un objeto de plata...

—No es por la plata, sino por la palabra. ¿Entiende? Usted sabe cómo se llama. ¿Cree que ella lo sabe? ¿Cuántas personas en el mundo lo saben?

—Ésa no es la cuestión.

—Es justo la cuestión. Hay lugares adonde la plebe no va, señor, y su mesa es uno de ellos.

—Tú has comido en mi mesa.

—Yo soy una excepción. A su gente mi ignorancia les parece encantadora. «No puede evitarlo», piensa usted. «Pensad de dónde proviene», le dice a la gente. Es como decir: «La pobre es americana, no sabe hacerlo mejor».

—Havers, espera. No he pensado ni una sola vez…

—Da igual —dijo ella, blandiendo el tenedor hacia él. Ahora había cogido patatas fritas, aunque apenas se distinguían con todo el ketchup—. Verá, no me interesa. No me importa.

—Entonces…

—Pero a ella sí. Y ése es el problema: que le importe. Si no es así, puede nadar en la ignorancia o al menos fingir. Si le importa, se encuentra desenvolviéndose con torpeza con los cubiertos. Dieciséis cuchillos y veintidós tenedores, ¿por qué comen los espárragos con los dedos?

Havers se estremeció de manera teatral. Cogió más pastel de carne y la acompañó con lo que estaba bebiendo, cerveza al parecer. Lynley la miró y dijo:

—Havers, ¿son imaginaciones mías o esta noche has bebido más de la cuenta?

—¿Por qué? ¿Hablo arrastrando las palabras?

—No exactamente, pero…

—Me lo merezco. Un buen trago. Quince si hace falta. No tengo que conducir y tendría que ser capaz de subir las escaleras. A duras penas.

—¿Qué ocurre? —le preguntó Lynley, porque no era propio de Havers beber en exceso. Por lo general, sólo bebía una vez a la semana.

Entonces se lo contó. Jago Reeth, Benesek Kerne, la Cabaña de Hedra —a la que se refirió como «una choza disparatada en el borde del acantilado donde podríamos habernos matado todos»— y el resultado, que no era ningún resultado en absoluto. Jonathan Parsons y Pengelly Cove, Santo Kerne y…

—¿Me estás diciendo que ha confesado? —preguntó Lynley—. Qué extraordinario.

—Señor, no lo ha entendido. No ha confesado. Ha supuesto: ha supuesto esto y lo otro y al final ha salido de esa casucha y se ha largado. La venganza es dulce y toda esa mierda.

—¿Y es todo? —dijo—. ¿Qué ha hecho Hannaford?

—¿Qué podía hacer? ¿Qué podría haber hecho nadie? Si

fuera una tragedia griega, supongo que podríamos esperar que Tor le fulminara con un rayo en los próximos días, pero yo no contaría con ello.

—¡Jesús! —dijo Lynley y, al cabo de un momento, añadió—: Zeus.

—¿Qué?

—Zeus, Havers. Tor es nórdico. Zeus es griego.

—Lo que usted diga, señor. Yo pertenezco a la plebe, ya lo sabemos. La cuestión es ésta: los griegos no están involucrados en esto precisamente, así que el tío se ha librado. Hannaford tiene intención de seguir tras él, pero no tiene nada de nada, gracias a ese idiota de McNulty cuya única aportación parece ser un póster de surf; eso y revelar información cuando debía tener el pico cerrado. Es un desastre impresionante y me alegro de no ser yo la responsable.

Lynley soltó un suspiro.

—Qué horror para la familia —dijo.

—¿Verdad? —contestó ella. Le examinó—. ¿Va a comer o qué, señor?

—Había pensado pedir algo —le dijo—. ¿Qué tal el pastel de carne?

—Es un pastel de carne. No se puede ser muy exigente cuando se pide pastel de carne en un bar, creo yo. Digámoslo así: Jamie Oliver no tiene de qué preocuparse esta noche.

Pinchó un poco con el tenedor y se lo dio a probar. Lynley lo cogió y lo cató. Podía comérselo, pensó. Empezó a levantarse para pedir en la barra. Los siguientes comentarios de Havers le detuvieron.

—Señor, si no le importa que… —Habló con tanto cuidado que Lynley ya supo qué iba a decir.

—¿Sí?

—¿Regresará a Londres conmigo?

Volvió a sentarse. No la miró a ella, sino al plato: los restos del pastel de carne, los guisantes y las zanahorias que había evitado con esmero. Era todo típico de Havers, pensó. La comida, las zanahorias, los guisantes, la conversación que habían mantenido y también la pregunta.

—Havers… —dijo.

—Por favor.

Entonces la miró. Facciones feas, ropa fea, peinado feo. La esencia de lo que era. Detrás de la máscara de indiferencia que mostraba al mundo vio lo que había visto en ella desde el principio: su seriedad y su honestidad, una mujer entre un millón, su compañera, su amiga.

—A su debido tiempo. Ahora no, a su debido tiempo.

—¿Cuándo? —le preguntó ella—. ¿Puede al menos decirme cuándo?

Lynley miró por la ventana, que daba al oeste. Pensó en lo que había en esa dirección. Reflexionó sobre los pasos que había dado hasta ahora y el resto de pasos que le quedaban por dar.

—Tengo que recorrer el resto del camino —le dijo—. Después, ya veremos.

—¿Sí? —le preguntó.

—Sí, Barbara. Ya veremos.

Agradecimientos

Querría expresar mi gratitud a las personas que me han ayudado a recabar la información necesaria para escribir esta novela, tanto en el Reino Unido como en Estados Unidos.

En Cornualles, me gustaría dar las gracias a Nigel Moyle y Paul Stickney de la tienda de surf Zuma Jay's en Bude por ayudarme a comprender cómo es el surf en Cornualles, tan distinto al que se practica en Huntington Beach, California, donde viví muchos años. También me gustaría dar las gracias a Adrian Phillips de FluidJuice Surfboards en St. Merryn y Kevin White de Beach Beat Surfboards en St. Agnes por todo lo que compartieron conmigo sobre la fabricación de tablas de surf, tanto las de styrofoam como las nuevas tablas de fibra de carbono huecas por dentro.

Al norte de la bahía de Widemouth, Rob Byron de Outdoor Adventures me puso al tanto de la escalada y de todo lo relacionado con este deporte. Reuní más detalles gracias a Toni Carver en St. Ives.

Alan Mobb de la policía de Devon y Cornualles tuvo la bondad de ponerme al corriente de las actuaciones policiales en Cornualles y tuvo la amabilidad de hacerlo por segunda vez cuando descubrí que mi grabadora no había registrado la información la primera.

Recogí más datos en la Geevor Tin Mine, la Blue Hills Tin Streams, los Lost Gardens de Heligan y la Cornish Cyder Farm, la parroquia de Gwithian, la iglesia de Zennor y en casa de Des Sampson en Bude.

Una vez más, Swati Gamble resultó ser una fuente valiosísima de información en Londres y respondió encantada a mis preguntas sobre diversos temas, por lo que le estoy sumamente agradecida.

En Estados Unidos, los experimentados surfistas Barbara y Lou Fryer fueron los primeros en hablarme de la última ola de Mark Foo y también me han proporcionado más datos sobre la práctica del surf para que pudiera intentar escribir los pasajes sobre el agua con un mínimo de verosimilitud. El doctor Tom Ruben me facilitó los detalles médicos. Una vez más, Susan Berner accedió gentilmente a leer un segundo borrador del libro y aportó su magnífica valoración crítica habitual y mi ayudante Leslie Kelly realizó una investigación extraordinaria en más temas de los que podría enumerar en estas líneas: desde el *roller derby* hasta las acrobacias de BMX.

Tal vez la mayor muestra de amabilidad la tuvo Lawrence Beck, quien se tomó la molestia de rescatar la fotografía del difunto Jay Moriarty que necesitaba para completar la novela.

Algunos libros que me resultaron útiles fueron: *Inside Maverick's, Portrait of a Monster Wave,* editado por Bruce Jenkins y Grant Washburn; *Tapping the Source,* de Kem Nunn; *Surf UK,* de Wayne Alderson; *Bude Past and Present,* de Bill Young y Bryan Dudley Stamp; y distintas guías sobre el sendero de la costa suroccidental.

Finalmente, gracias a mi marido, Thomas McCabe, por su apoyo, entusiasmo y aliento constantes; a mi ayudante, Leslie Kelly, por la gran cantidad de tareas que realiza para que yo tenga tiempo de dedicarme a escribir; a mis editoras en Estados Unidos y Reino Unido —Carolyn Marino y Sue Fletcher, respectivamente— por no pedirme nunca que escriba algo que se salga de mi visión del trabajo; y a mi agente literario, Robert Gottlieb, que pilota la nave y traza el rumbo.

Y, por supuesto, a aquellos que os reunís en el Petri Dish. Vosotros sabéis quiénes sois. B_____ T_____. Somos uno.

Whidbey Island, Washington
2 de agosto de 2007

Este libro utiliza el tipo Aldus, que toma su nombre del vanguardista impresor del Renacimiento italiano, Aldus Manutius. Hermann Zapf diseñó el tipo Aldus para la imprenta Stempel en 1954, como una réplica más ligera y elegante del popular tipo Palatino

* * *

* *

*

Al borde del acantilado se acabó de imprimir en un día de verano de 2009, en los talleres de Brosmac, Carretera Villaviciosa – Móstoles, km 1, Villaviciosa de Odón (Madrid)

* * *

* *

*